한국 고전문학과 문화어문학

한국 고전문학과 문화어문학

경북대학교 국어국문학과 BK21플러스 사업단

역락

머리말

한국 고전문학 작품은 고래(古來)로부터 오랜 기간 동안 한국 민족의 삶과 세계관을 담아내는 그릇이었다. 동아시아의 공동 문어였던 한문이 조선조 말기까지 이어지면서 한문학이 성행하였고, 한글 창제 이후에는 한글을 기반으로 한 다양한 국문 문학이 창출되어 전통 사회 사람들의 다양한 삶의 방식과 정서, 그리고 미의식을 담아내었다. 문자로 기록되지 못한 한국의 고전 민요나 설화 등의 구비문학은 민족의 구어를 통해 민중의 일상생활과 감성을 녹여내어 민족문화의 독창성을 보여주었다. 한국 고전문학은 고대에서 근세까지 한국 민족의 기나긴 발자취를 담아 왔던 문화적 산물이다. 이러한 의의를 가진 고전문학은 근대 학문이 태동한 20세기 초반부터 연구자들의 주목을 받아왔다.

그러나 21세기에 처한 현재의 시점에서 한국 고전문학에 대한 관심과 학문적 탐구는 커다란 시련을 겪고 있다. 인문학의 위기라는 말이 일상화되어 있는 현실 속에서 고전문학은 현대인들에게 더욱 외면받고 있는 실정이다. 인문학을 둘러싼 외부적 상황의 변화는 이러한 위기를 더욱 가속화하고 있다. 근대 자본주의 시장 논리가 팽배한 지금의 사회 분위기 속에서 인문학의 울타리 속에 자리잡은 고전문학은 그 활용 가치가 현대인들에게 더 이상 인정받지 못하고, 단지 문학 교과서 속에서 화석화되어 버린 채 주입식 교육의 소재로 활용되거나, 소수의 고전문학 전공자들의 전문적 연구 자료로 유통되고 있을 뿐이다.

이러한 시점에서 우리는 한국 고전문학의 가치를 새롭게 정립할 필요가 있다. 한국 고전문학은 당대의 현실을 토대로 다양한 문화적 환경 속에서 생성되었고, 시대의 변화에 따라 그 모습을 달리하면서 당대인들의 삶에 실질적인 영향을 미치며 존재해 왔다. 고전문학이 지닌 이러한 특성을 고려할 때, 문학을 언어예술이라는 미적 구조물로만 접근해 온 근대문학 연구의 방법이 우리의 고전문학을 얼마나 많이 제약하고 있었는지를 깨닫게 된다. 이러한 반성적 시각에서 우리는 '문화어문학'이라는 연구 방법을 제시하며, 이를 통해 지금까지의 고전문학 연구의 고정된 틀에서 벗어나 새로운 활로를 찾고자 한다.

한국어문학에 대한 문화론적 접근을 의미하는 문화어문학은 문화라는 키워드를 통해 우리의 어문학 자산을 현대 사회가 요구하는 가치와 실용의 차원에서 살펴보자는 것이다. 그리고 이를 위한 구체적인 접근 방법으로, 한국의 언어와 문학이 생성될 수 있었던 당대의 사회 공간과 문화를 통해 우리의 어문학자산을 연구하는 외적 접근법과 함께, 한국의 언어와 문학 작품 안에 용해되어 있는 당대의 삶과 문화를 연구하는 내적 접근법을 병행하고 있다. 또한 문화어문학에는 지금까지의 한국어문학 연구가 수행되어 왔던 실증주의와 구조주의적 성과를 발전적으로 계승하면서, 방법론적 혁신을 통해 이를 극복하려는 의도가 담겨 있다. 문화어문학을 통해 우리의 고전문학을 바라보고자 하는 이러한 시도는 현대인들의 삶과 유리되어 가고 있는 고전문학 자산을 다시 우리들의 삶과 일상으로 환원시킴으로써, 현대사회와 현대인들에게 또 다른 가치와 비전을 제시하기 위한 것이다.

이러한 한국어문학에 대한 반성적 성찰을 토대로 문화어문학이라는 새로운 연구 시각의 정립을 위해 경북대학교 국어국문학과에서는 2013년 하반기부터 BK21플러스사업을 지속적으로 수행해 오고 있다. 그리고 이를 위해 대학원 교육과정을 혁신하고, 이 분야와 연관된 국내외 학자들과의 학술적 교류의 장을 확대하였다. 또한 한국어문학 연구의 확산을 위해 국내외 연구기관 및 세계 유수 대학과의 학문적 소통을 추진해 오고 있다. 이러한 과정 속에서 경북대학교 국어국문학과 교수들과 대학원생들은 각종 논문을 통해 한국어문학의 가능성을 국내외 학계에 타진하여 왔다.

이 책은 이러한 노력들이 만들어낸 중간 결과물이라 할 수 있으며, 교수들과 학생들의 협업이 만들어낸 땀의 결정체이다.

이 책의 첫 머리를 장식한 총론은 문화어문학의 학문적 의의와 고전문학에 대한 문화론적 접근의 중요성을 밝혔다. 고전문학 자체가 전통사회에서 분과학문의 경계를 뛰어넘어 존재해 왔다는 사실은 본 사업단이 추구하는 문화어문학적 연구방법론을 더욱 유용하게 적용할 수 있음을 의미하며, 현재 시점에서 고전문학의 가치를 새롭게 발견할 수 있는 기회가 될 수 있음을 밝혔다.

책의 제1부에는 고전문학과 연관된 문헌에서 당대 사회의 문화적 요소들을 찾아 그 의미를 논의한 결과물들을 담았다. 이 논의들 중에는 고전문학 작품 속에 내재해 있는 당대 사회와 문화를 심층적으로 논의한 글도 있다. 이는 문화어문학의 연구방법을 광의의 측면에서 적용한 결과이다. 또한 문헌들을 통해 문학과 회화의 관계를 천착하여 전통사회에서 이들이 어떻게 소통하고 있었는지를 논의한 글도 있다. 이러한 글은 고전문학의 외연을 더욱 넓혀 기존의 텍스트 중심주의 연구방법론이 아닌 문화어문학의 연구방법론을 과감하게 적용한 결과라는 점에서 그 의미가 크다.

제2부에는 고전문학이 생성된 현장과 문학작품의 배경이 되는 문화적 전통을 함께 논의하고자 한 글들을 담았다. 이러한 의도에서 퇴계와 그 학파의 유산체험이 어떻게 시화(詩化)되는지를 파헤치고, 그들의 독서문화가 고전문학 생성에 어떻게 작용하여 어떤 영향을 미쳤는지를 밝혔다. 구비문학 분야의 연구에서는 민요의 구술 연행과 관련하여 그 속에 내재해

있는 문화어문학적 요소들을 심도 있게 논하였다. 제2장에 실린 이러한 글들은 문학을 단순히 텍스트로만 보는 것이 아니라 동태적 행위로 파악함으로써, 이론 중심의 연구에서 생활 중심의 연구로의 전환을 구체적으로 드러낸 결과라고 자부한다.

이 책에 실린 다양한 논의들은 경북대학교 국어국문학과 BK21플러스 사업단이 실천하고 있는 문화어문학을 고전문학에 적용한 실제 성과라는 점에서 그 의의가 결코 작지 않다. 이 책의 집필에 참여한 고전문학 대학원생들은 문화어문학에 대해 함께 공부하고 토론하며, 문화어문학의 연구 방법을 고전문학 연구에 어떻게 적용할 수 있을지 끊임없이 고민하였다. 또한 이러한 과정 속에서 참여교수들은 대학원생들의 멘토가 되어 함께 노력하고 격려하며, 사업단이 목표로 삼았던 거대한 꿈을 위해 동행하였다. 아직도 여전히 그 열매는 성글고, 가야 할 길은 멀지만, 한국 고전문학을 포함한 한국어문학의 새로운 방향을 개척하고자 하는 열정으로 그 길을 뚜벅뚜벅 걸어갈 것이다. 이러한 여정 속에서 이 책이 나온 것이다.

이 책이 나오기까지 사업단장을 믿고 헌신적으로 도와주신 정우락, 최은숙 참여교수 두 분과 연구팀을 실질적으로 이끌어 온 조유영 박사께 감사드린다. 그리고 책의 발간을 위해 연구에 매진한 참여대학원생들과 여러 필자들에게도 이 자리를 빌려 고마움을 전한다. 이 책의 간행에 많은 도움을 주신 도서출판 역락 임직원들에게도 고마움을 전한다.

2018. 2. 28.
경북대학교 국어국문학과 BK21플러스
영남지역 문화어문학 연구 인력 양성 사업단장
백두현 씀

차 례

활학(活學)을 위한 고전문학 연구

정우락 | 경북대학교 국어국문학과 교수

1. 공부론에서 새로운 길 찾기

지금 우리는 어떤 시대에 살고 있는가. 속도와 경쟁을 바탕으로 한 근대 문명은 우리에게 참으로 많은 변화를 안겨주었다. 스마트폰을 들고 다니면서 거의 모든 일을 손 안에서 처리하고, 4시간 걸리던 서울 길은 2시간도 걸리지 않게 되었으며, 국외로의 여행도 거의 내 집 드나들 듯이 한다. 스마트폰이나 편리한 교통은 다양한 소통을 가능하게 했고, 이로써 정보 교환이나 국제적 교류는 더욱 활발하게 되었다. 목하 4차 산업혁명의 시대를 맞아 이제 로봇과 사랑을 나누는 시대가 도래하게 되었다.

이러한 격변의 시대를 맞아 인문학문의 길을 다시 생각한다. 인문(人文)의 자의(字意)는 '인간의 무늬'이니, 인문학문은 인간다움이란 무엇인가를 끊임없이 탐구하는 것을 본령으로 한다. 보편주의를 추구하던 중세문명과 민족주의에 입각한 근대문명을 넘어, 세계주의라는 문명사적 대전환을 다시 새롭게 경험하고 있는 것이다. 그동안 인문학문은 자기 시대를 위하여 인간은 어떤 역할을 담당해야 하는가 하는 질문을 거듭해 왔다. 최근에는 대학의 인문학문은 고사하고 사회 단위의 인문학이 활발하게 전개되고 있는 실정이다. 이 과정에서 '지적 대화를 위한 넓고 얕은 지식'이 오히려 대안으로 떠오르기도 했다.

　바로 이러한 때, 우리 시대 대학의 인문학문을 다시 생각한다. 나는 일찍이 학문의 방법론을 네 가지로 요약한 바 있다. 'ㅣ'자형, 'ㅡ'자형, 'ㄴ'자형, 'ㅜ'자형이 그것이다. 전문성을 지향하는 'ㅣ'자형은 학문 연구에 구심력이 작용한 것으로서 학문의 깊이를 추구한다. 대중성을 지향하는 'ㅡ'자형은 학문 연구에 원심력이 작용한 것으로서 학문의 넓이를 추구한다. 'ㅣ'자형은 전문성을 확보하고 있지만 학문 내적 고립성을 자초할 수 있고, 'ㅡ'자형은 대중성을 유지하고 있지만 얄팍한 교양석 지식을 습득하는 데서 그치고 말 수 있다. 모두가 심각한 단점을 안고 있다.

　문제는 깊이와 넓이를 동시에 추구해야 한다는 것이다. 우리는 여기서 'ㅣ'자형과 'ㅡ'자형의 합체인 'ㄴ'자형과 'ㅜ'자형이라는 또 다른 방법론을 상정할 수 있다. 'ㄴ'자형은 먼저 대중적 넓이를 확보한 다음 전공 영역으로 더욱 깊이 들어가는 것이고, 'ㅜ'자형은 먼저 전공 영역을 철저히 한 다음 인접 학문과의 소통을 높은 차원에서 이룩하는 것이다. 'ㄴ'자형과 'ㅜ'자형은 전문성과 대중성을 동시에 고려한 것이지만 방향이 서로 다르다. 'ㄴ'자형이 대중성을 기반으로 한 전문성 강화라면, 'ㅜ'자형은 전문성을 기반으로 한 대중성 강화이기 때문이다.

　우리는 여기서 한 걸음 더 나아갈 수 있어야 한다. 'ㄴ'자형과 'ㅜ'자형의 합체인 'ㅍ'자형이 그것이다. 넓은 교양적 지식 위에 자기 전공의 정체성을 분명히 하지만, 높은 단계의 학제적 소통을 이끌어낼 수 있기 때문이다. 따라서 이 유형은 끊임없이 다른 학문과의 소통적 자세를 지닌다.

또한 '工'자형은 자형 그 자체가 하학이상달(下學而上達), 즉 아래에서 배워 위로 통하는 학문자세를 견지하고 있다. 여기서 말하는 아래는 형이하학적인 생활 영역으로 실용을 말하며, 위는 형이상학적인 정신 영역으로 통찰과 깨달음을 의미한다. 'ㅣ'는 상하의 '一'를 이어주는 역할을 한다.

성리학의 핵심은 공부론(工夫論)이다. 이것은 오늘날 입시를 위한 암기식 공부와 근본적으로 다르다. 끊임없는 자기 수양을 통해 실천으로 나아가는 참 공부를 말한다. 즉, 지(知)공부와 행(行)공부의 거리를 없애 지식은 실천을 통해서 비로소 온전해진다는 것이다. 공허한 이론 위주의 공부를 철저히 경계하며, 수양과 실천을 통해 성인이 되는 것을 꿈꾼다. 이 때문에 서경덕(徐敬德, 1489-1546)은 "도는 사람에게서 멀리 있지 않나니, 공부를 하면 성인이 될 수 있다."라고 말할 수 있었다.

요즘 학교 안팎의 게시판을 둘러보면, 넓고 얕은 공부를 추구하는 정체불명의 '一'자형 강좌들이 난무하고 있다. 이러한 학문은 착근하여 뿌리를 내리지 못할 뿐만 아니라 강한 휘발성 때문에 곧 사라지고 만다. 전문성이 확보될 때 다른 학문과의 소통이 가능하다는 것을 명심하기 바란다. 학제적 연대가 자기 전공에 대한 무장해제를 의미하는 것이 아니다. 교양인문학이 살아 있는 학문으로 성장하기 위하여, 'ㅗ'자형에서 'ㅜ'자형으로, 그리하여 마침내 '工'자형에 이를 수 있어야 한다. 뿌리 깊은 나무가 바람에 아니 흔들리고, 샘이 깊은 물이 가뭄에 아니 그친다고 하지 않았던가. 뿌리를 더욱 깊게 하고, 샘을 더욱 깊게 팔 일이다. 이것이 바로 인문학이 대학에서 살아나 활학(活學)으로서 세상에 흘러들 수 있는 유일한 길이다.[1]

대학의 학문은 'ㅗ'자형에서 'ㅜ'자형으로, 다시 '工'자형으로 나아가야

---

1) 정우락, 「우리 시대의 인문학문, 어디로 가고 있는가」, 『경북대신문』 2017년 5월 28일자.

한다. 'ㅗ'자형과 'ㅜ'자형이 학문의 융합적 측면을 고려한 것이나 차원이
서로 다르다. 'ㅗ'자형이 낮은 단계의 하학적 융합이라면, 'ㅜ'자형은 높
은 단계의 상달적 융합이기 때문이다. 이것은 우리가 발을 딛고 있는 현
실을 중시하면서도 여기에 머물러 있을 수 없음을 고려한 학문구도이다.
이것에 대한 총체적 표상(表象)이 바로 'ㅗ'이라는 도안이다. 땅[아래쪽 ―]
의 하학과 하늘[위쪽 ―]의 상달을 함께 고민하는 인간[ㅣ]의 모습을 시각
적으로 보여주고 있기 때문이다.

하학이 자연의 세계라면 상달은 인간의 세계이기도 하다. 앞의 것이 소
이연(所以然)의 사실명제와 결합되어 있다면, 뒤의 것은 소당연(所當然)의 가
치명제와 결합되어 있다. 이 둘을 함께 체득하는 것이 바로 성리학적 공
부론이다. 이렇게 보면 이 공부론은 유기체적 세계관에 입각해 있다고 해
야 할 것이다. 즉, 자연과 인간을 분리해서 보는 근대적 시각이 아니라 자
연과 인간이 상호 긴밀하게 작용한다고 보는 전근대적 시각이다. 그런데
이러한 전통은 탈근대적 시각을 만들어내기도 한다.[2] 일찍이 주자는 일상
에서 진리를 찾자는 생각을 다음과 같이 설명한 바 있다.

> 이른바 지식을 지극히 함이 사물의 이치를 궁구함에 있다는 것은, 나의
> 지식을 지극히 하고자 한다면 사물에 나아가 그 이치를 궁구해야 함을 말
> 한 것이다. 인심의 영특함은 앎이 있지 않음이 없고, 천하의 사물은 이치
> 가 있지 않음이 없다. 다만 이치에 대하여 궁구하지 않음이 있기 때문에
> 그 앎이 다하지 못함이 있는 것이다. 이 때문에 대학에서 처음 가르칠 때
> 에 반드시 배우는 자들로 하여금 모든 천하의 사물에 나아가서 그 이미
> 알고 있는 이치에 기반하여 더욱 궁구해서 그 극치에 이름을 구하지 않음
> 이 없게 하는 것이다.[3]

---

2) 이에 대해서는 정우락(2012), 「조선시대 "문화공간―영남"에 대한 한문학적 독해」(『어문
론총』 57, 한국문학언어학회)에서 포괄적으로 다루었다.

이른바 주자의 <보망장(補亡章)>[4]이다. '사물'이란 자연으로 인식의 객체이며, '인심'은 인간의 능력으로 인식의 주체이다. 이 둘이 서로 교호작용할 수 있는 것은 자연에는 이치가 두루 있고, 인간은 지각하는 능력이 있어 이것의 작동으로 말미암아 지식을 습득하게 된다. 또한 주자는 마침내 극치에 이르러 활연관통(豁然貫通)하게 되면, '모든 사물의 표리(表裏)와 정조(精粗)가 이르지 않음이 없고, 내 마음의 전체(全體)와 대용(大用)이 밝지 않음이 없다.'[5]라고 하면서 『대학』의 '물격(物格)'과 '지지지(知之至)'를 설파했다.

주자는 <보망장>을 통해 사물이라는 일상에서 진리를 발견하고, 그것에서 확보되는 가치의 문제를 명확하게 설명하고자 했다. 이것은 세계에 대한 객관적인 지식을 추구하는 동시에 자아의 수양론적 방법을 제시한 것이다. 하학(下學)을 통해 상달(上達)로 나아가고자 하는 그의 공부론적 설계가 여기에 강력하게 포함되어 있음은 물론이다. 우리는 여기서 하학인사(下學人事), 상달천리(上達天理)라는 조선조 선비들의 공부론과 그 진원지를 확인하게 된다. 이것은 일상의 재발견에 다름 아니다. 진리가 추상적이고 고원한 데 있지 않다는 언명이기 때문이다.

성리학적 공부론에서 새로운 길을 찾을 수 있다. 문화어문학도 그러한 방법 가운데 하나다. 문화론을 새롭게 부각시킨 것은 한국어문학이 현재 위기에 봉착해 있다고 판단하기 때문이다. 이러한 진단의 결과로 우리는

---

3) 朱熹, <大學補亡章>, "所謂致知在格物者, 言欲致吾之知, 在卽物而窮其理也. 蓋人心之靈, 莫不有知. 而天下之物, 莫不有理, 惟於理, 有未窮. 故, 其知有不盡也, 是以, 大學始敎, 必使學者, 卽凡天下之物, 莫不因其已知之理而益窮之, 以求至乎其極."

4) <보망장>은 격물과 치지의 뜻을 해석한 것이 전해지지 않아 주자가 보완한 것이다. 주자는 여기에서 '格物'을 '卽物窮理'로 해석하여 '理'의 개념을 끌어들여 사물을 이해했다. 주자학이 지니는 결정적인 철학적 의의라 할 수 있다.

5) 朱熹, <大學補亡章>, "至於用力之久而一旦, 豁然貫通焉, 衆物之表裏精粗無不到, 而吾心之全體大用, 無不明矣."

텍스트 중심주의의 한계를 극복하고, 전공 간 소통부재의 현실을 목도하면서 현실에서 유리된 한국어문학이 아니라 실용성을 갖춘 새로운 어문학을 모색하기에 이르렀다. 2013년 경북대학교 국어국문학과가 제안한 '문화어문학'이 바로 그것이다.6) 이 글은 고전문학의 입장에서 문화어문학을 보다 적극적으로 따진 것이다.

2. 고전문학에 대한 문화론적 접근

활학(活學)은 스스로 살아 있으므로 다른 사물을 살리는 학문이다.7) 일상 속의 진리 찾기라는 공부론은 바로 활학을 위한 것이다. 이를 고전문학에 적용시키면, 고전문학은 그 스스로가 살아 있으므로 다른 사물을 살리는 기능을 한다. 사실 고전문학은 당대의 다양한 문학적 환경에 의해 생성되었고, 시대의 흐름에 따라 변화되면서 일상생활 속에서 '활용'되던 실용적인 것이었다. 근대 이후 문학을 미적 구조물로만 인식하는 것과는 그 성격을 달리한다. 이러한 사정으로 고전문학은 활학으로 재인식되고 재발견되어 마땅하다.

고전문학 연구가 활학으로 기능하기 위해서는 일상생활이 강조될 수밖에 없다. 문화가 인간의 일상과 생활에서 생성되고 발전한다는 것을 염두에 둔다면, 문학은 당대의 문화적 집적물이 아닐 수 없다. 문학은 인간의 감정과 사상이 형상적 체계를 갖추고 나타나는 것이기 때문이다. 따라서

---

6) 정우락·백두현(2015), 「문화어문학 : 어문학에 대한 문화론적 혁신」, 『문화어문학이란 무엇인가』, 커뮤니케이션북스.
7) 활학에 대해서는 정우락(2017.10.13.), 「21세기 活學으로서의 남명학」(『21세기 위기의 한국사회와 남명학적 대응』 발표자료집)에서 상세하게 다루었다.

문학은 생활 그 자체일 수도 있고, 시공(時空) 속에서 경험하는 인식의 구상물일 수도 있으며, 인간이 즐기는 유희의 한 도구일 수도 있다. 고전문학적 시각에서의 문화어문학은 이러한 현상을 민첩하게 포착해 그 의미를 밝히는가 하면, 때로는 향유에까지 나아가게 한다. 여기서 우리는 문화어문학과 관련하여 한국의 고전문학에게 몇 가지의 질문을 던져보자.

첫째, 고전문학에는 당대의 문화 인소(因素)들이 풍부하게 내포되어 있는가. 이것을 따지는 것은 텍스트 중심주의 연구의 한계를 극복하는 길이기도 하다. 문화라는 용어는 한 마디로 정의되지 않는다. 이것은 시간의 흐름에 따라 사회구성원에 의해 축적된 것이면서 동시에 학습된 것이기 때문이다. 문화가 인간에게만 존재한다고 볼 때, 문화는 인간 삶이 거느리고 있는 복합성을 지니고 있다. 의식주나 언어, 풍습 등은 물론이고 이를 반영하고 있는 문학도 마찬가지이다. 다음 작품을 보자.

> 迴身掉臂弄金丸　　몸을 돌리고 팔 휘두르며 금환을 희롱하니
> 月轉星浮滿眼看　　달이 구르고 별이 흐르는 듯 눈에 가득 신기롭네
> 縱有宜僚那勝此　　비록 좋은 동료 있다한들 이보다 더 좋겠나
> 定知鯨海息波瀾　　넓은 세상 태평한 줄 이제야 알겠구나[8]

최치원(崔致遠, 857-?)의 <향악잡영(鄕樂雜詠)> 다섯 수 중 <금환(金丸)>이다. 최치원은 이밖에도 <월전(月顚)>, <대면(大面)>, <속독(束毒)>, <산예(猊猊)>를 더 짓는다. 위의 작품에는 광대가 금환을 희롱하는 모습이 그려져 있고, 여기서 우리는 신라시대의 문화 인소, 즉 잡희 문화의 일부를 추출해 낼 수 있다. 이러한 방향에서 이 작품을 심층적으로 따지는 것은 운율 등을 살피는 텍스트 중심주의의 연구와 다르다. 조선시대 시회(詩會)의

---

8)　金富軾, 『三國史記』 卷32, 「樂」, <金丸>.

실상이나, 선비들이 산을 노닐며 행하였던 다양한 동태적 문화 전통 역시 이러한 방향에서 연구될 수 있다. 그러나 문화 연구를 위한 자료로 간주하여 문학의 자율성을 훼손시켜서는 안 된다.

둘째, 고전문학은 인간의 일상생활 속에서 활용이 가능한가. 이 질문은 문화어문학이 실용성을 담보할 수 있어야 하기 때문에 발생한 것이다. 고전문학은 생활문화의 구체적 산물이다. 특히 삶과 죽음, 만남과 이별이라는 지극히 일상적인 인간사 안에서 대부분의 고전문학은 실용적인 목적에 의해 창작된다. 노동할 때 불렀던 민요는 말할 것도 없고, 한시에 증별시(贈別詩)나 화차운시(和次韻詩) 등 생활시가 많은 것도 모두 이 때문이다. 산 자가 죽은 자에게 이별을 고할 때 사용되었던 제문(祭文)도 그 가운데 하나이다.

> 유세차(維歲次) 갑자(甲子) 사월(四月) 을미삭(乙未朔) 초구일(初九日) 계묘(癸卯)는 우리 모주(母主) 종상지일(終喪之日)이라 전석(前夕) 임인(壬寅)에 불효 여식 성주 정실(鄭室)은 어머님 영전에 종상지일(終喪之日)을 맞이하니 천륜지중(天倫之重) 비통지사(悲痛之事)를 견디지 못하와 영상지하(靈床之下)에 재배통곡(再拜痛哭) 하옵나이다 오호(嗚呼) 통재통재(痛哉痛哉)라 모녀는 천성지친(天性之親)이라 천륜(天倫)에 지근지친지정(至近至親至情)이어늘 소녀 감히 무슨 할 말이 있아오리까 마는 망극 하온 영전에 통곡할 따름이로되 평일 불효한 죄가 여산여해(如山如海) 하므로 감히 속죄코자 몇 말씀 아뢰옵나이다.[9]

이 글은 1984년 4월 9일 이상호(李相浩, 1934-)가 그의 어머니 홍조(洪兆,

---

9) 괄호 안의 한자는 필자가 병기한 것이다. 이상호는 월성이씨로 경북 월성군 기계면에서 1959년에 25세의 나이로 성주군 수륜면으로 시집을 왔다. 친정어머니 홍조가 세상을 뜬 후 大祥을 맞아 친정으로 돌아가 대상의 전날 밤에 제물을 바치고 이 제문을 읽었다.

1908-1982)의 종상지일(終喪之日 ; 大祥)을 맞이하여 쓴 제문의 들머리다. 우리는 여기서 그동안 이어오던 상례의 문화 전통이 계승되고 있는 점을 발견할 수 있다. 지금은 상황이 많이 달라지기는 하였지만 제문 등의 고전문학은 생활 속에서 충분히 활용될 수 있다. 죽은 자를 정중히 보내는 것은 산 자의 도리이기도 하기 때문이다. 고전문학적 전통은 가사(歌辭) 경창대회를 통해 계승되기도 한다. 안동에서 내방가사전승보존회를 조직하여 이 행사를 진행하고 있는데, 고전문학이 생활과 밀착되어 있기 때문에 가능한 것이라 하겠다.

셋째, 고전문학이 동아시아적 차원에서 확장성을 확보하고 있는가. 우리는 여기서 중세의 문명권을 주목할 필요가 있다. 동아시아적 차원의 한자문명권은 상층이 공동문어인 한자를 사용하면서 공동문어문학을 창작하였다면, 하층은 민족 구어로 된 민족어문학을 향유했다. 이러한 이원성은 사상적인 측면은 물론이고 문학적인 측면에서도 적용되었다. 공통성은 문명권의 내적 동질성으로, 차이성은 민족 단위의 이질성으로 나타난다. 이러한 문학환경에 따른 중세적 특성은 공간을 뛰어넘어 사유를 교환하게 하였으며, 때로 갈등하고 때로 협력하면서 보다 큰 문화를 만들어갈 수 있게 했다. 즉, 확장성을 지니고 있었던 것이다. 다음 자료를 주목하자.

> 옛날 의상법사가 당나라에서 처음 돌아와 관음보살의 진신이 이 해변의 굴속에 머무르고 있다는 말을 들었다. 이 때문에 이곳을 낙산(洛山)이라고 이름 지었다. 낙산은 아마도 서역의 보타락가산(寶陀洛伽山)으로 여기서는 소백화(小白華)라 부르는데, 이는 백의대사(白衣大士)의 진신이 머무르는 곳이기 때문에 이 뜻을 따서 이름을 지은 것이다.10)

---

10) 一然, 『三國遺事』「洛山二大聖」, "昔義湘法師, 始自唐來還, 聞大悲眞身住此海邊崛內, 故因名 洛山, 蓋西域寶陁洛伽山, 此云小白華, 乃白衣大士眞身住處, 故借此名之."

『삼국유사』「낙산이대성」의 일부이다. 의상(義湘, 625-702)이 입당 유학한 것은 7세기 후반이다. 위에서 보듯이 의상은 현장법사(玄奘法師)의 『대당서역기(大唐西域記)』에 소개된 관음보살이 살았다는 포달락가산(布呾落迦山)을 귀국 후 본국의 동해안에 재현하였다. 이후 9세기 중엽에 중국 절강성(浙江省) 영파(寧波)의 동해안에 위치한 보타산(普陀山)에 보타사(普陀寺)가 건립되는데, 건립의 주역은 일본 승려 혜악(慧萼), 신라 상인, 현지 중국인들이었다. 신라와 중국의 경우를 대비해보면, 관음신앙이라는 사상 내용과 동해안이라는 위치가 동일하다. 범일대사(梵日大師)가 858년 절강지역을 유학하고, 귀국한 후 낙산사를 중건한 것도 이러한 관련성 혹은 확장성 속에서 이루어진 것이다.11)

넷째, 고전문학을 통해 문화 전파의 현상을 확인할 수 있는가. '한 사람의 이백(李白, 701-762)이 중국을 떠나면 수백 명의 이백이 된다'는 말도 있듯이, 중세의 한국 고전문학은 중국의 것을 수용하여 적극적으로 자국화하였다. 이로써 같으면서 다르고 다르면서도 같은 다양한 작품이 창작될 수 있었다. 이러한 사정은 일본과 월남도 마찬가지다. 예컨대, 서호(西湖) 풍정, 소상팔경(瀟湘八景), 무이구곡(武夷九曲) 등은 일정한 주제나 문학적 양식을 통해 나타났다.12) 이 가운데 주자(朱子, 1130-1200)가 복건성(福建省) 숭안현(崇安縣) 무이산에 경영한 무이구곡(武夷九曲)은 그 대표적인 사례이다. 이것은 성리학의 유입에 따라 한국에 전파되어 한국화 과정을 밟게 된다. 다음 자료를 보자.

---

11) 조영록(2012), 「羅・唐 동해 관음도량, 낙산과 보타산—동아시아 해양불교 교류의 역사 현장—」, 『정토학연구』 17, 한국정토학회 참조.

12) '서호'의 수용에 대해서는 김동준(2013), 「한국한문학사에 표상된 중국 西湖의 전개와 그 지평」, 『한국고전연구』 28, 한국고전연구회)에서, '소상팔경'의 수용에 대해서는 전유재(2014), 「'瀟湘八景' 한시의 한국적 수용 양상 연구」(숭실대학교 박사논문) 등에서 논의되었다.

내가 이미 구곡도가를 짓고 나니 시객이 이를 보고 말했다. "그대는 회암 주부자의 구곡시가 과연 아래에서 위로 거슬러 오르며 이와 같은 차례로 배열되었다는 사실을 어떻게 알았습니까?" 내가 말했다. "지금 부자의 <구곡기>와 <도가시>를 근거로 살펴보면 아래에서 위로 거슬러 올랐다는 사실이 매우 분명합니다. 그러나 지금 내가 말하는 구곡은 다만 물이 산을 만나 굽어져 기이한 경관을 만드는 것일 따름이고, 진실로 폭포가 높은 곳에서 아래로 떨어지는 것은 없습니다. 또 은거해 사는 곳이 한 가운데 자리한 하나의 굽이이고 왼쪽 네 곳, 오른쪽 네 곳이 굽이굽이 평평하게 흐르며 거리가 같으니, 비록 물길을 따라서 도가를 짓더라도 또한 가할 것입니다." 객이 짓기를 재촉하여 마침내 다시 물길을 따라서 내려가며 구가(九歌)를 불렀으니 지포(芝浦)에서 시작하여 우천(愚川)에서 마쳤다.[13]

장위항(張緯恒, 1678-1747)은 위와 같이 시객을 내세워 자신이 물을 거슬러 올라가며 구곡시를 짓고, 다시 물을 따라 내려가면서 구곡시를 짓게 된 경위를 설명하고 있다. <운포구곡(雲浦九曲)>이 그것이다. 이러한 구곡 문화는 집경문화와 맞물리면서 곡중경(曲中景)의 문화체계를 형성하기도 한다. 성주와 김천에 걸쳐 조성되어 있는 <무흘구곡> 내에 <청천정사 4경>, <숙야재 10경>, <묵방 10경>, <가은동천 8경>, <무흘정사 10경> 등이 존재하는 데서 이러한 사실을 확인할 수 있다.[14] 이것은 중국의 것을 수용하되 지역의 특성에 맞게 전혀 다른 방향으로 새로워진 문학 내지 문화 현상이라 하겠다.

---

13) 張緯恒, 『臥隱集』 卷2. <雲浦九曲, 謹次朱夫子武夷櫂歌韻, 覆次>, "余旣爲九曲櫂歌, 詩客有見း 見其爲曰, 子何以知晦菴夫子九曲詩, 果爲從下泝上, 而排次如是. 余曰; 今以夫子九曲記及櫂歌詩考之, 則其爲從下泝上, 十分明的. 然, 今我之所謂九曲者, 特是水遇山而屈曲成奇耳. 固無懸流瀉瀑, 從高落下者, 且幽居, 當正中一曲, 而左四右四, 曲曲平流, 遠近正等, 雖沿流作櫂歌, 亦可矣. 客促成之, 遂更爲沿流九歌, 始於芝浦, 終於愚川."

14) 여기에 대해서는, 정우락(2014), 「조선시대 선비들의 풍류방식과 문화공간 만들기」(『퇴계학논집』 15, 영남퇴계학연구원)에서 자세하게 다루었다. '곡'과 '경'을 아예 합친 경우도 있다. 李埈의 <丹陽十景次武夷櫂歌韻>(『蒼園集』 卷1)이 그것이다.

다섯째, 고전문학은 학문적 깊이와 대중적 넓이를 동시에 갖추고 있는
가. 문화어문학은 텍스트 중심주의 연구의 한계를 극복하며 어문학 연구
의 실용적 가치를 구현할 수 있는 방법론을 제공한다. 이러한 측면에서
고전문학은 특별히 유용한 측면이 있다. 그동안 고전문학 연구는 자료를
발굴하고, 그 자료가 지니는 구조적 측면과 이에 따른 의미를 밝히는 데
초점을 맞추어 왔다. 이러한 작업도 꾸준히 진행되어야 마땅하지만, 이를
대중화하기 위한 노력도 지속되어야 한다. <화전가(花煎歌)>의 경우를 예
로 들어 보자.

　　여보시오 동유임너 썩만먹고 농담말고 / 온갓경치 보난디로 글이나 지
　어보세 / 김낭즈야 일노너라 자니먼저 흐귀짓세 / 져김낭즈 거동보소 벽계
　수에 부숙하던 / 제비처럼 옷독안저 쥬지를 폐체들고 / 제법흐귀 지어논다
　흐츰을 싱각드니 / 송이송이 피인꼿티 쏭쏭이 난은나부 / 너도쏘흔 미물이
　나 춘홍을 못이겨서 / 춘풍도리 씩를타서 화전흐로 네왓던야 / 뭇노라 저
　나부야 명연삼월 쏘만나자 / 권씨부인 여보시요 자제말고 지으시요 / 권씨
　부인 붓을들고 설넝설넝 쓰서넌다 / 높고높은 황혹 손에 구경츠로 올나오
　니 / 황학은 간곳업고 천손만홍 뿐이로다 / 운담풍경은 오천 흐디 들리난
　이 황여성이라 / 중천에 우난종 선경이 여기인듯 / 무진한 화류구경 다 흐
　즈면 몇날인가.15)

<화전가>는 축제적 성격이 매우 강한 고전시가다. 위의 작품에서 우리
는 안동권씨 문중의 부녀자들이 친목을 도모하기 위하여 화전놀이를 하
고 이 가운데 가사가 창작되는 현장을 목도하게 된다. 이것은 고전문학이
문화콘텐츠의 원천소스로서 실용성과 대중성을 확보하고 있다는 것을 의
미한다.16) 여기서 훨씬 나아가 고전문학은 현대문학에도 다양하게 수용되

---

15) <화전가라>, 권영철 편(1979), 『閨房歌辭』 I, 한국정신문화연구원.

고, 수행치료로서 주목되기도 하며,[17] 애니메이션이나 방송, 게임, 대중가
요 등은 물론이고 디지털 매체와 깊은 상관관계를 지니며 대중화되기도
한다.[18] 이것은 고전문학이 문화어문학적 대중성에 중요한 기여를 할 수
있다는 것을 의미한다.

　여섯째, 고전문학은 융합적 관점에서 학문적 경계를 넘나들 수 있는가.
문화어문학이 융합적·탈경계적 관점을 취하는 데 따른 의문이다. 전통시
대의 작가들은 그들의 출처관에 입각하여 출사(出仕)하거나 퇴처(退處)하였
다. "벼슬을 하면서 여력이 있으면 학문을 하고, 학문을 하면서 여력이 있
으면 벼슬을 한다."[19]라는 말에서 보듯이 학문과 정치는 밀접한 관련을
가지면서도 학문은 정치를 위한 바탕이 되었다. 이러한 과정에서 사대부
작가들은 학자이면서 정치가였고, 작가이자 철학자였다. 때로는 그림을
그리기도 하고, 때로는 음악을 연주하기도 했다. 이처럼 고전문학은 융합
적이고 탈경계적 요소를 강하게 견지하고 있었다. 다음 작품을 통해 이
부분을 관찰해 보자.

　　道人畵竹時　　도인이 대나무를 그릴 때
　　還從色相起　　도리어 형상을 따라 일으킨다네
　　君看竹成後　　그대는 대가 다 이루어진 것을 보라
　　妙不在形似　　묘함은 형사에 있지 않다네

---

16) <화전가>가 지닌 문화콘텐츠로서의 가능성은 백순철(2014), 「문화콘텐츠 원천으로서 <화
　　전가>의 가능성」(『한국시가문화연구』 34, 한국고시가문화학회)에서 다루었고, <화전가>
　　가 지닌 축제성에 대해서는 장정수(2011), 「화전놀이의 축제적 성격과 여성들의 유대의식」
　　(『우리어문연구』 39, 우리어문학회)에서 다루었다.
17) 이 부분에 대해서는 이강옥(2018), 『구운몽과 꿈 활용 우울증 수행치료』(소명출판)에서 심
　　도 있게 다루었다.
18) 한길연(2012), 「고전소설 연구의 대중화 방안-디지털 매체와의 상관성을 중심으로」, 『어
　　문학』 115, 어문학회 참조.
19) 『論語』 「子張」, "仕而優則學, 學而優則仕."

莫說無人采　　캐는 사람 없다고 말하지 말라
非關爾不香　　향기 없는 것과는 상관이 없다네
聊將一孤萼　　하나의 외로운 꽃받침에 의지하여
含笑答春光　　미소를 머금고 봄빛에 화답하리[20]

　이 작품은 박제가(朴齊家, 1750-1805)가 청나라의 문인 나빙(羅聘, 1733-1799,
호 兩峰)의 죽란도(竹蘭圖)를 보고 쓴 제화시다. 제목은 <제양봉화죽난초(題
兩峯畵竹蘭艸)>이다. 제화시는 그림으로 나타내기 어려운 화외지의(畵外之意)
를 추구하기도 하고, 그림을 품평하기도 하며, 화법에 대한 이론을 제시하
기도 한다. 어떤 경우든 회화와 문학이 융합된 것이다. 여기서 우리는 문
화어문학적 시각이 분과 학문의 경계를 극복하는 동시에 상생하는 일면
이 있다는 것을 확인하게 된다. 약물(藥物)의 성미(性味), 효능(效能), 주치(主
治) 등을 가사 형식으로 창작한 <약성가(藥性歌)>는 의학과 문학을, 『중용』
의 핵심을 시로 나타낸 이정(李楨, 1512-1571)의 <중용영(中庸詠)>은 철학과
문학을, 임진왜란을 소설의 형식으로 작품화한 <임진록>은 역사와 문학
을 융합한 작품들이다. 문화어문학적 측면에서 새롭게 연구할 필요가 있다.
　일곱째, 고전문학이 지역문화를 이해하고, 지역민에게 자긍심을 부여할
수 있는가. 문화어문학이 지역성에 기반하고 있기 때문에 발생하는 자연
스러운 의문이다. 지역성을 가장 많이 함유하고 있는 문학 양식은 전설이
다. 지명전설과 인물전설이 그 대표적인데, 이들은 모두 특정 시대와 일정
한 장소를 배경으로 생성되었기 때문이다. 지역전설은 지역의 구체적인
장소나 역사를 설명하는 기능을 하니 지역의 문화를 재구성할 수 있고,
이로 인해 지역민들은 향토에 대한 강한 자부심을 느낄 수 있다. 이러한
경향이 전설에만 한정되는 것은 물론 아니다. 최현(崔晛, 1563-1640)의 <금

---

20) 朴齊家, 『貞蕤閣三集』, <題兩峯畵竹蘭艸>.

생이문록(琴生異聞錄)>의 경우를 보자.

> 그 첫 번째는 각건(角巾)을 쓴 사람[冶隱 吉再]으로 양 갖옷을 입었는데, 기품이 담박하여 외로운 승려나 야윈 학과 같이 고요히 물러나 있는 사람이었다. 그 두 번째는 금장(金章)을 두른 사람[佔畢齋 金宗直]으로 자주색 갓끈을 하였는데, 풍채가 빼어난 유림(儒林)의 종장(宗匠)으로 학식이 넓고 성품이 온화한 군자였다. 그 세 번째는 오사모(烏紗帽)를 쓴 사람[新堂 鄭鵬]으로 대나무 지팡이를 짚었는데, 기수(沂水)에서 목욕하고 나온 듯한 기상이었다. 그 네 번째는 윤건(綸巾)을 쓴 사람[松堂 朴英]으로 손에는 깃털 부채를 들고 있었는데, 기개와 도량이 활달(豁達)하여 바람과 뇌성의 운치를 지니고 있었다.[21]

한문소설 <금생이문록>은 선산의 금오산(金烏山)을 중심으로 한 영남 사림파의 전통을 옹호하기 위해 창작된 작품이다. 위에서 보듯이 작자 최현은 길재, 김종직, 정붕, 박영 등 지역성이 강한 인물들을 제시했다. 금생이 이들과 대화를 나누고 있을 때 정몽주(鄭夢周)가 이르자 제자의 예를 갖추었으며, 이후 강회에 김주(金澍), 하위지(河緯地), 이맹전(李孟專), 김숙자(金叔滋), 박운(朴雲), 김취성(金就成) 등도 참여했다. 집의 기둥에 '청풍입나지문(淸風立懦之門)'이라는 현판이 걸려 있었다고 하니, 사림파의 문화적 취향도 알게 했다. 이처럼 지역성 강한 작품은 고전문학에 즐비하다. 향토색과 함께 지역민의 자부심으로 기능하기에 충분하다.

문화어문학은 일상을 문학적으로 재발견 하는 데 커다란 의의가 있다. 고전문학은 실용적 목적 하에 창작되는 경우가 대부분이다. 이러한 까닭

---

21) 崔晛, <琴生異聞錄>(『一善誌』 卷利), "其一角巾(冶隱), 羊裘, 風味淡泊, 孤僧瘦鶴恬退人也. 其二金章(佔畢齋), 紫纓, 神彩秀逸, 儒林宗匠, 博雅君子也. 其三岸烏紗(新堂), 曳竹杖, 胸次曠然, 浴沂氣像也. 其四頂綸巾(松堂), 手羽扇, 氣宇軒豁, 風霆襟韻也."

에 고전문학에는 당대의 문화적 인소들이 풍부하게 내포되어 있을 수밖에 없다. 그리고 동아시아적 공간에서 보편성과 함께 특수성을 지니고 있고, 융합적 측면에서 대중화가 용이하며, 지역문화를 새롭게 이해하는 데있어서도 일정한 기여를 한다. 이러한 사실은 고전문학이 문화어문학적차원에서 연구될 필요충분조건을 갖추고 있다는 것을 의미한다.

3. 활학을 위한 다각적 노력들

경북대 국어국문학과의 BK사업단은 당초 '연구의 목표'를 텍스트 중심주의 연구의 한계 극복, 미시사적 접근을 통한 생활문화의 발견, 융합적 · 탈경계적 관점의 확립, 실용주의적 연구의 실현, 지역문화의 재발견과 세계화로 설정했다. 그리고 '연구의 방향'으로는 소통과 협업의 한국어문학연구, 지역 단위 문화연구의 활성화, 어문학 연구의 실용적 가치 구현[22]을 제시했다. 이러한 연구의 목표와 방향에 입각하여 이 사업단이 궁극적으로 추구하는 것은 국제성을 겸비한 문화어문학 전문인력을 양성하여소통과 융합의 인문정신을 구현하는 것이다.

기실 우리 학계는 그동안 텍스트 중심주의에 입각해 연구해 왔다고 하지 않을 수 없다. 구조와 주제를 살피고, 문학사적 의의나 현실인식 등을주로 탐구해 왔기 때문이다. 그렇지 않으면 창작의도나 이본의 계통을 찾으며 텍스트에 대한 구체적 이해에 심혈을 기울여 왔다. 이는 자료의 발굴및 주석 작업과 함께 학문적 기초를 다지는 데 있어 매우 중요한 것이라하겠다. 그럼에도 불구하고 학문의 사회적 책무나 현대인을 위한 실용성의

22) 정우락 · 백두현(2015), 「문화어문학 : 어문학에 대한 문화론적 혁신」, 『문화어문학이란 무엇인가』, 커뮤니케이션북스 참조.

차원을 염두에 둘 때, 공허한 담론이라는 심각한 문제가 제기되지 않을 수 없었다. 문화어문학의 탄생은 바로 이러한 문제의식에 정초해 있다.

이 책의 제1장은 문헌에서 문화적 인소들을 찾아 그 의미를 따진 것이다. 『애일당구경첩』, <봉산욕행록>, <황남별곡>과 <황산별곡>, <소군출새도>, 『보권염불문』, <소현성록>, 『형재시집』 등과 같은 문헌을 주목한 것은 바로 이 때문이다. 물론 이들 논의가 문화어문학적 연구방법론이 일관되게, 또한 제대로 적용된 것이라 할 수는 없다. 그럼에도 불구하고 문헌에 내함되어 있는 문화적 요소를 찾기 위한 노력의 일단은 일정한 의미를 지닌다. <봉산욕행록>을 통해 당대인의 여행, 치병, 접대, 추모, 기념, 강학문화를 찾아 그 문화적 의미를 찾고자 했던 것도 그 일환이었다.

이 가운데 회화와 문학을 융합적 측면에서 다룬 것은 문화어문학적 취지를 살린 것이다. 『애일당구경첩』을 주목한 최은주는, 사대부의 일상인 효문화(孝文化) 및 이에 따른 문학활동이 회화와 접목되어 있다는 점을 부각시켰다. <소군출새도>를 주목한 손대현의 논의도 그 연장선상에서 이해된다. 이 논의에서는 왕소군(王昭君)의 출새(出塞)를 그린 <소군출새도>가 중국에서 우리나라로 전래되어 어떻게 향유되었는가를 따졌기 때문이다. 특히 제화시는 회화의 한계를 문학으로 극복하며, 작가와 화가가 예술작품으로 만나는 점을 성공적으로 밝힐 수 있어 문화어문학적 접근이 용이하다고 하겠다.

이 책의 제2장은 문학을 동태적 행위로 보고 여기에 입각하여 작품을 분석한 것들이다. 여기서는 퇴계와 그 학파의 유산체험(遊山體驗)을 통해 지리적 환경이 어떻게 문학경관으로 발전할 수 있으며, 특정 작가의 작품이 가문을 중심으로 한 문화현상과 어떻게 결부되어 있으며, 구술 연행에는 또한 어떤 문화적 의미가 있는지를 살폈다. 이들 연구는 문화어문학이 텍스트 중심의 정태적 연구에서 행위 중심의 동태적 연구로, 이론 중심의 연구에서 생활 중심의 연구로 한국어문학 연구의 방향을 전환하자는 제안을 염두에 둔 결과이다.

동태적 연구는 구비문학 분야에서 구술 연행을 주목하면서 이루어졌다. 박지애가 칠곡군의 사례를 중심으로 연구한 것이 그것이다. 이 연구에서는 민요의 구술 연행이 개인의 기억을 스토리텔링함으로써 대중적 기억과 사회적 기억으로 차원 변화가 이루어지고 이를 통해 공동체 의식이 회복된다고 했다. 적층문학 속에 포함되어 있는 문화어문학적 요소를 발견한 것이다. 류명옥이 인문학 마을 만들기에서 민요 전승을 주목한 것도 그 연장선상에서 이해된다. 이와는 다소 시각을 달리하지만 평양에 위치한 연광정(練光亭)을 하나의 문학경관으로 인식하고, 창작에 따른 문화콘텐츠 개발의 가능성을 시사한 량짜오의 연구도 실용성을 바탕으로 한 동태적 연구의 한 단면을 보여주었다.

이 책에서 제시한 일련의 논의들이 문화어문학적 측면에서 성과가 없지 않으나 논의가 깊이 있게 이루어졌다고 하기는 어렵다. 전통적 연구방법의 타성에 젖어 있기 때문이기도 하지만 문제의식을 깊이 공유하지 못한 결과이다. 이 때문에 작품에서 문화요소를 찾아내거나, 인간 활동을 바탕으로 한 동태적 연구의 일면만 드러내는 데 그치지 않을 수 없었다. 앞 장에서 잠시 살펴보았지만, 과거와 현재, 지역과 지역, 중심과 주변, 이론과 실천 사이에서 고전문학은 어떤 문화적 기능을 담당하였고, 또한 담당할 수 있는가. 지속적으로 고민해야 할 과제가 아닐 수 없다.

문화어문학은 기존의 어문학 연구에 일정한 한계가 노정되면서 탄생한 것이다. 그러나 고전문학 연구는 본질적으로 문화어문학적 방법론이 적용된다. 고전문학의 생성 환경이나 태생이 근대 이전의 유기체적 세계관에 입각하여 분과학문의 경계를 뛰어넘고 있기 때문이다. 그리고 생활 속에서의 동태적 경험이 문학 창작의 주요 기제로 작동하기 때문이다. 이것은 고전문학이 여타의 학문에 비해 문화어문학적 친연성이 더욱 강하다는 것을 의미하며, 고전문학이 오히려 미래를 위한 새로운 문학일 수 있다는 역설을 성립시키기도 한다.

여기서 문화어문학에서 주목하였던 시간과 공간을 다시 생각해 보자. 문학 작품은 시간을 고정시키고 공간을 넘나들며 논의할 수도 있고, 공간을 고정시키고 시간을 오르내리며 논의할 수도 있다. 사물이 시간과 공간을 떠나 존재할 수 없다는 인식에 기인한 것인데, 작가와 작품을 중심으로 한 문학연구도 그 존재론적 측면에서 이로부터 자유로울 수가 없다. 이 지점에서 시간을 중심으로 연구하는 문학사학과 공간을 중심으로 연구하는 문학지리학을 만나게 된다.

문화어문학은 일상에서 진리 찾기라는 공부론에 기반해 있고, 지역 단위 문화연구의 활성화에 기여하며, 전문성을 뛰어넘는 대중성을 지향하고 있다. 이 점을 환기할 때, 현재 학계에서 논의되고 있는 '지역문학사'나 '문학지리학'은 주목받아 마땅하다. 전자는 구체적인 역사적 사실을 바탕으로 하고 있으며, 후자는 지형이나 기후 등 지리학적 실증을 수용하고 있기 때문이다. 이들 학문이 문학과 역사학, 문학과 지리학이라는 학제적 융합을 이루고 있다는 측면에서 더욱 그러하다. 문학과 융합된 역사학과 지리학이 문화어문학의 구체적 모습을 지닌다고 볼 때, 이에 대한 심도 있는 연구는 고전문학이 새로운 활로를 찾는 데 도움이 된다. 여기에 대해서 잠시 생각해 보도록 하자.

먼저, 지역문학사에 대해서다. 지역문학 연구는 1980년대 이후 오늘날까지 활발하게 진행되고 있다. 이 논의의 바탕에는 중심에 대한 반감과 함께 주변이 지닌 가치의 자각이 존재한다. 서구나 서울이 평가의 기준이 되고 지향점이 되는 현상에 대한 학문적 반성의 일환이다. 따라서 여기에는 탈근대적 요소가 강하게 제기될 수밖에 없다. 즉, 특수성의 강조로 인한 보편성의 해체와 획일성에 대한 문제제기, 그리고 이에 따른 다양성을 추구하고 있는 것이다. 문제는 이에 대한 새로운 가치의 발견일 터인데, 고전문학은 여기에 매우 풍부한 자료를 제공한다.

지역문학사는 지방지를 저술하면서 '문학'이라는 항목을 두어 단편적으로 집필하던 전례를 넘어 독자적인 영역으로 성장할 수 있어야 한다. 이러한 분위기 속에서 조동일은 문학사에 관한 오랜 탐구의 종착점으로 '지방문학사'를 들고 이에 대한 연구의 방향과 과제를 제시하기도 했다.[23] 지역문학에 대한 연구는 무엇보다 기초문헌의 체계적인 수집과 정리, 그리고 보존이 전제되어야 한다. 이러한 측면에서 이 분야 연구는 아직 본격적으로 시작되었다고 하기 어렵고, 연구방법론 역시 심도 있게 개발되지 못했다.

영남 지역의 경우를 한 사례로 보자. 권영철, 유기룡, 김주한이『경상도 7백년사』의 문학분야를 집필하면서 영남의 문학을 고전문학, 현대문학, 한문학을 각기 나누어 서술했다. 이로써 영남문학사의 가능성을 보였으나, 하나의 통일된 시각으로 문학사가 서술되지 못한 아쉬움을 남겼다.『삼국유사』에 두루 나타나고 있는 신라시대의 다채로운 설화, 성리학의 유입에 따른 선비들의 문학정신, 내방가사를 중심으로 한 여성의 문학활동, 동학 등의 근대전환기 민족운동과 이에 따른 작품들을 체계적으로 다루되, 시대를 관통하는 영남의 상상력이 일관되게 제시되지 못했기 때문이다.

지역문학사 연구는 한국에 비해 중국에서 더욱 활발하게 이루어졌다. 중국은『경족문학사(京族文學史)』,[24]『강족문학사(羌族文學史)』,[25]『몽고족문학사(蒙古族文學史)』,[26]『포의족문학사(布依族文學史)』[27] 등과 같은 소수민족

---

23) 조동일(2003),『지방문학사－연구의 방향과 과제』, 서울대학교출판부.

24) 蘇維光 외,『京族文學史』, 中國 : 廣西教育出版社, 1993.

25) 李明,『羌族文學史』, 中國 : 四川民族出版社, 1994.

문학사가 발달해 각 지역 문학의 역사를 소개하였다. 한족의 경우도 지역에 따라 문학사를 새롭게 저술하였는데, 진영정(陳永正)의 『영남문학사』[28]는 그 대표적이다. 중국에도 '영남'이 있어, 오령(五嶺)의 이남을 지칭한다. 이 지역은 영외(嶺外), 영표(嶺表), 영교(嶺嶠), 영남(嶺南) 등으로 불렸으며, 당대(唐代)에 전국을 10도로 나누면서 영남을 그 가운데 하나로 두었다.[29] 진영정은 영남의 고전문학에 대하여 이렇게 말하고 있다.

> 고대의 영남문화는 영남지역의 본토문화인 백월문화(百越文化)의 기초 위에 점점 형초문화(荊楚文化)와 중원문화(中原文化)를 융합하여 형성된 것이다. 이것은 중국문화를 조직하는 중요한 부분이다. 해상무역의 발전에 따라 외국문화와의 교류가 날로 많아지고 빈번해 지면서 영남의 문화는 다시 외래문화의 정수를 흡수하여 이 지역의 특색있는 문화를 형성하게 되었다. 영남문학은 영남문화와 지방의 특색이 있는 언어 예술을 충분히 체현하였다. 더욱이 영남의 대중문학은 짙은 향토적 색채를 띠고 있어 영남 인민들이 즐거이 듣고 보는 것이 되었다.[30]

여기서 보듯이 진영정은 중국의 영남문학은 역사지리적 환경에 따라 향토색 짙은 문학적 성격을 지닌다고 했다. 이러한 생각에 따라 명대를 기준으로 하여 '명이전문학', '명대문학', '청대문학'으로 나누어 중국 고전문학의 일환으로 영남문학을 부각시켰다. 특히 영남의 작가들은 시사(詩社) 결성을 좋아하였는데, 송대 이후 이것이 더욱 많아져 이시회우(以詩會

---

26) 內蒙古人民出版社編著, 『蒙古族文學史』(총4책), 中國 : 內蒙古人民出版社, 2000.

27) 何積全, 陳立浩主編, 『布依族文學史』, 中國 : 貴州民族出版社, 1992.

28) 陳永正, 『嶺南文學史』, 中國 : 廣東高等教育出版, 1993. 이 책은 두 편으로 이루어져 있는데, 제1편은 '嶺南古代文學'이며, 제2편은 '嶺南近代文學'이다.

29) 중국의 영남 지역은 지금의 廣東과 廣西지역 대부분과 越南북부지역을 포괄한다. 이 가운데 광동지역이 영남지역을 대표한다.

30) 陳永正(1993), 「編寫說明」, 『嶺南文學史』, 中國 : 廣東高等教育出版, 1쪽.

友)의 영남시파가 형성되었다고 했다. 시대구분과 서술의 체계성에 있어 문제가 없지 않으나, 이 지역이 지닌 지리적 특수성을 염두에 두면서 소설이나 희곡에 비해 시, 사(詞), 산문방면이 뛰어난 이 지역의 문학적 성격을 다루고 있다. 타산지석으로 삼을 요소들이 있다.

다음으로 문학지리학에 대해서다. 문학지리학의 학문적 개념은 1990년대 초부터 지리학자들이 해외의 연구성과를 도입하면서 소개되기 시작했고, 국문학계에서는 2000년대 중반 이후부터 연구가 진행되기 시작했다.[31] 지리학계에서는 이은숙 등이 지리학의 외연을 넓히면서 장소 경험이 지닌 지리학 연구로 논의를 구체화시켰으며,[32] 국문학계에서는 조동일이 지방문학과 여행문학을 강조하며 출발선을 만들었다.[33] 이러한 과정을 거치면서 '심상지리', '표상', '서사지리' 등 다양한 용어를 생성하며 이 분야 연구는 발전해 나갔다.

문학지리학이 지리학의 관점에서는 지리 경관의 독해에 문학이 자료로 동원되는 것이라면, 문학의 관점에서는 문학에 수용된 경관 혹은 문학에 반영된 지리적 환경을 주목하였다. 그러나 지리학의 관점에서 문학은 도구화 혹은 파편화될 우려가 없지 않고, 문학적 관점에서 지리는 지리적 특수성이 상실될 우려가 있다. 이러한 측면에서 문학지리학은 융합적이고 상생적인 방향으로 설계되어야 할 것인데, 문화어문학적 측면에서 전문성과 대중성 역시 담보되어야 할 중요한 요소이다.

문학지리학에서 공간 감성을 따지는 것이 하나의 방법일 수 있다. 낙동

---

31) 이에 대한 전반적인 논의는 권혁래(2016), 「문학지리학 연구의 정체성과 연구방법론 고찰」(『우리문학연구』 51, 우리문학회)에서 이루어졌다.

32) 이은숙(1992), 「문학지리학 서설―문학과 지리학과의 만남」, 『문학역사지리』 4, 한국문화역사지리학회.

33) 조동일(2004), 「문학지리학을 위한 출발선상의 토론」, 『한국문학연구』 27, 동국대학교한국문학연구소.

강과 그 연안지역을 중심으로 공간 감성과 문학적 소통을 연구한 정우락의 논의가 하나의 사례가 된다. 낙동강이 차안과 피안의 '경계'이기도 하지만, '소통'의 기능도 충실히 담당했던 역사 지리적 상황에 주목하면서 이 지역에서 생성된 문학을 살필 수 있다. 그 결과 이 지역에서는 낭만 감성, 도학 감성, 사회 감성이 강하게 작동하였으며, 이 가운데 사회 감성은 소통이 부재하는 상황에서 발생하는 것으로 파악되었다. 지리적 환경과 문학적 상상력의 구체상이 이로써 밝혀질 수 있었다.[34]

문학지리학도 중국에서 더욱 활발하게 진행되었다. 1986년 김극목(金克木)이 「문예의 지리학 연구에 대한 착상」[35]에서 지리학의 각도에서 문학예술을 논의하기 시작하였고, 1989년 증대흥(曾大興)이 「중국 역대 문학가의 지리 분포」를 발표하면서 이 분야 연구는 본격화되었다. 이후 2011년에는 중국문학지리학회가 설립되었는데, 이 학회에서는 해마다 대규모의 전국 학술대회를 개최하며 심도 있는 성과를 내고 있다. 특히 증대흥은 관련 서적을 여러 권 출간했다.[36] 그중 『문학지리학개론』에서는 문학지리학의 연구대상과 연구내용을 다음과 같이 제시한 바 있다.

　　문학지리학의 연구대상을 포괄적으로 정의하면, 바로 '문학과 지리환경의 관계'라고 할 수 있다. 문학지리학의 연구내용은 주로 '문학과 지리환경의 관계', '문학가의 지리적 분포', '문학작품의 지리공간 및 그 공간의 요소, 구조와 기능', '문학 전파의 지역적 차이 및 그 효과', '문학 경관의 분포와 그것이 내포한 가치', '문학구역의 차이, 특징 및 의의' 등이다.[37]

---

34) 정우락(2014), 「낙동강과 그 연안지역의 공간 감성과 문학적 소통」, 『한국한문학』 53, 한국한문학회.

35) 金克木(1986, 4期), 「文藝的地域學硏究設想」, 『讀書』, 中國 : 三聯書店, 87-93쪽.

36) 曾大興, 『文學地理學硏究』(中國 : 商務印書館, 2012), 『中國歷代文學家之地理分布』(中國 : 商務印書館, 2013), 『文學地理學槪論』(中國 : 商務印書館, 2017)이 그것이다.

37) 曾大興(2017), 『文學地理學槪論』, 中國 : 商務印書館, 1쪽.

이에 따라 증대홍은 문학지리학이 문학사와 마찬가지로 하나의 전문분야를 인정하는 전공으로 설정되어야 한다고 했다. 그 이유로는 뚜렷한 연구대상이 존재하고, 정비된 지식체계가 마련되어 있으며, 전공 자체의 의의와 이론적 의의 및 실천적 의의를 함유하고 있는 것 등을 들었다. 이러한 논의는 현재 진행형이라고 할 수 있지만, 많은 학자들이 여기에 공감하면서 관련 논문을 발표하고, 대학원에서는 학생들이 학위논문으로 제출하기도 한다. 이론적인 측면이나 성과 면에서 더욱 정비되어야 할 부분이 있지만, 우리는 문화어문학의 구체적인 방법론으로 주목할 필요가 있다.

인간의 생활 속에서 자연스럽게 생성되었던 근대 이전의 고전문학은 그 본래의 기능을 회복해야 한다. 이것은 근대 이후, 미적 체계 속에서 생성된 작품만을 문학으로 보고자 하는 시각을 교정하는 일이기도 하지만, 위기의 시대를 맞은 한국어문학을 새로운 각도에서 되살려놓기 위함이다. 고전문학 연구를 문화어문학적 측면에서 혁신하고자 하는 이유가 바로 여기에 있다. 이를 위하여 그동안 개발되었던 지역문학사나 문학지리학을 하나의 사례로 참고하면서, 보다 심도 있는 이론체계가 이루어져야 한다. 그리고 문학의 생성과 변천, 향유와 산업의 문제에까지 나아가 실용적 측면을 극대화할 수 있어야 한다. 문화어문학의 사명은 바로 여기에 있기 때문이다.

참고문헌

1. 기본자료

권영철 편, 『閨房歌辭』 I, 한국정신문화연구원, 1979.
金富軾, 『三國史記』
『논어』
朴齊家, 『貞蕤閣三集』
李　埈, 『槐園集』
『一善誌』
一　然, 『三國遺事』
張緯恒, 『臥隱集』

2. 연구논저

권혁래, 「문학지리학 연구의 정체성과 연구방법론 고찰」, 『우리문학연구』 51, 우리문학회, 2016.
金克木, 『讀書』, 中國 : 三聯書店, 1986.
김동준, 「한국한문학사에 표상된 중국 西湖의 전개와 그 지평」, 『한국고전연구』 28, 한국고전연구회, 2013.
內蒙古人民出版社編著, 『蒙古族文學史』(총4책), 中國 : 內蒙古人民出版社, 2000.
백순철, 「문화콘텐츠 원천으로서 <화전가>의 가능성」, 『한국시가문화연구』 34, 한국고시가문화학회, 2014.
蘇維光 외, 『京族文學史』, 中國 : 廣西教育出版社, 1993.
이강옥, 『구운몽과 꿈 활용 우울증 수행치료』, 소명출판, 2018.
李　明, 『羌族文學史』, 中國 : 四川民族出版社, 1994.
이은숙, 「문학지리학 서설 – 문학과 지리학과의 만남」, 『문학역사지리』 4, 한국문화 역사지리학회, 1992.
장정수, 「화전놀이의 축제적 성격과 여성들의 유대 의식」, 『우리어문연구』 39, 우리어문학회, 2011.
전유재, 「'瀟湘八景' 한시의 한국적 수용 양상 연구」, 숭실대학교 박사학위논문, 2014.
정우락, 「우리 시대의 인문학문, 어디로 가고 있는가」, 『경북대신문』 2017년 5월 28일자.
＿＿＿, 「조선시대 "문화공간 – 영남"에 대한 한문학적 독해」, 『어문론총』 57, 한국문학언어학회, 2012.

_____, 「조선시대 선비들의 풍류방식과 문화공간 만들기」, 『퇴계학논집』 15, 영남퇴계학연구원, 2014.

_____, 「낙동강과 그 연안지역의 공간 감성과 문학적 소통」, 『한국한문학』 53, 한국한문학회, 2014.

_____, 「21세기 活學으로서의 남명학」, 『21세기 위기의 한국사회와 남명학적 대응 발표자료집』, 2017.

정우락 · 백두현, 「문화어문학 : 어문학에 대한 문화론적 혁신」, 『문화어문학이란 무엇인가』, 커뮤니케이션북스, 2015.

조동일, 『지방문학사 - 연구의 방향과 과제』, 서울대학교출판부, 2003.

_____, 「문학지리학을 위한 출발선상의 토론」, 『한국문학연구』 27, 동국대학교한국 문학연구소, 2004.

조영록, 「羅 · 唐 동해 관음도량, 낙산과 보타산 - 동아시아 해양불교 교류의 역사 현장 - 」, 『정토학연구』 17, 한국정토학회, 2012.

曾大興, 『文學地理學硏究』, 中國 : 商務印書館, 2012.

_____, 『中國歷代文學家之地理分布』, 中國 : 商務印書館, 2013.

_____, 『文學地理學槪論』, 中國 : 商務印書館, 2017.

陳永正, 『嶺南文學史』, 中國 : 廣東高等敎育出版, 1993.

何積全 · 陳立浩 主編, 『布依族文學史』, 中國 : 貴州民族出版社, 1992.

한길연, 「고전소설 연구의 대중화 방안 - 디지털 매체와의 상관성을 중심으로」, 『어문학』 115, 어문학회, 2012.

제1부

고전문헌의 문화론적 독법

『애일당구경첩』을 통해 본 농암 이현보의 문화 활동*

최 은 주 | 경북대학교 영남문화연구원 연구원

1. 머리말

전통 시대의 문학은 문학으로 고립되어 있지 않았고, 인접 분야와 소통하면서 예술 일반을 넘나들었다. 이러한 넘나듦은 전통 시대 지식인들 사이에서 보편적으로 이루어졌으며, 이 가운데 다양한 활동들이 행해졌다. 따라서 이러한 활동들을 살펴보는 것은 오늘날 우리가 당대인의 삶에 한 걸음 더 다가설 수 있는 계기를 마련할 수 있다. 이러한 관점에서 본다면 현재 보물 1202호로 지정되어 있는 『애일당구경첩(愛日堂具慶帖)』은 주목할 만한 자료이다. 이 시첩은 상·하로 나누어져 있는데, 먼저 권상에는 <무진추한강음전도(戊辰秋漢江飮餞圖)>, <기묘계추화산양로연도(己卯季秋花山養老宴圖)>, <병술중양일분천헌연도(丙戌重陽日汾川獻燕圖)> 등 3편의 그림이 있

---

* 이 글은 최은주(2015), 「『愛日堂具慶帖』을 통해 본 聾巖 李賢輔의 문화활동」(『大東漢文學』 45, 大東漢文學會)에 실렸던 글을 수정한 것이다.

고 그림 아래에 각각 당시의 명사들이 쓴 시들이 있다. 권하에는 이현보(李賢輔, 1467-1555)가 1519년(중종 14) 안동부사로 있으면서 중양절(重陽節)에 부모와 관내 노인들을 초청하여 잔치를 베풀면서 지은 <화산양로연시(花山養老宴詩)>와 이에 화답한 차운시와 1512년 애일당을 건립하고 지은 <농암애일당시(聾巖愛日堂詩)>와 이에 화답한 차운시가 수록되어 있다.

이 첩(帖)을 주목하는 이유는 이러한 시화첩의 제작이 단순히 차운시를 모으고 그림을 함께 수록하여 제작한 것에서 그치지 않기 때문이다. 당시 이현보는 효행으로 이름난 인물로 부모를 위해 경치가 좋은 곳에 건물을 짓고 '애일당(愛日堂)'이라는 당호를 붙이게 된다. 물론 당대에 효를 실천했던 인물이 이현보뿐만은 아니었을 것이나, 이러한 효와 관련된 활동들이 한데 모여 하나의 시화첩의 제작으로까지 나아간 경우는 찾아보기 힘들다.

『애일당구경첩』 상·하 가운데 권하는 한국국학진흥원이 2003년에 펴낸『귀중본자료집』[1]에 수록되어 있어 그 세부적 내용의 파악이 가능하였고, 현재는 국가기록유산 홈페이지에 상·하 전체 자료가 제공되어 누구나 손쉽게 자료로의 접근이 가능한 상태이다.[2]

앞서 말한 바와 같이 이 글에서 살펴볼 이현보의 활동은 당시 지식인층의 일상 속에서 흔히 이루어지던 활동이었다. 문화라는 것을 한 가지로 정의하기는 어렵지만, 한 인간이나 한 시대, 혹은 인간집단의 생활양식을 통틀어 지칭한다고 할 때 당대인의 일상 속에서 이루어진 이러한 활동은 일종의 문화를 형성한다고 볼 수 있다.[3] 또한 활동의 주체가 어떠한 의식

---

1) 한국국학진흥원 국학자료부(2003),『歸重本 資料集』, 한국국학진흥원.
2) 현재『애일당구경첩』의 전체 이미지와 탈초한 자료는 국가기록유산 홈페이지(http://www.memorykorea.go.kr/)에서 확인할 수 있다.
3) 이 글에서는 인류학적 관점을 받아들여 문화를 '인간집단의 생활양식의 총체'로 보고 서술해 나가고자 한다. '문화'란 무엇인가에 대한 논의는 다양하며, 그것의 개념에 대한 정

을 지니고 지속적으로 활동을 수행하였으며, 이것이 단순히 자가(自家) 내, 혹은 향촌 내에서 그치지 않고 당대인들에게 하나의 의미를 지닌 활동으로 인식되었다는 점에서 유의미한 문화 활동이라 할 수 있을 것이다. 문화의 향유자, 즉 주체가 어떠한 행위를 하였는가가 문화를 연구하는 데 중요하기 때문에 문화의 구체적 활동을 살펴보는 것은 그 문화를 이해하는 데 유의미하게 작용한다.[4] 뿐만 아니라 이현보가 그의 부모를 위한 데서 그치지 않고 그의 아들이 이현보가 노년이 되었을 때 또 다시 양로연을 베푼 것을 통해 본다면 하나의 문화적 현상이 대를 이어 내려오고 있었음을 알 수 있다. 일상은 "지속성과 반복성 등에 형성되는 인간적인 관습과 연결되며 문화가 습관과 전통으로 구축되는 것으로 이해되는 것은 이러한 이유 때문"[5]이라는 점에서 알 수 있듯이 문화의 향유자들 사이에서 계속적으로 활동이 축적되고 의미가 지속될 수 있다는 것은 이현보의 활동이 단순히 반복되는 일상을 넘어 의미 있는 문화로 작용하였음을 알 수 있다.

따라서 이 글은 『애일당구경첩』을 통해 이현보의 일상 속에서 벌어졌던 문화 활동을 살펴보는 것을 목적으로 한다. 이는 단순히 시화첩 속의 한시 작품만을 살펴보는 것을 넘어서서 시첩의 제작과 관계되어 있는 다양한 문화 활동의 양상을 살펴보고자 하는 것이다.

의 또한 학자들마다 달리 이루어지고 있다. 여기서 사용할 '문화'는 이 가운데 다소 폭넓은 의미이다. 이러한 넓은 의미로 문화를 이해하고 살펴보고자 하는 것은 결국 문화는 인간의 삶과 그 삶의 의미를 알아내는 것과 밀접한 관련이 있다고 보기 때문이다.

4) 김기현(2015), 「'문화'로 읽는 고전문학 : 시조를 중심으로」, 『문화어문학이란 무엇인가』, 커뮤니케이션북스, 178쪽 참조.

5) 강내희(2004), 「문화적 관점」, 『문화연구』38, 문화과학사, 28쪽 참조.

2. 『애일당구경첩』의 구성

먼저 자료의 이해를 위해 대략적으로 시화첩의 구성을 살펴볼 필요가 있다. 농암 이현보 가문에 소장된 유물은 교지를 포함하여 고문서류·전적류·회화류 등의 자료들이 보물 제1202호로 일괄 지정되어 있다. 이 글에서 살펴볼 『애일당구경첩』 역시 지정된 전적 가운데 하나이다.

『애일당구경첩(愛日堂具慶帖)』은 앞서 서술한 바와 같이 상·하로 나누어져 있으며,6) 수록된 내용을 구체적으로 살펴보면 권상에는 <무진추한강음전도(戊辰秋漢江飮餞圖)>와 <기묘계추화산양로연도(己卯季秋花山養老宴圖)>, <병술중양일분천헌연도(丙戌重陽日汾川獻燕圖)>가 실려 있고, 해당 그림 아래에는 각각 당대의 명사들의 시가 첨부되어 있다. 그리고 권하에는 농암 이현보의 시와 당대의 명사들의 시가 첨부되어 있다. 현재 수록된 시의 저작 시기는 1519년(중종 14) 가을에 이현보가 안동부사(安東府使)로 재직하던 때로 경내의 노인을 불러 모아 잔치를 베풀고, <화산양로연시(花山養老宴詩)>와 <농암애일당시(聾巖愛日堂詩)>를 지었다고 알려져 있다.

상·하에 실려 있는 그림과 시문의 작가를 좀 더 구체적으로 살펴보자.7)

---

6)   각각의 서지사항은 다음과 같다.
    『愛日堂具慶帖』上冊 1冊. 行字數不定 ; 36.8cm×26.4cm
    『愛日堂具慶帖』下冊 1冊. 行字數不定 ; 77.4cm×36.5cm
7)   제시한 [표 1]에는 첩장된 순서대로 작가의 이름과 생몰년, 그리고 작품의 형식과 괄호 안에 그 수만 밝혔다. 실제 시화첩에는 작가의 字로 표시된 경우가 많았으나 표에서는 이름만 제시하였다. 생몰년이 분명치 않은 경우는 '?'로 제시하였으며, 밝히지 못한 인물도 있음을 밝혀 둔다.

[표 1] 『애일당구경첩』의 구성

上	下
<戊辰秋漢江飮餞圖」>	李賢輔：花山養老燕詩(칠언율시 1), 序
李希輔(1473-1548)：칠언율시(2), 序	李賢輔：聾巖愛日堂詩(칠언절구 2), 序
申　鏛(1480-1530)：칠언절구(1)	金　䌓(?-?)：칠언율시(1) 칠언절구(2)
金世弼(1473-1533)：칠언장편	黃　瑾(1464-1526)：칠언율시(1) 칠언절구(2)
安處明(1476-?)：칠언율시(1)	李　滉(1501-1570)：칠언율시(1) 칠언절구(1)
金安國(1478-1543)：칠언절구(3), 칠언율시(1)	金　瑛(1475-1528)：칠언율시(1) 칠언절구(2)
兪汝霖(1476-1538)：칠언절구(3)	黃漢忠(1464-?)：칠언율시(2) 칠언절구(2)
蘇世良(1476-1528)：칠언율시(1)	孫　洙(?-1522)：칠언율시(1) 칠언절구(2)
崔淑生(1457-1520)：칠언절구(6)	金安老(1481-1537)：칠언율시(1) 칠언절구(2)
黃汝獻(1486-?)：오언율시(2)	李　沆(1474-1533)：칠언율시(1)
柳仁貴(1463-1531)：칠언장편	金克成(1474-1540)：칠언율시(1) 칠언절구(2)
柳　雲(1485-1528)：오언율시(7)	朴　祥(1474-1530)：칠언율시(1) 칠언절구(2)
徐　厚(?-?)：칠언율시(2)	金世弼(1473-1533)：칠언율시(1) 칠언절구(2)
金　瑛(1475-1528)：칠언절구(1)	南　袞(1471-1527)：칠언율시(1) 칠언절구(2)
曹繼衡(1470-1518)：오언율시(2)	蘇世良(1476-1528)：칠언율시(1) 칠언절구(2)
沈　義(1475-?)：칠언장편	金粹潭(1480-1523)：칠언율시(1) 칠언절구(1)
李　耔(1480-1533)：오언장편	沈思遜(1493-1528)：칠언율시(1) 칠언절구(2)
<己卯季秋花山養老燕圖>	李希輔(1473-1548)：칠언율시(1) 칠언절구(2)
李賢輔：九月晦日養老燕詩(칠언율시 1), 序	辛熙貞(?-?)：칠언율시(1) 칠언절구(2)
李賢輔：聾巖愛日堂詩(칠언절구 2), 序	李　偉(?-?)：칠언율시(1) 칠언절구(1)
金　䌓(?-?)：칠언율시(1) 칠언절구(2)	金安國(1478-1543)：칠언율시(1) 칠언절구(2)
黃　瑾(1464-1526)：칠언율시(1) 칠언절구(2)	李思鈞(1471-1536)：칠언율시(1) 칠언절구(2)
孫　洙(?-1522)：칠언율시(1) 칠언절구(2)	李　荇(1478-1534)：칠언율시(1) 칠언절구(2)
金安老(1481-1537)：칠언율시(1) 칠언절구(2)	魚得江(1470-1550)：칠언율시(1) 칠언절구(2)
李　沆(1474-1533)：칠언율시(1)	玉峯野老(?-?)：칠언율시(1) 칠언절구(1)
表　憑(?-?)：칠언율시(1) 칠언절구(2)	黃汝獻(1486-?)：칠언율시(1) 칠언절구(2)
南　袞(1471-1527)：칠언율시(1) 칠언절구(2)	曹　伸(?-?)：칠언율시(1) 칠언절구(2)
蘇世良(1476-1528)：칠언율시(1) 칠언절구(2)	黃孝獻(1491-1532)：칠언율시(1)
金粹潭(1480-1523)：칠언율시(1) 칠언절구(1)	魚泳濬(1483-1529)：칠언율시(1) 칠언절구(2)
金克成(1474-1540)：칠언율시(1) 칠언절구(2)	鄭士龍(1491-1570)：칠언율시(1) 칠언절구(2)
朴　祥(1474-1530)：칠언율시(1) 칠언절구(2)	金粹涵(?-?)：칠언율시(1)
金世弼(1473-1533)：칠언율시(1) 칠언절구(2)	安處明(1476-?)：칠언율시(1) 칠언절구(1)
權　橃(1478-1548)：칠언율시(1)	兪仲翼(?-?)：칠언율시(1) 칠언절구(2)
金　瑛(1475-1528)：칠언율시(1) 칠언절구(2)	商　老(?-?)：칠언율시(1) 칠언절구(1)
黃漢忠(1464-?)：칠언율시(2) 칠언절구(2)	兪　㻩(?-?)：칠언율시(1) 칠언절구(1)
曹　伸(?-?)：칠언율시(1) 칠언절구(2)	洪彦國(?-?)：칠언절구(5)
黃孝獻(1491-1532)：칠언율시(1)	李　迫(1483-1536)：칠언율시(1) 칠언절구(2)
魚泳濬(1483-1529)：칠언율시(1) 칠언절구(2)	金永鈞(?-?)：칠언율시(1) 칠언절구(2)

上	下
鄭士龍(1491-1570) : 칠언율시(1) 칠언절구(2) 金粹涵(?-?) : 칠언율시(1) 安處明(?-?) : 칠언율시(1) 칠언절구(1) 俞仲翼(?-?) : 칠언율시(1) 칠언절구(2) 李思鈞(1471-1536) : 칠언율시(1) 칠언절구(2) 李　荇(1478-1534) : 칠언율시(1) 칠언절구(2) 蘇世讓(1486-1562) : 칠언율시(1) 칠언절구(2) 魚得江(1470-1550) : 칠언율시(1) 칠언절구(2) 玉峯野老(?-?) : 칠언율시(1) 칠언절구(1) 黃汝獻(1486-?) : 칠언율시(1) 칠언절구(2) 沈思遜(1493-1528) : 칠언율시(1) 칠언절구(2) 李希輔(1473-1548) : 칠언율시(1) 칠언절구 辛熙貞(?-?) : 칠언율시(1) 칠언절구(2) 李　偉(?-?) : 칠언율시(1) 칠언절구(1) 金安國(1478-1543) : 칠언율시(1) 칠언절구(2) 沈　貞(1471-1531) : 칠언율시(1) 칠언절구(2) 商　老(?-?) : 칠언율시(1) 칠언절구(1) 俞　瑔(?-?) : 칠언율시(1) 칠언절구(1) 金永鈞(?-?) : 칠언율시(1) 칠언절구(2) 李長坤(1474-1519) : 칠언율시(1) 칠언절구(2) 柳希齡(1480-1552) : 칠언율시(1) 칠언절구(3) 張　玉(1493-?) : 칠언율시(1) 칠언절구(2) <丙戌重陽日汾川獻燕圖> 朴　祥(1474-1530) : 칠언장편, 序 李　荇(1478-1534) : 칠언절구(1) 洪彦弼(1476-1549) : 오언율시(1)	李長坤(1474-1519) : 칠언율시(1) 칠언절구(2) 柳希齡(1480-1552) : 칠언율시(1) 칠언절구(3) 張　玉(1493-?) : 칠언율시(1) 칠언절구(2)

　위에서 보듯이 『애일당구경첩』은 상·하로 나누어져 있으며, 다양한 이들의 작품이 실려 있다. 먼저 권상부터 살펴보자. 권상의 가장 큰 특징은 권하와 달리 그림이 실려 있다는 것이다. 각각의 그림에 대해 대략적으로 살펴보면, 먼저 가장 먼저 수록된 <무진추한강음전도(戊辰秋漢江飮餞圖)>는 무진년(戊辰年)인 1508년(중종 3) 가을에 부모를 봉양하기 위해 영천군수(永川郡守)로 부임하는 이현보를 전송하기 위하여 모인 이들이 한강에서 잔치하는 광경을 그린 것이다. 연보에 따르면 이때 이현보는 9월에 부

모를 위해 외직을 청하였다고 한다. 당시 양친의 나이가 모두 70세가 넘어서 편양(便養)을 위해 3번이나 글을 올려 외직을 청하였고, 그 결과 그의 뜻이 받아들여져 영천군수에 제수될 수 있었다.[8] 그림 뒤에 실려 있는 작품들의 작가는 대부분 그가 당시 교유하던 인물들로 작품의 내용은 대체로 그가 효의 실천을 위해 외직으로 나감을 인식하면서 그와 송별하는 내용을 다루고 있다.

<上略>	<상략>
胡爲乞郡不自由	어찌 자유롭지 못하도록 고을 수령을 자청하였는가
白雲鄕國歸心切	흰구름 고향으로 돌아가고픈 마음 간절하였네.
知君此去緣養親	그대의 이번 걸음 어버이 봉양 때문임을 아노니
不是思彦山陽屈	사언은 山陽으로 좌천된 것이 아니라네.
君歸桑鄕奉甘羞	그대가 고향으로 돌아가 맛있는 음식 받들어 올리면
五鼎榮養誰與儔[9]	五鼎의 영화로운 봉양인들 누가 비할 수 있으랴.
<下略>	<하략>

송별할 때 류인귀(柳仁貴, 1463-1531)가 쓴 칠언장편의 일부이다. 이현보는 당시 조정에서 여러 관직을 역임하고 있었는데, 부모를 위해 외직을 자청하였던 것임을 이때 모인 이들은 모두 알고 있었다. 그렇기에 전송하는 이들은 보통 전별(餞別)의 때에 읊는 시들과 달리 위의 작품에서처럼 "한 번 지방관으로 나감은 굴욕이 아니라"[10]거나 "조정에서 그대를 용납하기 어려웠던 것이 아니라, 인끈과 인장을 차고 가 어버이를 위함이라네."[11]라고 읊을 수 있었던 것이다. 이별의 슬픔을 드러내기보다는 지기

8) <年譜>, 『聾巖集』, 한국문집총간 17, 457쪽. "九月, 爲親乞外, 除永川郡守, 時雙親在堂, 壽及稀頤, 以便養三上章乞外, 遂有是除."
9) 柳仁貴, 『愛日堂具慶帖』.
10) 柳雲, 『愛日堂具慶帖』. "一麾非爲屈."

(知己)였던 이현보의 바람이 이루어지는 것을 아름답게 여긴 것이다. 또 시구에 쓰인 "오정(五鼎)"은 소, 양, 돼지, 생선, 사슴 다섯 가지 고기를 다섯 솥에 각각 담아 먹는 것을 이른 말로 고기가 갖추어진 진수성찬을 뜻하는 것이다. 즉 가까이서 부모를 모심이 가장 큰 효도임을 이야기하고 있다. 물론 이때 지어진 시들 가운데는 일반적인 송별시처럼 이별의 아쉬움을 토로하는 내용들도 있지만, 대체로 송별하는 이들은 그가 부모 계신 곳 가까이에 가서 봉양을 잘 하고 지방관으로서도 훌륭히 백성을 보살피기를 바라는 마음을 드러내었다. 이런 이유로 부모와 멀리 있는 이들이나 부모가 이미 세상을 떠난 이들은 부모를 그리워하는 마음을 드러내며 가까이서 모실 수 있는 기회를 얻은 그에게 부러움을 드러내기도 했다.

다음으로 <기묘계추화산양로연도(己卯季秋花山養老燕圖)>는 기묘년(己卯年)인 1519년(중종 14) 9월에 당시 안동부사(安東府使)로 있던 이현보가 경 내의 노인들을 불러 잔치하는 광경을 그린 것이다. 이현보는 1517년 11월에 부모를 모시기 위한 이유로 안동부사가 되어 내려오게 된다. 이전까지 그는 충주목사(忠州牧使)를 수행하고 있었는데, 안동부사로 오면서 좀 더 가까이서 부모를 모실 수 있는 기회를 얻게 된 것이다.

闔境熙熙五福天	온 고을 화목하게 五福을 누리는 곳
椿萱高會壽朋年	부모 위한 성대한 모임에 노인들을 모았네.
乞言令典覃鄕曲	乞言에 대한 임금의 은전은 시골 마을에 미쳤고
奉檄深誠到日邊	奉檄의 깊은 성심은 대궐에 이르렀네.
歡弄鳳簫歌宛轉	기쁘게 鳳簫 불면서 노래가 간드러지고
醉扶鳩杖舞留連	취하여 鳩杖 짚고서 춤이 이어지네.
至今父老猶追想	지금의 父老들 추억할 것이니

---

11) 申鏛, 『愛日堂具慶帖』. "朝廷不是難容子, 黑綬銅章屈爲親."

詑向兒童說此筵[12]   자랑하며 아이들 향해 이 잔치 이야기하리라.

류희령(柳希齡, 1480-1552)이 지은 작품으로, 이현보가 당시 지었던 시를 차운한 것이다. 이 잔치가 부모를 위한 잔치인 동시에 백성과 함께 하는 자리였음을 알 수 있다. 이 작품을 통해 당시 분위기를 잘 살펴볼 수 있는데, 이현보가 수령으로 있으면서 성대하게 펼친 양로연이었음을 알 수 있다. 모두가 흥겨운 가운데 가무(歌舞)가 이어지는 것을 통해 알 수 있다. 이때 중양절을 맞아 베푼 양로연은 자신의 부모뿐 아니라 지역 내의 백성들까지 모두 아우르는 행사였다는 점에서 의미가 깊다. 이현보 스스로도 이 날의 잔치에 시를 지으며 그 서문에서 자기와 같이 고을 내의 노인과 가까이 계시는 부모를 모두 모셔 양로연을 열 수 있는 일이 많지 않을 것[13]이라고 한 바 있다. 이 날의 이러한 기쁨은 단순히 잔치를 베푼 이현보와 그 자리에 참석한 노인들에게서 그친 것이 아니었다. 그렇기 때문에 이 자리에 참석하여 축하하였거나 그가 지은 이때의 시를 보고 차운하여 시를 보내 그 뜻에 함께 하고자 했던 이들 모두 이 날의 양로연을 으레 설행되던 잔치로만 인식하지 않고 특별히 시를 지어 기쁨을 함께 하고 의미를 되새기고자 하였다.

마지막 그림은 <병술중양일분천헌연도(丙戌重陽日汾川獻燕圖)>로 병술년(丙戌年)인 1526년(중종 21) 중양절(重陽節)에 이현보가 고향 분천(汾川)에서 잔치를 베푸는 광경을 그린 것이다. 이현보는 1525년 4월에 부모의 나이가 80세가 넘었음을 이유로 벼슬을 사직하고 고향으로 내려온다. 그러나 그의 뜻처럼 계속해서 고향에 머무를 수는 없었고, 계속 관직에 제수되었다. 관직에 있는 동안에도 지속적으로 휴가를 받아 고향을 찾아 부모를

---

12) 柳希齡, 『愛日堂具慶帖』.
13) 李賢輔, 『愛日堂具慶帖』. "作宰隣邑, 聚會鄕老, 而奉兩親同歡如予者, 宜未多得."

봉양하려는 노력을 기울이는데, 특히 1526년에는 부친의 나이가 87세, 모친의 나이가 80세였기 때문에 잔치를 베풀었던 것이다. 이때의 기록은 박상(朴祥)이 남긴 서문에 자세하다. 모인 이들이 중양절을 맞아 국화주를 마시는 한편 "<남해(南陔)>와 <백화(白華)>를 번갈아 연주하여 흥취를 돋우고, 또 웃음을 위해 몰래 작은 배에 기녀를 태워 장구 치고 피리 불며 멀리 강 가운데로 노 저어 가게 하였"14)다는 기록을 통해 볼 때 부모를 즐겁게 해드림은 물론, 모인 이들 역시 흥겨운 자리였음을 짐작할 수 있다.

권상에는 이러한 세 가지 그림이 일어난 순서대로 실려 있으며, 각각의 그림 뒤에는 당시 명사들의 시가 실려 있다. <무진추한강음전도(戊辰秋漢江飮餞圖)> 뒤에는 16명의 시문이, <기묘계추화산양로연도(己卯季秋花山養老燕圖)> 뒤에는 이현보를 비롯하여 41명의 시문이, <병술중양일분천헌연도(丙戌重陽日汾川獻燕圖)> 뒤에는 3명의 시문이 실려 있다.15) 현재 시화첩에 남아있는 작품의 수로 보았을 때 <기묘계추화산양로연도(己卯季秋花山養老燕圖)>가 가장 큰 비중을 차지하고 있음을 알 수 있다. 이는 이 시화첩의 첩장 목적과도 긴밀하게 연관된다 하겠다. 이러한 사실은 권하에 실린 시문이 이와 가장 많은 연관을 지닌다는 점을 통해서도 알 수 있다.

또한 각각 다른 광경을 그리고 있기는 하나 이들이 공통적으로 다루고 있는 큰 주제는 '효'와 관련된 것이다. 이는 이 시화첩이 '애일당구경첩'이라는 이름을 가지고 첩장되었다는 사실에서 쉽게 유추할 수 있는 것이기도 하다. 따라서 이 시화첩에 실려 있는 시는 대체로 당시의 상황을 읊

---

14) 朴祥, <重陽壽親詩序>, 『愛日堂具慶帖』. "南陔白華迭奏侑觴, 且謀所以開笑, 密令小舠載紅粧張鼓吹, 遙棹江心."

15) <丙戌重陽日汾川獻燕圖>의 뒤에 실려 있는 작품의 수가 다른 그림에 비해 적은 까닭은 현재로는 알 수가 없다. 다만 朴祥이 남긴 기록에서 "이때 화답한 자가 많았다"라고 한 것으로 보아 이때 지어진 작품은 많은 듯하나, 다른 그림과 관련한 기록은 연보에도 남아있지만 이때의 관련 기록은 朴祥이 자세히 서문을 써서 남긴 것만을 기록하고 있을 뿐이다.

고 이현보의 지극한 효심에 대해 칭송하거나 그가 관직에 있으면서 집안에서의 효의 실천에 그치지 않고 그것과 관련된 다양한 활동을 벌인 것에 대해 높이 평가하고 있는 것이 대부분이다.

한편 권상과는 달리 권하에는 그림 없이 이현보의 시문과 당시 명사 39명의 시가 실려 있다. 단순하게 보아서는 시화첩이 상·하로 나누어져 있는 듯하나, 권상과 권하가 완전히 다른 내용을 싣고 있는 것은 아니다. 제시한 표를 살펴보면 권상의 분량과 권하의 분량이 차이가 나는 것을 볼 수 있는데, 권하에는 <기묘계추화산양로연도(己卯季秋花山養老燕圖)>를 중심으로 하여 이현보의 <화산양로연시(花山養老燕詩)>와 <농암애일당시(聾巖愛日堂詩)>를 중심으로 이에 차운한 작품들이 실제 원본으로 첩장되어 있다. 따라서 권상과 권하에 실린 작품이 완전히 다른 것이 아니라 권하에 첩장된 원본 작품을 권상에서 전사하여 그림과 함께 실어두었음을 알 수 있다.

3. 일상 속의 문화 활동

앞서 『애일당구경첩』이 어떻게 구성되어 있는가에 대하여 대략적으로 살폈다. 이를 통해 여기에 실린 그림과 시문이 당시 이현보의 문화 활동과 어떠한 관련이 있는지 살펴볼 필요가 있다. 특히 이 장에서는 이현보가 당시 그의 생애를 통틀어 효를 실천했던 과정을 살피고, 그것이 구체적으로 드러났던 것에 주목을 할 것이다. 여기서 문화 활동이란 앞서 서술한 바와 같이 문화 향유자의 행위 자체를 의미한다. 이렇듯 구체적 문화 활동을 살펴보는 것은 삶의 방식 가운데 어떠한 행위가 실제적으로 이루어졌으며 나아가 이것이 어떠한 의미를 가지고 있는지 살펴보기 위해서이다.

1) 부모를 위한 건축물 축조

오늘날의 건축물은 실용적인 목적을 지니고 축조되는 경우가 대부분이다. 그렇기 때문에 건물이나, 어떠한 공간에 명명(命名)작업을 하는 행위 또한 실용적인 목적성과 연관이 되어 있는 경우가 많다. 그러나 조선시대에는 지식인들이 자신의 거주지에 새로운 생활공간을 만들고 거기에 문화적인 의미를 부여하는 경우가 많았다. 예컨대 자신이 직접 서재를 짓고 학문과 수양의 공간으로 삼는다거나 하는 것이 그것이다. 어떠한 공간이 일정한 문화적 의미를 지니기 위해서는 필요한 것이 있다. 문화 활동의 주체에 의해 이루어진 인공물이 더해지고 그 공간 속에서 다양한 문화 활동들이 이루어질 때 그 의미는 재생되고 증폭된다. 이현보 역시 자신의 고향에 생활공간을 만들어 특별한 의미를 부여하였다. 그것은 바로 이 시첩이 이루어진 가장 큰 이유라고 할 수 있는 '애일당'이라는 건축물의 축조이다. 다음의 자료를 보자.

바위가 집 동쪽으로 1리 쯤에 있는데, 높이는 몇 길 정도이고 위에는 20명이 앉을 만하다. 앞에 큰 냇물이 임해 있어 여울이 세차면 물결소리가 귀에 어지러워 말소리가 들리지 않으니 아마도 '농암(聾巖)'이라는 것이 이 때문에 얻은 이름인가. 만일 숨어서 출척(黜陟)을 듣지 않는 자가 거한다면 이름과 뜻이 더욱 합하니 참으로 아름다운 경계이다. 선대에 복거(卜居)한 이래로 매번 아름다운 명절에 자제들을 이끌고 여기에서 놀았는데, 정자와 대(臺)를 만들어 더 아름답게 꾸미고 싶었으나 이루지 못한 지가 여러 대가 지났다. 나의 가군(家君)에 이르러 더욱 항상 마음을 두셨으나 미루다가 이루지 못하고 노년에 이르렀다. 내가 선친의 뜻이 이루어지지 못하고 아름다운 경계가 황폐해지는 것을 안타깝게 여겨서 돌을 쌓아 대를 만들고 그 위에 정자를 지어, 부모님께서 건강히 살아계실 때에 그 속에서 모시고 놀며 여생을 즐겁게 보내실 수 있도록 하고자 하였다. 이름하기를

'애일당(愛日堂)'이라 하였으니, 마음과 뜻이 어찌 급히 서두르지 않을 수 있겠는가. 절구 두 수를 지어 여러 사람에게 화답을 구하여 이전의 양로연 (養老宴) 시(詩)와 함께 아울러 전하고자 한다.[16]

　위의 제시한 자료는 애일당의 축조와 관련된 것이다. 위 자료를 통해 이현보가 애일당을 축조한 이유를 알 수 있다. 애일당(愛日堂)은 이현보가 부모를 위하여 1512년(중종 7)에 고향 예안현(禮安縣) 분천리(汾川里) 분강(汾江) 기슭 농암 바위 가에 지은 건물[17]로, 정면 4칸, 측면 2칸의 건물이다. 이전의 선대부터 이곳에서 놀면서 정자나 대를 짓고자 하였으나 뜻을 이루지 못하고 이현보 대에까지 이르렀음을 알 수 있다. 이현보의 선조는 본래 영천에 세거하였으나 고조부(高祖父)인 이헌(李軒) 대에 분천으로 이거하였는데,[18] 이를 통해 조부 대부터 분천 기슭은 이들이 문화를 향유해온 근거지가 되었음을 알 수 있다. 따라서 선대부터 즐겨온 아름다운 경치 속에서 부모가 살아계실 때 좀 더 즐기실 수 있도록 하기 위함이 그 축조의 목적임을 분명히 드러내고 있다. 즉 오래전부터 이 자연공간에 자가(自家) 내에서 부여해 온 것은 풍류적 의미였으나, 여기에 인공적인 건축물을 더해 풍류적 의미에다 효의 실천이라는 새로운 의미를 더하고자 한 것이다. 또한 자신이 부여한 새로운 의미를 확고히 하기 위해서 이 건축물의

---

16) 李賢輔, 『愛日堂具慶帖』, "巖在家東一里許, 高數丈餘, 上可坐二十人. 前臨大川, 灘激則響應 聒亂人耳, 聲語不聞, 意者聾巖其以此而得名歟. 如有隱而𨚇陊不聞者居焉, 則名義尤合, 眞佳境 也. 自先世卜居以來, 每於佳辰令節, 率子弟遊于此, 欲作亭臺增飾其美, 而不果者, 蓋累代. 迄 我家君, 尤常念念, 而遷延不就以至于老, 予悶其先志之不遂勝境之蕪沒, 因巖而基, 疊石爲臺, 作堂其上, 欲及雙親之無恙, 侍遊其中以娛餘年, 名之曰愛日堂, 情志豈不急急歟. 成詩二絶, 求 和諸公, 欲與前之養老詩幷留云."

17) 현재는 안동댐 건설로 1975년 원래의 위치에서 서쪽으로 1km 쯤 떨어진 영지산 남쪽 기 슭으로 이건하였고, 2008년도에 농암종택을 복원하면서 陶山面 佳松里로 이건하였다.

18) <年譜>, 『聾巖集』, 한국문집총간 17, 455쪽, "高祖少尹公, 愛禮安縣東汾川水石之勝, 始卜 居焉."

이름을 '애일당(愛日堂)'이라 지어 자신의 뜻을 명확하게 밝혔다.

'애일(愛日)'은 자식이 부모가 연로하여 봉양할 날이 많지 않음을 안타깝게 여겨 날을 아끼며 효를 다한다는 뜻으로, 『논어(論語)』 이인편(里仁篇)에 "부모의 나이를 알지 않으면 안 되니, 한편으로는 기쁘고 한편으로는 두려운 것이다."[19]라는 구절이 나오는데 거기서 따온 것이다. 그리고 그 주석에 '애일의 정성 때문에 스스로 그만두지 못하게 된다[而於愛日之誠, 自有不能已者].'라는 구절을 보면 이현보가 당시 부모에 대한 효성을 드러내고자 하는 마음에서 당호를 붙였음을 이해할 수 있게 된다. 시화첩의 이름 또한 '애일당구경첩'으로 지어 자신의 효와 관련 있음을 확실히 내보였다. '구경(具慶)' 역시 부모가 모두 살아계시는 기쁨을 표현한 것이므로 이러한 의미가 더욱 강조된다 하겠다.

　　신의 노부(老父)가 경상도에 있어서 늘 귀양(歸養)으로써 사직을 청하였습니다. 신의 나이 이미 늙으니 신의 아비가 늙음을 알 수 있을 것입니다. 지난번 휴가를 받아 내려가 근친(覲親)할 때 말까지 주셨습니다. 바로 돌아와 승지(承旨)를 하니 천은(天恩)이 망극하여 곧 돌아가 귀양(歸養)을 하지 못하였습니다. 아비가 심히 늙으니 만일 큰 변고가 있으면 서로 보지 못할까 두렵습니다. 실정이 급박하므로 감히 아뢰옵니다.[20]

위의 자료에서 보듯이 이현보는 벼슬길에 나아가 있으면서도 항상 물러나 부모를 모시기를 청하였다. 물론 조선시대 선비들이 물러나고자 할 때 늙으신 부모를 봉양해야 함을 들어 사직한 경우는 수없이 많았다. 그

---

19) 『論語』 "父母之年, 不可不知也, 一則以喜, 一則以懼."

20) 『中宗實錄』 28年 癸巳 10月 29日(戊戌). "臣之老父, 在慶尙道, 每以歸養呈辭, 臣年已老, 臣父之老, 可知. 頃者, 受由歸覲, 至於給馬, 然不可久留, 卽上來爲承旨, 天恩罔極, 未卽歸養, 然父齒極老, 幸有大故, 恐未得相見情迫敢啓."

러나 그는 단순히 물러나기 위해서보다는 실제적인 효의 실천을 염두에 두고 물러나고자 했던 것으로 보인다. 이 외에도 『조선왕조실록』에 대구부사(大丘府使)였던 이현보가 올린 소지(所志)를 가지고 그의 늙은 어버이가 예안현(禮安縣)에 있는데 대구와의 거리가 3백 리 밖이니, 『경국대전』의 법에 의해 가까운 곳으로 바꾸어주는 것이 좋겠다고 한 기록[21]이 나오는 것으로 보아 그가 어버이 곁으로 가기 위한 노력은 지속적으로 이루어졌음을 알 수 있다. 또한 관직에 있으면서도 끊임없이 휴가를 청하여 고향으로 돌아가 부모를 살핀 것을 통해 그러한 노력의 실천을 알 수 있다. 그의 관직생활은 대체로 외직의 보임이 많았는데, 이 또한 정치적인 좌절보다는 부모를 조금이라도 가까이서 봉양하기 위한 효심을 발로로 보아야 할 것이다. 결국 이러한 효의 실천은 단순히 부모를 좀 더 가까이서 모시고자하는 소박한 효의 실천을 뛰어넘어 스스로 일정 공간에 건축물을 짓고 이와 관련된 문화적 의미를 부여하는 방향으로 나아갔음을 알 수 있다.

2) 양로연 개최와 구로회 결성

양로연(養老宴)은 노인을 공경하는 유교문화이념에 의해 지배층에서 천민에 이르기까지 전 계층이 연회를 통해 동락(同樂)하는 중요한 의례[22]였다. 1432년(세종 14)에 양로연에 천인들도 연회에 참여하도록 정한 이후 왕실과 지방관아에서 정례적으로 행해지던 행사였다.

> 기묘(己卯)년(1519) 가을에 재임한 고을에서 양로연(養老燕)을 베풀고 경내의 80세 이상의 노인들을 찾아, 사족(士族)에서부터 천한 종에 이르기까

---

21) 『中宗實錄』 23年 戊子 8月 12日(辛亥).
22) 임미선(2004), 「16-17세기 향중 양로연의 양상」, 『문헌과 해석』 28, 문헌과 해석사, 110쪽.

지 남녀 상관없이 나이가 해당되는 자면 다 참여하게 하니 모두 수백 명
에 이르렀다. 이때 나의 부모님도 화산에서 반나절 거리의 이웃 고을에 계
시고 연세가 80세셨다. 『맹자(孟子)』에 이르기를 "내 집의 노인을 노인으
로 잘 모시고 나서 남의 노인에까지 미친다."라고 하였으니, 지금 좋은 날
을 맞이하여 잔치를 베풀며 빈객을 모으고 고을의 노인을 즐겁게 하는데
나의 어버이를 먼저 하지 않는다면 인정과 사리에 어찌 합당하겠는가. 인
하여 맞이하여 함께 참석시켜 안팎으로 대청을 나누고 모두 나의 부모님
을 주인으로 삼아 성대하게 음식을 차려서 극진히 즐겁게 하니, 보는 자들
이 아름답다 칭송하고 나 또한 스스로 흐뭇하게 여겼다. 대개 벼슬하여 장
상(將相)에 이르러 진수성찬을 차려놓고 그 부모를 영화롭게 봉양하는 자
가 어찌 세상에 없으리오마는 나처럼 이웃 고을의 원이 되어 향 내의 노
인들을 모아놓고 부모님을 모셔와 함께 즐겁게 잔치를 연 자는 마땅히 많
지 않을 것이다. 이후로 다시 이런 잔치를 열 수 있을지 없을지 알지 못하
겠다. 한편은 기쁘고 한편은 두려운 마음이 기쁘고 감격스러운 나머지에
서 자연히 생겨나니 드디어 4운시(韻詩)를 지어 좌중에 보이고 화답을 구
하여 뒷날 길이 사모하는 자료로 남겨두는 바이다.[23]

앞서 제2장에서 살펴본 <기묘계추화산양로연도(己卯季秋花山養老宴圖)>와
관련된 기록이다. 여기에는 화산양로연의 설행(設行) 의의를 자세히 밝히
고 있다. 『경국대전』에 따르면 "매년 계추(季秋, 9월)에 양로연을 행한다.
대소원인(大小員人)의 나이 80세 이상의 노인이 잔치에 참석한다. 부인들에
게는 왕비가 내전에서 잔치를 베푼다. 지방에서는 수령이 내·외청에 따

---

23) 李賢輔, <花山養老宴詩 幷序>, 『愛日堂具慶帖』. "己卯秋, 設養老宴於任府, 搜訪境內年八十
以上老, 自士族至賤隷, 無問男女, 苟準齒者咸與焉, 多至數百人, 時余之雙親, 在花之隣縣, 距
半日程, 年且八旬. 軻書云, 老吾老, 以及人之老. 當此佳辰, 開設宴席, 聚賓客娛鄕老, 而不先
吾親, 情與事豈得歉. 因邀共參, 分作內外廳, 皆以吾老作主. 大張供具, 極盡歡欣, 觀者稱美,
予亦自多焉. 蓋仕宦而至將相, 享列鼎, 榮養其親者, 世豈無之. 作宰隣邑, 聚會鄕老, 奉兩親同
歡如予者, 宜未多得. 不識此後能更作此會否. 一喜一懼之懷, 自然生于歡感之餘, 遂成四韻詩,
示座中求和, 留以爲他日永慕之資云."

로 자리를 마련하여 잔치를 행한다."[24]라고 하였다. 화산양로연 역시 『경국대전』의 규정을 그대로 따르고 있음을 알 수 있는데, 양로연의 설행 시기가 가을이며, 그 참석 대상이 80세 이상의 노인이라는 점, 그리고 내·외청이 설행의 장소라는 점에서 그러하다. 이때의 양로연은 이현보가 안동에 부임한 후 처음으로 설행한 것이었기에 특별히 기념할 만하다고 여겼던 듯하다. 그래서 <기묘계추화산양로연도(己卯季秋花山養老宴圖)>를 남겨 기념하고자 하였다.

重陽景物媚晴天　중양절 경치 맑게 갠 하늘 아래 아름다우니
政値遨頭上壽年　사또가 축수하는 때를 만났네.
白髮怡愉萊戲裏　백발 어버이 색동옷 재롱 보며 기뻐하고
黃花輝映酒尊邊　누런 국화꽃 술동이 옆에 밝게 비치네.
江山供興秋如錦　강산이 흥을 베푸는 비단 같은 가을에
老稚同歡袂作連　늙은이 어린이 함께 즐기며 소매가 이어지네.
斗印又專名郡去　크나큰 인장 또 이름난 고을로 차고 가서
每當佳節敞斯筵[25]　매양 아름다운 계절 오면 이 잔치를 열리라.

소세양(蘇世讓, 1486-1562)이 지은 작품이다. 맑고 경치 좋은 가을에 고을의 사또가 잔치를 베푸는 모습을 그리고 있다. 3구에서 이야기하는 '래희(萊戲)'는 바로 이현보를 뜻하는데, 이때 이현보가 지은 원운을 보면 "술잔 앞에 색동옷 입은 것 이상할 것 없으니, 태수의 어버이도 잔치에 앉아 계신다네."[26]라는 구절이 있다. 이를 통해 볼 때 이때 이현보는 고을 태수의 신분으로 색동옷을 입고 춤을 추었음을 알 수 있다. 색동옷은 중국의

---

24) <禮典>, 『經國大典』 卷3. "每歲季秋, 行養老宴. 大小員人年八十以上者, 赴宴. 婦人則王妃宴
　　于內殿, 外則守令別設內外廳行宴."
25) 蘇世讓, 『愛日堂具慶帖』.
26) 李賢輔, <花山養老宴詩>, 『愛日堂具慶帖』. "樽前綵戲人休怪, 太守雙親亦在筵."

노래자(老萊子)의 효에서 유래한 것이다. 노래자는 초(楚)의 효자로 나이 70세가 되도록 양친이 살아 있어서 어버이를 즐겁게 하려고, 그 앞에서 어린애 노릇을 하여 색동옷을 입고 춤을 추거나 물그릇을 들고 가다가 자빠져서 엉엉 울기도 하며 온갖 재롱을 부렸다고 전해진다. 이처럼 이현보역시 노래자처럼 부모 앞에서 효를 행하고자 했음을 알 수 있다. 작품의 말미에는 이러한 잔치가 일회에 그치지 않고 계속적으로 이어지길 바라는 마음을 드러내고 있다. 이 잔치가 단순히 부모만을 위한 자리가 아니었기에 이현보는 이 날을 좀 더 의미 있게 기념하고자 한다. 따라서 이 날을 그림을 그려 기억하고, 잔치의 참석자뿐 아니라 수많은 이들에게 시를 부탁하여 받아서 시화첩을 만드는 데까지 이르렀음을 짐작해 볼 수 있다.

예로부터 우리 고향은 노인이 많다고 했다. 1533년 가을에 내가 홍문관 부제학이 되어 내려와 수연을 베푸니 이때 아버님의 연세가 94세였다. 내가 생각하기를, 옛날에 두 어버이가 모두 살아계실 때 잔치를 베풀어 손님을 모아 즐겁게 해드린 일이 많았는데 지금은 아버지만 계시고 기거(起居)도 수고로워서 잡빈(雜賓)은 제외하고 다만 향중에 아버지와 동년배인 80세 이상의 노인을 초대하니 무릇 여덟 분이었다. 마침 향산고사에 '구로회'라 하여, 백발노인들이 서로 서로 옷깃과 소매가 이어지고 혹은 구부리고 혹은 앉아 편한 대로 하니 진실로 기이한 모임이다. <중략> 인하여 다 즐기고 파하니 자제들로 하여금 그 일을 쓰게 하였다.27)

1533년, 이현보는 94세의 아버지를 포함한 아홉 노인들을 모시고 또다

---

27) 李賢輔, <愛日堂九老會>, 『聾巖集』, 한국문집총간 17, 409쪽. "古稱吾鄕多耆舊. 嘉靖癸巳秋, 余以弘文副提學, 來設壽筵, 時椿府年九十有四. 余念昔於雙親具慶時, 開設宴席, 會賓親榮, 歡已多矣, 今偏老在堂, 起居亦勞, 除雜賓, 只邀鄕中與椿府同儕年八十以上凡八人. 適有香山古事, 稱九老會, 皤皤素髮, 袂接裾連, 或僂或坐, 任意從便, 眞奇會也. <中略> 因盡歡而罷, 使子弟書其事."

시 연회를 열어드렸다. 이현보도 이때는 이미 67세 노인이었으나, 어버이를 위해 잔치를 열고 모임의 이름을 '애일당구로회(愛日堂九老會)'라 했다. 구로회(九老會)는 백거이(白居易)가 만년에 형부상서(刑部尙書)로 치사하고 나서는 향산거사(香山居士)라 자칭하고, 여덟 원로들과 함께 구로회를 결성하여 서로 왕래하면서 풍류를 즐겼던 데서 온 말로, 이후 송나라의 이방(李昉)이 재상 자리를 물러나 장안에서 백거이를 흉내 내어 만든 것을 계기로 노년의 사람들이 결성하는 모임의 대명사가 되었다. 이현보 역시 선친을 위해 모임을 결성하여 글로 남기고 있다. 이 구로회는 이후로도 지속되어 가문의 하나의 전통적 문화행사로 자리 잡았다는 점에서 큰 의미를 지닌다.

3) 차운시를 통한 당대인과의 교유

흔히 이현보의 교유는 벼슬에서 물러나 고향 분천에서 시회를 열고 뱃놀이를 즐기며 강호의 즐거움을 한껏 누리는 것과 관련을 짓는다. 그는 1542년(중종 37) 그의 나이 76세 되던 때 벼슬살이를 청산하고 귀거래를 실행하였다. 이후 낙동강 상류를 중심으로 하나의 가단이 형성되던 시기였으며, 그 중심에는 이현보가 있었다.[28] 그렇기에 그의 교유는 이때의 뱃놀이와 시회를 중심으로 이루어진 경우가 많고, 그의 문집에 남아있는 작품 또한 이러한 사실을 방증해준다. 특히 이때 한시 작품은 문학 창작의 측면에서만 이야기될 수 있는 것이 아니다. 일상적 모습, 특히 당대인과의 교유를 직접적으로 보여준다는 점에서 의미가 있다.

人道吾鄕有二天   사람들이 말하길 우리 고을에 二天이 있어

---

28) 분강가단과 관련된 것은 최재남(1997), 『사림의 향촌생활과 시가문학』, 국학자료원에 자세하다.

能推老老慰高年	부모 대하는 마음을 다른 늙은이에게 미루어 고령 을 위로하네.
掇英香惹萊衣上	따온 국화 향기는 색동옷 위에 묻어나고
吹帽風輕鶴髮邊	모자 날리는 바람은 백발에 솔솔 불어오네.
喜氣剰隨和氣合	기쁜 분위기 흐뭇하게 和氣를 따라 합해지고
歡聲從與賀聲連	歡聲이 축하하는 소리에 이어지네.
南中此事看曾未	영남에서 이런 일 일찍이 보지 못했으니
何幸吾親亦赴筵29)	다행히 나의 어버이 또한 참석하셨네.

권벌(權橃, 1478-1548)의 차운시이다. 이 시를 보면 권벌의 부친도 이현보가 베푼 양로연에 참석하였음을 알 수 있다. 이현보는 이 양로연을 베풀기 전 같은 해 8월에 권벌이 휴가를 얻어 이곳으로 방문하자 역시 차운시를 남긴 바 있는 장옥(張玉, 1493-?)과 함께 영호루(暎湖樓) 아래에서 술을 마시며 뱃놀이를 즐긴다. 영호루는 영남의 대표적 누정의 하나로, 그 아래서 뱃놀이를 즐기는 역사 또한 오래된 장소이다. 정사룡(鄭士龍, 1491-1570) 역시 차운시를 지으며 "임명장 받들고 낙동강 가에 와서, 술잔 들고 영호루 가에서 옛이야기하네"30)라고 읊은 것으로 보아 이현보는 자신의 터전뿐아니라 지역 내 경승지(景勝地)에서도 지인들과 함께 했음을 알 수 있다. 또한 권벌이 조정으로 돌아가기 전에 자신의 어버이를 위해 잔치를 베풀자 그곳에 참석하여 교의(交誼)를 다지기도 하였다. 위의 시는 아마도 이러한 긴밀한 친분 관계와 서로 간의 양친이 모두 가까운 거리에 계셨기에 가능한 일이었을 것이다.

문집에 남아있는 차운시들이 개인적 친분에 의해 주고받은 시가 많다면, 『애일당구경첩』에는 지근(至近)에서 항상 함께 하는 이들 외에도 교유

---

29) 權橃, 『愛日堂具慶帖』.
30) 鄭士龍, 『愛日堂具慶帖』. "捧橃鼎來淸洛上, 稱觴舊說映湖邊."

가 드러난다는 점에서 중요하다.

汾川一曲是仙鄕	汾川 한 구비는 바로 신선이 사는 고을이니
駐得春輝特地長	봄 햇살 머물러 길이 비치는 별천지라네.
白首兒啼能有幾	백발에 아이처럼 우는 일 얼마나 할 수 있을까
秖應喚做老萊堂[31]	다만 응당 이곳을 노래자의 마루라 불러야 하리라.

　작품의 내용은 특이할 것이 없는 내용이다. 이현보의 애일당시에 차운
한 작품으로, 다른 차운시와 별반 다르지 않게 이현보가 색동옷을 입고
효성을 다했던 일을 기억해내서 시상을 마무리 짓고 있다. 이 시의 작자
는 남곤(南袞, 1471-1527)으로, 아마도 벼슬살이를 할 때에 친분이 생겨 차
운시를 받은 것으로 보인다. 물론 이러한 교유는 이현보가 관직생활 동안
정치현실에 대한 냉철한 비판이나 개혁의지를 보이지 않았기에 가능했던
일이라 볼 수도 있을 것이다. 하지만 효는 보편적인 인륜이기에 정치현실
을 넘어서 "선비들이 노래하여 권축(卷軸)이 이어질"[32] 수 있었던 것이다.
　박상(朴祥, 1474-1530)이 차운시를 써주며 함께 기록한 것을 보면 "비중
(棐仲, 이현보의 자)이 전에 안동에 있을 때 9월 9일을 만나 판여(板輿)로 어
버이를 모셔오고, 또 민간의 남녀 중 연로한 이들을 모아 청(廳)을 나누어
양로연을 베풀었다. 시를 지어 그 사실을 남기니 화답한 자가 또한 많았
다. 지금 어버이를 뵙고 예안에서 돌아오면서 나를 방문하여 짐을 풀어
그 시를 보여주고는 한 수 지어주기를 간절하게 청하니 즉석에서 본운(本
韻)에 따라 읊었다."[33]라고 하였다. 이때의 연보를 보면 박상뿐 아니라 김

---

31) 南袞, 『愛日堂具慶帖』.
32) 黃孝獻, 『愛日堂具慶帖』. "歌詠衣冠卷軸連."
33) 朴祥, 『愛日堂具慶帖』. "棐仲前在安東, 逢九日, 板輿迎雙親, 又集民間男女年耆, 分廳開養老
　 宴. 屬詩留其事, 和者亦衆. 今以謁覲自禮州還, 過吾, 解橐示之 要一言切甚, 席上步本韻云."

세필(金世弼, 1473-1533), 어득강(魚得江, 1470-1550), 손수(孫洙, ?-1522), 김극성(金克成, 1474-1540), 황한충(黃漢忠, 1464-?), 이위(李偉, ?-?), 유중익(兪仲翼, ?-?), 소세양(蘇世良, 1476-1528) 등의 시를 휴가를 얻어 고향으로 돌아오는 길에 받아서 부모께 선물로 드렸다는 기록이 나온다. 기록에 나오는 이들의 시가 『애일당구경첩』에 실려 있는 것을 보아 이현보는 자신이 어버이를 위해 건축물을 짓는다거나 양로연을 베풀 때 이때를 기념하기 위해 다양한 이들에게 차운시를 부탁했음을 알 수 있다. 물론 가장 가까운 곳에서 친하게 지내는 이들의 작품이 가장 많이 실려 있는 것이 사실이다. 그러나 지근에서 늘 함께 하는 이들 뿐만 아니라 자신이 관직생활을 하면서 알게 된 이들에게도 자신의 활동을 기념하여 차운시를 부탁하였고, 부탁받은 이들도 그의 지극한 효심을 아름답게 여겼음을 알 수 있다. 즉 여기에는 단순히 시를 주고받아 친교를 다지는 것을 넘어서서 어떤 한 기념할 만한 일을 두고 여러 사람과 오래도록 기억하기 위한 것이 컸음을 알 수 있다.

4. 일상 속 문화 활동의 의미

앞선 장에서 살펴보았듯이 이현보가 당시 행했던 활동들은 일상적으로 이루어진 것이었다. 조선시대에는 이러한 활동들이 많이 이루어진 것이 사실이다. 그럼에도 그의 활동이 의미를 지니는 것은, 이것이 당대적 의미를 지니고 있을 뿐 아니라 오늘날에도 유의미하기 때문일 것이다.

즉 일상 속에서 유교덕목으로 강조되었던 효의 실천이 당대의 문화 활동으로까지 이어졌다는 점에서 의미가 있다. 일상생활의 규범이자 가치관의 핵심이었던 효를 실천하기 위해 행해졌던 행동들이 개인적 봉양의 차원을 뛰어넘어 사회적 의미를 지니게 된다는 점에서 중요하다. 조선시대에 있어서 효는 당시 지배이념이었던 성리학뿐만 아니라 불교를 비롯한 여러 사상에서 공통적으로 강조되고 있던 관념이었다. 이렇듯 효의 가치를 중요하게 평가하고 있었던 조선왕조에서는 각종의 효행서를 간행하여 효의 중요성을 인식시키고 보급하고자 노력하였다. 특히『소학』을 간행하고 언해하고『오륜행실도』를 반포하는 등의 일이 두드러진 시기 또한 16세기 전반기였다.

> 君家孝慶化南鄉　　그대 집안의 효성스런 경사가 남쪽 고을을 교화시켜
> 頗覺人人善善長　　사람들마다 훌륭한 점 칭찬함이 장구함을 깨닫네.
> 戱彩當年何地着　　當年에 어느 곳에서 색동옷 입고 춤추었나
> 聾巖東有數間堂[34]　　聾巖 동쪽에 몇 칸 집이 있네.

　제시한 유중익(兪仲翼, ?-?)의 작품을 통해서도 그의 양로연이 단순히 개인적인 효의 실천에만 머물고 있지 않았음을 알 수 있다. 이는 1-2구에서 잘 드러나는데, 처음의 시작은 한 집안의 효라는 덕목에서 시작하였지만, 이것이 남항(南鄉)을 교화시켰고, 이로 인해 사람들마다 이 일을 입에 담고 칭찬하게 되었음을 말하고 있다. 단순한 개인적인 효의 실천이 백성들의 교화라는 의미까지 함께 지니게 됨을 알 수 있다. 사실 이 지역의 향풍은 이현보가 이황(李滉, 1501-1570)에게 보낸 편지[35]에서 알 수 있듯이 좋지 못하였다. 따라서 지역 내의 사족으로서 교화를 담당해야 하는 측면이 있었다.

　이런 사회적 분위기 속에서 이현보는 1516년 충주목사로 있을 때도 양로회를 만들어 향풍을 교화하고자 하는 노력을 하였다. 또한 1519년 안동

---

34) 兪仲翼,『愛日堂具慶帖』.
35) 李賢輔, <答退溪>,『聾巖集』, 한국문집총간 17, 404쪽.

부사를 하면서 예안의 어버이까지 모시고 신분 고하를 따지지 않고 80세 이상의 노인들을 위해 양로연을 베푼 것, 1533년에 구로회를 마련한 것, 1535년에 또다시 양로연을 베푼 것 등은 모두 효를 기본으로 하는 실천적 삶의 연장선장에서 이해할 수 있는 것들이다. 이러한 이현보의 활동들은 단순히 그의 생전에만 이루어진 것이 아니라 대를 이어가며 의미를 더했다. 뿐만 아니라 이현보의 아들이 이현보가 노년이 되었을 때 또 다시 양로연을 베푼 것과 이현보 당시 결성되었던 구로회가 몇 백 년을 거쳐 이어져오게 되는 것을 통해 볼 때 하나의 문화적 현상이 대를 이어 지속적인 의미를 지니고 있었음을 알 수 있다.

[표 2] 구로회의 전승 현황[36]

시작년도	회원 및 인원	비고
1533년 가을	愛日堂九老會 9명	14년 계속, 나이합계 739세
1547년 가을	愛日堂續九老會 9명	11년 계속
1569년 봄	愛日堂續九老會 10명	11년 계속, 나이합계 740세
1569년 가을	愛日堂續九老會 10명	나이합계 740세
1575년	龍壽寺續老會 10명	
1578년	愛日堂耆老會 22명	
1585년	大寺場續老會 11명	
1587년	愛日堂續老會 9명	
1596년 4월 19일	浮羅院續老會 12명	
년도미상 9월 16일	愛日堂耆老會 9명	
1602년	愛日堂耆老會 13명	
1612년	浮羅院白髮會 25인	
1659년 4월 11일	龍壽寺續九老會 8명	12년 이상

---

36) 제시한 [표 2]는 강호문학연구소 편(2000), 『聾巖 李賢輔의 江湖文學 : 강과 달과 배와 술과 시가 있는 풍경』, 강호문학연구소, 72-73쪽을 참조하여 제시하였다. 여기에는 주관자 및 회원의 성명과 나이까지 표시하고 있으므로 자세한 사항을 참조할 수 있다.

시작년도	회원 및 인원	비고
1705년 4월 25일	松亭續白髮會 31명 일반인 참석자 30명 추가 참석자 4명	
1705년 9월	愛日堂續老會 11명 일반인 참석자 9명	
1859년 7월 16일	愛日堂續老會 19명	
1859년 9월 9일	肯構堂續老會 19명 추가 참석자 8명	나이합계 1,900세
1902년 8월 24일	愛日堂續老會 37명	나이합계 2,651세

제시한 표는 애일당구로회가 오래도록 전승되었음을 보여주는 표이다. 구로회의 명칭에서 볼 수 있듯이 애일당구로회를 잇고자 했으며, 참여회원 역시 적지 않았음을 알 수 있다. 이는 구로회가 오랜 기간 동안 선대의 뜻을 계승하는 측면에서 이루어진 것임을 알 수 있다. 이런 전승의 힘을 가진 구로회였기에 조경(趙絅, 1586-1669)은 문집의 서문에서 "분천(汾川)한 마을은 수백 리 내의 우리 동방 수백 년 동안 보기 드문 일이었다. 만일 태사씨(太史氏)로 천문을 보게 한다면 덕성(德星)의 모임이었던 동한(東漢)시대 진순(陳荀) 같은 이도 반드시 농암 선생의 구로회에 양보했을 것이다."[37]라고 이야기할 수 있었을 것이다.

또한 이현보의 아들 이숙량(李叔樑, 1519-1592)이 1570년에 애일당을 중수했을 때 그 뜻을 높이 여겨 수많은 이들이 차운시를 쓴 것에서나, 애일당을 영모당(永慕堂)이라 이름을 바꾸어 부르면서 효의 덕목을 지키고자한 것, 또 그가 지은 <분천강호가>에서 효를 가장 큰 덕목으로 들며 "디난일 애다디말오 오는날 힘뻐스라, 나도 힘 아니뻐 이리곰 애둣노라, 닉일

---

37) 趙絅, <序>, 『聾巖集』, 한국문집총간 17, 382쪽. "汾川一鄕, 數百里內, 有此吾東數百年希觀之事, 如使太史氏善占天象, 則德星之聚東漢陳荀, 必讓聾巖九老三舍矣."

란 ㅂ라디 말오 오늘나롤 앗겨스라.”라고 읊었던 것에서 이러한 문화 활
동이 단순히 이현보 당대에만 그치지 않았음을 알 수 있다. 또한 이 시조
의 주에서 “면진후인(勉進後人)”이라 하고 있는 것을 보면 단순히 개인적으
로『소학』의 실천적 덕목을 계승한 것이 아니라 뒷사람들에게까지 경계
하고자 하는 의미 또한 계승했음을 알 수 있다.

이처럼 이현보의 일생은 효와 분리하여 생각할 수 없는데, 이는 그가
죽은 후 그에게 ‘효절(孝節)’이라는 시호가 내려진 것에서도 충분히 이해할
수 있다. 이현보가 효를 중시한 것은 앞서 서술했듯이 당시 사회적 분위
기에 의한 것도 있겠지만, 그가 20세 때 홍귀달(洪貴達, 1438-1504)의 문하
에 나아간 것과도 일정 부분 관련이 있을 것이다. 홍귀달은 부친의 시묘
살이를 하면서 당호를 ‘애경당(愛敬堂)’이라 붙였는데, 이현보가 부모를 위
한 건축물에 애일당이라는 당호를 붙인 것을 통해 볼 때 스승의 명명(命名)
행위가 제자에게 깊은 영향을 미쳤음을 알 수 있다. 또한 조선조에서 ‘효
절’이라는 시호를 받은 이가 유일하게 이현보임을 생각해 본다면 그의 실
천적 활동은 단순히 스승의 영향을 받아 행하거나 마땅히 행해야만 하는
준칙의 범위를 넘어서 외적으로도 인정받았음을 의미하는 것이라 하겠다.

즉 이현보의 이러한 실천적 문화 활동은 단순히 자신의 집안 내부에 한
정되는 것이 아니라 향촌에까지 범위를 넓혀 지속됨을 알 수 있다. 실제로
예안은 이전까지 땅이 좁고 인구가 적은 잔폐한 고을로 인식되어 왔다. 이
러한 고을이었기에 이현보의 실천적 활동은 적극적인 노력을 기울이는 방
향으로 이루어졌다. 그리고 이러한 자신의 실천의 결과물을 한데 모아 시
화첩을 만들어서 이것이 지니는 의미를 극대화하고 지속시키고자 하였다.
이현보의 이러한 시도에 당대인들도 그의 뜻에 동참하고자 하는 모습을
보여주었다. 즉『소학』의 실천덕목인 효의 면려라는 국가적 분위기 속에
서 단순히 책을 읽고 그 가르침만을 강조하는 것에서 벗어나 스스로의 실

천을 중시하고 이를 직접 체득하여 다양한 활동으로 보여줌으로써 당대인
의 공감은 물론 후대인들에게까지 공감을 얻을 수 있었던 것이다.

5. 맺음말

지금까지 『애일당구경첩』을 중심으로 이현보의 문화 활동을 살펴보았
다. 상·하로 나누어진 이 시화첩에는, 권상에는 <무진추한강음전도(戊辰
秋漢江飮餞圖)>, <기묘계추화산양로연도(己卯季秋花山養老宴圖)>, <병술중양
일분천헌연도(丙戌重陽日汾川獻燕圖)> 등 3편의 그림과 각각 당시의 명사들
이 쓴 시들이 있고, 권하에는 이현보가 안동부사로 있을 때 부모와 관내
노인들을 초청하여 잔치를 베풀면서 지은 시와 이에 화답한 차운시와 애
일당을 건립하고 지은 시와 여기에 화답한 차운시가 수록되어 있다. 실린
작품들은 각각 다른 광경을 그리고 있기는 하나 이들이 공통적으로 다루
고 있는 큰 주제는 시화첩의 명칭에서 알 수 있듯이 효와 관련된 것이다.

예나 지금이나 효는 일상 속에서 당연하게 행해지는 덕목이다. 당시 효
행으로 이름났던 이현보는 부모를 위해 선대부터 노닐던 분천가에 건물
을 짓고 '애일당(愛日堂)'이라는 당호를 붙이기도 하고, 지방관을 수행하면
서 자신의 부모를 위해 잔치를 베푸는 한편, 신분과 남녀의 차별 없이 백
성들도 불러 모아 양로연(養老宴)을 벌이고, 구로회(九老會)를 결성하기도 하
였다. 뿐만 아니라 관련된 시를 짓고 당시 교유하던 이들에게 차운시를
받았으며, 그림으로 남겨 시화첩으로 제작하였다.

이러한 활동들이 의미가 있는 것은 유교덕목으로 강조되었던 효가 당
대의 문화 활동으로까지 이어졌다는 것이다. 즉 개인적 봉양의 차원을 뛰
어넘어 사회적 의미를 지니게 된다는 점에서 중요하다. 뿐만 아니라 이현

보의 아들이 이현보가 노년이 되었을 때 또 다시 양로연을 베푼 것, 이현
보 당시 결성되었던 구로회가 몇 백 년을 거쳐 이어져오게 되는 것 등을
통해 볼 때 이러한 활동은 지속적인 의미를 지닌 문화 활동이었음을 알
수 있었다.

　이 글에서는 『애일당구경첩』이라는 한정된 자료를 통해 당대의 문화
활동을 살펴보았지만, 좀 더 다양한 자료로 확장한다면 연구가 좀 더 풍
성해 질 수 있을 것이다. 또한 효라는 것이 당대에만 의미 있었던 덕목이
아니라는 점을 떠올려 볼 때, 이현보가 행했던 당대의 다양한 활동들은
오늘날 우리에게 많은 의미를 줄 수 있을 것으로 기대한다.

참고문헌

1. 기본자료

『經國大典』
『論語』
『愛日堂具慶帖』
李賢輔, 『聾巖集』, 한국문집총간 17, 민족문화추진회, 1988.
『朝鮮王朝實錄』(http://sillok.history.go.kr)
聾巖先生文集國譯刊行委員會, 『國譯 聾巖先生文集』, 汾江書院, 1986.

2. 연구논저

강내희, 「문화적 관점」, 『문화연구』 38, 문화과학사, 2004.
강순애, 「농암 이현보의 「애일당구경첩」 권하에 관한 연구」, 『서지학연구』 53, 한국서지학회, 2012.
강호문학연구소 편, 『聾巖 李賢輔의 江湖文學 : 강과 달과 배와 술과 시가 있는 풍경』, 강호문학연구소, 2000.
경북대학교 국어국문학과 영남지역 문화어문학 연구인력양성사업단 엮음, 『문화어문학이란 무엇인가』, 커뮤니케이션북스, 2015.
국립중앙박물관, 『때때옷의 선비 농암 이현보』, 국립중앙박물관, 2007.
김서령, 『지금도 「어부가」가 귓전에 들려오는 듯, 안동 농암 이현보 종가』, 예문서원, 2011.
안동문화연구소 편, 『聾巖 李賢輔의 文學과 思想』, 안동대학교 안동문화연구소, 1992.
윤일이, 「聾巖 李賢輔와 16세기 樓亭建築에 관한 硏究」, 『대한건축학회논문집』 19, 대한건축학회, 2003.
임미선, 「16-17세기 향중 양로연의 양상」, 『문헌과 해석』 28, 문헌과 해석사, 2004.
_____, 「조선 후기 지방의 연향」, 『한국음악연구』 46, 한국국악학회, 2009.
최재남, 『사림의 향촌생활과 시가문학』, 국학자료원, 1997.

〈봉산욕행록〉에 대한 문화론적 독해

정 우 락 | 경북대학교 국어국문학과 교수

1. 머리말

한강 정구의 만년은 불행의 연속이었다. 1612년(70세) 1월에 팔거현(八莒縣) 노곡(蘆谷)으로 거처를 옮겼다. 이에 대하여 『한강연보』에는 "선생이 평소에 선영 밑에서 떠나지 않다가 선영이 정인홍의 거주지와 가깝다는 이유로 마침내 단안을 내려 팔거현으로 옮겨 잡았다."라고 기록되어 있다. 1613년(71세) 1월에는 광해군이 은혜를 온전히 하여 영창대군을 살려주어야 한다는 이른바 전은소(全恩疏)를 올렸으나 가납되지 않았고, 1614년(72세) 1월에는 노곡정사에 불이 나 그동안 저술했던 많은 책들이 거의 잿더미가 되었으며, 같은 해 10월에는 아들 장(樟)마저 세상을 떠났다. 1615년(73세) 5월에는 중풍이 걸려 오른쪽이 마비되었고, 이해 가을에는 이창록 사건과 관련하여 박이립의 무함을 받았다. 그리고 1620년(78세) 1월에 마침내 사양정사(泗陽精舍) 지경재(持敬齋)에서 세상을 떠나고 만다.

만년의 불행 속에 찾아온 중풍, 한강 정구는 자신에게 닥친 병마를 치유하기 위하여 무척 노력하였다. 주로 온천욕으로 이를 다스리고자 했다. 이 때문에 1616년(74세) 7월에 영주의 초정에 가서 목욕을 하고 8월에 돌아왔으며, 1617년(75세) 7월에 동래 온천에 가서 목욕을 하고 9월에 돌아왔다. 이러한 온천여행은 그 이후로도 지속되는데, 1619년(77세) 6월과 7월에 각각 동래 온천과 울산 초정으로 온천욕을 떠나 몸을 조리한다. 동래 온천을 중심으로 영주 초정과 울산 초정을 주로 이용하였으며, 전후 네 차례 여행을 떠난 것으로 『연보』는 전한다. 우리가 다루고자 하는 <봉산욕행록>은 1617년(75세) 7월 20일에 사양정사를 떠났다가 동년 9월 4일에 다시 사양정사로 돌아와 하루가 더 지난 9월 5일까지의 기록이다. 이에 대하여 <봉산욕행록>은 다음과 같이 요약하고 있다.

> 선생이 사빈(泗濱)을 떠난 기간이 45일인데, 배 안에 계셨던 날이 6일이다. 온천욕을 41회 하셨는데, 처음 한 번은 다만 물을 밖으로 길어 와서 씻기만 하셨다. 나무욕조에서 목욕하신 것이 3번이고, 외석탕(外石湯)에서 목욕하신 것이 16번이며, 내석탕(內石湯)에서 목욕하신 것이 21번이다. 목욕을 마치자 곧 출발하여 단지 통도사에만 이틀을 머무르고, 9월 초 4일에 비로소 집으로 돌아오셨다. 안색과 기혈이 전보다 다소 나아진 듯하니, 보는 사람들은 모두 온천욕의 효험이라고 했다.[1]

<봉산욕행록>의 마지막 대목이다. 여기서 45일이라 한 것은 사빈을 떠나 다시 사빈으로 돌아오기까지의 기간이다. 기록은 제자들이 사빈에

---

1) <蓬山浴行錄> 1617年 9月 5日條, "先生, 離泗濱凡四十五日, 在舟者六日, 浴泉凡四十一度, 初一度, 只汲水出外洗滌而已. 浴木湯子者三度, 浴外石井者十六度, 浴內石井者二十一度, 浴畢卽發只留調通度寺兩日, 九月初四日, 始得返家, 而顏色氣血, 稍勝於前日, 見之者, 咸以爲沐浴之效云."

돌아와 하룻밤을 더 머물고 그 다음날 한강 정구와 헤어지니 도합 46일이 된다. 〈봉산욕행록〉 말미에 위와 같이 한강 정구가 목욕한 대체를 요약해 적고 이로 인해 안색과 기혈이 다소 나아진 듯하다고 했으니, 치병이라는 여행의 성격을 더욱 분명히 하고 있는 셈이다. 그리고 여행길에서의 숙박, 목욕의 횟수, 목욕 후 돌아올 때의 일정 등을 구체적이고도 상세하게 제시하고 있다. 기록의 정밀성이라는 글쓰기의 특성 또한 간취하게 된다.

치병여행기 〈봉산욕행록〉은 최근 생활사 연구가 활발해지면서 학자들의 관심영역으로 들어오게 되었다. 이 작품은 일찍이 김학수[2]에 의해 주목되었다. 그는 낙동강 연안지역 선비들이 지닌 집단의식의 일환으로 이 자료를 활용하였으나, 논의가 본격화되지는 않았다. 〈봉산욕행록〉에 대한 본격적 연구는 한영미에 의해 이루어졌다.[3] 그녀는 이 논문에서 한강 정구가 봉산 욕행을 떠난 동인과 그 일정, 〈봉산욕행록〉에 등장하는 인물, 〈봉산욕행록〉의 성격과 의의를 두루 살펴 일정한 성과를 거두었다. 그러나 논의가 다소 평면적이어서 분명한 초점을 찾기가 어렵다.

본서는 기존의 논의와는 달리 문화론적 측면에서 〈봉산욕행록〉을 읽고자 한다. 문화론은 문화학의 하위 범주로, 시간과 공간에 따른 차이성을 인정하는 문화에 대한 이론이다. 문화는 동서와 고금에 따라 달리 나타나며, 인간의 의도에 따라 재구성되는 특징이 있다. 즉 음식과 주택, 의복과 신념체계 등이 특정한 시간과 공간에 한정되어 있는 것이 아니라, 시간과 공간에 따라 변화하는 측면을 주목한다는 것이다.[4] 이러한 문화론적 보편 개념을 인식하면서 미시사적, 생활사적 측면에서 〈봉산욕행록〉을 독해

---

2) 김학수(2010), 「船遊를 통해 본 洛江 연안지역 선비들의 집단의식―17세기 寒旅學人을 중심으로」, 『영남학』 18, 경북대 영남문화연구원.

3) 한영미(2011), 「「蓬山浴行錄」 研究」, 경북대 한문학과 석사학위논문.

4) 정우락·백두현(2014), 「문화어문학 : 어문학에 대한 문화론적 혁신」, 『어문론총』 60, 한국문학언어학회.

하고자 한다. 이로써 우리는 이 작품이 지니고 있는 다양한 문화 요소를 검출하고, 그 의미를 파악하게 될 것이다.

<봉산욕행록>에 대한 문화론적 이해를 위해 우리는 먼저 한강 정구의 봉산 욕행, 즉 동래 온천으로의 여행과 그 노정을 살피기로 한다. 이에 대해서는 기존의 논의에서도 정리된 바 있지만, 본 논의를 효율적으로 하기 위한 예비적 검토라 하겠다. 이어서 <봉산욕행록>에 나타난 문화 요소를 살핀다. 여행문화와 치병문화가 맞물리는 지점에서 형성된 조선조 선비들의 다양한 문화양태를 탐구하기 위함이다. 이어서 <봉산욕행록>이 지닌 문화적 의미를 따진다. 앞서 논의한 바를 문화적 측면에서 더욱 심도 있게 이해하기 위한 것이다. 이로써 우리는 좁게는 한강 정구와 한강학파의 문화, 넓게는 조선시대 사대부 문화의 일단을 이해하게 될 것이다.

본서의 텍스트는 회연서원에서 1912년 3월 회연활판(檜淵活板)으로 간행한 목활자본 <한강선생봉산욕행록(寒岡先生蓬山浴行錄)>[5]이다. 이 작품은 한강 정구의 13대손인 정재기(省齋 鄭在虁, 1857-1919)에 의해 편집되었다. 그가 발문을 통해 밝히고 있듯이, 이 작품은 원래 이윤우(石潭 李潤雨, 1569-1634)의 문집인 『석담집(石潭集)』에 실려 있는 것인데, 밀양 노상직(小訥 盧相稷, 1849-1941)의 집에서 이본이 발견되기도 했다.[6] 이에 정재기는 '두 본을 참고하여 간략한 것은 상세하게 하고, 같은 것은 그대로 취하며, 서로 다른 것도 함께 남긴다.'[7]는 편집 방침에 따라 정본(定本)을 만들어 활판으로

---

5) 이하 <寒岡先生蓬山浴行錄>은 <봉산욕행록>으로 줄여서 표기한다.

6) 노상직은 이 <봉산욕생록>을 매우 소중히 여겨 그의 자암서당 문생에게 이를 소재로 시를 짓게 하기도 했다. 『紫巖日錄』 권3, 1899년 6월 2일조에서 일과 고시의 제목을 <過蓬山溫井憶萬曆丁巳故事>라 한 것이 그것이다.

7) 정재기, <봉산욕행록> 발문, "逮參考兩本, 因略以致詳, 取同而存異, 著爲定本, 付諸活印." <봉산욕행록>은 모두 네 종의 이본이 있었던 것으로 보인다. 『石潭集』 소재본 <蓬山浴行錄>, 盧相稷家本 <蓬山浴行錄>, 『光山李氏淵源錄』 소재본 <寒岡先生蓬山浴行時日錄>, 鄭在虁 편정본 <寒岡先生蓬山浴行錄>이 그것이다. '노상직가본'을 제외한 나머지 판본은

인쇄하였다. 정재기가 편집한 <한강선생봉산욕행록>은 최근 이세동에 의해 번역되었는데, 『봉산욕행록-한강선생 동래 온천에 가다』라는 제목으로 근간될 예정이다.[8]

2. 한강 정구의 봉산 욕행과 그 노정

한강 정구는 제자 이육(心遠堂 李堉, 1572-1637)에게 편지하여 "나는 집을 떠나 넉 달을 삼수(三水)에 목욕하여도 5년을 앓던 풍비가 조금도 효험이 없네. 탄식한들 무엇하겠는가? 지금 해정에 도착하여 또 이미 반달이 되었다네. 사람들의 말이 목욕을 많이 하면 좋다고 하므로 지금 온몸을 담가 목욕하기를 여러 번하고, 증세가 어떤가를 징험해 볼 뿐이네."[9]라고 한 바 있다. 이 글은 1619년에 작성된 것이므로 동래(東萊), 즉 봉산으로 욕행을 떠난 지 2년 뒤이고 타계하기 1년 전이다. 해정은 창원의 관해정(觀海亭)을 말한다. 이 글을 통해 우리는 한강 정구의 치병 의지가 얼마가 강하였던가 하는 것을 알게 된다. 그러나 그의 다양한 노력에도 불구하고 병은 차도가 없었으니 운명이라 하겠다. 이 부분과 관련하여 한강 정구의 행장에는 이렇게 기록되어 있다.

을묘년(1615, 광해군 7) 여름에 풍질(風疾)이 갑자기 생겨 오른쪽이 모두 마비되었다. 침과 약도 효험이 없고 여러 번 온천수에 목욕하였으나 차도

현전한다.

8) 본서에서는 이세동의 번역을 많은 부분 수용하기로 한다.

9) 鄭逑, <與士厚>, 『心遠堂集·寒岡先生往復書』卷4, "僕離家四朔, 浴更三水, 五年風痺, 猶未效一分, 悶歎奈何? 今到海亭, 又已半月矣. 人言多浴爲宜云, 故今方沈浴, 欲待多數, 以驗其如何耳."

가 없었으니, 이는 운명이었다. 선생은 비록 고치기 어려운 병환을 앓고 있었으나 또한 일찍이 인사(人事)에 대해 마음을 놓지 않았으며 지기(志氣)와 정신이 평상시보다 줄어들지 않은 듯하였다. 이 어찌 보통 사람으로서 만에 하나 가능할 수 있는 것이겠는가.10)

장현광(旅軒 張顯光, 1554-1637)이 쓴 한강 정구 행장의 일부이다. 여기서 볼 수 있듯이, 한강 정구는 73세인 1615년에 득병하여 이를 낫게 하기 위하여 침과 약, 그리고 온천욕 등 다양한 방법을 동원하게 된다. 그럼에도 효험을 보지 못하였으니 제자이자 질서인 장현광은 이를 '운명'이라 하였던 것이다. 그럼에도 불구하고 한강 정구는 인사에 대하여 마음을 지속적으로 가졌으며, 지기(志氣)와 정신도 평상시와 다름이 없었다. 이처럼 한강 정구는 중풍에도 불구하고 그의 본업이라 할 수 있는 학자적 삶을 조금도 게을리하지 않았다. 당시 한강 정구가 그의 만년제자들로부터 사양정사에서 시탕(侍湯)을 받으면서 강학을 게을리하지 않았던 것은 1617년(광해 9) 2월 16일부터 기록된 『사빈서재식기안(泗濱書齋食記案)』에도 잘 나타난다.11) "비록 강학할 때가 아니라 하더라고 머물러 탕시(湯侍)를 원하는 사람은 식사를 한다."12)라는 <재중식기규례(齋中食記規例)>에 따라 한강 정구의 제자들이 사양정사에서 밥을 먹고 있기 때문이다. 식기안(食記案)에 제시된

---

10) 張顯光, <皇明朝鮮國, 故嘉善大夫司憲府大司憲兼世子輔養官, 贈資憲大夫吏曹判書兼知義禁府事寒岡鄭先生行狀>, 『旅軒集』 卷13, "乙卯夏, 風疾遽作, 右邊皆痺, 鍼藥不效, 累浴不驗, 蓋數也. 然而先生雖在難醫之疾, 亦未嘗弛心於人事, 而志氣精神, 似不減於平昔, 此豈恒人之所可萬一哉!" 李天封의 <寒岡先生敍述>(『白川集』 卷1)에서도 "선생은 늘그막에 風疾을 앓으시어 항상 복약하는 가운데서도 제생들을 모으셔서 하루도 강학을 쉬거나 폐하지 않으셨다."라고 기록되어 있다.

11) 이 『泗濱書齋食記案』은 본서를 통해 처음으로 소개한다. 필자에게 처음 이 자료를 제공한 사람은 도재욱 씨이다. 이 자리를 빌려 감사의 마음을 전한다. 이 자료는 보다 본격적으로 분석될 필요가 있다.

12) 『泗濱書齋食記案』, <齋中食記規例>, "一, 雖非講學之時, 願留湯侍之員, 饋之."

명단과 머물러 식사 한 날의 횟수를 정리하면 다음과 같다.

　　*李籥(10),[13] *李潤雨(32), *李天封(7), *李壄(14), *李蘭貴(10), *李心慇(4), *柳武龍(6), *金大澤(8), *李命龍(4), *崔嶫[轓](6), *李配義(8), *郭赿(5), *金窫(68), *李文雨(7), 李新雨(7), 李起雨(4), 李蘭美(2), *李濯(31), 宋時衍(2), *朴宗祐(8), *金軸(2), *李心弘(2), 李時雨(2), *李長立(5), *蔡夢硯(4), *孫處約(3), 黃永淸(2), *李堈(4), *李楷(4), *郭慶興(6), 李稑(7), *李剛(11), *鄭天澍(15), *李厚慶(4), *李道孜(4), *李道昌(5), *孫處訥(1), 楊泗(2), 裵尙志(4), *羅尙輝(7), 洪武臣(4), 成璨(3), *崔恒慶(5), *崔嶙[轔](5), 金佑賢(9), 李培根(9), 李興雨(3), *張以兪(4), 張慶遇(4), 李綜(6), 金崇(3), 朴霆(9), 朴光星(5), 金應先(3), 鄭惟燩(3), 孫宇男(13), *都汝兪(9), 馬成麟(9), *裵尙龍(11), *裵尙虎(11), *李時幹(2), 都永修(3), 尹莘龍(3), *李堉(2), *都聖兪(2), *徐思選(2), 李綸(7),[14] 都大成(27), 金允升(2), 孫沆(3), 孫濼(2), 李宇梁(3), *金善慶(6), 柳泳(2), 李承先(2), *李見龍(2), 鄭本(5), *河淵尙(4), *呂燦(4), 金聲宇(3), *裵尙日(5), *郭楊馨(3), 李時馞(1), 裵元章(0), 全省三(2)

위에서 제시한 85명의 제자들은 한강이 봉산욕행을 떠난 시기를 전후하여 사양정사에서 머물며 강학을 하거나 스승에게 약을 달여 올린 사람들이다. 김절의 경우처럼 많게는 68일을, 배원장의 경우처럼 적게는 식사를 하지 않기도 했다. 위에서 제시한 85명 가운데 밑줄을 친 44명은 한강과 더불어 봉산욕행을 함께 하거나 도중에 스승을 맞이한 사람들이다. 여기서 우리는 한강 정구의 봉산욕행이 이러한 제자들과의 강학 속에서 기

---

13) '*'는 『회연급문록』에 등재되어 있는 문인이고, 괄호 안의 숫자는 이들이 사양정사에서 머물며 식사를 한 날의 수이다. 여기에 있는 모든 이들은 한강의 만년제자에 해당하므로, 『회연급문록』에 빠진 이들은 추가되어 마땅하다.

14) 李綸(1597-1671)은 이천봉(1567-1634)의 아들로 자가 經彦, 호가 沙月亭이다. 金光繼의 『梅園日記』 丙辰(1616) 7月 19日일조에 의하면 한강이 李籥, 李天封, 李壄, 李綸 등 척연이 있는 문인들과 함께 艾田[영주 초정]에 가서 목욕을 한다.

획되었다는 것을 알게 된다. 이러한 사실을 염두에 두면서 한강 정구의 봉산 노정을 구체적으로 살펴보자. 이는 대체로 셋으로 나눌 수 있는데, 봉산으로 욕행을 떠나는 하행길, 동래 온천에서의 목욕, 봉산에서 사수로 돌아오는 상행길이 그것이다.

먼저, 봉산으로 욕행을 떠나는 하행길부터 살펴보자. 기간은 1617년 7월 20일부터 7월 26일까지 7일간이다. 마지막 날인 7월 26일을 제외하면 모두 수로를 이용하였다. 출발한 날인 7월 20일은 맑은 날씨였다. 한강 정구는 닭이 세 번 울고 나서 견여를 타고 출발했고, 금호강변의 가지암(可止巖)으로 추정되는 지암(枝巖)에서 채몽연(投巖 蔡夢硯, 1561-1638) 등 11명의 제자와 함께 배를 탔다. 배는 도동서원의 것이었는데, 원장 곽근(郭赾, 1554-?)이 수일 동안 배를 수리하고 꾸민 뒤, 곽경형(郭慶馨)과 곽양형(郭楊馨)으로 하여금 물길을 거슬러 올라가 묶어두게 한 것이었다. 이렇게 시작한 뱃길 여행은 다음과 같은 일정으로 진행된다.

① 7월 20일 : 대구[15] 지암 → 부강정 → 고령 원당포 → 노다암 → 덕산 → 달성 쌍산 수문 → 영파정 → 도동서원
② 7월 21일 : 달성 도동서원 → 고령 어목정, 부래정 → 창녕 대암 → 우산촌
③ 7월 22일 : 창녕 우산촌 → 사막 → 마수원 → 의령 기강 → 함안 도흥 탄 → 경양대 → 칠원 상포
④ 7월 23일 : 칠원 상포 → 영산 창암정 → 창원 본포
⑤ 7월 24일 : 창원 본포 → 밀양 공명헌 → 남수정 → 미례 → 삼랑포 → 양산 황산
⑥ 7월 25일 : 양산 황산 → 김해 산산 → 삼차강 → 신산서원 → 부산 하 룡당
⑦ 7월 26일 : 부산 하룡당 → 기울현 → 온천 욕소

---

15) 지명은 한강 당시와 많은 변화가 있다. 지명은 이해의 편의를 위하여 현재의 것으로 한다.

대구 사빈에서 출발하여, 현풍, 고령, 창녕, 의령, 칠원, 함안, 영산, 창원, 밀양, 양산, 김해를 거쳐 동래로 간다. 거리는 수로(水路) 610리와 육로(陸路) 20리이니, 도합 630리였다. 원당포를 지나면서 신안현감 김중청(苟全 金中淸, 1566-1629)의 시에 대해 이언영(浣亭 李彦英, 1568-1639) 등 10명이 차운시를 지었고, 창암정에서는 창원부사의 운에 따라 노극홍(沃村 盧克弘, 1553-1625) 등 9명이 차운시를 지었다. 당시 한강 정구의 여행길에는 수많은 사람들이 무리를 이루어 맞이하거나 배웅하였다. 별감 정승경(鄭承慶)은 급히 노를 저어 와서 노학자 한강 정구에게 예를 다하기도 했다. 때로는 맞이하고 때로는 지나치면서 물길을 따라 그렇게 내려갔다. 도동서원, 창암정, 신산서원에서는 진외증조부 김굉필, 동문 곽재우, 스승 조식을 떠올리며 추모하기도 했다. 당시 하행길에서 만난 노다암을 〈봉산욕행록〉은 다음과 같이 묘사하고 있다.

> 노다암 위를 바라보니 흰 옷 입은 사람들이 무리를 이루고 있었고, 노다암 아래에는 천막이 높이 쳐져 있었다. 이육이 말했다. "이 사람들은 향소의 사람들인데 선생을 위해 미리 와서 기다리고 있습니다." 다가가서 보니 백사장 위에 천막을 설치하였는데, 과연 향소의 임원들이었고, 여훤(呂煊)도 와 있었다.16)

여행 첫날인 1617년 7월 20일의 기록으로, ①의 원당포를 지나며 지금의 고령군 다사면에 있었던 절벽 노다암의 풍경을 묘사한 것이다. 바위 위에는 한강을 뵙기 위한 사람들이 무리를 이루고 있었고, 바위 아래에는 천막이 높게 쳐져 있었다. 유향소에서 나온 선비들이었다. 이들의 정성을

---

16) 〈蓬山浴行錄〉 7月 20日條, "望見老多巖上, 白衣成隊, 巖下供帳高張, 李堉言是鄕所爲先生前期待候云, 及至則設供帳沙上者, 果是鄕所所辦, 而呂煊亦來矣."

생각하여 한강 정구가 일행과 함께 배를 타고 가까이 가 보았는데, 거기 여휜도 있었다고 했다. 우리는 한강 정구의 행차를 보기 위해서 강안에 늘어선 선비들의 모습과 함께, 기록이 얼마나 세밀하게 이루어지고 있는가 하는 것도 알게 된다. 영파정에서는 날이 어두워 90세의 노인 생원 나세겸(羅世謙)을 만나지 못하고 지나쳐버린 아쉬움도 있었다.

다음으로 동래 온천에서의 목욕에 관한 일이다. 1617년 7월 26일부터 8월 25일까지이니 도합 30일이다. 도착한 날 저녁에는 큰비가 내렸으며, 이튿날에는 풍우가 크게 일어 내와 도랑이 넘치기도 했다. 당시 동래부사는 제자 황여일(海月軒 黃汝一, 1556-1622)이었다. 그는 스승의 치병을 위하여 봄부터 온천을 새롭게 정비하고 숙소를 증축해두었으며, 한강 정구가 사용할 나무욕조까지 만들어 두었다. 이에 대하여 <봉산욕행록>에서는, "동래부사가 지난봄부터 선생이 목욕하러 오신다는 말을 듣고 방 2칸, 마루 1칸의 초가를 지어두었는데 몹시 정갈했다. 지금 따르는 자들이 많다는 말을 듣고 또 가건물 두 칸을 지어 여러 제자들이 손님을 접대하는 곳으로 쓰도록 했으니 그 정성을 알 수 있다."[17]라고 했다. 30일 간의 일정 가운데 중요한 것 몇 가지만 들면 다음과 같다.

① 7월 26일 : 영산 의원 안박(安珀)의 권유로 침을 맞고, 온천물로 잠시 씻음.
② 7월 27일 : 치통으로 뜸을 뜨고, 이윤우에게 『예의답문(禮疑答問)』의 큰 제목을 쓰게 함.
③ 7월 28일 : 견여를 타고 온천의 원천을 구경한 후, 목탕(木湯)에서 목욕.
④ 8월 2일 : 석탕(石湯)에서 목욕. 곽후태(郭後泰)가 『한부금낭(翰府錦囊)』 4책을 올리고, 대제(大祭) 후 번육(膰肉) 보내는 일을 문의.

---

17) <蓬山浴行錄> 7月 26日條, "主伯, 去春聞有先生來浴之言, 別築草屋二室一廳, 極其精潔, 今聞從者多來, 又造假家二間, 爲諸弟子容接之所, 可見其誠款也."

⑤ 8월 3일 : 『오복연혁도(五服沿革圖)』와 『예의답문(禮疑答問)』을 강정 (講定)함. 제자들과 함께 약을 달임. 목욕은 쉼.

⑥ 8월 7일 : 조식의 문묘종사와 관련된 일을 살핌. 목욕은 쉼.

⑦ 8월 8일 : 이윤우가 「오복연혁도」를 그림, 목욕은 쉼.

⑧ 8월 10일 : 석탕에서 목욕함. 성주 선비 김주 등이 대제 후 번육(膰肉) 을 가져옴.

⑨ 8월 15일 : 아침과 오후에 석탕에서 목욕함. 이윤우가 안질 치료를 위해 초정에 감.

⑩ 8월 25일 : 석탕에서 세 차례 목욕함. 제자들이 수군절도사와 몰운대 (沒雲臺)로 유람 갔다 돌아옴.

한강 정구는 치병을 위해 동래에 갔기 때문에 이 기간이 가장 길다. 한 강은 온천물을 퍼서 나무욕조에서 목욕을 하기도 하고, 돌욕조에 들어가 목욕을 하기도 했다. 이때 제자들이 당번을 정해 몸이 불편한 스승을 모 시고 욕조에 들어갔다. 온천욕을 하는 것 외에 침을 맞기도 하고, 뜸을 뜨 기도 하며, 약을 먹기도 했다. 침과 뜸은 영산 의원 안박(安珀)이 주로 하 였으며, 복약을 위한 약 역시 당번을 정하여 달였다. 치병 과정에서도 수 다한 지역의 관리들과 선비들의 영접을 받았으며, 화주(火酒) 등의 술은 말 할 것도 없고 생선·채소·과일 등을 선물로 받기도 했다. 그리고 『오복 연혁도(五服沿革圖)』와 『예의답문(禮疑答問)』을 강정(講定)하는 등 학자로서의 본분을 지켰으며, 조식의 문묘종사 일 등 자신에게 주어진 책무를 다했다. 다음은 온천에서의 기록 일부이다.

아침에 선생이 석탕(石湯)에서 목욕하셨다. 도자와 도일이 모시고 들어 가고, 여러 제자들도 모두 목욕했다. 부사가 군관을 보내어 문안하자, 선 생이 지응감관(支應監官) 김응전(金應銓)을 불러 술을 대접하도록 했다. 읍 에 사는 김우정(金禹鼎)과 문택룡(文澤龍)이 와서 뵙고 포도 한 그릇을 올렸

다. 곽후태(郭後泰)가 와서 뵈면서 『한부금낭(翰府錦囊)』 4책을 올리고, 또
大祭를 지낸 뒤에 膰肉 보내는 일을 여쭈었다. 수사와 부산첨사 오대남(吳
大男)이 각기 군관을 보내 문안하였다. 선생은 평위산과 생맥산을 합하여
전과 같이 약재를 더 첨가하여 복용하셨다.[18]

13일째 되던 1617년 8월 2일의 기록이다. 이날 날씨는 맑았다. 지기(知
己)인 이석경(李碩慶)의 아들 이도자(李道孜)와 이도일(李道一)이 한강 정구를
석탕에 모시고 들어갔고, 여러 제자들도 함께 목욕을 했다. 오는 사람들은
지응감관을 불러 대접하도록 하고, 김우정 등 읍에 사는 선비들은 한강에
게 포도 등 예물을 보냈으며, 곽후태처럼 책을 올리는 사람도 있었다. 대
제 후 번육을 보내는 일과 관련한 질문에 답변하기도 하고, 부산첨사 오
대남의 문안을 받기도 했다. 한강 정구는 이처럼 목욕을 하면서도 일정을
착실하게 소화해 나갔다. 여기에 평위산과 생맥산에 약재를 넣어 복용하
고, 약 달이기를 잘못하는 이유을 꾸중하기도 한다. 목욕과 복약, 접대와
문안 등 매우 다양한 일이 온정 목욕 시에 있었다는 것을 알 수 있다.

마지막으로 봉산에서 사수로 돌아오는 상행길에 대해서다. 1617년 8월
26일부터 9월 4일까지이니 도합 9일간 이고, 모두 육로를 이용하였다. 떠
나오는 날은 아침부터 비가 왔으며 저녁이 되어서야 개었다. 전별연은 동
래부사 황여일이 마련하였다. 이때 한강 정구는 술을 많이 마셔 취하기도
했다. 부사와 작별 인사를 하고 한강 정구는 10리쯤 가다가 행차를 멈추
기까지 했다. 송정에 도착하였을 때는, 동래 사람 박희근(朴希根), 박희굉(朴
希宏) 등이 와서 다시 술을 올렸다. 한강 정구는 흥취가 다하기 전에 송정

18) <蓬山浴行錄> 8月 2日條, "朝先生浴于石湯, 子道・孜道一陪入, 諸弟子皆浴. 府伯遣軍官問
安, 先生, 命招支應監官金應銓, 饋酒. 邑居金禹鼎・文澤龍來謁, 進葡萄一器, 郭後泰來謁, 進
翰府錦囊四冊, 且稟大祭後致膰事, 水使及釜山僉使吳大男, 各遣軍官, 問安. 先生, 服平胃散合
生脈散, 加材如前."

을 떠나 양산에 도착하여 어떤 시골집에 머물렀다. 당시 양산군수와 최흥
국(崔興國), 신안남(辛按南) 등의 문안을 받았으나 병환으로 모두 보지 못했
다. 상행 일정은 다음과 같다.

① 8월 26일 : 동래 온천→ 송정→ 양산

② 8월 27일 : 양산→ 구황산→ 무풍교→ 통도사

③ 8월 28일 : 통도사

④ 8월 29일 : 통도사

⑤ 8월 30일 : 통도사→ 무풍교→ 언양→ 경주 전동

⑥ 9월 1일 : 경주 전동→ 노곡 천변→ 포석정→ 반월성→ 계림→ 첨
  성대→ 봉황대→ 선도관

⑦ 9월 2일 : 경주 선도관→ 모량→ 아화역→ 도천

⑧ 9월 3일 : 경주 도천→ 영천 이수→ 임고→ 하양 식송정

⑨ 9월 4일 : 하양 식송정→ 경산 반야촌→ 대구 해안→ 소유정→ 사수

한강 정구의 귀로는 동래 온천에서 출발하여 양산, 경주, 하양, 경산을
거쳐 출발지 사수동으로 돌아오는 것이었는데, 도합 9일이었다. 귀로는
육로였으므로 하행길처럼 강가의 수많은 선비들이 환호하는 가운데 이루
어지지는 않았다. 그러나 문생들이 스승을 모시고 돌아오는 길에도 많은
관리와 지역 선비들이 한강 정구를 접대하였다. 통도사와 경주에서는 각
각 3일을 머무르면서 병을 다스리거나 유람을 하였다. 통도사에서는 주로
법당이나 관음전 등에 머무르면서 담화를 나누었고, 경주에서는 포석정과
첨성대 등을 유람하였다. 이처럼 한강 정구의 귀로는 바쁜 하행길과는 달
리 느긋하였다. 특히 상행길에서 주목되는 것은 기념을 위한 동화록이나
회고록 등을 남긴다는 점이다. 다음 기록을 보자.

최동언(崔東彦)이 그 장인의 병이 위중한 관계로 먼저 작별하고 돌아갔
다. 양산군수가 또 연포탕을 마련했다. 전적 임회(林檜)가 뒤따라 왔다. 식
후에 선생이 견여를 타고 절을 나와 자연을 두루 감상하고 관음전에 올랐
다. 도사가 술자리를 마련하여 몇 순배 돌고 나서 각기 '동화록(同話錄)'을
적었다.[19]

39일째 되는 1617년 8월 28일의 기록이다. 당시 한강 정구 일행은 통
도사에 머물렀다. 이때 양산군수 조엽(趙曄)과 도사 안숙(安璹)이 산낙지를
각종 채소와 함께 넣어서 끓여 먹는 음식인 연포탕을 마련하고 술을 올렸
다. 이 자리에는 전적 임회(林檜, 1562-1624)도 있었다. 그는 1613년(광해군
5)에 전적이 되었을 때 이이첨의 무고를 받아 양산에 유배를 오게 되었다.
이들과 함께 연회도 열고 자연을 감상하기도 하였는데, 한강 정구는 이를
기념하기 위하여 '동화록'을 작성하도록 했다.[20] 9월 4일 한강 정구는 이
후경(李厚慶) 등의 문생 30여 명과 함께 사수로 돌아와 가묘에 배알한 후
서재로 들어가 쉬었다. 나머지는 지경재(持敬齋)와 명의재(明義齋)에 나누어
갔다.

이상에서 보듯이, 한강 정구가 동래 온천으로 떠난 45일 간은 크게 셋
으로 나누어진다. 온천으로 떠나는 하행길은 뱃길을 이용하였으므로 강
연안에서 기다리던 많은 사람들과 봉별을 하였고, 동래 온천에서는 지역
의 관리나 지역 선비들의 환대를 받으며 목욕과 복약에 전념하며 몸 관리
를 하였다. 그리고 온천에서 육로로 돌아온 상행길은 세 번이나 동화록을
남기면서 자리를 같이한 사람들과 기념이 될 수 있도록 했다. 46일째가
되던 9월 5일 아침에는 모두 헤어져야만 했다. 이때 한강 정구는 술을 따

---

19) <蓬山浴行錄> 8月 28日條, "崔東彦, 以其妻父郭慶霖, 病重, 故先辭歸. 梁山倅, 又設軟泡. 林
　　典籍檜, 追來飯後, 先生以肩輿, 出寺回賞泉石, 因上觀音殿. 都事爲設酌行杯數巡, 各書同話錄."
20) 이에 대해서는 제3장 5절 기념문화에서 더욱 자세하게 다루기로 한다.

르며 배행한 여러 제자들에게 고마움을 표현하였으며, 제자들은 차례대로 스승과 작별하였다. 이 가운데 이윤우는 집이 가까웠기 때문에 가장 늦게 한강과 전별하고 돌아갔다.

3. 〈봉산욕행록〉의 문화 요소

　인간은 자연 속에 살면서도 그러한 생태적 환경을 거스르며 자신의 영역을 가꾸고 넓혀왔다. 문화는 바로 이러한 측면에서 이해되는 개념이다. 그리고 그 개념은 매우 유동적이다. <봉산욕행록>을 통해 우리는 당대의 많은 문화적 요소를 확인할 수 있다. 인간이 자연적인 것을 거스르거나 가꾸어 가면서 발생시킨 것이 문화이며, 또한 자연의 일부인 인간이 그 자연을 대상으로 일구어 온 성과와 산물이 문화이다. 이렇게 볼 때 문화는 인간에게만 존재하는 것이라 하겠다. <봉산욕행록>이 한강의 치병을 위한 여행일기라고 할 때, 이를 중심으로 한 다양한 문화적 요소를 발견할 수 있다. 여행문화, 치병문화, 접대문화, 기념문화, 추모문화, 강학문화 등이 바로 그것이다. 여기에는 당대 문화의 특수성과 보편성이 함께 개재되어 있다. 본 장은 이를 염두에 두면서 <봉산욕행록>에 나타난 문화 요소들을 살펴보고자 한다.

1) 여행문화

　<봉산욕행록>은 수로나 육로를 이용해 여행한 것을 적은 기록물이다. 여행은 유람을 목적으로 자신이 사는 곳을 떠나 객지로 두루 돌아다니는 것을 말한다. 그런데 주인공이 누구이며, 여행의 목적이 무엇인가에 따라

그 내용이 많이 달라진다. <봉산욕행록>의 주인공은 대학자 한강 정구이
고, 그가 중풍에 걸렸으며, 이를 개선하기 위하여 여러 제자들과 치병여행
을 떠났다는 측면에서 특수한 국면에 놓인다. 노해(盧垓)가 "신선이 타신
배가 봉래(蓬萊)로 향해 가니, 영험한 샘물 만나 흰머리 검어질까?"21)라고
한 것처럼 이들의 여행은 분명한 목적이 있었다. 준비물이나 이동을 위한
도구들이 여기에 맞게 달라질 수밖에 없었기 때문이다. 이를 인식하면서
여행의 주체와 준비물, 여행지에서의 행위 등을 통해 <봉산욕행록>에서
의 여행문화를 살펴보기로 한다.

봉산 욕행의 주체는 한강과 그의 제자들이다. 한강 정구의 학자적 위상
에 의해 그의 여행은 미리 공지되었고, 이에 따라 현지에서는 한강 정구
와 그의 제자들이 묵을 수 있는 숙소를 마련하는 등 준비를 철저하게 하
였다. 이렇게 준비된 상태에서 1617년 7월 20일 새벽, 한강 정구와 11인
의 제자들은 사수동을 출발하여 봉산으로 목욕 여행을 떠났던 것이다. 11
인은 채몽연(蔡夢硯), 곽영희(郭永禧), 이천봉(李天封), 이언영(李彦英), 이윤우(李
潤雨), 배상룡(裵尙龍), 이명룡(李命龍), 류무룡(柳武龍), 이난귀(李蘭貴), 이학(李㙾),
정천주(鄭天澍)이다. 여행이 진행되면서 이육(李堉) 등 핵심적인 문인을 포
함한 70여 명의 문도들과 함께 동래부사 황여일(黃汝一)과 경상좌수사 김기
명(金基命) 등 다양한 관리들과 지역 선비들이 등장하여 성황을 이룬다. 목
적지 동래 온천에 도착한 한강 정구의 제자들은 스승을 부축하여 욕탕에
들어가거나 약을 달였으며, 직일을 정하여 스승을 정성껏 모시기도 했다.

한강 정구가 여행을 떠나면서 준비한 물건도 여럿 있다. 그가 노령인데
다가 중풍까지 걸려 제대로 움직일 수 없었기 때문에 우선 견여(肩輿)가
필요했다. 제자들과 함께 수로와 육로를 통해 욕행을 떠나야 했으므로 여

---

21) <蓬山浴行錄> 7月 20日條, "仙舟遠向蓬萊去, 會見靈泉換白頭(盧垓)."

러 명이 탈 수 있는 배는 물론이고 말과 수레도 있어야 했다. 식사와 숙
박에 필요한 여러 재료 및 도구들과 평소에 복용하던 향부자, 백복령, 향
유(香薷), 평위산(平胃散), 생맥산(生脈散) 등의 약재와 약도 필수품이었다. 이
뿐만 아니라 당시 편집하고 있었던 『오복연혁도』와 『예의답문』 등의 서책
도 가지고 갔다. 한강 정구는 여행을 떠난 지 14일째 되던 8월 3일, 이 책
에 대한 제목을 강정한다. 특히 한강 정구는 여행 중에도 반드시 책을 갖
고 다녔다. 이러한 사실은 지난날 가야산을 유람하면서 『근사록(近思錄)』과
『남악창수집(南嶽唱酬集)』을 넣어 행장을 꾸렸던 것에서도 확인할 수 있다.

　여행 중에는 많은 사람들이 만났다 헤어진다. 〈봉산욕행록〉 역시 여행
과정에서 자연스럽게 발생하는 봉별의 문화를 기록하고 있다. "선생께서
잠깐 배를 멈추고 향소의 사람들을 들어오게 하니, 잠시 동안 술을 따라
올린 뒤에 작별하고 물러갔다(7월 20일).", "태수가 겨우 거룻배로 따라와
서 선생에게 술 몇 잔을 올렸다(7월 22일).", "선생의 기운이 안정되지 못
하여 목욕을 멈추셨다. 부사가 술과 안주를 갖추어 선생에게 잔을 올리고,
따르는 여러 사람들에게도 주었다(8월 5일).", "선생이 술을 따르게 하여
전별의 예를 행하셨다(9월 5일)." 등 허다한 기록이 그것이다.

　여행에는 유흥이 따르기 마련이다. 이것은 여행이 답답한 일상을 벗어
나는 측면이 있기 때문일 터이다. 음주는 워낙 자주 등장하는 것이라 제
외하더라도, 아름다운 자연을 감상하거나 가무를 즐기거나 하는 것 등은
주목할 필요가 있다. 〈봉산욕행록〉 7월 23일조에서 한강 정구는 함안군
칠서의 두암대(斗巖臺) 위에 잠시 앉아 아름다운 강산의 경치를 감상하였
고, 7월 24일조에는 밀양 리례(彌禮)의 산수를 감상하며 감탄하였다. 그리
고 8월 28일에는 양산 통도사의 경내를 다니면서 수려한 자연을 찬탄해
마지않기도 했다.

　자연을 감상하기도 했지만, 여기서 더욱 나아가 연회를 베풀기도 했다.

경주에서는 부윤 윤효전(沂川 尹孝全, 1563-1619)이 술자리를 열어 피리도 불게 하였으며(9월 1일), 특별히 '황창랑(黃倡郞)'과 '처용도가(處容櫂歌)' 등 잡희를 베풀기도 하였으며(9월 2일), 경상좌수사 김기명(金基命, 1561-1620)은 계집종으로 하여금 가야금을 연주하게 하여(8월 23일) 한강 정구의 흥을 돋우기도 했다. 이처럼 한강 정구는 음주와 함께 자연이 제공하는 경치에 흥을 일으키기도 하고, 사람들이 베푸는 음악을 들으면서 흥취를 즐기기도 하였던 것이다.

사대부들의 여행문화 속에는 항상 작시(作詩)가 따르기 마련이다. 한강 정구의 봉산 욕행에서도 예외가 아니었다. 이 때문에 이윤우는 "덕성(德星) 이 고루 비춰 산천에 가을 드니, 봄바람 모시고서 멀리 유람 떠난다네."[22) 라고 하였고, 이명룡(李命龍)은 "가을바람 한 줄기 강 위로 불어, 일엽편주 가는 모양 오호(五湖)로 유람일세."[23)라고 하였다. 그리고 배상룡(裵尙龍)은 "가을 날 목란 배가 낙동강에 떠 있거니, 광풍(光風)을 모시고서 먼 유람 떠난다네."[24)라는 시를 지었다. 낙동강에 배를 띄워 스승 한강 정구와 함께 먼 여행을 떠나는 것이 이들에게는 또 다른 배움의 즐거움이 되었다. 그 감흥을 서정시에 담기도 했던 것이다.

2) 치병문화

생명이 있는 모든 것에는 질병이 따르기 마련이다. 이 때문에 병은 인간 생명의 한 표상이기도 하다. <봉산욕행록>에도 여러 종류의 질병이 등장하는데, 곽란으로 인한 복통과 설사가 가장 많이 나타난다. "밤에 선

---

22) <蓬山浴行錄> 7月 20日條, "德星分照海山秋, 共侍春風作遠遊(李潤雨)."
23) <蓬山浴行錄> 7月 20日條, "江上金風一陣秋, 扁舟行色五湖遊(李命龍)."
24) <蓬山浴行錄> 7月 20日條, "蘭舟閒泛洛江秋, 忝對光風作遠遊(裵尙龍)."

생께서 두 차례 설사를 하셨고, 이서도 곽란(霍亂)으로 밤새도록 토하고 설사를 했다(8월 6일)." 등의 기록이 그것이다. 이때 이들은 평위산(平胃散)과 생맥산(生脈散) 등의 가루약을 복용하거나 양위진식탕(養胃進食湯) 등 탕약을 마시기도 했다. 이밖에도 치통으로 인한 시침, 눈병으로 인한 세안(洗眼), 감기로 인한 불환금정기산(不換金正氣散) 등을 복용하기도 했다.

〈봉산욕행록〉은 중풍에 걸린 한강 정구를 위한 치병여행이기 때문에 대체로 여기에 집중하고 있다. 치병을 위해서는 세 가지 처방이 나타난다. 목욕, 복약, 시침이 그것이다. 목욕은 모두 41회를 하였는데, 물을 퍼와 나무욕조에서 하기도 하고, 돌욕조에 들어가서 하기도 했다. 쉬는 날도 있었지만 어떤 날은 아침, 낮, 신시(申時) 이렇게 세 번을 하기도 했다. 요즘도 그러하지만 온천욕은 혈액순환을 촉진하여 중풍과 통풍에 효과가 있는 것으로 알려져 있었다. 동래 온천은 치병으로 유명하였으므로, 〈봉산욕행록〉에서는 온천을 특별히 묘사하였다. "온천에는 안팎으로 석감(石龕)이 있는데 세상에 전하기를 신라의 왕이 만든 것이라고 한다. 하나의 석감에는 대여섯 명이 들어갈 수 있었고, 샘물이 위의 돌구멍에서 나오는데 몹시 뜨거워 손발을 함부로 담글 수 없을 정도였다."[25]라고 한 것이 그것이다. 따라서 당대에는 온천욕이 하나의 치병문화로 자리 잡고 있었음을 확인할 수 있다.

치병을 위해 약을 복용하는 것은 당연한 일이다. 한강 정구는 에너지 대사를 촉진하여 원기(元氣)를 강화시키고, 조혈(造血)작용과 혈액순환을 촉진시키기 위한 치풍제(治風劑)인 강활유풍탕(羌活愈風湯)을 중심으로 약을 복용하였다. 이밖에 〈봉산욕행록〉에는 향부자와 탱자껍질, 백복령, 신곡(神曲), 향유(香薷) 등의 약재와 평위산(平胃散), 생맥산(生脈散), 불환금정기산(不

---

25) 〈蓬山浴行錄〉 7月 26日條, "井有內外石龕, 世傳新羅王所創云. 一龕可容五六人, 泉自上邊石孔出, 其水甚煖, 不可遽沈手足矣."

換金正氣散) 등의 가루약, 강활유풍탕(羌活愈風湯), 양위진식탕(養胃進食湯) 등의 탕약도 등장한다. 이러한 약을 복용하면서 한강 정구는 물론이고 그의 제자들도 스승의 병에 차도가 있기를 간절히 바랐던 것이다. 이육 등이 자청하여 약을 정성껏 달였던 것에서 이러한 사실을 충분히 알 수 있다.

　<봉산욕행록>은 복약뿐만 아니라 시침에 대해서도 다양하게 기록해 두었다. 특히 한강 정구의 경우는 침을 맞는 경혈까지 정확하게 기록해 두었다. 8월 7일조에서 "선생이 백회(百會), 풍지(風池), 견정(肩井), 견우(肩髃), 곡지(曲池), 간사(間使), 합곡(合谷), 중저(中渚), 환도(環跳), 풍시(風市), 양릉(陽陵), 천족(泉足), 삼리(三理), 절골(絶骨), 해계(解溪), 대충(大沖), 위중(委中), 승산(承山), 상렴(上廉), 하렴(下廉), 신맥(申脈), 행간(行間) 등의 혈에 침을 맞으셨다."26)라고 한 것이 그것이다. 이들 혈을 『동의보감』에 의거해 일별해보면 중풍치료의 효과적인 혈임을 알 수 있다. 정수리의 백회, 귓 뒤의 풍지, 어깨 위의 견정, 팔이 접히는 곳인 곡지, 엄지와 검지 사이의 합곡, 허벅지 바깥쪽의 풍시, 정강이 바깥쪽의 삼리, 발등의 태충 등은 중풍을 다스리는 대표적인 혈이기 때문이다. 시침한 사람은 영산 의원 안박(安珀)이었다.

　이처럼 <봉산욕행록>에는 한강 정구의 치병과 관련된 문화가 적기되어 있다. 이미 살펴보았듯이 목욕, 복약, 시침은 그 가운데 대표적이다. 그리고 음주 역시 치병행위의 일종이었던 것으로 보인다. 주종이 명시적으로 드러나는 것은 아니지만, 술은 접대의 자리에 자주 등장하고 목욕을 하는 기간에도 지속적으로 나타난다. "아침에 선생이 내석탕에서 목욕하고 또 한 번 더 목욕하셨다. 동래부사와 김해부사가 와서 뵙고 잠시 술잔을 올린 뒤 물러갔다(8월 25일)."27) 등의 기록이 그것이다. 금주가 특별히

---

26) <蓬山浴行錄> 8月 7日條, "先生, 受鍼百會·風池·肩井·肩髃·曲池·間使·合谷·中渚·環跳·風市·陽陵·泉足·三理·絶骨·解溪·大沖·委中·承山·上廉·下廉·申脈·行間等穴."

기록되어 있지 않는 것으로 보아 음주 역시 치병행위의 일환으로 인식하였던 것으로 보인다.

3) 접대문화

〈봉산욕행록〉에는 한강 정구를 중심으로 320여 명이 등장하기 때문에 자연스럽게 매우 다양한 접대문화가 나타난다. 제자는 사제관계의 예에 따라, 관리나 지역의 선비들은 대학자에 대한 존현의식에 따라 접대를 베풀었다. 어떤 경우에는 배를 빌리고 임시 숙소를 마련하는 등의 편의를 제공하였고, 또 어떤 경우는 피리를 불고 잡희(雜戲)를 베풀어 한강의 흥을 돋우기도 했다. 빈객에 대한 예를 극진히 하는 것은 조선조 선비사회에서 매우 자연스런 현상이었는데, 이것이 당대 학문을 대표하는 한강과 그의 제자들이라는 특수성으로 인해 더욱 증폭된 것으로 보인다.

〈봉산욕행록〉에 등장하는 접대문화 가운데 가장 빈번한 것은 술과 음식이다. 여행이 만나고 헤어짐을 전제로 한다고 할 때, 이 둘은 필수적이다. 〈봉산욕행록〉에는 "본읍 향교에서 술과 음식을 성대하게 장만하여 선생과 제자들에게 술을 올렸다(8월 6일).", "연경서원 원장이 서원에서 술과 음식을 마련해 와서 천막에 있는 선비들을 먹였다(9월 4일)."라는 기록에서 알 수 있듯이, '술'과 '음식'처럼 포괄적으로 제시하기도 하지만, 구체적인 품목을 들기도 했다. 몇 가지를 예로 들면 다음과 같다.

① 7월 29일 : 오전에 수사가 와서 문후하고 해산물과 전복, 광어 등을 올렸다.
② 7월 30일 : (동래) 부사가 쌀섬과 반찬거리를 따르는 여러 사람들에

---

27) 〈蓬山浴行錄〉 8月 25日條, "朝, 先生, 浴內井, 又再浴, 東萊金海兩倅, 來謁, 暫行杯酌而退."

　　게 보냈는데 13종류나 되었다.

③ 8월 1일 : 동래부에 사는 교생(校生) 박대유(朴大曘)가 와서 뵈면서,
　생선과 채소 등을 올렸다. 좌수 박희근(朴希根)이 와서 뵈면서 포도
　한 그릇을 올렸다.

④ 8월 9일 : 상사 최흥국이 햅쌀 한 말을 가져왔다.

⑤ 8월 18일 : 신산서원의 원생 신영의(申英義)와 안율(安慄)이 와서 뵙고
　사슴 다리를 올렸다.

⑥ 8월 19일 : 별장이 송이버섯을 보냈다.

⑦ 8월 24일 : 동래 향교의 유생 박대유가 유생 이사립(李士林)을 보내
　안부를 묻고 쌀과 생선, 그리고 채소 등을 보냈다.

⑧ 8월 29일 : 양산 선비 최흥국 등 여러 사람들이 술자리를 베풀고, 또
　연포탕을 마련해 정성스런 뜻을 보였다.

　　이처럼 관리나 지역 선비들은 전복과 광어 등의 해산물, 쌀과 반찬, 생
선과 채소, 포도, 햅쌀, 사슴 다리, 송이버섯, 연포탕 등 다양한 먹을거리
를 바치며 한강 정구와 그 일행을 접대했다. ②, ④, ⑦ 등에서 볼 수 있
듯이 동래부사와 양산의 최흥국(崔興國), 동래 향교의 박대유 등이 쌀을 보
내고, 이밖에도 "수사가 다시 군관을 보내어 문안하고 또 쌀과 음식들을
보내왔다."[28] "양산군수 조엽이 와서 뵈었는데, 쌀과 음식을 풍성하게 가
져왔다. <중략> 장기현감 신방로(辛邦櫓)가 쌀과 음식을 실어 보내고 글을
올려 문안했다."[29] 등의 기록에서 보듯이 쌀은 매우 자주 등장한다. 이것
은 일군의 사람들이 함께 여행하기 때문에 이들에게 쌀이 가장 필요했을
터이고, 주로 현지에서 조달한 것으로 보인다.

　　한강 정구는 접대가 너무 성대할 때는 책망을 하기도 했다. "원장의 음

---

28) <蓬山浴行錄> 7月 26日條, "水使, 再遣軍官問安, 且送米饌等物."

29) <蓬山浴行錄> 8月 6日條, "梁山郡守趙曄來謁, 盛進米饌 <中略> 長鬐倅辛邦櫓, 載送米饌,
　　奉書問安."

식대접이 극히 성대하자 선생께서 너무 지나치다고 깊이 책망하셨다(7월 21일)."라는 기록을 통해 이를 확인할 수 있다. 나아가 "부사가 차를 올리고 또 선생과 따르는 자들을 위해 점심을 마련했다. 밥을 다 먹기 전에 부사가 와서 뵙자, 선생께서 대접이 지나치게 융숭하여 사람을 불안하게 한다는 뜻으로 극진하게 사례하고, 또 관가에서 제공하는 물품을 사양했다(7월 26일).", "선생이 관가에서 제공한 물품들을 사양하여 물리고 관가에서 접대하기 위해 보낸 사람들을 돌려보냈다(8월 12일)."라고 기록한 것에서 알 수 있듯이 관가에서 보내는 물품과 인원은 대체로 사양하였다.

접대는 한강 정구에게만 이루어진 것은 아니다. "창원의 유생 장익규 등이 선생을 위해 술을 베풀고 따르는 자들에게도 베풀었다(8월 23일).", "부사가 또 쌀섬과 찬거리를 보내고, 인마를 보내 따르는 자들을 초청하였다. 후경과 윤우가 동래부로 들어가니 부사가 잔치를 베풀어 접대하였다(8월 12일)."라고 하였듯이, 지역의 선비들과 동래부사 황여일 등은 한강 정구를 따르는 제자들에게도 접대를 소홀히 하지 않았다. 여기서 우리는 한강 정구의 봉산 욕행이 동락(同樂)의 접대문화를 추구하고 있었던 것을 알게 된다. 그럼에도 불구하고 한강 정구는 접대에 관청이 때로 동원되는 것을 보고 몹시 불편하게 생각했다. 이에 따라 관가에서 제공하는 물품을 사양하거나 일하는 사람을 돌려보냈던 것이다.

4) 추모문화

조선시대 선비사회는 추모가 하나의 문화로 정착되어 있었다고 해도 과언이 아니다. 가정에서 지내는 제례는 말할 것도 없고, 향교에서의 석전대제, 서원에서의 춘추 향사 등 사회적으로도 추모문화는 체계적으로 정비되어 있었다. 국기일(國忌日)을 게시해두고 특별히 추모하기도 했다. 여행 중이라 하여 이러한 추모문화가 제한되는 것은 아니었다. 기일을 만났을 때는 금주와 함께 재계를 하였고, 특정 공간을 방문하거나 지날 때는 그 장소와 연계된 인물을 추모하기도 했다. 이러한 현상은 <봉산욕행록>에도 두루 나타나는 바다.

<봉산욕행록>에는 기일을 만났을 때 재계하는 장면이 두루 등장한다. "김해부사 조계명(曺繼明)이 와서 뵙고 술을 올리려 하자 선생이 기일인 관계로 사양하였다."30)라는 기술 등이 그것이다. 7월 24일은 오건(吳健)(덕계(德溪), 1521-1574)의 기일이었다. 당시 한강 정구는 오건을 추모하기 위하여 특별히 조처하였다. <봉산욕행록>에는 "이날이 오덕계(吳德溪)의 기일이므로 선생께서는 아침에 출발할 때부터 소개(素蓋)를 세우도록 하셨다. 선생이 어린 시절에 덕계에게 배웠던 까닭이다. 밀양부사가 술자리를 마련하고자 하였으나 사양하였다."31)라고 기록해 두고 있다. 즉 한강 정구는 배에 소개를 세워 슬픔을 표시하고 밀양부사가 마련한 술자리도 사양하였던 것이다.

한강 정구는 낙동강 연안에 있는 서원을 들러 추모하기도 했다. 도동서원에 봉향된 김굉필, 신산서원에 모셔진 조식이 바로 그들이다. 김굉필은 그의 진외증조부이자 조선 도학의 개창자이다. 이 때문에 그는 김굉필의 문집인 『경현록』을 새롭게 편찬하였고, 도동서원을 새로 세우기도 했다. 또한 욕행 당시에는 사당에서 알묘하고 묘소에 올라 배알하였다. 이에 대하여 <봉산욕행록> 7월 21일조에는 "날이 밝자 서원에서 동숙한 여러 벗 20여 명이 분향 알묘했다. 조반을 드신 후 선생께서 견여를 타고 산을 올라 한훤당 선생의 묘소를 배알한 뒤 배로 내려오셨다."32)라고 기록하고 있다. 조식

---

30) <蓬山浴行錄> 8月 24日條, "盆城倅曺繼明, 來謁欲獻酌, 先生, 以忌日辭之."
31) <蓬山浴行錄> 7月 24日條, "先生, 以吳德溪忌日, 自朝行素蓋, 先生童卯時, 受學於德溪故."
32) <蓬山浴行錄> 7月 21日條, "平明, 宿院諸友, 二十餘人, 焚香謁廟, 朝飯後, 先生, 肩輿上山,

이 모셔져 있는 신산서원은 기록이 더욱 자세하다. 들어보면 다음과 같다.

> 선생이 서원으로 들어가 성정당(誠正堂)에서 쉬시고 따르는 자가 먼저
> 사당에 들어가 분향 재배하고 나왔다. 조금 뒤 선생께서 부축을 받으며 묘
> 정에 들어가, 부복하고 우러러 배례한 후, 다시 성정당으로 돌아와 쉬셨다.
> 선생께서 정묘년(1567)에 산해정에서 남명선생을 배알한 이래 51년이 지
> 났는데, 묘실(廟室)이 바로 산해정 터라고 한다.[33]

〈봉산욕행록〉 7월 25일조의 기록이다. 한강 정구는 그의 나이 24세
되던 해인 1566년(명종 21) 봄에 조식을 찾아갔는데, 다른 날 조식은 "사군
자(士君子)의 큰 절개는 오직 출처(出處)를 어떻게 하느냐에 달려 있는데, 너
는 출처에 대해 약간 아는 것이 있기에 나는 마음속으로 너를 인정한다."[34]
라고 하였다고 한다. 그리고 조식이 일찍이 병석에 누웠을 때 한강 정구
가 김우옹(金宇顒)(동강(東岡), 1540-1603)과 함께 찾아가 뵈었는데, 이때 조식
은 한강 정구의 손을 잡고, "고질병을 앓는 가운데 그대를 마주하고 이야
기를 나누니 마치 왕마힐(王摩詰)의 망천도(輞川圖)를 감상하는 것처럼 황홀
하네."[35]라고 하였다. 아마도 당시 한강 정구는 조식의 이러한 말을 생각
하며 신산서원을 찾았을 것이다.

도동서원이나 신산서원 등 인연 있는 서원을 찾기도 했지만 배를 타고
내려가다 자연스럽게 만나는 유적이 있을 때도 또한 추모하였다. 지금의

展謁墳墓後, 下船."

33) <蓬山浴行錄> 7月 25日條, "先生, 入書院歇于誠正堂, 從者, 先入廟焚香再拜而出. 少頃, 先
生, 扶持入廟庭, 俯伏瞻拜後, 還歇于堂. 先生, 以丁卯年來, 拜南冥先生于山海亭, 今五十有一
年, 廟室, 正是山海亭之基云."

34) 『寒岡年譜』卷1, 24歲條, "南冥異日謂先生曰, 士君子大節, 惟在出處, 汝於出處, 粗有見得,
吾心許之也."

35) 『寒岡年譜』卷1, 24歲條, "積痾沈痼之中, 對君說話, 恍若披玩王摩詰輞川圖也."

경남 창녕군 도천면 우강리[당시에는 영산현] 낙동강변에 있는 창암정(滄巖亭)이 그것이다. 이에 대하여 <봉산욕행록> 7월 27일조는 "강의 동쪽 언덕에 창암정이 있는데, 바로 작고한 망우당(忘憂堂) 곽계수(郭季綏)가 머물러 쉬던 곳이다. 그의 한평생 충의대절이 참으로 훌륭하지만 사람의 일이 이미 변하여, 정자를 바라보니 갑절이나 서글펐다. 이에 술잔을 돌리고 부사가 운자를 불러 시를 지었다."36)라고 기록하고 있다. 한강 정구가 봉산욕행을 떠난 해인 1617년 4월 10일에 곽재우가 작고하였으니 슬픔이 더욱 깊었던 것이다.

한강 정구는 배를 타고 내려가면서 어린 시절 그에게 『주역』을 가르쳐 주었던 오건의 기일을 만나 재계하며 술자리를 물렸다. 또한 도동서원을 들러 『경현록』을 지어 조선 도학의 연원이라 추앙해 마지않았던 김굉필을 특별히 추모하였다. 그리고 신산서원에서는 출처대의를 가르쳐준 스승 조식에 대하여 애도의 마음을 표하였다. 창강정을 지날 때는 얼마 전 세상을 떠난 곽재우의 충의대절을 생각하며 추모의 염을 금치 못하였다. 여행 과정에 나타나는 이러한 추모문화는 조선조의 경우 특별한 것이라 할 수는 없다. 다만, 한강 정구의 경우 그 추모대상이 누구였던가 하는 것을 특별히 주목할 필요가 있다.

5) 기념문화

봉산으로의 욕행은 한강 정구와 그 제자들이 영남의 남부일대에서 벌인 성사라고 하지 않을 수 없다. 이 때문에 한강학파에서는 특별히 기념할 필요가 있었다. 기념을 위한 방법은 매우 다양하다. <봉산욕행록>을

---

36) <蓬山浴行錄> 7月 27日條, "水之東岸, 有亭曰滄巖, 卽故郭忘憂季綏棲息之所也. 其一生忠義大節, 則誠有可尙, 而人事已變, 瞻望臺亭, 倍覺悲涼. 於是, 酒杯團欒, 太守呼韻賦詩."

지어 당시의 일을 빠뜨리지 않고 정확하게 기록하는 것 자체가 중요한 기념행위였다. 이 일은 이윤우가 맡았는데, 그는 한강 정구가 살았던 사양정사와 가장 가까운 곳인 칠곡에 거주하면서 처음부터 끝까지 이 일의 기록을 담당하였다. 또한 여행의 과정에 있었던 시회를 방불케 하는 작시 활동도 중요한 기념행위였다. 이처럼 기록과 문학이 교차되는 과정에서 한강 정구의 봉산 욕행은 당대의 대표적인 미담이 되었던 것이다.

〈봉산욕행록〉에는 의도된 기념문화가 있었다는 사실을 알게 하는 대표적인 사례가 있다. 이것은 세 차례에 걸쳐 진행된 동화록 혹은 회고록의 형태로 나타났다. 8월 28일 양산 통도사에서의 '동화록', 9월 1일 경주 포석정에서의 '회고록', 9월 3일 영천 이수(二水) 가에서의 '동화록'이 그 것이다. 이는 모두 사양정사로 돌아오는 길인 상행로에서 이루어졌으며, 특정한 시공간을 어떤 사람과 함께 하였던가를 기념하기 위한 것이었다. 오늘날로 말하자면 방명록에 해당한다고 할 수 있다. 이 때문에 이름을 쓰고, 그 아래 관향과 자호(字號), 그리고 생년 등도 적어 두었다. 이와 관련하여 〈봉산욕행록〉에는 다음과 같은 기록이 나타난다.

> ① 廣陵 安璿(字待而 生壬申 號樂園), 箕城 趙曄(字輝吉 生壬申 號壺隱), 月城 崔興國(字康侯 生庚戌 號南澗), 碧珍 李厚慶(字汝懋 生戊午 號畏齋), 彭城 林檜(字公直 生壬戌 號觀海), 光山 李簹(字以直 生丙寅 號東湖), 京山 李天封(字叔發 生丁卯 號葆軒), 廣陵 李潤雨(字茂伯 生己巳 號石潭), 完山 李堉(字士厚 生壬申 號東皐), 豐川 任以賢(字哲甫 生戊子 號瑪谷), 花山 權鏊(字器之 生己丑 號兄江), 晉山 河弘濟(字汝楫 生戊寅 號西村), 密城 朴敏修(字遜志 生庚寅 號嘯軒), 月城 崔東彦(字敏仲 生甲午 號白沙), 達城 徐强仁(字克夫 生丙申 號文巖), 光州 盧垓(字子宏 生戊戌 號菊潭), 一直 孫沆(字季浩 生己亥 號月峯)

② 尹孝全 而永, 孫處約 希魯, 韓克孝 行源, 李厚慶 汝懋, 鄭四象 汝燮, 孫宇男 德甫, 李簭 以直, 李天封 叔發, 李潤雨 茂伯, 金得義 汝剛, 李琮 伯翼, 徐思道 達夫, 李埥 士厚, 都汝兪 諧仲, 李宜潛 炳然, 朴曔 明叔, 鄭克後 孝翼, 朴晛 光叔, 郭� 施遠, 河弘濟 汝楫, 吳姬翰 翼雨, 黃中信 子貞, 李海容 伯謙, 李櫶 衛夫[甫], 李寉 彦[汝]翼, 吳姬幹 貞甫, 李煜 文仲, 任以賢 哲甫, 李汝龍 君見, 朱灌 混源, 李啓後 啓述, 崔東美 子榮, 權鍙 器之, 朴敏修 遜志, 盧垓 子宏, 崔東尹 子任, 金塽 德厚, 鄭璧 峻哉, 權葑 興瑞, 韓應命 而保, 徐强仁 克夫, 孫沆 季浩, 金世弘 大任, 盧珏 克溫

③ 鄭湛, 朴士愼, 孫處約, 朴點, 成立 卓爾, 李國賓 汝觀, 鄭四象, 孫宇男, 李君賓 仲觀, 李川賓 季觀, 都汝兪, 鄭四勿, 金就礪 試可, 孫興雲 子龍, 鄭經道, 朴曔, 朴晛, 成以直, 朴日+粲 明仲, 黃中信, 李海容 伯謙, 成以諒 汝貞, 曺� 行遠, 鄭顯道 晦夫, 李好榮 景華, 朴文孝 伯順, 孫季昌 勗甫, 孫瀣, 李喜榮 伯華, 盧珏, 鄭憲道 遵可, 成以寬 汝栗, 朴敏修, 徐强仁, 孫沈, 鄭弘道 景仲, 權鍙, 權葑, 李啓後, 崔經濟 性任, 李時榮 克華, 李時幹 孟堅, 曺舫 而濟, 田汝翼 隣哉

①은 양산 '통도사동화록'으로 17명, ②는 경주 '포석정회고록'으로 44명, ③은 영천 '이수동화록'으로 44명이다. 세 차례의 동화록을 남기지만, 기술방식은 조금씩 다르다. ①은 가장 자세하게 적은 것이다. 경상도사 안숙(安璹)과 양산군수 조엽(趙曄)은 당시 환로에 있었으므로 가장 먼저 적었고, 나머지는 나이순을 따랐다. ②는 경주부윤을 필두로 해서 연경서원 원장 손처약 등을 나이순으로 적어 ①의 방식을 따랐으나, 자만 적어 간략하게 하였다. ③에서는 영천의 도천사람 정담(鄭湛)(복재(復齋), 1552-1634)을 가장 먼저 적었다. 당시 이수에 모인 사람이 모두 51인이었는데, 행차를 모신 사람들은 생략하였으며 거듭 나온 사람들의 자도 생략하였다.

동화록이 시공간을 공유한 사람들을 기념하기 위해 적은 것이라면, 회고록은 미래의 어느 날 옛날의 특정한 일을 기억하기 위한 것이다. 이러한 기념은 한강 정구의 명으로 이루어졌다. 9월 1일 '포석정회고록'의 경우, "좌우에서 피리 불기를 청하자 선생이 그만두게 하고 회고록(懷古錄)을 적게 하셨다."37)라고 하였다. 그리고 9월 3일 이수동화록의 경우, "이수(二水) 가에서 점심을 먹었는데 여러 사람들이 천막을 치고 기다리고 있었다. 선생이 이수동화록(二水同話錄)을 쓰도록 명하셨다."38)라는 기록을 통해 이를 확인할 수 있다. 이러한 동화록 내지 회고록을 통해 한강 정구는 당시 모인 사람들을 오랫동안 기억하고 싶었던 것이다.

6) 강학문화

한강 정구는 이황과 조식의 학문을 집대성하면서 심학과 예학 방면에서 독보적 위상을 갖고 있었다. 이뿐만 아니라, 내직으로는 대사헌, 외직으로는 안동대도호부사까지 두루 역임하였으니 그의 명망은 높을 수밖에 없었다. 이 때문에 그의 문하생들은 한강 정구를 모시고 여행을 떠나는 것에 대하여 무척 자랑스러워하였으며, 320여 명이나 되는 사람들 속에 섞여 한강 정구의 행차에 어떤 역할을 담당하고 싶어 했다. 여기에 직접 참여할 수 없었던 지역의 선비들은 특별한 예를 취하기 위하여 여행 중인 한강 정구에게 대제를 파한 후 번육(膰肉)을 보내기도 했다.39)

앞서 언급하였듯이 한강 정구는 봉산 욕행을 하면서『예의답문(禮疑答問)』을 편정하기도 하고,『오복연혁도(五服沿革圖)』를 강정하기도 했다. 앞의 것은 예를 내용으로 한 한강 정구의 질문과 이황의 답변을 편집한 것이고,

---

37) 〈蓬山浴行錄〉 9月 1日條, "左右請吹笛, 先生止之, 命書懷古錄."
38) 〈蓬山浴行錄〉 9月 3日條, "晝點于二水邊, 諸人張幕以待, 先生, 命書二水同話錄."
39) 〈봉산욕행록〉 8월 10일조에 "성주 선비 金轑 등이 大祭의 罷齋 후 사람을 시켜 선생께 번육을 보냈다."라고 기록되어 있다.

뒤의 것은 5복, 즉 참쇠(斬衰), 제쇠(齊衰), 대공(大功), 소공(小功), 시마(總麻) 등 다섯 가지 상복(喪服)에 관한 연혁을 그림과 함께 설명한 것이다. 그러니까 한강 정구는 여행 중에 이들 예서를 중심으로 강론을 그치지 않았던 것이다. 이러한 분위기 속에서 7월 30일에 당포만호(唐浦萬戶) 변시민(卞時敏)이 『천승(千乘)』 한 부를 보냈고, 8월 2일에는 동래부의 유생 곽후태(郭後泰)가 『한부금낭(翰府錦囊)』 등의 서책을 한강 정구에게 올렸다. 여기서 나아가 <봉산욕행록>은 한강 정구가 깊은 밤까지 강론했던 기록을 제시하고 있다. 다음 기록이 그것이다.

> 황혼이 되어 도천(道川)의 정담(鄭湛) 씨의 집에 투숙했다. 정종윤(鄭宗胤) 자장(子長), 손해(孫濚) 숙호(叔浩), 정홍도(鄭弘道) 경중(景中), 박점(朴點) 성여(聖與), 박문효(朴文孝) 백순(伯順), 정계도(鄭繼道) 행가(行可), 성이직(成以直) 여방(汝方)이 와서 뵈었다. 부윤이 선생을 모시고 강론하여 밤이 깊어서야 그쳤다.[40]

1617년 9월 2일의 기록이다. 이날 한강 정구는 영천 북안의 도천리에 살았던 정담의 집에서 묵게 되었다. 정종윤 등 7명이 찾아와 문안하였고, 경주부윤 윤효전(尹孝全)과 더불어 밤이 깊도록 강론하였다. 특히 윤휴의 아버지 윤효전은 8월 28일 한강이 통도사에 머물 때부터 사람을 보내 문안하는 등 특별한 성의를 보인 사람이다. 9월 1일에는 노곡천변(奴谷川邊)에 천막을 치고 기다렸고, 포석정에서 한강을 맞아 한강 정구 일행의 경주 유람 일체를 주관하였으며, 영천까지 따라와 작별하였다. 이에 대하여 이윤우는 <봉산욕행록>에서 "부윤이 선생을 대접하는 성의와 공경이 극

---

40) <蓬山浴行錄> 9月 2日條, "黃昏, 投宿于道川鄭湛氏之廬, 鄭宗胤子長·孫濚叔浩·鄭弘道景中·朴點聖與·朴文孝伯順·鄭繼道行可·成以直汝方來謁, 府尹奉先生講論, 夜深而罷."

진하여 몸소 제자의 예를 갖추었다."41)라고 적고 있다. 즉, 욕행 과정에서
사제관계를 맺고, 강학 또한 본격적으로 이루어졌던 것이다.

학문적 담론은 자연스럽게 당대의 현안문제로 이어지게 마련이다. 그
가운데 대표적인 것이 조식의 문묘승무 문제였다. 8월 7일의 기록에 의하
면, 성주 선비 장덕우(張德優)가 대제(大祭)의 입재일(入齋日)에 사람을 보내
문안하면서, "남명선생 문묘종사의 일로 삼가 유생 이현우(李賢佑) 등 20여
명이 통문을 보내 이달 20일에 합천향교에 모여 상소문을 만들기로 하였
다 한다. 이서(李舒)와 김지득(金知得)으로 하여금 상소문을 짓게 하는 일로
사람을 시켜 통문을 보내왔으며 성주에서는 이명룡(李命龍)이 상경할 것이
라 한다."42)라고 했다.

당시 조식의 문묘종사일로 영남의 유생들은 분주하였다. 〈봉산욕행록〉
도 당시 분위기의 일단을 전하고 있다. 9월 2일자에는 "성주 선비 10여
명이 상소 모임에 갔다가 아직 정거(停擧)가 풀리지 않은 관계로 쫓겨나
돌아왔다고 하고, 대구 유생 양수(楊洙)는 상소의 명단에 참여했다가 상소
문의 말이 이현(二賢)을 침해한다는 것을 늦게 듣고 포기하고 돌아왔다고
한다."43)라고 기록하고 있다. 조식의 문묘봉사소는 합천향교에서 발의하

---

41) 〈蓬山浴行錄〉 9月 1日條, "主尹, 待先生極其誠敬, 親執弟子之禮." 윤효전의 당색은 소북으
로 윤휴의 아버지다. 徐敬德의 제자인 閔純에게 배웠는데, 이때 한강과 사승관계를 이루게
된다. 그는 한강이 봉산 욕행을 하던 해인 1617년(광해군 9)에 경주부윤으로 봉직하였으
며 재직 중이던 1619년(광해군 11) 임지에서 세상을 떠났다. 한강과 윤효전의 만남은 한
강학이 지닌 기호학과 영남학의 회통적 성격을 설명하는 데 있어 중요한 지점을 형성한
다. 윤효전의 죽음에 대하여 한강은 "이내 몸은 풍이 들어, 신음한 지 다섯 해라. 찾아가
조문 못하고, 대신 제물 올리며, 속마음을 개진하니, 영령이여 강림하여, 내 말 좀 들어보
고, 올린 제물 흠향하소 아! 애통하여라(〈祭尹慶州文〉, 『寒岡集』 卷12)."라며 슬퍼하였다.

42) 〈蓬山浴行錄〉 8月 7日條, "以南冥先生從祀文廟事, 三嘉儒生李賢佑等二十餘人, 出文, 今月
二十日, 會于陝川鄉校, 仍爲奉疏. 李舒・金知得使之製疏事, 通文專人送來, 新安則李命龍, 當
上京云."

43) 〈蓬山浴行錄〉 9月 2日條, "新安士子十餘人, 赴疏會, 以未解停, 見出而歸, 大邱儒生楊洙, 參
其疏, 而晚聞其上疏語, 頗侵二賢, 故棄歸云."

고, 이서(李舒)와 김지득(金知得)으로 하여금 짓도록 했다는 것이다. 하증(河
憕)의 <신안어록>과 용연서원에 소장된 조식의 『연보』 끝부분에도 성격
을 약간 달리하지만 관련 기록이 제시되어 있다.[44]

이처럼 <봉산욕행록>은 치병을 위한 여행일기이지만 강학문화 역시
두루 나타난다. 특히 한강 정구는 김굉필의 외손으로서 어릴 때 오건에게
사사하였고, 자라서는 영남의 종장인 이황과 조식으로부터 인의학(仁義學)
을 전수받았으며, 만년에 이르러서는 조선 심학과 예학의 거대한 봉우리
를 이루었다. 사정이 이러하므로 그를 중심으로 강학문화가 넓게 형성되
는 것은 지극히 당연한 일이었다. 이 때문에 예학 등 학문적인 문제는 물
론이고, 당대의 주요 사안에 대한 담론이 자연스럽게 이루어졌을 것으로
보인다. 조식의 문묘종사에 관한 일은 그 가운데 대표적인 것이라 하겠다.

4. 〈봉산욕행록〉의 문화적 의미

인간이 자연과의 끊임없는 관련성을 맺으면서 새롭게 창조하는 것이
문화이다. 이때 바깥으로 드러난 문화에는 이면에서 작동하는 어떤 원리
가 존재할 것이고, 이러한 현상에 대한 지향의식도 있게 마련이다. 이면
원리와 지향의식은 결국 작품의 최종적인 의미로 귀결된다. 우리의 주제
인 <봉산욕행록>도 마찬가지이다. 여기에는 다양한 문화 요소, 즉 여행,
치병, 접대, 추모, 기념, 강학적 요소가 내함되어 있고, 그 요소는 이면 원
리와 지향의식을 동시에 거느리고 있다. 본 장에서는 바로 이러한 점을
염두에 두면서 <봉산욕행록>이 지니는 문화적 의미를 몇 가지로 나누어

---

44) 이에 대해서는 이상필(2008), 「滄洲 河憕의 生涯와 南冥學派 내에서의 역할」, 『남명학연구』
25, 경상대 남명학연구소 참조.

살펴보기로 한다.

첫째, 〈봉산욕행록〉에는 존현의식이 두루 나타난다는 점이다. 〈봉산욕행록〉에 나타난 최대의 문화적 의미는 당대 선비들 사이에 널리 존재하고 있었던 존현의식이다. 이는 무엇보다 한강 정구 스스로가 존현을 중시하고 있는 데서 찾을 수 있다. 예학에 특별한 조예가 있었기 때문에 더욱 그러하였을 것이다. 예컨대 도동서원에서의 김굉필, 창암정에서의 곽재우, 신산서원에서의 조식에 대한 추모가 여행과정에서 자연스럽게 드러나고, 오건의 기일을 맞이하여 배에 소개(素蓋)를 세우고 내려 간 것도 모두 이와 관련하여 이해될 수 있다. 이처럼 존현은 사대부의 일상에서 배제시킬 수 없는 매우 중요한 요소라 하겠다.

〈봉산욕행록〉이 한강 정구의 치병행위에 의해 기술된 것이니, 여기에는 지기(知己)나 지친이 주요 역할을 담당한다. 영산의 지기 이석경(李碩慶)은 그의 동생 이후경(李厚慶), 아들 이도자(李道孜)와 이도일(李道一) 등과 함께 숙소를 마련해 한강을 맞이하거나 직일을 맡았다. 성주에 사는 처질(妻姪) 이서(李舒), 처생질(妻甥姪) 이천봉(李天封) 등도 직일을 맡는 등 한강의 최측근에서 욕행을 도왔다. 그리고 창녕에 사는 생질 노극홍(盧克弘)은 그의 아들 노세후(盧世厚) 및 손자 노해(盧垓)와 함께 한강 정구를 극진히 모셨다. 한강 정구의 입장에서 볼 때 이러한 집안사람들이 더욱 편했을 것이기 때문이다. 그럼에도 불구하고 제자를 중심으로 한 지역 선비들과 관리들은 한강에 대한 존념을 다하였다. 다음 기록은 이러한 사실을 상징적으로 보여준다.

배가 마수원(馬首院)에 이르자 창녕현감 윤민철(尹民哲)이 백사장에 천막을 치고 기다렸는데 선생이 돌아보지 않으시고 강 가운데로 노를 재촉하여 내려갔다. 태수가 겨우 거룻배로 따라와서 선생에게 술 몇 잔을 올렸다. 창녕 선비 여러 명이 따로 천막을 설치하고 기다렸으나 배가 정박하지 않으므로 들어올 수가 없었다. 노이(盧嶬) 등 8, 9명이 겨우 태수의 배에 올라 절하며 작별하고 물러갔다.[45)]

<봉산욕행록> 1617년 7월 22일의 기록이다. 당시 한강 정구는 지금의 창녕군 유어면에 있었던 마수원 나루를 지나가고 있었다. 간밤에 비가 내리고 풍우가 몰아쳤기 때문에 안개가 심하게 끼었던 것으로 보인다. 한강 정구 일행이 그냥 지나갔다는 것을 알고 창녕현감 윤민철은 급하게 거룻 배를 저어 한강이 탄 배를 따라와 술잔을 올린다. 이러한 장면은 <봉산욕행록>에 자주 보이는데, 원당포(元堂浦)에서의 별감 정승경(鄭承慶)(7월 20일) 등도 같은 경우이다. 뒤따라 와서 술잔을 올리기도 하지만, 초계군수 이광윤(李光胤)과 전 함양군수 이대기(李大期)처럼 거룻배를 타고와 맞이하기도 했다(7월 22일). 이러한 일련의 행위에는 존현의식이 깊게 개제되어 있었던 것이다.

둘째, <봉산욕행록>에는 선비들의 기록의식이 특별히 강조된다는 점이다. 조선은 기록문화를 꽃피운 대표적인 나라라고 할 수 있다. 이 때문에 중앙과 지방, 관리와 선비를 막론하고 일기문화가 성행하였다. 『조선왕조실록』이 말해주듯이 국가에서는 사관을 두어 국가적 안목에서 기록을 하기도 했다. 16세기를 기점으로 일기문학은 더욱 발전하였는데, 내용과 형식을 고려하면 종합생활일기, 사환일기, 유배일기, 기행일기, 사행일기, 전쟁일기, 사건 견문일기, 독서 강학일기, 고종 상장례 일기 등 다양하게 분류할 수 있을 것이다.[46)] 이러한 기록문화는 단순한 활자 형태를 벗

---

45) <蓬山浴行錄> 7月 22日條, "舟至馬首院, 昌寧縣監尹民哲, 設供帳于沙上而待之, 先生, 不顧 中流, 促棹而下, 太守僅以小艇, 追及之, 獻數杯于先生. 昌寧士人輩若干人, 別設供帳以待之, 而舟不泊, 不得入. 盧嶬等八九人, 僅得入太守舟, 拜辭而退."

46) 최은주(2009), 「조선시대 일기 자료의 실상과 가치」, 『대동한문학』 30, 대동한문학회 참조.

어나 외규장각 의궤 등에서 볼 수 있듯이 다양한 그림이 첨부되기도 한다.

〈봉산욕행록〉 역시 일기의 형식으로 기록된 작품이다. 이 일기는 정밀성을 특징으로 하고 있다고 해도 과언이 아니다. 한강 정구를 문자를 통해 조금이라도 정확하게 묘사하기 위함일 터인데, 정박한 곳은 물론이고 스쳐지나가는 지명이나 정자, 그리고 한강에게 내왕한 사람들도 빠뜨리지 않고 기록해 두었다. 하루 동안 이동한 거리, 목욕한 욕조의 형태, 한강의 목욕을 도운 사람들, 목욕의 횟수, 직일을 선 사람들, 모시고 잔 사람, 복용한 약의 종류 등도 꼼꼼히 적었다. 이 가운데 한강의 목욕을 도운 사람을 정리하면 다음과 같다.

월일	목욕을 도운 사람	비고
7월 28일	이도자, 노해	나무욕조
7월 29일	이도자, 노해	나무욕조
7월 30일	이도자, 노해	나무욕조
8월 2일	이도자, 이도일	돌욕조
8월 4일	이도자, 이도일, 이윤우	돌욕조
8월 6일	이도자, 이도일, 이서, 이윤우	돌욕조
8월 9일	이도자, 이천봉	돌욕조
8월 10일	이도자, 이천봉	돌욕조
8월 14일	이도자	돌욕조
8월 15일	이윤우, 이육	돌욕조

한강 정구가 목욕할 때 누가 모시고 들어갔는가 하는 부분은 빠진 부분도 있지만, 대체로 위와 같이 정리된다. 욕조도 나무욕조와 돌욕조를 구분하였고, 돌욕조도 외석탕(16회)과 내석탕(21회)으로 나누었다. 욕탕에 모시고 들어간 사람은 많게는 4인, 적게는 1인이다. 영산의 지기 이석경의 아들 이도자가 가장 많이 들어갔고, 거의 지친이거나 측근의 제자들이 이

일을 수행하였다. <봉산욕행록>에 나타난 이러한 기록의식은 당대적 문화현상이기도 하지만, 한강의 삶을 소상하게 남기고자 했던 제자 이윤우의 기록의식의 발로라 하지 않을 수 없다. 치병여행이라는 일련의 일들이 한강 정구라는 지명도 있는 학자와 특별히 맞물리면서, 이를 중요한 일로 기록해 두고자 했던 이윤우의 작가의식이 작동한 결과였던 것이다.

셋째, <봉산욕행록>에는 선비들의 문학의식 역시 잘 나타나고 있다는 점이다. 조선시대 선비들은 만나고 헤어질 때는 물론이고, 특별한 일이 있을 때 이를 기념하기 위해서라도 시를 지어 다할 수 없는 마음을 표출하였다. 일상에서 느끼는 곡진한 마음을 서로에게 전하며 그 관계를 돈독히 하고자 하였던 것이다. 만나는 기쁨과 헤어지는 아쉬움을 전하는 봉별시는 말할 것도 없고, 서로의 시에 차운하는 증답시(贈答詩)는 그 대표적이다. 시회를 열어 여러 사람들이 특정 운자를 활용하여 시를 짓기도 했다. <봉산욕행록>에서도 이러한 선비들 상호간의 문학의식이 두루 나타나고 있다.

하행길에는 신안현감 김중청(金中淸)이 병 때문에 한강 정구를 배웅할 수 없게 되자, 배행하는 제자들에게 시를 부쳐 그 마음을 전했다. 이 시를 받은 여러 선비들이 화답시를 지었고, 한강 정구도 간단한 글을 써서 사례하였다. 출발했던 1617년 7월 20일의 일이었다. 당시 김중청이 보낸 시는, "가을이라 소미성(小微星)이 정숙(井宿) 자리에서 빛나는데, 공자께서 어찌 바닷가에서 노니는 것을 사양하시리! 날 따르겠다는 자로는 병들어 누웠으니, 부럽구나, 번지(樊遲) 무리들이 선생을 모시는 것이!"[47]이다. 한강 정구를 공자에 자신을 자로에 비기며 서운해 하고 있음을 알 수 있다. 이에 대하여 이언영(李彦英), 노세후(盧世厚), 이서(李簹), 이윤우(李潤雨), 노해(盧垓), 이명룡(李命龍), 이천봉(李天封), 이난귀(李蘭貴), 배상룡(裵尙龍), 이육(李堉)

---

47) <蓬山浴行錄> 7月 20日條, "小微光曜井躍秋, 魯叟寧辭海上遊. 從我有由今臥病, 羨他遲輩御驂頭(金中淸)."

등 10명이 화답하며, 이번 여행을 통해 스승 한강 정구의 건강이 회복되기를 기원해마지 않았다.

7월 23일에는 창암정을 지나며 다시 한 차례의 시를 지었다. 이곳은 얼마 전 사망한 망우당의 충의대절을 생각하며 슬퍼한 곳이다. 창원부사 신지제(申之悌)가 "맑은 강 햇빛이 모래 위에 반짝이고, 저녁 물결 노 저으니 은빛 거품 날리운다. 정장(鄭庄)의 빈객 자리 외람되이 끼었나니, 신선 타신 뱃놀이가 예전에도 있었던가!"[48]라고 하면서 한강 정구를 신선으로 비유하며 빈객의 자리에 끼인 것을 영광스럽게 생각했다. 이에 노극홍(盧克弘), 이윤우(李潤雨), 이서(李𥳕), 이천봉(李天封), 이후경(李厚慶), 이도자(李道孜), 노해(盧垓), 이육(李堉) 등 8명이 화답하며 한강 정구와 함께 하는 청흥(淸興)을 드높였다. 여기서 주목할 부분은 시의 대체적인 내용이 곽재우의 충의대절보다 한강 정구와 함께 하는 여행의 즐거움에 초점이 놓인다는 사실이다.

상행길에는 한강 정구가 직접 시를 지었다. 8월 29일, 날씨는 맑았지만 여러 사람들의 몸이 좋지 않았다. 이천봉은 감기로 고통스러워했고, 이육도 학질로 고생하였다. 한강 정구 역시 감기로 종일토록 신음하였다. 이때 양산 선비 최흥국이 술자리를 베풀고 연포탕을 마련하는 정성을 아끼지 않았다. 이에 한강 정구는 시를 지어 그에게 주었다. "남녘 계곡에도 와룡연이 있으니, 〈양보음〉 읊조리며 옛 현인 사모하네. 애석하여라! 상자 안에 미옥을 숨겼건만, 일생의 영욕이 무슨 인연이던가!"[49]라고 한 것이 그것이다. 최흥국이 제대로 쓰이지 못한 안타까움을 노래한 것이다. 이에 최

---

48) 〈蓬山浴行錄〉 7月 23日條, "淸江日色動明沙, 銀沫飛空櫓夕波. 猥忝鄭庄賓客地, 仙舟千載較誰多(申之悌)."

49) 〈蓬山浴行錄〉 8月 29日條, "南溪亦有臥龍淵, 梁甫吟來慕古賢. 可惜櫝中藏美玉, 一生榮辱肯何緣(鄭逑)."

흥국은, "하늘엔 솔개 날고 연못엔 고기 뛰고, 한 줄기 바른 연원 우리 선생이로다."[50]라고 하면서 한강 정구를 도맥 속에서 찾고자 했다. 이처럼 <봉산욕행록>은 당대 선비들의 일상에서 깊은 문화로 정착해 있었던 문학의식을 심도 있게 담아내고 있었던 것이다.

넷째, <봉산욕행록>에는 동류의식 역시 강하게 나타나고 있다는 점이다. '동류(同類)'는 같은 세계관을 가진 사람들이 함께 하는 문화의식을 말한다. 이 때문에 제자들은 스승을 존경하고, 스승은 제자를 아꼈다. 7월 22일 저녁에 잠깐 비가 내리더니 밤이 되자 풍우가 몰아쳤다. 이러한 와중에 노극홍, 이천봉, 이육 등이 배 안에서 자게 되었는데, 한강 정구는 이때 배에서 자는 제자들의 안전을 걱정하며 밤새도록 잠을 이루지 못하였다.[51] 또한 욕행이라는 특수상황에서 윤효전이 제자가 되기도 하고, 그 범위가 지역의 선비들로 확장되면서 한강학파의 세력이 더욱 확대되기도 하였다. <봉산욕행록>에 근거하여 『한강급문록』에 등재되기 위한 단자를 만들었던 상황은 이를 설명하기 위한 좋은 예가 된다.[52]

동류의식에 입각하여 한강 정구가 목욕을 할 때 일군의 제자들도 함께 목욕을 했고, 침을 맞을 때 그들 역시 침을 맞았다. "아침에 선생이 석탕(石湯)에서 목욕하셨다. 도자와 도일이 모시고 들어가고, 여러 제자들도 모두 목욕했다(8월 2일).", "안박이 침을 놓았는데 윤우, 도자, 도일, 육 등도 각기 침을 맞았다. 극홍도 침을 맞고 사사로이 거처하는 집으로 물러가 병

---

50) <蓬山浴行錄> 8月 29日條, "鳶飛魚躍自天淵, 一脈眞源屬我賢. 白首還嗟江渭阻, 靑眸相對杳難緣(崔興國)."

51) <蓬山浴行錄> 7月 22日條, "克弘・天封・堉等, 宿于舟中, 是夜風雨大作, 先生思念舟宿不安, 終夜未得安枕."

52) <봉산욕행록>에 나타나는 인물 가운데 『檜淵及門錄』에도 중복해 등장하는 인물은 84명이다. 이에 대한 구체적인 명단은 한영미, 앞의 논문, 66쪽, '「檜淵及門錄」과 「蓬山浴行錄」 중복 수록 인물'에 자세하다.

을 다스렸다(8월 7일)." 등의 기록은 모두 이것을 말한다. 한강 정구가 목욕
하는 사이 선비들은 다른 곳으로 유람을 떠나기도 했다. "선생이 아침에
내석탕에서 목욕하셨다. 이후경, 이서, 이천봉, 이윤우, 노극홍 등이 수사
와 몰운대 유람을 약속하여 부산으로 갔다(8월 24일).", "노해(盧垓), 이무(李
務) 등이 몰운대 유람에 동참하지 못했더니 드디어 이정익(李廷翼), 이계윤
(李繼胤), 박준(朴晙), 최형(崔泂)과 함께 부산으로 달려가 증성(甑城)에 올라 바
다를 구경하고 저녁에 돌아왔다(8월 24일)." 등의 기록을 통해 이를 확인할
수 있다. 한편 한강학파는 동류의식을 형성하며 자율성을 확보하면서도 엄
격성 또한 유지하고 있었다. 이러한 사실은 다음 기록에 잘 나타난다.

> 이육이 어제 탕약을 잘못 달여 혼이 난 관계로 정성을 다해 다시 달이
> 기를 원하자 선생이 허락했다. 약재도 넣지 않고 달이는가 하면 너무 달여
> 서 모두 태워 버리고 와서 머리를 숙이며 사죄하였다. 선생이 후경을 돌아
> 보며 이르시기를, "어제 이미 잘못 달였는데 오늘 또 다시 달이기를 허락
> 하였으니 허물이 실로 나에게 있다. 너는 나를 꾸짖도록 하라."라고 하셨
> 다. 육이 황공하여 사죄하자 선생께서 물 7홉을 더 붓고 다시 달이게 하여
> 드셨다.[53]

8월 3일의 기록이다. 이에 앞서 8월 2일에는 한강 정구가 평위산과 생
맥산을 복용하였는데, 이육이 약 달이기를 감독하면서 알맞게 조절하지
못하자 한강 정구로부터 꾸중을 들은 적이 있었다. 이에 이육이 어제 탕
약을 잘못 달여 혼이 난 관계로 다시 달이기를 청하자 한강 정구가 이를
허락했다. 그런데 이번에는 약재를 넣지 않고 달이는가 하면 너무 달여

---

53) 〈蓬山浴行錄〉 8月 3日條, "李堉, 懲於昨日湯藥之失, 願更煎以自效, 先生許之. 臨煎不入引
材, 且過煎至於焦盡, 來首謝罪. 先生, 顧謂厚慶曰, 昨已誤煎, 今又許其再煎, 咎實在我, 爾其
責我. 堉, 惶恐謝罪, 先生, 命加入水七合, 改煎以服之."

태워 버리기도 하였다. 이때 한강 정구는 허물을 자신에게 돌리고 정확한
방법을 가르쳐 주며 새롭게 달이도록 하였다. 이러한 사제간의 엄격성은
7월 21일의 기록에도 보인다. 당시 공사원(公事員)으로 정해둔 이천봉이 배
안에서 법도를 어기자, 한강 정구가 큰 잔을 들어 벌주를 마시게 하였던
것이다. 이 역시 자율성 속의 엄격성을 파악할 수 있는 대목이라 하겠다.

<봉산욕행록>에는 다양한 문화적 요소가 있고, 이에 따른 의식이 존재
하며 그것은 중요한 문화적 의미로 나타난다. 여행문화가 발달한 조선조
선비사회에서 기록과 문학의식이 교융하면서 독특한 문화를 만들어냈고,
그 결과물로 기행록이 존재할 수 있었다. <봉산욕행록> 또한 그 가운데
하나이다. '한강 정구'의 '욕행'이라는 이례적 사실이 이황과 조식 사후
낙동강 연안을 중심으로 형성되어 있었던 한강학파의 활동 등과 맞물리
면서, 존현의식과 동류의식을 더욱 부각시킨 것이다. <봉산욕행록>에 나
타나는 이러한 문화적 의미는 한강 정구를 중심으로 한 지역 선비사회의
한 단면을 보여준다는 측면에서 주목할 필요가 있다.

5. 맺음말

본서는 <봉산욕행록>을 문화론적 시각으로 읽기 위해 기획된 것이다.
문화론은 인간의 생활을 복합적으로 이해하는 데 용이하다. 이러한 측면
에서 우리는 <봉산욕행록>을 통해 한강 정구와 그의 시대를 다층적으로
이해할 수 있게 된다. 이 작품은 75세의 대학자 한강 정구가 중풍을 치료
하기 위해 동래 온천을 다녀온 46일간의 기록이다. 1617년 7월 20일에서
9월 5일까지 여행이 진행되었고, 하행길은 7일로 주로 뱃길을 이용하였으
며 강 연안에서 수많은 사람들이 마중과 배웅을 거듭하였다. 김해에서 온

천까지는 육로를 이용하였으며, 동래 온천에서는 30일 동안 머물며 목욕과 복약, 시침 등으로 병을 다스렸다. 상행길은 9일로 육로를 이용하였는데, 통도사, 포석정, 이수 등에서는 세 차례의 동화록을 남기며 동석한 사람들을 잊지 않고자 했다.

〈봉산욕행록〉이 한강 정구의 치병을 위한 여행일기라고 할 때, 이를 중심으로 한 다양한 문화적 요소를 발견할 수 있다. 여행문화, 치병문화, 접대문화, 기념문화, 추모문화, 강학문화 등이 바로 그것이다. 이를 통해 우리는 당대 선비들의 여행과 접대, 기념과 추모, 강학 등을 폭넓게 관찰할 수 있다. 이것은 한강 정구의 치병여행이라는 이례적 사실이 당대의 문화적 보편 문맥과 맞물리면서 일어난 현상이다. 이뿐만 아니라 여기에는 존현의식, 기록의식, 문학의식, 동류의식 등도 문화적 의미로 작동하였다. 그러나 〈봉산욕행록〉의 문화론적 독해가 여기서 그치고 말 수는 없다. 이를 바탕으로 논의가 더욱 확산될 때, 이 작품은 활학(活學)으로서의 의미를 지니게 된다. 이러한 측면에서 몇 가지를 제언하기로 한다.

첫째, 강에 대한 문화적 인식을 새롭게 할 필요가 있다. 강은 좌안과 우안을 구분하는 경계적 의미를 지니기도 하지만, 동시에 두 연안을 잇는 소통적 의미도 내포한다. 낙동강의 경우도 예외가 아니다. 따라서 〈봉산욕행록〉이 강안을 중심으로 이야기가 구성되고 있다는 측면을 고려할 필요가 있다. 이황과 조식 사후에 낙동강 연안 지역에서 이 둘을 아우르며 한강 정구가 강력한 문파를 형성하고 있었다고 할 때, 320여 명이 등장하는 〈봉산욕행록〉은 특별한 의미를 지닌다. 낙동강 연안, 즉 洛岸은 강이 만들어 낸 수려한 경관을 배경으로 누정 등 문화공간이 조성되어 있었다. 이러한 문화공간을 배경으로 문화활동이 이루어졌다고 볼 때, 강은 문화론적 측면에서 특별하다. 이를 인식하면서 〈봉산욕행록〉을 새롭게 조명할 필요가 있을 것이다.

둘째, <봉산욕행록>에서 흥미소를 끌어내 이를 중심으로 스토리텔링을 할 수 있을 것이다. 거룻배를 띄워 한강 정구에게 술잔을 올리기 위하여 급하게 노를 젓는 일, 맡은 바의 책무를 제대로 수행하지 못하여 벌주를 마시는 일 등 <봉산욕행록>에는 다양한 흥미소가 존재한다. 여러 사람들이 행동을 같이 하기 때문에 특별한 사건이 발생하기도 한다. 예컨대 8월 16일에 정수길(鄭受吉)과 보생(保生) 등이 시장에 갔다가 시장의 감독자와 싸워 보생은 심하게 구타를 당했고 수길은 두 손가락을 깨물려서 피가 낭자해 돌아오는 일이 있었다. 이와 관련하여 8월 18일에는 동래부사가 감독관의 말을 믿고 종을 잡아들이고, 8월 19일 종은 풀려나고 부사가 와서 해명하는 일련의 사건이 벌어졌다. 이러한 특수상황을 면밀히 조사하여 당대적 상황에 맞게 스토리텔링을 구성할 수 있을 것이다.

셋째, <봉산욕행록>에는 조선시대 선비들의 한수작(閑酬酢)이 구체적으로 드러나는 바, 이에 대한 확장적 탐구가 요청된다. 한수작은 여가와 풍류, 그리고 일상과 맞닿아 있다. 이러한 측면에서 <봉산욕행록>은 매우 중요한 사례를 제공한다. 한강 자신이 낙안(洛岸)에 형성된 수려한 자연을 감상하기도 하고, 따르는 선비들이 더욱 먼 곳으로 유람을 갔다가 돌아오기도 한다. 이 과정에서 술자리가 열려 피리를 불거나 가야금을 연주하기도 하고, 때로는 '황창랑(黃倡郎)'과 '처용도가(處容櫂歌)' 등의 잡희가 베풀어지기도 한다. 작시 행위도 그 연장선상에서 이해할 수 있다. 우리는 여기서 <봉산욕행록>에 한강 정구를 중심으로 한 사대부들의 한수작 문화가 집약되어 있다는 것을 발견하게 된다. 이에 대한 확장적 이해는 조선조 선비들의 여가와 풍류를 더욱 다채롭게 이해하는 중요한 계기가 될 것이다.

넷째, 시공의 제한을 벗어나 <봉산욕행록>의 노정과 연계되어 있는 문헌 자료를 폭넓게 수집해서 연구할 필요가 있다. 1617년의 봉산 욕행을 마치고, 한강 정구는 2년 뒤인 1619년 6월과 7월에도 각각 동래 온천과 울산 초정으로 온천욕을 떠난다. 77세의 일이다. 이때 59세의 박인로(朴仁老)(노계(蘆溪), 1561-1642)는 울산 초정으로 달려와, 〈신유추여정한강욕우울산초정(辛酉秋與鄭寒岡浴于蔚山椒井)〉이라는 시조 두 수를 짓는다. 이러한 자료는 개인문집 등에 풍부하게 나타난다. 이밖에도 함양 용화산을 배경으로 하는 〈용화산하동범록(龍華山下同泛錄)〉, 창원의 관해정과 그 주변, 한강이 제향되어 있는 반구서원의 삼현사 등으로 확장하여, 한강과 관련된 보다 풍부한 자료를 수집해 연구할 필요가 있다.

다섯째, 〈봉산욕행록〉을 중심으로 한 문화적 재현 역시 필요할 것이다. 오늘날 우리는 문화산업의 시대에 살고 있다고 해도 과언이 아니다. 지방자치단체에서는 지역의 문화 인소를 발굴하여 현대인들에게 제공한다. 여기에는 과장과 왜곡이 심각하게 존재하는 경우도 있다. 이러한 사실을 염두에 두면서, 대구광역시, 부산광역시, 경상북도, 경상남도가 연대하여 낙동강 중하류를 중심으로 한 한강의 욕행 문화를 재구할 필요가 있다. 이는 한편으로 한강 정구 당대의 문화를 이해하면서, 다른 한편으로 오늘날의 강 문화를 새롭게 향유하는 일이 될 것이다. 이러한 당대적 재구와 현대적 향유는 문화가 시대를 초월하여 존재한다는 것을 의미한다는 측면에서 주목된다.

〈봉산욕행록〉은 한강 정구와 그 학파, 그리고 당대의 문화를 이해하는 데 있어 활용가치가 매우 높은 자료이다. 젊은 날 가야산을 기행한 후 남긴 〈유가야산록〉이 한강 정구 자신의 기록이었다면, 이것은 그의 제자 이윤우의 기록이다. 또한 당대의 선비들은 한강 정구가 자연과 인간의 학문적 교융을 통해 화해하고, 공자에게서 출발한 유학이 주자를 거치면서 그에게로 전해졌다고 믿었다. 박인로가 한강 정구를 위해 지은 이른 바 〈초정가〉 두 수에도 이러한 사정이 잘 나타난다. 이것은 한강정구의 봉산 욕행이 단순한 치병여행이 아니라는 것을 의미한다. 박인로의 시조를 제시하면서 본 논의를 마무리하기로 한다.

神農氏 모른 藥을 이 초정의 숨겨던가
秋陽이 쐬오ᄂᆞ디 물속의 잠겨시니
曾點의 浴沂氣像을 오늘 다시 본덧ᄒᆞ다

紅塵에 ᄲᅳ지 업셔 斯文을 닐을 삼아
繼往開來ᄒᆞ야 吾道를 발키시니
千載後 晦菴 선생을 다시 본 덧 ᄒᆞ여라[54]

---

54) 朴仁老, 『蘆溪集』 卷3, 張27.

참고문헌

1. 기본자료

金光繼, 『梅園日記』
朴仁老, 『蘆溪集』
李　坧, 『心遠堂集』
李潤雨, 『石潭集』
李天封, 『白川集』
張顯光, 『旅軒集』
鄭　述, 『寒岡集』
鄭在夔, 『寒岡先生蓬山浴行錄』
『光山李氏淵源錄』
『泗濱書齋食記案』

2. 연구논저

김학수, 「船遊를 통해 본 洛江 연안지역 선비들의 집단의식－17세기 寒旅學人을 중심으로」, 『영남학』 18, 경북대 영남문화연구원, 2010.

이상필, 「滄洲 河憕의 生涯와 南冥學派 내에서의 역할」, 『남명학연구』 25, 경상대 남명학연구소, 2008.

정우락, 「강안학과 고령 유학에 대한 시론」, 『퇴계학과 한국문화』 43, 경북대 퇴계연구소, 2008.

_____, 「조선중기 강안지역의 문학활동과 그 성격－낙동강 중류지역을 중심으로 한 하나의 시론－」, 『한국학논집』 40, 계명대 한국학연구원, 2010.

_____, 「낙동강과 그 연안지역의 공간 감성과 문학적 소통」, 『한국한문학』 52, 한국한문학회, 2014.

_____, 「조선시대 선비들의 풍류방식과 문화공간 만들기」, 『퇴계학논집』 15, 영남퇴계학연구원, 2014.

정우락 · 백두현, 「문화어문학 : 어문학에 대한 문화론적 혁신」, 『어문론총』 60, 한국문학언어학회, 2014.

최은주, 「조선시대 일기 자료의 실상과 가치」, 『대동한문학』 30, 대동한문학회, 2009.

한영미, 「「蓬山浴行錄」 硏究」, 경북대 한문학과 석사학위논문, 2011.

〈황남별곡(黃南別曲)〉과 〈황산별곡(黃山別曲)〉의 도통 구현 양상과 그 문화적 의미*

조 유 영 | 경북대학교 국어국문학과 BK21플러스 사업단 박사 후 연구원

1. 머리말

이관빈(李寬彬, 1759~?)의 〈황남별곡(黃南別曲)〉과 작자가 윤희배(尹喜培, 1827-1900)로 알려진 〈황산별곡(黃山別曲)〉은 조선 후기 영남지역에서 산출된 사대부가사 작품이다. 이 두 작품은 모두 황학산 남쪽 구곡동천(九曲洞天)을 대상으로 창작되었다는 점과 함께,[1] 전체 어구의 80% 이상을 공유하며 작품의 구성 방식에 있어서도 큰 차이가 없다는 점에서 이본적 성격을 가진 작품이라 할 수 있다.[2] 이에 선행연구에서도 언급한 바 있듯이

---

* 이 글은 조유영(2017), 「조선 후기 영남지역 가사에 나타난 도통 구현 양상과 그 의미-〈황남별곡〉과 〈황산별곡〉을 중심으로」(『한국언어문학』 103, 한국언어문학회)라는 논문을 일부분 수정한 것이다.

1) 〈黃南別曲〉의 黃南은 현 김천 黃鶴山의 남쪽을 의미하고, 〈黃山別曲〉의 黃山 또한 黃鶴山을 지칭한다.

2) 구사회(2006b)의 연구(「〈황산별곡〉의 작자 의도와 문예적 검토」, 『한국언어문학』 제59집, 한국언어문학회)에서는 구사회본 〈황산별곡〉과 〈황남별곡〉을 비교하여 전체 어구의

작품 창작의 선후관계에 있어 <황남별곡>을 개작한 작품이 <황산별곡>임은 분명해 보인다.[3] 그러나 이러한 외형적 모습만을 토대로 <황산별곡>을 단순히 <황남별곡>의 모방작으로만 취급하기에는 작품이 가진 무게가 적지 않다. 또한 조선 후기 가사 창작에 있어 기존의 선행 텍스트를 일정 부분 수용하여 개작하는 문학적 관습은 전근대적 필사문화의 주요한 특징이며,[4] 개작에 의한 텍스트의 변용은 필연적으로 작자의 지향의식과 연관된다는 점에서 <황산별곡>에 대한 면밀한 검토가 요구된다.

또한 선행 텍스트인 <황남별곡>은 『학정집(鶴汀集)』에 수록되어 있는 것이 유일본인데 비해, <황산별곡>의 이본은 현재 확인된 것만 세 작품이나 존재한다.[5] 그렇다면 왜 선행 텍스트인 <황남별곡>보다 <황산별곡>의 이본이 더 많이 남아 있는가에 대한 물음이 자연스럽게 생길 수밖에 없다. 결국 이러한 문제를 해결하기 위해서도 <황산별곡>에 대한 구체적인 논의가 필요하며, 이를 통해 조선 후기 영남 지역 가사 향유의 특징적인 면모를 논의해 볼 수 있을 것으로 판단된다.

이러한 연구의 필요성과는 달리 지금까지 학계에서는 <황산별곡>에 대해 크게 주목하지는 않았던 것으로 보인다.[6] 그리고 이 작품에 대한 연구가 많지 않았던 이유 중 큰 부분을 차지하는 것은 조선 후기 사대부 가사에 대한 학계의 관심이 다소 부족했기 때문이라고도 할 수 있다. 지금

84%가 일치하거나 부합하고 있다고 하였으며, 이 두 작품이 상호 텍스트적 관계에 놓여 있다고 결론내린 바 있다.

3) 구사회(2006b), 위의 논문, 162쪽.

4) 이지영(2008), 「한글 필사본에 나타난 한글 筆寫의 문화적 맥락」, 『한국고전여성문학연구』 제17집, 한국고전여성문학회 참조.

5) <황남별곡>은 유일본으로 남아 있지만, <황산별곡>은 장서각본, 구사회본, 조춘호본이 남아 있어 필사에 의한 유통이 더욱 광범위했음을 알 수 있다.

6) <황산별곡>에 대한 연구는 구사회의 연구(앞의 논문, 2006b)만이 학계에 보고되어 있는 상황이다.

까지 조선 후기 가사 연구에 있어서 현실 비판적 경향의 서민가사나, 여성 향유자들의 규방가사를 중심으로 근대 지향적 가치를 발견하고자 했던 연구사적 경향성은 조선 후기 사회의 실체적 면모나 당대인들의 보편적 사유를 드러내는 데에는 일정부분 한계를 가질 수밖에 없었다.[7] 따라서 지금까지 많은 관심을 받지 못했던 조선 후기 사대부 가사 작품들에 대한 논의 또한 이제는 활발하게 이루어질 필요가 있을 것으로 생각된다.

이와 같이 본서에서 연구 대상으로 삼고 있는 〈황남별곡〉과 〈황산별곡〉은 지금까지 학계에서 주목받지는 못하였으나, 이들 작품 또한 당대 사회와 그 속에서 살아갔던 사람들의 구체적인 모습들을 파악할 수 있는 작품들이라는 점에서 연구의 당위성은 충분하다. 따라서 〈황남별곡〉과 〈황산별곡〉을 통해 조선 후기 영남 지역 사대부들의 가사 향유와 그 이면의 문화적 의미를 파악하고자 하는 이 연구는 지금까지 외면 받아온 조선 후기 사대부 가사의 새로운 가치를 발견하고자 하는 일련의 노력이라 할 수 있다.[8]

또한 앞에서도 언급한 바 있듯이 〈황남별곡〉과 〈황산별곡〉의 관계가 비록 기본적으로는 이본으로서의 성격을 가지지만, 이 두 작품은 적지 않은 부분에서 서술 상의 차이가 나타남을 볼 수 있다. 특히 성리학의 도통[9] 계보를 언급하는 부분에서 이러한 차이는 더욱 뚜렷하다. 결론적으로

---

7) 조유영(2015), 「「하서도통가(河西道統歌)」의 서술 양상과 창작 배경」, 『어문론총』 제66호, 한국문학언어학회, 155쪽.

8) 본서의 연구 시각은 최근 대두되고 있는 한국어문학에 대한 문화론적 접근, 즉 문화어문학적 방법론(경북대학교 국어국문학과 영남지역 문화어문학 연구인력양성사업단(2015), 『문화어문학이란 무엇인가』, 커뮤니케이션북스 참조)과 그 맥이 닿아 있다. 특히 조선 후기 가사라는 어문학 자산을 통해서 당대 사회와 문화를 살피고자 한다는 점에서 더욱 그러하다.

9) 도통이란 "유학의 참정신이 전해 내려온 큰 흐름"을 뜻한다. 그리고 도통의 계보에 들기 위해서는 앞 세대의 참된 학문, 즉 도학을 다음 세대에 열어주는 학문적 공이 있거나, 관직에 나아가 도덕 정치의 이상을 현실 속에서 구현했던 사업의 공이 있거나, 아니면 도덕과 절의를 몸으로 실천하여 후세에 도덕적 전범이 되어야만 했다. 이러한 기준을 충족하

선행 연구에서도 밝혔듯이 <황남별곡>은 서인 노론계열의 도통 의식이 작품에 주로 개입하고 있고, <황산별곡>은 남인계열의 도통 의식이 주가 되어 두 작품 간의 차이를 만들어낸다고 볼 수 있다.[10] 그리고 이러한 서술 상의 차이는 작가의 개작의식을 살펴볼 수 있는 중요한 근거가 되기에 더욱 면밀한 검토가 필요할 것으로 보인다.

이와 함께 조선 후기 영남지역이라는 시공간적 배경 속에서 창출된 <황남별곡>과 <황산별곡>은 각각의 담론 주체들에 의해 내면화되어 있는 사회적 맥락이 개작이라는 문학적 관습에 의해 발현된 하나의 담론 구성체라 할 수 있다.[11] 따라서 이러한 시각을 견지하면서 본서에서는 이 두 작품에 나타나는 도통 인식의 차이를 중심으로, 그 이면에 내포되어 있는 의미를 탐색해 보고자 한다. 이를 위해 먼저 <황산별곡>의 작자를 새롭게 검토해 보고, 텍스트 간의 구체적인 비교를 통해 두 작품이 가지는 도통 의식의 차이를 고찰할 것이다. 그리고 이를 토대로 이러한 도통 담론이 조선 후기 사회에서 어떠한 의미를 가지는지 구명할 것이다. 또한 본 논의는 조선 후기 영남지역 사대부 가사가 가진 가치를 새롭게 바라보고자 한다는 점에서 연구사적 의의를 가질 수 있을 것으로 기대된다.

였다고 평가를 받게 되면 유림의 공론과 조정의 논의를 거쳐 문묘에 배향됨으로써 그 인물은 도통의 반열에 들게 된다(이승환(2004), 『유교 담론의 지형학』, 푸른숲, 123쪽).

10) 구사회의 연구(앞의 논문, 2006b)에서도 <황남별곡>은 서인 노론계열의 도통 의식을 드러내며, <황산별곡>은 기호남인 계열의 도통 의식을 보여준다고 지적한 바 있다.

11) '담론(discours)은 사회적 맥락 안에서 활성화되고, 사회적 맥락에 의해서 결정되며, 사회적 맥락이 계속 유지될 수 있도록 하는데 기여하는 발화·문장·언술의 집합체라고 할 수 있다(사라 밀즈(2001), 『담론』, 인간사랑, 25쪽).

2. 〈황산별곡〉의 작자 문제 검토

<황남별곡>은 율곡 이이(栗谷 李珥, 1536-1584)의 아우인 옥산 이우(玉山 李瑀, 1542-1609) 후손이었던 옥산공파(玉山公派) 이관빈에 의해 창작된 장편 가사이다. 이우는 황기로(黃耆老, 1521-?)의 딸과 혼인한 후, 처가인 영남지역의 선산으로 낙향하였고, 그의 후손들도 그 지역을 중심으로 세거(世居)하였는데, 이관빈 또한 덕수 이씨 일문이 정착했던 현 구미시 고아읍 예강리와 가까운 곳에 거주했던 것으로 추정된다.12) 그리고 <황남별곡>은 옥산공파의 후손이며 서인 노론계열 문인이었던 학정 이동명(鶴汀 李東溟, 1624-1692)과 연관된 잡문집(雜文集)인 『학정집(鶴汀集)』의 말미에 부록되어 있다. 이 문집에는 덕수 이씨 선대와 관련된 시문(詩文)들이 함께 실려 있음을 볼 때, 비록 이관빈의 거주지가 영남지역이긴 하였지만 가문의 영향에 따라 서인 노론계열 문인이었음을 추측해 볼 수 있다.13)

이와는 달리 <황산별곡>은 최근에서야 작품의 전반적인 면모가 학계에 알려졌고, 작품을 발굴하고 학계에 소개한 구사회는 이 작품의 작가를 조선 말기 근기 남인계열 문인이었던 연사 윤희배(蓮史 尹喜培, 1827-1900)로 추정한 바 있다.14) 이러한 작자 추정의 근거를 살펴보면, 먼저 구사회는 <황산별곡>의 앞부분에 '선산 연흥 윤처사작(善山 延興 尹處士作)'이라는 언급이 있음을 제시하였다. 이를 토대로 그는 윤처사가 <황산별곡>과 함께 지은 것으로 보이는 <미강별곡(嵋江別曲)>이 미수 허목(眉叟 許穆, 1595-1682)

---

12) 이관빈에 대해서는 구수영(1973)의 연구(「황남별곡의 연구」, 『한국언어문학』 제10집, 한국 언어문학회)와 김석회(2003)의 연구(『조선후기 시가 연구』, 월인), 조유영(2016)의 연구(앞의 논문)를 참조.

13) 이관빈의 親高祖였던 학정 이동명은 서인 노론의 핵심 인물이었던 점을 볼 때, 이관빈 또한 가문의 영향을 벗어나지는 못했을 것으로 추정된다.

14) 구사회(2006b), 앞의 논문 참조.

을 배향하는 미강서원의 풍경과 그의 유풍(遺風)을 칭송하고 있다는 점에 착안하여 고종 20년(1883) 10월에 허목을 문묘에 배향해 달라고 상소를 올린 윤희배라는 인물로 추정하였다. 그리고 이러한 근거로 가사 작품의 내용 중에 윤희배가 올린 상소문과 유사한 부분이 있음을 들고, 이와 함께 가사의 표기 방식이 18세기에서 19세기에 많이 쓰인 형태라는 점을 제시하였다. 따라서 이러한 근거를 토대로 선행연구에서는 <황산별곡>과 <미강별곡>이 고종조 허목을 문묘에 배향하고자 했던 윤희배가 퇴계 이황으로부터 미수 허목으로 이어지는 근기 남인계열의 도통 계보를 확립하고자 하는 목적에서 창작한 것이라 주장하였다.15)

그러나 이러한 선행연구의 논증은 몇 가지 문제점을 내포하고 있는 것으로 보인다. 먼저 구사회본 <황산별곡>의 말미에 나타나는 '윤처사(尹處士)' 또는 '윤거사(尹居士)'16)라는 인물이 영남지역의 선산에 거주하였던 인물이라는 점에서 근기 남인계열 문인이라는 선행연구의 주장에 의문이 생길 수밖에 없다.17) 또한 선행연구에서 언급한 상소문과 가사의 내용적 유사성을 윤희배가 <황산별곡>을 창작했다는 결정적인 증거로 인정하기에는 선행연구의 논거가 미약한 것으로 보이기도 한다. 구체적으로 말하면, 미수 허목을 지칭하는 '문수정족(文手井足)'이라는 용어가 <미강별곡>과 윤희배의 상소문에 동일하게 쓰인다고 해서 윤희배가 <황산별곡>의 작자라고 추정하는 것18)에는 문제가 있을 수밖에 없다. 왜냐하면 '문수정

---

15) 구사회(2006a), 「새로 발굴한 가사 작품 <미강별곡>에 대하여」, 『국어국문학』 제142집, 국어국문학회.
구사회(2006b), 앞의 논문 참조.
16) "아마도 性癖 尹居士는 抱琴書携朋友ㅎ여 이 山水예 집을 지어 顧名思義 ㅎ오리라(구사회본 황산별곡)."
17) 이 시기 영남 남인들 중에서도 한강 정구의 문인이었던 미수 허목의 학덕을 숭상한 이는 여러 존재한다. 따라서 이 작품의 작자를 굳이 근기 남인계열 문인으로 단정하기는 사실상 어렵다.

족(文手井足)'은 근기 남인계열 문인들이 미수 허목을 상징적으로 표현하는 어휘로서 다수 사용되고 있음이 여러 문헌을 통해 확인되기 때문이다.[19]

이외에도 선행연구에서 제시한 작품의 표기 방식 문제는 그 시기를 특정하기에는 너무 광범위한 까닭에, 작자 추정의 실증적 근거로 인정하기에는 부족하다. 그리고 도통 계보를 서술함에 있어서도 윤희배의 상소문에서는 퇴계로부터 한강 정구를 거쳐 미수 허목으로 이어지는 근기 남인계열의 도통의식을 분명하게 보여주는 데 비해, 구사회본 〈황산별곡〉에서 나타나는 도통 계보는 정몽주에서 퇴계까지만 언급되고 있을 뿐, 미수 허목과 연관된 도통 계보는 제시되지 않는다. 따라서 〈황산별곡〉이 근기 남인계열의 도통의식이 드러나는 작품이라고 주장하는 것도 논란의 여지가 있을 수밖에 없다.

그렇다면 〈황산별곡〉의 작자인 윤처사는 누구인가? 결론적으로 말하면 이 작품의 작자는 19세기 선산지역에서 살았던 윤영섭(尹永燮, 1774-?)이라는 인물일 가능성이 매우 높아 보인다.

> (가) 아마도 性癖 尹居士는　　抱琴書携朋友ᄒᆞ여
> 　　　이 山水예 집을 지어　　顧名思義 ᄒᆞ오리라
>
> 　　　　　　　　　　　　　　　－구사회본 〈황산별곡〉[20]

> (나) 아마도 강소성벽 <u>윤영셥</u>은　　포금셔 휴금셔ᄒᆞ여
> 　　　이 산슈에 집을 짓고　　고명사아 ᄒᆞ오리라
>
> 　　　　　　　　　　　　　　　－조춘호본 〈황산별곡이라〉[21]

---

18) 구사회(2006a), 앞의 논문, 171쪽 참조.
19) 윤희배와 동시대를 살았던 근기 남인 性齋 許傳(1797-1886) 또한 「請眉叟先生從祀文廟疏」에서 '手握文 足履井'이라는 어휘를 사용하고 있음이 확인된다(『性齋集 續編』 卷1, 「疏」).
20) 구사회(2006a), 앞의 논문, 167쪽.

위의 (가)는 구사회본 <황산별곡>의 마지막 부분이며, (나)는 최근 발굴된 조춘호본 <황산별곡이라>이다. 이 두 작품을 비교해 보면 (가)는 국한문혼용체로 이루어져 있고, (나)는 순국문체로 이루어져 있다는 점에서 표기 방식의 차이가 확연하다. 그리고 위의 두 인용문을 살펴보면 작품의 화자는 동일하게 황학산 구곡동천에서 고명사의(顧名思義)하고자 하는 자신의 의지를 피력하고 있다. 그러나 (가)에서는 화자 자신을 단지 '尹居士'라고만 서술하고 있고, (나)에서는 '윤영섭'이라는 실명을 제시하고 있다는 점에서 분명한 차이가 나타난다. 따라서 조춘호본 <황산별곡이라>에 등장하는 '윤영섭'이라는 인물은 구사회본의 '윤거사'라는 가설을 일단 설정해 볼 수 있을 듯하다.

그렇다면 조춘호본 <황산별곡이라>에 등장하는 윤영섭이라는 인물은 누구인가. 앞에서도 언급한 바 있듯이 구사회본 <황산별곡>의 앞부분에는 '선산 연흥 윤처사작(善山 延興 尹處士作)'이라는 작자에 대한 기록이 있다. 이와 함께 <황산별곡>과 함께 실려 있는 <미강별곡>의 뒷부분에는 '우가사 상위무 인증(右歌詞 相違無 認證)'이라고 기록되어 있으며, 작품에서도 "황학산(黃鶴山) 이거사(居士)도 송법선생(誦法先生) 흐라흐고"라고 하여 윤거사 또는 윤처사라는 인물이 선산 연흥 지역에 거주하면서 황학산과 인연이 깊었던 인물임을 알 수 있게 된다.[22] 이러한 기본적인 신상을 염두에 두고 자료를 찾아보면, 정조(正祖) 19년(1795)의 『을묘식년사마방목(乙卯式年司馬榜目)』에 생원(生員) 삼등(三等) 28위로 등과(登科)한 윤영섭이라는 인물을 만나게 된다.

---

21) 전재강 외(2017), 『경북 내방가사 3』, 북코리아, 396쪽.
22) 구사회(2006a), 앞의 논문, 167-168쪽 참조.

幼學 尹永燮 聖老 甲午生 平山人 居善山
父 幼學 相五
具慶下 雁行弟廷燮[23]

위의 기록에 나타나는 윤영섭(尹永燮)은 자(字)가 성로(聖老)이며 본관은 평산(平山)이다. 갑오년(甲午年)(1774)에 태어나 선산에서 살았던 인물로 기록되어 있기에 선산 연홍 지역에 살았다는 윤영섭과 동일 인물일 가능성은 더욱 높아진다. 또한 『승정원일기(承政院日記)』 정조 19년(1795) 9월 1일 기유(己酉) 기사를 살펴보면, 선산의 생원 윤영섭이 응제(應製)에 참여하여 부(賦)를 지어 차상(次上)을 받았다는 기록과 함께, 『승정원일기(承政院日記)』 정조 23년(1799)에 다시 응제(應製)에 참여하여 초삼하(草三下)를 받았다는 기록이 나타난다. 따라서 『을묘식년사마방목』의 윤영섭과 『승정원일기』의 윤영섭은 동일한 인물이며 21세에 소과 생원시에 합격한 후 성균관(成均館)에 진학하여 수학하였음을 알 수 있게 된다.

윤영섭에 대한 또 하나의 흥미로운 기록은 『여유당전서(與猶堂全書)』에서 볼 수 있다.

위는 회암부자(晦菴 夫子)의 「유예재명(游藝齋銘)」이다. 선산의 상사(上舍) 윤성로(尹聖老, 尹永燮)는 스물 안팎부터 뛰어난 명성을 드날렸다. 그가 일찍이 나를 찾아와 예(藝)를 더 배우고자 청하였다. 나는 생각하기를 선비가 예를 배우고자 한다면 여섯 가지 조목이 있다. 그러나 가슴 속에 있는 마음을 마땅히 먼저 닦아야 한다. 드디어 이렇게 써서 준다.[24]

---

23) 한국학중앙연구원 장서각[K2-3553], 『乙卯式年司馬榜目』, 72쪽. 「한국역대인물종합정보시스템」(http://people.aks.ac.kr/index.aks).

24) 『與猶堂全書』, 卷14, 「跋」, 「跋游藝齋銘」, "右晦菴夫子游藝齋銘也. 善山尹上舍聖老妙年蜚英. 嘗過余請益以藝. 余惟士欲藝, 其目有六. 然其存諸中者, 宜在所先. 遂書以贈."

위의 글은 정약용(丁若鏞, 1762-1836)이 쓴 「발유예재명(跋游藝齋銘)」이다. 이 글을 살펴보면 정약용은 선산의 상사(上舍) 윤성로(尹聖老, 尹永燮)가 자신을 찾아와 예(藝)를 배우고자 하였기에 주자의 「유예재명(遊藝齋銘)」을 써주었다고 하였다. 따라서 이 글에서 정약용이 언급한 윤성로는 앞에서 언급한 윤영섭이며, 영남지역 향촌사족이었던 윤영섭이 어린 나이에 소과에 합격하여 성균관에 진학한 것은 매우 특별한 일이었기에 당대의 근기 남인들에게 그 이름이 널리 알려져 있었음을 추측해 볼 수 있다. 그러나 이 글에서 정약용이 이 시기에도 윤영섭을 여전히 상사(上舍)라고 지칭하고 있음을 볼 때, 윤영섭은 결국 대과에 급제하여 관직에 나가지는 못하였던 것으로 추측된다. 윤영섭과 관련된 다른 기록을 살펴보아도 그에 대해 상사(上舍)나 황학산인(黃鶴山人)으로만 부르고 있음을 확인할 수 있는데,[25] 이를 통해 결국 그가 끝내 관직에는 진출하지 못하였음을 알 수 있다.

> 南州豪士好襟期　　남쪽 지방의 호기로운 선비, 가슴에 품은 뜻이 좋아,
> 擊節長歌酒後詩　　長歌에 박자 맞춰 술 마신 뒤 시를 짓네.
> 落月空樑驚一夢　　달빛이 들보에 가득해 한바탕의 꿈을 깨니,
> 靑山何處送靈輀　　상여는 푸른 산 어느 곳으로 보내는가.[26]

위 시는 류이좌(柳台左, 1763-1837)가 지은 윤영섭에 대한 만사(輓詞) 중 첫 수이다. 류이좌는 당대 영남지역 남인 중에서도 관직에 나갔던 몇 안 되는 인물 중 하나이며, 관직에서 물러난 이후에는 도산서원의 원장을 맡을 만큼 지역 내에서 신망이 높았던 인물이다. 이러한 그가 윤영섭에 대한 만사를 지었다는 것을 볼 때 그들의 친분과 교류를 짐작해 볼 수 있다.

---

25) 金瑬(1765-1840)의 『槐軒集』에서도 윤영섭과 교류하며 지은 시가 있는데, 「次韻送黃鶴山 人尹上舍 永燮」이라고 하여 윤영섭을 '黃鶴山人 尹上舍'라고 부르고 있음을 알 수 있다.
26) 『鶴樓集』, 卷2, 「詩」, 「輓尹聖老二首」.

이 시의 승구(承句)를 살펴보면 '장가(長歌)에 박자를 맞추고 술과 함께 시를 짓는다.'는 표현이 나타나는데, 여기서 말하는 장가는 가사를 지칭하는 것으로 이해할 수 있다. 따라서 윤영섭이 평소에도 장가, 즉 가사를 가까이 했음을 알 수 있으며, 이러한 기록은 윤처사 작이라 알려진 <황산별곡>과 <미강별곡>을 그가 창작했을 개연성을 높이는 중요한 근거가 된다.

결국 이러한 사실들을 종합해 볼 때, <황산별곡>과 <미강별곡>의 작자는 선행연구에서 제시한 윤희배보다는 윤영섭일 가능성이 더욱 크다. 그리고 작자를 윤영섭으로 인정한다면, 그는 『을묘식년사마방목』에 나타나는 생년(1774)을 기준으로 <황남별곡>의 작자인 이관빈(1759~?)과 비록 15년의 나이 차이가 나긴 하지만, 같은 시대를 살았던 인물임을 알 수 있다. 또한 윤영섭은 이관빈이 살았던 선산 예강 지역과 그리 멀지 않은 곳인 선산 연홍 지역에 세거하고 있었기에, 늘 가사를 가까이 했던 그가 <황남별곡>을 접하기는 그리 어렵지 않았을 것으로 예상된다. 이러한 점들을 고려한다면 윤영섭이 인근의 이관빈이 지은 <황남별곡>을 개작하여 자신의 <황산별곡>을 창작하게 된 과정을 우리는 이해하게 된다.

3. 조선 후기 영남지역 가사의 도통 구현 양상

주지하다시피 이관빈의 <황남별곡>과 윤영섭의 <황산별곡>은 작품의 형식적, 그리고 내용적 측면에서 크게 차이가 나지는 않는 것으로 보인다. 먼저 <황남별곡>을 살펴보면, 작품의 전반부에서는 산수와 도학의 상호 관련성을 언급하고, 중국과 조선의 선현들이 머물렀던 구체적인 산수를 계보적으로 나열하고 있음을 볼 수 있다. 그리고 작품의 후반부에서는 산수

유람의 과정과 함께 황학산 남쪽의 구곡동천에 대해 서술하고 있다. <황산별곡> 또한 이러한 작품의 구성 방식을 충실히 따르기는 하지만, 부분적으로는 <황산별곡>과 다른 개작이 나타나고 있음을 볼 수 있어 흥미롭다.

(다) 滄洲로 나린물이　　青邱로 도라든이
　　　清凉山 六六峰은　　退陶先生 別業이요
　　　紫玉山 奇絶處는　　晦齋先生 粧修로다
　　　東方夫子 栗谷先生　　石潭溪山 佳麗홀샤
　　　春秋大義 宋夫子는　　華陽水石 그지업다

　　　　　　　　　　　　　　　　　　－「黃南別曲」[27]

(라) 滄洲로 나린물이　　海東으로 흘너나려
　　　盤龜垰 놉푼 곳의　　圃隱先生 遺躅이요
　　　道東江山 바라보이　　寒暄先生 丈履地라
　　　藍溪山川 차자가이　　一蠹先生 나시거다
　　　道峰山水 올나보이　　靜菴先生 遊賞處요
　　　紫玉山 ㄴ러가이　　晦齋先生 九曲일세
　　　清凉山 도라드이　　六六峰 거록할사
　　　濯纓潭 한구비예　　丹沙壁이 萬仞이요
　　　東西屛 푸른 곳예　　天光雲影空徘徊
　　　隴雲精舍 차자가이　　退溪先生 계신 곳더
　　　玩樂時習 左右齋는　　泗洙宮墻 依然하다

　　　　　　　　　　　　　　　　　　－구사회본 「黃山別曲」

(마) 창쥬로 나려물이　　희동으로 흘너날려
　　　반용당 놉푼고더　　포은션싱 유촉이요

---

27) 누리미디어, 『한국역대가사문학집성』(http://www.krpia.co.kr/).

```
도동산천 바리보니      한훤선싱 장구지요
남계손천 츠즈가니      일두선싱 나시것다
도봉순수 올나보니      정암선싱 유상쳐요
자옥산 나려가니        회졔선싱 구곡일식
쳥양손 들어フ니        육육봉 거록홀스
탁영담 호구비예        단사벽이 만인이요
동셔병 푸른고더        천광운영 공비회라
농운정사 츠자가이      퇴계선싱 계신고더
왈낙시심 좌우졔난       슈스궁즁 의연ᄒ다
무흘로 도라들니        한강선싱 구곡이며
미강풍경 완상ᄒ니      미슈선싱 소요지요
소호산수 조흘시고      더산선싱 반션쳬시
```

–조춘호본 〈황산별곡이라〉

(다)는 〈황남별곡〉에서 조선의 선현과 그들의 산수를 서술한 부분이다. 그리고 이러한 도맥(道脈)을 이은 인물들의 산수로 이황의 청량산, 이언적의 자옥산, 그리고 이이의 석담, 송시열의 화양을 제시하고 있음을 볼 수 있다. 이러한 인식은 결국 주자의 도맥이 조선으로 흘러들어와 이들에 의해 계승되었음을 상징적으로 나타내고 있는 것으로 볼 수 있다. 그러나 이러한 도통 인식은 이 시기 서인 노론계의 도통 인식과는 분명한 차이를 보여준다. 18세기 중반 서인 노론계 문인이었던 권섭(權燮, 1671-1759)은 그가 지은 가사인 「도통가(道統歌)」에서 주자−이이−송시열−권상하로 이어지는 도통을 설정한 바 있다.[28] 이와 같이 도통이란 기본적으로 학맥적 배타성을 가질 수밖에 없는 까닭에, 서인 노론의 도통은 권섭이 제시한

---

28) 이상원(2004), 「「道統歌」와 「黃江九曲歌」의 창작 배경과 그 의미」, 『조선시대 시가사의 구도와 시각』, 보고사 참조.

이러한 계보로 나타나는 경우가 일반적이다.29) 따라서 (다)는 기호 지역이 아닌 영남 지역의 서인 노론계 인물이었던 이관빈이 지녔던 도통 인식의 특수성이 반영된 결과로 해석될 여지가 충분하다.

이와는 달리 (라)는 구사회본 <황산별곡>에서 조선의 도통을 서술한 부분이다. 그리고 주자의 도맥이 조선으로 흘러들어와 조선의 선현들에게 이어졌음을 그들의 산수로 제시하고 있는 것은 앞의 <황산별곡>과 동일하다. 하지만 제시된 선현들의 면면을 살펴보면 뚜렷한 차이를 가진다. 정몽주가 유배를 와 잠시 머물렀던 반구대로부터 김굉필의 도동산수(道東山水), 정여창의 남계산천(藍溪山川), 조광조의 도봉산수(道峰山水), 이언적의 자옥산(紫玉山), 이황의 청량산까지, <황남별곡>에서는 언급되지 않은 인물들과 그들이 머물렀던 산수를 계보적으로 서술하고 있음을 확인할 수 있기 때문이다. 그리고 제시된 이들은 모두 문묘(文廟)에 배향되어 국가적으로도 도통을 공인 받은 인물들이면서도, 영남 남인계열의 도통을 상징적으로 보여주는 인물들이라는 점에서 <황산별곡>을 개작한 윤영섭의 의도를 짐작해 볼 수 있다.

(마)는 이러한 (라)의 도통 계보가 더욱 확장되어 있는 모습을 볼 수 있다. 특히 퇴계 이후의 도통 계보가 나타난다는 점에서 차별성을 가지는데, 퇴계의 문인이었던 정구(鄭逑)와 그가 경영했던 무흘구곡(武屹九曲), 근기 남인의 명현(名賢)이었던 허목과 미강(湄江), 그리고 조선 후기 영남지역에서 소퇴계(小退溪)로 불릴 만큼 퇴계 학맥의 적전(嫡傳)으로 인정받았던 이상정(李象靖)의 소호(蘇湖)가 차례대로 서술되고 있다.30) 이러한 서술은 결국 영

---

29) 조유영(2016), 앞의 논문, 221쪽, 각주 14 참조.

30) 구사회본 <황산별곡>과 조춘호본 <황산별곡이라>를 비교해 보면 거의 대부분이 동일하지만 이 부분만 뚜렷한 차이가 나타난다. 그러나 추가 서술한 정구와 허목, 그리고 이상정은 작자인 윤영섭과 밀접한 관련이 있는 인물이기에, 이 부분 또한 그가 개작하면서 추가 서술한 내용일 개연성은 충분하다.

남지역 남인으로서 윤영섭이 가졌던 도통 인식이 더욱 구체화되어 있다
는 점에서 주목해야 할 부분이라 할 수 있다.

그러나 이러한 도통 인식 또한 일반적인 영남 남인 계열의 도통의식과
는 다소 거리가 있는 것으로 판단된다. 왜냐하면 조선 후기 사회에서 정
구의 문인이었던 허목은 근기 남인의 학맥을 상징하는 인물이며, 이상정
은 퇴계로부터 김성일(金誠一)－장흥효(張興孝)－이현일(李玄逸)－이재(李栽)로
이어지는 영남지역 퇴계 학맥을 대표하는 인물이라는 점에서 이 둘을 동
일선상에 놓은 윤영섭의 도통 인식은 특이하다. 따라서 (마)에서 나타나는
퇴계 이후의 도통 계보에 대한 서술은 영남지역 남인들의 전형적인 도통
인식이라고는 할 수가 없다.

그렇다면 영남지역 남인이었던 윤영섭이 왜 이러한 도통 인식을 <황산
별곡>에서 보여주고 있는 것일까?

> 愚伏堂前水　우복당 앞에 물이 흐르고,
> 對山樓上月　대산루에는 달이 뜨네.
> 淵源知有自　학문에 연원이 있음을 아니,
> 千秋光不沒　천추의 빛이 사라지지 않으리.
>
> － 「輓詞」(門下生 平山 尹永燮)[31]

위의 시는 윤영섭이 정경세(鄭經世)의 6대손이며 이상정의 학통을 계승한
정종로(鄭宗魯, 1738-1816)를 위해 지은 만사(輓詞) 두 수 중 한 수로서 『입재
선생별집(立齋先生別集)』 「부록(附錄)」에 수록되어 있는 작품이다. 이 시를
살펴보면 작자는 정종로가 살았던 우복당의 물과 대산루의 달을 통해 스
승의 학문이 영원히 이어질 것임을 강조하고 있다. 그리고 이와 함께 만

---

31) 『立齋先生別集』, 卷8, 「附錄」, 「輓詞」.

사를 쓴 윤영섭에 대해 문집에서 문하생(門下生)으로 기록하고 있음을 볼 때, 윤영섭이 정종로의 문인이었음을 확인할 수 있게 된다. 따라서 그가 자신의 가사 작품에 이상정과 소호 산수를 제시한 것은 이러한 학맥적 관계가 어느 정도 반영된 것임을 유추해 볼 수 있을 듯하다.

또한 앞에서도 언급하였듯이 윤영섭은 정조 19년(1795) 을묘 식년시(乙卯式年試)에 합격하여 성균관에 들어간 후 몇 해 동안 그곳에 머물며 공부를 했던 것으로 보인다.[32] 그리고 정약용과의 교류에서도 볼 수 있듯이, 윤영섭은 성균관에 머무를 당시부터 근기 남인들과 어느 정도 친분을 가지고 있던 인물로 판단된다. 이와 함께 그는 순조 9년(1809) 4월 10일에 경상도 유생들과 함께 연명하여 정구와 장현광의 문묘 배향에 대한 소(疏)를 함께 올리기도 하고,[33] 미강서원을 탐방하여 <미강별곡>을 창작할 정도로 정구와 허목에 대한 특별한 존숭의식을 가지고 있었다. 따라서 윤영섭은 비록 영남지역 남인이면서 정종로의 문인이기는 했지만, 일찍부터 근기 남인들과의 교류에 적극적이었던 인물이었고, 이런 특수한 배경이 이 작품에 반영되고 있는 것으로 판단된다. 다시 말하면 윤영섭은 근기 남인 학맥인 이황-정구-허목의 도통을 인정하면서도 이에 덧붙여 이상정을 마지막에 서술하여 자신의 스승인 정종로의 도통 계보 또한 합리화하고자 한 것으로 이해된다.

그렇다면 이러한 도통 인식과 작가의 개작 의도가 어떠한 상호 관련성을 가지는지를 살펴볼 필요가 있을 것으로 보인다.

(바) 이러므로 孔夫子도   泰山의 올나서서

---

32) 『承政院日記』 96책(탈초본 1814책), 정조 23년(1799) 10월 19일 기사에도 그의 이름이 나타난다.
33) 『承政院日記』 103책(탈초본 1965책), 순조 9년(1809) 4월 10일 기사 참조.

天下를 젹다시니　　力量도 거록홀샤
川上에 놉피안자　　逝者歎息 ㅎ오시니
觀水有術 ㅎ옵기는　　聖人의 大觀이라
無心훈 山水理을　　聖人밧게 그뉘알니
自是厥後 漢唐世로　　千五百年 지너도록
山水는 依舊하나　　道學이 蓁蕪터니
太極先生 周茂叔이　　蓮花峰을 사랑ㅎ사
濂溪上의 집을지여　　洙泗眞源 泝流ㅎ니
우리道가 다시발가　　紫陽夫子 나시거다

　　　　　　　　　　　　　　　　　　－〈황남별곡〉

(사) 이러므로 吾夫子도　　泰山의 올나 계셔
天下를 젹다시니　　道眼도 거록할사
川上에 歎息하심　　道趣도 깁풀시고
升堂ㅎ온 七十古弟　　丘垤인가 行潦런가
由孔子 百餘歲예　　鄒夫子 茱花氣像
泰山岩岩 源泉混混　　이아이 仁知란가
自是厥後로난　　千四百年 지나도록
山水난 依舊ㅎ나　　道學이 榛蕪러라
無極先生 周茂叔이　　蓮花峯을 사랑하사
濂溪上예 집을 짓고　　終朝臨水 對廬山을
千古心을 默契ㅎ샤　　洙泗眞源 遡流ㅎ니
우리道가 다시발가　　河南夫子 나시거다
洋洋하 伊川上예　　楊休山立 氣像이며
訪花隨柳 過前川은　　曾點意思 一般이오
龍門餘韻 이러쎄셔　　紫陽夫子 나시거다

　　　　　　　　　　　　　　－구사회본 〈황산별곡〉

위의 인용문은 〈황남별곡〉과 〈황산별곡〉[34]에서 중국의 도통 계보를 제시한 부분이다. 그 중 (사)는 <황남별곡>에 비해 전체적으로 중국의 도통 계보에 대해 확장 서술되어 있거나, 특정 어휘의 변경에 따른 개작이 다수 나타나는 부분이다. 이를 구체적으로 살펴보면, (바)에서는 공자와 주돈이(周敦頤), 그리고 주자(朱子)만을 제시하고 있는데 비해, (사)에서는 공자(孔子) — 칠십고제(七十高弟) — 맹자(孟子) — 주돈이 — 정호·정이(程顥·鄭頤) 형제 — 주자로 이어지는 도통 계보를 확장 서술하고 있음을 볼 수 있다. 이러한 측면으로 볼 때, <황산별곡>의 작자 윤영섭은 작품의 개작에 있어 칠십고제, 맹자, 정호·정이 형제 등을 추가함으로써 <황남별곡>에 비해 중국의 도통 계보를 더욱 상세하게 제시하는데 많은 관심을 가졌음을 알 수 있다.

이와 같이 이관빈의 <황남별곡>은 중국과 조선의 도통을 계보적으로 서술하는 부분도 나타나지만, 작품의 주된 서술 방향은 선현들의 산수(山水) 유상(遊賞)을 모범으로 삼아 유가적 산수 이상향인 구곡동천을 찾아가는 과정이 중심이 된다.[35] 이에 비해 윤영섭의 <황산별곡>은 <황남별곡>의 체제나 내용을 기본적으로 따르면서도, 도통에 대한 작가의 관심이 작품 개작에 더욱 적극적으로 반영되고 있음을 확인할 수 있다.

결국 윤영섭은 이관빈이 지은 <황남별곡>을 접한 후, 자신의 <황산별곡>으로 개작하면서 중국과 조선의 도통에 대한 영남 남인으로서의 인식을 더욱 적극적으로 투영하고자 하였다. 그리고 이를 위해 내용의 첨가와 축약, 부연 등이 이루어졌음을 두 작품의 비교를 통해 구체적으로 확인할 수 있다.

---

34) 조춘호본 <황산별곡이라>에서는 표기 형태상으로는 순국문체로 필사되어 있으나, 표기 오류가 여러 군데 나타나는 까닭에 본서에서는 상대적으로 오류가 적은 국한문혼용체의 구사회본을 인용한다.

35) <황남별곡>의 작가의식에 대해서는 조유영의 연구(앞의 논문, 2016) 참조.

4. 조선 후기 영남 지역 가사에 나타난 도통 담론의 문화적 의미

조선조 사회에서 도통은 단순히 학맥에 따른 사승(師承) 관계를 계보화한 것만은 아니었다. 유교 사회에서 도통이 갖는 본래적 의미는 문묘 종사라는 공론화 과정에 의해 특정 인물의 학문적 권위와 도덕적 순정성을 인정함으로써 사회 구성원에게 하나의 전범을 마련하고, 이를 통해 유가적 이상이 구현될 수 있는 도덕 사회를 만들어내는 것이다. 이러한 과정 속에서 도통은 하나의 문화적 상징으로서 조선조 사회에서 그 권위를 획득하게 된다. 또한 공론에 의해 도통의 계보에 포함된 인물의 학파는 국가에 의해 그 학문적 정통성을 인정받게 됨으로써 일종의 문화 권력을 부여받게 되고, 학파에 소속된 인물들의 사회적 영향력은 더욱 확대될 수밖에 없었다.36) 따라서 조선조 사회 전반에서 빈번하게 나타나는 도통 담론들은 겉으로는 유가적 이상의 실현을 위한 도덕적 또는 학문적 논쟁인 듯 보이지만, 그 이면에는 도통이라는 문화 권력을 차지하고자 하는 정치적 투쟁일 수밖에 없었다.37) 특히 조선조를 조선 전기와 후기로 나눌 때 조선 전기의 문묘 종사가 절의와 도학적 명분을 중시하였다면, 조선 후기의 상황은 독점화된 정치세력에 의해 문묘 종사가 좌우됨으로써38) 점차 도통이 가진 문화적 상징성은 약해지고 더욱 권력 지향적인 모습으로 변화되어 갈 수밖에 없었다.

이러한 상황에서 도통의 문제가 중앙 정치의 장에서만 활발하게 나타

---

36) 이승환, 앞의 책, 153-157쪽.
37) 조선조 도통 담론에 대한 이러한 관점을 보여주는 연구로는 최연식(2011)의 연구(「조선시대 도통 확립의 계보학―권력―정치적 시가」, 『한국정치회회보』 제45호, 한국정치학회)가 대표적이다.
38) 숙종조 집권세력의 교체에 의한 李珥와 成渾의 문묘 配享과 出享, 그리고 復享이 이러한 대표적인 경우이다.

난 것은 아니었다. 조선 후기 향촌 사회에서도 도통은 중요한 문제로 대두되어 갔다. 특히 출사의 길이 완전히 막혀 버린 영남지역의 향촌 사족들에게는 지역 내에서 자신의 입지를 확보하고 유지하기 위해 학맥이나 가문의 정통성이 무엇보다 중요할 수밖에 없었다. 그리고 이러한 학맥과 가문은 향촌 사족으로서의 자기 정체성을 확보하기 위한 주요한 수단으로 활용되었다.39) 따라서 중앙 정치에서와는 다른 측면에서 조선 후기 영남지역 향촌 사족들에게 도통의 문제는 국가적 차원이 아닌 학맥과 가문의 차원에서 더욱 활발하게 나타날 수밖에 없었다.

조선 후기 영남 지역 사대부 가사인 <황남별곡>과 <황산별곡> 또한 이러한 조선 후기 사회의 일면을 드러내는 작품들이라는 점에서 중요한 의미를 가진다. 앞에서도 언급한 바 있듯이 영남지역 서인 노론계 가문의 일원이었던 이관빈이 <황남별곡>을 창작하면서 이황과 이언적, 이이와 송시열을 함께 언급하고 있는 것은 그가 가졌던 특수한 위치에서 기인한 일이다. 그리고 <황남별곡>을 개작한 <황산별곡>은 영남 남인이었던 윤영섭의 도통 의식이 작품에 적극적으로 반영된 결과라 할 수 있다. 그러므로 이들이 가진 도통 인식의 차이는 영남지역이라는 동일한 담론 공간 속에서 가문, 학맥 등과 같은 사회적 맥락에 의해 형성되고 발현된 것으로 보아야 할 것이며, 이러한 도통 인식은 가사 작품이라는 하나의 언어적 실천으로 구체화되었음을 알 수 있다.

> (아) 차례로 여섯구비 　　무어시라 일캇던가
> 　　물 가운대 돌이소사 　　天作高坮 奇巧하다
> 　　孔子洞을 드려간니 　　未達一間 호엿스니
> 　　남짜려 뭇지안여 　　分明호 顔淵坮라

---

39) 조유영(2016), 「조선조 구곡가의 시가사적 전개양상 연구」, 경북대학교 대학원, 122쪽.

주머니가 若干돈을　　杏花村 아히불러
濁酒三盃 기우리니　　觸發道氣 절노난다

—〈황남별곡〉

(자) 차례로 여삿구비　　이르기를 顏子坮라
　　물 가운디 돌이소사　　天作高坮 技巧ᄒ다

—구사회본 〈황산별곡〉

또한 위의 인용문에서 볼 수 있듯이 윤영섭은 〈황남별곡〉을 개작하면서 각 곡의 승경을 묘사하는 부분이나, 이관빈의 정서가 표현되어 있는 부분은 다수 축약하거나 삭제하고 있음을 알 수 있다. 그리고 이에 비해 도통을 서술하는 부분은 〈황남별곡〉에 비해 확대 서술하는 경향이 나타난다. 따라서 〈황산별곡〉과 〈황남별곡〉의 이러한 서술상의 차이는 필사 문화라는 문학적 관습 속에서 선행 텍스트를 자기화하여 이해하고,[40] 이를 기반으로 자신의 작품을 창작하는 조선 후기 가사의 향유 방식을 구체적으로 보여준다는 점에서 그 의미를 가진다.

그리고 이 두 작품 중 〈황남별곡〉이 가문의 영향력 아래 전승되었던 것에 비해,[41] 〈황산별곡〉은 조춘호본 〈황산별곡이라〉에서도 볼 수 있듯이 사대부가 지은 가사이긴 하지만, 경북 북부의 부녀자층에게도 수용 향유되었음을 볼 수 있다.[42] 이러한 점은 비록 두 작품이 동일한 지역에

---

40) 조선 후기 가사는 가창물이면서도 독서물로서 향유되어 왔던 측면 때문에 텍스트의 수용자는 본질적으로 독자이면서 청자일 수밖에 없다.

41) 〈황남별곡〉은 학정 이동명의 9대손이 선대 관련 문헌들을 묶어둔 雜文集인 『鶴汀集』에 수록되어 있음을 볼 때, 가문의 영향력 아래 전승되었음을 알 수 있다.

42) 조춘호본 〈황산별곡이라〉는 奉化 祥雲 九川里 옥천 전씨 집성촌의 全鹿文宅에서 家藏으로 보관되어 오던 문헌에서 발견되었으며, 그 속에는 계녀서인 「閨中模範」과 「慶雲傳」과 같은 한글소설, 「退溪先生道德歌」와 함께 실려 있어 향유층이 부녀자였음을 알 수 있다.

서 창작되었고 선후관계도 명확하기는 하지만, 원텍스트인 <황남별곡>
보다 개작 텍스트인 <황산별곡>이 영남지역 내에서 더욱 활발하게 수용
되었음을 말한다. 이는 당대 영남지역 사대부들과 <황산별곡>의 작자인
윤영섭의 도통 의식이 서로 공유될 수 있었기에 가능하였던 것으로 볼 수
있다.

이러한 <황산별곡>의 향유 양상은 조선 후기 가사 향유층의 확대와
함께 나타난 부녀자층의 가사 수용에 있어 도통의 문제 또한 일정부분 수
용되고 있었음을 알 수 있게 한다. 그리고 이러한 작품은 개인적 차원에
서는 교양적 측면에서, 가문적 차원에서는 가문의 선양이나, 선조에 대한
자긍심을 표출하는 측면에서 전승되었을 것으로 이해된다.[43] 즉 사대부
가사들 중 <황산별곡>과 같은 작품들은 영남지역 사대부 가문 부녀자들
의 가문의식과 연계됨으로써 그 전승 통로를 확보할 수 있게 되었음을 알
수 있다.

5. 맺음말

본서에서는 <황남별곡>과 <황산별곡>에 나타나는 도통 인식의 차이
를 중심으로, 그 이면에 내포되어 있는 의미를 탐색해 보고자 하였다. 그
리고 이를 위해 <황산별곡>의 작자를 검토해 보고, 텍스트 간의 구체적
인 비교를 통해 두 작품이 가지는 도통 계보와 도통 인식의 차이를 고찰

---

43) 이수진(2014)의 논문(「조선후기 당파에 따른 도락가류 가사작품의 이본 분화 연구」, 『온지
논총』 제39집, 온지학회)에서도 「송비산가」와 「송비산유상가」를 분석하면서 향촌 사대부에
서 부녀자층까지 사회적·정치적·역사적 맥락 속에서 가사 작품을 통해 그들의 학맥을
의도적으로 개작하여 쟁점화 시키는 양상이 조선 후기에 확대되고 있음을 지적한 바 있다.

한 후, 가사에 나타나는 도통 담론이 어떠한 의미를 가지는지를 논의하였다.

⟨황산별곡⟩의 작자는 여러 문헌기록과 최근 발견된 조춘호본 ⟨황산별곡이라⟩를 통해, 선행연구에서 제시한 윤희배가 아닌 윤영섭임을 알 수 있다. 또한 윤영섭은 『을묘식년사마방목』에 나타나는 생년(1774)을 기준으로 했을 때, ⟨황남별곡⟩의 작자인 이관빈(1759~?)과는 동시대 인물이며, 이관빈이 살았던 선산 예강 지역과 그리 멀지 않은 선산 연홍 지역에 세거하였던 것으로 확인된다. 따라서 윤영섭은 지역 내에서 이관빈의 ⟨황남별곡⟩을 접한 후, 이를 개작하여 자신의 ⟨황산별곡⟩을 창작하였던 것으로 추측해 볼 수 있다.

⟨황남별곡⟩은 중국과 조선의 도통이 계보적으로 서술되어 있기는 하지만, 작품의 전체적인 내용은 선현들의 산수 유상(山水遊賞)을 모범으로 삼아 유가적 산수 이상향인 구곡동천을 화자가 찾아가는 과정이 주가 된다. 이에 비해, ⟨황산별곡⟩은 기본적으로 ⟨황남별곡⟩의 체제나 내용을 충실히 따르고 있기는 하지만, 도통에 대한 작가의 개인적 인식이 작품 개작에 더욱 적극적으로 반영되고 있다는 점에서 뚜렷한 차이를 가진다. 그러므로 윤영섭은 ⟨황산별곡⟩을 창작하면서 특히 도통에 대한 영남 남인으로서의 인식과 태도를 적극적으로 반영하였고, 이를 위해 원텍스트의 개작에 있어 내용적 첨가와 축약, 부연 등을 활용하였던 것으로 판단된다.

조선 후기 영남 지역 사대부 가사인 ⟨황남별곡⟩과 ⟨황산별곡⟩은 조선 후기 사회의 일면을 여실히 드러내는 작품들이라는 점에서 중요한 의미를 가진다. 결국 영남지역이라는 담론 공간 속에서 개인 내지 가문, 학맥 등에 의해 형성된 도통 담론들은 가사라는 언어적 실천으로 구체화되고 있음을 다시 확인할 수 있었다. 그리고 ⟨황산별곡⟩은 개작이라는 문학적 관습 속에서 ⟨황남별곡⟩이라는 원텍스트를 자기화하여 이해하고,

다시 이를 개작하는 조선 후기 가사 향유의 방식을 구체적으로 보여준다
는 점과 사대부가사와 규방가사의 관련성 및 향유 방식의 일단을 보여준
다는 점에서 그 의미를 갖는다.

조선 후기 사대부가사인 <황남별곡>과 <황산별곡>은 영남지역이라
는 담론 공간 속에서 개작이라는 문학적 관습을 통해 지역 내 상이한 집
단의 도통 담론을 구현하고 있는 작품들이다. 따라서 조선 후기에 들어와
도통이 가진 문화적 상징성은 점차 희석되어 가고 있었던 측면이 존재하
지만, 한편으로는 여전히 도통은 사대부들에게 중요한 문제였다. 그리고
가문이나 학맥 등을 통해 지역 사회 내에서 문화 권력을 확장하고자 하는
개인이나 집단의 내밀한 욕망이 그들의 도통 담론 속에 침투하고 있었음
을 이 두 작품을 통해 우리는 읽어내게 된다.

참고문헌

1. 기본자료

『槐軒集』
『性齋集 續編』
『承政院日記』
『與猶堂全書』
『立齋先生別集』
『鶴棲集』

2. 연구논저

경북대학교 국어국문학과 영남지역 문화어문학 연구 인력 양성 사업단, 『문화어문학이란 무엇인가』, 커뮤니케이션북스, 2015.

구사회, 「새로 발굴한 가사 작품 <미강별곡>에 대하여」, 『국어국문학』 제142집, 국어국문학회, 2006a.

_____, 「<황산별곡>의 작자 의도와 문예적 검토」, 『한국언어문학』 제59집, 한국언어문학회, 2006b.

구수영, 「황남별곡의 연구」, 『한국언어문학』 10집, 한국언어문학회, 1973.

김석회, 『조선후기 시가 연구』, 월인, 2003.

이상원, 「「道統歌」와 「黃江九曲歌」의 창작 배경과 그 의미」, 『조선시대 시가사의 구도와 시각』, 보고사, 2004.

이수진, 「조선후기 당파에 따른 도학가류 가사작품의 이본 분화 연구」, 『온지논총』, 39집, 온지학회, 2014.

이승환, 『유교 담론의 지형학』, 푸른숲, 2004.

이지영, 「한글 필사본에 나타난 한글 筆寫의 문화적 맥락」, 『한국고전여성문학연구』 17, 한국고전여성문학회, 2008.

전재강 외, 『경북 내방가사 3』, 북코리아, 2017.

조유영, 「하서도통가(河西道統歌)」의 서술 양상과 창작 배경」, 『어문론총』 66호, 한국문학언어학회, 2015.

_____, 「조선조 구곡가의 시가사적 전개양상 연구」, 경북대학교 대학원, 2016.

_____, 「조선 후기 향촌사족의 이상향 지향과 그 의미 - <황남별곡>을 중심으로」, 『우리말글』 71집, 우리말글학회, 2016.

최연식, 「조선시대 도통 확립의 계보학―권력―정치적 시가」, 『한국정치회회보』 45호, 한국정
        치학회, 2011.
사라 밀즈, 『담론』, 인간사랑, 2001.
누리미디어, 『한국역대가사문학집성』(http://www.krpia.co.kr/)
한국국학진흥원, 『유교넷』(http://www.ugyo.net/)
한국고전번역원, 『한국고전종합DB』(http://db.itkc.or.kr/)
한국학중앙연구원, 『한국역대인물종합정보시스템』(http://people.aks.ac.kr/index.aks)

〈소군출새도(昭君出塞圖)〉와 관련 제화시의 문화어문학적 접근

손 대 현 | 경북대학교 외래교수

1. 머리말

왕소군(王昭君)은 기원전 1세기 전한(前漢)의 궁녀로 황제인 원제(元帝)가 흉노족과의 오랜 전쟁을 종결짓고 국경을 안정시키고자 흉노의 왕 호한야선우(呼韓邪單于)에게 보낸 화번공주(和蕃公主)[1]라 할 수 있다. 왕소군에 대한 기록은 『한서(漢書)』 「원제기(元帝紀)」와 「흉노전(匈奴傳)」, 『후한서(後漢書)』 「남흉노전(南匈奴傳)」에 매우 간략하게 서술되어 있어 출생과 성장, 입궁 후의 삶 등에 대해서는 자세히 알 수가 없으며 흉노로 간 이후의 행적은

---

[1] 이민족에게 보낸 화번공주는 공주나 상층 귀족의 딸, 궁녀 등의 신분이었으며 역사서에 언급된 주요한 인물만 보더라도 20명이 넘는다. 이민족들은 화번공주와 결혼함으로써 사례품으로 보내오는 황금과 물품을 통해 경제적 실익을 얻고 군신간의 상하관계를 가족관계로 전환함으로써 대등한 외교관계 구축이라는 명분을 취할 수 있었기에 힘의 우위가 이루어지는 시기에는 화번공주를 집요하게 요구해 왔다. 중국 또한 이민족을 효과적으로 통제하기 위한 수단으로 이를 적극적으로 활용해 왔다.

더더욱 잘 알려져 있지 않다. 그러나 왕소군이 자신의 의지와 무관하게 이민족에게 보내졌으며 그녀가 흉노로 간 이후 50여 년간 전쟁이 없이 평화로웠기에 왕소군을 바라보는 중국인의 시선은 복잡미묘할 수밖에 없었다. 따라서 왕소군과 관련된 이야기는 이백과 두보 등 저명한 문인들이 시의 주요 재제로 활용해 왔을 뿐만 아니라 잡기체 필기소설과 잡극 등으로 재창조되어 왔다. 또한 회화의 주요한 소재로 다루어져 왔으며 도자기의 밑그림으로도, 전지와 같은 민간공예에서도 폭넓게 활용되며 사랑받아왔다.

중국에서 왕소군이 문인들과 예술가들이 즐겨 다루어 온 제재였기에 우리나라에도 왕소군과 관련한 중국의 수많은 예술품들이 전래되었을 것이며 이를 전범으로 삼은 다양한 작품들이 창작, 향유되어 왔을 것이다. 실제로 이색과 김종직 등 고려말부터 조선에 이르기까지 수 많은 문인들이 왕소군과 관련한 이야기를 한시로 형상화해 왔으며 왕실에서도 이를 활용2)하고 있음을 확인할 수 있다. 더구나 시조와 가사, 잡가 등 한글문학과 노래로도 왕소군 관련 이야기가 활용되고 있으며 연극과 회화의 소재로 활용되는 등 시대와 갈래를 가리지 않고 다양하게 변형되며 향유되어 왔음을 확인할 수 있다.

왕소군과 관련한 기존의 연구는 문학의 영역을 중심으로 이루어져 왔음을 부인할 수 없다. 정운채는 왕소군과 관련한 중국의 여러 작품들과 문헌들에서 왕소군이 어떻게 수용되고 있는가를 살펴 우리나라의 왕소군 관련 한시 대부분이 왕소군을 비련의 여인으로 묘사하면서 원제 내지 한

---

2) 연산군은 왕소군과 관련한 시를 창작하여 신하에게 내리고 답시를 짓도록 하였다(『朝鮮王朝實錄』, 燕山 11년(1505년) 1월 13日 3번째 기사).
"下御書曰 草樹愁烟似不春, 晚鶯哀怨問行人. 須知一種埋香骨, 猶勝昭君作虜塵. 命承旨姜渾和進."

나라에 대한 충성심을 강조하는 충신연주지사의 편향을 보이고 있다3)고
하였다. 이러한 연구의 성과는 여운필,4) 윤호진5) 등이 심화시켜 왔다. 이
택동은 숙종 연간에 왕소군을 소재로 한 시가 많이 창작되었음을 주목하
고 이러한 현상은 당대 사대부들이 후궁에게 탐닉하고 있는 숙종의 행태
를 우회적으로 비판하고자 하였기 때문6)으로 파악하였다. 또한『한서(漢
書)』,『후한서(後漢書)』등 역사서에서의 왕소군 관련 기록이 후대의 중국
문학작품, 즉 〈금조(琴操)〉, 〈서경잡기(西京雜記)〉, 〈한궁추(漢宮秋)〉 등에
서는 어떻게 변이되었는가를 확인하는 연구7)도 이루어졌다. 회화와 관련
해서는 중국의 사녀도가 우리나라에 어떻게 수용되었는가를 해명하는 가
운데 왕소군을 함께 살핀 논의8)가 이루어진 바 있으며, 채문희와 관련된
예술적 형상화를 고찰하면서 왕소군을 부분적으로 살핀 논의9)도 이루어

---

3) 정운채(1998),「왕소군 고사 수용 한시에 나타난 충신연주지사의 심리적 특성」,『古詩歌研
究』제5집, 한국고시가문학회, 539-572쪽.

4) 여운필(2001),「韓國漢詩의 王昭君 故事 受容樣相」,『韓國漢詩研究』제9집, 한국한시학회,
5-44쪽.

5) 윤호진(2002),「韓中日 漢詩에 나타난 人物形象에 관한 比較研究－王昭君 詩에 드러난 王
昭君 形象을 中心으로－」,『南冥學研究』제13집, 경상대학교 남명학연구소, 279-321쪽.

6) 이택동(2003),「朝鮮後期의 政治現實과 王昭君 素材 詠史詩」,『韓國古典研究』제9집, 한국
고전연구학회, 309-334쪽.

7) 이에 관해서는 아래 논의를 참조할 것.
전보옥(2000),「중국 서사시의 고사 성립 배경 고찰 (Ⅱ)－昭君出塞故事를 중심으로」,『중
국어문학논집』제15집, 중국어문학연구회, 29-53쪽.
이소현(2004),「王昭君 故事의 변천과정 研究」, 동국대학교 교육대학원 석사학위논문.
한상덕(2008),「王昭君 形象의 變容과 그 意義 研究－郭沫若과 曹禺의 同名史劇「王昭君」
을 중심으로」,『세계문학비교연구』제23집, 세계문학비교학회, 2008, 131-150.

8) 문선주(2005),「조선시대 중국 사녀도(仕女圖)의 수용과 변화」,『美術史學報』제25집, 미술
사학연구, 71-106쪽.
이홍주(2006),「조선시대 宮中 彩色人物畵에 보이는 중국 院體 人物畵의 영향」, 홍익대학
교 석사학위논문.

9) 손대현(2013),「채문희 관련 문학적 형상화와 그 의미」,『국어국문학』제164호, 국어국문
학회, 305-332쪽.

졌다.

연구사 검토에서 보듯 왕소군과 관련한 논의는 집적도가 낮은 편이며 회화와 관련하여 일부 고찰된 바는 있으나 한시나 희곡과 관련한 문학 영역을 중심으로 이루어져 왔다. 그러나 왕소군과 관련한 예술적 형상화가 한시뿐만 아니라 소설과 희곡, 회화 등 다양한 분야와 관련을 맺으며 형상화되고 향유되어 왔다. 따라서 왕소군과 관련한 전승과 향유를 온전히 이해하기 위해서는 영역간 범주를 넘어서는 탈경계 인문학적 접근, 즉 문화어문학적 접근이 필요하다. 왕소군과 관련한 기존 연구에서는 경계를 넘어서 문화어문학적 접근이 이루어진 경우는 살피기 어려우며 한시 41제 58수를 살핀 정운채의 논의에서도 회화와 관련된 한시는 제화시 2수[10]만이 다루어지고 있어 문학의 경계를 넘어선 대상과의 차이는 해명되고 있지 못하다.

본 논의는 <소군출새도(昭君出塞圖)>[11]가 우리나라에 어떻게 수용되어 왔으며 관련 제화시의 양상과 문화적 의미가 어떠하였는지를 살펴보고자 한다. 전통적으로 동양에서 회화는 시와 함께 창작되고 향유되어 왔다. 따라서 <소군출새도>와 관련한 향유는 탈경계 인문학적 성격을 띠고 있으며, 그 연구에 있어서 하나의 면모만 주목한다면 그 의미를 온전히 해명할 수 없다. 또한 중국에서 향유되어 온 왕소군 이야기가 우리나라로 전래되어 향유되는 과정에서는 중국의 양상이 그대로 수용되거나 동화되기보다는 문화적 의미의 일부가 탈각하고 새로운 의미들이 추가되며, 종국에는 새로운 문화로 창작되는 과정을 거치게 된다. 따라서 <소군출새도>

---

10) 제화시인 주세붕의 <明妃出塞圖>와 정문부의 <昭君西子相對圖>가 함께 논의되고 있다 (정운채, 앞의 논문.).

11) 왕소군(일명 明妃, 明君)의 출새와 관련된 회화는 <昭君出塞圖>, <昭君出塞>, <明妃出塞> 등으로 지칭되고 있으나 동일한 대상을 가리키는 이칭(異稱)이다. 이하 특정한 회화 작품명으로 언급하지 않을 경우 <昭君出塞圖>로 지칭하고자 한다.

와 관련 작품들 또한 문화횡단과 혼종문화로서의 성격[12])을 띠게 된다.

왕소군과 관련한 기존의 연구가 특정한 영역만을 주목하여 이루어져 왔기에 전승의 실상과 의미가 명확히 드러나지 못하였다. 이러한 결과는 왕소군 관련 연구의 진전에도 장애가 될 것이며 더 나아가 한국문학과 중국문학과의 교류를 해명하는 데에도 문제가 될 것이다. 따라서 왕소군과 관련한 예술적 형상화가 어떻게 이루어져 왔는가를 제대로 구명하기 위해서는 문학에 국한하더라도 시조나 가사, 잡가, 대중가요 등으로 연구의 영역을 확장할 필요가 있으며 시기에 있어서도 조선조만이 아니라 일제강점기를 포함한 근대의 시기까지 포괄할 필요가 있다. 이러한 점에서 소군출새와 관련한 문학과 회화의 문화어문학적 접근을 목표로 하는 본 논의는 왕소군과 관련한 다양한 전승을 살피는 탈경계 인문학적 연구의 단초로서 의미가 있다.

2. 〈소군출새도〉의 형성과 형상화의 양상

왕소군이 회화의 소재가 되기 시작한 시기는 북송(北宋)대부터이다. 북송대 이공린(李公麟)이 〈명비출새도(明妃出塞圖)〉[13])를 그렸고, 이어서 남송(南宋) 초기 조백구(趙伯駒)와 궁소연(宮素然)이 〈소군출새도(昭君出塞圖)〉를 그렸다. 그런데 이 시기에 이공린의 〈채염환한도(蔡琰還漢圖)〉, 장우(張瑀)의 〈문희귀환도(文姬歸還圖)〉, 이당(李唐)의 〈호가십팔박도(胡笳十八拍圖)〉, 진거중(陳居中)의 〈문희귀한도(文姬歸漢圖)〉에서 보듯 채문희(蔡文姬)와 관련된 그

---

12) 문화횡단과 혼종문화에 관해서는 김용규의 논의(『혼종문화론 : 지구화 시대의 문화연구와 로컬의 문화적 상상력』, 소명출판, 2013, 281-342쪽)를 참고할 것.

13) 이공린의 〈明妃出塞圖〉는 조선에 전래되기도 하였다(이경여, 『白江集』, 〈詠明妃出塞圖〉).

림들도 다량으로 그려졌다. <소군출새도>와 <문희귀한도>가 그려진 시기는 여진족이 세력을 확장하여 금을 건국하고 요와 북송을 연이어 멸망시켰을 뿐만 아니라 새로 건국한 남송에 대해서도 강하게 압박하던 때였다. 따라서 예술계 전반에 흉노족으로 인해 고통을 겪은 채문희와 왕소군 등이 주요한 소재로 부각되었을 가능성이 높다. 궁소연의 <소군출새도>와 장우의 <문희귀환도>는 배경과 인물, 동물들까지도 거의 동일하게 그려져 있고, 이와 유사한 여러 그림들이 전승되고 있어 당대인들이 왕소군과 채문희의 상황을 유사하게 인식하였음을 알 수 있다.14) 더구나 금에 포로로 잡혔다가 남송 황제인 고종의 노력으로 위태후 등이 18년 만에 귀환하였기에 위태후의 상징적 존재로서 채문희가 국가적 차원에서 활발히 제작15)되었기에 관련 그림들이 더욱 활발히 제작되었을 것임을 짐작할 수 있다.

왕소군 관련 회화로 가장 널리 알려져 있는 것은 흉노로 시집가는 왕소군의 행렬을 그린 <소군출새도>이다. <소군출새도>는 그림이 표현하고 있는 시기를 기준으로 출새의 순간과 출새 이후를 그린 그림으로 나눌 수 있으며 각각은 두 유형으로 구분할 수 있어, 전체적으로 네 유형의 그림으로 유형화할 수 있다.

첫째, 왕소군과 호한야선우가 만나는 출새의 순간을 그리되 사실적으로 재현하고 있는 유형이다.

---

14) 손대현, 앞의 논문, 323-325쪽.
　　이러한 경향은 회화에서뿐만 아니라 왕원량의 시를 비롯한 많은 문학작품에서도 표현되고 있기에 일반적 인식이었음을 알 수 있다.
15) 유미나(2012), 「오랑캐의 포로 그리고 失節-<文姬別子圖>를 보는 조선후기 문사들의 시각」, 『石堂論叢』 제52집, 동아대학교부설 석당전통문화연구원, 13-18쪽.

조백구(南宋), 〈소군출새도(昭君出塞圖)〉(전체)

조백구(南宋), 〈소군출새도(昭君出塞圖)〉(부분)

[그림 1] 조백구(南宋), 〈소군출새도(昭君出塞圖)〉

[그림 1]은 남송의 건국 초창기인 고종조, 황실 도화원에서 활약했던 조백구의 작품이다. 그림에서 왕소군의 일행은 오른쪽에서 왼쪽으로 향해 가고 있으며, 왕소군은 무리의 선두에서 수많은 시종들과 병사, 관리들의 호위를 받고 있고 있다. 그 후미에는 황금과 사치품 등을 실은 많은 무리들이 따르고 있는데 이는 흉노를 달래고자 보낸 공물이자 왕소군이 흉노의 땅에서 지내면서 활용할 것들이다. 왕소군을 맞는 호한야선우와 그 일행들은 왼쪽에서 오른쪽으로 향하고 있다. 선두의 무리들은 왕소군 일행을 맞이하고 있으며 무리의 가장 후미에서 호한야선우가 왕소군 일행을 느긋하게 기다리고 있다. 그림에는 왕소군 일행의 거대한 행렬과 호한야선우 일행의 간소한 행렬이 대조되어 있는데, 이는 남북으로 분열되기는 하였으나 아직도 강성한 힘을 지니고 있는 흉노와 이들을 회유하여 변경의 안정을 이루고자 하는 한의 관계가 상징화되어 표현된 것이라 할 수 있다. 궁중화의 성격을 지닌 이 그림은 대작으로 왕소군의 일행과 호한야선우 일행이 만나는 순간을 사실적으로 표현한 그림으로서 기록화에 가

깝다.

둘째, 왕소군과 호한야선우가 만나는 출새의 순간을 그리되 왕소군의
슬픈 정서를 부각시키고 있는 유형이다.

궁소연(南宋), 〈명비출새도(明妃出塞圖)〉〈전체〉

궁소연(南宋), 〈명비출새도(明妃出塞圖)〉〈부분〉

[그림 2] 궁소연(南宋), 〈명비출새도(明妃出塞圖)〉

[그림 2]는 조백구와 거의 동일한 시기, 즉 고종조에 활약했던 화가 궁
소연의 작품이다. 그림속의 무리들은 모두 왼쪽에서 오른쪽으로 이동하고
있다. 가장 오른쪽에서 무리를 인도하고 있는 이들과 가장 왼쪽에서 따르
고 있는 인물들은 흉노족, 오른 쪽 두 번째 인물들은 왕소군과 시녀이며
왼쪽 두 번째 무리는 흉노족과 한의 인물들이 섞여 있다. 인물들은 모두
두꺼운 가죽옷을 입고 입을 막거나 고개를 돌리고 있으며 깃발은 뒤로 젖
혀져 휘날리고 있어 모래바람이 세차게 부는 사막의 겨울을 형상화하고
있다. 왕소군은 앞을 바라보고 있으며, 시녀는 뒤를 돌아보고 있는데 왕소

군이 의연하면서도 한에 대한 그리움을 떨치지 못하였음을 복합적으로 드러내고 있다. 선두의 무리 옆에는 망아지가, 마지막 무리 바로 앞에는 개가 그려져 있는데 심하게 굶주려 앙상한 모습이며, 배경은 모두 생략되어 있다. 이는 왕소군이 가야만 하는 변경이 생명이 제대로 자라지 못하는 불모의 땅임을 표현하고 있는 것이다.

[그림 3] 구영(明), 〈명비출새도(明妃出塞圖)〉

[그림 3]은 명나라 화가 구영(仇英)의 작품이다. 그림은 인물을 부각시키고 있는 전경(前景)과 첩첩한 산세를 부각시킨 원경(遠景)으로 나눌 수 있다.

전경은 두 무리의 사람들을 상세하게 묘사하고 있는데 좌측의 왕소군 일행과 우측의 흉노족 일행으로 다시 구분할 수 있다. 그림에서 마차는 모래에 바퀴가 빠져 움직이지 못하고 있으며 도보로 이동 중인 시종들은 날뛰는 말을 진정시키고자 애쓰고 있다. 왕소군은 마차에 앉아 이를 불안하게 바라보고 있다. 따라서 한을 떠나고 싶지 않으면서도 서둘러 흉노로 가야만 하는 왕소군과 그 일행들의 심정이 잘 표현되어 있다. 화려한 복장을 하고 있는 흉노족들은 모두 말을 타고 있으며, 마차와 왕소군 일행을 못마땅하게 바라보고 있다. 인물들이 입고 있는 두꺼운 옷과 아예 접혀져 있는 깃발들을 통해 감당할 수 없는 바람이 부는 겨울임을 알 수 있다. 원경으로는 변경의 산세와 왕소군을 따르는 무리가 간략하게 묘사되고 있다. 산과 배경은 나무의 모습도 없어 이 곳이 척박한 땅임이 표현되어 있으며, 왕소군을 따르는 무리는 흉노에게 줄 재물과 물품을 낙타에 싣고 이동하고 있다.

결국 이 그림들은 찬바람이 심하게 부는 겨울, 아무 것도 자랄 수 없는 황량한 땅으로 떠나야 하는 왕소군의 모습을 그리고 있으며, 상황에 의연하게 대처하면서도 한에 대한 그리움을 떨칠 수 없는 왕소군의 불행한 처지와 그 심정을 부각시키고 있는 그림이라고 할 수 있다.

셋째, 출새 이후의 순간을 그리되 왕소군의 외로운 심정을 부각시키고 있는 유형이다.

[그림 4] 작자 미상,　　　　　　[그림 5] 예전(淸),
〈소군출새도(昭君出塞圖)〉　　　　〈소군출새(昭君出塞)〉

　[그림 4]는 작자 미상의 작품으로 왕소군은 털옷을 입고 보에 싼 비파를 들고 있다. 비파를 보에 쌌다는 것은 흉노를 위한 음악을 연주하지 않겠다는 것을 의미한다. [그림 5]는 청나라 화가 예전(倪田)의 작품으로 갈색의 초원을 배경으로 두꺼운 가죽 옷과 털모자를 쓴 왕소군이 기러기를 바라보고 있다. 자유롭게 어딘가로 날아가는 기러기를 바라보고 있는 왕소군의 모습은 돌아갈 수 없음에도 한으로 귀향하고픈 왕소군의 심정이 표현된 것이다. 따라서 이 그림들은 변경으로 간 왕소군이 호한야선우와의 결합을 거부하고 절개를 지키며 고독하게 살고 있는 모습을 형상화하고 있다고 할 수 있다.

　넷째, 출새 이후의 순간을 그리되 호지에서 적응하여 살아가는 왕소군의 모습을 그리고 있는 유형이다.

[그림 6] 비이경(淸), 〈소군출새(昭君出塞)〉

[그림 6]은 청나라 화가 비이경(費以耕)의 작품이다. 그림의 중앙에는 유목민의 텐트 안에서 비파를 안은 왕소군이 두 명의 어린이와 함께 놀고 있으며 좌측 하단에는 청나라 관리의 복장을 한 남자가 이들을 바라보고 있다. 여성이 왕소군이니 남성은 흉노의 왕인 호한야선우이며, 두 명의 어린이는 두 사람 사이에서 태어난 자식이다. 왕소군은 비파를 보에 싸 안고 있어 적극적으로 흉노에 협력하였다고는 볼 수 없으나 호한야선우와의 사이에서 아이 둘을 낳았기에 어쩔 수 없이 적응하여 살아갈 수밖에 없는 왕소군의 삶이 표현되어 있다고 할 수 있다. 화면의 하단에는 첩첩한 산세가, 우측 상단에는 가파른 절벽이 그려져 있어, 왕소군이 생활하고 있는 곳이 세상과 단절된 오지임이 표현되어 있다.

위에서 본 바와 같이 〈소군출새도〉는 출새의 순간을 주목하여 그린 그림과 출새 이후의 순간을 주목하여 그린 그림으로 구분할 수 있다. 출새의 순간을 주목하여 그린 그림들은 화번공주로 가는 왕소군 일행의 모습과 이들을 맞는 흉노족의 모습을 사실적으로 그리고 있거나 흉노의 땅으로 가야하는 왕소군의 고통과 절망감이 잘 표현되어 있다. 그리고 이를 통해 왕소군의 고통과 함께 강성한 흉노와 그들의 요구를 들어줄 수밖에 없는 한이라는 당대의 정치적 상황이 상징화되어 표현되고 있다. 또한 출새 이후의 순간을 주목하여 그린 그림들은 왕소군이 흉노의 땅에서 외롭게 살아가는 모습이나 환경에 적응하여 살고 있는 모습이 그려져 있다. 이는 한에 대한 절개를 지키거나 어쩔 수 없이 순응할 수밖에 없는 불운한 운명을 상징화하고 있다고 할 수 있다.

3. 〈소군출새도〉의 전래와 향유의 양상

중국의 문인들이 왕소군과 관련한 많은 시를 창작해 왔으며 다양한 서사 작품에서 왕소군의 이야기가 활용되어 왔기에 우리 문학에서도 일찍부터 왕소군을 주제로 한 문학 작품들이 형상화되어 왔다. 특히나 『문선(文選)』과 『고문진보(古文眞寶)』 등에 이백(李白)과 왕안석(王安石), 구양수(歐陽脩), 황정견(黃庭堅) 등의 왕소군 관련 시가 실려 있어 이를 널리 활용하여 학습해 왔던 우리 문인들이 더욱 큰 영향을 받아 왔다고 할 수 있다. 실제로 안축(安軸)과 이색(李穡), 서거정(徐居正), 김종직(金宗直), 김택영(金澤榮) 등 고려 후기부터 조선조 말까지의 수많은 문인들이 왕소군 관련 시를 창작하였음을 확인할 수 있다. 더구나 북송과 남송 시대 이후부터 왕소군 관련 회화가 활발히 제작되었음을 감안한다면 이러한 그림들이 유입되면서

문학의 창작과 관련 회화의 제작에 영향을 미쳤을 것임을 예상할 수 있다.

왕소군과 관련된 중국의 회화가 우리나라에 직접적으로 전래되었음을 다음에서 확인할 수 있다.

龍眠筆下巧傳神　이공린의 그림은 모습을 표현한 것이 교묘하니,

馬上明妃畫裏身　말을 탄 명비의 마음과 모습을 그렸다네.

毳幕謾誇供帳盛　취막에서 성대한 연회를 벌여 자랑했지만,

愁容還入翠眉嚬　시름겨운 얼굴로 다시 돌아와 푸른 눈썹을 찡그리고,

羅巾尙濕昭陽淚　비단수건은 여전히 소양전으로 돌아가고픈 눈물로 젖었다네.

靑草終留紫塞春　푸른 풀은 여전히 장성의 봄볕에 남아 있네.

黃金枉却毛延壽　뇌물을 바치지 않아 황금이 모연수에게 잘못 들어갔으니,

千載丹靑此是眞　천 년 세월의 단청이 진실이 아니런가.[16]

이경여의 위 시를 통해 북송의 문인화가였던 이공린의 <명비출새도>가 조선에 유입[17]되었음을 확인할 수 있다. 그리고 이 그림은 봄볕의 초원을 배경으로 말을 탄 채 눈썹을 찡그리며 눈물을 훔치고 있는 왕소군의 모습이라는 점도 상세히 묘사되어 있다.

원대(元代) 조맹부의 <명비출새도>도 우리나라에 유입되었음을 확인할 수 있다.

　친구 윤명중의 집에서 명비출새를 그린 옛그림 일축을 얻었는데 원의 한림인 조맹부의 그림이다. 명비가 구름머리를 숙이고 눈물 맺혀 말고삐

---

16) 이경여, 『白江集』, <詠明妃出塞圖>.

17) 문선주(2005), 앞의 논문, 75쪽.

붙들고 천천히 가는데 멀리 關山을 건널 때 모래바람에 고생하는 모습이
완연히 살아있는 듯하다. 말을 타고 깃발을 들고 앞선 이가 한 사람이요,
말을 타고 따르는 여시종은 세 사람인데 그 중 하나는 비파를 안고 왕소
군이 말 위에서 하는 출새지곡 연주를 듣는다. 따르는 오랑캐가 십여 인으
로 말을 탔다. 따르는 말이 여러 필이요, 전대낙타는 한 마리다.[18]

임수간은 윤명중의 집에서 조맹부의 <명비출새도>를 얻게 된다. 그런
데 그림에서 왕소군은 모래바람 때문에 머리를 숙이며 고생하고 있다 하
였고, 깃발을 들고 선두에 선 이가 한 사람, 비파를 안은 한 사람을 포함
한 여시종이 세 사람, 말을 탄 오랑캐 십여 명이 뒤따르고 있다고 하였다.
그리고 전대낙타가 한 마리이며 여러 필의 말이 뒤따르고 있다고 하였다.
따라서 묘사되고 있는 인물과 짐승의 모습을 통해 이 그림이 [그림 2]와
매우 유사하다는 점을 확인할 수 있다. 그리고 [그림 2]가 남송 시대에 그
려졌고 이와 유사한 조맹부의 그림이 원대에 그려졌으며, 원대 조옹(趙雍)
의 <昭君出塞>를 비롯하여 창작의 시기를 확정할 수 없는 수 많은 작품
들이 이와 유사하다는 점에서 왕소군 관련 그림이 오랜 시대에 걸쳐 유사
하게 그려져 전승되어 왔음을 알 수 있다. 또한 이공린과 조맹부의 그림
이 우리나라로 전래되었으며 [그림 2]가 일본 오사카시립미술관에 소장되
어 있는 점을 생각한다면 더 많은 왕소군 관련 그림들이 다양한 지역에
전래되었음을 짐작할 수 있다.

이와 함께 왕소군 관련 회화를 우리 화가와 문인들이 직접적으로 그렸
음을 강희언(姜熙彦)과 신한평(申漢枰)의 그림에서 확인할 수 있다.

---

18) 임수간, 『遯窩遺稿』, <趙子昂明妃出塞圖跋>.
　　"友人尹明仲家畜古畫一軸. 乃明妃出塞之圖. 元翰林子昂之筆也. 明妃低鬟凝睇. 按轡徐征. 其遠
　　涉關山. 辛苦風沙之狀. 宛然有生色. 導騎之執旌而先者一人. 女史之騎而從者三人. 其一則抱琵
　　琶. 想聞明妃馬上奏出塞之曲也. 胡人之從行者凡十餘騎. 副馬數匹. 橐駝一頭."

[그림 7] 강희언(朝鮮), 〈소군출새(昭君出塞)〉

[그림 8] 신한평(朝鮮), 〈미녀도(美女圖)〉

강희언의 <소군출새>는 비파를 안고 흉노의 땅으로 가고 있는 왕소군의 모습을 묘사하고 있다. 머리띠와 날개옷을 입고 있는 왕소군과 붉은 장식을 하고 있는 말은 화려하게 표현되어 있으며 잔가지 몇 개만 존재하는 흉노의 땅은 메마르고 황량한 모습으로 표현되어 있어 있다. 그림에는 강세황(姜世晃)의 화제시(畵題詩)도 제시되어 있다.

> 黃沙白草 누런 모래 메마른 풀잎
> 如聞琵琶 비파의 소리가 들리는 듯
> 哀然之曲 슬프고도 애잔한 곡조가

그림과 화제시에서 드러나듯 <소군출새>는 흉노의 땅으로 출새를 하고 있는 왕소군의 슬프고도 괴로운 심정이 황량한 배경과 대조되어 표현되어 있는 그림이다.

신한평의 <미녀도(美女圖)>는 괴석(怪石)을 배경으로 악기를 든 미인을 형상화하고 있다. 미인은 머리 형태나 옷차림을 통해 궁중이나 상층 신분의 여성으로 볼 수 있어 사녀도(土女圖)의 전통에 기반하고 있으며, 비파를 안고 있다는 점에서 왕소군으로 볼 수 있다. 따라서 이 그림은 사녀도의 전통과 왕소군 관련 회화의 전통이 습합되어 있으며, 황량한 흉노의 땅에서 고독하게 살아가는 왕소군을 형상화하고 있다고 할 수 있다.

왕소군과 관련된 그림을 당대 사대부들이 감상하였음을 다음의 제화시에서 확인할 수 있다.

작품명	작자	출생연도	출전	비고
명비출새도(明妃出塞圖)	주세붕	1495	무릉잡고(武陵雜稿)	
제왕소군도(題王昭君圖)	최연	1503	서정록(西征錄)	
명비출새도(明妃出塞圖)	이홍남	1515	급고유고(汲古遺稿)	2수
사하포인가벽상 유소군안비도 (沙河鋪人家壁上 有昭君按琵圖)	이호민	1553	오봉집(五峯集)	
소군출새도(昭君出塞圖)	김홍국	1557	수북정집(水北亭集)	
소군서자상대도(昭君西子相對圖)	정문부	1565	농포집(農圃集)	
영명비출새도(詠明妃出塞圖)	이경여	1585	백강집(白江集)	
차백강명비출새도운(次白江明妃 出塞圖韻)	최명길	1586	지천집(遲川集)	이경여 화답시
출새도(出塞圖)	김택영	1850	소호당집(韶濩堂集)	

　위에서 보면 <소군출새도(昭君出塞圖)> 또는 <명비출새도(明妃出塞圖)>로
명명된 그림이 5점, <출새도(出塞圖)>가 1점이며 <왕소군도(王昭君圖)> 1
점, <소군안비도(昭君按琵圖)> 1점, <소군서자상대도(昭君西子相對圖)> 1점
이다. 이 중 <소군출새도>, <명비출새도>, <출새도>, <왕소군도> 관
련 제화시에는 왕소군의 출새와 출새로 인한 왕소군의 괴로운 심정이 서
술되어 있으며 <소군안비도> 관련 제화시 또한 출새로 인해 흉노의 땅
에서 외로이 살고 있는 왕소군의 모습이 서술되어 있다. 그리고 왕소군과
서시가 함께 있는 <소군서자상대도> 관련 제화시는 출새와는 상관이 없
이 왕소군과 서시라는 아름다운 두 미인이 함께 그려져 있는 미인도에 관
해 서술되어 있다.
　따라서 우리나라에서도 중국의 역사서나 한시 등을 통해 왕소군 관련
작품들을 접하고 중국의 다양한 왕소군 관련 그림들이 전래되면서 왕소
군과 출새를 소재로 한 다양한 문학작품들과 그림들을 창작하여 왔음을
확인할 수 있다. 그리고 다수의 제화시를 통해 다양한 왕소군 관련 그림
들이 향유되어 왔음을 알 수 있다.

4. 〈소군출새도〉 관련 제화시의 양상과 특성

제화시는 그림에서 받은 감상을 서술한 것이기에 일반적인 시와는 다른 양상을 띨 수밖에 없다. 왕소군 관련 제화시 또한 왕소군의 시련을 직접적으로 표현하고 있는 〈소군출새도〉와 연관되어 있기에 일반적 시와는 다른 특성을 드러낼 수밖에 없다. 〈소군출새도〉와 관련된 시의 특징으로 가장 먼저 들 수 있는 것은 제화시의 작자가 바라보고 있는 〈소군출새도〉의 모습을 재현하는 장면화의 경향이다.

> 百兩氈車指北行   百兩의 가죽장막 수레가 북쪽으로 가는데,
> 胡沙獵獵暗秦京   오랑캐 땅에서 모래가 날려 연경이 보이지 않네.
> 可憐碧落一眉月   가련할사 푸르른 하늘의 한 조각달은
> 獨照紅顏萬里情   홍조 뺨 홀로 비추니 만리의 그리움이 이네.[19]

위 시에서 주세붕은 왕소군과 그 일행을 실은 백량의 가죽장막 수레가 북쪽으로 향하여 가고 있으며 모래바람 때문에 그리운 고향, 즉 연경은 보이지 않는다 하였다. 그리고 세상의 매서움을 모르는 홍안의 왕소군은 한 조각 달이 뜬 푸르른 하늘을 보며 떠나온 고향과 그리운 사람들을 그리워한다고 하였다. 따라서 이 시는 흉노의 땅으로 가는 왕소군의 모습을 눈으로 보듯이 상세히 표현하고 있는 것이다.

> 塞草蕭蕭塞雲秋   변방의 풀이 쓸쓸하니 구름낀 가을이 막힌 듯하고,
> 嶄截長城限夷夏   높은 장성은 오랑캐와 중국을 가르네.
> 朝登薄軀漢庭選   아침에 박복한 몸이 올라 한조정에 뽑히어,

---

19) 주세붕, 『武陵雜稿』, 〈明妃出塞圖〉.

暮先明恩胡地嫁　　저녁에 밝은 은혜를 먼저 입어 호지로 시집가네.
胡地嫁命如葉　　　호지로 시집가니 목숨이 이파리와 같네.
單于轔轔發曉駕　　새벽녘 선우의 수레가 덜컹덜컹 출발하니,
氈廬酪漿縱堪怨　　가죽 오두막에서 낙장을 먹으며 원한을 감당하기 바빠,
回望漢關千萬　　　돌아보니 한관이 천만리네.[20]

　위 시 또한 출새하는 왕소군의 모습을 형상화하고 있다. 가을을 맞아 시들어가는 풀과 구름 낀 하늘, 한의 경계에 우뚝 선 장성, 그리고 수레를 타고 가는 왕소군의 모습 등 한의 황성과는 전혀 다른 변방의 쓸쓸한 풍경과 출새하는 왕소군의 모습이 그림을 그리듯 세세히 묘사되어 있다.

　물론 왕소군의 출새를 형상화하고 있는 시에서 출새의 모습만이 묘사되어 있는 것만은 아니다. 출새 이후의 모습에 대해서도 묘사되어 있으며, 그 원인과 의미 등에 대한 서술도 이루어지고 있는 것이다. 그리고 묘사는 작자의 정서를 드러내는 효과적인 방법이기에 다른 시에서도 일반적으로 사용되기도 한다. 그러나 왕소군 관련 제화시에서는 그림과 관련이 없는 시보다 출새의 상황을 더욱 주목하여 묘사하고 있다는 것은 명확하다. 이는 곧 제화시의 작자가 <소군출새도>에 표현되어 있는 왕소군의 모습을 직접적으로 목격하고 있기에 일반적인 시적 형상화보다는 좀더 장면화의 양상을 보이는 것이라고 할 수 있다.

　왕소군 관련 제화시의 두 번째 특징으로 들 수 있는 것은 왕소군의 처지에 대한 깊은 동정이 표현되어 있다는 점이다.

琵琶畫中女　　비파를 안고 있는 그림 속 여인이,
知是漢昭君　　한나라 소군임을 알았다네.

---

20) 이홍남, 『汲古遺稿』, <明妃出塞圖 二首>.

所幸畫無聲　그림 속에 소리가 없는 것이 다행이니,
有聲那忍聞　소리가 있었다면 차마 어찌 들을 수 있었으리요.21)

　위 시는 이호민이 압록강변 사하포의 한 인가 벽에 걸린 〈소군안비
도〉를 보고 읊은 시이다. 이호민은 임진왜란에서 명나라의 원군을 청하
기 위해 요양(遼陽)에 간 바 있으며 1599년에는 사은사(謝恩使)로, 광해군이
즉위한 이후에는 고부청시청승습사(告訃請諡請承襲使)로 명나라에 다녀왔기
에 이 중 한 번의 사행 중에 창작된 것으로 볼 수 있다. 작자는 왕소군이
비파를 안고 있는 그림을 보면서 소리가 없어 다행이라 하였다. 자신의
의사와는 무관하게 흉노에 보내져 척박한 땅에서 살고 있는 왕소군의 심
정이 비파의 곡으로 표현되었다면 가슴이 아파 차마 들을 수 없었을 것인
데 소리가 없어 차라리 다행이라는 것이다.

漢庭貙虎列屯營　한나라 조정의 용맹한 장졸들이 줄지어 주둔하는데,
誰遺宮娥妄結盟　누가 궁녀를 보내 망령되이 화친을 맺었나.
沙漠生涯堪涕淚　사막에서 보낸 생애에 눈물을 흘릴 만한데,
琵琶怨恨尙分明　비파에 담긴 원한은 오히려 분명하구나.
謾傳延壽能移禍　부질없이 모연수에게 화를 전가했다고 적었으니,
獨悶荊公未解情　형공만이 정상(情狀)을 알지 못하였음을 안타까워하네.
靑塚千年冤不洩　천년 동안 청총이 억울함을 씻지 못하는데,
看圖此日意難平　오늘 그림을 보노라니 마음을 평정하기가 어렵네.22)

　최연의 〈제왕소군도〉는 동방규(東方虯)와 왕안석의 시를 바탕으로 창작
된 것이다. 작자는 동방규의 시를 중점적으로 점화(點化)23)하여 한나라 조

---

21) 이호민, 『五峯集』, 〈沙河鋪人家壁上 有昭君按琵圖〉.
22) 최연, 『西征錄』, 〈題王昭君圖〉.

정에 용맹한 장졸들이 많았음에도 흉노의 위협에 굴복하여 화친을 맺고
왕소군을 이역만리로 보낸 점을 비판하고 있다. 그리고 왕안석이 <명비
곡(明妃曲)>에서 사람의 마음과 모습이 그림으로는 온전히 표현할 수 없는
것인데 원제가 부질없이 모연수만 죽였다고 한 것은 잘못이며 사철 푸른
청총에서도 알 수 있을 것인데 왕소군의 형편과 마음을 몰랐다고 비판하
면서 왕소군의 슬픔과 고통에 공감하고 있다.

이러한 공감의 근원에는 피할 수 없었던 시련과 함께 한에 대한 충성심
이 자리잡고 있다. 동방규가 한나라 조정에 용맹한 장수들이 가득한데도
왕소군을 보내어 흉노와 화친하였다고 비판하고 있으나 실제로는 남흉노
와 북흉노로 분열되어 있다 하더라도 흉노는 한을 위협할 만큼 매우 강력
한 존재였으며 한나라는 흉노를 제압할 만한 힘을 갖지 못하였다. 따라서
원제는 남흉노의 호한야선우에게 왕소군을 보냄으로써 동맹을 맺고 흉노
의 분열을 꾀하였던 것이다.

이러한 시대적 정황 속에서 닥쳐온 불행을 왕소군은 운명처럼 묵묵히
받아들인다.

> 妾身至輕和戎重　　첩의 몸은 지극히 가볍고 화친의 조약은 중하니,
> 白登七日誠可怕　　백등산에서의 칠일을 진정 두려울 만하네.
> 如今慰彼畫中人　　지금도 저 사람을 위로하고자 하나 그림 속 사람이고,
> 漢亡不在夷手下　　한은 망하여 사라지고 오랑캐의 천하로다.[24]

이경여는 왕소군이 출새를 하게 된 것이 흉노와 맺은 화친의 약속을 지

---

23) 점화는 "선인의 시에 나타난 뜻을 쓰되 그 뜻의 어느 지점으로부터 변화를 가하여 자기의
　　시 작품에 쓰는 것"(윤인현(1998),「用事와 點化의 差異」,『韓國古典研究』제4집, 한국고전
　　연구학회, 310쪽)으로서 답습이 아닌 발전적 변화를 전제로 한 것이라 할 것이다.
24) 이홍남,『汲古遺稿』, <明妃出塞圖 二首>.

키기 위해서라 하였다. 만일 이를 지키지 않으면 강성한 흉노에 의해 나라가 어려움에 빠질 것이라고 하였다. 흉노를 공격하다가 백등산에서 칠일이나 포위를 당하여 고초를 겪었던 한 고조처럼 화친의 약속을 지키지 않으면 나라가 어려운 상황에 빠질 것을 두려워하였기에 왕소군은 출새를 하여 흉노의 땅에서 고통을 감내하였다는 것이다. 따라서 이경여는 왕소군을 위로하고자 하는 마음을 가지게 되었던 것이다.

왕소군 관련 제화시의 세 번째 특징으로는 왕소군을 실절(失節)한 존재가 아니라 절개를 지키며 고통을 감내하는 인물로 형상화하고 있다는 것이다. 절개를 지키며 고통을 감내하는 인물로 왕소군을 형상화하는 경향은 대부분의 중국 문학작품들에서 확인할 수 있다. 그러나 왕안석과 조맹부의 시와 같이 운명에 순응하여 살아가거나 더 나은 삶을 찾아 자발적으로 흉노로 갔음을 형상화하고 있는 시도 있다. 왕안석은 당대 사대부들이 이단시한 법가를 인정하고 행정을 근본적으로 개혁하여 부국강병을 이루려 하였으나 좌절하였으며 조맹부는 열네 살에 남송의 관리가 되었으나 26세인 1279년 남송이 멸망한 이후 원에 출사하여 위국공(魏國公)에 봉해졌다. 따라서 이들은 자신의 정치적 열망이 제대로 수용되지 않는 데 대한 불만을 표현하거나 이민족의 조정에 출사한 자신의 처세를 합리화하기 위해 왕소군을 이용하고 있는 것이다.

우리나라에서도 왕소군을 부정적으로 형상화하고 있는 시가 있다.

世間恩愛元無情　세간의 은혜와 사랑 원래 무정한 법,
未必氈城是異鄕　오랑캐 궁성이 반드시 타향은 아니지.
何似深宮伴孤月　차라리 깊은 궁궐에서 홀로 달을 짝한 채,
一生難得近君王　일생 동안 천자를 모시지 못하기보다 낫지.[25]

---

25) 이산해, 『鵝溪遺稿』, <王昭君>.

북인의 영수인 이산해는 원제가 찾아보지 않는 궁녀로 깊은 궁궐에서 늙어가느니보다 오랑캐 궁성에서 사는 것이 낫다 하였다. 세간의 은혜와 사랑이 원래 무정한 것이기에 오랑캐 궁성도 타향이 아니라 하였다. 호한 야선우가 전쟁에서 돌아오기 전 화장을 하는 모습을 표현함으로써 왕소 군과 남편인 호한야선우와의 사이가 나쁘지 않았다고 서술하고 있는 최 경창의 <소군원(昭君怨)>에서도 이러한 경향이 드러나 있다.

그러나 왕소군이 출새하는 모습이 표현되어 있는 <소군출새도>를 직접 적으로 보면서 서술하고 있는 제화시에서는 이러한 경향을 찾을 수 없다.

畫得昭君對西子	소군이 서시를 마주하는 그림을 얻었는데,
誰將筆法奪天成	누구의 필법인지 천연의 솜씨를 얻었네.
當年不有毛延壽	그 때 모연수가 없었다면,
應使胡兵作越兵	응당 오랑캐 병사기 월나라 병사가 되게 했으리.[26]

왕소군과 서시가 함께 그려지게 된 데에는 두 사람이 모두 절세의 미녀 로 이름이 났기 때문일 것이다. 그리고 작자 또한 그림이 천연의 솜씨로 이들의 미모를 잘 표현하였음을 찬양하고 있다. 그런데 작자는 모연수가 있었기에 오랑캐 병사가 월나라 병사가 되지 않았다고 하였다. 모연수가 절세의 미인인 왕소군을 못나게 그려 흉노로 보냈기에 원제가 정사를 잘 돌보았으며, 왕소군이 흉노로 갔기에 흉노가 한을 침략하지 않았을 것이 라는 것이다. 그런데 이 시가 임금의 명령을 어기고 일신의 영화만을 얻 으려 한 인물로 알려져 있는 모연수의 행위를 긍정하고 있다고 보기는 곤 란할 것이다. 모연수로 인해 왕소군이 출새를 하게 되었으나, 흉노족이 월 나라처럼 한을 침략하지 않은 것은 출새를 통해 시련을 감내한 왕소군 때

---

26) 정문부, 『農圃集』, <昭君西子相對圖>.

문이었던 것이다. 그리고 실제로 왕소군의 출새 이후 한은 50여 년간 전쟁이 없이 평화롭게 지냈으며, 남북으로 분열된 흉노는 결국 멸망에 이르게 된다. 따라서 이 시는 표면에 드러나 있지는 않으나 왕소군의 희생을 더욱 긍정하고 있다고 할 수 있다.

최연의 〈제왕소군도〉에서도 왕안석의 인식이 잘못이었음을 비판하고 있다.

漢庭貔虎列屯營	한나라 조정의 용맹한 장졸들이 줄지어 주둔하는데,
誰遺宮娥妄結盟	누가 궁녀를 보내 망령되이 화친을 맺었나.
沙漠生涯堪涕淚	사막에서 보낸 생애에 눈물을 흘릴 만한데,
琵琶怨恨尙分明	비파에 담긴 원한은 오히려 분명하구나.
謾傳延壽能移禍	부질없이 모연수에게 화를 전가했다고 적었으니,
獨悶荊公未解情	형공만이 정상(情狀)을 알지 못하였음을 안타까워하네.
靑塚千年寃不洩	천년 동안 청총이 억울함을 씻지 못하는데,
看圖此日意難平	오늘 그림을 보노라니 마음을 평정하기가 어렵네.[27]

위 시는 동방 규의 시를 일부 인용하면서 사막에서 보낸 왕소군의 생애가 눈물을 흘릴 만큼 고통스런 것이었음을 서술하고 있다. 왕안석은 〈명비곡〉에서 왕소군이 흉노로 가게 된 것은 그녀의 운명 때문이었으니 모연수를 죽음에 이르게 한 것은 잘못이며, 사람이 뜻을 잃으면 남쪽이나 북쪽이나 구분이 없으니 흉노에서의 삶이 가치가 없지 않다고 하였다. 그러나 최연은 천 년 동안 변하지 않고 있는 청총을 들며 그가 왕소군의 절개와 희생을 제대로 알지 못하였다고 강력히 비판하고 있는 것이다.

이러한 비판의 근저에는 충신연주지사(忠臣戀主之詞)의 당위가 놓여 있다.

---

27) 최연, 『西征錄』, 〈題王昭君圖〉.

아계 이산해는 왕소군을 노래한 시 두 절구를 지어 말하였다. <중략> 이것은 대체로 왕형공이 지은 <명비곡(明妃曲)> "한나라 은혜는 저절로 얕아지고 호왕의 은혜는 절로 깊어졌으니, 인생의 즐거움은 서로 마음을 알아주는 데 있네"라고 읊은 뜻을 도용하였을 것이다. 이 시는 의도가 너무 드러나서 마음의 소리임을 믿겠다. 나대경은 일찍이 형공의 이 시를 평하여 "마음을 알아주지 않는다고 신하가 임금을 배반할 수 있으며 아내가 그 남편을 버릴 수 있겠는가?"라고 하였고, 주자도 비평하여 "윤리를 어기고 도덕을 손상시켰다."라고 말하였다.[28]

홍만종은 임금이 알아주지 않는다 하여 신하가 임금을 배반할 수 없으며 아내가 남편을 저버릴 수 없다 하였다. 사대부들이 바라보는 사랑의 모습은 절대적인 것이며 불변의 것이어야 했다. 따라서 흉노에서의 생활이 힘겨울지라도 자신을 흉노로 보낸 원제와 한을 원망하고 자신을 돌봐주는 흉노의 은혜에 감읍하는 것은 있을 수 없는 것이었다. 따라서 홍만종은 흉노의 삶에 만족하고 있는 왕소군을 시화하고 있는 왕안석과 이를 다시금 긍정하고 있는 이산해를 신랄하게 비판하고 있는 것이다.

사대부들에 있어 어느 날 갑자기 찾아온 불행과 이로 인한 고통은 묵묵히 감내해야 하는 것이며 스스로를 수련하는 계기로 삼아야 했다.

한(漢) 이래 중국에서 멀리 흉노족에게 시집간 이가 한두 명이 아니거늘, 예부터 시인들이 명비(明妃)의 원망을 유독 애달파한 이유는 어디에 있는가? 명비가 절세미인이나 화가의 붓질 아래 예쁘고 추한 것이 뒤집혀 이역 땅으로 잘못 시집가게 되었으니 슬퍼하기 족해서라. 뜻있는 선비가 때

---

28) 홍만종, 『小華詩評』卷下 제4화.
 "鵝溪有咏昭君二絶曰 <中略> 此蓋窃王荊公明妃曲 漢恩自淺胡恩深 人生樂在貴知心之意 而李詩辭意太露 信乎言志心之聲也 羅大經嘗評荊公此詩曰 心不相知 臣可以叛其君 妻可以棄其夫乎 朱子亦有評以爲 悖理傷道云."

를 잘못 만나 참언에 걸려 멀리 추방당한 이들 중, 왕소군의 일에 뜻을 표
현하며 노래를 지어 부른 자가 몇이나 되는지 헤아릴 수 없도다.[29]

　사림의 등장 이후 한정된 관직을 차지하기 위한 양반 계급 내부의 투쟁
은 더욱 치열해지고 관료 집단에 대한 견제와 통제를 통해 왕권을 강화하
려는 국왕의 의도가 맞물려 잦은 사화를 통한 정권 교체가 이어졌다. 이
로 인해 사대부들은 출사와 유배를 반복하는 격심한 부침을 겪었으며, 특
정 학맥과 당파에 속하지 못한 양반들은 권력의 근처에도 가 보지 못하고
향촌에만 머무르는 경우도 발생하게 되었다. 따라서 뛰어난 미모와 나라
를 생각하는 아름다운 마음을 지녔음에도 흉노의 땅에서 불행한 삶을 살
수밖에 없었던 왕소군은 능력을 펼칠 기회조차 갖지 못해 상심에 젖어있
는 사대부들의 모습과 유사한 측면이 있었다. 그리고 어떠한 시련에도 한
에 대한 충성심을 잃지 않고 있는 왕소군의 모습은 정치적 격변 속에서
스스로를 연마하며 후일을 도모하는 사대부들의 모습과 닮아 있었다. 따
라서 당대의 사대부들은 왕소군의 이야기를 형상화한 그림을 감상하고
시화하면서 왕소군의 시련에 공감하였고, 자신에게 닥친 시련을 감내하려
하였던 것이다.

---

29) 임수간, 『遯窩遺稿』, 〈趙子昂明妃出塞圖跋〉.
　　"自漢以來. 天家帝子之遠嫁匈奴者非一二計. 自古詩人偏傷明妃之怨者. 其意安在. 盖明妃以絶
　　代之姿. 丹青之下. 姸媸反覆. 誤嫁絶域. 有足悲者. 而志士之不遇於世. 罹讒遠放者. 託意明君
　　之事. 發爲歌詠者不知幾人."

5. 맺음말

회화와 시는 깊은 관련을 맺으며 향유되어 왔다. 따라서 예술의 두 영역이 깊은 관련을 맺으며 향유되어 온 만큼 하나의 영역에 국한하기보다는 탈경계인문학적 성격을 감안하여 이해할 필요가 있다. 또한 중국의 회화와 문학이 우리나라로 전래되어 향유되는 과정에서 의미의 탈각과 추가, 새로운 의미의 발생이 이루어지는 문화횡단적 성격을 띠게 된다. 따라서 이러한 양상을 총체적으로 감안하여 이해하는 문화어문학적 시각이 필요하다.

본 논의는 왕소군의 출새를 그린 <소군출새도>가 중국에서 우리나라로 어떻게 수용되어 왔으며 관련 제화시의 양상과 문화적 의미는 어떠하였는가를 밝히고자 하였다. <소군출새도>는 북송대부터 회화의 소재가 되기 시작하였는데 출새 자체만을 주목하여 그린 그림과 출새 이후의 삶을 주목하여 그린 그림으로 구분할 수 있다. 전자의 경우 출새의 순간을 사실적으로 재현하고 있는 유형과 왕소군의 슬픈 정서를 부각시키고 있는 유형으로, 후자의 경우 왕소군의 슬픔을 부각시키고 있는 유형과 호지에서 적응하여 살고 있는 모습을 부각시키고 있는 유형으로 구분할 수 있다.

우리나라에서도 <소군출새도>가 전래되어 관련 회화가 제작되었으며 제화시 창작이 이루어져 왔음을 확인할 수 있다. <소군출새도>와 관련된 제화시의 가장 두드러진 특징으로는 첫째, 출새에 대한 장면화가 두드러진다는 점이다. 이는 출새가 묘사된 그림을 직접 시화하고 있기에 드러난 특징이라 할 수 있다. 둘째, 왕소군의 처지에 대한 깊은 동정이 표현되어 있다는 점이다. 이러한 공감의 근원에는 왕소군이 보여 준 한에 대한 충성과 절개가 있다. 사대부들은 정치적 격변과 부침 속에서 왕소군의 모습에 깊이 공감하며 자신들과 유사한 상징으로 왕소군을 인식해 왔던 것이다. 셋째, 절개를 지키며 고통을 감내하는 인물로 왕소군을 형상화하고 있다는 점이다. 이는 우리나라에서 왕소군의 출새가 한에 대한 충성으로 인식되어 왔으며 출새를 통한 슬픔과 고통이 표현된 그림을 직접적으로 대면하고 있기 때문이라 할 수 있다. 사대부들은 한에 대한 절개를 지키는 왕소군의 모습을 통해 변하지 않는 충신연주지사의 모습을 발견하고 스스로를 단련해 왔던 것이다.

왕소군 관련 이야기가 근대에 이르기까지 다양하게 전승되고 있기에 본 연구는 관련 전승을 해명하는 사전 논의뿐만 아니라 한중 문학의 교류를 해명하는 차원에서도 의미가 있을 것이다.

참고문헌

조선왕조실록(http://sillok.history.go.kr)
청경우독(http://blog.daum.net/songchen)
한국고전종합DB(http://db.itkc.or.kr)

경북대학교 국어국문학과 영남지역 문화어문학 연구인력양성사업단, 『문화어문학이란 무엇인가』, 커뮤티케이션북스(주), 2015.
김용규, 『혼종문화론 : 지구화 시대의 문화연구와 로컬의 문화적 상상력』, 소명출판, 2013.
김소영, 「郭沫若의 <三個叛逆的女性> 硏究」, 청주대학교 대학원 석사학위논문, 2004.
문선주, 「조선시대 중국 仕女圖의 수용과 변화」, 『美術史學報』 제25호, 미술사학연구, 2005.
박효숙, 「郭沫若 歷史劇 『三個叛逆的女性』 硏究」, 이화여자대학교 대학원 석사학위논문, 1998.
손대현, 「채문희 관련 문학적 형상화와 그 의미」, 『국어국문학』 제164호, 국어국문학회, 2013.
여운필, 「韓國漢詩의 王昭君 故事 受容樣相」, 『韓國漢詩硏究』 제9집, 한국한시학회, 2001.
유미나, 「오랑캐의 포로 그리고 失節─<文姬別子圖>를 보는 조선후기 문사들의 시각─」, 『石堂論叢』 제52집, 동아대학교부설 석당전통문화연구원, 2012.
윤인현, 「用事와 點化의 差異」, 『韓國古典硏究』 제4집, 한국고전연구학회, 1998.
윤호진, 「韓中日 漢詩에 나타난 人物形象에 관한 比較硏究─王昭君 詩에 드러난 王昭君 形象을 中心으로─」, 『南冥學硏究』 제13집, 경상대학교 남명학연구소, 2002.
이소현, 「王昭君 故事의 변천과정 硏究」, 동국대학교 교육대학원 석사학위논문, 2004.
이택동, 「朝鮮後期의 政治現實과 王昭君 素材 詠史詩」, 『한국고전연구』 제9집, 한국고전연구학회, 2003.
이홍주, 「조선시대 宮中 彩色人物畫에 보이는 중국 院體 人物畫의 영향」, 홍익대학교 대학원 석사학위논문, 2006.
전보옥, 「중국 서사시의 고사 성립 배경 고찰(Ⅱ)─昭君出塞故事를 중심으로」, 『중국어문학논집』 제15집, 중국어문학연구회, 2000.
정운채, 「왕소군 고사 수용 한시에 나타난 충신연주지사의 심리적 특성」, 『古詩歌硏究』 제5집, 한국고시가문학회, 1998.
한상덕, 「王昭君 形象의 變容과 그 意義 硏究─郭沫若과 曹禺의 同名史劇 「王昭君」을 중심으로」, 『세계문학비교연구』 제23집, 세계문학비교학회, 2008.

경상지역 사찰의 『보권염불문』 간행과
불교가사 향유*

최 형 우 | 경북대학교 국어교육과 조교

1. 문화어문학과 지역 불교

종래 불교문학에 대한 연구에서 특정 지역을 주목한 경우는 많지 않다. 우리 문학에 영향을 미친 중요한 사상적 기반으로 불교가 주목된 경우는 많았지만, 불교문학 자체는 아직까지 학문의 변두리에 머물러 있는 실정이다. 이 가운데 지역 불교를 중심으로 향유된 문학 작품에 대해 주목한 경우는 거의 없는 것이 현실이다.[1] 이러한 현상은 근대 민족주의 중심의

---

* 이 글은 최형우(2017), 「18세기 경상지역 사찰의 『보권염불문』 간행과 수록 가사 향유의 문화적 의미」(『열상고전연구』 60, 열상고전연구회)라는 논문을 저서의 목적에 맞게 수정하고 다듬은 것이다.

1) 물론 불교가사의 작자인 특정 승려와 그가 주석하였던 특정 사찰을 주목한 선례는 더러 있다. 이러한 선행의 논의들은 특정 사찰을 중심으로 한 지역이 다루어지기는 하였으나, 이러한 지역적 특성이 본격적으로 영향을 미친 것은 아니기 때문에 본 논의에서 주목하고자 하는 '지역'과 동일한 것은 아니다. 대표적인 선행 논의들은 아래와 같다.
   김종진(2004), 「1850년대 불서간행운동과 불교가사」, 『한민족문화연구』 제14집, 한민족문

학문 동향은 물론, 특정 종교에 국한된 문학 활동이라는 학계와 사회의 인식에서 비롯된 것이라고 할 수 있다.

사실 학계나 사회적으로 지역 불교가 관심을 받은 것은 주로 건축, 회화 등의 측면에서이다. 불교의 예술과 건축은 일찍부터 그 문화적 우수성을 인정받아 왔다.[2] 특히 본 논의에서 주목하고 있는 경상지역 사찰인 예천 용문사, 신녕 수도사, 대구 동화사, 합천 해인사의 경우에도 각각 '윤장대', '노사나불괘불탱', '아미타극락회도', '고려대장경' 등을 포함하여 다양한 문화유산들이 남아 전하며, 이러한 유산들의 문화적 가치를 인정받고 있다.

본 논의에서 주목하고자 하는 것은 이러한 지역 불교의 가사 향유 활동이다. 사찰의 사회·문화적 활동 가운데 문학 활동은 사찰 구성원들의 수행, 포교에 중요한 역할을 하였다는 점에서 주목되어야 하는 부분이라고 할 수 있다. 특히 조선 후기에 크게 유행하여 현재까지도 법회 및 齋 가운데 연행되고 있는 '불교가사 향유'의 경우 고전 문화의 현대적 계승과 관련된 중요한 부분으로 불교의 문학 활동 가운데 현재 확인할 수 있는 가장 크고 중요한 부분이라고 할 수 있다.

이러한 의미에서 최근 주목받고 있는 '문화어문학'[3]은 논의의 중요한 키워드가 된다. 문화어문학적 접근 방식 가운데 하나가 바로 '지역 문화

화학회.

김종진(2009), 「<권왕가>의 작가 복원과 만일염불회」, 『불교가사의 계보학, 그 문화사적 탐색』, 소명출판.

최형우(2015), 「남호영기의 가사 창작과 모연의도의 문학적 형상화」, 『어문론총』 제65집, 한국문학언어학회.

2) 현재 한국에는 많은 불교 문화 유산이 문화재로 지정되어 있다. 이 가운데 석굴암이나 팔만대장경 판전이 현재의 기술로도 해체, 복원이 불가능하다는 점만 통해 보더라도 당시 불교 문화의 우수성을 확인할 수 있다.

3) 정우락·백두현 외 3인(2015), 『문화어문학이란 무엇인가』, 커뮤니케이션북스

의 재발견'이다.

　　역사학에서 미시사적 연구는 중앙과 제도보다 지역과 생활을 주목한다. 이것은 문화어문학이 지역의 구체적이며 특수한 문화를 소중하게 생각하고 있다는 의미이다. 지역 문화가 '특정 지역'에서 '특정한 사람들'이 만들어낸 '특수한 문화'이기 때문이다. 이러한 지역문화의 성격을 염두에 두면서 우리 학계는 1980년대 후반부터 지역학에 다양한 관심을 보여 왔고, 이에 대한 연구 성과 역시 괄목할 만하다. 이러한 학술적 성과를 적극적으로 수용하면서, 중앙과 비교되는 지역 문화의 성격과 특성, 배경 등을 어문학적 측면에서 다룰 수 있을 것이다.[4]

　위와 같은 시각을 통하여 종래 저평가되었던 지역의 문학 활동과 이 가운데 향유된 문학 작품이 가지는 본래 가치가 정확하게 밝혀질 수 있을 것이다. 특히 이러한 지역 문화에 대한 재발견은 결국 가장 지역적인 것, 가장 한국적인 것이 문화 교섭을 통하여 형성된 보편성에 기반한 세계화로까지 이어지게 되는 것이다. 특히 불교는 사상, 심리, 문화의 측면에서 이미 세계적인 보편성을 획득하고 있다. 이 가운데 불교 문학 역시 가장 지역적이고, 한국적인 문화적 의미에 대한 접근이 우선적으로 필요한 것이다.

　이 글에서는 이러한 점들을 전제로 경상지역에서 간행된 『대미타참략초요람보권염불문(大彌陀懺略抄要覽普勸念佛文)』(이하 『보권염불문』)을 주목하고자 한다.[5] 이 서적은 18세기 경북 예천 용문사에서 처음 간행, 유통된 것

---

4)　정우락·백두현(2014), 「문화어문학 : 어문학에 대한 문화론적 혁신」, 『어문론총』 제60집, 한국문학언어학회, 29쪽.

5)　본 연구의 대상은 『보권염불문』 용문사판(1704), 수도사판(1741), 동화사판(1764), 해인사판(1776)과 더불어 해인사에서 1776년 간행된 『신편보권문』까지 포함한 것이다. 또한 경상지역 외에 황해도 흥률사판(1765), 평안도 용문사판(1765), 전북 선운사판(1787)의 경우

이다. 특히 불교가사를 수록하고 있는 원전 중 가장 이른 시기의 것이며, <서왕가>, <인과문>, <회심가> 등 3편의 불교가사 작품을 수록하고 있어 불교가사의 향유에 중요한 정보를 담고 있는 원전이다. 이 원전이 간행된 경상 지역의 사찰은 예천 용문사 외에 영천 수도사, 대구 동화사, 합천 해인사이다. 이들 사찰은 18세기 『보권염불문』 발간을 비롯하여 다양한 불사(佛事)가 이루어졌으며, 지역사회에서도 중요한 위치에 있던 사찰들이다. 이러한 불사를 수행하기 위하여 이루어진 사찰의 다양한 문화 활동들과 이 가운데 이루어진 불교가사 향유의 문화적 의미를 확인하고자한다.

2. 조선 후기 불교계와 사찰 운영

임진왜란과 병자호란은 조선 전기까지 구축되었던 정치, 사회, 문화적 기반을 송두리째 바꿔놓았다고 할 수 있을 정도로 당대인들에게 많은 영향을 미쳤다. 이 가운데 가장 심각한 것은 전쟁으로 인하여 생활의 터전이 대부분 파괴되었다는 점이다. 전쟁으로 인하여 국토가 황폐화되었으며, 생산 활동을 하여야 할 많은 인구가 죽거나 실종되어 정상적인 생활이 사실상 불가능한 지경에 이르렀던 것이다. 불교 사찰 역시 예외가 아니었으며, 전란으로 인하여 많은 사찰이 전소되거나 파괴되었으며, 승려들이 죽거나 실종되었다.

전란 이후 불교는 이러한 전란의 피해를 복구하고 사찰 운영의 정상화를 위한 다양한 불사 활동을 전개하였다. 특히 승려들은 무너진 사찰을

논의의 주된 자료로 활용하지는 않으나 가사의 향유 및 유행과 관련된 차원에서 보조적으로 활용하였다.

복구하고, 불화, 불구, 불상 등을 제작, 안치하는 등 사찰 공간을 새롭게 정비하는 불사활동에 적극적이었다. 이는 전란 이후 불교에 대한 사회적 인식의 전환이 뒷받침되었기에 가능한 것이었다. 전란 당시 전국 각지에서 승군을 조직하여 왜구를 격퇴한 사실은 제한적이나마 불교에 대한 인식이 긍정적으로 변할 수 있는 충분한 조건이었다.6)

또한 연이은 전란은 이를 겪는 대중들에게 죽음에 대한 두려움을 심어주기에 충분하였다. 전쟁을 겪으며 가족, 친지가 죽거나 실종된 경우는 물론 전쟁 후에도 황폐화된 국토에서 굶어 죽거나 전염병 등으로 죽는 경우가 부지기수였다. 이러한 가운데 살아남은 사람들은 역시 죽음의 문제에 늘 직면해 있었다고 할 수 있다. 불교는 이러한 점들을 중심으로 대중들과 소통하였으며, 민중들을 대상으로 교세를 확장하여 나갔다.

이 시기 폐허가 된 사찰을 복구하는 것 이상으로 중요하였던 것은 각 사찰의 정통성을 확립하는 일이었다. 사찰의 파괴는 단순히 물적 피해에만 그치는 것이 아니라 이전까지 보존해왔던 불교문화가 모조리 사라지는 것을 의미한다. 또한 이전 시기까지 이어졌던 법맥이 수많은 승려들의 사망, 실종과 더불어 사라질 위기에 처하였던 것이다. 그렇기 때문에 사찰은 그들의 정통성을 내세울 수 있는 법맥을 정비하는 것이 반드시 필요한 사항이었다.

『불조종파지도』(1688(숙종 14), 월저도안)에서와 같이 불교의 법맥이 태고보우(1301-1382) 중심으로 정리된 것이 이 시기이다. 이와 같은 과정 속에서 나옹혜근(1320-1376) – 무학자초(1327-1405) – 함허기화(1376-1433)로 이어

---

6) 이러한 불교에 대한 인식 변화는 제도의 변화로도 이어졌다. 특히 전란 이후 승려에 의한 사유 전답이 생겨나게 되었는데, 1674년 승려의 개인 재산을 상속할 수 있도록 규정하고, 1739년 『新補受敎輯錄』에서는 승려들의 재산 상속을 공식화하였다. 또한 임진왜란 때 총섭직이 다시 부활한 이후 국가의 대규모 건축 사업 등을 위하여 이 제도가 활용됨으로써 국가로부터 제한적이나마 불교가 허용되었음을 확인할 수 있다.

지는 법맥은 불교사의 별종으로 취급받게 되었으며,[7] 조선 중기 이후 막강한 영향력을 미쳤던 청허휴정 역시 태고보우의 적통을 이어받은 것으로 정리되었다.[8] 청허와 함께 부용영관(1485-1571)에게서 수학한 부휴선수(1543-1615) 법맥이 대두되면서 각 사찰은 주도적 위치에 있던 승려들의 사승관계를 중심으로 정체성을 정립하여 이를 한민족 불교의 적통이라고 주장하였던 것이다.

승려들의 문집 출간이 18세기에 이르러 폭발적으로 증가하게 된 것 역시 이러한 흐름과 관련이 있다. 승려의 문집은 승려들이 사대부들이나 다른 승려들과 교유하는 가운데 만들어진 시문들을 제자들이 엮어 출간하는 형태로 만들어졌다. 즉, 이러한 문집의 간행은 각 사찰이나 승려 집단의 법파(法脈)의식과 깊은 관련을 가지고 있으며, 이러한 문집의 유통을 통하여 지역적으로 사찰의 세를 더욱 공고히 하는 역할을 하였던 것이다.

이러한 불사활동은 막대한 경제력을 전제로 하는 것이었다. 또한 특정 대규모의 불사가 전개되는 것이 아니라고 하더라도, 예불 활동이나 포교 활동 및 승려들의 수행활동 등 일상적인 활동을 위해서도 사찰의 경제력이 어느 정도 확보되어야 하였다. 즉, 조선 후기 승려 집단의 의식을 표출하는 대부분의 활동에는 '경제력'이라는 현실적인 문제가 내재될 수밖에 없었으며, 조선 후기 사찰은 경제력 확보라는 현실적 측면에서의 목표를 위하여 다양한 불사활동을 전개하였다.

조선 후기 사찰의 운영에 중요한 부분을 담당하였던 활동들은 승려들

---

7) 이종수(2016), 「18세기 불교계의 동향과 송광사의 위상」, 『보조사상』 제45집, 보조사상연구원, 108-112쪽 참조.

8) 조선 후기 법맥의 정비와 종파의 분화는 아래의 논의들을 참고할 만하다.
이용윤(2014), 「조선후기 영남의 불화와 승려문중 연구」, 홍익대 박사논문.
이종수(2016), 「18세기 불교계의 동향과 송광사의 위상」, 『보조사상』 제45집, 보조사상연구원.

의 계(契), 대중의 시납(施納)을 위한 모연(募緣)활동, 사찰의 생산 활동 등이
다.9) 특히 각종 불사를 진행하기 위해서는 단기간에 많은 경제력을 필요
로 하는데, 승려들의 계(契)나 모연활동은 이러한 경제력 확보에 적합한
활동이었다. 이들 두 활동들은 성격이나 모금의 방식 등이 서로 다르지만,
단기간에 집중적으로 경제력을 확보할 수 있다는 점에서 공통점이 있다.

조선 후기 승려들의 계(契)는 기록으로 확인 가능한 것만 260여 건이 넘
는다.10) 이 가운데 80%에 달하는 계(契)가 불사를 위한 것으로11) 사실상
조선 후기 승려들의 계(契)가 각종 불사를 치르기 위한 중요한 경제력 확
보 방안이었음을 확인할 수 있다. 물론 이러한 계 활동은 불사에만 국한
된 것은 아니었으며, 신앙심의 증진이나 교육활동, 친목 도모 등 다양한
목적으로 이루어졌다. 결국 이러한 계의 결성은 수행 및 신앙공동체의 차
원과 현실적인 측면에서의 경제력 확보 차원이 동시에 고려되는 가운데
이루어진 것이다.

모연(募緣)활동은 '인연을 모은다'는 폭넓은 의미로도 활용되지만, 신도
나 대중들에게 해당 불사의 당위성과 불교의 가르침을 전파하여 대중들
이 시납(施納)을 하도록 유도하는 활동들을 지칭한다. 이러한 모연활동은
현재까지도 사찰문화권에서 지속되고 있는 활동 중 하나이며, 고정적인
경제력을 확보할 수 없었던 조선시대의 경우 활발하게 이루어졌던 것으
로 보인다. 특히 이러한 모연활동은 조선 후기 불교가사의 성행과도 밀접

---

9) 조선 후기 사찰경제에 관련된 내용은 최형우(2015), 「남호 영기의 가사 창작과 모연의도
의 문학적 형상화」, 『어문론총』 제65집, 한국문학언어학회에서 정리한 바 있다.

10) 한상길(2011)(「조선 후기 사원의 불사와 사찰계」, 『한국선학』 제28집, 한국선학회)에 의해
서 정리된 승려들의 契는 총 264건이다. 하지만, 조선 후기 사찰의 경제적 상태나 경제력
확보 방안의 가변성을 고려하여 본다면, 실제로 승려들의 契는 훨씬 더 성행하였을 것으
로 보인다.

11) 한상길, 앞의 글, 204쪽.

한 관련을 가지고 있는 것으로,[12] 대중들의 기호를 반영한 대표적인 경제력 확보 활동이라고 할 수 있다.

지역의 사찰들 역시 이러한 활동들을 기본으로 하여 불사를 진행하였음은 당연하다. 여기에서 중요하게 전제되어야 하는 것이 불사를 목적으로 한 포교활동이 기본적으로 해당 사찰의 근처 문화권이 중심이 되었다는 점이다. 물론, 본 연구의 대상이 되는 사찰 가운데 용문사, 동화사, 해인사는 조선시대 내내 그 사격(寺格)이 굉장히 높았던 사찰들이다. 따라서 왕실이나 중앙 세력의 영향력이 어느 정도 영향을 미쳤다고 할 수 있으나, 당시의 교통여건을 고려해 볼 때, 불사를 위한 모연활동은 기본적으로 사찰 근교 지역이 중심이 될 수밖에 없었다.

3. 경상지역 사찰 불사와 『보권염불문』 간행

이제 범위를 좁혀 경상지역 사찰의 불사활동과 이러한 활동 가운데 『보권염불문』 간행과 관련된 사항들에 주목하고자 한다. 18세기 경상지역 사찰의 불사활동은 대체로 앞서 논의한 조선 후기 불교계의 동향을 상당수 반영하고 있다. 『보권염불문』의 간행은 불교가사의 유행과 유통에 있어 상당히 중요한 지점에 있다. 그만큼 『보권염불문』의 간행과 관련된 당시 지역 사찰의 동향은 문학적, 문화적으로 중요한 의미를 가지는 것이다. 본 장에서는 이러한 네 사찰의 『보권염불문』 간행을 당시의 사찰 운영과 관련된 측면에서 살펴보고자 한다.

---

12) 최형우(2016), 「불교가사의 연행과 사설 구성 방식 연구」, 경북대 박사논문.

1) 18세기 경상지역 사찰의 불사활동

'용문산 용문사', '팔공산 수도사', '팔공산 동화사', '가야산 해인사'는 모두 임진왜란의 피해를 극심하게 입은 후 중창이 이루어졌다. 하지만 해당 사찰의 경제적 규모는 동일하지 않았는데, '용문사', '동화사', '해인사'가 상당한 규모의 경제력을 바탕으로 다양한 불사가 이루어졌음에 비해 '수도사'의 경우 다른 사찰들에 비해 그 규모가 훨씬 작았던 것으로 보인다. 특히 '수도사'의 경우 다른 세 사찰에 비해 사찰의 운영과 관련된 자료가 극히 일부분밖에 남아 전하지 않는다는 점 역시 다른 사찰과의 경제적 규모 차이를 짐작해 볼 수 있는 부분이다.

이들 네 사찰 모두 임진왜란 이후 법당의 중수에 힘썼다. 이러한 법당의 중수는 불상의 제작, 안치, 탱화의 제작 등으로 이어지게 되었는데, 17-18세기는 이러한 법당의 중수 및 불상, 탱화의 제작이 상당히 활발하게 이루어졌던 시기라고 할 수 있다. 다만 시기적으로 볼 때, 기본적으로 종교 활동에 필요한 공간인 법당이 먼저 중수되고, 이어 불상, 탱화가 제작되는 것이 일반적인 순서였던 것으로 보인다. 물론 사찰에 따라 화재 등을 이유로 법당이 새로 중수되거나 새로운 법당을 만드는 등의 활동이 지속적으로 전개되기도 하였다.

이러한 사찰의 중수가 지속적으로 이루어지는 가운데, 각각의 사찰은 점차 특정 법맥의 중심 사찰로 발전하여 나가게 된다. 18세기 불교계는 청허휴정 계열의 법맥과 부휴선수 계열의 법맥을 큰 틀로 세부적으로 분파되었는데, 경상지역은 주로 청허휴정 계열이 중심이 되었다. 청허휴정 계열의 법맥은 다시 사명계, 소요계, 정관계, 편양계의 4대 문파로 갈라지는데, 용문사, 동화사, 해인사 등의 사찰은 주로 사명계와 편양계가 주를 이루었던 것으로 보인다.

18세기 용문사, 동화사, 해인사 등은 상봉정원(1627-1709)의 후손들이 중심이 되었던 사찰이라고 할 수 있다.[13] 상봉정원의 승탑이 용문사, 동화사에 세워진 것만 보더라도[14] 이들 사찰에 상봉정원의 영향력이 상당하였음을 알 수 있다. 특히 이 시기 동화사의 기성쾌선(1693-1764)이나 해인사의 호은유기(1707-1785) 역시 편양문파의 승려로 용문사, 동화사, 해인사 등지에서 강학활동을 하였다. 이러한 점들을 통해 볼 때, 당시 네 사찰은 청허계열, 특히 편양문파를 중심으로 불사활동이 활발하게 이루어졌으며, 각종 전적의 발간 역시 편양문파의 경향성이 반영된 가운데 이루어진 것이라고 할 수 있다.[15]

용문사나 동화사, 해인사의 경우 국가적으로도 지위가 비교적 높았던 사찰이었기 때문에[16] 사찰의 중창과 관련된 불사들이 활발하게 일어났던

---

13) 물론 이들 사찰의 운영에 주도적인 역할을 한 승려들이 모두 편양계의 승려들이라는 것을 의미하는 것은 아니다. 18세기 이들 사찰의 각종 불사 및 전적 발간에 편양계 승려들이 다수 분포하여 있으며, 편양계 승려들의 진영이 다양하게 제작되어 안치되었다는 점 등을 토대로 이들 사찰의 18세기 불사에 편양계 승려들이 중심적인 역할을 하였다는 것이다. 일례로 사명계 승려 가운데 松坡覺敏(1596-1675)은 해인사 및 용연사, 직지사 등에서 주석하였으며, 그의 비 건립에 해인사, 동화사의 주지들도 참여하고 있다. 또한 송파각민의 제자 東雲慧遠의 문도 義英, 天順, 紅雨 등이 동화사의 여러 가지 불사에 증명, 화주, 시주자 등으로 참여하고 있다는 점을 통해 이들 사찰이 편양계 승려들만을 중심으로 운영된 것이 아님을 알 수 있다. 하지만, 18세기 사명문파의 세력이 급격하게 약화되는 가운데, 雪松演初(1676-1750)와 같이 사명과 편양을 모두 계승한 인물이 활약하면서, 자연스레 편양문파가 중심 세력으로 성장하게 된 것이다.
이상 이용윤(2014), 「조선후기 영남의 불화와 승려문중 연구」, 홍익대 박사논문.
14) 상봉정원은 경기도 지평 용문사에서 입적하였다. 화장한 영골 및 영주, 사리 등으로 대구 동화사, 청주보살사, 지평용문사, 예천용문사에 승탑이 세워졌다.
15) 수도사의 경우 현전하는 자료가 극히 적기 때문에, 당시 사찰의 운영에 중심이 되었던 문파를 찾기가 어렵다. 하지만, 1704년 이루어졌던 <노사나불괘불탱> 조성 불사에 낙암의 눌이 참여하고 있다는 점에서 편양문파의 영향력을 짐작할 수 있다.
16) 용문사는 1478년(성화 14)에 소헌왕후의 태실을 봉안하고, 1783년(정조 7)에 문효세자의 태실을 봉안하였던 사찰이며, 인빈궁의 원당이기도 하였다는 점에서 국가로부터의 보호가 이루어졌음은 물론 조선시대 사찰 가운데 상당히 그 지위가 인정되었던 곳이라는 점을 알 수 있다. 동화사는 임진왜란 때 전소되었으나, 임진왜란 당시 승병들을 모집, 훈련시켰던

것으로 보인다. 각 사찰의 18세기 법당 중수와 관련된 사항들을 정리하면
아래와 같다.

[표 1] 18세기 용문사, 동화사, 해인사의 법당 중수 현황

사찰명	중건사항	중건연대	비고
용문사	대장전 중수	1767	
	응진전, 만세루 중수	1785	
동화사	대웅전 및 요사채 등 사찰 중창	1732	1725년 화재로 인한 중수
해인사	사찰 중창	1743	화재로 인한 중수
	사찰 중창	1763	화재로 인한 중수
	사찰 중창	1780	화재로 인한 중수

용문사의 경우 17세기 집중적으로 법당의 중건활동이 이루어져 1차적
으로 사찰의 정비가 완료된 이후 18세기 대장전, 응진전, 만세루 등이 중
건되었다. 이러한 부분적 법당 중수는 19세기에도 그대로 이어져 현재에
까지 이르고 있다. 동화사와 해인사 역시 임진왜란 이후 대대적인 중창
사업이 이루어졌던 것으로 보인다. 실제 동화사의 경우 1605년(선조 39)
사명대사에 의해, 1669년(현종 10) 상은대사에 의해 중창이 이루어지며, 전
란 이후 사찰의 복구가 일차적으로 완료되었다고 할 수 있다. 또한 해인
사 역시 1488년(성종 19)에 사찰의 규모가 크게 확장되었으며, 전란 이후
에도 이미 1695년(숙종 21), 1696년(숙종 22)에 대규모 중창이 이루어져 전
란으로 입은 피해가 일차적으로 복구되었음을 알 수 있다.
　수도사의 경우도 마찬가지였을 것으로 생각되지만, 수도사의 경우 임란

사찰이었다는 점에서 그 지위를 인정받았던 것으로 보인다. 또한 해인사는 '대장경'을 보
관하고 있는 사찰이라는 점만 통해 보더라도 상당히 중요한 위치에 있었던 사찰임을 확인
할 수 있다.

이후 17세기의 뚜렷한 중건 기록이 없다. 다만, 18세기에 화재로 본래 있던 사찰이 불탄 이후 두 차례 위치를 옮겨 현재의 자리에 중건되었음은 현재 남아 전하는 「수도암이건기(修道庵移建記)」를 통해 확인할 수 있다.

> 임오년 화재가 있은 후, 산인 위순(偉順)이 다시 중창하였으나, 폭포 아래의 새로운 터가 좁고 왜소하여 대중을 받아들이지 못하여, 점차 황폐해지기에 이르렀다. <중략> 관찰사 김공 휘 희순(義淳)이 특별히 재물을 내어 희사하고 계책을 내어 옛터에서 백보 정도 아래 庚坐 터로 이건하였다.17)

수도사가 현재의 터로 이건한 것은 1805년(순조 5)으로 당시 징월대사에 의해 중창이 이루어졌다. 하지만, 위의 기록을 통해 보면, 그 이전에 화재를 겪어 폭포 아래로 옮겨 절을 중창하였음을 확인할 수 있다. 이 사찰이 적어도 1602년 이전까지는 공산폭포 위에 위치하였다는 점을 고려하여 볼 때,18) 17-18세기 사이 사찰에 화재가 있은 후 사찰의 중창불사가 이루어졌음을 알 수 있다. 이를 통해 수도사 역시 다른 사찰들과 마찬가지로 법당 중수와 관련된 불사들이 여러 차례 이루어졌을 것임을 확인할 수 있다.

이러한 법당의 중수와 더불어 당시 이들 사찰에서는 불상, 불구, 불화 등을 제작하고, 전적을 발간하는 불사들이 상당히 활발하게 이루어졌다. 이러한 사찰의 불사는 18세기 지역 사찰의 운영과 문화 활동의 이해에 중

---

17) 『澄月禪師詩集』, 「修道庵移建記」, "奧在壬午火後 山人偉順再叛之 瀑下新基 窄陋不容衆 漸至荒廢 <中略> 觀察使金公 諱義淳 特捐貲出計 使之移建於舊基下百武許庚坐之址."

18) 낙재 서사원(1550-1615)의 "제군이 산성 동쪽 수도사 밑의 폭포를 보았는데 길이가 거의 너댓 필은 된다고 들었다. 중국 여산 폭포의 장관은 멀어서 볼 수 없지만 지척에 이런 폭포가 있는데도 누워서 가지 못하니 얼마나 개탄스러운가? 그래서 절구시를 짓는다(聞諸君, 觀瀑山城之東, 修道寺之下, 其長幾至 四五匹之, 永廬山, 壯觀遠不可致而咫尺阻臥, 慨嘆如何, 因有絶句)."라고 기록하고 있는 점을 통해 당시 수도사가 공산폭포 위쪽에 위치하고 있었음을 확인할 수 있다. 서사원의 생몰년대를 고려해 볼 때, 위 기록의 임오년은 적어도 1602년 이후임을 알 수 있다.

요한 부분이라고 할 수 있다. 물론 이러한 불사활동에 대한 기록이 단편
적으로 남아있는 현실이지만, 이러한 기록들을 통해서도 당시 경상지역의
사찰들이 얼마나 활발하게 불사활동을 전개하였는지에 대해 충분히 확인
할 수 있다.

[표 2] 18세기 각 사찰의 불구, 불화, 전적 제작 불사활동[19)]

사찰명	불사활동	연대
용문사	승가일용식시묵언작법(僧家日用食時默言作法) 간행	1704
	보권염불문 간행	1704
	영산회괴불탱 조성	1705
	팔상탱, 천불탱 조성	1709
수도사	노사나불괘불탱 조성	1704
	보권염불문 간행	1741
동화사	수마제전 후불탱 조성 및 불상 개금	1703
	대웅전 삼세불 조성	1727
	대웅전 후불탱, 삼장탱, 명부탱 조성	1728
	팔공산동화사사적기 간행	1732
	아미타경 언해 간행	1753
	보권염불문 간행	1764
해인사	대찰사명일영혼시식의문(大刹四明日靈魂施食儀文) 간행	1711
	다곤작법(茶毘作法) 간행	1719
	운수단가사(雲水檀歌詞) 간행	1719
	제선문(諸船文) 간행	1719
	자기문절차조례(仔夔文節次條例) 간행	1724
	보권염불문 간행	1776
	신편보권문 간행	1776

---

19) 실제로 본고에서 주목하고자 하는 것은 이와 같이 당시 네 사찰에서 불사가 다양하게 이
루어졌다는 것이다. 실제로는 훨씬 더 많은 불사 활동이 있었을 것으로 예상되지만, 현전
하는 자료의 부족할뿐더러 남아있는 자료조차 불확실한 점이 많기 때문에 본고의 활동 자
료 역시 명확하게 확인할 수 있는 것들을 중심으로 정리하였다.

위의 표를 통해 알 수 있듯이 경상지역 네 사찰은 불상 제작 및 탱화 제작, 불서 간행 등 여러 차원에서의 불사활동이 활발하게 이루어졌다. 특히 불상 및 탱화 제작은 사찰의 정상적인 예불 등에 반드시 필요한 부분이라고 할 수 있다. 부처의 형상을 조성한다든가 불경 속의 장면이나 부처의 형상을 그림으로 표현하는 것은 그 자체가 수행이자, 대중들에게 불교 교리의 장엄함을 알리는 것이었기 때문에 사실상 모든 사찰에서 상당히 기본적이고, 중요하게 인식하였던 부분이라고 할 수 있다.

전적의 발간 역시 여러 차원에서 이루어졌다. 18세기 사찰의 전적 발간 정보가 그리 자세하게 남아 있는 것은 아니지만, 경전류에서부터 작법류, 권선류 등 다양한 전적들이 발간되었음을 확인할 수 있다. 특히 이러한 전적류의 발간은 불자들의 수행과 신도 및 대중들을 대상으로 한 포교에 중요한 역할을 하였던 것으로, 사찰의 경제력 확보 및 운영 기반 마련에 상당히 중요한 활동이었다. 물론 이러한 전적의 발간 역시 부처의 가르침 자체를 나타내는 것이며, 이를 세상에 알리려는 불교의 본질적인 의도가 내재되어 있음은 당연한 것이다.

『보권염불문』의 발간과 관련한 기록들이 다양하게 남아있는 것은 아니지만, 이러한 당시 사찰 불사활동의 연장선상에 있음은 확실하다. 용문사, 해인사 등과 같이 왕실이나 궁인들의 후원을 받으며 대규모 불사를 행하였던 사찰은 물론 사실상 지역 구성원들의 후원에 의해 불사가 이루어졌던 수도사와 같은 사찰까지도 비슷한 시기에 『보권염불문』을 중간하였다는 점은 그만큼 경상지역의 사찰문화권에 이 전적이 중요한 역할을 하였다는 점을 나타내는 것이다. 특히 각 사찰에서 발간된 『보권염불문』을 종합하여 보면, 일부 글들이 추가되거나 제외되는 등 각 사찰의 실정이나 의도에 맞게 간행되었음을 확인할 수 있다.

2) 『보권염불문』 간행

『보권염불문』은 신도 및 대중들을 상대로 염불을 권하기 위하여 간행된 책이다. 이 책은 1704년 용문사에서 가장 먼저 간행된 이후 다른 사찰에서 수차례 개간되며 내용의 가감 역시 다양하게 이루어졌으나 이 책의 간행 목적을 담은 명연의 서문은 모든 판본에 동일하게 들어가 있다. 명연은 서문에서 자신을 청허의 후예라고 밝히고 있어 그가 청허계열의 법맥을 잇고 있다는 점을 확인할 수 있지만, 다른 행적은 알려져 있지 않다. 명연이 『보권염불문』을 간행한 것은 1704년으로 이미 상봉정원의 제자들이 경상지역에 큰 영향력을 미치기 시작한 시점이라는 점과, 이후 『보권염불문』의 간행 및 유통에 중요한 역할을 하였던 기성쾌선, 호은유기 등의 인물이 모두 편양계였다는 점을 고려하여 볼 때, 명연 역시 편양계열의 법맥과 관련이 있을 가능성이 높다.

『보권염불문』의 간행 의도가 명연의 서문에 나타나 있기 때문에, 『보권염불문』의 간행 및 지역적 유통에 대한 접근은 명연의 서문에서부터 출발하여야 할 것이다.

> 극락거사 왕자성은 본래 유가의 이름난 재상 군자였다. 유교의 온갖 책과 불교의 여러 경론을 두루 알아 가려 뽑고 요약해 염불참죄십삼문을 만들고 여러 사람들에게 염불을 권하여 모두 괴로움을 벗어나 즐거움을 얻게 하니 그 공덕이 적지 않다. 그러나 글이 광대하고 뜻이 깊은데 말세의 여러 사람들은 아는 것이 적고 의심이 많아 두루 알지 못하고 또 염불의 큰 이익을 알지 못해 세간의 물욕에만 탐내고 집착한다. 이에 내가 좁은 소견이지만 여러 경의 말씀을 대략 가려 뽑아 염불문을 만들고 언문으로 해석을 하여 선남선녀가 쉽게 통달하여 알도록 하였다.[20]

---

20) 명연 저, 정우영 · 김종진 옮김(2012), 『염불보권문』, 동국대학교 출판부.

『보권염불문』의 정식 명칭이 "대미타참약초요람보권염불문"이라는 점을 통해서도 대중들에게 여러 경론에서의 글을 가려 뽑아 염불을 권하기 위함임을 알 수 있다. 주목할 만한 점은 이미 왕자성의 "염불참죄십삼문"이 유통되고 있음에도 불구하고 이 책을 간행하게 되었다는 점이다. 왕자성이 "염불참죄십삼문"은 왕자성이 1213년 간행한『예념미타도량참법』으로 조선조 1474년(성종 4)에 정희왕후가 세종과 세조 등의 명복을 빌기 위해 간행한 것이 우리나라의 대표적인 판본이다. 조선조 염불신앙의 전개에 중요한 부분을 담당하였던 저본으로『보권염불문』이 간행되기 이전의 대표적인 권불서라고 할 수 있다.

이러한 "염불참죄십삼문"의 글이 광대하고 뜻이 깊어 말세의 여러 사람들이 제대로 받아들이지 못하기 때문에 다시 가려 뽑아 염불문을 만들었다는 것은 대중들에게 쉽게 다가갈 수 있는 염불서를 만들고자 하는 의도가 표현된 것이다. 이러한 의도는 언문 해석을 함께 수록한 것에서도 확인할 수 있다. 즉, 명연은 "일반 대중들에게도 쉽게 다가갈 수 있는" 염불서의 발간에 초점을 둔 것이다. 불교가사의 수록 역시 이러한 의도 하에 이루어졌다고 할 수 있다. 염불을 권하는 것은 "하화중생(下化衆生)"이라는 불교의 포교의식을 직접적으로 표출하는 것이면서 지역사회에서의 '세(勢)'를 확장시키기 위한 의도를 내재한 것이다.

용문사가 위치한 지역은 현재 용문면 내지리, 원류리, 죽림리, 금곡리 등이 인접하여 있으며, 대표적으로 금당실마을이 있다.21) 또한, 용문사 아

---

21) 금당실마을은 15세기 초 감천 문씨가 정착하면서 그 후손들이 번성하여 마을을 형성하게 된 곳이다. 문부경의 사위인 박종인과 변응영이 정착하면서 함양 박씨, 원주 변씨 등의 일족들 역시 이 지역에서 후손들이 번성하게 된다. 이 마을 역시 조선시대 성리학의 영향을 강하게 받은 것으로 보인다. 특히 금곡서원, 추원재, 사괴당 등의 건물이 현재 남아있는 것만 보더라도 이를 확인할 수 있으며, 1939년 금곡의 원림에 초간정사가 1739년 건립된 것을 통해서도 이를 확인할 수 있다.

래에 초간정이 있어 이 지역이 경상 중·북부의 다른 지역과 마찬가지로 조선시대 지배이념인 성리학의 영향을 강하게 받고 있었음을 확인할 수 있다. 용문사의 불사활동이나 『보권염불문』의 간행, 유통 역시, 주변의 불교 사찰들 뿐만 아니라 지역 사회를 기반으로 하여 이루어졌다고 할 수 있다. 특히 용문사는 조선시대 왕실과 깊은 연관이 있었던 사찰이기 때문에 지역 사회와의 교류가 다른 사찰에 비해서는 용이했던 것으로 보인다.

용문사에서 간행된 『보권염불문』은 대체로 네 부분으로 나누어 보는 것이 일반적이다.[22] 여러 經, 論에서 약초한 글로 구성된 부분, 극락왕생의 전범이 되는 이야기를 실어놓은 부분, 염불작법, 내용상 독립된 글들이 수록되어 있는 부분이 그것이다. 용문사에서 이 책이 발간된 이후 다른 사찰에서 여러 글들을 첨가하거나 삭제하는 등 크고 작은 변화를 겪으면서 간행이 이루어졌다는 점[23]을 바탕으로 이 책의 간행과 유통에 담긴 지역 사찰의 의식을 단편적으로나마 확인할 수 있다.

먼저 신녕 수도사의 『보권염불문』은 용문사의 판을 그대로 가져와 활용하고, 뒤에 <임종정념결>과 <부모효양문>을 추가로 판각하여 합철한 것이다. 신녕 지역은 이전 시기부터 불교사에서 중요한 위치에 있었던 곳이다. 이 지역은 일연이 입적한 인각사, 지눌이 수도한 거조암 등이 위치한 곳이다. 아울러 비벽정[24]이 건립되어 회재 이언적, 퇴계 이황, 동춘 송준길 등이 이 곳을 방문하는 등 성리학의 영향을 받기도 하였으며, 동학의 접주 하치욱, 하처일 등의 인물도 배출해낸 곳이다. 즉, 신녕 지역은 경상지역 가운데서도 여러 사상들이 두루 영향을 미쳤던 곳이라고 할 수

---

22) 명연 저, 정우영·김종진 옮김(2012), 『염불보권문』, 동국대학교 출판부, 7쪽.
23) 각 판본별로 수록된 글의 차이는 정우영·김종진(2012)에 의해 전반적으로 정리되었다. 본서에서의 구체적 글의 가감에 대한 사항은 위의 정리사항을 따랐다.
24) 비벽정은 1516년(중종 11) 현감 이고에 의해 건립된 정자이며, 임진왜란 때 소실된 것을 1611년(광해군 3) 현감 송이창이 중건하면서 '환벽정'으로 이름을 고쳤다.

있다. 특히 인각사, 거조암 등이 지역을 중심으로 세를 구축하는 가운데 수도사는 상대적으로 사찰의 경제적 규모가 크지 않았던 것으로 보인다.

그렇기 때문에 용문사 간행본과 비교하여 볼 때, 대부분의 글들이 동일하게 실려 있으며, 가장 마지막에 두 글만 추가되어 있다. 이러한 수도사본의 발간 역시 당시 수도사의 경제력을 짐작하게 하는 부분이다. 전적을 발간하기 위한 책판을 제작하는 데는 막대한 비용이 소모된다. 경제적 규모가 크지 않았던 수도사에서 이를 모두 부담하는 것은 사실상 불가능에 가까웠을 것이다.

이러한 난점에도 불구하고, 당시 수도사는 『보권염불문』을 간행하고자 하였고, 이 사찰이 선택한 방법은 용문사의 판을 활용하고, 추가될 부분만 책판을 만들어 인쇄하여 하나의 책으로 만드는 것이었다. 이러한 『보권염불문』의 간행이 수도사의 교세 확보와 운영을 위하여 얼마나 중요한 부분이었는가를 확인할 수 있는 사례이다. 동시에 『보권염불문』이 당시 지역사회에서 얼마나 유행하였는가를 확인할 수 있는 부분이라고 할 수 있다.25)

동화사본과 해인사본은 용문사본을 기본으로 중복되는 글을 정리하고, 새로운 글들을 추가하여 간행한 것이다. 동화사와 인접한 지역은 대구 해북촌면이다. 이 지역은 단양 우씨가 주를 이루는 집성촌이 존재하며, 경주 최씨의 영향력이 강하였던 지역이기도 하다. 해인사와 인접한 현재 가야면 역시 당시 성리학의 영향을 강하게 받던 지역이다. 특히 가야면 일대는 김굉필, 정여창을 추모하기 위한 사당과 소학당이 있으며, 내암 정인홍

---

25) 일반적으로 사찰에서의 전적 발간은 특정한 목적의식에 의해 이루어지거나, 당시 간행자나 대중들의 요구에 의해 이루어지는 형태이다. 영천 수도사의 경우 당대에서부터 현재까지 사찰의 경제력이나 규모가 다른 사찰에 비해 크지 않다. 이러한 가운데 예천 용문사의 목판을 移運하면서까지 해당 전적을 발간하고자 하였다는 점은 그 필요성이 매우 절실하거나, 대중 포교에 반드시 필요할 만큼 이 전적이 지역 사회에서 상당히 유행하였다는 것을 나타내는 부분이라고 할 수 있다.

의 지역적 기반이 되었던 곳이기도 하다. 이렇듯 성리학의 영향을 강하게 받던 지역이었음에도 불구하고 동화사 및 해인사가 『염불보권문』 발간 불사가 진행되었다는 것은 당시 지역사회에서의 사찰의 영향력이 적지 않았음을 확인시켜 준다.

동화사본과 해인사본은 사찰에서 새로 판각하여 간행한 것이기 때문에 수도사본과는 달리 용문사본과 비교해 볼 때, 그 구성이나 내용의 차이가 크다. 먼저 동화사본은 당시 동화사를 중심으로 활동하던 기성쾌선(1693-1764)의 주도로 간행되었다.[26] 기성쾌선은 편양문파의 법맥을 잇고 있으며, 일생동 안 염불선과 대중적 포교에 관심을 가진 인물이다. 이러한 염불선의 성격과 포교 의식은 그의 저술인 『청택법보은문』, 『염불환향곡』만 보아도 알 수 있다.[27]

동화사본은 책의 두 번째 부분에서 「정원대사참경절요발」, 「져리나모 으리나넘불권훈후바리라」, 「왕랑전이라」 등이 빠져 있으며, 「공각전이라」, 「승귀라 ᄒᆞᄂᆞᆫ 중이」 부분이 새로 수록되어 있다. 또한 세 번째 부분인 '염불작법' 부분에서 「유전기」, 「식당작법」 등이 빠져 있으며, 네 번째 부분에서 「회심가고」, 「유마경」, 「왕랑반혼전」 등이 새로 수록되어 있다. 극락왕생의 전범이 되는 이야기를 실어놓은 부분, 염불작법 부분에서 부분적으로 빠져있는 글들은 이후의 본들에서도 거의 대부분 빠져 있다. 내용상 독립된 부분에서 추가된 부분들은 이후 간행된 해인사본은 물론 다른 지역에서 간행된 묘향산 용문사본, 고창 선운사본에서도 대부분 수록되어 있다. 이러한 점들을 통해 동화사본의 간행 이후 동화사본이 중심이

---

26) 김종진(2007), 「<회심가>의 컨텍스트와 작가론적 전망」, 『한국시가연구』 제23집, 한국시가학회 참고.

27) 기성쾌선의 일생과 시대인식, 저술인 『청택법보은문』, 『염불환향곡』의 성격 등은 이종수(2008)(「18세기 기성쾌선의 念佛門 연구」, 『보조사상』 제30집, 보조사상연구원)에 의해 정리되었다.

되어 유통범위가 전국으로 확대되었다는 것을 알 수 있다.

해인사의 『보권염불문』 발간과 관련하여 주목하여야 하는 인물은 호은유기이다. 호은유기는 편양계 법맥을 잇고 있으며, 『보권염불문』과는 별개로 『신편보권문』 발간에도 중심적인 역할을 하였던 인물이다. 중요한 것은 『보권염불문』과 『신편보권문』이 동일한 해에 간행되었다는 점으로, 이들 두 전적의 성격이 유사하다는 점에서 전적 발간에 관여한 인물들 역시 동일하거나 유사하였을 가능성이 높다.

해인사본은 서문 뒤에 「아미타불인행」이 추가되었으며, 동화사본에서 빠졌던 「져리나ᄆᆞ르ㅣ나념불권혼후바리라」 부분이 다시 추가되었다. 또한 염불작법 부분에서 「혼번식 외오쇼셔」 부분이 추가되어 있으며, 「니발원문 외오는」 부분이 빠져 있다. 네 번째 부분에서는 「현씨행적」이 추가되었으며, 「불설아미타경」 및 「현씨발원문」도 추가되어 있다. 즉 해인사본은 용문사, 수도사본에 수록된 내용을 가능한 한 모두 반영하는 가운데, 「아미타불인행」, 「현씨행적」, 「불설아미타경」 및 「현씨발원문」 등이 추가되는 형태인 것이다.

이러한 원전 텍스트의 변화를 토대로 『보권염불문』의 지역적 유통에 대해 논의하여 보자. 먼저 『보권염불문』이 18세기 경상지역 4개의 사찰에서 순차적으로 새로 간행되었다는 점은 경상지역에서 『보권염불문』이 크게 유행하였음을 확인할 수 있는 부분이다. 황해도와 평안도, 전라도에서 각각 1차례씩 『보권염불문』이 발간되었다는 점[28]을 고려하여 보면, 이 원전이 중심적으로 유통, 유행되었던 지역이 경상지역이었음을 알 수 있다.

경상지역에서 간행된 『보권염불문』에서 여러 작품들이 빠지거나 수록

---

28) 황해도 구월산 흥률사와 평안도 묘향산 용문사에서 1765년에 간행되었으며, 고창 선운사에서 1787년 간행되었다.

된 정황 역시 이러한 지역적 유행과 유통의 관점에서 접근할 필요가 있다. 특정 사찰에서 포교용 전적을 간행하는 것은 기본적으로 사찰 주변의 지역 및 대중들이 1차적인 대상이 될 수밖에 없으며, 대중들에게 염불을 전파하고자 한 명연의 의도는 이후의 간행에도 그대로 반영되었던 것이다. 그렇기 때문에 『보권염불문』의 편집 역시 사찰이 소속된 지역을 대상으로 한 포교 의도 아래에서 해명되어야 하는 것이다.

4. 『보권염불문』 수록 가사의 향유

이상으로 살펴본 바와 같이 18세기 경상지역에서 이루어진 『보권염불문』 간행 및 유통은 결국 염불신앙을 지역사회에 널리 퍼트려 사찰문화권을 더욱 확대하고, 사찰의 경제적 기반을 확장시키기 위해 이루어진 것이라고 할 수 있다. 특히 『보권염불문』이 발간되었던 경상지역 네 사찰 일대는 성리학이 강하게 영향을 미치던 지역으로, 이들 지역에서 『보권염불문』의 간행 및 유통이 이루어졌다는 것은 당시 사찰이 '염불' 신앙을 통하여 지역 대중들과 소통하고자 하였음을 확인시켜 주는 것이다. 아울러 해당 사찰에서의 『보권염불문』 발간이 편양계 승려들이 중심이 되었다는 점을 통해 편양계 법맥의 세를 넓히기 위한 목적이 내재되어 있음을 알 수 있다.29)

『보권염불문』에 수록된 가사 작품들은 결국 편양계 법맥과 성리학의 영향이 강했던 지역사회와의 관련성 속에서 접근하여야 한다. 앞서 전제하였듯이 가사 작품의 향유 역시 지역사회가 1차적인 대상이 될 수밖에

---

29) 예를 들어 1787년 『보권염불문』을 간행한 고창 선운사의 경우에도 당시 편양계 승려인 설파상언(1707-1791), 백파긍선(1767-1852)이 핵심적인 역할을 하였다.

없으며, 이들 지역사회의 구성원들이 받아들일 수 있는 방식의 작품 창작
및 향유가 이루어졌기 때문에『보권염불문』수록 가사들은 이러한 정황
을 배제하고는 설명할 수 없는 것이다. 본 장에서는 이러한 점들을 전제
로 하여『보권염불문』의 내용을 사찰 문화권의 포교 활동과 연관지어 해
명하고, 그 안에 실려 있는 가사 작품의 문화적 의미를 밝혀낼 것이다.

　『보권염불문』내에 수록된 가사 작품은 <나옹화상서왕가>, <인과문>,
<회심가> 세 작품이다.30) 이 가운데 <나옹화상서왕가>, <인과문>은 네
본에 모두 실려 있으나, <회심가고>는 용문사, 수도사본에는 수록되어
있지 않으며, 동화사, 해인사본에만 수록되어 있다.

[표 3] 경상지역『보권염불문』의 가사 작품 수록 현황

	용문사본 (1704)	수도사본 (1741)	동화사본 (1764)	해인사본 (1776)
나옹화상서왕가	○	○	○	○
인과문	○	○	○	○
회심가	×	×	○	○

　구체적으로『보권염불문』내에서 <나옹화상서왕가>와 <인과문>은
'염불작법(念佛作法)'의 일부로 실려 있으나 <회심가>는 별도의 장에 독립
된 형태로 실려 있다. 이러한 점을 통해 <나옹화상서왕가>, <인과문>과
<회심가>가 서로 다른 역할을 하였을 것이라는 점을 쉽게 확인할 수 있
다. <나옹화상서왕가>와 <인과문>의 경우 경상지역에서 간행된 모든
본에 수록되어 있는 것으로 보아 당시 사찰에서 중요하게 연행되었던 작
품이라고 할 수 있다.

---

30) 본서는 가사의 내용을 분석하는데 초점을 두는 것이 아니기 때문에 본 논의에서는 제외하
였다. 하지만, 이러한 가사의 내용을 전제로 논의를 전개하였다.

<인과문>과 <나옹화상서왕가>가 '염불작법'에 실려 있다는 점을 통해 이 두 작품이 불교의식 가운데 활용되었을 가능성을 확인할 수 있다. '염불작법'은 실제 염불의식에 활용되는 게(偈), 진언(眞言) 등을 의식의 순서대로 기록하여 놓은 것으로 『보권염불문』이 간행되기 이전부터 여러 사찰에서 간행, 유통되었다. 사찰 별로 염불의식의 구체적인 절차가 조금씩 달랐던 것으로 보이며, 염불의식 가운데 활용되는 게(偈), 진언(眞言) 등의 종류 역시 동일하지는 않았다.[31] 이는 각 사찰의 염불의식이 사찰의 사정에 맞게 이루어졌음을 알 수 있게 하는 부분이다.

이전 시기 『염불작법(개천사본)』에 <나옹화상발원문>이나 경기체가 <서방가>가 실려있다는 점을 통해 염불의식 가운데 시대적 상황에 맞는 노래나 글이 활용될 수 있음을 알 수 있으며, 이러한 차원에서 『보권염불문』을 통해 당시 용문사의 염불의식 가운데 불교가사가 불렸을 것임을 확인할 수 있다. 특히 수도사의 『보권염불문』 발간 당시 이러한 체제를 그대로 수용하고 있다는 점에서 <나옹화상서왕가>와 <인과문>이 용문사뿐만 아니라 경상지역 다른 사찰에서도 이 작품들이 연행되었다고 할 수 있다.

이 두 작품은 「여러십대발원문」[32] 이후에 수록되어 있다. 「여러십대발원문」은 염불의식에 참석하는 구성원들이 깨달음을 얻기 위하여 체득하여야 할 10가지 원으로 염불의식 가운데 가장 핵심적인 절차라고 할 수

---

31) 예를 들어 1572년(선조 5) 천불산 개천사에서 간행된 『염불작법』과 유사한 시기인 1575년(선조 8) 담양 용천사에서 간행된 『염불작법』은 그 구성이나 내용이 상당히 다르다. 개천사본이 「정구업진언」, 「안토지진언」, 「개경게」, 「개법세진언」, 「예향수해」 등의 순서로 이루어진 것에 비해 용천사본은 「정구업진언」, 「개경게」, 「개법장진언」, 「정법계진언」, 「정토업진언」, 「천수」 등의 순서로 이루어진다. 또한 개천사본에 실려 있는 <나옹화상발원문>이나 <의상화상서방가> 등이 용천사본에는 실려 있지 않다.
이상 김문기(1978), 「의상화상 <서방가> 연구」, 『동양문화연구』 제5집, 경북대 동양문화연구소, 64쪽 참조.
32) 願我永離三惡道 願我速斷貪瞋癡 願我常聞佛法僧 願我勤修戒定慧 願我恒修諸佛學 願我不退菩提心 願我決定生安養 願我速見阿彌陀 願我分身遍塵刹 願我廣度諸衆生 總願已歸命禮三寶

있다. 이러한 절차 이후 '염불작법'의 통상적인 절차는 타인에게 염불을
권하는 것으로 이어진다.33) 가사 작품이 이를 향유하던 대중들을 대상으
로 하여 연행되는 것임을 고려해 보면, <나옹화상서왕가>와 <인과문>
역시 이러한 역할을 하는 것이라고 할 수 있으며, 대중들의 근기(根機,
indriya)에 맞춘 염불 권유의 역할을 하였던 것이다.

<인과문>과 <나옹화상서왕가>는 대중들에게 염불을 권하는 주제의식
을 공통적으로 표출하고 있지만, 이를 표출하기 위한 시상의 흐름은 뚜렷
한 차이를 보인다. <인과문>은 인과적 사설 구성 방식으로 사설이 구조
화되어 있다.34) 이러한 사설 구성은 이후 천도의례와 관련하여 폭발적으
로 유행한 <회심곡> 계열에서도 동일하게 발견되는 방식이다. '생－로－
병－사'는 인간이 가장 근원적으로 가지고 있는 문제 중 하나이며, <인과
문>은 이러한 문제에 대한 해답을 제시하고 있는 형태이다. 대중들에게
익숙한 노래 형식에 인간의 본질적 문제인 '생－로－병－사'의 내용을 담
아 염불을 권유하고 있는 것이다.

<나옹화상서왕가>는 공간의식을 바탕으로 회귀적 사설 구성에 따라
내용이 구성된 형태이다.35) <서왕가>의 시적 화자는 현실 공간과 이상
공간에 대한 대비적 인식을 바탕으로 현실 공간에서 이상 공간으로, 또
이상 공간에서 현실 공간으로 시선을 변화시킨다. 특히, 후자의 경우는 이

---

33) 염불작법(개천사본)은 「여래십대발원문」 이후에 「나옹화상발원문」이 이어지며, 용천사본
은 이후 「勸念」으로 이어진다. 이들 두 절차는 모두 중생구제가 중요한 키워드라고 할 수
있다. 『보권염불문(해인사본)』에서 「니발원문외오는사롬은다극낙셰계가오리다ᄒᆞᆯ흔번식
외오쇼셔」가 이어지는 것 역시 이러한 흐름을 반영한 것이라고 할 수 있다.

34) 불교가사의 인과적 사설 구성 방식은 인간의 생사에 관한 문제를 불교적으로 풀어내는 내
용을 주로 담아내는 방식이며, '생→로→병→사→생(중생제도)'의 형태로 구조화된다.
이러한 인과적 사설 구성 방식은 輪廻轉生에 기반한 것으로, 윤회는 인과를 바탕으로 이
루어지는 것이다. 불교가사 가운데 이러한 사설 구성 방식을 기반으로 구조화된 대표적인
작품은 <회심곡> 계열의 작품들이다.

35) 최형우(2016), 「불교가사의 연행과 사설 구성 방식 연구」, 경북대 박사논문, 209쪽.

상 공간에서 시적 화자의 깨달음 이후 중생 구제를 위하여 다시 현실 공간으로 시선을 두는 과정으로 <십우도송(十牛圖頌)>의 '입전수수(入廛垂手)'와도 유사한 방식이다.

이러한 공간의 변화 속에서 시적 화자가 대중들에게 권하는 것은 <인과문>과 동일하게 염불이다. 염불을 통하여 깨달음을 얻고, 이를 바탕으로 극락왕생한다는 논리는 '정토삼부경(淨土三部經)'에서도 주로 나타나는 형태로, 다른 불교 사상들에 비해 훨씬 대중들에게 쉽게 다가갈 수 있는 장점을 가지고 있는 것이다. 즉, <인과문>과 구체적인 사설 구성이나 내용이 동일한 것은 아니지만, 대중들에게 염불을 권유하기 위한 의도는 동일한 것이다.

동일한 의도를 담은 가사 작품들이 함께 연행된다는 것은 연행 현장에서 각각의 작품들이 다른 방식으로 대중들과 소통하고자 하는 의도가 반영된 것이라고 할 수 있다. 이러한 부분과 관련하여 <나옹화상서왕가>는 '이상적 선례의 제시' 형태라고 할 수 있으며, <인과문>은 '공감적 사례의 제시' 형태라고 할 수 있다. 이들 두 형태는 모두 경전이나 조사들의 어록에서 자주 확인할 수 있는 방식이다. 다만 이러한 방식들이 더욱 대중들과 밀착된 '가사'의 형식과 결합하였다는 점에서 이전의 불전 및 불교문학과는 다른 문화적 의미를 가진다고 할 수 있다.

> (가) 져근닷 싱각ᄒ야 ᄆᆞ음을 씨쳐먹고
>   태허를 싱각ᄒ니 산첩첩 슈잔잔
>   풍슬슬 화명명ᄒ고 송쥭은 낙낙ᄒᆞ디
>   화장바다 건네저어 극낙셰계 드러가니
>   칠보 금디예 칠보망을 둘너시니
>   구경ᄒᆞ기 더옥죠희 구품 넌디예
>   념불소ᄅᆡ 자자잇고 쳥학빅학과 잉무공쟉과

금봉 쳥봉은 ᄒᆞᄂᆞ니 념불일쇠
쳥풍이 건듯부니 념불소리 요요ᄒᆞ외
어와 슬프다 우리도 인간애 나왓다가
념불말고 어이ᄒᆞᆯ고 나무아미타불36)

(나) 인간애 나온사ᄅᆞᆷ 목숨을 혀여보소
천년살며 만년살가 이십젼의 어려잇고
오십후면 망녕되고 인ᄉᆞ아라 사ᄂᆞᆫ거시
다믄 수십년 ᄲᅮᆫ이로쇠
슬프다 이몸이 주것다가 다시올가
사ᄅᆞᆷ어더 ᄃᆞ신ᄒᆞᆯ가 갑술주고 여휠손가
이내몸애 즁병드러 곤고히 아야라
우릴젹의
피치못ᄒᆞᆯ 져길일시 답답ᄒᆞ고 더욱셜다37)

위의 (가)는 <나옹화상서왕가>의 마지막 사설로 사설의 화자가 극락세
계를 경험하는 과정을 그려내고 있다. 이러한 화자의 극락왕생은 사설을
수용하는 일반 대중들이 쉽게 다다를 수 없는 경지이지만, 불교 교리를
믿는 수행자들이 최종적으로 도달하여야 할 이상향이다. 이러한 극락을
경험한 화자가 다시 일상공간의 대중들에게 염불을 권유하는 형태로 사
설이 마무리되어 있다. 즉, 일상 공간에서 고통 속에 살아가는 대중들에게
극락의 이미지를 보여줌으로써 대중들이 극락왕생하기 위한 염불을 하도
록 권유하고 있는 것이다.

이에 비해 (나)는 윤회전생이라는 인간의 생사 문제를 직접적으로 다루

---

36) 『보권염불문』 <나옹화상서왕가>.
　　임기중(2000), 『불교가사 원전연구』, 동국대학교출판부, 85-86쪽(이하 원문은 쪽수만 표기).
37) 『보권염불문』 <인과문>, 96쪽.

고 있다. (나)에서 형상화하고 있는 인간의 생사는 바로 현실 공간에서 대
중들이 직면한 문제이며, 이러한 측면에서 대중들이 겪고 있는 근본적인
고통 중의 하나를 그대로 표현하고 있는 것이다. 따라서 연행되는 가사의
사설이 더욱 대중들의 일상에 밀착된 것이라고 할 수 있으며, 이러한 공
감을 통하여 대중들에게 염불을 전파하고자 한 것이다.

이렇듯 『보권염불문』의 '염불작법'에 수록된 두 편의 가사는 서로 다른
방식으로 대중들에게 접근하는 방식을 취하고 있지만, '염불의 권유' 및
'불교에의 귀의'라는 동일한 의도를 표출하고 있다. 즉, 세존이 중생들의
근기에 따라 이에 맞는 설법을 행하였던 것처럼, '염불작법' 절차에서 더
욱 일반 대중들에게 밀착된 형태의 방식을 선택하여 활용하였다고 할 수
있으며, 이러한 가운데 각기 다른 방식의 사설 구성으로 이루어진 가사작
품이 활용되기도 하였던 것이다.

<회심가>의 경우 동화사본에서부터 수록된 작품이다. 또한 편제상으
로도 마지막 부분에 독립된 형태로 실려 있어, <나옹화상서왕가>나 <인
과문>처럼 원전의 편제와 뚜렷하게 관련성을 찾을 수 있는 것도 아니다.
『보권염불문』의 <회심가>는 "회심가고"라는 표제가 붙어 있으며, 작자
가 표기되지 않았다. 하지만, 비슷한 시기 해인사에서 새로 판각되어 간행
된 『신편보권문』에 이 작품이 '청허존자회심가'로 기록되어 있다는 점[38]
을 통해 당시 <회심가>가 청허휴정의 作으로 인식되고 있었음을 확인할
수 있다.[39]

---

38) 『보권염불문』에서는 이 작품이 국문으로 기록되어 있는데 비해, 『신편보권문』에서는 국한
    문 혼용으로 기록되어 있다. 이러한 차이를 제외하면, 사설의 내용은 거의 동일하다고 할
    수 있다.
39) 이 작품의 실제 작자가 기성쾌선이었을 가능성이 선행논의를 통하여 제시되기도 하였다
    (김종진, 2007). 물론 이러한 논의가 의의를 가지는 것이 사실이나, 이 작품이 당시 청허휴
    정의 이름을 빌어 유통되었음은 『신편보권문』의 예를 통해 분명하게 확인된다. 본 논의에

　　이러한 작품의 추가 수록은 당시 이 작품의 유행과 더불어 승려들의 법맥 계승과도 관련이 있다. 특히 임란과 호란을 겪은 이후 불교계는 법맥을 재정비하여 사찰 운영의 정당성을 높이고, 조선 불교의 정체성을 공고히 하고자 하였다. 이러한 과정을 통해 18세기 불교는 크게 청허계와 부휴계로 법맥이 이어지게 되었는데, 동화사나 해인사는 청허계가 중심이 된 사찰이었다. 따라서 이들 사찰을 중심으로 한 불교 문화권은 청허휴정의 영향력이 강하였으며, 청허의 이름을 빌은 가사의 유행이 이루어질 가능성이 충분하였던 것이다. 이 가운데 <회심가>의 『보권염불문』 수록은 청허 법맥을 공고히 하고자 하는 의도 역시 내포하고 있는 것이다.

　　<회심가>는 염불과 충효를 결합하여 대중들에게 敎示적 목소리로 표출하는 형태이며, 성리학적 세계관 역시 일부 수용한 형태이다.

　　　　(가) 요순우탕 문무주공 삼강오샹 팔죠목을
　　　　　　 티평셰에 장엄ᄒ니 금슈샹에 쳠화로다
　　　　　　 동셔남북 간더마다 형뎨ᄀᆞ티 화합ᄒ니
　　　　　　 텬하티평 가감업서 안양국이 거의러니
　　　　　　 어화 황공ᄒ다 우리민심 황공ᄒ다

　　　　(나) 일변으로 념불ᄒ고 일변으로 츙효ᄒ소
　　　　　　 구텬이 감응ᄒ면 요슌태평 아니볼가
　　　　　　 불법어디 일뎡ᄒ며 요슌어디 시이실고
　　　　　　 념불ᄒ면 불법이요 츙효ᄒ면 요슌이니
　　　　　　 츙효가져 입신ᄒ고 념불가져 안양가새[40]

서는 실제 작자를 구명하여 내고자 하는 것이 아니며, 이러한 전적의 간행과 유통을 통하여 불자들이나 대중들이 이 작품을 누구의 것으로 인식하고 있는가에 대해 논의한 것이다.
40) 『보권염불문』 <회심가>, 103-104쪽.

위의 (가), (나)는 모두 <회심가> 구절로, (가)에서와 같이 '요순우탕 문무주공'의 유가적 이상사회를 극락세계와 동일하게 인식하고 있다는 점에서 성리학적 세계관을 수용하고 있음을 확인할 수 있다. 이러한 성리학적 세계관의 수용은 『보권염불문』이 크게 유행한 경상지역이 성리학적 영향이 강했던 지역이기 때문이다. (나)에서는 충효와 염불의 역할을 나누어 이를 조화롭게 행할 것을 강조하고 있다.41) 즉, 현세에 살아갈 때, 충효를 통해 입신하고, 염불을 통해 극락왕생하자는 표현은 대중들이 현세를 등지지 않고, 불교적 가르침을 실천할 수 있는 방안을 설명하고 있는 것이다. 이러한 작가의식은 성리학적 세계관에 영향을 받고 있는 사회의 대중들을 주된 향유 대상으로 삼았기 때문에 나타나는 것이다.

해인사본의 경우 동화사본과 마찬가지로 불교가사 세 작품이 모두 수록되어 있다. 해인사본은 편양문파의 호은유기가 중요한 역할을 하여 간행되었는데, 당시 『보권염불문』과는 별개로 『신편보권문』을 함께 간행하였다는 점을 주목할 만하다. 『신편보권문』 역시 대중들을 대상으로 한 염불 권유를 주목적으로 하고 있는데,42) 『보권염불문』의 유통이 활발함에도 불구하고, 축소된 형태의 『보권문』43)이 다시 필요하였다는 점을 통해

---

41) 물론 가사의 사설에서 표출하고 있는 충효는 다분히 불교적 세계관의 색채를 띠고 있다. 하지만, 불교에서 설명하는 충효 자체가 불교의 기본적인 원리와는 상충되는 부분이 많으며, 사회적으로 불교가 세를 넓히며, 사회의 일반적인 통념이었던 충효와 습합된 형태라고 할 수 있다.

42) 『신편보권문』, 「幷序」, "丙申 관등절 저녁, 웅천 靈隱寺의 상복을 입은 승려 覺醒이 가야 산중으로 나를 찾아와, 이틀 밤을 머무르며 말하기를, "나의 어머니 현씨는 살면서 즐기는 바를 잊고, 오직 念佛을 樂으로 하였으며, 돌아가실 때 당부하여 말하기를 '너는 어미를 위해 유명한 법사를 찾아 만나, 普勸 1책을 집성하여 여러 선인들로 하여금 마음을 發하여 염불하게 하면 곧 죽어도 여한이 없겠다' 하였습니다(號弓之年丙申燈夕 凝川靈隱寺衲子 覺醒以孝服 訪余江陽伽倻山中 信宿而叙言曰 吾萱親玄氏 在世素亡攸嗜 唯念佛是樂 臨訣囑曰 汝爲母 尋得有名法師 集成普勸一策 使諸善人 發心念佛 則死無餘憾)."

43) 『신편보권문』은 11행 18자, 1책 20장의 구성인데 비해, 해인사본 『보권염불문』은 11행 22자 1책 68장으로 2배가 넘는 글이 수록되어 있다. 또한 내용 역시 『신편보권문』은 <阿

『보권염불문』의 유통이 이를 받아들이는 대중들이 중요하게 고려되는 가운데 이루어졌음을 확인할 수 있다.

해인사본 『보권염불문』에서 <서왕가>, <회심가>, <인과문> 텍스트를 모두 싣고 있는데 비해 『신편보권문』에서는 <서왕가>와 <회심가>를 수록하고 있다. 하지만 이들 두 책이 동시에 간행되어 유통되었다는 점을 고려하여 보면, 당시 해인사에서는 이들 텍스트를 모두 보권문에 싣고자 한 것으로 볼 수 있다. 결국, 해인사에서의 『보권염불문』 발간은 앞서 언급하였던 대중 포교와 관련한 불교가사의 조금씩 다른 역할들을 모두 수용하고자 하였던 것이다.

이러한 경상지역 내의 『보권염불문』 간행을 통한 불교가사 유통은 다른 지역에서 간행된 『보권염불문』과 비교하여 보면 더욱 뚜렷하게 그 향유문화적 의미를 확인할 수 있다.

[표 4] 『보권염불문』의 가사 작품 수록 현황

	용문사 (1704)	수도사 (1741)	동화사 (1764)	흥률사 (1765)	영변 용문사 (1765)	해인사 (1776)	해인사 (신) (1776)	선운사 (1787)
서왕가	○	○	○	×	○	○	○	○
인과문	○	○	○	×	×	○	×	○
회심가	×	×	○	×	○	○	○	○

『염불보권문』의 간행 시기를 보더라도 경상지역을 중심으로 이들 가사

彌陀佛因行>, <臨終三疑>, <臨終四關>, <孝養父母>, <讀誦大乘>, <一元法師觀苦早修說>, <蘇雲堂飲食說>, <王龍舒業說>, <中峰祖師歌>, <烏長國王見佛往生>, <世子童女勸母往生>, <江月尊者西往歌>, <淸虛尊者回心歌> 등으로 구성되어 있어 『보권염불문』에 비해 훨씬 소략하다. 특기할 만한 것은 『신편보권문』에는 「염불작법」에 해당하는 내용이 모두 없는데, 이를 통하여 『신편보권문』은 『염불보권문』에 비해 더욱 독서물로서의 성격을 갖춘 것으로 보인다.

작품들이 크게 유행하는 가운데, 전국적으로 확대된 정황을 확인할 수 있다. 『보권염불문』이 전국적으로 간행된 시점은 1760년대로 이미 경상지역에서는 용문사본, 수도사본이 유통되고 있었던 시기였다. 물론, 용문사본과 수도사본이 경상지역에만 국한되어 유통된 것이라고는 단정할 수 없지만, 당대의 교통적 요건을 고려하여 볼 때, 사찰 근교 지역이 1차적인 유통지역이 됨은 당연하다고 할 수 있다.

홍률사본은 원전에 수록되어 있는 글들이 다른 본들과는 상당히 차이가 난다. 가사 작품이 하나도 실려 있지 않을뿐더러 '염불작법' 절차 가운데 왕생게 이후의 「여러십대발원문」, 「혼번식외오쇼셔」 등의 절차가 모두 빠져 있다. 그렇다고 해서 이와 같은 지역에서 가사가 아예 유통되지 않은 것으로 볼 수는 없다. 평안도 영변 용문사에서 동일한 해에 간행된 『보권염불문』의 경우 <서왕가>와 <회심가> 두 작품이 수록되어 있기 때문이다. 이후 고창 선운사에서 간행된 본에 가사 세 작품이 모두 수록되어 있다는 점을 통해 18세기 후반에 이르러 이 가사 작품들이 전국적으로 유통, 향유되었음을 확인할 수 있다.

결국 경상지역은 『보권염불문』의 간행 및 유통에 중심적인 역할을 하였으며, 경상지역을 구심점으로 하여 전국적으로 확대되어 나갔던 정황을 확인할 수 있다. 이 원전에 수록된 불교가사 작품들 역시 원전의 간행 및 유통과 밀접한 관련을 가지고 있으며, 경상지역 사찰들의 염불의식 절차에서 대중들을 주대상으로 하여 중요하게 다루어졌음을 확인할 수 있다. 아울러 편양계의 영향력이 강했던 전국의 사찰에서 법맥의식을 공고히 하는 차원에서 <회심가>의 수록 및 향유가 이루어졌음을 확인할 수 있다.[44]

---

44) 당시 선운사에 중요한 영향을 미쳤던 설파상언, 백파긍선 등의 고승들은 모두 편양계 승려들이었다. 영변 용문사는 당대의 구체적인 정보를 확인하기는 어렵지만, 설파 상언이 묘향산에서 주석한 사실이나, 백파긍선이 이 사찰에서 수행하다가 悟道하였다는 점 등을 통

이상을 통해 경상지역에서 활발하게 발간, 유통되었던 『보권염불문』에 수록된 <서왕가>, <회심가>, <인과문>이 지역사회에서 대중들과 소통하기 위한 방편으로 활용되고, 아울러 지역 사찰의 상황에 맞게 선택되었음을 확인할 수 있다. 18세기 『보권염불문』의 전국적 유통 가운데 경상지역은 중심적 역할을 하였다고 할 수 있는데, 이는 경상지역이 성리학적 영향을 강하게 받은 지역임과 동시에 가사 갈래가 폭발적으로 창작, 향유되었던 지역이라는 점과 관련이 있다.45) 이들 가사 작품의 유행은 당시 불교가 대중들과 소통하고, 이후 지역 사회의 가사 문학 향유를 더욱 다채롭게 하는 역할을 하였다는 점에서 문화적 의미를 찾을 수 있는 것이다.

하여 편양계의 영향력이 미친 사찰로 볼 수 있다.

최성렬(2009), 「선운사의 고승대덕」, 신라문화 33, 동국대 신라문화연구소, 132-142쪽 참조.

45) 이러한 경상지역 가사 갈래의 향유는 내방가사가 가장 대표적이다. 불교 역시 사대부가의 부녀자들을 중심으로 세가 확장되어 나간 점을 고려해 볼 때, 불교가사의 향유가 당대 가사의 주된 향유층 중 하나인 여성층과 관련이 있을 것으로 보인다. 하지만 이러한 부분은 별도의 논의를 통하여 보완되어야 할 부분이기 때문에 본 논의에서 다루지는 않았다.

참고문헌

김문기, 「의상화상 <서방가> 연구」, 『동양문화연구』 제5집, 경북대 동양문화연구소, 1978

김종진, 「불교가사 연행연구」, 동국대 대학원 석사논문, 1992.

_____, 「불교가사 유통연구」, 동국대 대학원 박사논문, 2000.

_____, 「1850년대 불서간행운동과 불교가사」, 『한민족문화연구』 14, 한민족문화학회, 2004.

_____, 「<회심가>의 컨텍스트와 작가론적 전망」, 『한국시가연구』 23, 한국시가학회, 2007.

_____, 『불교가사의 계보학, 그 문화사적 탐색』, 소명출판, 2009.

남희숙, 「16-18세기 불교의식집의 간행과 불교대중화」, 『한국문화』 34, 서울대 한국문화연구소, 2004.

명연 저, 정우영·김종진 옮김, 『염불보권문』, 동국대학교 출판부, 2012.

문상련, 「해인사 소장 의식류 전적 고찰」, 『동아시아불교문화』 21, 동아시아불교문화학회, 2015.

벽담 정안, 『용문사성보유물관 개관 도록』, 용문사, 2006.

서수생, 『팔만대장경과 해인사』, 경북대학교출판부, 2010.

유경희, 「동화사 <아미타불회도>를 통해 본 18세기 팔공산 지역 아미타불화의 조성배경」, 『열린정신 인문학연구』 15, 원광대 인문학연구소, 2014.

이용윤, 「조선후기 영남의 불화와 승려문중 연구」, 홍익대 박사논문, 2014.

이종수, 「18세기 기성쾌선의 念佛門 연구」, 『보조사상』 30, 보조사상연구원 2008.

_____, 「왜란과 호란 이후 불교계의 변동과 추이」, 『한국불교사연구』 8, 한국불교사연구소, 2015.

_____, 「18세기 불교계의 동향과 송광사의 위상」, 『보조사상』 45, 보조사상연구원, 2016.

장미애, 「합천 해인사 영산회상도 연구」, 동국대 석사논문, 2009.

장희정, 「18세기 팔공산지역불화의 화맥과 특징」, 『미술사연구』 250·251, 한국미술사학회, 2006.

_____, 「영천 수도사 괘불첩화」, 『통도사성보박물관 괘불탱화 특별전 자료』, 2015.

정병삼, 「18세기 승려 문집의 성격」, 『한국어문학연구』 48, 한국어문학연구학회, 2007.

_____, 「조선후기 사원의 문화적 특성」, 『불교학보』 78, 동국대 불교문화연구원, 2017.

정소라, 「해인사 건칠희랑대사좌상 연구」, 이화여대 석사논문, 2016.

정연호, 「경장건축의 건축 특성에 관한 연구」, 경일대 석사논문, 2016.

정은우, 「용문사 목조아미타여래좌상의 특징과 원문 분석」, 『미술사연구』 22, 미술사연구회, 2008.

조선총독부, 『조선사찰사료』 上, 下, 중앙문화출판사, 1968.

최성렬, 「선운사의 고승대덕」, 『신라문화』 33, 동국대 신라문화연구소, 2009.

최형우, 「남호 영기의 가사 창작과 모연의도의 문학적 형상화」, 『어문론총』 65, 한국문학언어
　　　학회, 2015.

_____, 「불교가사의 연행과 사설 구성 방식 연구」, 경북대 박사논문, 2016.

한상길, 「조선후기 사원의 불사와 사찰계」, 『한국선학』 28, 한국선학회, 2011.

〈소현성록〉의 유·불 대립에 나타난 조선조 여성신앙의 현실과 그 의미

서 정 현 | 안동대학교 외래교수

1. 머리말

조선조는 500여년에 이르는 기간 동안 숭유배불(崇儒排佛)의 기조 하에서 불교의 정치적·사회적 영향력이 크게 위축된 시대였다. 불교가 고려의 몰락과 함께 국교(國敎)의 자리에서 밀려난 이후, 태종조(太宗朝)와 세종조(世宗朝)를 전후해 불교 교단이 선(禪)·교(敎) 양종(兩宗)으로 통폐합되는 등 배불에 입각한 조치들이 차례로 시행되었다. 연산군조(燕山君朝)와 중종조(中宗朝)에 이르러서는 양종 교단의 혁파 및 승과(僧科)의 폐지로 더 이상 국가의 공인을 받지 못하게 되고, 명종조(明宗朝)에 문정왕후(文定王后)가 주도한 일시적인 호불책 또한 실패로 돌아간 이후로, 조선조의 불교는 이른바 '산중불교' 혹은 '산승불교(山僧佛敎)'의 형태로서 산림에서의 운수행각

---

* 이 글은 서정현(2013), 「『소현성록』의 유·불 대립에 나타난 조선조 여성신앙의 현실과 그 의미」(『어문론총』 58, 한국문학언어학회)라는 논문을 일부분 수정한 것이다.

을 중심으로 존속하게 되었다.[1]

하지만 이러한 공적·정치적 차원에서의 위축에도 불구하고, 불교는 사적인 영역에서는 여전히 당대의 주요한 신앙체계로서 자리잡고 있었다. 명종조 이후 불교는 임진왜란(壬辰倭亂) 당시의 승군(僧軍) 활동을 계기삼아 중흥의 기반을 마련하였고, 17세기부터는 천주교와 『정감록(鄭鑑錄)』 등 이학(異學)들의 사상적 위협과 쇠퇴한 부역노동의 대체제인 승려의 노동력에 대한 요구 등 몇몇 역사적 조건들과 맞물려 활발한 양적 팽창을 보였다.[2] 특히 여성의 불교신앙은 조선조 전반에 걸쳐 하층의 일반 민중에서부터 상층의 왕실 부녀자들에 이르기까지 신분의 고하를 막론하고 크게 성행하고 있었다.

그런데 17·18세기를 전후하여 규방공간의 여성들을 중심으로 향유[3] 된 것으로 보이는 일련의 고전소설 작품들 가운데, 이러한 당대 불교신앙의 현실과 관련된 유·불 대립을 작중에 구체적으로 형상화하는 경우들이 있다. 본서에서 다룰 <소현성록> 또한 그 중의 하나이다.[4] 이 작품에 나타나는 유·불 대립은 크게 두 가지 양상으로 나뉘는데, 하나는 소부(蘇府) 내에서 벌어지는 대립으로, 여성들의 불교에 대한 숭상 문제를 둘러싸

---

1) 김진귈(1998), 『불교문화사』, 불교통신교육원 불교대학교재편찬위원회, 156쪽.

2) 조성산(1999), 「19세기 전반 노론계 불교인식의 정치적 성격」, 『한국사상사학』 제13집, 한국사상사학회, 307-309쪽.

3) 본서에서는 '향유' 및 '향유층'이란 용어를, '창작·기록'과 '독서', '작자'와 '독자'를 모두 포괄하는 개념으로 사용한다. 특히 소설 '향유'에 있어서는 필사의 과정에서 작자와 독자가 엄밀히 구분하기 어려운 경우도 있었던 만큼, 이러한 개념 설정이 보다 적절하다고 본다.

4) <소현성록>은 옥소(玉所) 권섭(權燮)의 모친인 용인(龍仁) 이씨(李氏, 1652-1712)가 이 작품을 필사하였다는 기록으로 미루어 볼 때 17세기 중·후반을 전후하여 출현한 것으로 추정된다. 17세기 전후의 규방 여성들의 문제의식 및 욕구에 기반한 작품이며, 후대의 장편소설들의 형성 및 성행에도 큰 영향을 미친 것으로 보인다(박영희(1994), 「<소현성록> 연작 연구」, 이화여대 박사논문. 본 논문에서 <소현성록>은 기본적으로 본전 <소현성록>과 별전 <소씨삼대록>을 아우르는 표기이며, 별도로 구분할 필요가 있을 때는 추가적으로 서술한다.

고 소부의 남성과 여성들 사이에 벌어지는 논쟁이 중심이 된다. 다른 하나는 소부 밖에서 벌어지는 대립으로, 소부의 남성들이 태산(泰山) 유람 도중에 마주친 요괴 및 사찰의 승려들을 이단(異端)으로 몰아 척결하려 하면서 일어나는 충돌이 중심이 된다.

　〈소현성록〉의 유·불 대립이 주목되는 이유는 다음과 같다. 먼저 유교적 예교주의(禮敎主義)를 표방하는 이 작품에서 여성들의 불교 숭상과 같은 불교에 옹호적인 시각이 드러난다는 점은 상당히 이례적이다.5) 작중 유·불 대립의 형상화에 있어서도 상당한 서사 비중과 분량을 할애하면서 양측의 갈등과 타협의 과정을 구체적으로 그리고 있어 흥미롭다. 그리고 〈소현성록〉이 17세기 전후의 초기 작품이자 17·18세기 규방공간을 중심으로 향유된 대장편소설들의 효시인 것으로 평가되는 점을 고려하면, 이 작품의 유·불 대립은 이후의 다른 여러 소설들에도 일정한 영향력을 미쳤을 가능성이 높으며, 따라서 그 양상과 의미를 집중적으로 살핌으로써 다른 고전소설 작품들에 나타난 유·불 대립까지 아우르는 논의의 단초를 마련할 수 있다. 나아가 작중 유·불 대립은 17세기를 전후한 당대의 불교 관련 현실의 반영으로서 그 전모를 유추하게 하는 중요한 단서가 될 것이다.

　본서에서 다루고자 하는 〈소현성록〉의 유·불 대립에 관련된 선행 연구로는 서인석,6) 박대복·강우규,7) 이주영8)의 논의가 있다. 서인석은 작

---

5)　이주영(2011), 「〈소현성록〉의 유불 대립과 공간 구성의 함의」, 『국문학연구』 제23집, 국어국문학회, 171쪽.

6)　서인석(2010), 「조선 중기 소설사의 변모와 유교 사상」, 『민족문화논총』 제43집, 영남대 민족문화연구소.

7)　박대복·강우규(2010), 「『소현성록』의 요괴퇴치담에 나타난 초월성 연구」, 『한민족어문학』 제57집, 한민족어문학회.

8)　이주영, 위의 논문.

중의 유·불교가 각각 남·녀 등장인물들에게로 수용되면서, 유교적 이념에 입각한 가부장제 이데올로기가 주도적인 것과 대응되어 불교는 '여자의 종교'로 평가절하되는 공세적·수세적 입장의 형태로 양자가 공존을 이룸을 밝혔다. 박대복과 강우규는 소부 밖에서 벌어지는 남성인물들과 요괴·사찰 승려들의 대립을 통해, 당대 유학자들이 지녔던 불교와 도교, 민간신앙 등의 '괴이'에 대한 긍·부정의 양면이 복합된 인식을 읽어낼 수 있다고 하였다. 서인석과 박대복·강우규의 연구는 <소현성록>에 나타난 유·불 대립의 문제들을 소설 연구사의 장으로 끌어오는 데 중요한 단서들을 제공하지만, 연구의 초점 및 방향성이 다른 데 있어 이를 구체적으로 논의하지는 못하였다.

반면 이주영은 작중에 나타난 불교 옹호의 시각과 그로 인해 촉발되는 유·불 대립의 특성 및 의미를 다루는 데 주안점을 두었다. 그는 이 대립에서 불교를 옹호하고 유교의 강압에 항변하는 입장이 나타나는 것은 17세기 후반의 불교 관련 동향으로부터 비롯된 것임을 밝혔다. 또한 절이라는 공간을 매개로 삼아 유·불·도의 서로 다른 사상들이 조화와 공존을 이루고 있으며, 이는 불교 수용의 현실적 방안을 모색한 흔적이라고 보았다. 이주영의 연구는 <소현성록>의 유·불 대립을 본격적으로 주목한 첫 시도로서, 이 대립의 구도와 주요 쟁점을 체계적으로 분석하고 그것이 당대의 사회적 동향과 관련하여 지니는 함의를 개괄적으로 정리하고 있으며, 본서의 논의에도 중요한 기반을 제공한다.

그런데 선행 연구들에서는 <소현성록>의 유·불 대립과 당대 현실의 접점 문제를 계속해서 지적하고 있다. 공적으로는 억불숭유(抑佛崇儒)하면서도 사적으로는 불교가 유교와의 기묘한 공존을 통해 살아남는 당대 현실의 반영이라는 점,9) 유교의 체제로는 한계가 있었던 인간구제의 종교적 기능을 불교와 도교, 민간신앙 등이 분담하던 모습을 보여준다는 점,10)

불교에 대해 옹호와 비판이 교차하던 17세기 전후의 현실적 동향 및 그 중에서도 불교에 우호적인 측의 입장이 나타난다는 점[11] 등이 그것이다.

단 이러한 문제 제기에도 불구하고 그에 대한 심화된 접근은 아직 부족해 보인다. 서인석과 박대복·강우규의 연구에서는 비교적 간략하고 부분적인 언급에 그치고 있으며, 이주영의 연구에서도 작중 유·불 대립에 드러난 당대 현실의 다채로운 측면들을 구체적으로 밝히는 작업은 미진한 면이 있다. 또한 선행 연구들에서는 여성신앙과의 관련성에 대한 주목이 미흡한데, 조선조 사회에서 여성의 불교신앙이 성행했다는 점과 <소현성록>이 바로 그 여성들의 규방을 중심으로 향유된 점, 그리고 본론에서 검토할 바이지만 작중 서사 장면들에 드러나는 특징 등을 감안하면, 이 작품의 유·불 대립은 여성들의 불교관 및 종교생활에 크게 영향받은 결과로 보인다. 따라서 이 문제에 역점을 두는 새로운 논의가 필요하다.

본서에서는 <소현성록>에 나타난 유·불 대립에 주목하여, 그것이 조선조의 불교 관련 현실, 그 중에서도 특히 여성신앙의 문제와 직·간접적으로 관련된 사상적·종교적 동향들을 어떻게 문학의 형식으로 반영 및 굴절시키면서 다루고 있는지를 중점적으로 분석하고자 한다. 이를 통해 당대 현실의 사상·종교사적 측면들이 소설이라는 문학 양식으로 형상화되는 한 양상을 구체적으로 확인하고, 그것이 갖는 문학사적 의미를 조망할 수 있을 것이다.

본서의 순서는 다음과 같다. 제2장에서는 본격적인 논의의 기반 마련을 위해 <소현성록>에 나타난 유·불 대립의 전반적인 전개 양상을 살펴본다. 제3장에서는 여성신앙의 문제를 중심으로 한 조선조의 불교 관련 동

---

9) 서인석, 앞의 논문, 81쪽.
10) 박대복·강우규, 앞의 논문, 383-384쪽.
11) 이주영, 앞의 논문, 183쪽.

향들이 작중의 유·불 대립에서 어떻게 반영 및 굴절되어 나타나고 있는
지를 논의한다. 제4장에서는 이러한 작업을 통해 밝혀진 작중 유·불 대
립의 의미가 무엇인지를 확인할 것이다.

2. 작중 유·불 대립의 전반적 양상

<소현성록>에는 불교와 관련한 여러 편의 서사 장면들이 나타난다. 이
는 선행 연구에서 이주영이 정리한 바 있는데, 아래에 일부 수정하여 인
용한다.12)

① 조정 대신들과 함께 자운산 동쪽을 유람하던 소경이 한 사찰에 들러
주지승의 상좌를 괴롭히던 지네 요괴를 퇴치한다.

② 소운경과 정혼한 위소저가 계모의 흉계를 피해 자운산 선학동의 도
관에 머무른다. 이 선학동과 그 옆의 운수동에는 각각 도관과 사찰
이 있어, 거룩하고 득도한 이들이 산다.

③ 소운성이 구주(九州)를 유람하면서 계명산 송간사에 들러 다섯 요괴
를 처치하고 조부 소광이 남긴 글을 얻는다. 또한 불공을 드리러 가
다가 도적을 만나 위기에 처한 사대부 부녀자들을 구한다.

④ 운수동의 여승이 찾아와 소부에 닥칠 재앙을 예언한다. 양태부인이
이를 막기 위해 불사를 행하고자 하지만 소경과 소운성의 반대로 무
산된다. 이후 여승의 예언대로 재앙이 닥치지만 결국에는 해결된다.

⑤ 소경이 아들들을 거느리고 태산을 유람한다. 소운성을 비롯한 아들
들은 태산의 세 요괴를 퇴치하려 하거나 사찰을 불태우려 하지만 뜻
을 이루지 못한다.

---

12) 이주영, 앞의 논문, 172-173쪽.

⑥ 운수동 여승이 다시 찾아와 이부인과 연관된 전생(前生)의 인연을 알
   려준다. 또한 여승의 정체는 관음보살이었음이 밝혀진다.

이주영은 위의 불교 관련 장면들에서 서로 불교관이 다른 인물들의 대
립과 절(사찰) 공간에서의 요괴 퇴치라는 특징이 나타남을 밝히고, 이를 바
탕으로 작중 유·불 대립의 문제를 논의하였다.[13] 그런데 여기서 유교와
불교의 직접적인 대립은 단락 ④, ⑤에서 나타나며, 단락 ①, ②, ③, ⑥
에서도 관련 양상이 드러나고 있지만 온전한 대립의 구도를 갖추지는 않
는다. 단 ⑥의 경우 ④에서의 대립과 서사적으로 긴밀한 연관성을 지니고
있으므로 함께 살필 필요가 있다. 따라서 본서에서는 단락 ④, ⑤, ⑥의
내용을 중심으로 <소현성록>의 유·불 대립을 논의하고, 단락 ①, ②,
③은 필요한 경우 부분적으로 거론할 것이다.
   작중 유·불 대립은 제1장에서 간략히 언급한 바와 같이 ④, ⑥에 해당
하는 소부 내에서의 대립과, ⑤에 해당하는 소부 밖에서의 대립의 두 가지
로 나뉜다. 먼저 소부 내에서의 유·불 대립을 정리해 보면 다음과 같다.

④-㉠ 한 여승이 소부에 찾아와 이부인의 수난과 단명(短命), 화부인의
      독수공방 등 가내에 닥칠 재앙을 예언하고, 이를 피할 방도로 이
      부인을 남편 소운명과 별거시키는 한편 수륙재(水陸齋)[14]를 행할
      것을 제안한다. 양태부인을 비롯한 여성인물들은 이 제안을 받아

---

13) 이주영, 앞의 논문, 173쪽.
14) 원래 물이나 육지에 있는 아귀(餓鬼)들에게 법식을 공양하고 망자의 명복을 비는 밀교적
   법회였으며, 조선조 불교의례의 대부분을 일통한 형식으로서 성행하였다. 국가의 공식적
   인 행사로서도 거행되다가 중종조에 폐지되고 여제(厲祭)에 그 자리를 넘겨주었지만, 이후
   로도 민간에서는 16·17세기에 이와 관련한 다수의 불교의식집이 간행되는 등 여전히 대
   표적인 불사로서 남아 있었다(남희숙(2004), 「16·18세기 불교의식집의 간행과 불교대중
   화」, 『한국문화』 제34집, 규장각 한국학연구소, 136-142쪽).

들이되, 평소 불교를 배척하는 소경과 소운성 몰래 불사를 행하려 한다.

④-ⓛ 여승의 방문을 알게 된 소경과 소운성 부자가 수륙재 행사를 반대한다. 결국 양태부인이 소경의 뜻을 받아들여 수륙재를 지내는 것을 그만둔다.

④-ⓒ 양태부인이 이부인을 걱정하는 화부인의 청을 받아들여 자신의 수발을 든다는 핑계로 이부인을 소운명과 별거시킨다. 소운성이 이것의 진상을 알고 분개하여 양태부인의 소관인 문지기와 내당 시비를 예전 여승을 부중(府中)에 들였다 하여 중형에 처한다. 이에 양태부인이 소경 부자에게 지나치게 불교를 핍박하지 말라고 하여 크게 꾸짖고 소운성을 태형(笞刑)에 처한다.

④-ⓔ 소경·소운성 부자가 운남국 원정을 가고 양태부인이 소부를 떠나면서, 이부인이 다시 소운명의 곁으로 돌아온다. 그러나 정부인이 이부인을 시기하여 간통죄로 모함함으로써 이부인이 수난을 겪고 소부 또한 혼란에 빠진다.

④-ⓜ 원정에서 돌아온 소경·소운성 부자가 내막을 밝히고 이부인의 누명을 벗겨 주며, 소부를 다시 안정시킨다. 또한 이부인의 수명이 다하자 소경이 북두성에 기원하여 수명을 서른다섯 살로 늘린다.

⑥ 소경과 그 아들들이 유람을 떠나 소부를 비운 동안 여승이 다시 찾아와 소운명과 이부인, 정부인 사이에 얽힌 전생 인연으로 가내에 재앙이 닥쳤음을 밝힌다. 양태부인이 여승의 정체가 관음보살임을 알아보자, 관음보살은 양태부인을 칭송하고 후일 천상에서 다시 만날 것을 기약하며 사라진다.

다음으로 살필 소부 밖에서의 대립은 위의 소부 내 대립 장면들의 단락 ④-ⓜ과 ⑥의 사이, 즉 이부인의 병이 소경의 기도를 통해 쾌차(快差)한 직후에서부터 소부에 관음보살의 화현(化現)인 여승이 찾아오기 전의 사이에 위치한다. 이 대립을 정리해 보면 다음과 같다.

⑤-㉠ 소경이 아들들과 함께 형산과 태산을 유람하다 태산 아래 사찰을
　　　발견한다. 소운성이 사찰을 불지르려 하나 소경의 만류로 그만둔
　　　다. 다음날 소경이 몸이 불편하여 숙소에 머무는 동안 소운성 형
　　　제들은 유람을 계속한다.

⑤-㉡ 소운성 형제들이 유람 중에 요괴의 소혈(巢穴)을 발견하고 불을
　　　지른다. 이에 분노한 요괴들이 뛰쳐나와 공격하자, 소운성 형제들
　　　은 이를 감당치 못하고 숙소로 도망친다. 소운성 형제들을 쫓아
　　　온 요괴들은 그러나 숙소에 머물던 소경을 보고 놀라 달려들지
　　　못하고, 결국 소경의 교화(敎化)와 제요가(制妖歌), 소운성의 퉁소
　　　곡조를 듣고 감화되어 물러난다. 소운성이 요괴들을 왜 죽이지
　　　않았느냐고 묻자 소경은 그들이 도를 닦았으므로 가볍게 여길 무
　　　리가 아님을 밝힌다.

⑤-㉢ 소운성·소운경·소운현 형제가 태산 아래의 사찰이 요괴들과 결
　　　탁하였다고 하여 불을 지르려 하지만, 한 신이한 노승의 위력에
　　　눌려 뜻을 이루지 못한다. 양측이 대치하는 동안 소경이 나타나
　　　소운성 형제의 과도함을 경계하고 함께 숙소로 돌아온 후, 소경이
　　　하늘의 명을 받아 꿈속에서 길을 나서서 소운성 형제를 데려옴을
　　　이야기한다. 소운성이 화를 참지 못하나 마지못해 부친과 함께 소
　　　부로 돌아온다.

그런데 여기서 단락 ⑤-㉡에 해당하는 태산의 세 요괴와의 대립을 과
연 유·불교의 대립에 포함시킬 수 있는가의 의문이 제기된다. 여기서는
소운성 형제들이 태산의 사찰과 요괴들에 대해 보이는 반응을 고려할 필
요가 있는데, 그들이 사찰을 불지르려 하는 주된 이유는 이 사찰이 요괴
들의 존재를 용납하고 태산이라는 같은 지역에서 공존하고 있으므로, 그
를 요괴들과 다를 바 없는 요사스러운 무리의 소굴이라고 인식하는 데 있

다. 소운성 형제들이 사찰을 두고 "만일 녕검홀딘대 엇디 요긔롤 두리오"15)라고 하거나, 소운성이 사찰에서 소란을 피우면서 "셔역 무디훈 오랑캐 귀신이 엇디 항화롤 도적ᄒ고 요긔롤 이웃ᄒ리오"16)라고 일갈하는 장면이 그것이다. 이러한 서사 전개상의 인과성을 고려하면 단락 ⑤-ⓛ 또한 작중 유·불 대립에 포함시키는 것이 타당하다.

위에 정리한 단락 ④, ⑤, ⑥의 내용을 통해 볼 때, <소현성록>의 유·불 대립의 전체적인 구도는 불교에 비판적인 입장을 취하면서 이를 공격하는 입장인 소경 및 소운성 부자를 중심으로 한 소부의 남성들과, 이에 맞서 불교를 숭상하고 옹호하는 입장인 양태부인을 비롯한 소부의 여성들과 노승을 비롯한 사찰의 승려들 그리고 관음보살의 화현인 여승 사이의 대립으로 진행된다. 단 소경은 처음에는 불교에 비판적이었지만, 소운성의 가노(家奴) 처벌 사건인 ④-ⓒ 이후부터는 양태부인의 뜻을 존중하여 일정하게 불교를 용인하는 태도를 보이면서 유·불 대립의 중재자로 나서게 된다.

소부 내·외의 유·불 대립을 서로 비교해 보면, 소부 안에서는 여성들의 불교신앙의 문제에 초점을 맞추어 그 정당성의 여부를 가리는 논쟁의 형식으로 진행되는 반면, 소부 밖에서는 불교적 존재들의 존망(存亡)이 걸린 직접적·물리적인 충돌이 일어난다. 대립의 주체들 또한 소부 안에서는 서로 가족관계로 묶여 있지만, 소부 밖에서는 이와 같은 친연적인 관계가 성립되지 않는다. 단 이러한 몇몇 차이점에도 불구하고 소부 밖에서의 대립은 기본적으로 소부 내에서의 대립의 연장선상에 있다. 비록 소부 밖에서 여성들이 대립 주체의 위치에서 물러나기는 하지만, 여기서 소경

---

15) <소현성록> 이화여대본, 12권, 68쪽.
16) <소현성록> 이화여대본, 12권, 68-69쪽.

이 불교를 용인하면서 중재자로 나서는 결정적 이유는 양태부인의 불교 옹호에 있으며, 소운성의 배불의식 또한 소부 내에서의 대립을 겪음으로써 사찰을 보는 것만으로 불태우려 할 만큼 철저해지는 등[17] 긴밀한 연계성이 존재하는 것이다. 소부 안에서 유·불 대립의 이론적인 기틀을 세웠다면, 소부 밖에서는 그것을 이어받되 이론적인 대립보다는 직접적인 형태로 격화된 물리적 충돌에 집중하는 양상을 보인다.

이러한 작중 유·불 대립의 결과는 다음과 같이 정리할 수 있다. 우선 소부 내의 경우 가문 공인의 차원에서 불사를 행하는 것은 무산되지만, 여성들의 개인적인 불교신앙은 허용해 준다. 양태부인은 소경의 말을 받아들여 수륙재 행사를 그만두고, 역으로 소경은 양태부인을 위해 불교를 과도히 핍박하지 않겠다고 하며, 소운성은 가내 질서를 어지럽힌 죄를 추궁당해 벌을 받는다. 다음으로 소부 밖의 경우 유교의 인정 하에 불교의 존속이 용인된다. 소운성 형제들은 이단을 척결하려 시도하지만 번번이 요괴들과 노승에게 격퇴당하고, 소경은 소운성 형제들의 행위를 중재하면서 유교 이념에 따라 이 초월적 존재들의 존속을 인정하는 역할을 맡는다. 즉 〈소현성록〉의 유·불 대립은 유교적 이념과 질서에 따른 일정한 통제를 전제하되, 전체적으로는 불교에 우호적인 방향성을 지닌다.

---

17) 단락 ③과 같이 유·불 대립 이전의 불교 관련 장면들에서 소운성은 부처를 서역의 요사스러운 신령이라 칭하는 등 배불의 입장을 취하면서도, 또한 사찰에 유숙(留宿)하고 승려들을 괴롭히는 요괴들을 퇴치하기도 한다. 그러나 단락 ⑤-㉠에서는 단지 사찰을 본 것만으로 불을 지르려 한다. 이러한 소운성의 변화는 단락 ④에서 양태부인과 심각한 갈등을 겪으면서 더욱 철저한 배불의 관점을 지니게 되었다고 해석하는 것이 타당하다.

3. 작중 유·불 대립에 나타난 조선조 여성 불교신앙의 현실

1) 여성 중심의 기복적 불교신앙의 성행

이제 본장에서는 <소현성록>의 유·불 대립이 조선조 당대의 불교 관련 현실, 그 중에서도 특히 여성신앙의 문제와 직·간접적으로 연관된 제반 동향들을 어떻게 반영 및 굴절시키고 있는지를 살피고자 한다. 작중에 반영된 당대 현실의 종교적 동향은 크게 세 가지로 나눌 수 있는데, 첫째 여성 불교신앙의 성행과 그 이유, 둘째 이 여성의 신앙 문제를 포함한 불교 전반에 대한 유교 측의 입장과 반응, 셋째 그 와중에 나타난 불교와 민간신앙의 습합 및 연대가 그것이다. 이 셋을 항목별로 나누어 논의해 보자.

제2장에서 살핀 바와 같이 <소현성록>에서는 여성들의 불교 숭상이 작중 유·불 대립의 주요 쟁점으로 나타난다. 처음 여승이 소부를 방문했을 때 양태부인을 비롯한 소부의 여성들은 소경 부자를 비롯한 남성들과는 달리 아무런 거부감 없이 그녀를 받아들이고 자신들의 관상을 보기도 하며, 여승의 조언대로 가내에 닥칠 재앙을 막기 위한 불사인 수륙재를 행하는 데 찬성하고 있다. 이후 소경 부자가 이를 문제삼자 여성들의 대표격으로 양태부인이 나서서 불교를 옹호하면서 논쟁을 벌이고, 결국 수륙재가 무산된 뒤에도 불교를 숭상하는 뜻은 여전히 버리지 않는다. 한편 제2장의 단락 ③에 해당하는 다른 불교 관련 장면에서는 사찰로 불공을 행하러 가는 사대부 부녀자들의 형상이 묘사되기도 한다.

이처럼 <소현성록>에서 부각되는 여성의 불교 숭상과 옹호는 조선조 당대의 종교적 동향과 밀접한 관련이 있는 것으로 보인다. 제1장에서 간략히 살폈듯이 조선조의 불교는 공적 차원에서의 쇠퇴에도 불구하고 여전히 당대의 주요한 신앙체계로 성행하였으며, 특히 여성을 중심으로 그 왕성한 생명력을 보여주었다. 왕실에서 부녀자들의 불교 숭상이 공공연하게 행하여지고, 민간 차원에서도 여성이 주도하는 크고 작은 불교행사가 끊이지 않는 모습들은 당대 불교의 지속 및 성행에 여성들이 중요한 역할을 담당하였음을 드러낸다.[18]

그런데 앞의 제1장에서 언급했던 것처럼, 이 작중 여성들의 불교 숭상은 〈소현성록〉의 전반적인 성격이 유교 이념에 기반하는 것과는 서로 모순되는 형상이어서 의문이 제기된다. 선학들이 지적하였듯이 〈소현성록〉은 사대부 및 규방 여성들의 모범적인 생애를 그림으로써 당대 사대부가의 교양과 예교의 실천적 서사화 방식의 전범을 보여준 작품이다.[19] 특히 작중의 중심인물로서 이러한 흐름을 이끄는 장본인인 양태부인의 경우, 남편을 위해 수절하지 않고 외간남자와 사통한 친딸 소교영에게 사약을 내려 죽음으로 몰 만큼 철저한 예교주의를 보여준다. 그러나 정작 유·불 대립의 장면에 이르러서는 유교에 의해 배척받는 불교를 숭상하고 옹호하면서 소경·소운성 부자와 치열한 논쟁을 벌인다. 다른 소부의 여성들 또한 불교에 우호적인 태도를 드러내고 있다.

위의 의문에 대한 해답은 〈소현성록〉이 반영하고 있는 조선조 여성들의 불교를 신앙한 이유에서 찾을 수 있을 것이다. 공자(孔子)가 "괴력난신(怪力亂神)을 논하지 않는다"고 천명(闡明)한 바와 같이, 원래 유교는 종교라

---

18) 예를 들어, 매우 적극적인 억불책이 행해졌던 연산군조 및 중종조에조차 승려의 무리가 과부집에 출입하거나 관등불사(觀燈佛事)를 위해 남녀가 어울리는 등 여성들의 불교 숭상에 관한 사례들이 빈번한 점(이은순(1997), 「조선시대 성리학 정착과 여성의 신앙활동」, 『사학연구』 54, 한국사학회, 122쪽), 조선 중기 이후로 정업원(淨業院), 자수원(慈壽院), 인수원(仁壽院) 등의 왕실 부녀자들을 위한 사원들이 점차 철폐되어 가는 와중에도 불상(佛像)·불화(佛畵)의 봉헌(奉獻) 등 그들의 사찰에 대한 후원활동은 여전히 활발했던 점(규장각 한국학연구원(2010), 『조선 여성의 일생』, 글항아리, 306-314쪽) 등을 살필 수 있다.
19) 최기숙(1999), 『17세기 장편소설 연구』, 월인, 179-180쪽.

기보다는 이성적·합리적 세계관을 중시하는 하나의 보편타당한 정치철학에 가까웠다. 물론 천명(天命)이라는 초월적 기제를 이야기하고 각종 제례를 지내는 등 유교에도 종교적 요소가 전혀 없는 것은 아니지만, 그것은 "인간의 자각과 책임에 의한 주체적 각성을 바탕으로"[20) 한 것으로서 종교적·주술적인 믿음과는 거리가 있었다. 따라서 일반적인 종교신앙이 가지는 초월성을 보이거나 현세구복(現世求福)적 가치를 제공하기는 어려웠으며, 배타적 성향을 지닌 성리학이 유학의 중심이 되는 시기에 이르러 오히려 그러한 요소들은 척결의 대상으로 간주되었다.

하지만 종교는 불완전한 인간 존재의 기대와 여기에 부응하지 못하는 세계와의 사이에서 빚어진 어떤 편차를 극복하려는 인간의 주체적 행위이자, 불완전한 경험적 세계에서의 무의미를 극복하기 위한 수단이라 할 수 있다.[21) 이를 고려하면서 당대 여성들의 삶을 살펴보면, 그들은 정치에서 소외되고 바깥출입을 제한받는 등 사회적 활동이 대부분 금지되었으며, 가내에서도 종법(宗法)을 중심으로 한 가부장적·남성중심적인 유교의 규범에 규제되는 위치에 있었다. 유교가 보장하는 이상적 가치 또한 '입신양명(立身揚名)'과 같은 지배층 남성들의 성취에 국한되었다. 이처럼 억압적인 현실 속에서 당대의 불교는 그 내세관 및 현세구복적인 성격과, 삼국에서부터 고려시대에 이르기까지 국교로서 확장된 세력과 오랜 전통, 체계화된 교리(敎理)를 통해 여성들을 끌어들일 수 있었을 것이다.

당대 여성들의 불교신앙의 주된 동기는 가부장제에 의한 소외로 인해 정치와 같은 현실적 활동이 제약된 상황에서, 가족과 자신을 동일시하면서 아들의 출산과 가문 혈통의 보존, 가족의 생존과 안녕, 내세에서의 명

---

20) 황선명(1985), 『조선조 종교사회사연구』, 일지사, 85쪽.
21) 황선명, 앞의 책, 18-19쪽. M. 웨버의 견해를 재인용하였다.

복 등을 바라게 되었을 것이라는 점에서 찾을 수 있다.22) 이를 구체적으로 확인해 주는 실례로 『성종실록(成宗實錄)』의 성종(成宗) 8년(1477년) 3월의 인수대비가 행한 금자경(金字經)의 사경(寫經)을 둘러싼 논쟁에 관한 기록을 들 수 있다. 여기서 대비는 자신의 불사를 반대하는 목소리에 맞서 불교 옹호론을 펴면서, 다음과 같이 그녀가 불사를 행하는 근본적인 동기를 밝히고 있다.

> 또한 내 나이 열일곱에 동저(東儲)를 모셨는데, 4년 사이에 아침에는 양전(兩殿)을 모시고 저물어서야 궁(宮)에 돌아오니 일찍이 하루도 온전하게 우리 왕을 모시지 못하였다. 때마침 우리 왕이 편치 않으셔서 다른 곳으로 거처를 옮기셨는데, 내가 모시어 간병하고 싶었으나 주상(主上)을 회임(懷姙)하였으므로 각각 동(東)과 서(西)에 거처하다가 이 다음에 영원히 이별을 하였다. 그 슬픔을 다 이길 수 없음은 천지(天地)도 반드시 알 것이다. <u>명복(冥福)을 구하는 것은 나만 홀로 하는 것이 아니라 예로부터 있었다. 이러므로 위로는 선왕(先王)을 위하고 다음은 우리 왕을 위하는 것이 일찍이 경각(頃刻)이라도 마음에 잊혀지지 않는다.</u>23)

위의 인용문에서 인수대비는 자신의 불교행사는 선왕(先王)인 세조(世祖)와 성종의 복(福)을 구하는 것임을 밝히고 있으며, 그것은 남편인 덕종(德宗)을 일찍 떠나보내고 과부가 된 절절한 심정으로부터 비롯되었음을 토로한다. 대비가 겪은 정서적인 고통은 현실주의적인 유교의 가르침으로는

---

22) 조희선(2009), 「조선조 유교화와 신앙의 이중성」, 『인문과학』 44, 성균관대 인문과학연구소, 321쪽. 같은 쪽에서 조희선은 이를 위한 종교행사를 직접 주관하고 실행하는 과정을 통해 자아실현을 이루었을 것이라는 점 또한 언급하였는데, 이는 부차적인 신앙의 동기 및 이유가 되었을 것으로 생각된다.

23) "且予年十七得侍東儲 其四年之間 朝侍兩殿 暮還于宮 未嘗一日專侍我王 會我王不豫 避居他處 予欲侍疾 而適懷姙主上 各在東西 從此永別 可勝痛哉 天地必知矣 <u>求薦冥福 非我獨爲 自古有之 是以上爲先王 次爲我王 未嘗頃刻忘于懷也.</u>" 『성종실록』 8년 3월 7일.

온전히 감당하기 힘들었을 것이기에, 대신 불교가 지니는 기복(祈福)의 종
교적 기능을 통해 위안을 삼았다고 할 수 있겠다.

그런데 인수대비를 비롯한 조선조의 여성들이 보여준 불교신앙의 이유
는 <소현성록>에서도 마찬가지로 나타난다. 아래의 양태부인의 작중 발
언들을 보자.

> 내 앗가 고요훈 째의 녀승이 문밧긔 왓다 호거놀 블너 보니 샹법이 신
> 묘훈 고로 니시롤 나모라니 심히 측호디라 이런 고로 운슈동의 가 슈륙호
> 야 평안코 댱슈케 호고져 호미러니[24]

> 성인도 지악은 피호야 면호라 호여시니 셥셰 쳐신의 경권을 マ죽이 호
> 야도 해롭디 아닌 고로 슈륙 일스롤 일우려 호더니[25]

위의 첫 번째 인용문에서 양태부인은 불교를 숭상하고 수륙재를 행하
려는 이유를 자손들의 앞날과 복락(福樂)을 걱정하고 궁금해하는 마음과,
이부인을 구하고 가문에 닥칠 재앙을 신앙의 힘을 빌어 극복하기 위함에
있다고 한다. 또한 두 번째 인용문에서는 세상살이를 경권(經權)으로 행하
는 것은 성인의 가르침에도 있다고 하여 불교신앙의 당위성을 주장한다.
이는 조선조 당대의 여성들이 불교를 통해 바랐던 바와 같은 맥락이다.

그럼 이제 <소현성록>이 보여주는 여성의 예교 중시와 불교신앙 옹호
사이의 간극의 문제로 돌아가 보자. 이 작품이 강조하는 예교주의는 기실
은 사대부 남성과 규방 여성의 일생 및 삶의 태도에 대한 전범을 보여줌
으로써 안정적인 사대부 가문의 창달을 추구하는 수단이라고 할 수 있

---

24) <소현성록> 이화여대본, 10권, 86쪽.
25) <소현성록> 이화여대본, 10권, 97쪽.

다.[26] 양태부인이 친딸인 소교영에게 수절하지 않았다는 이유로 사약을 내려 죽게 만드는 것 또한 단순히 유교적인 이념에 근거한 것으로만 볼 수는 없다. 당시 조선조 사회에서 여성의 음행(淫行)에 대한 처벌은 분명 엄하였지만 그 경중에 따라 당사자의 목숨까지는 빼앗지 않는 경우가 상당수 있었다.[27] 더욱이 양태부인과 소교영이 모녀지간임을 고려하면 이러한 행위는 지나친 감이 있다. 이는 사고무친(四顧無親)한 과부인 양태부인의 입장에서, 소부의 명예와 기강을 실추시킴으로써 가문의 창달을 가로막을 수 있는 교영의 실절(失節)을 좌시할 수 없었음을 보여준다. 즉 가부장제적 질곡을 누구보다도 깊이 체험하고 이해하면서도, 오히려 그것의 이상적 실현을 통한 질곡의 해소를 꿈꾸는 모순적인 당대 여성들의 욕망[28]이 양태부인의 형상에 투영된 것이다.

그런데 작중 여성들이 불교를 숭상하는 것은 당대 현실 속의 여성들과 마찬가지로 그 종교적 기능을 통해 이러한 가족·가문의 안위와 번성을 성취하기 위해서이다. 즉 <소현성록>의 여성들이 불교를 긍정하는 가장 주요한 이유는, 그들이 지닌 가문 창달의 욕망을 불교의 종교적 기능을 통해 충족시키는 데 있다고 하겠다. 물론 불교는 유교적 예교주의와 어긋난다는 점에서 사통과 마찬가지로 여성 및 가문의 흠결이 되어 그러한 욕망을 저해할 수도 있다. 그러나 앞에서 보았듯이 작중 양태부인이 불사를

---

26) 최기숙, 앞의 책, 455-456쪽.

27) 이와 관련하여 『성종실록』 11년 9월 2일조의, 여러 제신(諸臣)들과 간통죄를 범한 어을우동(於乙宇同)의 죄를 논의한 것을 살펴볼 수 있다. 이 기록에는 태종·세종조 이후로 사족(士族)의 부녀자들의 음행은 대명률(大明律)에 따라 극형에는 처하지 않는 경우가 많았음을 언급하고 있으며(然太宗 世宗朝 士族婦女 淫行尤甚者 雖或置極刑 其後皆依律斷罪 今於宇同 亦當依律斷罪), 어을우동의 죄 또한 극형에 처할 것은 아니되 후인(後人)을 경계한다는 의미에서 이를 집행하는 쪽으로 결정이 나고 있다(於乙宇同之罪雖重 然揆律不至死 <中略> 上曰 於乙宇同 淫縱無忌 此而不誅 後人何懲 其命禁府 擬死律以啓).

28) 박일용(2006), 「소현성록의 서술시각과 작품에 투영된 이념적 편견」, 『한국고전연구』 제14집, 한국고전연구학회, 37쪽.

'경권'으로 인식하는 점이나, 조선조 여성의 불교신앙이 신분의 고하를
막론하고 성행한 점은, 결국 가문 창달에 있어 불교의 역기능보다는 순기
능적 측면이 중요하게 받아들여졌음을 의미한다.

단 합리적으로 생각해 보면 조선조 당대의 여성들이 불교에서 그들의
욕망을 실현시키는 영험을 얻었다고 하기는 어렵다. 대신 현실의 고통을
이겨낼 수 있는 일종의 기대감과 만족을 얻었다고 보아야 할 것이다. 그
러나 <소현성록>에서는 여승으로 화현한 관음보살의 존재를 통해 현세
구복을 이루는 불교의 초월적인 힘이 실재하는 것으로 간주되고 있다.

> 제 쇼년 부인이 남희 데삼 농녀의 샹의 일층도 다른미 업스니 엇디 놀
> 납디 아니며 샹이 어린 옥과 찬 어름 ᄀ투야 텬명이 슬퍼 되어시니 슈호
> <u>일 이십을 너모디 못홀 분 아니라 익이 참혹ᄒ야 일년을 굴형의 ᄲ딜 샹</u>
> <u>이오 귀즈 냥인을 두고 청슌 요절홀 샹이로소이다 <중략> 만일 그 가부</u>
> <u>로 더브러 서로 보디 못ᄒ게 깁히 두고 여러 뎍국을 모도와 통을 ᄂ호고</u>
> <u>일변을 가져 즁면 진향ᄒ면 익운이 쇼삭ᄒ고 쉬 삼십셰롤 넘그리이다 만</u>
> <u>일 니부인의 익이 쇼삭ᄒ면 화부인의 공방 단쟝이 다ᄉᆞ 희롤 감ᄒ리니 피</u>
> <u>치 다 됴흘 거시오 ᄆᆞ롯 믈역이 삼빅 냥은 들니이다</u>29)

> <u>양태부인이 믄득 상의 ᄂᆞ려 사례왈 딘토지인이 일족 관음더시 희롱ᄒ시</u>
> <u>믈 모른니 기리 황괴ᄒ이다</u> 녀승이 태부인의 아라보믈 보고 일단청풍이
> ᄂᆞ러나며 몸을 곱초고 일봉셔롤 ᄂᆞ리티니 가온대 닐러스더 <u>구텬형녀 낭낭</u>
> 이 대송을 딘압ᄒ매 녀듕 요슌이 되도다 부인의 덕틱으로ᄡᅥ 곽시의 복을
> 바드니 빈승이 ᄯᅩᄒᆞᆫ 위ᄒᆞ야 하례ᄒ느니 일노 조차 다시 보기 어려오니 쉬
> 촌 후 빈승이 당당이 텬샹의 올라가 부인을 <u>보리라</u> ᄒ엿더라30)

29) <소현성록> 이화여대본, 10권, 81-82쪽.
30) <소현성록> 이화여대본, 12권, 76-77쪽.

위의 첫 번째 인용문에서 여승(관음보살)은 소부에 닥칠 재앙을 예견하고 그 대비책을 제시하며, 이후 작중 서사의 전개는 그녀의 예언대로 사건이 진행되고 있어 그 영험함을 증명한다. 두 번째 인용문에서는 여승이 관음보살임을 알아본 양태부인이 스스로를 낮추어 예를 표하자, 관음보살 또한 양태부인을 여인들 중의 요순(堯舜)으로 칭송한 후 사라지고 있다. 즉 관음보살이 갖는 불교적 신성성을 통해 사대부가 여성의 이상적인 덕목을 기리는 역설적인 양상이 드러나는 것이다. 이러한 작중 관음보살의 존재는 현실에서는 기대하기 힘든 종교적 열망의 실현 및 불교신앙의 정당성 강조를 위한 문학적 굴절이라고 하겠다.

한편 이와 관련한 또 다른 흥미로운 예시로 소경의 형상에 주목할 수 있다. 작중에서 소경은 유교주의자로서 배불의 입장을 견지하면서 양태부인의 불사를 반대하고 있다. 문제는 그 와중에 소경 또한 관음보살 못지않은 신이한 능력을 발휘한다는 점이다.

> 니시 댱슈툰 아니나 삼십오 셰는 죡히 살 거시오 젼두 지앙은 텬명의 둘녀시니 비록 일 년은 굿기나 이십여년 영귀와 명소 아둘 둘흘 둘 거시니 이 곳 텬뎡긔쉬라 엇디 요괴로온 신녕의 덕을 ᄇ라리오31)

> 니시 이때 병이 듕ᄒ야 셩되 어려오니 합개 경황ᄒ더니 승상이 반야의 북두롤 향ᄒ야 식부의 명을 비러 삼일의 니ᄅ매 니시 ᄒ 꿈을 ᄭᅮ니 홍운 ᄉ이로셔 일개 신인이 ᄂᆞ려와 굴오디 네 나히 본디 단명ᄒ되 소승샹 졍셩이 감동ᄒ야 심십오셰롤 ᄒᆞᄒ니 이번의 죽기롤 면ᄒ리라32)

위의 장면에서 소경은 이부인의 수명과 운명은 하늘에 달린 것이니 어

---

31) 〈소현성록〉 이화여대본, 10권, 87쪽.
32) 〈소현성록〉 이화여대본, 12권, 60-61쪽.

찌 요괴스러운 신령(부처)의 덕택을 바라겠느냐고 언급하는 한편으로, 이 부인의 수명이 삼십여 세를 넘을 것과 아들을 둘 낳을 것을 예견하거나, 소부 여성들이 수륙재를 통해 막으려 한 이부인의 단명 문제를 북두성(北斗星)에 기도를 올림으로써 해결한다. 이러한 소경의 초월적 능력은 그가 <소현성록>에서 도교의 삼청(三淸)에 속하는 최고위신인 영보도군(靈寶道君)의 환생인 데 기인한다.[33] 그런데 문제는 소경의 초월적 능력이 단지 불교에서 도교로 바뀌었을 뿐, 공자의 언급처럼 "괴력난신을 논하지 않는" 유교의 사상적 틀을 넘어선다는 점에서는 변함이 없다는 점이다.[34] 이는 곧 불교신앙을 억압하더라도 그를 대체할 다른 수단을 강구해야 할 만큼, <소현성록>에 투영된 당대 여성들의 종교적 열망이 대단하였음을 의미한다.

이 항에서 논의한 바를 정리하면 다음과 같다. <소현성록>의 여성들은 유교적 예교주의를 표방하면서도 유・불 대립 장면에 이르러서는 불교를 숭상하고 있는 모순을 보인다. 이는 조선조 당대의 불교신앙이 여성들을 중심으로 활발하게 지속되었다는 점과, 그것이 유교가 담당하지 못하는 종교적・사회적 기능을 대신하였기 때문이라는 점을 투영한 결과일 것이다. 그 중에서도 특히 가문 창달의 욕망을 불교의 초월적・종교적 기제를 통해 충족시킬 수 있었던 점이 중요하게 작용하였다고 생각된다.

---

33) "공의 늣치 칠셩이 잇고 엇게의 삼티도 다시며 머리 우희 불근 긔 붓티이고 흰 즈로 <u>태쳥 녕보도군 계라 흐엿고……</u>" <소현성록> 이화여대본, 11권 27쪽.

34) 작중에서 소경과 소운성을 비롯한 유교주의자들은 불교의 허탄함을 비판하는 반면 도교와는 친연적인 관계를 유지한다. 이는 도교가 조선에서는 유교에 대항할 만큼의 현실적 힘을 갖지 못했던 점(서인석, 앞의 논문, 81쪽), 그리고 도교 및 도가사상의 자연친화적 경향과 신선사상, 노장사상 등이 조선조 사대부들의 지향과 일정하게 맞닿아 있었던 점 등을 고려할 수 있다.

2) 유교 측의 불교에 대한 반응과 수용

위의 3절 1항에서 조선조 여성의 불교신앙이 현세구복적인 욕망의 충족과 관련하여 크게 성행하였음을 밝혔다. 하지만 조선조는 숭유배불을 기조로 삼은 시대였던 만큼 그 한편에서는 적잖은 충돌이 일어났을 것임을 짐작할 수 있다. 〈소현성록〉에서도 이는 마찬가지인데, 불교를 옹호하는 소부의 여성들과는 달리, 소경 부자를 중심으로 한 소부의 남성들은 강도 높게 불교를 비판하는 것이다.

작중에서 소경과 소운성은 평소 불교를 용납하지 않으면서 조정의 공론(公論)을 이끌어 승려들의 도성 출입을 금지하고 숭상하는 이들을 논박하고 있다. 소경의 발언을 통해 이들의 배불론을 구체적으로 확인할 수 있는데, 그는 양태부인의 불사 거행을 반대하면서 불교가 인륜(人倫)을 폐하고 산중에 숨어 서역(西域) 오랑캐의 신령을 섬기는 요괴스러운 종교인 점, 사람의 일은 하늘이 정한 것에 달렸으며 부처의 덕을 바라서는 안 된다는 점, 소부에서 불사를 행하는 것은 체면이 손상되는 일이며 또한 자신이 평소 조정에서 적극적으로 배불론을 개진하였는데 이제 와서 태도를 바꾼다면 조롱을 받을 것이라는 점 등을 들고 있다.

하지만 작중 유·불 대립이 진행되면서 두 부자 가운데 소경의 태도에는 변화가 일어난다. 소운성의 가노 처벌 사건을 계기로, 양태부인은 소경에게 부녀자들을 비롯한 다른 이들이 불교를 믿는 것까지 비방하거나 논박하는 그의 평소 행동이 지나침을 문책한다. 이에 소경은 다음과 같이 대답하고 있다.

승상이 공경ᄒᆞ야 듯줍고 이셩화긔ᄒᆞ야 주왈 ᄒᆡ인이 비록 어디디 못ᄒᆞ나 엇디뎡듕의 가 의논을 과도히 ᄒᆞ야 사ᄅᆞᆷ의 고이히 너기믈 바ᄃᆞ리잇고 뎌

적의 <u>공신됴원위 추종을 드리고 친히 졀의 가 증명진향ᄒ고 그 쳐지 나가</u>
<u>셔 뵈더라</u> ᄒ니 대신의 규듕 풍되 한심ᄒ고 대신의 쳐면이 손샹ᄒᄆᆯ 통히
ᄒ야 탑뎐 쥬ᄒ고 논힉혼 후ᄂᆫ 인ᄒ야 비쳑ᄒ미 듕ᄒ더니 본부의셔 슈륙
ᄒ면 희으롤 허ᄒ 후의 긔롱을 취홀디라 당초 간ᄒ미오 운셩의 방ᄌᆞᄒᄆᆫ
젼혀 모ᄅ니 이 ᄯᅩᄒ 아히 불초ᄒ미로소이다[35]

위의 장면에서 소경은 불교에 대한 비판을 과도히 하지 않겠다고 하여
양태부인의 뜻에 순종한다. 이는 그가 모친을 위하는 효심에서 배불론자
로서의 태도를 완화하고 일정하게 타협하는 태도를 드러낸 것으로 볼 수
있다.

그런데 이 장면에서는 조원우라는 한 사대부가 가족과 함께 절에서 몸
소 불사를 행한 사건에 대해서도 거론되고 있다. 물론 소경의 발언을 통
해 비판적인 사례로 간략히 제시된 것이지만, 공신(功臣)의 반열에 들 만큼
지체 높은 사대부조차도 불교신앙에 동조한 경우가 있었음을 보여주는
내용이어서 주목을 끈다.

한편 소운성의 경우, 아랫사람에게 달려드는 듯한 모습을 보일 만큼[36]
부친 이상으로 철저하고 과격한 배불의 입장을 드러낸다. 그는 양태부인
이 소운명과 이부인을 별거시킨 것이 사실은 여승의 조언에 따른 것임을
알게 되자, 양태부인의 소관인 가노들에게 예전 여승을 집안에 들였다는
죄목을 들어 자신의 임의대로 중형을 가한다. 이에 진노한 양태부인은 소
운성을 크게 문책한다.

태부인이 운셩을 불러 크게 수죄ᄒ고 칙왈 <u>너의 등의 싱싀 내 손가온대</u>

---

35) <소현성록> 이화여대본, 10권, 98쪽.
36) "졔셩이 ᄯᅩᄒ 불도 훼방ᄒ미 극ᄒ고 <u>운셩의 셩논되오미 슈하의 ᄃᆞ라들디라.</u>" <소현성록>
   이화여대본, 10권, 84쪽.

잇거늘 비록 노혼ᄒ나 네 엇디 감히 날을 압두ᄒ고 내의 ᄉ환시ᄋ롤 취품티 아니코 듕타ᄒ니 만홀ᄒ 죄눈 용샤키 어려오리라 드디여 친히 시노롤 브르라 ᄒ야 샹서롤 터타ᄒ고 셩상이 급ᄒ니 운셩이 조모의 위엄과 열열ᄒ믈 아논디라 오직 관을 벗고 쳥죄왈 쇼손이 감히 조모롤 경만히 ᄒ미 아니라 요승이 가닉의 츌입ᄒ면 이눈 집을 망홀 징됴므로 슈문군수와 쵸인ᄒ야 드린 시녀롤 칙ᄒ옵고 다른 ᄡ디 업더이다 태부인이 더욱 노ᄒ시니[37]

위의 장면에서 양태부인은 소운성 등의 생사(生死)는 자신에게 달렸다고 하면서 벌을 줌으로써 가내에서의 자신의 권위를 재확인하고, 소운성 또한 감히 맞서지 못하고 이에 순종한다. 그러나 처벌을 받으면서도 자신이 가노들을 벌한 것은 '요승(妖僧)'을 제어하기 위함이었다고 변명하는 등, 소운성의 불교를 배척하는 태도는 소경과는 달리 양태부인의 힘으로도 바꿀 수 없을 만큼 강경하다.

이를 통해 볼 때, 〈소현성록〉에 드러난 사대부 남성들의 불교관은 대략 불교를 옹호하는 입장(조원우), 불교에 비판적이면서도 제반 여건을 고려하여 일정하게 용인하는 입장(소경), 불교를 철저히 배척하는 입장(소운성)의 세 가지로 구분된다. 그런데 이러한 구분은 당대 조선조의 사대부들이 불교에 대해 보이고 있었던 입장들의 면모와도 상통한다.

주지하다시피 조선조의 지배층들은 유교의 이념과 질서에 입각하여 불교를 배척하고 억제하는 기본 노선을 고수하였다. 조선 건국의 중심인물인 정도전(鄭道傳)은 『불씨잡변(佛氏雜辨)』, 『심기이편(心氣理篇)』 등의 저술을 통해 성리학적 관점에서 불교의 패만(悖慢)함과 허망함을 강조하고 불교 척결의 당위성을 내세웠다. 그 뒤를 이은 초기의 관학파 유학자들은 불교

---

37) 〈소현성록〉 이화여대본, 10권, 98-99쪽.

의 멸인륜성(滅人倫性) 및 사원경제의 확대로 인한 국가 경제에의 해악성, 고려 말에 끼친 정치적·사회적 악영향, 불교이론이 지니는 여러 약점 등의 문제를 들어 불교를 이단으로 규정하고 격렬하게 비판하였다.[38] 이러한 유교 근본주의적인 입장 하에서의 불교 비판은 몇몇 방외인(方外人)적인 인물들을 제외하고는 후대의 유학자들에게도 거의 마찬가지로 계승되었다.

그러나 이러한 논조에도 불구하고 당시의 유학자들은 여러 가지 이유에서 전적으로 불교를 배척할 수는 없었다. 앞에서도 언급하였듯이 불교는 유교로는 보충할 수 없는 종교적 기능을 대신하는 동시에, 소외된 계층들의 정치적·사회적 불만을 무마하는 수단이었다. 그리고 가족과 가문의 안위를 책임지는 가부장들 중에는 그를 보장해 주는 불교신앙을 묵인하거나 심리적으로 지지하는 이들이 없지 않았으며, 모친과 같은 상위 위계의 여성들이 불교를 숭상할 경우에는 유교적 효의 원리상 이를 함부로 제어하기가 어려웠다.[39] 또한 임진왜란과 같은 전란에서의 승군의 역할과, 17세기 이후 부족한 노동력의 대체제로 승려의 역할이 중요해지는 등의[40] 정치적 문제들이 대두되기도 하였다. 그리하여 실제로는 불교를 일정한 범주 내에서 인정하고 존속케 하는 포용적인 움직임이 나타났는데, 역대의 군왕(群王)들이 정치적 차원에서 불교에 대한 관용을 보이거나,[41]

---

38) 김홍경(1996), 『조선초기 관학파의 유학사상』, 한길사.

39) 조희선, 앞의 논문, 322-323쪽.

40) 조성산, 앞의 논문, 307-309쪽.

41) 한 예로 태종의 경우, 그는 숭유배불의 노선을 본격화시켰으며 교단의 통폐합을 시행하였다. 그러나 한편으로는 관음굴(觀音窟)에서 수륙재를 베풀고 궁중의 사적인 불사를 허용하면서, 국가의 불사는 이미 파하였지만 궁중의 부녀자들이 그 아들의 수(壽)를 연장하기를 바라는 것은 금할 수 없다고 한 바 있다("設水陸齋於觀音窟 上謂侍讀金科曰 國行佛事 予已罷之 宮中婦女 冀其子延壽 用私財 或設禮懺 或行水陸 欲禁而未能耳." 『태종실록(太宗實錄)』 1년 1월 17일).

일반 사대부들의 집안에서 부녀자들의 불교행사가 남성들의 묵인 하에 이루어졌던 것이다.[42] 물론 이러한 움직임은 불교 자체에 대한 인정은 아니며, 고식적인 방편에 불과했다는 점을 감안해야 한다.

한편 단순한 용인의 차원을 넘어서서 불교의 사상적 당위성을 부분적으로 인정하거나, 그 이상의 깊은 관심을 보이면서 유·불의 교리를 조화·접목시키려 한 사대부들도 있었다. 임(壬)·병(丙) 양란(兩亂) 이전에는 불교의 가르침이 국가·사회·윤리 문제 등에 도움이 된다고 보는 현실적 공효론(功效論)이 제시되었고,[43] 17세기를 전후한 숙종조(肅宗朝) 이후로는 사대부들의 사찰 왕래 및 승려들과의 학문적 교유가 빈번해지면서 파격에 가까운 불교사상의 수용이 나타나기도 했다.[44] 또한 가내의 기복을 위한 산제(山祭)나 불공(佛供)에 여성만이 아닌 남성을 포함한 가족 모두가 참여하는 경우도 있었다.[45]

이러한 조선조 사대부들의 불교관은 〈소현성록〉에서 소경, 조원우, 소운성 등이 지니는 불교관의 조형에도 일정한 영향을 끼친 것으로 보인다. 소경이 불교를 오랑캐의 신령을 섬기고 효를 비롯한 인륜을 폐하는 종교로 인식하는 것은 당대 사대부들의 일반적인 불교 비판의 논지였다. 이외에도 그가 양태부인을 위하는 효심에서 불교를 인정하는 점, 조원우가 가족과 함께 사찰에서 수륙재를 행한 점 또한 당대 사대부들이 불교와 관련하여 보인 동향들과 무관하지 않다.

---

42) 예를 들어 불상과 불화의 조성을 마련하기 위해 여성들이 사찰에 적잖은 시주를 할 수 있었던 것은 실제로는 남성의 동의가 있어야 가능했을 터이다(규장각 한국학연구원, 앞의 책, 309-314쪽).

43) 김방룡(2011), 「조선시대 불교계의 유불교섭과 철학적 담론」, 『유학연구』 제25집, 충남대 유학연구소, 145쪽.

44) 유호선(2004), 「조선 후기 유학자들의 불교관 : 승려 문집의 서문을 중심으로」, 『불교평론』 제18집, 불교평론사.

45) 조희선, 앞의 논문, 322-323쪽.

그런데 숭유배불의 기조 하에서도 조선조의 불교신앙이 전반적으로 성행하였다는 점은, 이처럼 서로 다른 불교관들 중에서도 비판적인 입장을 견지하되 불교를 용인하는 중도적인 입장이 가장 우세하였음을 의미한다. 이와 관련한 구체적인 예시로 3절 1항에서 살핀 바 있는, 『성종실록』에 기록된 인수대비의 사경에 대한 논쟁에 다시 주목할 수 있다. 다음의 인용문은 경연(經筵)을 하는 자리에서 지평(持平) 윤기반(尹起磻)이 인수대비의 불사를 중지할 것을 청하자, 성종과 다른 신하들이 보인 반응을 기록한 것이다.

> 주상께서 말씀하시기를 "네 말이 옳다. 부처를 섬겨서 유익함이 없음은 내 진실로 안다. 양(梁)의 무제(武帝)는 대성(臺城)에서 굶주려 죽었고, 당(唐)의 한유(韓愈)도 불골표(佛骨表)에 극론(極論)하였으니 옳고 그름을 어찌 의심하겠는가? 단 이는 내비(大妃)에서 선왕(先王)을 위하시는 일이니 중지할 것을 청하기 어려울 듯하다." 하시고 인하여 시강대신(侍講大臣)을 돌아보아 물으시니, 이는 바로 대신들이 고금(古今)의 밝은 증험을 인유(引諭)하여 이롭고 해로움을 지극히 간하여 미치지 못함을 보충해야 할 때인데, 시강대신(侍講大臣)인 김질(金礩), 노사신(盧思愼), 강희맹(姜希孟), 손순효(孫舜孝) 등이 논간(論諫)하는 말은 전혀 없이 혹 말하기를 "대비(大妃)께서 이미 하신 것이므로 지금 중지를 청하는 것은 마땅치 않다." 하고, 혹 말하기를 "감히 중지를 청하면 대비께서 상심하실 것이다." 하고, 혹 말하기를 "일은 주상의 뜻에서 나온 것이 아니고 비용은 국가에 간여되지 않았다."고 하여 여러 사람이 같은 말로 주상의 뜻을 따랐습니다.[46]

---

46) "上曰 汝言是矣 事佛無益 予固知之 梁武帝餓死臺城 韓愈亦於佛骨表極論之 是非何疑 但此乃大妃爲先王也 似難請停 仍顧問侍講大臣 此正大臣引論古今明驗 極論利害 以補不逮之時也 而侍講大臣金礩 盧思愼 姜希孟 孫舜孝等 絶無論諫之辭 或言 大妃業已爲之 今不宜請止 或言 敢請停罷 則大妃爲之傷心 或言 事非出於上意 費不干於國家 衆口一辭 以順上旨." 『성종실록』 8년 3월 6일.

여기에서 성종은 불교가 허탄하여 옳지 못함을 인정하면서도 모친이 선왕을 위해 하는 일이므로 막기 어렵다는 입장을 표명한다. 다른 대신들 또한 이러한 성종의 입장에 대부분 동조한다. 이는 두 가지의 중요한 의미를 갖는데, 첫째 조정에서도 불교신앙을 어느 정도 인정하는 온건한 배불론자들의 입장이 주류였다는 점, 둘째 인수대비가 갖는 국모(國母)로서의 권위, 즉 효의 원리에 기초한 위계질서가 숭유배불의 기조 이상으로 존중되었다는 점이다.

위의 기록이 보여주는 바처럼 조선조의 사대부들 사이에서 불교를 용인하는 입장이 우세했던 것은, 〈소현성록〉의 유·불 대립에 나타나는 불교에 우호적인 방향성 및 결말에도 큰 영향을 끼쳤다고 생각된다. 물론 기본적으로 〈소현성록〉에 나타난 불교 옹호는 당대 여성들의 현세구복적인 종교적 욕망을 투영한 것이지만, 그것이 실제 현실에서 충분히 용납될 수 있었는가의 여부 또한 중요한 문제가 되기 때문이다. 이를 구체적으로 살펴보자.

작중에서는 양태부인의 불교 옹호에도 불구하고 결국 소경의 의견이 관철되어 공공연한 차원에서의 소부 여성들의 불사는 무산된다. 하지만 앞에서 본 바와 같이 대립의 와중에 소경은 양태부인을 위하는 효심에서 불교를 과도히 배척하지 않는 것으로 입장을 바꾸어, 소운성 형제들의 과격한 배불 행위를 제지하고 유·불의 공존을 추구하는 중재자가 된다. 이는 유·불 대립이 소부 밖으로 옮겨가면서 보다 확연히 드러난다.

> 승상이 홀론 태산 하의 절이 이시믈 보고 운성이 블을 디르고져 ᄒᆞ니 말녀 왈 모친이 일쯕 블법 빈척ᄒᆞ믈 과도타 ᄒᆞ시니 그 명을 역ᄒᆞ여 블디 르미 인ᄌᆞ의 도리 아니리 졔지 왈 이럴딘대 졀이 너르고 됴ᄒᆞ니 게 가 헐 슉ᄒᆞ사이다 승상이 쇼왈 어린 아ᄒᆡ들 집심 업스미 ᄀᆞ트냐 임의 블 디르고

져 ᄒᆞ는 ᄯᆞ드로 드러가 잘 ᄡᅳ디 나리오[47]

위의 장면에서는 불교 사찰을 발견하는 것만으로 없애려 드는 소운성의 과격함과, 양태부인을 위하는 효심에서 이를 금하는 소경의 온건함이 대조적으로 드러난다. 그런데 앞에서 『성종실록』의 사례를 통해 본 바와 같이, 여기서도 효의 원리에 근거한 위계질서가 배불의 문제보다 중시되는 점에 주목할 수 있다. '모친'인 양태부인의 불교신앙을 존중하는 소경이 자신의 '아들'인 소운성의 배불 행위를 '부친'의 권위를 통해 제어하는 연쇄가 일어나는 것이다. 조선조 여성의 불교신앙이 사대부들에게 용인될 수 있었던 이유 중의 하나는, 이처럼 효에 기초한 세대 간의 차별적 원리를 통해 어느 정도 성의 불평등을 극복할 수 있는 환경이 마련되어 있었던 점에 기인한다.[48]

물론 소운성의 불교 배척의 태도는 양태부인과의 대립에서 보였던 바와 마찬가지로 효의 원리로도 쉽게 굴복시킬 수 없는 것이다. 그는 위와 같은 소경의 언질에도 불구하고 이후 형제들과 의논하여 부친 몰래 다시금 사찰을 불태우려 시도한다. 그러나 이 시도가 활불(活佛)로 일컬어지는 한 신이한 노승에게 가로막혀 지체되는 와중에, 소경이 현장에 나타나 다시 한 번 아들들의 행위를 만류하고 불교의 존속을 용인하게 된다. 그런데 여기서 흥미로운 점은 소경이 소운성 형제들을 말리면서 그 이유로 '하늘의 명(천명)'을 언급한다는 것이다.

문득 밧기 드레며 ᄒᆞᆫ 사ᄅᆞᆷ이 드러와 삼인을 ᄭᅮ지저 나가쟈 ᄒᆞ거ᄂᆞᆯ 출혀 보니이 곳 소승샹이라 삼인이 놀라 속슈 시립ᄒᆞ매 승샹이 지쵹ᄒᆞ야 나아

47) <소현성록> 이화여대본, 12권, 62-63쪽.
48) 조희선, 앞의 논문, 323쪽.

가 삼인을몰 티오고 경소로 가기롤 뉵십여 리의 〈중략〉 공이 쇼왈 내 앗
가 하눌 명을 밧즈와 너희 등의 과도ᄒᆞ믈 막으려 츠자 드려오니 이 비록
꿈이나 쏘ᄒᆞᆫ 허탄티 아닌디라 너희ᄂᆞᆫ 브졀업시 노롤 내디 말고 일죽 경소
로 갈 거시라[49)]

　주지하다시피 천명은 〈소현성록〉을 비롯한 여러 고전소설 작품들에
나타나는 '천상계'와 '지상계'의 이원적 세계관 중에서 '천상계·초월계'
의 질서를 상징하며, 유교적 이념과 질서에 근거한 절대적인 통제력으로
작동하는 기제라 할 수 있다.[50)] 작중 유·불 대립에서 소경이 언급하는
천명은 두 가지로 나타나는데, 하나는 양태부인의 수륙재 행사를 반대하
면서 불교를 비판하는 논거로 사용하는 것이고, 다른 하나는 역으로 위의
인용문에 드러나듯이 지나친 배불의 행위를 중재하는 것이다. 그에 따라
작중 전개 또한 각각 가내에서의 수륙재 행사의 무산 및 소운성 형제들과
초월적 존재들의 싸움이 중재되는 방향으로 이루어진다. 즉 작중에서는
'천명'을 통해 온건한 배불론자인 소경의 행위를 긍정하고 그에게 절대적
인 권위를 부여한다.
　결국 이와 같이 〈소현성록〉에서는 소경으로 대표되는, 불교에 비판적
인 논조를 유지하면서도 그 신앙의 존속을 용인하는 사대부들의 입장이
가장 우세함을 확인할 수 있다. 그런데 흥미로운 것은 그 과정에서 '효',

---

49) 〈소현성록〉 이화여대본, 12권, 69-71쪽.
50) 덧붙이자면 유교적·현실적 합리성과 결합하여 이를 내세우는 남주인공에 의해 환상계와
　　같은 '타자'들을 지배하고 규제하는 개념이자(한길연(2010), 「대하소설의 환상성의 특징과
　　의미」, 『고전문학과 교육』 20, 485-493쪽), 당대의 유교적 이념을 소설 내에서 현실적인
　　제도 혹은 규범을 통해 복잡하게 만드는 대신 간명화·절대화하는 효과적인 문학적 장치
　　로 규정할 수 있다(송성욱(2002), 「17세기 소설사의 한 국면 : 〈사씨남정기〉·〈구운몽〉·
　　〈창선감의록〉·〈소현성록〉을 중심으로」, 『한국고전연구』 제8집, 한국고전연구학회, 250-
　　251쪽).

'천명'과 같은 유교적 가치를 통해 역으로 숭불(崇佛)이 정당화된다는 점이다. 여기서 효의 원리의 경우는 『성종실록』의 인수대비와 같은 조선조 당대의 실제 사례들을 작중에 반영한 것이라면, 천명의 경우는 작품 향유층의 의식과 소망에 의해 유교적 요소를 크게 왜곡시킨 것으로 생각된다.

이 항에서 논의한 바를 정리하면 다음과 같다. <소현성록>에서는 크게 셋으로 나눌 수 있는 서로 다른 사대부들의 불교관이 나타나고 있으며, 그 가운데 불교를 비판하면서도 제반 여건을 고려하여 그 신앙의 존속을 인정해 주는 중도적인 입장이 가장 우위에 있다. 이는 여성들의 신앙을 비롯한 조선조의 불교가 숭유배불의 기조에 근거한 논란 속에서 이단으로 취급되면서도, 한편으로는 그 나름대로의 기능과 의의를 인정받으면서 고유의 영역을 확보, 존속하였던 점을 작중에 투영한 것이다. 한편 여기에서는 '효', '천명'과 같은 유교적 가치를 통해 역으로 불교의 정당성을 인정하고 용인하는 수법이 두드러지고 있어 주목된다.

3) 불교와 민간신앙의 습합 및 연대

제2장에서 보았듯이, <소현성록>에서 태산의 요괴들은 불교 사찰과 공존하면서 상호간에 우호적인, 혹은 최소한 존중 및 불가침의 관계를 맺고 있으며, 작중 유·불 대립의 서사 전개에서도 중요한 역할을 맡는다. 그런데 일견 불교와는 관련이 없어 보이며, 오히려 적대적인 관계를 맺는 것이 당연해 보이는 요괴들이 유·불 대립에 우호적으로 관여한다는 점은 의문을 남긴다. 실제로 작중에서는 태산 이외의 다른 사찰들에서도 요괴들이 등장하는데, 제2장에서 살핀 단락 ①과 ③에 해당하는 서사 장면들에서 각각 자운산 동쪽 사찰에 나타나서 수승(首僧)의 상좌(上座)를 괴롭히는 지네 요괴와, 계명산 사찰에 나타나서 객당(客堂)에 드는 손님들을 밤

마다 죽이는 산계(山鷄 ; 꿩), 흰 여우, 검은 뱀, 거북, 돌사자의 다섯 요괴들이 그들이다. 이 자운산과 계명산의 요괴들은 사찰과 관련성이 있다는 점, 그리고 소경·소운성 부자와 대립한다는 점에서 태산의 요괴들과 공통되면서도, 불교 사찰에 적대적이라는 점에서 결정적인 차이가 있다.

그렇다면 태산의 요괴들이 이처럼 불교와 관련하여 특이점을 보이는 것은 무엇 때문일까? 그 해답을 찾기 위해 우선 태산의 요괴들의 작중 형상을 살피는 것에서부터 시작해 보자.

> 홀연 광풍이 대작ㅎ고 비사주석ㅎ며 흔 쩨 거믄 긔운이 굼글조차 니러나 화광을 헤티고 바로 하늘로 오르니 그 쇼리 뫼히 믈허디고 바다히 허여디는 듯ㅎ야 <u>흑무 듕의 세 흉악흔 요긔 셔시니 ㅎ나흔 이만년 무근 표범의 졍녕이오</u>51) ㅎ나흔 일만 오쳔년 무근 <u>곰의 졍녕이오 ㅎ나흔 팔쳔 뉵십 년 무근 일희졍녕이라</u> 임의 굼글 딕희여 도를 닷고 산신을 졔어ㅎ야 슈하를 삼아시더 민간의 작폐ㅎ는 일이 업고 금일 져희를 항거ㅎ믈 보고 대로하야 바로 내드라 몬져 블디르던 하인 십여인을 죽이니 <중략> 슈유의 운뮈 스긔ㅎ고 살긔 대작ㅎ야 요괴들이 바로 돌녀드러 텽하의 다드르매 스스로 놀라 일시의 믈러셔서 소리를 ㄴ죽이 ㅎ야 골오더 <u>삼퇴셩은 모르미 ㄴ려와 무죄흔 신녕을 블디르랴 ㅎ는 쓰들 니르라</u>52)

작중에서 태산의 세 요괴는 원래 표범과 곰, 이리의 정령(精靈)으로, 광풍과 흑무(黑霧), 꿩음과 함께 출현하면서 자신들의 소굴을 침범한 데 노하여 하인 십여 명을 살해하는 흉악한 존재로 표현된다. 그러나 한편으로

---

51) 규장각본에는 "이쳔년 무근 범의 졍녕"(19권, 31쪽)으로 되어 있다. 그러나 이화여대본의 기술이 이보다 훨씬 구체적인 데다, 작중 요괴들의 원형으로 추정되는 각주 53)의 기록에 곰, 표범, 이리로 기술된 것을 고려하면 이화여대본의 해당 서술이 〈소현성록〉 원전에 가까운 것으로 보인다.

52) 〈소현성록〉 이화여대본, 12권, 64-66쪽.

그들은 본래 도를 닦고 산신(山神)을 제어하면서 민간에 해를 끼치지 않는 존재들이기도 하며, 무엇보다도 스스로를 '신령'으로 칭한다.

그런데 여기서 주목할 것은 이 요괴들이 산신과 일정한 관련성을 지닌 것으로 기술된다는 점이다. 실제로 이들의 형상인 표범과 곰, 이리는 고대에는 산신령에 준하는 존재로서 숭배받았던 것 같다. 7세기경의 기록인 『북사(北史)』의 「물길열전(勿吉列傳)」에는 백두산에 관해 다음과 같은 기록을 남기고 있다.

> 그 풍속에 이 산(백두산)을 심히 경외(敬畏)하여, 산 위에서는 대소변을 보아 더럽히지 않고, 산에 오른 자는 오물을 거두어 갔다. <u>산 위에는 곰, 표범, 이리(熊羆豹狼)가 있는데, 모두 사람을 해치지 않고, 사람도 이들을 감히 죽이지 않는다.</u>[53]

여기서는 성소(聖所)가 된 백두산과, 그곳에 거주하는 곰, 표범, 이리의 신령스러움을 언급하고 있다. 이처럼 동양의 많은 문헌에서는 산의 짐승들이 산신의 영매자(靈媒子) 혹은 화현으로서 나타나고 있는데,[54] 태산의 세 요괴 또한 그 연장선상에 있는 것으로, 그리고 같은 곰, 표범, 이리로서의 형상을 지닌다는 점에서 그 중에서도 이 기록에 나타난 바와 관련이 깊은 것으로 추정된다.

태산의 요괴들의 신성성에 대해서는 소경 부자가 그들을 상대하는 장면을 통해서도 확인할 수 있다. 다음의 인용문을 보자.

<u>(소경이) 설파의 셔안을 어르만져 제요가롤 외오매 운성이 션인 쇼즈의</u>

---

53) "俗甚敬畏之 人不得山上溲汗 行經山者 以物盛去 <u>上有熊羆豹狼 皆不害人 人亦不敢殺.</u>"

54) 손정희(2000), 「산신신앙 연구 : 문헌설화를 중심으로」, 『한국민족문화』 제16집, 부산대 한국민족문화연구소, 20쪽.

통쇼 곡됴룰 브르니 셩음이 뇨량ᄒ고 쳥유ᄒ니 삼왜 노ᄒ던 ᄯ디 풀고 도
로혀 즐겨 일시의 졀ᄒ고 샤례왈 셩인의 후덕을 닙스와 방ᄌᄒ 죄룰 샤ᄒ
시고 도닷그믈 권ᄒ시니 은혜 난망이오 퇴셩이 아롬다온 글로 어득ᄒ 흥
치룰 널녀 즐겁게 ᄒ시니 삼가 그릇미 업스리이다 셜파의 지비ᄒ고 일딘
ᄇ람을 조차 얼골을 보디 못ᄒ니55)

여기서 주목할 것은 소경과 소운성 부자가 요괴들을 강압적인 위력(威
力)으로 굴복시키는 대신, 제요가(制妖歌)를 부르고 퉁소를 불어 그들을 기
쁘게 하고 감화시켜 돌려보낸다는 점이다. 이는 일반적인 '요괴·잡귀의
퇴치'라기보다는 가무(歌舞)와 같은 수단으로 신을 대접하고 달래며 기쁘
게 하는 제의적 행위, 예를 들면 굿에서의 '오신(娛神)'과 같은 맥락이 아
닌가 한다. 물론 행위의 주재자인 소경과 행위의 대상자인 태산의 요괴들
의 상하관계가 역전되어 있기는 하지만, 소경 부자의 행동양식 자체는 사
제(司祭)가 신을 영접하는 행위와 유사한 측면을 지닌다. 이는 곧 태산의
세 요괴가 신앙의 대상이 되는 존재임을 보여준다.

하지만 그럼에도 불구하고, 한편으로 이들을 가리켜 '요괴'라는 표현이
작중에서 쓰인다는 점은 간과할 수 없다. 즉 이들은 동물의 정령이자 신
성한 산신령인 동시에, 그와 상반되는 흉악한 요괴라는 이중성을 지니고
있는 것이다. 이러한 형상화는 산신신앙을 비롯한 조선조의 민간신앙56)이
보여주고 있었던 종교적 동향과 관련된 것으로 생각된다.

조선조의 지배층들은 민간신앙 일체 — 불교와 습합된 것을 포함하여 —

---

55) 〈소현성록〉 이화여대본, 12권, 67쪽.

56) 정확한 개념 규정은 어려우나, 일반적으로는 종교적 체계를 갖추지 않은 상태로 민간에서
전승되는 민족·민속적 특성이 강한 종교·신앙을 가리킨다고 할 수 있으며, 본서에서도
이러한 의미로 사용한다. 조선조 당대에는 인간의 길흉화복(吉凶禍福) 전반을 조절할 수
있는 힘의 소유자로 간주되어 왔던 잡다한 자연현상에 대한 숭배를 중심으로 이루어졌다
(이은순, 앞의 논문, 130쪽).

를 대부분 음사(淫事)로 규정하고 배제하는 한편, 그 종교적·사회적 기능
을 다른 행사를 통해 대체하거나 유교의 명분과 격식에 맞추어 형식화함
으로써, 그것의 통제 및 유교적 제례로의 일원화를 시도하였다. 산신신앙
의 경우를 보더라도, 악(岳)·해(海)·독(瀆)·명산대천(名山大川)과 같은 산
천(山川)에 제사지내는 것을 여전히 중요한 국가행사로 거행하였지만, 제
사지내는 산천의 숫자 및 배치를 체계화하는 것을 중요시할 뿐 산신이 지
니는 영험(靈驗)의 문제는 거의 고려하지 않았다.[57]

 기실 이러한 정책들의 시행은 전반적으로는 야제(野祭)와 같은 집단적
차원의 민간신앙(음사)을 위축시키고 행사의 주체를 남성으로부터 점차 여
성으로 바꾸는 데 그쳤을 뿐이었다.[58] 하지만 그 와중에 많은 재래의 민
간신앙이 쇠퇴 혹은 변질되었을 것임은 쉽게 짐작할 수 있다. <소현성
록>에 나타난 태산의 세 요괴의 이중적인 형상 또한, 이와 같은 당대 현
실의 동향 하에서 민간신앙적 존재들을 부정적으로 보는 관점이 투영된
결과로 보인다.

 그런데 이러한 상황 하에서 당대의 민간신앙이, 마찬가지로 유교에 의
해 이단시되고 있었던 불교와 습합·연대하면서 탄압 속에서의 생존책을
강구했다는 점은 주목된다. 불교와 여러 토착적인 민간신앙 사이의 습합
은 불교가 한반도에 전해진 삼국시대에서부터 이미 나타나던 현상이지만,
조선조에 와서는 유교의 배타적 성향으로 인해 양자의 더욱 긴밀한 결합

---

57) 조동일(1996), 「15세기 귀신론과 귀신이야기의 변모」, 『한국의 문학사와 철학사』, 지식산
   업사, 138쪽.
58) 이순구(1995), 「조선초기 종법의 수용과 여성지위의 변화」, 한중연 박사논문, 218-219쪽.
   여기에서 그는 "경성 안팎에는 크고 작은 음사가 있는데, 성밖 10리에 한정하였다. 고사
   (告祀)는 금하지 않았다("京城內外 大小陰祀 城外限十里 告祀勿禁." 『대전회통(大典會通)』
   권5, 「형전(刑典)」 금제(禁制)."는 『대전회통(大典會通)』의 구절을 통해, 조선 말엽인 19세
   기 중후반에 이르기까지도 여전히 '음사'로 규정한 민간신앙이 유행하였음을 확인할 수
   있다고 하였다.

이 요구되었던 것이다. 공인종교로서의 위치를 잃으면서 교세의 위축을 피할 수 없었던 불교는 일반민과의 관계 유지 및 사찰의 수입 확대를 위해, 현세구복의 주술적인 요소를 더욱 강화하면서 당대의 민간신앙을 수렴하는 유일한 제도적 교단으로 남았다.59)

이 중에서도 특히 태산의 요괴들과 관련이 있는 산신 숭배60)와 불교의 연관성을 살펴보면, 조선조에 들어서서 양자의 습합·연대는 사찰 경내(境內)에 해당 지역의 산신을 모시는 산신각(山神閣)을 설치하고 숭앙하는 형태로서 주로 나타났다. 산신신앙을 도상적(圖像的)으로 표현한 산신도(山神圖)와 그를 봉안(奉安)한 산신각은 〈소현성록〉의 출현 시기이기도 한 17세기에서부터 이미 나타난 것으로 짐작되며, 19세기 전후에 크게 확산되면서 현재는 전국 각지의 사찰들에서 호법신중(護法神衆)의 하나로 널리 자리잡고 있다.61)

〈소현성록〉의 세 요괴 또한 이러한 산신신앙과 불교의 상호 습합·연대관계를 보여주는 측면을 가진 것으로 생각된다. 우선 태산의 요괴들은 '산'이라는 같은 지역공간에서 불교 사찰과 공존하는 양상을 보인다. 그리하여 작중에서는 이에 의심을 품은 소운성 형제들이 "만일 녕검홀딘대 엇디 요긔롤 두리오"62) 혹은 "셔역 무디훈 오랑캐 귀신이 엇디 향화롤 도적호고 요긔롤 이웃호리오"63)라고 하여 양자의 관계성을 암시하기도 한다.

---

59) 황선명, 앞의 책, 162쪽.
60) 산신은 산에 혼이 깃들어 산을 지키고 산속에서 일어나는 모든 일을 관장하는 것으로 믿어지는 신 혹은 신령을 가리킨다. 광의의 개념으로 볼 경우 산악(山岳), 산천(山川), 성황(城隍), 서낭 등의 신앙 또한 산신 숭배라는 하나의 범주 하에 포괄될 수 있으며, 본서에서도 이를 따른다.
61) 유동식(1975), 『한국의 토착신앙과 민중의 불교수용형태』, 연세대 출판부, 130쪽,
    데이비드 메이슨, 신동욱 옮김(2003), 『한국의 산신과 산악 숭배의 전통』, 한림출판사, 153쪽.
62) 〈소현성록〉 이화여대본, 12권, 68쪽.
63) 〈소현성록〉 이화여대본, 12권, 68-69쪽.

또한 이러한 공존의 양상은 본항의 서두에서 거론하였듯이 작중의 다른 요괴들과는 판이하다. 다른 요괴들의 경우를 보면, 자운산의 지네 요괴는 그 소굴인 수천 년 묵은 버드나무에 소경이 글을 쓰자 하늘에서 떨어진 벼락에 나무가 분쇄되면서 함께 죽는다. 계명산의 다섯 요괴들은 일부러 이들을 퇴치하기 위해 객당에서 하룻밤을 보내는 소운성을 차례로 찾아와 격렬한 싸움 끝에 모두 베여 죽는다. 그러나 태산의 요괴들의 경우, 앞에서 보았듯이 소경 부자는 이들을 강압적으로 굴복시키는 대신 음악을 통해 기쁘게 하고 감화시켜 돌려보낸다. 또한 다음의 인용문에서 나타나듯이 소운성은 초월적인 힘의 우열에 있어서도 요괴들의 위력에 눌려 상대가 되지 못하며, 반대로 요괴들보다 우위에 있는 소경조차도 이들을 도를 닦은 존재로서 함부로 죽일 수 없다고 하여 경시하지 않는다.

> 운성이 즐왈 여등이 산간 요물도 태산의 드러 오악 녕혼 거술 더러이니 내 텬명을 밧즈와 굴혈을 샥평ᄒ리라 <u>삼외 대로왈 우리 등이 비록 그ᄃᆡ롤 해티 못ᄒ고 도군끠 굴슬ᄒ나 그ᄃᆡ의 여러 형뎨 스싱은 아등의 낭듕의 것쳐티물 ᄀ투리라</u> <중략> 운성이 다시 주왈 대인이 엇디 이 요괴롤 죽이디 아니시ᄂ니잇고 <u>승샹 왈 뎨 임의 도롤 닷가 등한호 무리 아니니 엇디 경히 죽이며</u> ᄒ믈며 내 임의 호언으로 도라보내고 다시 죽이면 이ᄂ 귀신의게 실신ᄒ미라 후대 졔지 칭션ᄒ더라[64]

이처럼 태산의 세 요괴가 일정한 존중을 받는 것은 기본적으로 이들이 산신과 연관된 신령한 존재라는 점에 기인하는 듯하다. 하지만 앞에서 보았듯이 이들은 신령이면서 요괴라는 이중성을 지니고 있다. 특히 그것이 조선조의 통치이념이었던 유교가 많은 민간신앙들을 음사로 규정함으로

---

64) <소현성록> 이화여대본, 12권, 66-68쪽.

써 배태된 결과임을 고려하면, 소경과 같은 유교주의자가 이들을 경시하
거나 퇴치하지 않고 그 존재를 용납하는 것은 쉽게 이해되기 어렵다.

이 문제에 대해서는 작중 불교에 대한 옹호가 태산의 요괴들로 대표되
는 민간신앙적 존재들에게도 확장되어, 그들을 보호하고 유교적 이념과
질서 하에서도 존속을 인정받는 기제로 작용했을 가능성을 고려할 수 있
다. 실제로 사찰과 적대관계에 있는 자운산과 계명산의 요괴들은 이러한
비호를 받지 못하고 소경 부자에게 사악한 존재로 몰려 퇴치당하고 있다.
그리고 서사 구조상으로도 소경 부자와 태산의 요괴들의 대립은 이후에
이어지는 불교 사찰과의 대립이 일어나는 중요한 원인이 되며, (1) 소운성
형제들이 요괴의 소혈·사찰을 공격하지만 (2) 요괴·노승에 의해 그 시
도가 좌절되고 (3) 소경이 등장하여 이들의 대립을 중재한다는 서로 매우
흡사한 서사 전개 방식을 가진다. 다시 말해 〈소현성록〉의 창작 배경인
조선조 당대의 종교적 동향, 즉 산신 숭배와 같은 민간신앙이 불교와 습
합·연대함으로써 자구책을 모색하였던 현상이 〈소현성록〉에서도 마찬
가지로 나타난 것으로 보인다.

그런데 원래 산신 숭배를 비롯한 조선조의 민간신앙들은 그와 습합·
연대하는 현상을 보인 불교와 마찬가지로 여성들이 중요한 역할을 맡고
있었던 것으로 추정된다. 『경국대전(經國大典)』, 『조선왕조실록(朝鮮王朝實錄)』
등의 기록들에서 음사 행위들을 금지 및 처벌함에 있어 그 대상을 여성으
로 명문화하고, 실제 시행된 규제 또한 여성의 행실과 관련된 경우가 대
부분인 것이나,[65] 17세기 송시열의 『계녀서(戒女書)』에서 부녀자들이 산천
에서 비는 일에 관해 언급한 사례[66] 등이 그 증거이다. 따라서 불교와 민

---

65) 이순구, 앞의 논문, 223-224쪽.
66) "산의 가 빌거나 물의 가 빌거느 부모 병환의 긔도ᄒᆞᄂᆞ 거선 집안의 의논 엇거든 분명 그
    짓 노롯소로 알지라도 집안 의논ᄃᆡ로 ᄒᆞ야 우기지 말고 ᄒᆞ려니와 그 외 질병의 마지못ᄒᆞ

간신앙의 습합에서도 당연히 여성들의 신앙 문제가 중요하였음을 쉽게 짐작할 수 있다.

<소현성록>에 등장하는 태산의 요괴들과 불교 사찰의 경우, 소부 밖에서의 유·불 대립이 기본적으로 여성들의 불교신앙 문제가 중심이 되는 소부 내 대립의 연장선상에 있는 점을 고려하면, 이 또한 여성들의 신앙 문제와 일정한 관련성이 있다고 생각된다. 단 이는 정황상의 추정으로 작중 서술에서는 그것을 구체적으로 확인할 만한 단서를 찾기 어렵다.

하지만 <소현성록>에는 태산의 요괴들 이외에도 불교와 민간신앙 간의 습합을 드러내면서, 특히 여성신앙의 문제를 보다 분명한 형태로 보여주는 요소가 존재한다. 바로 수륙재 행사를 권함으로써 작중 유·불 대립의 시발점을 만든 장본인이며, 관음보살의 화현인 여승의 형상이 그것이다.

원래 관음보살은 아미타불(阿彌陀佛)을 협시(挾侍)하면서 그 대자대비(大慈大悲)한 성격을 통해 고난에 직면한 중생들을 구원하는 역할을 맡고 있으며, 『삼국유사(三國遺事)』에서부터 조선조에 이르기까지 우리의 많은 설화들에서도 종종 인간의 모습으로 화현하여 행자(行者)를 깨우치거나 병을 고치는 등의 모습들을 보여준다. 그런데 여기서 주목할 것은 관음보살이 '구원'이라는 기복신앙적인 요소를 매개삼아 민간신앙과 밀접한 관련을 지니는 신격이라는 점이다. 관음보살의 원형인 인도의 아바로키테슈바라는 여신의 가능성을 가지고는 있으나 원래 남신이었으며, 그의 여성화·여신화는 인도불교가 중국으로 전래되면서 서왕모(西王母)의 관음보살로의 변화 등으로 나타난 현상이다.[67] 우리의 경우에는 삼국시대에 여신으로서

애 흔난 거션 그르고 아니 흔는 거슨 극히 올흐니라." 『우암션생계녀셔』 국립중앙도서관 본(한古朝25-3), 20쪽.

67) 조현설(2005), 「동아시아 관음보살의 여신적 성격」, 조현설 외, 『한국 서사문학과 불교적

추앙받았던 선도산 성모의 영향을 거쳐 여성화되었거나, 혹은 적어도 성모 숭배와 같은 모성신앙·지모신(地母神)신앙의 토양 위에서 일반 대중들의 심상에 수용되었을 것으로 추정된다.[68]

그런데 도상(圖像)의 추이 등을 고려하였을 때, 관음의 여성화·여신화는 불교가 국교였던 고려조에는 오히려 드물었다가 조선조에 와서 전면적으로 나타난 듯하다.[69] 다시 말해 조선조에 들어서면서 관음의 민간신앙화가 두드러진 것이다. 이는 사회적인 압박과 위축 속에서 현세에서의 복락을 추구하려는 여성들의 욕구에 호응하여, 불교의 관음보살이 한반도의 모성신앙적 전통과 긴밀하게 결합한 결과로 보인다. 실제로 조선조의 관음신앙은 억불정책 하에서도 오히려 대중적인 신앙으로서 널리 퍼져 있었다.

이와 관련하여, 다음과 같이 나타난 작중 관음보살의 형상에 주목해 보자.

은성문 딕흰 슈쟝이 불엄ᄒ고 혼암ᄒ야 외인을 간대로 드리고 지어 산 인 요믈을 다 부듕의 드리니 맛당이 듕타ᄒ야 ᄂᆞ리오고 교티롤 신뎜ᄒ여 지이다[70]

일일은 셕패 셕공 집의 가다가 노듕의셔 젼일 샹 보던 녀승을 만나니 그 신이ᄒ믈 아롬다와 쳥ᄒ야 부듕의 니른매 문니 막을가 두려 ᄒᆞ 교즈롤 타 닉당의 드러가 존당의 뵈오니 모다 놀라며 태부인이 쳥ᄒ야 올니고

시각』, 도서출판 역락, 137-143쪽.
68) 조현설, 위의 책, 143-147쪽. 같은 책의 149쪽에서 그는 『삼국유사』의 「낙산이대성관음정취조신(洛山二大聖觀音正趣調信)」을 예로 들면서, 여기서 원효(元曉)가 만난 관음보살의 화현인 여인은 벼를 베고 월수백(月水帛), 즉 생리대를 빨고 있었는데, 이는 관음보살이 농업 및 생산과 관련된 지모신의 성격을 지님을 보여주는 상징적 표현이라고 언급한다.
69) 조현설, 위의 책, 151쪽.
70) 〈소현성록〉 이화여대본, 10권, 84-85쪽.

<중략> 부인이 흔연 왈 그디의 신긔혼 말이 절절이 무준디라 심히 긔특
ᄒ야 ᄒ더니 ᄎᄌ믈 어드니 므슴 ᄀ릇치미 잇ᄂᆞ냐[71]

　녀승이 쇼왈 귀퇵 부듕닉의 블스롤 헐쓰리시고 밋디 아니시나 내 일댱
을 판단ᄒ야 술오리니 요망타 마ᄅᆞ쇼셔 당초의 니부인이 일년 익을 만나
디 아니시고 화부인의 오년 공이 업술 거슬 노쳡의 말을 밋디 아니샤 니
시 곱초믈 깁히 아니시기로 시랑의게 아인 배 되여 원가롤 프디 못ᄒ고
범ᄉ시 거츠러디니 ᄯ호 텬명이나 귀퇵 고집타 타시니이다 이졔ᄂᆞ 익운이
다 쇼삭ᄒ고 니부인의 명을 니저시니 승샹의 블스 나무라심도 그르디 아
니이다[72]

첫 번째와 두 번째 인용문은 여승으로 화현한 관음보살에 대한 작중 인
물들의 반응이 남·녀의 성별에 따라 서로 상반됨을 보여준다. 첫 번째
인용문은 소운성의 발언을 옮긴 것인데, 여기서 그는 여승을 요물로 취급
하고 경원시한다. 반면 두 번째 인용문에서 양태부인을 비롯한 소부의 여
성들은 여승을 자연스럽게 부중(府中)에 들이고 그 능력을 높이 사 칭찬한
다. 즉 작중에서 관음보살(여승)은 남성인물들과는 불화하는 반면 여성인
물들과는 친화적인 관계를 맺는다.

한편 세 번째 인용문에서 여승은 불교를 지나치게 배척하여 소부에 재
앙이 닥쳤다고 은근히 나무라는 뜻을 드러내면서도, 마지막에는 그것이
어쩔 수 없는 천명이며 또한 이제 액운(厄運)이 모두 사라졌으므로 소경의
불교 배척도 그르지 않다고 언급한다. 이는 득도(得道)와 관련한 불교의 본
래적 취지보다는 가문 창달이라는 현세구복적인 욕망에 호응하는 성격을
드러낸 것이다. 앞의 3절 1항에서도 관음보살의 작중 역할이 이에 집중되

---

71) <소현성록> 이화여대본, 12권, 71쪽.
72) <소현성록> 이화여대본, 12권, 71-72쪽.

어 있음을 이미 살핀 바 있다.

다시 말해, 〈소현성록〉에서 드러나는 관음보살(여승)의 작중 형상과 역할은 여성들과 친교를 맺고 그들이 지닌 가문 창달의 현세구복적인 욕망을 충족시키는 데 집중되어 있다. 이는 모성신앙 등 민간신앙적 요소를 짙게 받아들인 여성화·여신화로 젠더적 친연성을 확보함으로써, 당대의 여성들이 바란 현세구복의 종교적 기능을 담당하였던 조선조 관음보살의 성격이 투영된 것으로 보인다.

이 항에서 논의한 바를 정리하면 다음과 같다. 조선조의 불교와 민간신앙은 둘 모두 유교적 이념과 질서에 의해 이단으로 규정되고 타자화되는 상황 하에서, 상호간의 습합 및 연대를 통해 당대인들의 현세구복과 관련된 종교적 욕망을 충족시킴으로써 그 생존책을 모색하고 있었다. 〈소현성록〉에서는 산신령의 성격을 아울러 지닌 태산의 세 요괴와 관음보살의 화현인 여승을 통해 이러한 당대 현실의 측면을 작중에 투영시키고 있으며, 또한 여기에 여성들의 신앙 문제가 중요하게 개입하는 경우도 있었음을 보여준다.

4. 작중 유·불 대립의 의미

17세기를 전후한 소설사의 주요한 특징으로 꼽히는 몇 가지 가운데 하나는 소설 향유층으로서의 여성들의 대두이다. "가족관계 속에서 실용적이고 생산적인 행위에 더욱 강하게 구속받았고, 그러한 현실적 역할에 의해 존재 의의도 규정"[73]되었던 여성들은, "지친 일상 속에서 실용적 책무

---

73) 이지하(2008), 「조선후기 여성의 어문생활과 고전소설」, 『고소설연구』 제26집, 한국고소설학회, 319쪽.

의 압박을 벗고 부담없이 즐길 수 있는"[74] 오락거리 혹은 취미 행위로서 소설을 강하게 지지하였다. 당시 여성들의 소설 애호는, 우리의 소설사적 흐름이 17·8세기를 기점으로 이전 시기와는 질적·양적으로 분명한 차이를 지닐 만큼 성숙된 모습을 보여주는 데에도 지대한 영향을 끼쳤을 것이다.

본서에서 다룬 <소현성록>을 포함한, 이른바 대하소설 혹은 대하장편소설이라 불리는 거질의 국문소설들 또한 이러한 여성들의 소설 애호를 바탕으로 이루어진 것이다. 해당 작품들은 여성을 주인공으로 삼으면서 주로 가문 내적인 문제로 관련된 여성들의 생활사를 주요 작중 소재 및 사건들로 다룬다. 그리하여 표면적으로는 당대의 유교적·가부장제적 지배이념과 질서에 순응하는 교조적 성격을 띠면서도, 이면적으로는 그러한 이념과 질서가 지닌 억압적이고 모순적인 측면 및 당대 여성들의 현실에 대해 깊은 관심을 보여주고 심각한 문제를 제기함으로써 독자로부터 진지한 성찰을 이끌어낸다. 결국 우리는 이 작품들 안에서 조선조 여성들이 당면한 현실 및 그들의 의식세계가 어떤 것이었는지를 읽어내게 된다.

<소현성록>에 나타난 유·불 대립의 경우, 대립의 양상을 다룸에 있어 불교에 우호적인 방향성을 전체적으로 유지한다. 단 그것은 일방적 승리의 양상을 그리거나 단편화시킨 것이 아니라, 옹호와 거부의 양측 모두의 입장을 구체적으로 보여주면서 실제 당대 현실에서 나타났던 여성의 불교신앙 문제를 둘러싼 중요한 쟁점들을 부각시킨다. 그리하여 제3장에서 확인한 바와 같이 여성들이 어떻게 그리고 무엇을 위해 불교를 숭상하였는지, 그것이 유교를 신봉하는 지배층이었던 남성 사대부들에게는 어떻게 수용되었는지, 한편 그 와중에서 민간신앙 등과는 어떤 관계를 맺고

---

74) 이지하, 위의 논문, 319쪽.

있었는지와 같은, 조선조 여성의 불교신앙과 관련된 현실의 다기한 측면
들을 반영하여 문학적으로 형상화하는 것이다.

이러한 점들을 고려할 때, 〈소현성록〉의 유·불 대립이 지니는 의미
는 다음의 두 가지 측면에서 정리될 수 있다고 본다.

첫째로 작중 유·불 대립을 통해 당대의 종교적 문화의 현실 동향, 특
히 여성신앙의 문제를 구체적으로 확인할 수 있다. 〈소현성록〉을 산출한
17세기 전후는 불교가 정치적 탄압을 넘어서서 중흥을 도모하는 전환점에
해당하는 시기로서, 불교와 관련한 내·외적인 논의가 이전보다 더욱 다
양화되는 추세에 있었다. 불교계 내에서는 임제태고법통설(臨濟太古法統說)의
창안, 간화선(看話禪) 수행을 중심으로 한 선교겸수(禪敎兼修)의 전통 확립 등
억불책으로 인해 단절된 법맥을 연결하고 존립의 교두보를 마련하는 움직
임이 나타났다.[75] 한편 승려와 사대부들의 학문적 교류가 왕성해지면서
처능(處能), 대지(大智) 등의 승려들, 그리고 김만중(金萬重), 김창흡(金昌翕), 최
창대(崔昌大), 이덕수(李德壽) 등 서인 계통을 위시한 일부 사대부들 사이에서
유·불의 교섭이 나타나거나 혹은 그 가능성이 제시되었다.[76]

〈소현성록〉의 유·불 대립 또한 기본적으로는 이러한 흐름의 한 부분
이되, 엄정한 사상적·교리적 차원의 문제보다는, 보다 미시적인 현실 차
원의 제반 문제들을 다룬다는 점에서 독특한 위치를 점한다. 앞의 제3장
에서 분석한 바와 같이, 작중 대립의 서사를 통해 여성들의 현세구복적인
불교 숭상과 가문 창달 의식의 연결, 사대부 남성들의 불교신앙에 대한
태도와 대응 방식, 불교와 민간신앙의 습합의 실마리 등을 읽어낼 수 있
는 것이다. 물론 이는 허구적으로 굴절된 문학 작품의 일부인 만큼 일정

---

75) 김용태(2010), 『조선후기 불교사 연구 : 임제법통과 교학전통』, 신구문화사.
76) 김방룡, 앞의 논문, 145-150쪽.

한 한계점을 갖기도 하지만, 조선조의 다른 불교 관련 사료들이 미처 짚어내지 못하는 지점들을 조망하게 한다는 점에서 중요하다.

특히 <소현성록>의 유·불 대립은 조선조 사회에서 언로(言路)의 제약을 받았던 여성들의 생각과 목소리를 확인시켜 준다. 현재 조선조 불교신앙의 현실에 대해 기록한 사료들의 대부분은 사대부 남성들의 전유물이다. 반면 <소현성록>을 포함한 많은 고전소설의 경우 남성들만이 아니라 여성들 또한 주된 향유층으로 참여하면서 산출된 바 있다. 실제로 <소현성록>에서는 남·녀로 나뉘어 대립이 진행되면서 여성들의 시각과 관점이 어떠한 것인지를 구체화하여 보여준다. 즉 이 작품의 유·불 대립은 당대 여성들이 불교와 관련하여 어떠한 현실에 직면하고 있었는지, 그리고 어떠한 시각과 입장에서 그것을 바라보고 대응해 나갔는지를 소설이라는 문학 양식을 통해 보여주는 흥미로운 사례인 것이다.

둘째로 소설의 장르사적 흐름과 관련하여, <소현성록>의 유·불 대립은 고전소설들 사이에서 당대 여성의 불교신앙을 문제적으로 다루는 소수의 사례 중 하나이자 그 시발점이라는 점에서 중요한 의미를 지닌다. 물론 이 점에 관해서는 같은 17세기 전후에 등장하여 규방공간을 중심으로 향유되었다고 보이는 <사씨남정기>, <창선감의록> 등의 작품들 또한 함께 고려해야 할 것이다. 이 작품들은 김만중, 조성기(趙聖期)와 같은 사대부 작가의 작품임에도 불구하고 여성과 불교의 친연성을 드러냄으로써 일정한 시사점을 제공한다. 여성들의 불교 숭상을 자연스러운 것으로 그려내고, 관음보살과 여승 청원에 의해 여주인공들인 사정옥과 남채봉의 위기 극복 및 가문으로의 안정적인 복귀를 보여주는 점이 그것이다.

그러나 <소현성록>에서는 작중에서 유·불교 사이의 치열한 대립을 하나의 독립된 서사로 형상화하면서, 그를 통해 여성불교의 정당성 여부와 같은 당대의 종교 관련 동향들을 심각하게 문제삼는다. 즉 <사씨남정

기〉, 〈창선감의록〉이 보여준 바 이상으로 여성의 불교신앙 문제가 전면
화 및 확대되고 있는 것이다. 이러한 경우는 비단 동시기의 작품들만이
아니라 고전소설사 전반을 통틀어도 흔치 않다. 나아가 〈소현성록〉이 장
편소설의 완성을 보여주는 전범이면서 17세기 이후로도 여러 이본의 산
출을 통해 꾸준히 향유되었음을 고려하면, 이 작품의 유·불 대립은 18세
기 전후에 출현한 것으로 추정되는 〈유씨삼대록〉, 〈여와전〉 등의 후대
의 작품들에서 유사한 문제를 제기하되 다른 시각과 관점에서의 접근을
보여주는 데에도 심대한 영향을 미쳤을 것이다.

5. 맺음말

본서에서 논의한 바를 간략히 정리하면 다음과 같다.

(1) 〈소현성록〉에서는 남·여성 인물들을 중심으로 한 소부 내에서의
    대립과, 남성 인물들과 요괴, 노승 등의 초월적인 존재들을 중심으
    로 한 소부 밖에서의 대립의 두 가지 양상으로 유·불 대립을 형상
    화하고 있다.
(2) 〈소현성록〉의 유·불 대립은 여성신앙 문제를 중심으로 한 조선조
    의 불교와 관련된 현실의 제반 동향들, 즉 여성을 중심으로 이루어
    지던 기복적 불교신앙의 성행, 이 여성의 신앙 문제를 포함한 불교
    전반에 대한 남성 사대부들의 반응 및 수용의 구체적 면면들, 그리
    고 그 와중에 이루어지던 불교와 민간신앙 상호간의 습합 및 연대
    등을 작중에 구체적으로 반영하고 굴절시킨 결과이다.
(3) 〈소현성록〉의 유·불 대립은 언로에 제한을 받았던 조선조 여성들

의 불교신앙과 관련된 종교문화적 현실 및 그들의 불교관이 어떤
것이었는지를 소설이라는 문학 양식을 통해 보여주는 흥미로운 사
례인 점, 그리고 소설의 장르사적 흐름에서 여성의 불교신앙과 관
련하여 본격적인 차원의 문제제기가 나타나는 드문 사례이자 시발
점이라는 점에서 중요한 의미를 가진다.

본서에서는 <소현성록> 한 작품에 나타난 유·불 대립의 양상 및 그
를 통해 드러나는 여성신앙 문제를 중심으로 한 당대의 불교 관련 현실과
그 의미를 다루었다. 그런데 제4장에서 언급하였듯이 이 작품 이외에도
여성의 불교신앙 문제에 주목하거나 혹은 그와 관련한 단초들을 제시하
는 <사씨남정기>, <유씨삼대록>, <여와전> 등의 작품들이 있으며, 이
들은 <소현성록>과 마찬가지로 주로 17·8세기의 규방공간을 중심으로
향유되고 있다. 그 내용을 간략히 살펴보면 <여와전>과 <유씨삼대록>
에서는 여성 스스로 불교를 배척하려는 움직임을, 김만중의 <사씨남정
기>에서는 역으로 상층 사대부 남성 작자의 서술을 통해 여성들의 불교
숭상이 자연스러운 생활의 일부임을 드러낸다. 이는 <소현성록>에서는
불교에 대한 옹호의 입장을 개진하되 찬·반 양측의 입장을 균형적으로
반영한 것과는 일정한 차이를 노정하면서, 또한 상호간의 비교 분석을 통
해 보다 심화된 영역으로 나아갈 필요성을 느끼게 한다. 이에 관해서는
추후의 과제로 미룬다.

참고문헌

1. 기본자료

<소현성록> 규장각본 21권.
<소현성록> 이화여대본 15권.
『우암션생계녀셔』 국립중앙도서관본(한古朝25-3).

2. 연구논저

규장각 한국학연구원, 『조선 여성의 일생』, 글항아리, 2010.
김기영, 『유교와 불교의 대립』, 성균문화사, 2001.
김문태, 「삼산신앙의 성립과 전개 : 여타 종교·사상과의 습합을 중심으로」, 『한국민속학』 11, 한국민속학회, 2000.
김방룡, 「조선시대 불교계의 유불교섭과 철학적 담론」, 『유학연구』 25, 충남대 유학연구소, 2011.
김용태, 『조선후기 불교사 연구 : 임제법통과 교학전통』, 신구문화사, 2010.
김진궐, 『불교문화사』, 불교통신교육원 불교대학교재편찬위원회, 1998.
김홍경, 『조선초기 관학파의 유학사상』, 한길사, 1996.
남희숙, 「16-18세기 불교의식집의 간행과 불교대중화」, 『한국문화』 34, 규장각 한국학연구소, 2004.
박대복·강우규, 「『소현성록』의 요괴퇴치담에 나타난 초월성 연구」, 『한민족어문학』 57, 한민족어문학회, 2010.
박영희, 「<소현성록> 연작 연구」, 이화여대 박사논문, 1994.
박일용, 「소현성록의 서술시각과 작품에 투영된 이념적 편견」, 『한국고전연구』 14, 한국고전연구학회, 2006.
서인석, 「조선 중기 소설사의 변모와 유교 사상」, 『민족문화논총』 43, 영남대, 2009.
손정희, 「산신신앙 연구 : 문헌설화를 중심으로」, 『한국민족문화』 16, 부산대 한국민족문화연구소, 2000.
송성욱, 「<여와록>과 조선조 대하소설의 관련 양상」, 『규장각』 20, 규장각 한국학연구소, 1997.
_____, 「17세기 소설사의 한 국면 : <사씨남정기>, <구운몽>, <창선감의록>, <소현성록>을 중심으로」, 『한국고전연구』 8, 한국고전연구학회, 2002.
심혜경, 「조선후기 소설에 나타나는 여성과 불교적 공간」, 조현설 외, 『한국 서사문학과 불교적 시각』, 도서출판 역락, 2005.

오출세, 『한국민간신앙과 문학연구』, 동국대 출판부, 2002.

유동식, 『한국의 토착신앙과 민중의 불교수용형태』, 연세대 출판부, 1975.

유호선, 「조선 후기 유학자들의 불교관 : 승려 문집의 서문을 중심으로」, 『불교평론』 18, 불교평론사, 2004.

윤열수, 「조선후기 산신도와 불교 습합 신앙」, 『불교문화연구』 5, 한국불교문화학회, 2005.

이경희, 「무위사 극락보전 백의관음」, 『불교미술사학』 5, 불교미술사학회, 2007.

이순구, 「조선초기 종법의 수용과 여성지위의 변화」, 한중연 박사논문, 1995.

이은순, 「조선시대 성리학 정착과 여성의 신앙활동」, 『사학연구』 54, 한국사학회, 1997

이주영, 「<소현성록>의 유불 대립과 공간 구성의 함의」, 『국문학연구』 23, 국어국문학회, 2011.

이지하, 「조선후기 여성의 어문생활과 고전소설」, 『고소설연구』 26, 한국고소설학회, 2008.

_____, 「18,9세기 여성중심적 소설과 여성인식의 다층적 면모-국문장편소설과 여성영웅소설의 여주인공 형상화 비교」, 『고소설연구』 31, 한국고소설학회, 2011.

이희재, 「17세기 박세당의 유불회통적 불교관」, 『유교사상연구』 25, 한국유교학회, 2006.

임치균, 「『소현성록』 연구」, 『한국문화』 16, 서울대 규장각 한국학연구원, 1995.

장시광, 「<소현성록> 연작의 여성수난담과 그 의미」, 『우리문학연구』 28, 우리문학회, 2009.

정길수, 『한국 고전장편소설의 형성 과정』, 돌베개, 2005.

정창권, 「<소현성록>의 여성주의적 성격과 의의-장편 규방소설의 형성과 관련하여-」, 『고소설연구』 4, 한국고소설학회, 1998.

조동일, 『한국의 문학사와 철학사』, 지식산업사, 1996.

조명제, 「조선후기 송광사의 전적 간행과 사상적 경향」, 『보조사상』 32, 불일출판사, 2009,.

조성산, 「19세기 전반 노론계 불교인식의 정치적 성격」, 『한국사상사학』 13, 한국사상사학회, 1999.

_____, 「17세기 후반-18세기 초 김창협·김창흡의 학풍과 현실관」, 『역사와 현실』 51, 한국역사연구회, 2004.

조현설, 「동아시아 관음보살의 여신적 성격」, 조현설 외, 『한국 서사문학과 불교적 시각』, 도서출판 역락, 2005.

_____, 「성녀와 악녀 : 조선 전기 불교계 소설의 여성 형상과 유가 이데올로기의 접점에 관한 시론」, 조현설 외, 『한국 서사문학과 불교적 시각』, 도서출판 역락, 2005.

조희선, 「조선조 유교화와 신앙의 이중성」, 『인문과학』 44, 성균관대 인문과학연구소, 2009.

지연숙, 「<여와전> 연구」, 『고소설연구』 9, 한국고소설학회, 2000.

최기숙, 『17세기 장편소설 연구』, 월인, 1999.

한길연, 「대하소설의 환상성의 특징과 의미」, 『고전문학과 교육』 20, 2010.

홍윤식, 『불교문화와 민속』, 동국대 출판부, 2011.

황선명, 『조선조 종교사회사연구』, 일지사, 1985.

데이비드 메이슨, 신동욱 옮김, 『한국의 산신과 산악 숭배의 전통』, 한림출판사, 2003.

『형재시집(亨齋詩集)』에 나타난
형재 이직의 불교 인식과 경험*

김 분 청 | 경북대학교 외래교수

1. 머리말

이직(李稷, 1362-1431)은 고려 말·조선 초에 활동한 문인으로 본관은 성주(星州), 호는 형재(亨齋), 시호는 문경(文景)이다. 형재 이직의 증조는 고려 후기 시문에 뛰어났던 이조년(李兆年)이고 부친은 고려말 대제학과 정당문학을 지낸 이인민(李仁敏)이다. 형재 이직은 우왕 3년(1377)에 16세의 나이로 문과에 급제하고, 조선 초에는 개국공신이 되어 네 차례에 걸쳐 사신의 자격으로 명나라에 다녀온다.[1] 태종 2년(1402)에 대제학을 거쳐 태종 3년(1403)에는 왕명으로 주자소(鑄字所)를 설치, 동활자인 계미자(癸未字)를

---

* 이 글은 김분청(2016), 「李稷의 불교 인식과 그 시적 형상화-『亨齋詩集』을 중심으로」,(『東方學』 第34輯, 韓瑞大學校 東洋古典研究所)라는 논문을 일부분 수정한 것이다.

1) 『國譯亨齋李稷先生詩集』(1998),「墓碣銘」·「神道碑銘」, 星州李氏文景公派宗會 刊行, 353-366쪽 참조.

만드는 데 참여한다.2) 형재 이직이 남긴 문집 『형재시집(亨齋詩集)』3)은 그
가 죽은 지 34년 뒤인 세조 11년(1465)에 초간본이 간행되는데, 김종직의
서문에 의하면 "고율시 296편을 모아서 네 권으로 만들고 잡저 세 편을
뒤에다 부록으로 붙이고 또 선생이 손수 초고(草稿)로 작성해 놓은 연보를
찬정(竄定)하여 책머리에 실었다."4)라고 하였다. 그러나 현재 전하는 목판
본·등서본·석판본5) 등의 판본에는 잡저(雜著) 3편과 연보(年譜)는 일실(逸
失) 되어 전하지 않고 232제 294수의 시만 문집에 실려 있다.

형재 이직에 대한 연구는 김하나6)에 의해 시작되는데 교유관계와 학문
적 기반을 알아본 후 형재 이직 시의 내용적 특징을 세 가지로 살폈다.
하정승7) 역시 『형재시집』을 중심으로 교유관계를 살펴보고 문학적 특징
을 세 가지로 나누고 그 의미를 밝혔다. 또한, 하정승은 『형재시집』 소재
만시8)의 표현기법과 문학성을 살펴보았다. 정우락9)은 형재 이직이 그의
한시에서 '물'을 어떤 방식으로 인식하고 있는가를 알아보았다. 그 외 이
직의 사상과 가치를 재조명하고자 추제협,10) 이상주11)가 각각 연구 발표

---

2) 『太宗實錄』 3年(1403) 2月 13日, "新置鑄字所. 上慮本國書籍鮮少, 儒生不能博觀, 命置所, 以
　　藝文館大提學李稷, 摠制閔無疾, 知申事朴錫命, 右代言李膺爲提調."
3) 李稷, 『亨齋詩集』, 『한국문집총간』 7집, 민족문화추진회.
4) 『亨齋詩集』, 「亨齋詩集序」[金宗直], "則遂分古律詩二百九十六篇. 彙爲四卷. 雜著三篇附錄于
　　左. 又竄定先生手草年譜而弁其卷首."
5) 『國譯亨齋李稷先生詩集』 해제, 星州李氏文景公派宗會 刊行, 1998, 39-41쪽.
6) 김하나(2008), 「亨齋 李稷의 漢詩 硏究」, 부산대학교 교육대학원, 석사학위논문.
7) 하정승(2011), 「이직의 삶과 시의 특질」, 『포은학연구』 8, 포은학회.
8) 하정승(2014), 「형재(亨齋) 이직(李稷)의 시에 나타난 죽음의 형상화와 미적 특질」, 『포은
　　학연구』 13, 포은학회.
9) 정우락(2014), 「亨齋 李稷의 한시에 나타난 '물'에 관한 상상력」, 『동양한문학연구』 39, 동
　　양한문학회.
10) 추제협(2015), 「형재 이직의 한시에 대한 철학적 검토-삶의 지향을 중심으로-」, 『동아
　　인문학』 제31집, 동아인문학회, 441-464쪽.
11) 이상주(2014), 「조선개국 초 형재 이직의 시대적 역할」, 『형재 이직 선생의 학문과 사상』,
　　제11회 경북역사인물 학술발표회, 15-71쪽.

하였다.

앞에서 살펴본 바와 같이 형재 이직 문학에 관한 연구는 주로 교유관계와 작품의 내용적 특징을 중심으로 진행되었다. 그러나『형재시집』에 실린 시 작품들을 감상해 보면 그가 당대 대표적 유학자임에도 불구하고 호불자(好佛子)였음을 알 수 있다. 이 점에 대해서는 하정승[12]은 형재 이직의 사상이 불교로부터 큰 영향을 받았음을, 정우락[13]도 형재 이직에게 있어 불교의 역할과 특징을 인정하였고, 추제협[14]도 시집 전체에 풍기는 불교에 대한 친연성이 있음을 밝히고 있다. 그러나 지금까지 형재 이직 문학의 연구에 있어 불교와 관련해서는 전체 작품 중 그 일부로 다루었을 뿐, 집중적으로 다루지는 않고 있다. 본 논문에서는 이러한 점에 착안하여 형재 이직의 작품 중 불교적 색채를 띠는 작품을 중심으로 그의 문학세계를 좀 더 자세히 살펴보고자 한다.

본 논문은 선행연구를 기반으로『형재시집』에 수록된 불교와 관련된 시를 중심으로 연구하되, 필요에 따라 그 외 작품과「묘갈명」,「신도비명」,『조선왕조실록』,『동문선』등의 자료를 참고하기로 한다. 연구 방법으로 제2장에서는 조선 초기의 유·불·도 혼재의 사상 경향을 살펴보고, 또 그러한 사회적 혼란 속에서 당대 대표적 유학자로서 형재 이직의 불교 인식은 어떠했는지를 알아본다. 제3장에서는 형재 이직이 그의 불교 인식과 경험을 시적으로 어떻게 형상화하였는지를 살펴보고, 제4장에서는 형재 이직 불교시의 의의를 알아보는 것으로써 결론으로 삼고자 한다.

---

12) 하정승,「이직의 삶과 시의 특질」, 199쪽.
13) 정우락, 앞의 논문, 341쪽.
14) 추제협, 앞의 논문, 445쪽.

2. 조선 초기 사상 경향과 이직의 불교 인식

조선은 유교를 건국이념으로 내세웠지만, 개국 초창기는 상하층을 막론
하고 모든 사람이 유·불·도 혼재의 사회적 현상을 겪는다. 먼저 조선이
건국 초기 유교를 중시한 태도는 문묘와 관혼상제를 통하여 나타난다. 태
조는 개국 후 한 달이 채 안 되어서 예문춘추관 대학사 민제에게 명하여
성균관 문묘에서 석전제15)를 지내게 한다. 태조에 이어 태종 3년에는 다
음 해 태자가 될 양녕대군을 성균관에 입학16)시켰으며, 태종 6년에는 문
묘에 나아가 친히 제사를 지내고, 성균관 학관에게도 십철(十哲) 이하에게
제사17)를 올리게 하였다. 그리고 조선의 유교 정신은 관혼상제 특히 그중
에서도 상례를 통해서 나타난다. 태조는 중추원 사 권근(權近)에게 명하여
관혼상제(冠婚喪祭)의 예(禮)를 상정(詳定)18)하게 한다. 또 태종 8년, 태조가
승하했을 때 태종은 상례를 치르는 절차를 한결같이『주자가례(朱子家禮)』
에 의19)하게 하였다. 이것은 조선의 왕실에서 처음 공표되는 형태의 새로
운 유교식 상례이었다는 점20)에서 그 의미가 깊은 것이다.

한편, 조선 창업의 왕과 중신·유사(儒士)들은 유교 사회의 실현을 위하
여 배불 정책을 편다. 그러나 조선을 창건한 태조는 스스로 송헌거사(松軒
居士)라 할 정도로 숭불(崇佛)하였던 왕이었다. 그는 특히 개국 전부터 무학

---

15)『太祖實錄』1年(1392) 8月 8日, "命藝文春秋館大學士閔霽, 釋奠于文廟."
16)『太宗實錄』3年(1403) 4月 8日, "元子入學, 服學生服, 謁文廟奠爵, 行束脩禮于博士. 以成均
司成薛侗, 司藝金稠爲博士受之, 束帛一篚, 酒一壺, 脩一案."
17)『太宗實錄』6年(1406) 11月 13日, "己巳/上詣成均館. 上服袞冕平天冠, 親奠于文宣王, 執事
官服祭服, 陪祭官服公服, 令學官分奠于十哲以下."
18)『太祖實錄』4年(1395) 6月 6日, "命中樞院事權近, 詳定冠婚喪祭之禮."
19)『太宗實錄』8年(1408) 5月 24日, "太上王薨于別殿. <中略> 治喪一依『朱子家禮』, 以奉寧
君 福根主奠."
20) 조남욱(2008),『조선조 유교 정치문화』, 성균관대학교 출판부, 121쪽.

대사와 깊은 관계를 맺었고 건국 후에는 그를 왕사로 삼아 건국사업에 도움을 받았다. 그러므로 태조는 정도전 · 조준 등의 억불(抑佛) 주장에도 불구하고 개국의 초창기라는 점에서 민심을 고려하여 적극적으로 배불정책을 시행하지는 못한다. 태종에 이르러서 배불 정책은 더욱 심해져 11종이던 종파를 7종으로 축소하고, 사원과 승려의 수를 삭감하고 토지와 노비를 국가가 몰수한다. 그런가 하면 태종은 성령대군의 왕생극락을 비는 법석21)을 마련하는 등 역시 사적(私的)으로는 여러 불사를 일으킨다. 세종도 태종에 이어 배불정책을 감행하는데 7종이던 종단을 선 · 교 2종으로 폐합하고 전국의 사찰을 242사(寺)로 축소한다. 그러나 세종 또한 훈민정음을 창제한 이후 불경 읽기를 좋아한다.22) 더 나아가 세종과 세조는 궁중에 각각 내불당 혹은 원각사를 짓고 불경을 언해 하는 등 개인적으로는 불교를 신앙한다.23)

그뿐만 아니라 조선 초기는 풍수 사상 · 삼신 숭배 등의 민간신앙의 도교적 성향도 함께 혼재한다. 형재 이직의 시에는 소격전24)에서 재를 마친 후 현판의 시를 차운하여 지은 시가 있다. 칠언율시로 지은 <소격전치제차판상운(昭格殿致齊次板上韻)>25)을 통해 조선 초기 사회에 있어 왕실을 비롯한 도교의 성행을 짐작할 수 있다. 함련의 '초경(醮聲)'은 천지 · 산천 등의 제신(諸神)에게 지내는 제사를 뜻하는데, 형재 이직은 임금인 태종이 온

---

21) 卞季良, 『春亭集 추보』, <卒誠寧大君法華法席跣>.
22) 金煐泰(1977), 『한국불교사』, 경서원, 242-265쪽 참조.
23) 이기백(1999), 『한국사신론』, 일조각, 118-223쪽 참조.
24) 소격전은 조선 초기 하늘과 땅 · 별에 제사 지내던 도교의 제례의식을 맡아보던 관청이다. 조선 초 태조 때 설치했으며, 고려 시대 있던 도교 관련 관청을 모두 합하여 소격전이라 하였다. 세조 12년(1430)에는 소격서로 개칭하고 그 규모를 축소했으며 선조 때에 와서야 완전히 폐지된다.
25) 李稷, 『亨齋詩集』 卷3, <昭格殿致齊次板上韻>. "青青松柏擁瓊宮, 羽蓋霓旌駐此中, 十遍說經邀道侶, 四時行醮聲宸裏, 夜聞鳴鶴月華白, 晨拜驂鸞雲影紅, 怊悵無巨留三境, 茫然獨立仰玄穹."

정성을 다하여 제신(諸神)께 제사를 지냈음을 말했다. 제례는 도교·불교 혼합식으로 진행되었는데 태종 3년(1403)에 지냈을 것으로 보이는 이 초제에 형재 이직도 참여했다.

이상에서 살펴본 바와 같이 조선은 건국 후, 유교 이념을 내세우고 태조·태종·세종에 의해 내정이 다져지고 또 여러 문물제도가 정비된다. 그러나 고려의 생활이 대부분 불교식이었으므로 조선의 초창기에는 상하층 민의 불교식 생활관습은 계속되고 도교적 관습도 혼재한다. 이러한 생활관습은 유교를 국가의 이념으로 내세운 개국 초기의 왕과 유자(儒者)들에조차 혼재된 모습으로 나타나는 것으로 보아 알 수 있다.

형재 이직은 고려 말(공민왕 11)에 태어나 16살에 과거에 급제한 이후, 40여 년간 관직 생활을 하고 70세(세종 13)에 생을 마감한다. 그는 관직에 있으며 많은 일을 겪는데, 21세에는 부친 이인민과 숙부 이인임이 유배됨에 따라 그도 전주로 유배를 간다. 그 후 25살에 태조를 도와 개국공신이 되어 조선이 사회적 안정과 문물을 정비하는 데 중요한 역할을 담당한다. 그는 특히 외교적 능력이 탁월하여 명나라에 사신으로 가서 네 명의 황제를 만나고, 조선이 건국 후 당면한 외교적 문제를 해결한다.

이후 형재 이직은 나이 54세(태종 15)에서 61세(세종 4)까지 7여 년간의 유배 생활을 하게 된다. 형재 이직이 유배를 가게 된 경위는 1415년 염치용(廉致庸)과 민무회(閔無悔)의 죄를 잘못 조율(調律)하였다는 탄핵으로 성주(星州)에 안치26)된다. 유배기의 처음 2년은 성주 천왕사에 머문다. 이 기간에 형재 이직은 지난날 고군분투했던 관직 생활을 회고하고, '유배'라는 자신이 처한 현실과 삶의 궁핍함을 깊이 깨닫게 된다. 형재 이직은 성주 유배기 동안 특히 많은 시를 짓는데 『형재시집』의 삼 분의 일에 해당하는

---

26) 『太宗實錄』 15年(1415) 5月 9日, "命安置右議政李稷於星州, ……."

90여 편의 시를 남긴다. 불교시 또한, 이 기간에 가장 많이 짓게 되는데 전체 50여 수 중 20여 수가 이때 지어진 것이다. 형재 이직의 불교시 중에는 칠언율시 <기봉 승해선호(璣峯 僧海璿號)>가 있다.

<上略>	<상략>
三衲老禪常在定	장삼 입은 늙은 스님 항상 참선을 하고,
一時詞伯盡題名	한때의 시인은 모두 시로 쓴다네.
吾衰亦愛僧家靜	나는 쇠했지만 불가의 고요함 사랑하니,
會向沙羅樹下行	사라수 아래로 향해 가고 싶구나.[27]

　형재 이직은 이 시의 미련에서 '나는 쇠했지만 불가의 고요함 사랑하니, 사라수 아래로 향해 가고 싶구나'라고 하였다. 이것은 형재 이직이 평소 불교에 대한 인식이 어떠하였나를 가장 직설적으로 보여주는 구절이라 하겠다. 불교에서는 석가와 관계되는 삼대성수(三大聖樹)가 있다. 그중 하나가 사라쌍수(沙羅雙樹)이다. 석가는 무우수(無憂樹) 아래에서 태어났고, 보리수(菩提樹) 아래에서 정각(正覺)을 이루었으며 사라수(沙羅樹) 아래에서 입멸(入滅)하였다. 그런 뜻에서 형재 이직이 이 시에서 '사라수 나무 아래에 가고 싶다'고 한 것은 '불가에 귀의하고 싶다.' 내지 '석가가 입멸한 그곳, 깨달음의 세계로 나가고 싶다.'는 뜻으로 해석할 수 있다. 그러므로 형재 이직은 이 시를 통해 불자로서의 내심을 가장 극명하게 드러내었다고 할 수 있겠다.

　그 외 형재 이직이 불교를 깊이 이해하고 호불(好佛)하였음은 무엇보다 그는 불교를 국교로 한 고려인이었다는 점을 들 수 있다. 또한, 절실한 불

---

27) 李稷, 『亨齋詩集』 卷3, <璣峯 僧海璿號>. 원문 번역은 이직 지음, 하정승 옮김·이승재 교점(2012), 『형재시집』, 한국고전번역원을 수정보완 하였음. 이하 동일.

교 신자였던 증조부 이조년을 비롯한 집안의 내력에서도 찾을 수 있다. 그러므로 형재 이직의 불교에 대한 인식은 이러한 환경적 요인으로 인하여 자연스럽게 이루어졌다 할 것이다. 그뿐만 아니라 형재 이직이 유배라는 고난의 시기에 직면해서는 그의 불교적 사유는 더욱 심화하였다고 할 수 있다.

3. 불교 인식과 경험의 시적 형상화

『형재시집』에는 232제 294수의 시가 실려 있는데 그중 불교와 관련된 불교시가 50여 수 전한다. 여기서 형재 이직의 불교시는 불교적인 소재나 사상을 함유한 작품이면서 형재 이직의 불교관이 구체적으로 표현된 작품[28]을 의미한다.

형재 이직의 불교시는 크게 두 가지의 경향을 띤다. 하나는 불교 중심적 경험과 사유(思惟)를 시적으로 형상화한 것이다. 이는 다시 세 가지의 하위 항목으로 나눌 수 있는데 첫째, 고승과의 교유 과정에 있었던 일들을 시적으로 표현한 것이다. 둘째, 사찰에 머물거나 고찰을 탐방하던 중 느꼈던 감회를 시적으로 표현하였다. 셋째, 불교 용어의 이해를 통하여 불교적 사유를 심화시키고 그것을 시로 표현한 것이다. 그러므로 이러한 경향의 시에서는 승려명, 사찰명 외에 불교 용어인 삼생(三生)·무상(無相)·연화장(蓮華藏) 등 불교적 심상을 나타내는 시어가 주로 사용된다. 또 다른 하나는 유교와 불교의 회통적 경험과 사유를 시적으로 형상화한 것이다. 이 경향의 시에서는 형재 이직이 불교적 삶을 지향하면서도 유학자였으므로

---

28) 金載旭(2000), 「許筠의 佛敎詩 硏究」, 동국대학교 교육대학원 석사학위논문, 2쪽.

불교 용어뿐 아니라 특히, 유교적 사유가 함축된 경전, 전고(典故)나 주역의 괘가 시어로 사용되었다.

　그런데 이 두 경향에서의 하위 항목들은 형재 이직 불교시에서 다소의 차이는 있지만, 작품에 따라 복합적으로 나타난다. 그런 이유로 하위 항목을 분류한 기준은 복합적 요소 중 그 특징이 가장 두드러진 것을 전제로 하였음을 밝혀둔다. 먼저 불교 중심적 경험과 사유를 시적으로 형상화한 작품을 살펴보기로 한다.

1) 불교 중심적 경험과 사유

　형재 이직의 불교 중심적 경험과 사유를 시적으로 형상화한 작품은 다시 승려와의 교유, 사찰 유·거의 감회, 불교 용어의 이해 등 세부 항목으로 나눌 수 있는데, 형재 이직의 불교시 중 40여 수가 이에 해당한다.

(1) 승려와의 교유

　고려에서 맺어진 사대부와 승려들과의 친분은 조선에 와서도 지속한다. 그러한 사실은 조선의 개국에 주도적 역할을 담당했고 『불씨잡변』[29]을 통해 가장 배불적(排佛的) 입장에 섰던 정도전조차도 그의 문집에 승려와의 교유시[30]가 보이는 것으로 보아 알 수 있다. 고려인으로 처음 출사하여 조선의 개국공신이 되어 관각문인으로 활동을 시작한 형재 이직 역시 관직기 뿐만 아니라 유배기에도 불교적 삶을 지향하며 고승과의 교유를

---

29) 鄭道傳, 『三峰集』 卷5, 「佛氏雜辨」.

30) 鄭道傳, 『三峰集』 卷1, <寄瑞峯寬上人> ; 卷2, <訪定林寺明上人>·<雲公上人自佛護社來誦子野詩次韻寄佛護社主>·<寄贈柏庭禪>·<贈柏庭遊方>·<訪古軒和尙途中>·<送等庵上人歸斷俗>·<題隱溪上人霜竹軒詩卷>·<題僧牧庵卷中 乙丑春>·<寄斷俗文長老>·<信長老以古印社主命來惠白粲臨別贈詩>·<送覺峯上人>·<題古巖道人詩卷>.

계속한다. 형재 이직의 불교시 중 승려와의 교유시는 가장 많은 양을 차지하는데 관직기와 유배기 동안 지은 시가 약 20여 수에 해당한다.

승려 교유시를 좀 더 자세히 살펴보면 다음의 세 가지로 구분된다. 첫째, 교유하던 승려로부터 부채·메주·향 등을 선물 받고 감사의 뜻을 시로 표현한다. 둘째, 교유하던 승려의 시권이나 시에 차운하여 시를 짓는다. 셋째, 평소 교유하던 승려를 대상으로 시를 짓되, 주로 속세를 떠나 산사로 수행 가는 승려를 전송하여 편지를 대신한 시가 이에 속한다.

그러므로 형재 이직의 불교시를 살펴보면 시의 제목이나 내용에서 월창 회장·우산 장로·해봉 상인·법수사의 주지승·심도승통·난 대사·둔산 선사·예 장로·은계·기봉 승려 등 많은 고승의 법명이 나타난다. 이는 형재 이직이 많은 승려와 교유하였고 또한, 그들과 친분을 쌓았음을 뜻한다. 이에 관하여서는 작품을 통해 살펴보기로 한다. 다음은 형재 이직이 교유했던 고승 중 가장 절친했던 월창승에게 보낸 시이다.

法林岩壑邃	법림사는 깊은 산골짜기에 있으니,
回首望雲莊	머리 돌려 보면 구름 속의 산장이라네.
尙想空門樂	아직도 불문의 즐거움 상상만 하면,
深悲世路忙	인생길의 분주함이 매우 슬퍼진다.
詩能開快悒	시는 능히 원망과 근심을 풀어 줄 만하고,
扇又借淸涼	또한 부채는 시원함을 선사하네.
善誘多方便	사람을 잘 유도함에도 방편이 많으니,
令人入道場	사람들로 하여금 도량에 들게 하시게.[31]

더운 여름날, 월창승은 형재 이직에게 부채와 함께 시를 지어 보낸다. 형

---

31) 李稷, 『亨齋詩集』 卷2, <月窓會長惠扇子幷詩次韻> 제1수 ; 제2수, " 水石山中寺, 桑麻野外莊, 禪心常靜定, 農務大恩忙, 未斷塵根固, 思添法雨涼, □公能講說, 爲我一開場."

재 이직이 이에 대한 감사의 뜻으로 차운하여 지어 보낸 시가 위의 시 <월창회장혜선자병시차운(月窓會長惠扇子幷詩次韻)>이다. 월창회장은 법림사의 주지일 뿐만 아니라 고려의 시승(詩僧)[32]이기도 하다. 법림사는 형재의 고향인 경상북도 성주군에 있었던 사찰이다. 위의 시는 오언율시로 지은 2수의 연작시 중 제1수이다. 제1수의 함련에서 형재 이직은 '아직도 불문의 즐거움 상상만 하면, 인생길의 분주함이 매우 슬퍼진다'고 하였다. 이것으로 보아 이 시는 형재 이직이 관직기에 지었던 것임을 알 수 있다. 그러므로 형재 이직은 불가에 귀의한 월창의 삶과 관직에 매인 형재 자신의 삶을 '락(樂)'과 '망(忙)'으로 표현하였다. 그런 분주한 관직 생활 가운데 월창이 보낸 시는 자신의 원망과 근심을 풀어주고, 부채는 더위를 식히는 시원함을 선사했다. 이에 형재 이직은 월창승의 도량에 시로써 감사함을 전한다.

제2수의 수련과 함련은 심심산골에 있는 법림사의 자연경관을 묘사했다. 제1수와 마찬가지로 경련에서 또 한 번 불도에 정진 중인 월창에 비해, 아직 세속에서 벗어나지 못한 자신을 돌이켜 보았다. 그리고 월창승을 통해 '법우(法雨)'의 단비를 맞기를 바라는 마음을 간절히 드러내었다. 이것으로 보아 형재 이직은 관직기부터 이미 불교에 깊은 관심을 가졌고 승려들과 교유하였음을 알 수 있다. 또한, 자신은 비록 세속의 뿌리를 끊지 못하여 분주하게 살아가고 있지만, 내심 불가의 삶을 지향하고 있음을 시를 통해 나타내었다.

법림사의 월창승은 부채 외에도 사찰에서 만든 향과 메주를 형재 이직에게 선물한다. 형재 이직도 감사의 뜻으로 그때마다 시를 지어 보낸다. 또한, 성주 유배 동안 형재 이직이 월창승에게 지어 보냈던 시 <기법림월창회장(寄法林月窓會長)>[33]에서도 그는 '법림사가 늘 마음이 간다'고 하였

---

32) 月窓의 한시 <領統寺 西樓 次古人韻>은 『東文選』 卷16에 실려 있으며, 최근 路談 集譯 (2006), 『韓國의 詩僧－고려편』(고운)에 수록되었다.

다. 이처럼 형재 이직은 관직기 뿐만 아니라 유배 생활 중에도 월창승과
서로 왕래하였다. 그런 결과로 그의 문집에는 법림사와 그 사찰의 주지인
월창회장과 관련된 시가 7제 12수[34] 전한다.

한편 형재 이직은 고승과의 교유 과정에서 그들의 시권이나 시에 차운
하여 시를 짓는다. 다음은 승려 은계(隱磎)와 관련한 시이다. 은계는 형재
이직뿐 아니라 당시 여러 유학자와도 교유하였던 시승(詩僧)이다.

隱磎釋林幹	은계는 불가의 고승,
道熟却同塵	도가 높지만 도리어 속세인 같다네.
領袖宗門久	종단의 영수가 된 지 오래되었고,
流傳祖派眞	종맥을 참되게 전파하고 있지.
胸中華藏海	가슴속엔 화엄연화장(華嚴蓮華藏) 세계로 가득하고,
眼底浙江濱	눈은 절강의 강가에 미치고 있다네.
老去一菴穩	늘그막에 암자에서 은거하나니,
公山紫翠新	공산의 푸른빛 새롭도다.[35]

위의 시 <은계시권 화엄종도승통환구암(隱磎詩卷 華嚴宗都僧統幻丘菴)>은
형재 이직이 은계의 시권에 지어준 오언율시이다. 은계는 시호이고 성은
임씨[36]며 화엄종의 승려이다. 은계는 형재 이직뿐 아니라 목은 이색과도
교유한다. 이색은 <제은계권(題隱溪卷)>[37]에서 '스님 한 분 계시나니 그

---

33) 李稷, 『亨齋詩集』 卷4, <寄法林月窓會長>. "法林精舍每關心, 脩竹長松滿地陰, 他日當成後
三笑, 夜窓蘿月聽猿吟."

34) 李稷, 『亨齋詩集』 卷4 <寄法林月窓會長>·<九日訪法林社主月窓方丈 (二首)>·<謝月窓會
長惠炷香>·<謝月窓惠全豉 (二首)>·<月窓會長惠扇子幷詩次韻奉謝 (二首)>·<次澄粹軒
詩韻 法林寺軒西 (二首)>.

35) 李稷, 『亨齋詩集』 卷2, <隱磎詩卷 華嚴宗都僧統幻丘菴名>.

36) 李穡, 『牧隱集』, 「牧隱文藁」 卷8, <送隱溪林上人序>. "七月卅又一日, 予困於熱, 解衣露頂麾
客, 寂然門 庭也, 林上人來. 卽隱溪也."

마음 허공 같아[有上人兮心如虛空], 사대해의 물이 모두 그 속에서 출렁출렁
[四大海水居其中]'이라 하여 은계가 승려로서 수양이 어느 정도인지를 말해
준다. 또한, 목은은 '은계란 호(號)도 뜨거운 번뇌 씻어 주기 위함이라[號曰
隱溪所以滌彼爐火烘]' 하여 은계의 호에 어떤 의미가 있는지 설명하고 있다.

형재 이직의 시 수련에서도 '은계석림간(隱磎釋林幹)'이라 하여 은계가
화엄종의 고승이며 불가에서 상당이 중요했던 인물임을 말했다. 그런데도
그는 속세와 격을 두지 않았다. 이로써 형재 또한 은계가 승려로서 수양
이 상당히 깊었음을 이 시를 통해 나타내었다. 경련의 '화장해(華藏海)'[38]
는 화장세계(華藏世界), 연화장장엄세계해(蓮華藏莊嚴世界海)를 말한다. 은계의
마음속에는 이미 화엄 세계가 자리하였다. '눈은 절강의 강가를 미치고
있다네'라고 한 것으로 보아 그가 이르고자 한 것은 한량없는 공덕과 광
대 장엄을 갖춘 불국토의 세계였음을 알 수 있다. 미련은 은계가 이제 늙
었음에도 암자에 홀로 은거하며 불법의 진리를 깨닫고자 수행하니 그 뜻
이 새롭다고 하였다.

위의 작품 외에 형재 이직이 고승들과 교유하며 지은 시로는 우산 장로
시집의 운자를 차운한 시 <차우산장노권상운 계융(次牛山長老卷上韻 契融)>,
지리산으로 돌아가는 승려를 전송한 시 <송승귀지리산(送僧歸智異山)>, 금
강산으로 떠나는 예 장로를 전송한 시 <중송예장노유금강산(重送睿長老遊金
剛山)>, 예 장로를 전송하는 시에 차운한 시 <차송예장노(次送睿長老)>, 법
림사의 월창승에게 지어 보낸 시 <월창회장혜선자병시차운봉사 2수(月窓
會長惠扇子幷詩次韻奉謝 二首)>, 중양절에 법림사 주지 월창승을 방문하고 지
은 시 <구일방법림사주월창방장(九日訪法林社主月窓方丈)> 등이 더 있다.

---

37) 李穡, 『牧隱集』, 「牧隱詩藁」 卷31, <題隱溪卷>.
38) 『한국민족문화대백과사전』, <연화장세계(蓮華藏世界)> 참조.

(2) 사찰 유(遊)·거(居)의 감회

형재 이직은 또한 사찰에 머물거나 고찰을 탐방한 후 그 감회를 시로 표현하였다. 그러므로 형재 이직의 시에는 많은 사찰명이 시제 혹은 시어로 사용된다. 이는 대부분 형재 이직이 찾아가 보았던 사찰로 천왕사·석방사·법수사·조암사·법림사·숭흥사·사대사 외에 소운암·환구암·화광·일본 승려가 머물렀던 송천암 등이다. 형재 이직은 유배기뿐만 아니라 관직의 수행 중에도 고향이 그립고 수심이 차오면 주로 사찰을 찾는다. 다음의 시 역시 형재 이직이 사신의 임무를 띠고 명나라를 오가던 중, 사문도에 머물며 그곳의 사찰을 방문하고 그 감회를 읊은 것이다.

四面蒼波一點山   사방의 푸른 물결 속에 점 같은 산,
崇興古寺碧雲間   고색창연한 숭흥사는 푸른 구름 속에 있구나.
客中無處禁愁得   나그네 이곳에서 수심을 금치 못하고,
日向僧窓往復還   날마다 승방을 향하여 배회 하는구나.[39]

위의 시 <사문도대풍(沙門島待風)>은 형재 이직이 명나라에 사신으로 오가던 중, 높은 파도를 피해 사문도에 머물며 그 감회를 읊은 시로 2수의 칠언절구 중 제1수이다. 사문도는 고려나 조선의 사신들이 중국으로 오가던 중 머물렀던 섬이다. 『해동역사(海東繹史)』[40]에 의하면 사문도의 위치는 중국의 봉래 근처에 있었던 것으로 기록되어 있다.

제1수는 사문도 숭흥사의 정경과 그곳에서 느낀 형재 이직의 심사(心思)를 읊었다. 사문도는 사방이 푸른 바다로 둘러싸여 있으므로 멀리서 보면

---

39) 李稷, 『亨齋詩集』, 卷4, <沙門島待風> 제1수 ; 제2수, "海雲無日不沈沈. 留滯孤舟萬里心, 危坐通宵看明月, 故園花木幾晴陰."

40) 『海東繹史』 卷40, 「교빙지(交聘志)」 8.

하나의 점과 같다. 또 그 섬 갈석산에는 고찰 숭홍사가 있다. 형재 이직은 조국을 떠나 타국 멀리에 있으며 자신의 수심을 풀고자 날마다 이곳 숭홍사를 찾아와 승방을 배회했던 것으로 보인다. 전구에서 말하는 형재 이직의 '수심'은 무엇이었을까? 사신으로서 조국을 위한 임무에 대한 책임감과 나그네로서의 서러움이었을 것이다. 그런 이유로 그는 사신으로 갔던 타국에서조차도 사찰을 찾았고, 수심 깊은 자신의 마음을 불도에 의지하여 다스리고자 했던 것으로 짐작된다.

제2수의 기구에서 '바다 구름은 날마다 가라앉지 않고[海雲無日不沈沈]'라고 한 것에서 바다 날씨가 섬을 떠나기에는 좋지 않았던 것으로 보인다. 그러므로 외로운 한 척의 배는 섬에 정박해 떠나지 못했고 날씨가 잠잠해지기를 기다리며 형재 이직 또한 밤새도록 앉아 있었다. 그러다 보니 만리타향에서 고향은 더욱 그리워져 이때의 심정을 시로 표현하였다. 사문도를 대상으로 한 시로는 형재 이직이 조선 태종 때 명나라에서 사신 온 장사승의 시에 차운한 <차장사승운(次章寺丞韻)>[41] 1수가 더 있다.

사문도에 사신의 자격으로 가서 그곳에 머물며 그 감회를 읊은 것은 형재 이직 외에도 이숭인[42]·권근[43]·서거정[44] 등의 시에서도 찾을 수 있다. 조선 후기에 오면 정경세가 사신의 자격으로 중국을 오가던 중 사문도에 머물렀고, 선왕의 대상(大祥) 일에는 정경세도 숭홍사(崇興寺)에 올라[45]갔다는 기록이 있다. 다음은 형재 이직이 고향인 성주로 귀양 갔을

---

41) 李稷, 『亨齋詩集』 卷3, <次章寺丞韻>.

42) 李崇仁, 『陶隱集』 卷2, <沙門島偶題>·<留沙門島奉呈同行評理相君>.

43) 權近, 『陽村先生文集』 卷6, <紀地名詩三首, 淹滯之中數其經歷也>.

44) 徐居正, 『東文選』 卷17, <次沙門島壁上韻>.

45) 鄭經世, 『愚伏集 別集』「연보(年譜)」, 경술(1610) 만력 38년 광해 2년, "계묘일에 산해관(山海關)에 도착하였다. <중략> 2월 초하루 정미일이 선왕의 대상(大祥)이었으므로 숭홍사(崇興寺)에 올라가서 망곡하고 최복을 벗었다."

때, 처음 2년간 천왕사에 안치되며 그 감회를 시로 읊은 것이다.

杜門久不出	오랫동안 두문불출하면서,
愛此僧廬幽	그윽한 이 절을 사랑하며 보내네.
賦命有榮悴	하늘이 부여해 준 운명은 영욕이 있는 것,
於人何怨尤	어찌 사람을 원망하리오.
墻葵傾向日	담장의 해바라기는 해를 향하여 있고,
年矢疾如流	화살 같은 세월은 유수처럼 빠르구나.
燥濕絃誰辨	거문고 줄이 마르고 습한 것을 그 누가 분별하리.
唯天在上頭	오로지 하늘이 머리 위에 있는 것만 알겠네.[46]

위의 시 <제천왕사서루 을미년적성산우차사과서(題天王寺西樓 乙未年謫星山寓此寺過暑)>는 형재 이직이 귀양 간 첫해, 천왕사에서 여름을 보내며 지은 오언율시 2수 중 제2수이다. 제1수의 수련과 함련에서는 천왕사를 찾아가는 도중 만나게 되는 구부러진 언덕과 무성한 숲 등 자연경관을 얘기했다. 경련의 '춘풍(春風)'과 '백일한(白日閑)'은 이 시의 시간적 배경을 말한다. 즉 형재 이직은 어느 따뜻한 봄날 대낮, 유배처인 사찰에서 혼자 조용히 지난날을 회상하며 이 시를 지은 것이다.

제2수 수련은 형재 이직이 귀양 온 후로는 천왕사에서 두문불출하였고 그곳에서의 감회를 말했다. 함련의 '영췌(榮悴)'는 영고성쇠(榮枯盛衰)를 말한다. 즉 세월의 흐름에 따라 번영과 쇠락은 변하고 바뀌는 것을 의미한다. 형재 이직은 인간의 삶에서 융성과 쇠퇴의 변화는 '부명(賦命)' 즉 하늘이 부여한 것이므로 사람을 원망할 수 없다며 자신을 스스로 위로한다. 여기서 그는 세상의 이치를 통해 자신이 처한 현실을 이해하려 했음을 엿

---

46) 李稷, 『亨齋詩集』卷2, <題天王寺西樓 乙未年謫星山寓此寺過暑> 제2수 ; 제1수, "小麓城東起, 中高眼界寬, 岸回難覓路, 林茂自成欄, 靜裏春風暖, 吟餘白日閑, 老懷無所掛, 何處不堪安."

볼 수 있다. 경련의 5구는 해바라기가 해를 향하는 것처럼 자신도 임금의
덕을 우러러 존경한다는 뜻을 나타내었고 또, 6구는 세월이 덧없이 빨리
흘러감을 말하였다. 미련의 '거문고'는 옛 학자들이 수양을 목적으로 연
주했던 현악기이다. 이러한 의미가 있는 거문고를 통해 형재 이직은 자신
이 몸을 닦고 성품을 다스리며 참 진리의 세계로 나가고자 했고, 그것은
하늘만이 알 것이라고 하였다.

이 시는 형재 이직이 유배 초기 유배처인 천왕사에서 두문불출 머물며
지은 시이다. 형재 이직은 이 사찰에서의 유배 생활을 긍정적으로 생각하
려 노력하였다. 또한, 여러 고사와 세상의 이치를 들어 자신이 처한 현실
을 스스로 이해하고 받아들이려 하였음을 이 시를 통해 알 수 있다. 그
외에 형재 이직이 사찰에 머물거나 고찰을 탐방하고 그 감회를 표현한 시
로는 <석방사 2수(釋方寺 二首)>・<차징수헌시운 법림사헌서 2수(次澄粹軒
詩韻 法林寺軒西 二首)>・<소운암(小雲庵)>・<등법수사남루차운증당두(登法
水寺南樓次韻贈堂頭)>・<등조암사대회고(登祖巖寺臺懷古)>・<등사대사루차판
상운(登四大寺樓次板上韻)>・<화광승암명(和光僧菴名)> 등이 더 있다. 특히
<견회 4수(遣懷 四首)>는 형재 이직이 유배기 동안 사찰에 머물며 느낀 자
신의 회포를 시로 표현한 것이다.

(3) 불교 용어의 이해

형재 이직의 불교시에는 승려명, 사찰명을 비롯하여 다소의 차이는 있
지만, 전반적으로 불교 용어가 시어로 활용되고 있다. 예를 들면 장로(長
老)・석장(錫杖)・일발(一鉢)・화장(華藏)・수미(須彌)・무상(無相)・삼생(三
生)・선(禪)・진여(眞如)・비구(比丘)・선지(禪旨)・불이문(不二門)・공문(空
門)・사라수(沙羅樹)・입정(入定)・사미(沙彌) 등이다. 그 외 사전적 의미의

불교 용어는 아니지만 선창(禪窓)·승창(僧窓) 등 불교적 이미지를 나타내는
시어가 형재 이직의 불교시 여러 곳에서 중복·사용되고 있다. 이는 형재
이직이 불교와 불교의 용어에 대해 이해가 상당히 깊었음을 말한다. 다음
은 형재 이직이 일본 승려 범령의 시권에 지어 준 시 2수 중 제2수이다.

松泉幽處遠塵扃	송천암 그윽한 곳에 있으니 속세와는 멀고,
竹杖銅瓶丈室淸	죽장에 구리병 선방은 깨끗도 하다.
長老勤修頻入定	장로는 부지런히 수도하여 자주 경지에 들고,
沙彌習慣喜看經	사미승은 습관처럼 즐겨 경전을 읽네.
林風淅淅吹雲散	숲 속에서 바람은 소리를 내며 불어와 구름을 날리고,
溪月暉暉照榻明	휘영청 시냇가 달은 훤히 평상을 비추네.
直欲共參眞境界	참선의 경지에 함께 들고자 한다면,
若爲飛渡海冥冥	아득한 저 바다를 날아서 넘어야 하리.47)

　형재 이직이 위의 시 <송천유처 일본승범령암명(松泉幽處 日本僧梵齡菴名)>
을 지은 연유는 『세종실록』에 기록되어 있다. 일본에서 사신으로 온 승려
범령이 본국으로 돌아가기 전 자신이 머물렀던 암자 '송천유처(松泉幽處)'
의 편액에 대하여 여러 진신선생(縉紳先生)들에게 한 말[一言]을 청하였다.
이에 권채(權採)가 시권서(詩卷序)를 쓰고 이직 외에 권홍(權弘)과 정이오(鄭以
吾) 등이 시를 지어 주었다. 범령을 일본으로 돌려보내며 세종이 이 시권
을 한강에서 전달하게 하니 그가 매우 기뻐하였다48)고 한다. 범람은 "참
으로 이름[名]은 묵(墨)이면서 행실은 유(儒)라고 할지로다."49) 하여 당시

---

47) 李稷, 『亨齋詩集』, 卷3, <松泉幽處 日本僧梵齡菴名> 제2수 ; 제1수, "禪師出世絶相尋, 松茂
　　泉甘地更深, 齋罷從容煎活水, 講餘瀟洒對淸陰, 眞如自是無增減, 參透何曾異古今,益鍊五門高
　　着眼, 明明佛祖有傳心."
48) 『世宗實錄』 7年(1425) 5月 11日, <送日本 梵齡詩卷序> 참조.
49) 『世宗實錄』 7年(1425) 5月 11日, <送日本 梵齡詩卷序>, "眞所謂墨名而儒行者歟!"

조정의 관료들 사이에서도 예절과 법도를 잘 지킨 젊고 영특한 승려로 소문이 났던 인물이다.

이 시의 제1수는 선사 범령이 거처하였던 송천암과 수행에 관해서 얘기했다. 수련은 선사(禪師)가 세상을 피하자, 찾는 이가 없고 인적이 끊어져 암자의 소나무와 샘터의 그윽함이 더욱 깊어졌음을 묘사하였다. 함련은 재(齋)50)를 파하고 조용히 샘물을 끓여서, 강(講)을 마치고는 맑고 깨끗한 그늘에 자리 잡았음을 말한다. '진여(眞如)'51)는 사전적인 의미로 '우주 만유의 보편한 본체로써, 현실적이며 평등 무차별한 절대의 진리'를 말한다. 그러므로 형재 이직은 경련에서 '진여(眞如)' 즉 '절대의 진리'는 원래 증감(增減)이 없고, 깨달음 또한 고금의 차이가 없다고 말하였다.

제2수는 송천암의 일상과 진여(眞如)의 경계에 대해서 말하였다. 먼저 수련은 범령의 암자 '송천유처'는 속세와 멀리 있고, 선방이 깨끗함을 묘사했다. 그러므로 함련에서 송천암의 장로(長老)52)는 마음을 고요히 가라앉혀 부지런히 수행함에 입정(入定)53)에 자주 들고, 사미(沙彌)54)승은 경전

---

50) 재(齋) : 본뜻은 신구의(身口意) 삼업(三業)을 정재(淨齋)하여 악업(惡業)을 짓지 아니함을 말하나 후세에는 달라져서 재식(齋食)을 뜻하며 또는 법회(法會) 때 승려(僧侶)와 속인(俗人)에게 음식을 대접하는 것을 말한다. 또 성대하게 불공(佛供)을 드리고 죽은 이를 위하여 천도(薦度)하는 법회(法會)를 이름(『불교용어사전』).

51) 진여(眞如) : 범어(梵語) tathatā를 의역한 불교 용어로, 진은 진실하여 허망하지 않다[眞實不虛妄]는 뜻이고 여(如)는 체성(體性)이 변하지 않는다[不變其性]는 뜻을 지니고 있다 한다. 일반적으로 만유(萬有)의 근원이요 본체라는 의미로 쓰이는데, 각 종파에 따라 그 함의가 서로 다르다. 이 밖에 여여(如如), 여실(如實), 법계(法界), 법성(法性), 실상(實相), 여래장(如來藏), 법신(法身), 불성(佛性) 등으로 번역되기도 한다(『한국고전번역원』 각주정보검색).

52) 장로(長老) : 도(道)가 높고 법납(法臘)이 많은 비구(比丘)를 이름. 장로사리불(長老舍利弗), 장로수보리(長老須菩提) 등이라 함과 같음. 선종(禪宗)에서 주지(住持)를 장로(長老)라 함(『불교용어사전』).

53) 입정(入定) : 마음을 고요히 가라앉히고 한곳에 집중하여 산란하지 않는 마음 상태에 듦. 선정(禪定)에 드는 것(『불교용어사전』).

54) 사미(沙彌) : 출가한 지 얼마 되지 않아 정식 스님이 되기 전의 단계에 있는 남자 예비 스님(『불교용어사전』).

을 습관처럼 즐겨 읽는다. 그러나 미련에서 이들이 진정한 깨달음의 경지에 들고자 한다면, 저 바다와 같이 멀고도 깊고 넓은 경계를 넘어가야 함을 말했다. 위의 시는 『형재시집』에 실린 시 중 불교 용어가 가장 많이 활용되고 있는 작품이다.

형재 이직은 불교 용어뿐 아니라 시의 형식을 통해서도 불법의 진리 세계와 수행 정진을 표현하였다. 형재 이직의 불교시에는 오언고시, 오언절구, 오언율시, 칠언절구, 칠언율시 등 다양한 형식이 사용되고 있다. 그 외 불교 용어와 함께 삼오칠언과 육언55)의 형식을 활용한 시도 각각 1수씩 더 있다.

山峻極　　　　　매우 험하여,
近須彌　　　　　수미산과 비슷하구나.
上人常宴坐　　　스님께서 자리에 게실 때마다,
皓月揚淸輝　　　흰 달은 밝음을 더하였다네.
請益勤修精念念　부지런히 수행하고 정념하시기를,
學通無相古來稀　배움이 무상에 통함은 예부터 드문 일이지.56)

위의 시 <제해봉상인영월시권(題海峯上人嶺月詩卷)>는 형재 이직이 교유했던 해봉 상인 영월의 시권에 지어준 것이다. 이 시의 특징은 불교 용어의 이해와 형식미에 있다. 삼오칠언으로 된 이 시는 1·2구는 3언, 3·4구는 오언, 5·6구는 7언으로 점층적으로 글자 수를 늘렸다.

1구에서 말하는 '산(山)'은 승(僧)이 향해 가고자 하는 진리의 세계를 말한다. 진리의 세계는 높고도 험하여, 불교의 우주관에서 중심에 서 있는

---

55) 李稷, 『亨齋詩集』, 권4, <和光僧菴名>.
56) 李稷, 『亨齋詩集』, 권1, <題海峯上人嶺月詩卷>.

거대한 산인 '수미(須彌)'[57] 산과 같다. 3구는 승(僧)이 진리의 세계에 들고
자 참선을 통하여 수행 정진함을 말한다. 4구의 '호월(皓月)'은 흰 달・밝
은 달로 해석되는데 이는 불법의 세계를 상징한다. '호월(皓月)' 즉 아주
맑고 밝은 달이 밝음을 더하였다는 것은 승(僧)이 진리의 세계로 더욱 나
아감을 의미한다. 자리에 앉아서 수도 정진하면 할수록 '호월(皓月)' 즉 깨
달음의 경지는 더욱 높아진다. 5구에서는 승(僧)이 더욱 수행하고 정진하
길 기원한다. 6구에서는 그 이유를 밝혔는데, 수행자가 용맹정진할지라도
'무상(無相)'[58] 즉 차별과 대립을 초월한 무한하고 절대적인 상태, 모든 집
착을 떠난 초연한 경지인 '공(空)'의 세계에 이르기는 예로부터 쉽지 않음
을 알기 때문이다.

　형재 이직은 이 시에서 글자 수의 증가를 통해 시각적이며 심상적 효과
를 꾀하였다. 즉 삼언에서 오언, 오언에서 칠언의 형식적 수법을 통하여
점점 진리의 세계로 나감을 시각적으로 나타내고 있다. 또한, 삼언에서는
'수미(須彌)'산, 오언에서는 '호월(皓月)'을 통하여 불법을 이해하기 쉽게 유
상(有相)한 것으로 드러내 보이다가, 7언에서 '무상(無相)'이란 시어를 통하
여 결국 불법의 진리는 '공'한 것임을 형용하였다.

2) 유불 회통(會通)의 경험과 사유

　형재 이직의 부친 이인민은 공민왕 때(1370) 진주목사(晉州牧使)로 부임하
며 성리학 해설서의 일종인 『근사록(近思錄)』[59]을 복간한다. 형재 이직은 이

---

57) 수미(須彌) : 불교의 우주관에서, 우주의 중심에 있다는 거대한 산(『불교용어사전』).
58) 무상(無相) : 모든 사물에는 고정적(모습)・실체적(모양) 특질이 없다는 의미. 상(相)은 특징
　　을 말한다. 유상(有相)의 반대이다. 무상은 공(空)의 사상을 근본으로 한다. 모든 사물은
　　공이며 자성(自性)이 없다. 그러므로 무상이며, 무상이기 때문에 청정(淸淨)하게 된다. 또
　　한, 무상은 차별・대립의 모습(相)을 초월한 무차별의 상태를 말하기도 한다(『불교용어사전』).

러한 가정적 환경 요인으로 인하여 불교뿐 아니라 유교 경전에도 조예가 깊다. 그러므로 그의 의식세계에는 불교뿐 아니라 유교도 함께 공존한다. 이러한 유불 회통적 경험과 사유는 그의 시 창작을 통해서도 표출된다.

또한, 형재 이직의 시를 살펴보면 현실에 대한 내재적 갈등이 그의 시 전반을 통해 흐른다. 즉 선행연구에서 분류한 사행시, 경세제민의 시, 자연 친화의 시 외에 불교시에서도 내재적 갈등은 계속된다. 이러한 내재적 갈등을 그는 불교의 진리탐구를 통해서 그리고 유자(儒者)로서 '순리(順利)' 라는 성리학적 이치로써 해결하고자 하였다. 그러므로 형재 이직의 불교 시에는 앞에서 논의한 불교 중심적 경험과 사유를 시적으로 표현한 것 외에 유불 회통적 경험과 사유를 시로 표현한 것이 있다. 이 경우는 전고(典故) 혹은 유교 경전 특히 주역의 괘가 시어로 사용되고 있다. 먼저 고사가 사용된 예를 살펴보기로 한다.

富貴浮雲向道眞	부귀는 뜬구름과 같으니 참 도를 향하고,
瑩然心地自無塵	맑은 마음엔 절로 티끌 하나 없구나.
過從盡是文章伯	왕래하는 이들은 모두 문장가들이라,
彼我曾忘夢幻身	저와 나의 꿈같은 세상일은 일찍부터 잊었노라.
洛社高風誰復繼	낙사의 높은 풍모 누가 다시 계승하랴,
廬山往事已成陳	여산의 옛일은 이미 지나간 이야기가 되었네.
何時共坐禪窓夜	어느 때에야 절간에 함께 밤새 앉아서,
靜話三生石上因	삼생석의 인연을 이야기해 볼까.[60]

위의 시 <제심도승통권상(題沈都僧統卷上)>는 형재 이직이 심 도승통의 시권에 지어준 것이다. 칠언율시로 지은 이 시의 수련은 형재 이직이 심

---

59) 『한국민족문화대백과사전』 <근사록> 참조.
60) 李稷, 『亨齋詩集』, 卷3 <題沈都僧統卷上>.

도승통의 불법을 향한 의지를 말했다. 승(僧)의 마음은 참다운 도(道)를 향하였으므로 승(僧)의 마음엔 부귀를 탐하거나 속세에서 볼 수 있는 욕심이 없다고 하였다. 또 심도승통은 승려임에도 불구하고 교유하는 이들은 모두 대 문장가이다. 그러하니 세상에서 승(僧)과 속(俗), 너와 나로 구분하는 분별심은 일찍이 잊고 지낸다.

경련의 '낙사(洛社)'는 구양수・매요신 등이 낙양에서 조직한 낙사기영회(洛社耆英會)를 말한다. 또 '여산(廬山)'은 송(宋)나라 진성유(陳聖兪)의 『여산기(廬山記)』에 나오는 호계삼소(虎溪三笑)의 고사를 뜻한다. 진나라 승려 혜원은 여산에 은거하며 호계 밖으로 나가지 않았다고 한다. 어느 날 육수정과 도연명이 혜원을 찾아와서 그 두 사람을 배웅하게 되었는데, 이야기에 심취해 그만 호계를 지나쳐 버렸다고 한다. 이를 알게 된 후에 세 사람이 크게 웃었다는 데서 유래한 말이다. 위의 시에서 형재 이직은 마음에 맞는 사람들이 서로 우정을 나눈다는 뜻에서 이 고사를 활용하였다.

그러므로 미련에서 심 도승통과 형재, 우리 두 사람도 낙사의 모임・여산의 세 사람처럼 밤새 절간에 앉아 전생・현생・후생의 삼생(三生) 이야기를 하고, 우정을 나눌 수 있기를 바라는 마음을 시로 표현하였다. 이 시에는 형재 이직 자신이 지금 관직에 있지만, 승(僧)과 속(俗)을 떠나서 심도승통과 함께 마음껏 불법의 진리를 논하고, 우정을 나눌 수 있기를 바라는 마음이 담겨있다. 다음은 유교 경전 중 특히 주역의 괘를 시어로 사용하여 유불 회통의 경험과 사유를 표현한 시이다.

陋巷人稀自不繁	누추한 골목이라 인적 드물고 고요한데,
小軒危坐靜忘言	작은 집에 꼿꼿이 앉아 고요히 말을 잊었네.
虛靈謾說心官體	심령이 신령하니 마음이 몸의 주인이라 할 만하고,
微妙難窮性海源	미묘한 인간 본성의 근원을 다 궁구하기 어렵도다.

世事早曾安義命　　세상일 일찍이 천명에 따라 정해졌으니,

占辭誰復議離坤　　점을 쳐서 그 누가 다시 이괘(離卦) 곤괘(坤卦)를 논
　　　　　　　　　할 수 있으리.

會須尋得禪窓去　　모름지기 진리를 찾으려면 불교에 가야 하리,

一問三摩不二門　　삼마를 물으면 이문이 아니라네.61)

　위의 시 <차난대사시운(次蘭大師詩韻)>은 형재 이직이 유배기에 난 대사
의 시에 차운하여 지은 것으로 2수의 연작시 중 제2수이다. 형재 이직은 유
배 시절, 사찰에 머물며 어려움에 직면한 자신의 처지를 여러모로 돌이켜보
며 현실에 순응하려 애쓴다. 이 시는 특히 그 흔적이 보이는 작품이다.

　제1수의 수련에서 형재 이직이 머문 절의 '넓은 뜰에는 나뭇잎 소리만
들린다[九天庭院葉聲繁]'고 하였다. 이것으로 보아 이 시를 지은 때는 낙엽
이 지는 가을이다. 온종일 아무도 찾아오지 않으니 적막함은 더욱 크게
느껴진다. 함련에서 형재 이직은 비구께 부탁하여 그 절의 주지께 인사드
리고 함께 '선지(禪旨)62)를 논하고 그 연원을 찾아보고자[共論禪旨細尋源]'
하였다. 그런가 하면 형재 이직은 인간 본성의 근원인 '만물의 생성은 두
터운 땅에 의지한다[品物生成托厚坤]'고 보아, 『주역』의 '곤괘(坤卦)'로 그 근
원을 이해하고자 하였다. 미련에서는 이로써 만물의 정해진 이치는 그 누
구도 어길 수 없음을 새삼 인식한다. 만물 운행의 이치가 심오한 것임을
깨닫고 형재 이직은 '천문(天門)'을 바라보며 깊은 사색에 잠긴다. 이때는

---

61) 李稷, 『亨齋詩集』卷3, <次蘭大師詩韻> 제2수 ; 제1수, "九天庭院葉聲繁, 終日無人可與言,
　　賴有比丘能拜錫, 共論禪旨細尋源, 化工神妙含元氣, 品物生成托厚坤, 畢竟有誰違定分, 茫然獨
　　立仰天門."

62) 선지(禪旨) : 범어 dhyana, 음을 따라 선나(禪那), 줄여 선(禪)이라 한다. 고요히 생각함(정려
　　靜慮), 생각으로 닦음(사유수 思惟修), 악한 것을 버림(엽악 棄惡), 또는 공덕림(功德林) 등
　　으로 번역. 순수한 집중으로써 스스로 마음을 밝히는 일(자정기의 自淨其意)이다(『불교용
　　어사전』).

형재 이직이 세상의 이치와 자신의 처지를 유학자의 관점에서 이해하려
는 모습을 보인다.

제2수의 수련은 형재 이직이 유배지 누항의 작은 집에서 홀로 고요히
정좌하고 궁구하였던 일을 시로 표현하였다. 함련의 '허령(虛靈)'[63]은 물들
지 않는 본래의 마음을 말한 것으로 '명덕(明德)'을 의미한다. 경련에서 세
상의 일은 이미 정해졌는데 사람들은 『주역』의 이괘(離卦)와 곤괘(坤卦)를
논하여 이치를 가림을 말했다. 이 시는 형재 이직이 세상의 이치를 유학
자의 관점에서 이해하려 했으나, 제2수의 미련에서 결국엔 불법에서 그
진리를 찾을 수밖에 없음을 말하고 있다.

앞에서도 밝혔듯이 형재 이직은 유불 회통의 경험과 사유를 전고(典故),
유교 경전 특히 주역의 괘를 활용하여 시적으로 형상화하였다. 이에 해당
하는 작품은 유교와 불교의 경험과 사유의 깊이에 따라 유>불, 유=불,
유<불의 세 가지 경우로 다시 나눌 수 있다. 작품으로는 위에서 예로 든
<제심도승통권상(題沈都僧統卷上)>·<차난대사시운 2수(次蘭大師詩韻 二首)>
외에 <유거(幽居)>·<동지(冬至)>·<사법림도승통혜원선 2수(謝法林都僧統
惠圓扇 二首)>·<차우산장노권상운 명계융 2수(次牛山長老卷上韻 名契融 二
首)>·<구일방법림사주월창방장 2수(九日訪法林社主月窓方丈 二首)>·<사월
창회장혜주향(謝月窓會長惠炷香)>·<증둔산선사 2수(贈遁山禪師 二首)>·<사
월창혜전시 2수(謝月窓惠全豉 二首)> 등이 더 있다.

---

63) 『大學章句』, 「明德章」, '허령(虛靈)' : 텅 빈 가운데 신령스럽기 그지없어서 어느 것이나 환
히 알아 감응하지 않는 것이 없다는 뜻의 '허령 불매(虛靈不昧)'.

4. 맺음말

『형재시집』에 실려 있는 232제 294수의 시 가운데에는 불교와 관련된 시가 50여 수 전한다. 이 논문은 조선의 개국 초기, 국가적 기틀을 마련하는 데 중요한 역할을 담당한 대표적 인물임에도 불구하고 지금까지 학계의 주목을 그다지 받지 못했던 형재 이직에 대해 불교시를 중심으로 살펴본 것이다. 그 결과 형재 이직은 당대의 대표적 유학자임에도 불구하고, 불교를 깊이 이해했던 것으로 파악된다. 형재 이직의 시를 살펴보면, 그는 전 생애에 걸쳐 불교에 호의적인 관심과 애정을 보이고 이를 다시 시를 통하여 표출하였다. 관직기뿐만 아니라 나이가 들고 유배라는 역경의 시기에서 불교는 더욱 그의 문학과 사상 전반에서 중요한 역할을 하게 된다.

형재 이직은 여말 선초라는 격변기에 살았던 인물로서 인간 존재와 급변하는 현실에 대해 내재적 갈등을 일으킨다. 고국의 멸망, 그로 인한 자신의 소속감, 조선에의 출사의 정당성, 개국공신으로서의 책임감 외 변화하는 인간의 삶에 대한 근본적 갈등으로 고뇌한다. 이러한 현실에 대한 내재적 갈등을 그는 시를 통하여 표출하였고, 또한 그의 시 전반에는 이러한 경향이 나타난다. 또한, 형재 이직은 변화하는 세상에서 겪는 내재적 갈등을 불법의 진리를 통해 극복하고, 또 유자(儒者)로서 '순리'라는 성리학적 이치를 통해서 해결하고자 하였다. 그러므로 형재 이직은 이러한 내재적 갈등을 때로는 불자(佛子)의 관점에서, 때로는 유자(儒者)의 관점에서 인식한다. 그런 이유로 형재 이직의 불교시를 살펴보면, 크게 두 가지의 경향이 나타난다. 하나는 불교 중심적 경험이나 사유를 시적으로 표현한 것이다. 이 경향은 다시 승려와의 교유, 사찰 유·거의 감회, 불교 용어의 이해 등으로 세분화할 수 있다. 여기서는 승려명, 사찰명, 불교 용어인 진여(眞如)·무상(無相)·삼생(三生) 등의 시어가 주로 사용된다. 다른 하나는 유교와 불교의 회통적 경험과 사유를 시적으로 형상화한 것이다. 이 경향의 시에서는 형재 이직이 불교적 삶을 지향하면서도 유학자였으므로 불교 용어뿐만 아니라 특히, 유교적 사유가 함축된 경전, 전고(典故)나 주역의 괘가 시어로 사용되었다.

지금까지의 연구를 통하여 형재 불교시의 의의를 살펴보면 다음과 같다. 첫째, 형재 이직의 불교시는 그의 문학 세계를 더욱 다양하게 만들었다. 즉 대표적 유학자인 형재 이직이 호불자적(好佛子的) 입장에서 그의 생각과 사상을 시적으로 표출함으로써 다른 유학자들에 비하여 그의 문학 세계를 더욱 다양하게 확충시킨 것이다. 둘째, 형재 이직의 불교시는 조선 초기 불교시의 명맥을 유지했으며 조선 초기 사대부들의 불교시 세계를 파악하는데 연구 자료로서의 가치가 있다.

조선은 유교를 건국이념으로 한 사회였기 때문에 후대로 갈수록 사대부들의 불교적 색채를 띠는 작품은 줄어든다. 그뿐만 아니라 작가의 사후, 문집의 편찬 과정에서 불교적 색채를 띠는 작품은 후학자들에 의해 의도적으로 삭거되는 경우가 많았다. 그러한 조선 초기 숭유억불의 시대임에도 불구하고 형재 이직은 승려와의 교유 과정, 사찰 기거와 고찰 탐방의 감흥, 불교 용어의 이해, 유불 회통적 경험과 사유 등을 통하여 불교적 정서를 시로 표출하였다. 이를 통해 볼 때 형재 이직의 불교시는 조선 초기 불교와 관련한 시대적 상황을 파악하는 데 자료로서의 활용 가치가 높다고 본다.

이상에서 본 논문은 형재 이직의 불교시를 중심으로 하여, 조선 초기의 사상 경향과 형재 이직의 불교 인식, 불교 인식과 경험의 시적 형상화, 형재 이직 불교시의 의의를 살펴보았다. 끝으로 본 논문의 연구를 통해 지금까지 미진하였던 형재 이직의 문학세계가 좀 더 다각적으로 규명되고, 조선 초기 불교시 세계의 흐름을 파악하는 데 밑거름이 되기를 기대한다.

참고문헌

1. 기본자료

『國譯亨齋李稷先生詩集』, 星州李氏文景公派宗會 刊行, 1998.

이직 지음, 하정승 옮김·이승재 교점, 『형재시집』, 한국고전번역원, 2012.

李稷, 『亨齋詩集』, 『한국문집총간』 7집, 민족문화추진회.

權近, 『陽村先生文集』

『大學章句』

卞季良, 『春亭集』

徐居正, 『東文選』

李穡, 『牧隱集』

李崇仁, 『陶隱集』

鄭經世, 『愚伏集,』

鄭道傳, 『三峰集』

『世宗實錄』

『太祖實錄』

『太宗實錄』

『海東繹史』

『불교용어사전』(http://studybuddha.tistory.com)

『한국고전번역원 한국고전종합 DB』(http://db.itkc.or.kr)

『한국민족문화대백과사전』(http://encykorea.aks.ac.kr)

2. 연구논저

김상일, 「김수온 시문학의 일 국면—불교적 시세계를 중심으로—」, 『한국문학연구』 제29호, 동국대학교 한국문학연구소, 2005.

金煐泰, 『한국불교사』, 경서원, 1997.

金載旭, 「許筠의 佛敎詩 硏究」, 동국대학교 교육대학원 석사학위논문, 2000.

김하나, 「亨齋 李稷의 漢詩 硏究」, 부산대학교 교육대학원 석사학위논문, 2008.

路談 集譯, 『韓國의 詩僧—고려편』, 고운, 2006.

유정엽, 「여말선초 유불대론에 대한 연구」, 원광대학교 대학원 박사학위논문, 2009.

이기백, 『한국사신론』, 일조각, 1999.

이상주, 「조선개국초 형재 이직의 시대적 역할」, 『형재 이직 선생의 학문과 사상』, 제11회 경북역사인물 학술발표회, 2014.

정우락, 「亨齋 李稷의 한시에 나타난 '물'에 관한 상상력」, 『동양한문학연구』 39, 동양한문학회, 2014.

조남욱, 『조선조 유교 정치문화』, 성균관대학교 출판부, 2008.

조동일, 『한국문학통사』 2, 지식산업사, 2007.

최영성, 『한국유학통사』, 심산, 2006.

추제협, 「형재 이직의 한시에 대한 철학적 검토―삶의 지향을 중심으로―」, 『동아인문학』 제31집, 동아인문학회, 2015.

하정승, 「이직의 삶과 시의 특질」, 『포은학연구』 8, 포은학회, 2011.

_____, 「형재(亨齋) 이직(李稷)의 시에 나타난 죽음의 형상화와 미적특질」, 『포은학연구』 13, 포은학회, 2014.

韓㳓劤, 『儒教政治와 佛教―麗末鮮初 對佛教施策―』, 一潮閣, 1993.

제 2 부

고전문학의 현장과 문화적 전통

퇴계 이황의 청량산시에 나타난 유산(遊山)체험의 시화(詩化) 양상과 의의*

최 은 숙 | 경북대학교 국어국문학과 교수

1. 머리말

청량산이 영남의 성산(聖山)으로 인식되고 동경의 대상이 된 데에는 퇴계 이황(李滉, 1501-1570)의 영향이 크다. 그는 청량산을 '오가산(吾家山)'이라 명명했고, 스스로를 '청량산인(淸凉山人)'이라 칭하며 청량산과의 인연을 강조했다. 그리고 55세(1555년 11월)와 64세(1564년 4월)에 각각 청량산을 직접 올랐다. 이후 청량산은 퇴계 이황과 영남사림 지식인들을 하나로 이어주는 중요한 매개 역할을 하며 학문수양과 인격도야의 장으로 기능하였다.[1]

---

* 이 논문은『동양고전연구』제56집(동양고전학회, 2014)에 실린 글을 수정 보완한 글임을 밝혀둔다.

1) 청량산이 퇴계선생에게 어떤 의미였는지에 대해 윤천근(2017),「퇴계 이황의 '감성철학' – '청량산'의 장소성을 중심으로」,『퇴계학보』제141집, 퇴계학연구원, 39-73쪽을 참조할 수 있다.

이로 인해 청량산은 퇴계 이황과 영남사림 지식인의 학문적 성격과 문학 연구에 중요한 단서로 주목받고 있다. 관련 연구 또한 청량산과 퇴계학파의 연관성에 대한 논의2)와 청량산 유산문학에 나타난 청량산에 대한 인식을 밝히는 논의3)가 주를 이루고 있다. 이들 연구를 통해 퇴계 이황과 영남사림지식인들에게 청량산이 어떤 의미를 지니는지에 대해서는 어느 정도 밝혀진 듯하다. 그러나 이들 연구는 대부분 유산기를 주요 대상으로 삼고 있으며, 퇴계 이후 지식인들의 청량산에 관한 담론에 머물러 있어 문학적 소재로서 청량산에 대한 조명은 본격화되지 못하고 있는 상황이다.

이에 본고는 퇴계 이황의 청량산 관련 시작품을 주목하고자 한다. 이는 청량산을 성산(聖山)으로 인식하게 되는 계기가 되는 직접적 인물로서 퇴계 이황을 주목하고, 청량산 체험이 문학적으로 어떻게 형상화 되어 있는가를 텍스트를 통해 확인한다는 의미가 있다.

지금까지 퇴계 이황의 청량산 시에 대한 논의는 전병철과 이종묵의 논의에서 부분적으로 다루어 진 바는 있으나, 본격적인 논의는 정목주4)에

---

2) 정우락(2009), 「지리산과 청량산으로 남명과 퇴계 읽기」, 『선비문화』 제15집, 남명학연구소, 95-108쪽.
    전병철(2008), 「『淸凉志』를 통해 본 퇴계 이황과 청량산」, 『남명학연구』 제26집, 경상대남명학연구소, 301-330쪽.
    이종묵(2001), 「퇴계학파와 청량산」, 『정신문화연구』 24권4호, 한국학중앙연구원, 3-31쪽.
3) 강구율(2003), 「청량산 유산기에 나타난 영남지식인의 자연인식」, 『영남학』 제4집, 경북대 영남문화연구소, 83-115쪽.
    정치영(2005), 「유산기로 본 조선시대 사대부의 청량산 여행」, 『한국지역지리학회지』 11권 3호, 한국지역지리학회, 54-70쪽.
    우응순(2006), 「청량산 유산문학에 나타난 공간인식과 그 변모양상」, 『어문연구』 34권 3호, 425-444쪽.
    박영민(2005), 「18세기 청량산 유산기 연구」, 『한자한문학연구』 창간호, 고려대 한자한문학연구소, 325-357쪽.
    김종구(2008), 「유산기에 나타난 유산과 독서의 상관성과 그 의미」, 『어문논총』 51호, 한국문학언어학회, 125-157쪽.
4) 정목주(2010), 「퇴계 '청량산'시의 양상과 의미」, 영남대학교 석사논문, 1-78쪽.

의해 시도되었다. 그는 퇴계 이황의 시작품 중에 청량산과 관련된 작품 81수를 선정하고 이들을 대상으로 작품의 형상화 방식과 미적 특성, 퇴계 이황의 청량산 인식과 시적 의미를 밝혔다. 꼼꼼한 작품선정과 체계적인 논의를 통해 퇴계 이황의 청량산시의 윤곽을 드러내었다는 데에 큰 의의가 있다. 그러나 작품의 특성 분석과 퇴계 이황의 청량산 인식이 기존 연구 성과를 확인하는 정도에 그쳐 있다는 것은 한계이다. 이에 우리는 퇴계 이황의 직접적인 유산체험이 담긴 문학 텍스트를 다시 한번 살펴야 할 필요성을 가진다. 이를 통해 청량산에 대한 퇴계 이황의 인식과 욕구를 보다 세밀화하고 그 인식이 어떻게 문화적으로 텍스트화 하는지 그 양상을 살펴 문학적 소재로서의 청량산을 부각시키고, 퇴계 이황 시의 특징적 양상을 구체적으로 해명하는 기회로 삼는다.

이를 위해 1, 2차 시 창작의 차별성을 주목하고자 한다. 지금까지 관련 연구는 이들의 차별성에 주목하지 않았고, 시에 제시된 청량산이 강학의 공간과 탈속의 공간이라는 기존의 입장을 확인하는 데 그쳤다. 따라서 퇴계 이황 선생의 청량산시에 나타난 다양한 인식과 지향, 그리고 시적 특성을 살피지 못했다. 본서에서는 시작품5)에 나타난 유산 체험의 시화(詩化) 양상을 1차와 2차의 차별성을 부각시켜 그 소재적 측면, 대상 제시의 방법, 대상 인식 및 시적 지향으로 나누어 살핀 후 그것의 의미와 한계를 살피도록 한다.

---

5) 시 텍스트는 『國譯退溪全書』 1-29권, 퇴계학연구원, 1993과 한국고전번역원의 한국고전 번역DB <퇴계집> 자료를 참고로 하되, 번역은 필요에 따라 필자가 보완하여 제시하도록 한다.

2. 유산(遊山) 체험의 시화(詩化) 양상

1) 체험과 풍광의 소재화

퇴계 이황의 청량산시는 자신의 직접적 체험을 담은 시와 청량산을 매개로 다른 이들과 주고 받은 차운시로 나눌 수 있다. 전체 80여 수 중 50여 수 정도가 본인의 직접적인 체험을 다룬 시이다.[6] 시 창작 시기는 퇴계 이황이 청량산을 직접 올랐던 55세(1555년)와 64세(1564년)에 각각 집중되어 있다. 전자의 대표적인 작품은 <십일월입청량산(十一月入淸凉山)>과 <유산서사십이수(遊山書事十二首)>, <출산운(出山韻)> 등 20여 수이고, 후자의 대표적인 작품은 <장유청량산마상작(將遊淸凉山馬上作)>, <입산(入山)>, <연대사(連臺寺)>, <독서여유산(讀書如遊山)>등 30여 수이다.

이들 작품은 대체로 '입산－산속－하산－하산 후 감상'의 순서로 되어 있으며, 유산의 과정을 고려한 연작시 형태를 띠고 있다. 1차 유산의 체험(55세)을 다룬 시를 살피면, <十一月入淸凉山>가 서사의 역할을 하고, <유산서사십이수(遊山書事十二首)>가 본격적인 유산의 체험을 다루고 있으며, <출산운(出山韻)>이 유산 후 감상을 담고 있어 전반적인 유산의 틀을 형성하고 있다. 그리고 <유산서사십이수(遊山書事十二首)>[7]가 다시 '등산(登山)－치풍(値風)－완월(翫月)－사객(謝客)－노농(勞農)－강학(講學)－회인(懷人)－권유(倦游)－수서(修書)－연좌(宴坐)－하산(下山)－환귀(還歸)'로 소제목을 달고 유산체험을 더욱 상세히 본격적으로 다루고 있다.

2차 유산의 체험(64세)을 다룬 시를 살피면, <장유청량산마상작(將遊淸凉山馬上作)>, <도천사대이대성미지(到川沙待李大成未至)>, <계경암대사경돈서시

---

6) 정목주(2010), 앞의 논문, 8-10쪽.
7) <遊山書事十二首>는 주자의 <雲谷雜詠>을 차운한 시이다.

백부지선행(憩景巖待士敬惇叙施伯不至先行)>, <고산견금문원(孤山見琴聞遠)>, <입동게간석(入洞憩磵石)>, <입산(入山)>까지 입산, <연대사(蓮帶寺)>, <제인유외산황외험중반좌보현암작(諸人遊外山滉畏險中返坐普賢庵作)>, <차경문화자운시경문우보현(次景文花字韻時景文寓普賢)>, <차운굉중산북신득폭포이절(次韻宏仲山北新得瀑布二絶)>, <연대월야(蓮臺月夜)>을 포함한 15여 수가 본격적인 유산체험, <장출산류산제군송지장암(將出山留山諸君送至場巖)>을 비롯한 5수가 하산 후의 감상을 다루고 있다.

여느 유산기와 비슷한 과정을 담고 있으나, 각각의 시작품에 나타난 시적 소재는 다소의 차이가 있다. 1차 때 창작된 시들이 청량산이라는 대상에 대한 구체적인 관심보다는 유산체험이라는 행위에 초점이 맞춰져 있다면, 2차 때 창작된 시들은 청량산 자체에 대한 관심이 드러나 있으며 청량산을 이루고 있는 주요 대상과 건물 등에 대한 구체적 언급이 주를 이룬다.

(가) 今日大塊噫　　오늘 큰 땅덩이가 기트림을 하면서
　　簸撼百圍木　　아름드리 큰 나무를 흔들곤 하는구나
　　聲雄萬馬驅　　그 소리 웅장하기가 떼 말이 달리는 듯
　　勢劇九溟覆　　그 형세 급하기는 바다를 뒤집는 듯
　　笑我爲病軀　　우스워라 이 내 몸에 병이 깊이 들었으니
　　牢關自縮恧　　지게를 굳이 닫고 스스로 간직했네[8]

(나) 蓮臺淸淨界　　연대사 이 경지가 맑고도 깨끗한데
　　一山當面勢　　한 메가 높이 솟아 그 앞에 서 있구나
　　金碧煥增新　　푸르고 누런 채색 더욱이 새로워라
　　象敎何詭麗　　부처의 그 교리가 어이 그리 허탄한고

8) <値風>, 『退溪全書』 卷2.

居僧知不知　　예서 사는 스님들 이를 아는가 모르는가
迎勞來更遞　　날 맞아 위로하되 번갈아 드는구나
　　＜下略＞　　　　　　　　＜하략＞9)

(다) 蒼籒鍾王古莫陳　창주와 종왕만을 추앙하지 말지어다
　　　吾東千載挺生身　우리나라 천 년만에 이 분이 솟아나셨네
　　　怪奇筆法留巖瀑　기이한 그 필법이 암폭에 남았으나
　　　咄咄應無歎逼人　그의 뒤 따를 사람 없음을 슬퍼하노라10)

(가)는 1차 유산 때에 지은 ＜유산서사십이수(遊山書事十二首)＞ 중 한 수이다. 이 작품이 ＜유산 중에 있었던 일에 대해 썼다＞라는 제목을 가지고 있지만, 사실 이 일은 굳이 산속이 아니어도 가능한 일이다. 바람, 달, 손님, 농부, 벗, 도학 강연, 놀이, 독서 등등의 일이 그것이다. 이것은 이 시들이 수자의 ＜운곡잡영(雲谷雜詠)＞을 차운하여 썼다는 것과 관련이 있어 보인다. 즉 이 시기 청량산 체험은 주자를 본받고자 하는 퇴계 이황의 의도가 담긴 것이었다. 실제로 주자가 무이산을 오른 겨울에 유산이 이루어졌다는 사실도 이와 관련이 있다.11)

이에 비해 (나), (다)는 청량산에 있는 연대사와 김생굴을 시적 소재로 삼고 있다. 연대사와 김생굴은 청량사의 대표적인 경물인데, 이밖에도 풍혈대, 고산, 보현암, 폭포, 장암, 선암대 등이 시적 소재로 활용되고 있다.

松石淸幽號景巖　　술과 바위 맑고 깊어 경암이라 이름하여
涼陰匼匝俯澄潭　　서늘한 그늘 에워싸서 맑은 소를 굽었노라

9)　＜蓮帶寺＞, 『退溪全書』 卷3.
10)　＜次韻惇叙風穴臺金生窟二絶＞, 『退溪全書』 卷3.
11)　이종묵(2001),, 앞의 논문, 16쪽.

後來若識先來意　　행여나 뒷사람이 먼저 온 뜻을 알면
妙處同歸豈二三　　묘한 곳 함께 가리니 어찌 차이 있으리오[12]

청량산에 있는 소재를 따라가면서 각각에 얽힌 일화와 인물, 역사에 대한 감상을 시로 표현한 것이다. 이렇게 볼 때 동일한 청량산 체험이라 하더라도 각 시기별 시에 사용된 시적 소재는 다소의 차이가 있다고 볼 수 있다. 1차 때의 시들이 '유거(幽居)'의 체험을 시화하고 있다면 2차 때의 시들은 '탐승(探勝)'의 풍경을 시화하고 있음을 알 수 있다.[13] 이렇게 볼 때 퇴계 이황의 청량산시의 성격을 학문수양과 인격도야만으로 규정짓는 것보다는 실재 텍스트를 통해 그 구체적 성격을 살필 필요가 있음을 알 수 있다.

2) 통합과 분절의 공간 제시

퇴계 이황의 청량산시에서 청량산이라는 공간이 어떻게 제시되어 있는가는 중요한 문제이다. 시에서 청량산은 시의 소재이면서 시적 공간이기 때문이다.

(가) 俯看積曾氷　　얼음층이 쌓인 것을 굽어서 보고는
　　　仰視攢疊穎　　첩첩이 가린 메를 우러러보았노라
　　　跨木度奔川　　나무다리 밟으면서 급한 내를 건널 제는
　　　凌兢多所警　　각별히 조심하여 깨우친 바 많았노라
　　　深林太古雪　　깊은 숲 가린 곳엔 태고적 눈이 쌓여
　　　白日無纖影　　밝디밝은 햇빛마저 그림자도 없어라

---

12) ＜憩景巖待士敬惇叙施伯不至先行＞, 『退溪全書』 卷3.
13) 幽擧와 探勝의 용어에 대해서는 '권정은(2006), 「유거와 탐승, 자연미의 상보적 기반」, 『고전문학과 교육』 12, 한국고전문학교육학회, 5-33쪽'을 참조.

側徑滑以阽   기울어진 지름길은 낭떠러지 미끄럽고
其下如坑穽   그 밑을 굽어보면 함정과 다름없네
行行力已竭   가고 또 가다니 힘은 이미 다했으나
上上心愈猛   오르고 또 오르니 마음 더욱 굳었노라14)

(나) 尋幽越濬壑   그윽한 곳 찾느라고 깊은 골을 넘어가고
歷險穿重嶺   멧숲을 거듭 뚫어 험한 데를 지났노라15)

(다) 朝市竟何裨   번화한 저 도시가 내게 도움 무엇인고
山林久無厭   삼림의 깊은 곳이 갈수록 싫지 않네16)

위의 (가)~(다)에서 화자가 처한 공간은 '첩첩이 가린 메', '그윽한 곳', '삼림의 깊은 곳'이다. 우리는 이곳이 바로 청량산임을 눈치 챌 수 있지만, 시 속에서는 청량산이라는 특정 공간을 알려주는 그 어떤 표식도 없다. 다만 시적 공간은 '깊은 숲 가린 태고의 공간'이면서 '번화한 도시'와 대조되는 공간으로 나타나 있다. 이에 청량산은 '신선의 공간', '탈속의 공간'으로 명명되기도 한다.17)

위의 시 (가)~(다)는 모두 1차 유산 이후 창작한 시들인데, '신선의 공간', '탈속의 공간'이라 칭해질 만큼 공간 제시 방법이 추상적이고 통합적이다. 유산이란 산의 경치를 구경하고 흥을 느끼는 일체의 행위를 말하지만 여기에 제시된 청량산은 유산의 구체적 공간은 아니다. 일정한 가치를 담지한 상징적 공간으로 제시된다. 그렇다면 그것은 무엇을 상징하는 것인가?

14) <十一月入淸涼山>, 『退溪全書』 卷2.
15) <遊山書事十二首－登山>, 『退溪全書』 권2.
16) <遊山書事十二首－晏坐>, 『退溪全書』 卷2.
17) 전병철(2008), 앞의 논문, 320쪽, 정목주(2010), 앞의 논문, 44-48쪽.

| 此山如高人 | 이 메의 솟은 양이 높은 사람 흡사하여 |
| 獨立懷介耿 | 한곳에 홀로 서서 그 생각 간절코저[18] |

　퇴계 이황은 청량산의 높이 솟은 모양을 '고인(高人)'에 비유한다. '고인'이란 퇴계 이황에게 바로 '주자(朱子)'이다. 주세붕이 청량산의 불교적 색채를 벗기기 위해 청량산 봉우리 봉우리의 이름을 유교식으로 바꾸어 놓았다면, 퇴계는 시를 통해 청량산을 성산화(聖山化)한 것이다. 따라서 성산화된 공간은 구체적 표지를 가질 필요가 없고, 다만 간절한 동경의 대상으로 존재한다. 따라서 시에서 그 대상의 분위기는 추상화된다.

千巖雪嵯峨	바위마다 눈 깃들어 옹기종기 솟아있는데
月出愈淸蕭	그 위에 달이 뜨니 더욱 말쑥하여라
幽人坐不寐	그윽한 이 사람이 졸음없이 앉았더니
寒鏡低梵屋	차가운 거울 빛이 암자에 비춰주네
夜久香寂寂	밤이 이윽고는 향내마저 사라지니
眞成媚幽獨	그윽코 조용함을 참으로 얻었노라[19]

| 千丈瓊崖抱玉溪 | 천길되는 구슬빛 벼랑이 옥같은 시내를 감싸 |
| 夜寒霜冷月高低 | 밤은 춥고 서리는 차가운데 달이 높이 떳구나[20] |

　공간을 형상화하는 소재는 '바위/벼랑', '달', '눈', '시내'이다. 그리고 이들은 '춥고 서리 내리는 차가운 시간'에 겹쳐있다. 이들이 자아내는 공간의 이미지는 맑고 조용하고 깨끗하다. 이러한 이미지 때문에 청량산을 '신선'의 공간이라 논하기도 하지만 퇴계의 학문적 성향이나 다른 시작품

---

18) <遊山書事十二首－登山>, 『退溪全書』 卷2.
19) <遊山書事十二首－翫月>, 『退溪全書』 卷2.
20) <是日宿博石村舍夜起看月>, 『退溪全書』 外集1.

을 통해 볼 때, 단순한 도가적 취향의 공간은 아니다.21) 직접적 비유를 통해 퇴계 스스로 제시하였듯이 청량산은 바로 주자를 상징하는 학문의 공간이다. 이는 기존의 연구에서도 충분히 논의된 바이다.22) 이처럼 1차 유산의 체험을 다룬 시에서 청량산은 상징공간으로 표상되어 있기 때문에 그것은 실재적 풍광이나 묘사보다는 맑고 조용하고 깨끗한 분위기를 지닌 통합의 공간으로 서술된다. 이러한 공간제시의 방법은 앞에서 언급한 유거(幽居)의 시화 양상과도 연결된다.

한편 2차 유산 체험을 담은 다음 시들은 공간제시방법이 다소 차별적이다. 청량산의 각각의 경물과 풍경 하나하나에 초점을 맞추고 있어 시작품들은 각각 그것이 지닌 풍광 및 관련된 인물과 사건에 따라 다채로운 분위기와 어조를 띤다.

> 內山諸勝具 내산의 그 경치는 여러 가지 갖출시고
> 外山更巉絶 외산에 오르려니 깎은 듯이 험하여라
> 下臨萬丈壑 아래를 굽어보니 만길이 솟아나고
> 中懸四五刹 너넷 작은 암자 허리에 매달렸네
> <下略>   <하략>23)

시에서 서술된 청량산은 내산과 외산으로 분할되어 있고, 다시 만길 아래의 풍경이 상하로 나뉘어 있다. 여기에 내산과 외산이 부드러움과 딱딱함으로 대조적 심상을 자아내고 아래의 만길과 중간의 암자가 또한 대조

---

21) 퇴계의 산수와 자연이 유가적 현실의 공간임은 기존의 연구에서 많이 논의된 바이다(손오규(2013), 『퇴계시와 미학』, 제주대출판부가 대표적이다).

22) 여기서는 학문도야의 공간이라는 기본적인 의미만을 언급해 두기로 하자. 좀더 세밀한 분석은 3절에서 보충하도록 한다.

23) <諸人遊外山滉畏險中返坐普賢庵作>, 『退溪全書』 卷3.

적 이미지로 묘사된다. 시 자체에 제시된 청량산은 내산 외산으로 그 자체가 분할적 공간이다. 분할은 풍경과 감각에 동시에 적용된다.

이러한 방식은 청량산을 이루고 있는 각각의 부분 부분이 다시 새로운 시의 소재가 되어 하나하나 독립적으로 나뉘어 제시된다. 각각의 경관은 풍경 그 자체로, 관련 인물로 혹은 관련 서사로 확장되는 양상을 띤다.

> 中夏盛名馳百代　　중국에 들랜 이름 백대에 달려있고
> 海東晚節放高懷　　동방에 늦은 절개 높은 회포 드러내네
> 一床巖穴人猶敬　　바위틈 남은 책상 사람 아직 공경하니
> 灑灑仙風襲杖鞋　　소쇄한 신선바람 내지팡이에 불어오네24)

청량산의 풍혈대(風穴臺)를 노래한 시이다. 풍혈대는 최치원이 독서하고 바둑을 두었다고 전해지는 곳이다. 청량산을 오르면서 만나는 경물과 관련된 역사적 인물을 회상하고 그의 자취를 다시 현재화하고 있다. 시적 공간을 과거와 현재라는 시간을 통해 분할하여 제시하고 있다. 이로써 풍혈대는 청량산을 이루는 하나의 경물이면서 그 자체로 독립적인 시공간을 형성하고 있다. 다음 시도 같은 맥락에 있다.

> 蒼籒鍾王古莫陳　　창주와 종왕만을 추앙하지 말지어다
> 吾東千載挺生身　　우리나라 천 년만에 이 분이 솟아나셨네
> 怪奇筆法留巖瀑　　기이한 그 필법이 암폭에 남았으나
> 咄咄應無歎逼人　　그의 뒤 따를 사람 없음을 슬퍼하노라25)

이 시는 청량산의 대표적 경물인 '김생암'을 소재화한 것이다. 김생은

---

24) <次韻惇叙風穴臺金生窟二絶>, 『退溪全書』 卷3.
25) <次韻惇叙風穴臺金生窟二絶>, 『退溪全書』 卷3.

통일신라시대 서예가로서 고려시대 문인들에 의해 해동제일의 서예가로 평가받았던 인물이다. 일찍이 청량산의 비폭굴(飛瀑窟)에 들어와 글씨를 연습하였다고 전해진다. 그의 글씨는 중국의 왕희지 필법과 비슷하지만 자신만의 독특한 서체로 승화시켜 더욱 유명해졌다. 퇴계 이황 선생도 '김생암'이라는 경물과 만나 관련 인물을 떠올리고 있으며 특히 그의 주체적인 서체를 강조하고 있다. 이를 통해 김생굴은 두 가지 함의를 지닐 수 있다. 하나는 주체적인 서체를 확립한 김생에 대한 추앙과 다른 하나는 김생을 통한 민족적 자부심이다. 유산이 '독서'와 연결된다는 점에서 전자는 자신만의 학문적 세계를 구축하고자 하는 혹은 구축해야 한다는 의지와 당위를 말했다고 볼 수 있고, 후자는 그러한 세계를 구축한 선조에 대한 민족적 자부심을 드러내었다고 볼 수 있다. 그러한 의지와 당위가 1-2행에 나타나 있고, 자부심이 3행에 표현되어 있다. 또한 이러한 의지와 자부심은 현재 남아 있는 암폭으로 형상화되며 이를 통해 과거와 현재가 연계된다. 그러나 과거는 현재로 이어지지 못하고 분할됨으로써 의지와 자부심은 안타까움과 아쉬움으로 귀결된다.

한편 이들 시들이 독립적이고 분할적인 공간제시 방식을 지니기 때문에 시에 담긴 어조 또한 각 시들이 다소 이질적이다.

坐看東嶺吐氷輪	동녘고개 얼음바퀴 앉아서 보노라니
萬壑金波潑眼新	만학에 금물결이 눈에 발랄 새로워라
物象恍爲姑射白	물상은 흡사히도 고야산 신선이오
梵宮疑與廣寒隣	절집과 광한전이 혹시나 이웃인지
因思周老鴻濛語	장주의 홍몽탄 말 이내 생각 떠오르고
庶見崔仙鶴背身	최고운 학 탄 몸을 하마터면 보오리라
上界眞人司下土	상계에 신선 있어 이 땅을 맡았으니
豈無雲漢憫斯民	어이하여 가뭄들어 이 백성을 괴롭힐꼬[26]

청량산 경물들은 시적 화자로 하여금 감탄과 충족감을 주는 경우가 대부분이다. 이 시 또한 그 연장선상에 있다. 청량산의 아름다운 풍경과 더불어 관련된 역사적 인물들을 떠올리는 장면은 감탄과 충만감을 느끼기에 충분하다. 그러나 마지막 행은 이러한 분위기와 갑작스런 대조를 빚어내며 현실에 대한 안타까움과 마주하게 한다. 퇴계 이황의 시가 신선의 세계를 연모한 단순한 도가적 취향을 지향한 것이 아니라는 사실을 알 수 있는 대목이다. 이는 이 시기 창작된 퇴계 이황의 다른 청량산시와 차별적 어조를 지니고 있음을 확인하게 한다. 동일한 체험을 다룬 시일지라도 2차 청량산 시들은 이와 같이 청량산의 부분적 경물 혹은 장면이 시적 공간을 형성하여 제시되는 방식을 취하기 때문에 시에 나타난 주제나 분위기 그리고 어조가 각각 이질적이거나 독립적인 양상을 띠고 있다.

한편 이러한 양상은 청량산의 문화적 의미를 새롭게 인식하도록 한다는 데에 기여한다. 1차 때의 청량산 시들은 유거의 공간이었으므로 그것의 의미는 동일한 의미망을 지향하는 상징공간이었다. 물론 이러한 상징공간으로서의 청량산의 의미가 2차에 와서 완전히 다른 의미로 전환된 것은 아니다. 그 의미를 공통분모로 가지면서 각각의 경관이 지닌 의미가 부각되거나 새롭게 의미화되는 양상을 띤다는 것이다.

雲中千古秘懸流	구름 속 천년동안 숨어 달려 흘렀으니
好事非君孰創遊	호사하는 임 아니면 그 뉘가 발견하리
病脚會乘秋雨後	내 다리 병들었으나 가을비 지난 뒤면
高尋壯觀不能休	장관을 높이 찾아 끝내 쉬던 못하리라[27]

---

26) <連帶月夜>, 『退溪全書』卷3.
27) <次韻宏仲山北新得瀑布二絶>, 『退溪全書』卷3.

굉중(宏仲)이 산북(山北)의 폭포를 새로 발견하였는데, 이 폭포를 시적 소재로 읊은 시이다. 굉중의 기선록(記善錄)에 '자신이 폭포를 새로 발견하고는 갑자년간에 이 폭포의 기승(奇勝)함을 선생께 여쭈었더니, 선생이 이 시두 절을 주시었다.'[28]라는 기록이 있다. 이 기록으로 보아 이 시가 퇴계 이황 선생의 직접적 유산체험을 바탕으로 한 것이 아닐 수도 있음을 알수 있다. 그러나 시를 통해 이 폭포는 청량산을 구성하는 새로운 경물이된다. 이처럼 청량산을 이루는 각 경물이 시적 공간이 되면 그동안 주목하지 않았던 경물과 경관은 새로운 의미를 지니며 청량산의 한 부분으로편입된다. 이로써 청량산이 주는 느낌과 의미는 더욱 풍요로워진다.

이상으로 퇴계 이황 선생의 청량산시에 나타난 시적 공간의 제시방법과 의미를 살펴보았다. 두 번의 유산체험이 지닌 각각의 차별성에 주목하여 살펴 본 결과, 1차 때의 시들은 청량산이라는 하나의 공간이 통합적이고 추상적으로 제시되어 있으며 성산화된 공간으로 상징적 공간으로 나타난다. 따라서 공간 제시에 있어서 그것은 구체적 표지를 가질 필요가없고, 다만 간절한 동경의 대상으로 존재할 뿐이다. 그러나 2차 때의 시들은 청량산의 각 세부 공간과 경물이 분할적으로 제시되고 있다. 따라서시작품들은 각각 그것이 지닌 풍광 및 관련된 인물과 사건에 따라 각각다른 분위기와 어조를 띠고 있다. 뿐만 아니라 각 공간은 새로운 관점과시각에 의해 그것이 지닌 의미가 새롭게 부각되는 효과도 있었다.

이러한 차이는 앞 장에서 서술한 시적 대상화의 차별성에 기인하는 면이 크다. 1차 때의 시들이 청량산 자체보다는 학문도야 혹은 유산에서의행위 자체가 시적대상으로 주목되었고 2차 때의 시들이 청량산 자체를 시적대상으로 부각시켰다는 사실과 관련된다. 그렇다면 이러한 시적대상화

---

28) 『退溪全書』 卷2.

와 공간제시의 방식이 시적화자의 의식 및 지향과 어떻게 연관되어 있을
까? 이에 대해 다시 장을 나누어 살펴보기로 하자.

3) 성찰과 소통의 대상 인식과 지향

청량산은 그 높이가 870미터로 그다지 높지 않고 그 둘레도 100리에
지나지 않는다. 그럼에도 청량산 유산기 등에서는 청량산의 이미지가 대
체로 범접하기 어렵고 압도적이며 험준한 산으로 형상화되어 있다.[29] 이
는 청량산을 유자(儒者)의 산으로 채색하는 과정에서 호상(豪爽)한 기운과
웅혼(雄渾)한 품격을 추구하는 대상으로 의미화한 결과이다.[30]

퇴계 이황의 시에 표현된 청량산 또한 대체로 멀고 오르기 힘든 험준한
모습이다. 이는 두 번의 유산체험 모두에서 공통적으로 표현되었다.

    (가) 移棲萬仞崖   만길 높은 벼랑 위에 옮아서 깃들으니
        其下臨無底   그 아래를 굽어보니 측량치 못할러라
        抱病畏處險   병 지닌 이 몸일사 험한 곳을 두려워하니
        頗妨寄衰齒   늙은 내가 처하기에는 제법 불안하더구나
        脩然下山去   몸이 날을 듯이 이 메를 내려가니
        雲林杳幾里   구름에 잠긴 숲이 아득히 몇 리던고[31]

    (나)　　＜前略＞　　　　　　＜전략＞
        外山更巉絶   외산에 오르라니 깎은 듯이 험하여라
        下臨萬丈壑   아래를 굽어보니 만길이 솟아있고

---

29) 정치영(2006), 「유산기로 본 조선시대 사대부의 청량산 여행」, 『한국지역지리학회지』 11
    권, 67쪽 참조.
30) 박영민(2005), 「18세기 청량산 유산기 연구」, 『한자한문연구』 창간호, 고려대한자한문연구
    소, 346쪽.
31) ＜下山＞, 『退溪全書』 卷2.

中懸四五刹　　너댓 작은 암자 허리에 매달렸네
病脚澁登危　　병든 나의 다리 오르기 어려워서
讓勇甘自劣　　용감한 이에게 양보하고 달갑게 물러섰네
獨來坐一室　　홀로 돌아와서 한 방에 앉았으니
超然自悟悅　　초연한 이 마음이 스스로 기뻐라[32]

　(가)는 1차 유산 체험 때에 읊은 시이고, (나)는 2차 때에 읊은 시이다. '만길 높은 벼랑 위', '험한 곳', '깍은 듯이 험하여라', '만길이 솟아있고'라는 표지는 모두 청량산을 험하고 높은 산으로 표현한 것이다. 더욱이 시적화자가 모두 '병들고 늙은 몸'으로 나타나 있어 시적 대상은 더욱 근접하기 어렵다. 기존 연구와 같이 이러한 이미지는 청량산을 도덕적 웅혼미[33]가 드높은 곳[34]으로 혹은 탈속적 신선의 공간[35]으로 인식하도록 한다. 실재 관련 시 작품도 이러한 대상으로 청량산을 인식하고 있다. 그런데 관련 시를 좀 더 세밀히 살펴보면 이러한 인식을 공유하되 그 인식과 지향이 다소 차별적임을 알 수 있다.

深林太古雪　　깊은 숲이 가린 곳엔 태고적 눈이 쌓여
白日無纖影　　밝디밝은 햇빛마저 그림자도 없어라
側徑滑以阽　　기울어진 지름길은 낭떠러지 미끄럽고
其下如坑穽　　그 밑을 굽어보면 함정과 다름없네
行行力已竭　　가고 또 가다니 힘은 이미 다했으나
上上心愈猛　　오르고 또 오르니 마음 더욱 굳었노라

32) <諸人遊外山滉畏險中返坐普賢庵作>, 『退溪全書』卷3.
33) 박영민(2005), 334-351쪽 참조.
34) 이러한 관점은 유산체험을 독서와 강학의 연장으로 보고 청량산을 강학적 도학 추구의 공간으로 이해한다.
35) 전병철(2008), 앞의 논문, 320-321쪽.

＜中略＞	＜중략＞
安神八九日	열흘이 가깝도록 심신을 가라앉혀
閉戶藏頭頸	잠잠히 지게 닫고 머리를 내지않아
不見滕六怒	아무리 눈이 쳐도 알지를 못했거던
焉知屛翳逞	하물며 바람 소리 어찌하여 알았으리
＜中略＞	＜중략＞
歲律行欲窮	이 해의 절후마저 저물려고 하건마는
不恨身幽屛	이 몸이 깊이 숨음 한하지 않으리라
＜下略＞	＜하략＞36)

1차 유산은 눈이 내리는 겨울에 행해졌다. 깊은 숲에 눈이 내린 험한 산 속에서 시적화자는 문을 닫고 열흘 간 머문다. 그런데 이러한 '머뭄'은 겨울과 깊은 산 속, 그리고 눈과 바람이라는 외적 원인에 기인한 것이다. 하지만 시적화자는 그러한 상황을 오히려 자신의 심신을 가라 앉히고 수양하는 기회로 삼는다. 한편 이러한 '머뭄'의 상태는 주로 스스로 자처하는 '고독'과 연결되는데, 이러한 '고독'의 자처는 청량상을 구도와 탈속 그 이상의 의미를 지니게 한다. 다음 ＜유산서사십이수(遊山書事十二首)＞를 통해 구체적으로 확인해 보자.

此山如高人	이 메의 솟은 양이 높은 사람 흡사하여
獨立懷介耿	한 곳에 홀로 서서 그 생각 간절하네37)

夜久香寂寂	밤이 이윽코는 향내마저 사라지니
眞成媚幽獨	그윽코 조용함을 참으로 얻었노라38)

---

36) ＜十一月入淸凉山＞, 『退溪全書』 卷2.
37) ＜登山＞, 『退溪全書』 卷2.
38) ＜翫月＞, 『退溪全書』 卷2.

有如鶴鳴陰　마치 저 선학이 멧속에서 울었으나
和者何悠悠　그를 화답하는 자 어이 그리 멀었던고
空山歲暮時　터엉 비인 이 골짜기 해가 장차 저물 때니
獨詠無相猶　서로 허물지 마라 옛시를 홀로 읊네39)

如農自有秋　밭농사에 비한다면 가을이 있는 듯이
歸來舊書室　아늑한 옛 서재에 이제야 돌아와서
靜對香烟浮　고요히 앉았으니 향로 연기 피어오르네
猶堪作山人　이 몸이 오히려 멧사람 같으니
幸無塵世憂　티끌 세상 그 시름은 조금도 없으리라40)

위 시들은 <유산서사십이수(遊山書事十二首)>중에서 <등산(登山)>, <완
월(翫月)>, <회인(懷人)>, <환가(還家)>이다. 전형적인 유산의 과정을 시로
읊은 것인데, 화자는 높고 험한 산 속에서 '홀로' 처하며 고인(高人)을 생
각하거나 옛 시를 읊으며 조용함을 얻고자 한다. 여기서 강조된 것은 '홀
로' 처한다는 것이다. 홀로 있음으로 학문과 문학은 스스로를 돌아보고
채우는 소중한 기회가 된다. 그래서 하산 이후 느끼는 유산의 체험은 마
치 '밭농사에 있어서 가을의 수확을 맞는' 경험으로 구체화된다. 이는 '티
끌 세상의 시름에서 벗어날 정도'의 충만감이다. 퇴계 이황 선생은 끊임
없이 벼슬에서 벗어나기를 바랐고 고향을 그리워했다. 그 고향은 늘 '청
량산'으로 표상되기도 했다.41) 그러나 그의 바람은 쉽게 성취되지 못했고,
청량산 유산의 기회도 어렵게 이루어진 것이었다. 이러한 상황에서 청량
산은 그에게 탈속의 공간이기도 하고 도학추구의 공간이기도 하였지만

---

39) <懷人>, 『退溪全書』卷2.
40) <還家>, 『退溪全書』卷2.
41) 청량산은 '오가산(吾家山)'이라 칭하고 자신을 '청량산인(淸凉山人)'이라 자처한 것이 이를
　　직접 말해준다.

무엇보다 홀로 자신을 채울 수 있는 성찰의 공간이었다. 그래서 하산 이후 그는 황중거에게 다음과 같이 차운한다.

<前略>　　　　　　　　<전략>

靜對碧窓看易理　　조용히 푸른 창을 대하고 주역의 이치 살피니

平章軀體更何求　　평장한 몸인데 다시 무엇을 구하랴[42]

청량산 체험 이후 그는 조용히 주역의 이치를 살피며 삶의 이치를 그대로 받아들인다. 이렇게 될 수 있었던 것은 바로 청량산 체험을 통해서이다. 이로써 퇴계 이황 선생에게 청량산은 조용한 가운데 홀로 자신을 성찰하고 채우는 공간으로 인식되며 청량산 체험을 통해 이를 성취하고자 한 것임을 알 수 있다. 물론 성찰과 채움은 학문적 도야를 수단으로 한다.

한편 이러한 양상은 2차 청량산 체험에 와서는 다소 차별적 양상을 보인다. 구체적 시를 통해 확인해보기로 하자.

若人期不來　　이 사람이 약속한 날에 오지 않으니

應坐無驢僕　　아마도 타고 올 나귀가 없어서겠지

愛君莫資窮　　그대를 사랑하면서도 가난한 살림 돕지 못하니

愧負心蘭馥　　난초의 향기를 저버린 듯 부끄럽네[43]

청량산을 통해 시적 화자는 함께 할 사람을 떠올린다. 위의 작품은 청량산에 올라 조목(趙穆, 1524-1606)을 생각하고 지은 시이다. 아마도 함께 청량산에 가기로 했으나, 그가 오지 않자 함께 하지 못함을 아쉬워하는 시를 읊은 것이다. 더불어 그의 가난함을 돕지 못한 미안함을 드러내었다.

---

42) <出山明日 次韻答黃仲擧 其一>, 『退溪全書』 外集1.

43) <懷士敬>, 『退溪全書』 外集1.

이러한 미안함은 실제 그를 돕지 못한 데에서 오는 것이기도 하지만 그 연유를 미리 알지 못했다는 데에 더 큰 원인이 있다. 퇴계 이황 선생의 아쉬움과 미안함은 함께 하는 이들과 소통하지 못했다는 데에 있었던 것이다. 이렇게 본다면, 이 시는 1차 때의 청량산 체험을 담은 시와 그 인식 및 지향이 차별적이다. 2차 때의 청량산 체험은 제자나 벗들과 함께 하여 즐거운 체험이고 의미 있는 기억이 된다.

<前略>	<전략>
曾到亦濟濟	함께 온 이도 역시 많았다오
傾壺細酌傳	술병을 기울여서 자주 따라 권하고는
開抱宏論揭	흉금을 털어 놓고 정한 이론 열었어라
參差不厭煩	길고 짧음 맞잖아도 번거로움 싫지 않고
邂逅或深契	어쩌다가 볼 양이면 깊이 맞기도 하는고나
那無唱與酬	부르는 이 답하는 이 어찌 이에 없을건가
前賢固有例	옛날의 어진이들 전례도 없지 않네
<後略>	<후략>[44]

연대사(連帶寺)에 머물면서 지은 시인데, 연대사 체험이 더욱 값진 경험이 될 수 있었던 것은 함께 온 이들이 많아서 서로 술잔을 기울이고 자신의 생각과 이론을 다양하게 나눌 수 있었기 때문이다. 그러한 번거로움이 기꺼이 즐거움이 될 수 있고, 부르는 이 화답하는 이가 '흉금을 털어놓고' 함께 하는 장면은 '옛날의 전례'와 연결되어 흠이 되지 않는다. 여러 사람과 함께 함을 통해 풍요로움과 여유를 느끼는 시이다. 이렇게 볼 때 청량사 연대사는 그 풍경의 빼어남 못지 않게 벗이나 제자들과 함께 하여 더욱 아름다운 공간으로 인식된다. 이러한 인식을 통해 우리는 퇴계 이황

---

44) <蓮帶寺>, 『退溪全書』 卷3.

선생의 소통에의 지향성을 확인할 수 있다.

이처럼 청량산을 통해 퇴계 이황 선생은 벗들과의 소통을 지향했고, 그 러한 소통의 가능성과 실현은 그 자신에게 청량산 체험의 다양한 정서를 낳게 하였다.

仙岳我堪愧	신선 메 곁에 두고 나는 마냥 부끄러워라
十年今始行	십년 만인 오늘에야 비로소 예 왔노라
卻因佳友集	아름다운 벗들이 모여듦에 따라서
能遂勝遊淸	좋은 경개 맑은 놀이 이제야 이룩했네
＜下略＞	＜하략＞45)

청량산 체험이 그 의미를 획득한 지점은 '아름다운 벗들이 모여들어 좋은 경치와 놀이를 함께' 했다는 데에 있다. 1차 때의 시적 지향이 홀로 거처함에 있었다면, 2차 때에는 늘 다른 이와 함께 함을 지향한다. 다른 이와 함께하기를 원하고 그것을 즐거워하며 이를 통해 충족감을 느끼는 장면이 2차 청량산 체험의 주된 정서를 차지한다. 퇴계 이황 선생이 청량산을 통해 타인과의 소통을 추구하고 있음을 확인할 수 있다.

雨雲浩浩濃還淡	비구름 널리 깔려 짙다가도 머흘레라
儒釋莘莘去或留	중과 선비 섞이어서 떠나는 이 머무는 이
三笑不須溪上過	하필이면 세 번 웃어 호계를 지나치리
一杯聊記畫中遊	애오라지 한잔 술로 그림 속에 노니런다46)

2차 청량산 체험에서 퇴계 이황 선생은 청량산의 외산이 험하여 일행

---

45) ＜次韻惇叙 出山後有懷山中諸友＞, 『退溪全書』 卷3.
46) ＜將出山留山諸君送至場巖＞, 『退溪全書』 卷3.

과 함께 가지 않고 돌아오게 된다. 이때 돌아가는 퇴계 이황 선생을 전송하는 장면을 읊은 시이다. 중과 선비, 떠나는 이와 머무는 이가 두루 섞여 있는 장면이 연출된다. 그리고 이미 호계를 지나치고도 그것을 알아채지 못할 정도로 뜻이 맞는 사람끼리 서로 이야기를 하는 장면이 이어진다. 청량산 체험이 함께 하는 이들로 인해 더욱 즐겁고 깊은 의미를 지닌다는 것을 알 수 있다. 이런 장면은 1차 체험 때에는 찾아볼 수 없었던 장면이었다. 이로써 청량산은 어느새 고독의 공간에서 더불어 소통하는 공간으로 전환되어 있음을 알 수 있다. 이러한 양상은 비단 제자나 벗과 같은 지인(知人)의 범위에만 한정되지 않는다.

坐看東嶺吐氷輪	동녘고개 얼음바퀴 앉아서 보노라니
萬壑金波潑眼新	만학에 금물결이 눈에 발랄 새로워라
物象恍爲姑射白	물상은 흡사히도 고야산 신선이오
梵宮疑與廣寒隣	절집과 광한전이 혹시나 이웃인지
因思周老鴻濛語	장주의 홍몽탄 말 이내 생각 떠오르고
庶見崔仙鶴背身	최고운 학 탄 몸을 하마터면 보오리라
上界眞人司下土	상계에 신선 있어 이 땅을 맡았으니
豈無雲漢憫斯民	어이하여 가뭄들어 이 백성을 괴롭힐꼬[47]

앞에서 살핀 <연대월야(連帶月夜)>인데, 시의 전반부에서 시적 화자는 연대사에서 바라보는 아름다운 풍경에 취해있다. 그리고 이내 그 자신은 청량산을 대표하는 인물인 주세붕과 최치원과의 교감을 추구한다. 여기까지 시의 분위기는 몽환적이고 이상적이다. 그러나 이러한 시적 분위기는 마지막에 돌변한다. 이렇게 아름다운 곳인데 왜 백성들은 가뭄에 고통스러

---

47) <連帶月夜>, 『退溪全書』卷3.

위해야 하는가 자문한다. 이는 바로 청량산 체험을 통해 퇴계 이황 선생의 시적 지향이 어디를 향하고 있는지를 보여주는 중요한 부분이다. 바로 사람에 대한 관심, 그것이다. 이러한 관심을 백성들과의 소통 의지로까지 논의를 확대하여 해석할 필요는 없지만, 청량산을 탈속 세계에 대한 동경이나 현실과 격리된 학문적 수양의 공간으로만 제한할 수 없음을 보여준다.

퇴계 이황 선생은 벗과 제자 그리고 백성에 이르기까지 사람들에 대해 관심을 가지고 소통하는 매체로 청량산을 인식했고, 청량산시를 통해 이러한 지향성을 적극 표현하고 있었던 것이다.48)

이상으로 청량산시에 나타난 시적화자의 대상 인식과 지향을 살펴보았다. 1차 체험에서 청량산은 속세와 떨어진 고독의 공간으로 인식되고 있었으며, 이를 통해 시적 자아는 홀로 자신을 성찰하고자 하는 지향성을 드러내고 있었다. 반면 2차 체험에서 청량산은 적극적 탐승의 공간으로서 벗과 제자 그리고 사람들을 떠올리는 매개로 인식되고 있었으며, 이를 통해 시적 화자는 사람들과 풍요로움을 공유하고 소통하고자 하는 의지를 드러내었다고 볼 수 있다. 이러한 인식과 지향은 그동안 청량산을 탈속의 공간, 강학의 공간 등으로만 획일화할 수만은 없다는 사실을 보여준다.

---

48) 이는 청량산이라는 공간을 공감과 소통을 위해 '매체공간화'했다고 볼 수 있다. '매체공간'은 공간을 대중 채널화함으로써 공감과 소통의 기능을 하도록 한다(황요섭·박찬호 (2005), 「표상성을 중심으로 한 공간 이미지화에 관한 연구」, 『한국실내디자인학회논문집』 14, 한국실내디자인학회, 106-113쪽).

3. 맺음말

선행 연구에 따르면 퇴계 이황 선생의 청량산 관련 시는 80여 수로서
퇴계 시에서 하나의 범주를 형성할 만큼 중요한 의미를 지닌다.[49] 그 가
운데 실제 퇴계 이황 선생의 직접적인 청량산 체험을 시화한 작품이 약
50여 수이다. 각 작품은 55세(1555년)와 64세(1564년) 두 차례에 걸친 청량
산 체험을 시화하고 있다. 이들은 약 10여 년의 간격을 두고 이루어진 유
산체험과 시화 양상을 담고 있어 각 시기별 차별성을 주목할 필요가 있
다. 이러한 주목은 청량산에 대한 퇴계 이황 선생의 인식과 지향을 세밀
히 살피고 청량산의 문학적 형상화 방식을 확인한다는 데에 의미가 있다.

먼저 소재적 측면을 살피면, 1차 체험에서는 청량산 자체보다는 청량산
에서의 자신의 행위를 시적 소재로 삼고 있다. 이때 청량산은 자신이 머
무는 탈속의 공간으로서 중요한 의미를 지닐 뿐 그 자체가 시적 소재로
주목되고 있지는 않다. 반면 2차 체험에서는 청량산 자체가 시적 대상으
로 주목을 받고 있으며 청량산을 구성하고 있는 경물과 경관 하나하나가
시적 소재로 다루어진다. 청량산이 직접적인 시적 소재로서 경탄과 탐승
의 대상이 된 것이다.

이러한 차이는 시적 공간의 제시방식과 연계된다. 1차 청량산 체험을
다룬 시에서 시적 공간인 청량산은 추상적이고 막연한 탈속과 동경의 공
간으로 제시된다. 여기서 청량산의 특성은 부각되지 않으며 주로 우뚝 솟
은 봉우리와 눈과 달 등의 차갑고 험준한 이미지로 부각되며 통합적 공간
으로 제시될 뿐이다. 2차 청량산 체험을 다룬 시에서 시적 공간은 구체적
이다. 청량산을 구성하는 각각의 경관이 분절되어 독립적인 시적 공간으

로 제시된다. 하나하나가 탐승의 독립된 공간으로 각각의 이야기와 인물, 역사를 가진 고유의 공간이 된다. 이러한 시적 소재와 공간 제시는 청량산에 대한 인식과 지향으로 이어진다.

1차 체험을 다룬 시에서 청량산은 속세와 떨어진 고독의 공간으로 인식되어 충실한 자기성찰을 지향한다. 반면 2차 체험에서 청량산은 벗과 제자 등 다른 이들을 떠올리고 함께 공유하는 대상으로 청량산이 인식된다. 이를 통해 퇴계 이황은 유산체험의 충족감을 느끼고 타인과의 소통을 지향한다.

이상의 특징은 그동안 논의되지 않았던 퇴계 이황 선생의 시적 성향과 특성의 일면을 텍스트를 통해 세밀히 고찰하였다는 의의와 더불어 영남 사대부 지식인의 유산문학의 특징을 구명하고 청량산의 문학화 방식을 살폈다는 의의를 지닌다.

퇴계 이황 선생의 청량산 시와 더불어 주변 지인들 혹은 제자와의 시들을 비교 검토하여 영남 사대부 지식인의 청량산 시화방식을 전반적으로 검토하는 작업이 이루어진다면 퇴계시의 정체성뿐만 아니라 영남 사림 지식인들의 청량산 인식 및 지향을 살피는 데 더욱 큰 기여를 할 수 있을 것이다. 이는 추후 과제이다.

참고문헌

1. 기본자료

『國譯退溪全書』 1-29권, 퇴계학연구원, 1993.
한국고전번역원, 한국고전번역DB(http://www.itkc.or.kr/itkc/Index.jsp)

2. 연구논저

강구율, 「청량산 유산기에 나타난 영남지식인의 자연인식」, 『영남학』 4, 경북대 영남문화연구
　　소, 2003.
권정은, 「유거와 탐승, 자연미의 상보적 기반」, 『고전문학과 교육』 12, 한국고전문학교육학회,
　　2006.
김종구, 「유산기에 나타난 유산과 독서의 상관성과 그 의미」, 『어문논총』 51호, 한국문학언어
　　학회, 2008.
김태환, 「퇴계의 산수 음영과 자연미 인식의 양상」, 『정신문화연구』 34(3), 2011. 09.
박영민, 「18세기 청량산 유산기 연구」, 『한자한문연구』 창간호, 고려대한자한문연구소, 2005.
손오규, 『퇴계시의 미학』, 제주대출판부, 2012.
우응순, 「청량산 유산문학에 나타난 공간인식과 그 변모양상」, 『어문연구』 34권 3호, 2006.
윤사순, 『퇴계 이황의 철학』, 예문서원, 2013.
윤천근, 「퇴계 이황의 '감성철학' - '청량산'의 장소성을 중심으로」, 『퇴계학보』 141집, 퇴계학
　　연구원, 2017.
이종묵, 「퇴계학파와 청량산」, 『정신문화연구』 24권 4호, 한국학중앙연구원, 2001.
임노식, 「퇴계의 <武夷櫂歌> 수용과 李野淳의의 <陶山九曲> 고찰」, 『동아인문』 20, 동아인문
　　학회, 2011.
전병철, 「『淸凉志』를 통해 본 퇴계 이황과 청량산」, 『남명학연구』 26집, 경상대남명학연구소,
　　2008.
정목주, 「퇴계 '청량산'시의 양상과 의미」, 영남대학교 석사논문, 2010.
정우락, 「지리산과 청량산으로 남명과 퇴계 읽기」, 『선비문화』 15, 남명학연구소, 2009.
정치영, 「유산기로 본 조선시대 사대부의 청량산 여행」, 『한국지역지리학회지』 11권 3호, 한국
　　지역지리학회, 2005.
황요섭·박찬호, 「표상성을 중심으로 한 공간 이미지화에 관한 연구」, 『한국실내디자인학회논
　　문집』 14, 한국실내디자인학회, 2005.

퇴계 이황과 고족의 독서문화와 그 의미*

김종구 | 경북대학교 영남문화연구원 연구원

1. 머리말

퇴계(退溪) 이황(李滉, 1501-1570)에 대한 연구는 문학·역사·철학 등 다방면에서 이루어져 왔지만 퇴계 이황의 독서문화에 대한 연구는 부족한 실정이었다. 퇴계 이황에 관한 독서문화는 이론적 측면에서만 다루어졌다. 즉, 독서에 관한 독서이론 및 공부론에 초점이 맞춰져 있었다. 독서이론 및 공부론을 퇴계 이황의 사상과 접목시켜 각자의 이론을 제시하였던 것이다. 퇴계 이황이 독서를 한 행위 및 현상과 전이현상에 대한 종합적인 분석은 부족한 실정이다.

퇴계 이황의 공부론에 관한 대표적 연구 논자는 이종호·한현숙·김영이다. 이종호[1]는 「퇴계학단의 독서론」에서 선비가 책을 읽어야 하는 이

---

* 이 글은 김종구(2017), 「퇴계와 고족의 독서문화와 그 의미」(『한문교육연구』 48, 한문교육학회)라는 논문을 일부분 수정한 것이다.

유, 어떤 책을 읽어야 하는지를 밝히고 오늘날에 시사하는 의미를 시론적 경향으로 밝히고 있었다. 한현숙[2]은 「퇴계 독서론의 근원 연구」에서 독서의 의미·자세·방법·순서 등과 관련해 퇴계 이황의 독서론을 밝히고 있었다. 퇴계 이황의 독서론은 주자에게 영향을 받았음을 주시하고 있다. 그리고 '분석적 독서·문헌학적 독서·의미론적 독서'의 세 가지로 퇴계 이황의 독서론을 나누고 있다. 김영[3]은 「조선시대(朝鮮時代) 성리학자(性理學者)의 독서론(讀書論)」에서 주자·퇴계 이황·율곡 이이의 독서론을 언급하고 있었다. 김영의 논의는 독서론, 공부론에 입각한 논의이고, 홍대용·박지원·정약용의 학문적 경향·사의식·현실인식과 관련된 독서관을 각각 밝히고 있었다.

독서에 대한 일반적 논의를 살펴보면 강명관[4]의 『조선시대 책과 지식의 역사—조선의 책과 지식은 조선사회와 어떻게 만나고 헤어졌을까?』를 예로 들 수 있다. 이 글은 조선시대 책의 인쇄와 유통, 국가와 사회의 축조(築造)에 결정적으로 기여했던 책들에 대한 역사이다. 조선시대 지식의 생산과 확산의 문제를 다루고 있었다. 외국의 사례를 살펴본 논의는 육영수[5]의 『책과 독서의 문화사—활자 인간의 탄생과 근대의 재발견』을 예로 들 수 있다. 이 글은 책의 저술—인쇄—출판—보급—소비에 관한 학문적 논의로서 18-19세기 프랑스를 주 무대로 하고 여기에 미국과 영국에서의 연구 성과를 추가하고 있다.

퇴계 이황 독서론에 관한 구체적 논의는 신태수의 「퇴계(退溪) 병통론(病

---

1) 이종호(1993), 「退溪學團의 讀書論」, 『退溪學』 5, 안동대학교, 245-253쪽.
2) 한현숙(2009), 「퇴계 독서론의 근원 연구」, 『退溪學論叢』 15, 퇴계학부산연구원, 141-163쪽.
3) 김영(1993), 「조선시대 성리학자의 독서론」, 『조선후기 한문학의 사회적 의미』, 집문당.
4) 강명관(2014), 『조선시대 책과 지식의 역사—조선의 책과 지식은 조선사회와 어떻게 만나고 헤어졌을까?』, 천년의 상상.
5) 육영수(2010), 『책과 독서의 문화사—활자 인간의 탄생과 근대의 재발견』, 책세상.

痛論)에 비추어 본 독서법(讀書法)의 의의(意義)」,6) 「퇴계(退溪) 독서법(讀書法) 속의 천(天)과 인(人)」,7) 「퇴계(退溪) 활간독서법(活看讀書法)의 근거(根據)와 지향(志向)」,8) 「퇴계독서법(退溪讀書法)에 나타난 인설(仁說)」9) 등이 있었다. 신태수의 논의는 주로 퇴계 이황의 사상과 관련하여 독서법을 풀이하고 있었다. 즉, 병통론이 유입된 독서와 유입되지 않은 독서, 내용과 형식의 관계를 통한 천인합일의 독서법, 이치에 입각해서 활간하고 본질을 파악하는 활간독서법, 퇴계 이황이 독서법에 수용한 인설(仁說)에 관심을 가지고 있었다.

그 외, 정석태10)가 도산서원 광명실 서적에 관한 논의와 해재, 배현숙11)이 퇴계 이황을 조선조 대표적인 개인장서가로 본 논의가 있었다.

우리는 여기서 논점을 약간 문화사의 미시적 관점으로 파악할 필요성을 느낀다.12) 독서도 하나의 문화적인 현상이기에 구체적 행동으로 드러나는 모습에 관심을 가지고 그 확장된 모습에도 관심을 가질 필요가 있다. 우리나라 최고 지성인, 퇴계 이황의 독서 행위에 대한 문화13)를 파악

---

6) 신태수(2009), 「退溪 病痛論에 비추어 본 讀書法의 意義」, 『퇴계학논집』 4, 영남퇴계학연구원, 1-40쪽.
7) 신태수(2011), 「退溪 讀書法 속의 天과 人」, 『퇴계학논집』 9, 영남퇴계학연구원, 1-34쪽.
8) 신태수(2012), 「退溪 活看讀書法의 根據와 志向」, 『퇴계학논집』 11, 영남퇴계학연구원, 1-30쪽.
9) 신태수(2014), 「退溪讀書法에 나타난 仁說」, 『국학연구론총』 14, 택민국학연구원, 98-126쪽.
10) 정석태(2003), 「도산서원 광명실 및 상계 광명실 소장 자료 촬영 결과 해제」, 『퇴계학보』 114, 퇴계학연구원, 233-272쪽.
11) 배현숙(1994), 「退溪 藏書의 集散考─개인문고의 서원문고화의 일례로서─」, 『서지학연구』 10, 서지학회, 135-169쪽.
12) 본서는 문화어문학 관점에서 독서문화를 고찰하고자 한다. 문화어문학에 관해서는 정우락·백두현(2014), 「문화어문학 : 어문학에 대한 문화론적 혁신」, 『어문론총』 60, 한국문학언어학회, 9-41쪽 참조 바람.
13) 본서는 독서 행위로 나타나는 현상에 주목한다. 즉, 독서의 행위는 내적으로 수렴하는 혼자 하는 독서와 외적으로 확산하는 함께하는 독서로 설정하여 논의를 진행하고자 한다. 특히 행위는 신문화사의 구호 가운데 하나이다. 신문화사는 오늘날 실행되고 있는 문화사 가운데 가장 지배적인 형태이다(피터 버크 지음·조한욱 옮김(2005), 『문화사란 무엇인가』,

한다면 그 고족 및 후진들에게 미친 영향 및 이상적인 독서문화의 한 형태를 유추할 수 있으리라 생각된다.

위의 대표적인 논의는 공부론, 독서론의 이론 중심과 출판문화론의 총체적 관점에 관한 연구임을 알 수 있다. 독서 행위 및 현상에 대한 구체적이며 세밀한 관심은 부족하다. 즉, 조선조 선비의 독서 행위와 관련된 문화사가 부족하다. 독서의 행위는 지향하는 바가 있고 행위의 공간과 사람들과의 관계 속에서 독서문화가 탄생할 것이다. 여기서는 이러한 행위로 나타나는 독서문화에 관심을 가지고자 한다.

본서는 먼저 퇴계 이황의 독서문화, 즉 만은(晚隱)을 통한 도학(道學) 종사(從事)를 통해 독서와 소요의 습합과 주자학 강학을 확인하고자 한다. 퇴계 이황의 독서문화는 은일하여 이뤄진 일상의 삶과 행위를 통해 그 근원에 가까이 갈 수 있다. 지성사의 최고봉인 퇴계 이황을 통해 조선조 독서문화의 대표성을 파악할 수 있는 중요한 단서가 될 수 있다. 다음으로 퇴계 이황의 독서문화가 어떻게 전승되고 확장되는지 그와 고족제자(高足弟子)14)의 독서문화 현상을 통해 확인하고자 한다. 나아가 퇴계 이황과 고족(高足)의 독서문화가 가지는 의미를 함께 유추할 수 있을 것이다.

길, 91-107쪽 참조). 행위와 관련한 것은 김종구(2013), 「伽倻山 遊山記에 나타난 作家意識과 遊山文化의 유형」(『어문론총』 59, 한국문학언어학회)의 261쪽. 재인용. 특히 퇴계 이황의 독서공간이 되는 배경, 즉 독서문화공간의 거처와 소요처를 중심으로 살펴보고자 한다. 그리고 교유를 통해 드러나는 구체적 현상이 되는 목적과 방법을 확인하고자 한다. 나아가 전승의 차원에서 저술과 관련한 일련의 사건을 확인함으로써 독서문화의 한 현상, 행위를 파악할 수 있으리라 기대된다.
14) 퇴계 이황은 은일을 추구했기에 그의 제자 중 순전한 은일지사인 송암 권호문과 퇴계 이황처럼 관직과 은일을 병행한 한강 정구에 관심을 가진다. 특히 한강 정구는 은일과 왕성한 편찬 및 저술을 지향했기에 특히 주목이 된다. 이로써 본서의 중심된 고족제자로 선정하였고 유사한 고족제자와 그 후진을 중심으로 논의하고자 한다.

2. 퇴계 이황의 독서문화

　퇴계 이황의 독서는 조선 중기에 안동부사를 지낸, 그의 숙부 송재(松齋) 이우(李堣, 1469-1517)를 통해 본격적으로 시작된다. 이우는 청량산에 청량정사15)를 건립하여 조카인 온계(溫溪) 이해(李瀣), 퇴계 이황을 비롯하여 조효연(曺孝淵), 오언의(吳彦毅)를 가르치고 있었다. 한편 퇴계 이황이 만년에 도산에 은거하여 서재를 건립하기 위한 노력과 관심도 포착할 수 있다. 퇴계 이황은 청량산과 도산의 산수지간(山水之間)에서 독서를 하였다. 그의 독서문화의 일련의 행위는 산수지간(山水之間)의 은일(隱逸)·서재에서의 독서·소요(逍遙)·학문의 탐구·강학 및 서재경영·저술16) 등으로 순차적으로 나타나고 있었다.

　퇴계 이황의 독서문화는 은일을 통한 학문탐구, 소요를 통한 학문적 토대 형성, 강학 및 서재경영, 저술을 통한 후학양성으로 압축할 수 있다. 퇴계 이황의 독서문화 공간은 청량산17)의 청량정사 및 여러 서재가 있었다. 하지만 그 중심축엔 도산서당, '서재'라는 독서문화 공간과 '도산'이라는 산수지간(山水之間)의 소요(逍遙) 공간이 있었다. 퇴계 이황은 만은(晚隱)

---

15) 청량정사의 「吾山堂重建記」에 의하면, 퇴계 이황이 공부하던 곳에 士林들의 합의로 1832년(순조32)에 창건되었다고 한다. 정사의 堂은 吾山이고 軒은 雲樓, 寮는 止宿이며, 문은 幽貞이라 되어 있다. 일명 '오산당'으로 부르기도 하는데, '오산'은 주자의 시 구절 '明明直照吾家路'에서 따온 것으로 '우리집 산'이라는 뜻이다. 즉, '儒家의 산'이라는 뜻을 내포하고 있다.

16) 본서는 퇴계 이황이 이러한 순차적인 독서를 하면서 혼자, 더불어 만들어 내는 현상에 주목하여 그 문화에 관심을 가지고자 한다. 독서문화는 일련의 행위를 종합하여 독서문화의 한 현상으로 지칭할 수 있는 것이다.

17) 퇴계 이황이 「淸凉山歌」(『병와가곡집』)에서, "淸凉山 六六峰을 아느니 나와 白鷗, 白鷗야 獻辭하랴 몬 미들손 桃花 ㅣ로다, 桃花야 써나지 마로렴 魚舟子 알가 ᄒ노라."라고 한 것과 퇴계 이황이 스스로 '청량산인'이라고 칭했던 점을 주목하고자 한다. 즉, 그의 삶은 청량산과 떼어놓을 수 없는 연관성이 있다는 것을 확인할 수 있다.

하여 도학(道學)에 종사(從事)한 삶을 평생토록 실천했으므로 그의 독서문화
를 분명하게 파악할 수 있다. 향후 퇴계 이황 제자의 자취와 행적을 살펴
보면 퇴계 이황의 독서문화가 전승, 확장되고 있음을 확인할 수가 있는
것이다.

1) 만은(晩隱)을 통한 도학(道學) 종사(從事)

소식이 사마광에게 보내는 편지에 "오랫동안 공께서 지으신 글을 보지
못하다가, 갑자기 「독락원기(獨樂園記)」를 받아보고 외우며 음미하기를 그
치지 않습니다."[18]라고 하였다. 그는 사마광의 편지글을 통해 은일지사(隱
逸之士)를 동경하였고 그 즐거움을 향유하고자 했다. 사마광이 「독락원기」[19]
에서 독서와 학문을 하는 즐거움과 자연을 벗 삼아 소요(逍遙)하는 즐거움
을 '독락(獨樂)'이라고 표현했기 때문이다. 즉, 그는 은일(隱逸)하여 학문을
탐구하고자 했던 것이다.

은일의 즐거움은 소식의 「이군산방기(李君山房記)」에서도 확인할 수 있
다. 소식은 이상(李常)이 공부하던 여산(廬山) 백석암(白石菴)을 이군산방(李君
山房)이라 지칭하며 기문을 짓고 있었다. 여기서 은일지사(隱逸之士)의 중요한
도구 하나는 『역상』·『노춘추』·『시경』·『삼분』·『오전』·『팔색』·『구
구』 등의 책이었다. 은일지사(隱逸之士)의 중요한 도구 다른 하나는 산방(山房),
산수공간에 소재한 서재임을 확인할 수 있다.

이처럼 조선의 선비 또한 산림에 은일하여 경전을 읽으며 학문에만 전
념하고자 했던 성향이 농후했다. 은일은 선비의 출처관과 관련이 있기도
하다. 선비는 은일적(隱逸的) 세계를 지향하여 성리학적 학문 질서 구축과

---

18) 소동파, 『동파전집』, 「與司馬溫公」, "久不見公新文, 忽領獨樂園記, 誦味不已."
19) 사마광, 『성리군서구해』, 「獨樂園記」 참조.

구도자의 길, 도학자의 길을 선택하여 살아가고자 하였다. 퇴계 이황이 그
중심에 있는 인물이고, 그 역시 수차례 벼슬을 거부하고 은일지사(隱逸之
士)가 되기를 희망했던 것이다.

峽束江盤棧道傾   산협 사이 감도는 물 잔도는 구불구불,
忽逢雲外出溪淸   홀연히 구름 밖에 맑은 시내 흐르네.
至今人說廬山社   지금까지 사람들이 여산사를 말하는데,
是處君爲谷口耕   이곳에서 그대는 곡구 밭을 갈았다네.
白月滿空餘素抱   허공 가득 하얀 달에 그대 기상 남았는데,
晴嵐無跡遣浮榮   맑은 이내 자취 없이 헛된 영화 버렸구나.
東韓隱逸誰修傳   동한의 隱逸傳을 누가 지어 전하려나,
莫指微疵屛白珩   조그만 흠 꼬집어서 흰 구슬을 타박 말라.[20]

　이자현은 "집은 푸른 산봉우리에 있고, 이전부터 내려오는 보배 거문고
를 가졌네. 한 곡조 타는 것도 좋으나, 다만 그 곡조를 알아줄 사람 없어
라."[21]라고 하여 산수지간(山水之間)에 은일하여 거문고 연주를 즐기고 있
었다. 퇴계 이황은 위의 글에서 이자현의 고상한 풍류를 알아주는 이가
없음을 안타까워하고 있는 것이다. 제목 「낙도음」에서 드러나듯이 이자현
의 도에 대한 순수성과 전일성을 확인할 수 있다. 이자현의 은일에 대한
순수성은 『고려사』에 "새의 마음으로 새를 기르면 악기 소리를 듣는 근
심이 없을 것이니, 물고기를 보고 물고기의 즐거움을 알아 자연 속의 성
정을 이루게 하소서."[22]라고 한 것에서도 확인할 수 있다.
　이자현에 대한 평과 시를 통해 퇴계 이황의 은일관을 확인할 수 있다.

---

20) 이황, 『퇴계집』 1, 「過淸平山 有感 幷序」.

21) 이자현, 「낙도음」, 전관수(2007), 『한시작가작품사전』, 국학자료원, "家在碧山岑, 從來有寶
　　琴, 不妨彈一曲, 秖是少知音."

22) 『고려사』 「李子淵 父 李資玄」, "以鳥養鳥, 庶無鍾鼓之憂, 觀魚知魚, 俾遂江湖之性."

그의 은일관은 세속의 일을 잊고 산수에 은거하여 오로지 독서와 학문탐구를 하는 것이다. 즉, 퇴계 이황은 학문을 대하는 순수와 전일한 성정을 나타내고 있는 것이다. 또 그는 고려의 이자현을 풍류와 운치가 뛰어나다고 평했다.

이자현은 부귀영화를 버리고 춘천의 청평산에 은일하여 37년 동안 머물며 학문을 증진하였다. 퇴계 이황은 그를 고인(高人)·일사(逸士)라 지칭하였고 사모했다. 퇴계 이황은 평생 은일하고자 한 꿈을 꾸었지만 그러하지 못했기 때문에 더욱 이자현이 부러운 대상이었다. 그는 이 글을 통해 진(晉)나라 손초(孫楚)의 은거생활(隱居生活)과 한(漢)나라 은사(隱士) 정자진(鄭子眞)[23] 등도 사모하고 있었다. 훗날 성호 이익이 「곡란암(鵠卵菴)」[24]에서 은사 이자현을 알아주는 이는 오직 퇴계 이황뿐이라고 시를 짓고 있는 것을 보더라도 잘 알 수 있다.

自喜山堂半已成	서당이 반이나 이루어져 기쁘나니,
山居猶得免躬耕	산속에서 살면서도 몸소 밭 갊 면했다오.
移書稍稍舊龕盡	서책 점차 옮겨 오니 책 상자가 다 비었고,
植竹看看新筍生	대를 심어 바라보니 죽순 새로 나는구나.
未覺泉聲妨夜靜	샘물 소리 고요한 밤 방해함도 못 느끼고,
更憐山色好朝晴	산 빛이 좋은 갠 아침 더욱 사랑하노라.
方知自古中林士	예부터 산림 선비 만사를 온통 잊고,
萬事渾忘欲晦名	이름 숨긴 그 뜻을 이제야 알겠구나.[25]

위의 시는 「도산에서 뜻을 말하다」이다. 퇴계 이황은 도산의 서재가 완

---

23) 이황, 『퇴계집』 1, 「過淸平山 有感 幷序」 참조.
24) 이익, 『성호전집』 7, 「鵠卵菴」 참조.
25) 이황, 『퇴계집』 3, 「陶山言志」.

성되어 가고 있는 모습에 기뻐하고 있었다. 그는 산수지간(山水之間)에서 독서를 하고 대나무, 샘물 소리를 즐기며 산림에 은거한 선비의 깊은 뜻을 몸소 느끼고 있는 것이다. 또 퇴계 이황이 52세에 지은 입춘 시 2수 가운데, "서책 속에서 성현을 대하여, 밝고 빈 방에 초연히 앉았노라. 창가에 매화 또 봄소식을 전하니, 거문고 줄 끊어졌다 탄식 말아라."26)라고 한 것에서도 그의 마음을 알 수 있다. 이 시기는 퇴계 이황이 벼슬에 나아가지 않았던 때이다. 그의 일상은 매화 완상·독서·거문고 연주 등이 전부가 되었다. 퇴계 이황은 홀로 독서의 즐거움을 만끽하였고 은일 세계를 동경·지향·향유하고 있었던 것이다.

퇴계 이황의 「도산잡영」 중, 「암서헌(巖棲軒)」27)에서도 이와 같은 성향이 잘 나타나고 있었다. 병산은 증자가 안연에게 한 말로서 제자인 주자의 자(字)를 지어 주었다. 주자28)는 병산의 뜻을 실현하고자 여산(廬山)의 꼭대기 운곡(雲谷)에서 살았다. 퇴계 이황 또한 주자의 뜻을 따르고자 '암서헌(巖棲軒)'이라 이름 짓고 산수지간(山水之間)에 살고자 했던 것이다. 그가 은일지사(隱逸之士)를 지향하고자 있음을 알 수 있는 대목이다. 그는 주자를 존숭하였고 주자처럼 암서헌을 지어 홀로 학문에 전념하고자 하였다.

퇴계 이황의 은일적 세계관29)은 그의 묘비명, '퇴도만은진성이공지묘(退

---

26) 이황, 『퇴계집』 2, 「正月二日立春」, "黃卷中間對聖賢, 虛明一室坐超然, 梅窓又見春消息, 莫向瑤琴嘆絶絃."

27) 이황, 『퇴계집』 3, 「陶山雜詠」, "증자는 안자더러 실하면서 허한 듯이라고 일컬었는데, 이를 병산이 처음으로 회옹에게 끌어 깨우쳤네. 늘그막에야 바위에 사는 재미를 알았으니, 博文約禮·臨淵履氷 공부 소홀할까 두렵노라(曾氏稱顔實若虛, 屛山引發晦翁初, 暮年窺得岩棲意, 博約淵氷恐自疏)."

28) 주자는 武夷에 은거한 籍溪 胡憲, 白水 劉勉之, 屛山 劉子翬에게 학문을 배웠고 스승 병산이 자를 '晦'로 지어 주었다. 그는 병산처럼 무이산에서 강학을 하며 스승을 지향하고자 했다. 주자는 晦의 의미를 되새기며 스승의 학문 지향점을 추종하였다. 무이산의 강학과 청량산 도산서당의 강학은 주자와 퇴계 이황이 연결되는 중요한 부분이다. 주자에 관해서는 그의 「명당실기」와 유자휘의 「字朱熹祝詞」(『병산집』 6)를 참고할 수 있다.

陶晚隱眞城李公之墓’에서도 잘 나타난다. 그의 의식세계는 ‘늘그막에야 도산
에 물러나 숨어산 진성 이공의 묘’라고 한 것에서 모든 것이 함축되어 나
타나고 있는 것이다. 알다시피 퇴계 이황은 스스로 묘갈명을 지었다. 그는
“세상에 진출하면 실패가 많았고, 물러나 은둔하면 곧았네. <중략> 선비
의 옷을 입고 한가로이 지내니, 뭇 비방에서 벗어났네.”30)라고 하여 스스
로 포의지사(布衣之士), 은일지사(隱逸之士)를 지향하고자 했고, 성현을 생각하
며 학문의 즐거움을 찾고자 했다. 퇴계 이황은 벼슬을 사양하고 산수지간
(山水之間)에 은일하여 오직 독서, 학문 탐구를 하고자 했던 것이다. 여기서
그의 독서의 양상과 근원적인 목적을 확인할 수 있는 것이다.

　　서적을 두루 섭렵하시고, 자구마다 이치를 추구하시고, 근본을 추구했습
　니다. 진리의 추구에 오래도록 힘쓰시니, 정묘한 뜻은 입신의 경지에 이르
　렀습니다. <중략> 계사에 있는 도당에는 서적이 벽장에 가득했으니, 천고
　에 전해질 향기였습니다. 즐거움으로 근심 잊으시고, 편안하게 이곳에 거
　처하시니, 얼음같이 맑은 마음이 옥항아리에 있는 것처럼, ‘마음이 맑고
　티 없이 깨끗하다’는 옛 말의 뜻을 깨닫게 되었습니다.31)

　위의 자료는 구암(龜巖) 이정(李楨, 1512-1571)의 「제퇴계선생문(祭退溪先生
文)」이다. 퇴계 이황의 고족(高足)인 구암 이정이 스승에게 올리는 제문이
다. 고족(高足)이기에 누구보다 스승의 학문과 삶을 잘 관찰할 수 있었을

---

29) 퇴계 이황의 온전한 은일지향은 젊은 시절부터 형성되었지만 쉽게 이뤄지지 않았다. 1533
　　년 지은 「吉先生의 旌閭를 지나며」의 시를 통해서도 잘 나타난다. 퇴계 이황의 은일관은
　　길재 야은의 은일을 칭송하면서 높은 벼슬을 좋아하지 말라는 권고에서도 잘 나타나고 있
　　었다.
30) 기대승, 『고봉집』 3, 「退溪先生墓碣銘先生自銘竝書」, “進行之路, 退藏之貞 <中略> 婆娑初
　　服, 脫略衆訕.”
31) 이정, 『구암집』 1, 「祭退溪先生文」, “無書不讀, 句句研窮, 字字尋繹, 眞積力久, 精義入神, <中
　　略> 溪舍陶堂, 圖書滿壁, 千古流芳, 樂以忘憂, 安以斯處, 霽月氷壺, 昔聞其語.”

것이다. 구암 이정은 스승의 가르침을 따라가지 못해 "옛 사람의 참되고
도타운 마음으로 학문을 추구했으나 뜻만 그러한 채 이루지 못했으니, 하
늘을 우러러 보고 땅을 굽어보아도 부끄럽기 그지없을 뿐이었습니다."32)
라고 하여 반성을 하고 있었다. 퇴계 이황은 도산서원에서 수많은 서적을
갖추어 놓고 오로지 홀로 독서에만 전념하였다. 그의 즐거움은 은일지사
(隱逸之士)의 독서인 것이다. 퇴계 이황의 독서성향을 잘 알 수 있고 후학,
고족(高足)들에게 전범이 되고 있음을 알 수 있다.

> (가) "퇴계 이황의 사람됨이 문장과 절조가 있는데 산야(山野)로 조용히
> 물러갔으니, 이런 사람을 높여서 장려하면 가히 선비의 기풍을 격
> 려할 수 있을 것이옵니다."33)

> (나) 교지에, "오직 그대는 문한(文翰)의 재주를 가졌고 맑고 신중한 덕을
> 갖추었기 때문에 서울에 두고 고문(顧問)으로 대비하게 하려 했더니,
> 어찌 한 가지 병이 있다 하여 급거 고향으로 물러갔는가. 이제 사직
> 하는 글과 감사하는 전을 보니, 내 마음이 허전하다. 마음 편히 조리
> 하여 시기를 따지지 말고 언제든 올라오라."라고 하였다.34)

(가)는 이구수(李龜壽)가 명종에게 아뢰는 글인데 이를 통해 퇴계 이황에
대한 당대의 평가를 확인할 수 있다. (나)는 명종이 내린 교지인데 이를
통해 퇴계 이황의 덕과 인품을 확인할 수 있다. 퇴계 이황이 죽기 직전까
지 당대의 임금은 여러 차례 관직을 주면서 부른다. 하지만 그는 병환의
이유로 사양을 하거나 마지못해 출사를 하게 된다. 그렇지만 퇴계 이황의

---

32) 이정, 『구암집』 1, 「祭退溪先生文」, "昔人誠篤, 徒步往學, 有志不成, 俯仰愧怍."
33) 이황, 『퇴계집』, 「연보」 1, "滉之爲人, 有文章操行, 而恬退山野, 崇獎此人, 則可以激勵士風."
34) 이황, 『퇴계집』, 「연보」 1, "惟爾才全文翰, 德備淸謹, 方欲置於京師, 以備顧問, 何以一疾, 遽
退鄕村, 今觀狀辭及謝箋, 予心缺然, 安心調理, 不計久近上來."

의중은 항상 고향으로 돌아가 학문에 전념하고자 했던 것이다. 이러한 점은 그가 올린 여러 상소에서도 잘 나타나고 있었다. 두 자료는 모두 산수지간(山水之間)에 물러나 은일하여 독서를 하며 학문에만 전념하고자하는 퇴계 이황의 생각을 읽을 수 있는 것이다. 이는 퇴계 이황의 독서성향이 되는 것이다.

이와 같이 퇴계 이황은 도산에 은일(隱逸)을 하여 학문에만 전념하고 나아가 성현의 근원에 가까이 가고자 하였다. 이는 「이산원규(伊山院規)」를 통해 살펴보면 정확히 확인할 수 있다. 퇴계 이황은 「이산원규」에서 독서의 주 대상과 순서 및 지향점을 구체적으로 제시하고 있었다. 사서(四書)와 오경(五經)을 본원으로 삼고 『소학(小學)』과 『가례(家禮)』를 문호(門戶)로 삼고 있었다. 나아가 여러 사서(史書)와 자서(子書)와 문집을 널리 힘쓰고 두루 통달해야 한다고 주장하고 있었다. 퇴계 이황이 지향한 독서는 성현, 특히 주자를 본받아 선을 갖추어 옛 도(道)를 마음으로 체득하고 몸으로 실천하는 학문에 힘쓰는 것이었다.[35]

퇴계 이황은 학문에 전념할 수 있는 독서문화 공간을 깊이 인식하였다. 자신만의 독서공간을 마련하였고 은일을 통해 학문을 궁구하고 진전하여 성현에 가까이 가고자 하였다. 퇴계 이황의 독서문화 공간은 인적이 드물고 깊고 그윽한 산수지간(山水之間), 만권서(萬卷書)가 구비된 도산의 서재이었고 그의 출처관은 거듭된 출사를 사양했으며 은일·포의지사를 지향했던 것이다. 이는 퇴계 이황에 대한 고족(高足)의 제문을 통해서도 확인이 가능하였다. 결국 퇴계 이황은 산수지간(山水之間)에 은일을 하여 학문을 궁구하는 독서를 지향하였고 성현의 근원에 도달하고자 노력하였다.

---

35) 「이산원규」, "諸生讀書, 以四書五經爲本原, 小學家禮爲門戶, 遵國家作養之方, 守聖賢親切之訓, 知萬善本具於我, 信古道可踐於今, 皆務爲躬行心得明體適用之學, 其諸史子集, 文章科擧之業, 亦不可不爲之旁務博通." 참조.

2) 독서와 소요(逍遙)의 습합과 주자학 강학

퇴계 이황의 독서성향은 혼자서 침잠하여 순환·숙독하는 독서와 둘 이상의 동학과 함께 강학 및 강론하는 독서문화로 크게 나눌 수 있다. 퇴계 이황의 강학은 어린 시절부터 시작되었다. 12세에 숙부 이우에게 논어를 배우기 시작하였고, 이를 통해 '리(理)'에 대한 의문을 품기 시작하여 성리세계로 점차 들어가게 되었다. 19세에 지은 「영회(詠懷)」를 통해서 그의 독서의 전 면목을 확인할 수 있다.

그리고 소요(逍遙)는 다산 정약용이 "근심 걱정 불시에 찾아오거니, 부귀영달 그 어찌 탐할 수 있나. 마음이 내킨 대로 좋은 산수를, 산책하는 것보다 나은 게 없어."[36]라고 말한 것처럼 부귀영화를 꿈꾸는 대부가 아닌 도학종사를 꿈꾸는 선비의 전유물인 것이다. 퇴계 이황의 독서와 소요가 습합된 것을 살펴보자.

(가) 獨愛林廬萬卷書　　유독 초당의 만 권 책을 사랑하여,
　　　一般心事十年餘　　한결같은 심사로 지내온 지 십여 년.
　　　邇來似與源頭會　　근래에는 근원의 시초를 깨달은 듯,
　　　都把吾心看太虛　　내 마음 전체를 太虛로 여기네.[37]

(나) 천운대 돌아들어 완락재 瀟灑한데
　　　萬卷 생애로 즐거운 일이 무궁하여라.
　　　이 중의 왕래 풍류를 일러 무엇 할꼬.[38]

---

36) 정약용, 『다산시문집』 1, 「陪仲氏同閔生游門巖莊」, "憂患有時來, 富貴安可淫, 何如好山水, 消搖自登臨."
37) 이황, 『퇴계집외집』 1, 「詠懷」.
38) 「도산십이곡」.

(가)와 (나)를 통해서 퇴계 이황이 중요하게 생각하는 독서를 확인할 수 있다. 독서의 주된 배경과 목적은 초당·만권서·오랜 시간·근원에 대한 사고와 탐구·소요 등으로 요약이 된다. 그리고 그의 두 작품을 통해 독서를 위한 산수 및 인위적 공간을 확인할 수 있다. 즉, 산수에 거처한 서재가 주요한 문화공간을 형성하고 있는 것이다. 그의 학문에 대한 즐거움은 산수공간의 서재와 독서를 통해 시작된다고 해도 과언이 아니다. 퇴계 이황은 세상 사람들의 풍류에는 관심이 없고 자신이 지향하는 바에 관심을 가져 학문에 전념하고 있는 것이다.

퇴계 이황의 소요는 학문의 완성과 서정의 형상화에 필요한 이완적 요소였다. 특히『오가산지』가 집대성한 내용을 보면 알 수 있다. 청량산 관련 퇴계 이황의 한시 55편, 청량산 남쪽기슭으로부터 강을 따라 도산에 이르기까지 지나온 여러 곳들 관련 퇴계 이황의 한시 34편, 청량산 서쪽으로부터 나와 강을 건너고 고개를 넘어 도산에 이르기까지 지나온 여러 곳들 관련 한시 12편과 「수곡암기」, 「도산잡영」을 비롯한 도산 관련 퇴계 이황의 한시 51편39) 등이 있다.

이처럼 퇴계 이황의 소요는 일상적이었고 독서와 상호보완적인 요소가 되었다. 퇴계 이황은 긴장된 독서에서 벗어나 이완된 소요를 통해 학문에 박차를 가할 수 있었던 것이다. 결국 소요는 유명한 철학자의 산책처럼 사색과 명상을 통해 그의 철학을 완성할 수 있는 시간이 되는 것이다.

구체적인 서재경영을 살펴보면 퇴계 이황은 61세(1561)에 암서헌(巖棲軒)과 완락재(玩樂齋)를 짓는다. 그 주된 목적은 독서와 강학이었다. 그는 은일적 독서 성향에서 한 단계 나아가 서재경영을 통해 강학적 독서 성향을 추구하고자 하였다. 은일과 강학의 중심에 암서헌과 완락재40)가 있었던

---

39) 청량산박물관 엮어 옮김(2012),『국역 오가산지』, 전병철, 「청량산 산지의 내용구성과 특징」, 청량산박물관, 252-253쪽 참조.

것이다. 이렇게 형성된 독서문화는 도학적 세계를 지향하였고 이는 그의
학문과 철학, 주자학을 완성·집대성하는 주요인으로 작용하게 된다. 결
국 퇴계 이황 독서문화의 구심점은 도산의 아름다운 산수를 소요하면서
완락재의 독서와 강학을 통해 형성된다. 이러한 도산서당 주위를 소요하
면서 '만권서(萬卷書)'41)를 보는 즐거움과 강학을 하는 즐거움이 이뤄졌기
때문이다. 그리고 그의 학문세계, 즉 도학적 세계를 지향 그리고 실천 및
확장해 나갈 수 있었던 것이다.

> "그렇지 않다. 안연이나 원헌이 처신한 것은 다만 그 형편이 그런 상황
> 에서도 이를 편안해한 것을 우리가 귀히 여기는 것이다. 그러나 그분들이
> 이런 경지를 만났더라면 그 즐거워함이 어찌 우리들보다 깊지 않았겠는가.
> 그러므로 공자나 맹자도 일찍이 산수를 자주 일컬으면서 깊이 인식하였던
> 것이다. 만일 그대 말대로 한다면, '점(點)을 허여한다.'는 탄식이 왜 하필
> 기수(沂水) 가에서 나왔으며 '해를 마치겠다.'는 바람을 왜 하필 노봉(蘆峯)
> 꼭대기에서 읊조렸겠는가. 거기에는 반드시 이유가 있을 것이다." 하자,
> 그 사람은 그렇겠다 하고 물러갔다.42)

위의 글은 1561년 퇴계 이황이 지은 「도산잡영(陶山雜詠) 병기(幷記)」의

---

40) 퇴계 이황이 1644년 65세에 「敬齋箴圖」·「白鹿洞規圖」·「名堂室語」를 써서 완락재 벽 위
   에 걸어 놓는 모습을 보면, 간접적으로 그의 학문적 지향점을 확인할 수 있다.

41) 퇴계 이황은 66세에 「心經後論」을 짓는다. 『心經』을 숭상한 것이 『四書』와 『近思錄』 못지
   않게 중요하게 생각하고 있음을 확인할 수 있다. 이는 白沙와 陽明의 학설이 세상에 성행
   하고 정자와 주자가 전해 오던 전통이 사라져 가는 것에 대해 탄식하고 근심하는 모습에
   서 나온 저술이다. 여기서도 그의 성리 세계를 확인할 수 있다. 萬卷書의 중심에는 주자와
   관련된 서적이 많음을 통해 주자에 대한 생각을 간접적으로 잘 알 수 있다.

42) 이황, 『퇴계집』 3, 「陶山雜詠 幷記」, "不然, 彼顔原之所處者, 特其適然而能安之爲貴爾, 使斯
   人而遇斯境, 則其爲樂, 豈不有深於吾徒者乎, 故孔孟之於山水, 未嘗不亟稱而深喩之, 若信如吾
   子之言, 則與點之歎, 何以特發於沂水之上, 卒歲之願, 何以獨詠於蘆峯之巔乎, 是必有其故矣,
   或人唯而退."

마지막 기록이다. 퇴계 이황이 도산에 은거하고자하는 이유는 독서와 소요를 함께 영위하기 위한 것임을 알 수 있다. 그는 증점의 무우(舞雩)와 기수(沂水)43)의 풍류를 지향하고 있었다. 또 퇴계 이황은 「저녁에 비 개자 대(臺)에 오르다」에서 "하늘 끝에 가는 구름 천만 개의 봉우리요, 파란 물결 푸른 산에 석양빛이 붉구나. 서둘러 막대 짚고 높은 대에 올라가서, 한 번 웃고 옷깃 헤쳐 만 리 바람 쏘이누나."44)라고 무우(舞雩)와 기수(沂水)의 풍류를 만끽하고 있는 것이다. 퇴계 이황의 독서를 말할 때 소요를 제외시키고 말할 수 없는 이유이다.

후대의 사람들이 퇴계 이황을 기억하는 현상을 통해서도 이를 잘 알 수 있다. 고봉 기대승은 「탁영담(濯纓潭)」에서 "못가 거닐면서 읊으며 취했다 깨곤 하니, 밝은 훈계 생각하면 마음 불안하여라. 그러나 스스로 취함 맑고 흐림에 있으니, 오늘은 참으로 내 갓끈을 씻을 만하네."45)라고 하였다. 고봉 기대승은 도산의 탁영담을 소요하면서 퇴계 이황의 언행을 생각하며 스스로 경계하는 모습을 확인할 수 있다. 이러한 현상은 고봉 기대승의 「완락재(玩樂齋)」46)의 시에서도 퇴계 이황의 독서성향을 확인할 수 있었다. 완락재에서 독서하며 경과 의를 함양하고 탐구하는 퇴계 이황의 모습과 퇴계 이황의 학문적 지향점이 도통의 근원인 증자, 자사를 지향하고 있음을 확인할 수 있었다. 독서와 소요를 통해 주자학에 대한 깊은 성찰

---

43) 『論語』, 「先進」, "浴乎沂, 風乎舞雩, 詠而歸."
44) 이황, 『퇴계집』 3, 「夕霽登臺」, "天末歸雲千萬峯, 碧波靑嶂夕陽紅, 攜筇急向高臺上, 一笑開襟萬里風."
45) 기대승, 『고봉속집』 1, 「存齋謾錄」 「濯纓潭」, "潭上行吟怳醉醒, 潛思明訓意無寧, 縱然自取由淸濁, 今日眞堪濯我纓."
46) 기대승, 『고봉속집』 1, 「存齋謾錄」 「玩樂齋」, "함양은 조용한 속에 공부 더해야 하고, 미루어 행함은 움직일 때 통함을 안다. 경과 의가 순환하는 묘리 탐구해야만, 증자 자사의 가르침 같음을 믿게 되리라(涵養宜加靜裏功, 推行還覺動時通, 須探敬義循環妙, 方信曾思立敎同)." 참조.

과 탐구를 할 수 있었던 것이다.

퇴계 이황의 독서 및 강학[47]은 빈번했지만, 「퇴계연보」의 기록을 통해 집중적·구체적인 강학을 살펴보자. 퇴계 이황은 태학에 유학(23), 성균관에 유학(33), 『황극경내편』·『참동계(參同契)』 수련법 논함(35), 입시하여 진강(進講)함(52), 「숙흥야매잠주해」를 논함(54), 『백록동규집해(白鹿洞規集解)』를 논함(59), 『역학계몽(易學啓蒙)』을 강론(65), 진강(進講)하여 『소학』·『대학』·『논어집주』·『시경』·『중용』·「서명」·정자(程子)의 「사잠(四箴)」·한유 「동생행(董生行)」에 관해 강론함(68), 제생들과 『계몽(啓蒙)』을 강론함·역동서원에 가서 제생과 『심경(心經)』을 강론(70)하였다. 이 강론의 핵심은 주자학과 관련된 강학이 많음을 확인할 수 있다.

잘 알다시피 끊임없는 임금의 부름으로 인해 68세에는 「성학십도」와 차자를 올려 은거의 뜻을 전하고 있었다. 「서명」은 임금이 지켜야 할 교훈이 잘 나타나기에 이것을 그림으로 그려 「서명고증강의(西銘考證講義)」를 바치기도 한다. 퇴계 이황이 현인의 뜻에 그림만 보충하여 공부하는 방법을 전하고 있는 것이다. 퇴계 이황 개인의 독서와 퇴계 이황이 행한 강학은 독서문화가 되어 동료 및 후학, 임금에게까지 영향을 미치게 된다.

퇴계 이황은 독서의 효율을 높이기 위해 조용하고 아름다운 산수에 위치한 공간을 찾고자 노력하였다. 어릴 적부터 숙부 이우를 따라 청량산을 종유하며 사찰과 정사에서 독서를 한 경험을 통해 서재경영의 중요성에 대해 인식하고 있었던 것이다. 「퇴계연보」를 참고하여 집중적 독서를 위해 서재를 경영한 사실을 살펴보면 다음과 같다. 사가독서(賜暇讀書, 41)·문회당(文會堂, 41)·독서당(44)·양진암(養眞菴, 46)·정습(靜習) : 한서암(寒栖菴, 50)·청량산(54)·도산서당(陶山書堂) : 암서헌(巖栖軒), 완락재(玩樂齋, 60)·농

---

47) 강학은 학문을 닦고 연구하는 것이다. 본서에서는 강학에 관한 모든 행위를 포괄하여 독서문화의 일부로 사용하였다. 즉 遊學·문답·진강·강론 등을 포괄해서 사용하기로 한다.

운정사(隴雲精舍)48) 등에서 집중적으로 독서한 기록이 나타난다. 퇴계 이황은 사가독서를 실시한 독서당에서도 집중적인 독서를 했다. 그리고 독서를 위한 서재·정사·집을 직접 지어 집중적인 독서를 했던 것이다.

특히 사가독서를 할 때에 선발된 모든 사람이 나돌아 다니며 편안히 지냈으나 퇴계 이황은 글 읽는 일에만 힘을 썼다. 또 60세에 도산에 은거하기 전까지 여러 차례 청량산 인근과 그 일대를 사전답사를 하였다. 물론 독서처·강학처·소요처를 마련하기 위한 일이었다. 퇴계 이황은 독서처·강학처·소요처를 중요하게 생각했기에 여러 번 사전답사를 하였고 신중히 그 장소를 결정했던 것이다. 이 때 자신을 도옹(陶翁)이라고 할 만큼 도산에 대한 애착이 지대했음을 알 수 있다.

> 독서 방법은 무릇 성현(聖賢)이 의리(義理)를 말씀한 곳에 대해 드러나면 그 드러난 데서 찾고 감히 경솔하게 은미한 데서 구하지 않으며, 은미하면 그 은미한 데서 연구하여 감히 경솔하게 드러난 데서 추구하지 않으며, 얕으면 그 얕은 데로 따라 감히 깊게 파고들지 않으며, 깊으면 그 깊은 데로 나아가 감히 얕은 데 머무르지 않으며, 나누어 말한 곳을 나누어 보되 합쳐서 보는 데 해롭지 않게 하며, 합쳐 말한 곳은 합쳐서 보되 나누어 보는 데 해롭지 않게 하여, 사사로운 의견을 가지고 이리저리 끌어당겨 나눈 것을 합하여 한 덩어리로 만들거나 한 덩어리를 나누어 쪼개지도 않았습니다.49)

위의 글은 퇴계 이황이 기대승(奇大升, 1527-1572)에게 답한 편지 「답기명

---

48) 이황, 『퇴계집』, 「연보」 참조.
49) 이황, 『퇴계집』16, 「答奇明彦」, "是故, 在况讀書之拙法, 凡聖賢言義理處, 顯則從其顯而求之, 不敢輕索之於微, 微則從其微而究之, 不敢輕推之於顯, 淺則因其淺, 不敢鑿而深, 深則就其深, 不敢止於淺, 分開說處作分開看, 而不害有渾淪, 渾淪說處, 作渾淪看, 而不害有分開, 不以私意左牽右掣, 合分開而作渾淪, 離渾淪而作分開."

언(答奇明彦)」이다. 편지에는 퇴계 이황의 독서 방법과 편지로 확장된 강학의 모습이 구체적으로 잘 나타나고 있다. 퇴계 이황이 지향하는 독서 방법은 성현의 의리(義理), 은미하고 얕고 깊은 말씀을 적합하게 제대로 이해해야 되는 것이다. 이러한 독서 방법은 조리가 정연해지고 성현의 말을 제대로 이해할 수 있게 된다. 나아가 자득(自得)하여 자기의 설을 주장하여 실천의 밑바탕을 이루게 된다. 자기의 설은 의리가 분명하여 후세의 시비꺼리가 되지 않으며 천만세 뒤의 성현이 알아보게 되는 영광을 누리게 되는 것이다. 퇴계 이황의 편지를 통하여 자연스러운 강학, 독서문화가 형성되어 후학에게 이어지고 있는 것이다.

퇴계 이황은 「답이숙헌문목(答李叔獻問目)」에서 독서의 병통에 관해서도 상세하게 지적하고 있었다. 밖에서 끌어온 의리를 많이 삽입하면 본문의 바른 뜻을 어지럽게 한다[50]고 하였다. 그는 성현의 본래 말에 의거하여 강구하고 실행하는 것이 독서의 주목적이지 본래의 말에 억지로 쓸데없는 말을 보태어 독서하는 경우를 경계하고 있었던 것이다. 퇴계 이황은 독서를 통해 자연스러운 강학이 이뤄졌고 편지글을 통해서도 후학에게 진전된 깨달음을 주고자 하였다. 결국 퇴계 이황이 스스로 도학에 종사하며 몸소 실천하고자 한 모습이 독서문화를 통해 자연스레 드러났고 이러한 현상이 후학에게 영향을 미치고 있었던 것이다.

이러한 퇴계 이황의 일련의 독서행위와 전개는 학문의 완성도를 높이고 정확성을 가져오게 하였다. 그는 "군자는 급급히 뜻을 겸손하게 가지고 말을 살피며, 의(義)를 실천하고 선(善)을 따르며 감히 일시적으로 한 사람을 이기기 위한 계책을 꾀하지 않는 이유입니다."[51]라고 하여 독서의

---

50) 이황, 『퇴계집』 14, 「答李叔獻問目」, "此所謂多挿入外來義理, 儳亂本文正意, 最爲讀書之病, 朱門深戒之." 참조.
51) 이황, 『퇴계집』 16, 「答奇明彦」, "此君子之所以汲汲然遜志察言, 服義從善, 而不敢爲一時蘄

근원적인 방법과 목적과 방향을 제시하고 있었다.

퇴계 이황의 편지 중, 「정자중에게 답한 별지」에서도 "독서를 하면서 과정(課程)을 정해 마음을 붙들어 두는 것은 다만 이 마음이 달아나지 못하게 하기 위해서라고 하였는데, 이 의논이 매우 좋습니다."52)라고 하였다. 퇴계 이황은 주자와 정자의 말을 가져오고 『계몽(啓蒙)』·『정씨유서(程氏遺書)』·『의례경전(儀禮經傳)』 등의 책을 의뢰하여 정자중에게 학문에 대한 논변과 구체적인 독서의 방법에 대해 논변을 하고 있었던 것이다. 독서는 그 목적을 분명히 설정해 두어야 하고 독서 그 자체가 마음이 분산되는 것을 막는 방편이 되는 것이다. 퇴계 이황이 논변하는 논리적 근거, 책명을 보더라도 그의 철학이 정주학에 바탕을 두고 있음을 확인할 수 있다.

퇴계 이황은 홀로 독서만 하고 학문의 근원을 탐구하여 성현이 되고자한 것은 아니다. 연마한 학문을 토대로 주자학을 강학하였고 서재를 경영하여 후학을 교학하여 독서문화를 형성하고자 하였다. 그의 강학에 대한 열정과 발전은 고족, 한강 정구가 살평상53)을 만들어 도산서원에 기증한 사실로도 확인 가능하다. 그의 교학은 임금에게까지 영향을 미쳐 백성을 교화하는 기본이 되기도 하였다. 그의 강학은 공간적 제한을 넘어서 편지를 통해서도 이뤄져 후학의 깨달음에 도움이 되고자 하였다. 물론 그 기저에는 독서와 소요, 주자학 등의 학문을 하는 방법이 구체적으로 제시되어 있었다.

勝一人計也."

52) 이황,『퇴계집』 25, 「答鄭子中別紙」, "將讀書, 程課繫縛此心, 爲但敎此心不走作耳, 此論甚善."

53) 살평상은 도산서당 암서헌 동쪽에 청(廳)을 만들고 나무를 쪼개 판을 만든 와상(臥床)과 같은 것이다. 살평상과 도산서원의 문화론적 관점은 정우락(2015), 「도산서원에 대한 문화론적 독해」(『영남학』 27, 영남문화연구원, 241-288쪽)를 참고할 수 있다.

3. 고족제자(高足弟子)의 독서문화 전승과 확장

구양수는 "삼일을 도덕(道德)을 논의하지 않으면 혀가 뻣뻣해진다."[54]라고 하여 도학적 논의의 일상화, 생활화를 통한 강학의 중요성을 강조하였다. 우리 선현들도 도학에 대한 강학을 일상화하고자 노력하였다. 퇴계 이황은 그 중심에 서 있는 인물이라고 할 수 있다. 퇴계 이황의 개인서재, 도산서당은 독서 및 학문을 탐구를 위한 중요한 문화적 공간이었다. 퇴계 이황은 도산에서 서재를 경영하며 은일(隱逸)과 소요(逍遙), 그리고 강학을 통해 학문에 대한 집중 및 확산을 통해 독서문화를 생산하고 있었다.

퇴계 이황의 독서와 관련된 문화적 현상은 후학에게 자연스레 영향을 미치게 된다. 독서와 학문의 정밀성, 집대성을 위해 독서가 확장되는 현상이 일어난다. 즉, 서책의 편찬과 간행이 일어나게 된다. 이러한 일련의 과정에서 정확한 고증과 전고의 확인을 통해 학문의 전승을 위한 기초가 마련되게 된다. 이러한 문화적 현상은 퇴계 이황과 제자의 은일(隱逸)·소요(逍遙)·강학 및 완락재 풍류 계승 현상과 함께 일어나 그 파급 효과를 증가시키게 된다. 퇴계 이황과 제자에게 일어난 독서의 전승과 확장된 모습을 함께 알아보고자 한다.

1) 서책의 편찬과 간행

조선의 출판은 독서인구의 증가·지식의 해방·지식의 값싼 공급과는 상관성이 희박하고 후기에 나타난 극소수 예외를 제외하고는 모두 국가의 관할과 소유권을 가졌다. 책의 제작·탄생·유통·집적(도서관) 등의

---

54) 구양수, 『구양문충공집』, 「구양수가 매성유에게 보내는 편지」, "所謂三日不談道德, 則舌木強也."

문제, 책의 물질적 형태의 변화[55]는 국가적 차원에서 이뤄졌다. 조선 후기에 이르러서야 민간의 출판업자가 간행한 방각본이 성행하게 되었다.

출판이 성행하기 이전의 시대, 퇴계 이황과 고족제자의 당대에는 서책의 확산을 위해 부단히 노력한 모습을 포착할 수 있다. 독서문화를 전승할 뿐만 아니라 서책의 확산에 이바지 하여 그들의 정신세계를 유구히 전승, 계승하고자 하였다. 서책은 독서문화의 확장과 전승 및 계승의 도구로서 가장 중요한 작용을 하는 부분이다.

> 퇴계 이황의 서책 개정·저작·편찬 : 『황극경내편(皇極經內篇)』 주석 완성(35)·정지운(鄭之雲)의 「천명도(天命圖)」 개정(53)·『주자서절요(朱子書節要)』를 편차(編次)하여 완성(56)·『계몽전의(啓蒙傳疑)』 완성(57)·『송계원명리학통록(宋季元明理學通錄)』을 편찬 시작(59)·『경현록(景賢錄)』을 개정(65)·『시교(詩敎)』와 양명의 『전습록(傳習錄)』 교정 및 개정·서명을 교정하여 「서명고증」 편찬(68)·기명언의 편지에 회답하여 「치지격물설(致知格物說)」 개정(70)

위의 자료는 퇴계 이황이 경전에 대한 주석을 달거나 주자와 관련된 책을 편찬하고 있었다. 『송계원명리학통록(宋季元明理學通錄)』은 주자를 비롯한 송·원·명나라 주자학자의 행장·전기·어록이다. 퇴계 이황 당시 『송원록(宋元錄)』이라고 지칭하였으나 후대 제자들이 개정을 하였다. 마찬가지로 『경현록(景賢錄)』의 편찬과정은 퇴계 이황이 개정을 하였고 구암 이정이 김굉필과 조위(曺偉)의 사적을 엮어 『경현록』 1책을 만들었다. 그 뒤 김굉필의 외증손인 한강(寒岡) 정구(鄭逑, 1543-1620)가 조위의 사적을 빼고 김굉필의 사적만을 취하여 2책으로 엮었다. 그 뒤 김하석이 증보, 편집하여

3책으로 만든다. 이처럼 퇴계 이황을 필두로 주자학과 관련된 서적과 우리나라의 도통의 근원과 계보를 세우는 김굉필의 문집을 엮는 모습은 중요한 특징이라 할 수 있다.

퇴계 이황은 65세에 『경현록(景賢錄)』을 개정하였다. 구암(龜巖) 이정(李楨)의 『경현록』 편찬과정을 살펴보면, "내가 전에 한훤당(寒暄堂) 선생의 가범(家範)과 행장(行狀), 의득(議得) 등의 책을 얻어 『경현록』으로 편찬하였다. 그러나 견문이 부족하여 소루한 것이 너무 많으므로 의심나는 바를 퇴계 이황 선생에게 질문하니, 선생이 의흥(義興) 김립(金立)과 수재(秀才) 정곤수(鄭崑壽) 등이 기록한 것을 함께 가져다가 참고하고 정정하여, 정본을 만들었다."56)라고 하였다. 구암 이정은 『경현록』을 개정한 이유와 그 과정을 기록하고 있었다. 퇴계 이황을 통해 도학의 종사인 한훤당 김굉필의 문집을 편찬하고 고족이 이를 이어 완벽한 서책을 만들고자 한 노력을 확인할 수 있다. 즉, 한훤당 김굉필의 도통을 퇴계 이황이 이어 받고자 한 노력을 확인할 수 있다.57)

다른 사례를 살펴보면 『고경중마방(古鏡重磨方)』은 퇴계 이황이 모은 잠명집인데 한강 정구가 이후 찬집을 하였다. 영조는 직접 『고경중마방』의 편제(篇題)를 지어 운각(芸閣)으로 하여금 간포(刊布)하게 하였고 또 춘방(春坊)의 관원에게 명하여 『고경중마방』을 동궁(東宮)의 좌병(坐屏)에 써서 올리라고58) 명하고 있었다. 이후 박재형이 1884년에 『해동속고경중마방(海

---

56) 이황, 『퇴계집』 「연보」, 44년 을축 참조.
57) 오현종사는 김굉필·정여창·조광조·이언적·퇴계 이황을 통해 사림파의 학문적, 정치적 정통성을 수립하려는 시도였지만 현실적으로 이황이 그 중심에 있었다. 따라서 오현종사의 실현으로 도산서원의 위상은 사림정치를 주도하면서 우리나라 서원의 중심에 서게 되었다(차장섭 외(2015), 『조선후기 서원의 위상-도산서원을 중심으로』, 새물결, 52쪽 참조). 결국, 한훤당의 도통을 퇴계 이황이 이어 받고자 한 노력으로 볼 수 있는 것이다.
58) 『조선왕조실록』, 「영조 20년 갑자(1744) 3월 5일(계미) 기사」 참조.

東續古鏡重磨方)』[59]을 편찬하게 된다. 이러한 일련의 서적편찬과정[60]은 고족과 후학, 임금에게까지 알려지게 되고 교육의 중요한 핵심 교재, 세자시강원(世子侍講院)의 교재로 쓰이게 된다.

옛날에 정자가 『역전(易傳)』을 지을 적에 남들에게 경솔히 내보이지 않으면서 말하기를, "아직 더 나아지기를 바란다." 하였으며, 주자가 『집주』와 『장구』를 지을 때에도 완성한 이후에 스스로 그릇된 것을 알고 고친 것도 있으며, 문인의 질문과 논란으로 말미암아 고친 것도 있고, 당시의 현명한 사대부(士大夫)에게 질정하여 고친 것도 있습니다.[61]

고금이래로 책을 저술한 사람은 수많이 존재한다. 하지만 전하여 읽혀지고 있는 책은 전할 만한 가치가 있기 때문이다. 퇴계 이황은 저술의 완성도를 높이고자 미진한 부분은 반드시 고치고 고쳤다. 그는 모든 점에서 완벽하고 후세에 전하여도 의심이 없는 책을 만들고자 하였다. 위의 글 「여박택지(與朴澤之)」에도 잘 드러나고 있다. 퇴계 이황은 정자와 주자의 예를 들어 종신토록 개정(改訂)이 필요함을 강조하였고 천지와 귀신에게 질정해도 의심이 없고자 하였다. 백세 뒤의 성인에게도 의혹되지 않게 하

---

59) 『해동속고경중마방』은 퇴계 이황의 『고경중마방』을 모방하여 엮었기 때문에 續자를 붙였다. 조선의 명현의 잠명과 사표가 될 만한 인물들의 행적을 간략히 소개하고 주석을 달았다. 물론 퇴계 이황의 글이 들어가 있는 것은 당연하다. 이를 보아도 퇴계 이황의 서적 편찬의식이 후대에 전해짐을 짐작할 수 있다(『해동속고경중마방』 참조).

60) 정조는 학문을 하는 방법과 마음을 수양을 하는 방법을 언급하며 "箴과 銘의 범위가 넓지 않고, 또 오로지 학자들이 講誦하기 위한 것만을 수록하였기 때문에, 張蘊古의 大寶箴이나 李德裕의 丹扆箴 등 政謨와 治道에 요긴하고 절실한 작품들을 전부 수록하지 않았으니, 지금 增補하여 널리 수록한다면 더욱 좋은 책이 될 것이다."라고 하여 책에 대한 관심과 개정 증보의 필요성을 언급하고 있었다(『홍재전서』 165, 「日得錄」 5 참조).

61) 이황, 『퇴계집』 12, 「與朴澤之」, "昔程子之爲易傳也, 不輕出而示人曰, 猶冀其有進也, 朱子之爲集註章句也, 旣成之後, 自覺其非而改者有之, 因門人問難而改者有之, 質之當世之賢士大夫而改者有之."

고자 하였던 것이다.

　한편 퇴계 이황의 완성도 높은 편찬의식은 주세붕의 편찬의식에 대한 비판을 통해서도 확인할 수 있다. 퇴계 이황은 "왕년에 상산(商山) 주경유 (周景遊)가 풍읍(豊邑)에서 『죽계지(竹溪志)』를 찬(撰)하여 완성되자 바로 출판 하였습니다. 내가 사우(士友) 몇 사람과 함께 자못 그 결점을 지적하여 고 치기를 청하자 주경유가 스스로 옳다고 고집하며 듣지 않았는데, 지금 그 책을 보는 사람들은 병통이 있는 것으로 생각지 않는 이가 없습니다."[62] 라고 하였다. 공정성은 누구에게나 존재하므로 개인이 배척할 수 있는 게 아니다. 퇴계 이황은 벗과 동료의 진실한 논의를 통해 미진한 부분을 채 워나가고자 했다. 다음으로 고족, 한강 정구의 자료를 통해 살펴보자.

　한강 정구의 서책 저술・편찬・개정 : 『주자서절요(朱子書節要)』 총목(總 目) 개정・『가례집람보주(家禮集覽補註)』 편찬(31)・『한훤당연보(寒暄堂年譜)』, 『사우록(師友錄)』 편찬(33)・『혼의(昏儀)』 편찬(37)・『창산지(昌山志)』 완성 (38)・『관의(冠儀)』 편찬(40)・『동복지(同福志)』 완성(42)・『소학』, 『사서언 해(四書諺解)』 교정(43)・『함주지(咸州志)』 완성(45)・『통천지(通川志)』 완성 (50)・『임영지(臨瀛誌)』 완성(52)・『관동지(關東志)』 완성(54)・『오선생예설(五 先生禮說)』, 『심경발휘(心經發揮)』 편찬(61)・『염락갱장록(濂洛羹墻錄)』, 『수사 언인부록(洙泗言仁附錄)』 편집, 『경현속록(景賢續錄)』, 『와룡암지(臥龍巖志)』, 『곡산동암지(谷山洞庵志)』 저술(62)・『치란제요(治亂提要)』 저술(64)・『역(易)』, 『시(詩)』, 『서(書)』 경문(經文) 구결(口訣) 교정(69)・『오선생예설』 재 편찬 (72)・『예기상례분류(禮記喪禮分類)』 편집(73)・『오복연혁도(五服沿革圖)』 완 성, 『일두실기(一蠹實記)』 지음(75)

---

62) 이황, 『퇴계집』 12, 「與朴澤之」, "往年, 商山周景遊在豊邑, 撰竹溪志, 甫成卽入梓, 滉與士友 數輩 頗指其病處而請改之, 景遊固執自是而不聽, 今人見其書者, 無不以爲有病."

위의 자료는 예학·심학·지지(地志)·문학·역사서·의서 등의 다양한 분야로 분류할 수 있다. 하지만 크게 보면 주자학과 관련된『주자서절요(朱子書節要)』·『가례집람보주(家禮集覽補註)』·『혼의(昏儀)』·『관의(冠儀)』·『오선생예설(五先生禮說)』·『심경발휘(心經發揮)』·『염락갱장록(濂洛羹墻錄)』·『수사언인부록(洙泗言仁附錄)』·『예기상례분류(禮記喪禮分類)』·『오복연혁도(五服沿革圖)』·『곡산동암지(谷山洞庵志)』, 경전과 관련된『소학』·『사서언해(四書諺解)』·『역(易)』·『시(詩)』·『서(書)』, 우리나라 도학종사와 관련된『한훤당연보(寒暄堂年譜)』·『사우록(師友錄)』·『경현속록(景賢續錄)』·『와룡암지(臥龍巖志)』·『일두실기(一蠹實記)』등으로 볼 수 있다. 결국 관직에 있으면서 편찬한 읍지를 제외한 모든 부분이 주자학과 관련된 것임을 확인할 수 있다. 이러한 일련의 현상은 주자학·퇴계학을 계승하고자 한 의도가 다분하다.

한강 정구는 26세에 모친상을 당하였다. 당시 상례(喪禮)가 훼손되어 세속에서는 무당의 굿과 불가(佛家)의 의식이 혼재하였다. 한강 정구는 상례와 상복식을『의례(儀禮)』에 따랐다. 또 도식(圖式)을 살피고 제도를 상고하여 처음으로 작은 방상(方床)을 만들었는데 당대 많은 사대부들이 그 방식이 매우 신기해하면서 그것을 본떠 만들었다. 이처럼 한강 정구의 독서는 확장되어 다양한 예학 관련 서적을 편찬하게 되고 후대에 전승하여 세속을 교화하는 전범을 삼고자 하였다.

> 소탈함을 무릅쓰고 말씀드림은 심히 옳지 못한 줄 알지만, 옛날 장남헌이 정자집을 간행했을 때, 온당치 못한 곳이 있자, 주자는 힘써 고치기를 청했으며, 여동래가 지은「백운동서원기」에 온당치 못한 곳이 있자, 주자는 또한 일일이 지적하며 고치기를 청했습니다. 이전의 현인들은 그러한 바 덕업은 날로 성행했으며, 굳건한 명성이 오래도록 전해져, 감히 그러한

귀인들을 바라볼 수 없게 된 것이 아니겠습니까?[63]

위의 글은 구암 이정이 퇴계 이황에게 보낸 편지에 퇴계 이황이 답한 편지 중 일부분이다. 퇴계 이황의 고족제자인 구암 이정은 서적 간행과 학문에 관해 의문을 가지고 있었다. 그는 여러 편지 왕래를 통해 그 의문을 해소하고자 했던 것이다. 퇴계 이황은 주자가 행한 교감과 교열의 예를 들어서 구암 이정에게 권고하고 있었다. 그리고 따로 책을 보내어 서적 간행에 참고를 하게 했다. 이에 구암 이정은 선생의 교정과 책의 편차에 대한 뜻을 그대로 실행하여 책을 간행하게 되는 것이다.

구암 이정은 20종의 서적 편찬·교정·간행에 주도적인 역할을 했는데, 3종의 서적을 편찬 간행하였고, 4종의 서적을 교정 간행하였으며, 12종의 서적을 간행하였다. 이 과정에서 퇴계 이황을 비롯해, 남궁침·김충갑·김홍 등이 도움을 주었다. 간행된 서적들은 1종을 제외하고 모두 성리학 관련 서적이었고, 서적의 간행시기는 1554년부터 1566년까지로 구암 이정이 성주·경주·순천에서 지방관으로 재임할 때였다.[64]

깊이 있는 사용이 염려되었으며, 삼가 의심나는 부분이 있어서, 퇴계 이황 선생께 자문 받았다. 선생께서 훌륭한 뜻을 취하고, 수재(秀才)인 정곤수(鄭崐壽)가 기록하면서 참고 교정한 것을 정본으로 삼았다. 그 자세하거나 간략한 줄거리는 처음과 끝에 약간 갖추어져 있다. 인쇄본으로 후세에 전해지게 된다면, 바라건대 큰 유감이 없을 것이다. 『별록』에서는 설령 선생께서 절실하거나 정밀하지 못해 쓰지 않으시고, 간행에 넣지 말라는 가

---

63) 이정, 『구암집』 1, 「附退溪先生書」, "率易冒告, 甚知不韙, 然嘗見昔張南軒刻程集, 有未穩處, 朱子力請改之, 呂東萊作白鹿洞書院記, 有未穩處, 朱子又一一指出請改, 此前賢所以德業日盛, 而聲烈傳於久遠者, 敢不有望於公也耶."

64) 안현주(2011), 「龜巖 李楨의 圖書刊行에 관한 硏究」, 『한국도서관 정보학회지』 42, 한국도서관정보학회, 339-367쪽 참조.

르침이 있었다. 그러나 이러한 말이 없다면, 후학들이 책을 펼쳤을 때, 참
고할 수 없게 되므로, 감히 경솔한 죄를 무릅쓰고, 편의 첫머리에 갖추어
넣었으니, 후일의 독자들로 하여금, 선생의 뜻을 알게 하여, 상세한 비교
와 버리고 취함의 큰 뜻을 전하고자 한다.[65]

「경현록지(景賢錄識)」는 구암 이정이 순천부사(順天府使)로 재직하던 1564
년에 김굉필의 「가범(家範)」과 「행장의득(行狀議得)」 등의 자료를 수집 편집
하여 만든 「경현록(景賢錄)」의 발문이다. 퇴계 이황에게 의뢰받은 간행방법
과 『경현록』의 편찬과정이 자세히 나타나고 있다. 특히 서책을 편찬할 때
의 자문, 교정을 중요하게 생각하였고 후학에 대한 권고와 후일의 독자에
게 전하는 뜻을 가늠할 수 있다.

구암 이정에 대한 평가는 허목의 「구암이선생갈명(龜巖李先生碣銘)」에 잘
나타나고 있다. 또 그의 행장을 살펴보면 "만년에는 도(道)를 더욱 독실하
게 믿어, 한결같이 학교를 흥기시키고 문교(文敎)를 높이는 일로 자신의 임
무를 삼았다. 송나라 이후로 여러 유학자들의 도학(道學) 서적이 우리나라
에 많이 전해졌는데 맨 처음 간행하여 반포한 이가 공이다."[66]라고 하였
다. 구암 이정은 도를 전하고 문교를 높이기 위해 도학 서적을 간행하였
다. 그 서적 간행의 근간과 버팀목이 되어준 것이 퇴계 이황인 것이다.

구암 이정은 퇴계 이황을 생으로 모시고 서로 왕래하며 개정작업을 하
였고 서로 개정에 대한 발문을 써 주기도 하였다. 구암 이정이 간행한 서
적을 살펴보면 『공자통기(孔子通紀)』・『이정수언(二程粹言)』・『정씨유서외서

---

65) 이정, 『구암집』 1, 「景賢錄識」, "深用爲懼, 謹以所疑, 稟質于退溪李先生, 先生并取金義興立,
鄭秀才崑壽等所錄, 參訂爲定本, 其詳略有緒, 本末稍備, 繡梓以傳後, 庶幾無大憾焉, 若別錄則
雖先生有草率寫去, 勿須刊入之敎, 然若無此等語, 則後學開卷, 無所參考, 敢冒妄率之罪, 刊弁
于編首, 使後之讀者, 有以知先生, 參詳去取之大意云."

66) 허목, 『기언별집』 25, 「龜巖李先生碣銘」, "晚而信道益篤, 一以興學右文, 爲己任, 宋以來諸儒
道學之書, 大傳於東, 自公始刊布云."

(程氏遺書外書)』·『이락연원속록(伊洛淵源續錄)』·『염락풍아(濂洛風雅)』·『격양집(擊壤集)』·『연평답문(延平答問)』·『주자시집(朱子詩集)』·『범태사당감(范太史唐鑑)』·『구경산가례의절(丘瓊山家禮儀節)』·『설문청독서록(薛文淸讀書錄)』·『호경재거업록(胡敬齋居業錄)』·『황명명신언행록(皇明名臣言行錄)』·『리학록(理學錄)』·『의여선생집(醫閭先生集)』 등이다. 책의 목록을 보더라도 주자학 및 성리학 서적과 관련되어 있다. 구암 이정은 이러한 책을 만들어 선비들이 청하지 않아도 나누어 주어 성리학을 널리 알리고자 하였다. 퇴계 이황의 독서문화가 구암 이정에게 전해져, 후학들에게 전파되는 현상이라고 할 수 있다.

퇴계 이황의 독서문화는 서책의 편찬과 간행으로 구체적 실천 및 확장이 이뤄졌다. 편찬과 간행 작업은 퇴계 이황 자신과 고족이 함께 이뤄졌고 이후에 고족이 스스로 퇴계 이황의 정신을 이어 받아 퇴계 이황과 유사한 편찬과 간행 작업을 하고 있었다. 이러한 작업은 후진에게 정확하고 명확한 학문 세계를 전승하고자 한 의도로 실천되었다. 퇴계 이황과 고족의 독서문화는 서책의 편찬과 간행으로 확장되었고 새로운 독서문화가 형성된 것이다.

2) 퇴계 이황의 종학(從學)과 완락재 풍류 계승

공자의 배움의 중심은 책을 보는 것으로 시작되었고 우리 선현의 배움의 중심도 공자처럼 책을 보는 것으로 시작되었다. 이러한 배움은 강학처로 인해 더욱 확산되게 된다. 공자가 사수(泗洙)의 행단(杏壇)을 중심으로 강학의 중심처로 사용하였듯이 우리 선현들도 그 나름의 강학처를 마련하고자 하였다.

사마광은 '훌륭한 스승에게 의지하여 스스로 몽매함에 빠지지 말라!'[67]

라고 하였다. 스승은 도를 전수하고 의혹을 풀어주며[68) 성인과의 거리를
가깝게 해 준다. 배움에 있어 스승은 중요한 길잡이뿐만 아니라 지향점이
된다. 퇴계 이황은 숙부를 통해 배움의 길로 들어섰고 고족을 비롯한 수
많은 후학은 퇴계 이황을 통해 배우고 학문의 진전이 생겨 성리학과 퇴계
학의 발전 계기를 마련하게 된다. 스승의 호학(好學)은 제자들도 스승처럼
그 호학(好學)을 지향하고 좇아가게 된다.

퇴계 이황은 완락재라는 당호를 주자의 「명당실기(名堂室記)」, "즐기고
완상하여 진실로 내 몸을 마칠 때까지 하여도 싫증나지 않을 것이니 또
어느 겨를에 외물을 사모하겠는가."[69)에서 취하였다. 그의 학문적 연원과
독서문화의 핵심을 도산서당, 완락재의 당호를 통해서도 확인할 수 있다.
이러한 현상은 고족제자 및 후학에게 영향을 미치게 된다.

특히 한강 정구가 후학을 거닐고 만월담을 소요(逍遙)[70)하는 모습을 보
면 자연스러운 강학과 그의 학문의 지향성을 확인할 수 있었다. 그는 '천
년을 전해온 군자의 마음'에 관한 대화를 나누고 오장에게 주자의 감흥시
를 읊조리게 한다. 이러한 일례는 한강 정구의 지향점이 존주자적임을 알
수 있다. 주자의 무이정사와 한강 정구의 무흘정사를 건립한 갑진년[71)을
주목하여도 한강 정구의 생각을 잘 읽을 수 있다. 한강 정구는 고요하고
아름다운 산수의 공간, 무흘정사에서 홀로 독서하고 소요를 하며 도학적

---

67) 사마광, 『고문진보』 전집, 「勸學歌」, "投明師莫自昧."
68) 한유, 『당송팔대가문초』, 「사설」, "師者所以傳道授業解惑也."
69) 주자, 「명당실기」, "樂而玩之, 固足以終吾身而不厭, 又何暇夫外慕哉."
70) 퇴계 이황 고족의 소요는 「석문정사중수기」에서도 잘 나타난다. 「石門精舍重修記」에 "더
    구나 이곳은 선생께서 오가시며 소요하던 지역이라서 초목들조차도 오히려 남은 광채를
    입었고, 집을 짓고 한가로이 거처하시던 곳이라서 솔바람 소리가 마치 선생의 기침 소리
    와 같다(況杖屨經履之地, 草木猶被餘光, 堂宇燕申之處, 靈籟如聆謦欬)(김성일, 『鶴峯集附錄』
    4, 「石門精舍重修記」)."라고 하여 소요가 잘 나타나고 있다.
71) 정우락(2014), 『한강 정구와 무흘구곡 이야기』, 경인문화사, 90-97쪽 참조.

세계를 확장해 나가고 있었다. 즉, 한강 정구는 완락재에서 홀로 독서하고 소요하는 퇴계 이황의 풍류를 닮고자 했다. 나아가 퇴계 이황처럼 그의 학문세계를 완성하고자 했던 것이다.

한강 정구의 무흘정사와 서운암은 훗날 성지순례의 유적답사 장소와 산중도서관의 역할72)을 한다. 그리고 후학들에게 산수유람 목적의 대상이 되고 서재경영의 의미를 한층 강화시키는 매개체가 된다. 고족인 한강 정구 또한 퇴계 이황을 찾아가 『심경』의 의심난 부분을 질문하기도 하고 여러 차례 왕래할 뿐만 아니라 서신을 통해 질문을 꾸준히 이어가고 있다. 한강 정구의 서재경영 및 강학은 퇴계 이황이 고심한 서재경영과 강학과 유사하게 나타나고 있었다.

또 송암(松巖) 권호문(權好文, 1532-1587)의 경우는 15·20·21·24세에 퇴계 이황에게 수학하며 강학을 하게 된다. 22, 23세에 소수서원(紹修書院)에서 강학하며 30세에 농운정사(隴雲精舍)에 머물면서 김성일(金誠一)·류운룡(柳雲龍)·조목(趙穆) 등과 강론하였다. 37세에 구봉령(具鳳齡)과 인심도심도설(人心道心圖說)을 강론하였다. 39세에 『심경(心經)』을 읽고 퇴계 이황에게 의심나는 곳을 질문하였으며 43세에 여강서원(廬江書院), 병산서당(屏山書堂)에서 강학했으며 51세에는 류성룡(柳成龍)과 마감암(麻甘庵)에 모여 『대학연의(大學衍義)』 주석을 논하였다. 54세에는 청성정사(靑城精舍)에서 직접 『심경(心經)』을 강론하였고,73) 경광서당(鏡光書堂)에서도 강학하였다. 이처럼 다양한 주자학의 강학과 독서문화는 고족 이후의 제자에게도 전승되어 확산되게 된다. 대표적으로 김중청의 경우를 살펴보자.

김중청74)은 조목의 문하에서 수업하였고, 이후 물러나와 서재를 지어

---

72) 정우락(2011), 「山中圖書館 ‘武屹精舍 藏書閣’의 藏書 性格과 意味」, 『嶺南學』 20, 경북대학교 영남문화연구원, 32-40쪽 참조 바람.

73) 권호문, 『송암집』, 「연보」 참조.

서 후학을 가르쳤다. 이러한 선행으로 남쪽의 자제들이 앞 다투어 찾아와 문 밖에는 신발이 항상 가득 찼다. 이러한 독서문화는 도산 일대에 관습화되고 있었다. 인조반정 이후 김중청[75]은 집에서 오직 경전과 사서를 즐기며 김장생과 그의 『예서』에 관한 논설을 문답하였다. 특히 정경세는 일찍이 경연(經筵)에서 그와 같이 강론하지 못하였음을 한탄하기도 하였다. 서재를 지어 후학을 양성하는 일련의 과정은 퇴계 이황·고족·고족제자 이후의 후진, 김중청 등에게 이어져 하나의 독서문화 현상을 이뤄내고 있는 것이다.

송암 권호문은 서재를 경영하며 집중적으로 책을 읽었다. 마감산(麻甘山) 성산암(城山庵)에서 독서(16)하고 한서재(寒棲齋)·청성산(靑城山)에 복거(卜居)하고 독서(20)하며 백운암(白雲庵)에 들어가 「논어(論語)」를 읽고(29) 유정재(幽貞齋)에서 『주역(周易)』을 읽었다(40).[76] 특히 그는 30세에 진사에 합격했지만 나아가지 않고, 그 후 부모의 상(1549, 1564)을 당한 후 청성산(靑城山)[77] 아래 정사(精舍)를 지어 놓고 무민재(無悶齋)라 명명하고 홀로 독서를 하며 도학에 침잠하였다. 이러한 행동은 송암 권호문의 생각도 있었지만, 퇴계 이황이 그에게 편지를 보내 권고한 부분이기도 하다.

　　선생은 이러한 시대에 조용히 살면서 염퇴(恬退)하여 덕성(德性)을 함양,

---

74) 김중청은 스승, 월천 조목과 함께 청량산 유람을 하면서 스승과 주고받은 대화를 자세히 기록하고 있다. 이러한 모습은 산수유람과 독서행위의 습합이 이뤄져, 보다 적극적인 독서문화를 형성하고 있다(김중청, 『구전집』, 「유청량산기병서」와 김종구(2009), 「유산기에 나타난 유산과 독서의 상관성과 그 의미」, 『어문론총』 51, 한국문학언어학회, 125-157쪽 참조).

75) 국역 『국조인물고』, 「김중청」 참조.

76) 권호문, 『송암집』, 「연보」 참조.

77) 그는 산림에서 독서(산림독서)를 하며 생을 마감하는 모습을 확인할 수 있다. 즉, 아들 權行可에게 "장사를 검소하게 치르고 비석의 전면에 '靑城山人 權某의 묘'라고만 써야 할 것이다."라고 한 것에서 잘 드러나고 있다.

세상사에 아주 뜻을 끊고 산림에 자취를 두고서 풍월(風月)을 읊으며 천고
의 고인(古人)을 벗하였다. 한편 거처하는 곳에 '연어헌(鳶魚軒)'이란 편액
을 걸고 만물의 이치를 고요히 관찰하며 유연히 도를 즐기고 근심을 잊는
멋이 있었다.78)

송암 권호문은 세상과의 거리를 두고 오로지 독서를 위한 은일공간을
마련하여 소요하며 독서 및 학문에만 전념하고자 하였다. 산수를 벗하고
고인의 자취, 서적을 탐닉하며 만물의 이치를 관찰하고 도를 즐기고자 한
것이다. 그 중 연어헌(鳶魚軒)은 1566년 35세에 어머니 복을 마친 뒤 거업
(擧業)을 포기하고 도학(道學)에 전념할 것을 결심하며 지었다. 18세에 부친
상을 당하였고 그 후 어머니 상을 치루고 난 뒤, 과거를 통한 입신이 아
니라 도학의 세계로 들어가고자 하였다. 연어헌은 송암 권호문의 도학형
성을 위한 중요한 서재임을 확인할 수 있다.

연어는 『시경』「대아(大雅)」 "솔개 날아 하늘에 이르고, 고기는 못에서
뛰네(鳶飛戾天 魚躍于淵)."에서 취했다. 퇴계 이황이 천연대를 여기서 취한
것과 주자의 관서유감에서 천운대를 취했듯이 송암 권호문도 퇴계 이황
의 학문을 좇아가고자 했음을 볼 수 있다. 한편 40세에는 「관물당기(觀物堂
記)」가 완성된다. '관물당'이라는 당호 또한 퇴계 이황이 직접 지어준 이
름이다. 연어헌과 관물당을 통해 송암 권호문은 서재를 경영하며 호학(好
學)을 형성하였다. 그의 학문 지향성이 도학적임을 파악할 수 있다.

「관물당기(觀物堂記)」를 살펴보면 증자의 격물치지를 통해 천지만물의 이
치를 통하고자 궁구하고 호학(好學)을 실천하고자 하였다.79) 이에 퇴계 이
황은 「기제권장중관물당(寄題權章仲觀物堂)」이라는 시를 주어 격려하게 된다.

78) 이현일, 『葛庵集』 20, 「松巖權先生文集序」, "先生雍容其間, 恬退自將, 絶意世紛托跡山林, 吟
弄風月 尙友千古, 軒號鳶魚靜觀物理, 悠然有樂道忘憂之趣."
79) 권호문, 『송암집』 5, 「관물당기」 참조.

결국 송암 권호문은 여기에서 아들, 권행가(權行可)의 관례를 행하고 자신의 죽음도 여기에서 맞이하게 된다. 여기서 확인할 수 있듯이 그의 '관물(觀物)'은 삶과 학문에 녹아들어 후학에게 추존의 대상이 된다. 관물당과 연어헌의 서재경영은 도학을 실천하고 호학(好學)을 생활화할 수 있는 중요한 요소이다.

송암 권호문의 후진, 경당 장흥효[80]의 『경당일기』를 살펴보아도 이러한 현상을 확인할 수 있다. 『역학계몽』·『심경』·『심경석의』·『서산독서기』·『성리대전』 등을 강론[81]하고 있었다. 그의 독서록은 정주계열의 성리서가 집중적으로 많았다. 장흥효는 『경당일기』에서 "꿈에 송암선생을 뵈었다. 그래서 퇴계 이황 선생의 용모와 걸음걸이가 어떠했는지 여쭈어 보았다."[82]라고 하였다. 장흥효는 퇴계 이황에 대한 존경심으로 퇴계 이황에 대한 모든 일상과 그 생활이 궁금했던 것이다. 장흥효의 일기에는 이외에도 송암 권호문을 꿈에서 뵈어 학문을 논한 이야기가 다수 나오고 있다. 한강 정구의 경우를 살펴보자.

> 한강 정구의 서재경영 : 한강정사(寒岡精舍, 31), 회연초당(檜淵草堂, 41), 사창서당(社倉書堂, 49), 숙야재(夙夜齋, 61), 무흘정사(武屹精舍, 62), 모암(慕庵, 67), 노곡정사(蘆谷精舍, 70), 사양정사(泗陽精舍, 75), 관해정(觀海亭)

한강 정구는 어린 12세에 공자(孔子)의 초상화를 손수 모사하여 벽에 걸어 두고 매일 반드시 우러러보며 절하였다. 만년 73세에도 풍병에 걸려 오른쪽이 마비되었지만 평소처럼 책 보기를 조금도 게을리하지 않았다.[83]

---

80) 경당은 퇴계 이황의 3고제, 학봉·서애·한강 정구로부터 모두 가르침을 받았다.

81) 장윤수(2008), 「敬堂日記를 통해서 본 張興孝 學團의 地形圖와 性理學的 思惟」, 『哲學硏究』 107, 대한철학회, 338-339쪽 참조.

82) 장흥효, 『경당일기』, 「계해년, 1월 24일」 참조.

한강 정구의 호학(好學)은 어린 시절부터 노년에 이르기까지 변함없이 행해졌다. 그의 서재경영84)은 속세의 사람을 피해 오직 독서 및 소요를 통한 학문완성을 위해서였다. 한강 정구는 도학에 뜻을 둠이 지대하였다. 그의 자호, '도가(道可)'에서도 잘 드러난다. 숙종 4년에 한강 정구의 시호가 '부지런히 배우고 묻기를 좋아한 것(勤學好問)'의 문(文)을 '도덕이 높고 견문이 넓은 것(道德博聞)'의 문(文)으로 바꿔 문목(文穆)이라 하였던 점에서도 도학자의 기질을 확인할 수 있다. 한강 정구의 도학자의 기질은 서재를 경영하며 호학(好學)을 형성하여 생성된 것이라 할 수 있다.

> 잠시 있다가 금생(琴生)과 함께 간 곳이 바로 도산서당인데, 이곳은 정말 선생이 친히 지은 곳이어서 나무 한 그루, 돌 한 덩이도 사람들이 감히 옮기거나 바꾸지 못하였다. 때문에 낮은 담장과 그윽한 사립문, 작은 도랑과 네모난 연못이 소박한 유제(遺制) 그대로여서 마치 선생을 뵌 듯 우러러 사모하지 않는 이가 없다. 처음에는 숙연하여 마치 담소하는 소리를 들을 것 같다가 나중에는 그리워서 잡고 어루만지며 공경을 느끼게 된다. 백 년이 지난 후에도 사람들이 유적과 덕행에 대해 아직도 보고 감동하여 흥기하는데, 하물며 당시 직접 가르침을 받은 자야 더 말할 것이 있겠는가.85)

위의 글은 성호 이익의 「도산서원을 배알한 기문」이다. 성호 이익은 퇴계 이황이 지팡이를 짚고 왕래한 도산서당 주위를 꼼꼼히 살펴보고 있다. 천연대(天淵臺)와 천운대(天雲臺)를 퇴계 이황처럼 소요하고 있었다. 물론 완

---

83) 정구, 『한강집』, 「연보」 참조.
84) 昌寧縣監에 부임해서도 옛날 家塾의 제도를 본떠 사방 각지에 書齋를 설치하고 선비를 양성하였다.
85) 이익, 『星湖全集』 53, 「謁陶山書院記」, "少焉與琴生俱至, 所謂書堂, 是果先生親所作, 而一木一石, 人不敢移易, 故短牆幽扉, 細渠方塘, 依然樸素遺制, 而無不羹牆焉如見也, 始也肅然, 若將聞謦欬之音, 終也憬然扳撫而知敬, 百載歸來, 人於遺躅餘芬, 尙有觀感而興起, 況當時親炙之者乎."

락재 및 도산서당을 둘러보고는 퇴계 이황의 독서문화를 상상하고 그 유적과 덕행에 감흥하고 있는 바다. 성호 이익은 직접 친자한 고족을 부러워하고 있는 것이다.

퇴계 이황의 독서문화는 고족에게 전승되고 계승되고 있었다. 고족은 은일(隱逸)을 지향하며 세상사에 물러나 조용히 독서를 하고 그들의 제자와 강학이 자연스레 이뤄졌다. 서재의 위치 선정과 경영에 고심하였음을 확인할 수 있었다. 고족에게 퇴계 이황이 직접 당호를 지어주기도 하였고 고족은 완락재에서 독서하며 풍류를 즐기는 퇴계 이황의 독서문화를 닮고자 했던 것이다.

4. 맺음말

조선조 선비의 호학(好學)은 안자에 근거한다. 안자는 한 가지 선을 얻으면 권권히 가슴속에 두어서 잃지 않았다.[86] 안자는 호학(好學)의 마음을 항상 생각하여 쉬지 않고 노력하였고 그 마음을 지키고자 힘써 배움의 근원에 가까이 가고자 하였다. 성인을 배우는 방도로 호학(好學)을 독실히 한 것이다. 공자가 안자를 칭찬한 이유[87]도 여기에 있었다.

퇴계 이황과 고족의 최종 목적은 성현을 희망하여 그 근원에 가까이 가고자 하였다. 그 출발점은 독서문화를 통해서이다. 퇴계 이황은 산수지간

---

86) 『근사록』, "得一善, 則拳拳服膺, 而弗失之矣, 又曰, 不遷怒, 不貳過, 有不善未嘗不知, 知之未嘗復行也, 此其好之篤, 學之之道也." 참조.

87) 공자가 안연을 칭찬한 근거는 『중용』, 『논어』, 『주역』 등에 나타나고 있다. 안자의 사람됨은 중용을 택하여 선을 지향하고 노여움을 옮기지 않고 불선한 것을 알고 다시 행하지 않았다. 극기복례를 실천하고 성실히 하였기에 공자가 안자의 好學의 방법을 칭찬하였다(『중용』·『논어』·『주역』 참조).

(山水之間)에 완락재를 경영하며 독서 및 소요를 하면서 학문의 완성도를 높이고자 했다. 그리고 후학 전승을 위한 저술활동도 하였다. 이와 같이 전범이 되는 스승의 독서문화는 호학(好學)을 형성하여 심성을 수양하고 안자를 희망하고 공자를 희망하여 성현(聖賢)에 도달하고자 했던 것이다.

퇴계 이황의 독서문화는 숙부 이우로부터 시작하였다. 그는 평소 은일(隱逸)을 지향했지만 만은(晚隱)할 수밖에 없었다. 하지만 퇴계 이황은 학문에 대해 순수했고 전일했으며 깊고 원대했다. 청량산과 도산 일대를 소요처로 삼았고 산수지간(山水之間)에 있는 서재 및 서당을 그의 독서문화 공간으로 삼았다. 이렇게 도학에 종사하며 서재를 경영했기 때문에 주자학의 집대성과 퇴계학을 이룰 수 있었던 것이다. 반면에 퇴계 이황은 강학에 대한 공간적 제약을 편지로 승화하여 후진을 깨우치고자 했다.

퇴계 이황은 개인의 학문 증진을 위한 독서뿐만 아니라 그 문화가 확장되고 전승되고 있었다. 퇴계 이황은 서책의 편찬과 간행을 고족과 함께 일궈내 학문의 완성도와 정확성을 높이고 있었다. 후진 학자가 명확한 학문 세계에 입문하는 디딤돌 역할을 한 것이다. 퇴계 이황과 고족의 독서문화는 서책의 편찬과 간행으로 전문성을 더욱 확보하게 된 것이다.

고족은 퇴계 이황을 존경하고 흠모하였다. 그 중 퇴계 이황의 독서문화를 고족은 따라가게 되고 전승하고자 하였다. 퇴계 이황은 조용히 물러나 은일(隱逸)하여 독서와 소요(逍遙)를 하며 서재를 경영하였고 나아가 후학을 강학하고 있었다. 고족들은 퇴계 이황의 삶과 행적을 그대로 수용하였고 완락재의 풍류를 확산시켜 학문 발전에 기여를 하고자 했던 것이다.

퇴계 이황의 독서문화에 대한 남은 과제는 첫째, 완락재를 중심으로 한 독서와 강학에 대한 집중적 분석이 필요하다. 도산서당의 완락재는 퇴계 이황의 학문적 성장과 제자의 육성에 중요한 강학처가 된다. 둘째, 퇴계 이황의 독서문화에 대한 접근은 제자와 문답과 직접 방문하여 배움을 청한 사례를 중심으로 독서 및 강학문화를 고찰할 필요가 있다. 편지, 서신으로 주고받은 내용을 분석하여 퇴계학의 성장을 가늠할 수 있다. 셋째, 서재경영에 대한 집중적 고찰이 필요하다. 퇴계 이황을 비롯한 고족의 서재경영에서 나타나는 학문적 지향점을 분석할 필요가 있다. 넷째, 퇴계 이황이 중요시한 『심경』·『근사록』를 비롯한 책들의 전승과 확장에 관해 논의할 필요가 있다. 단순히 『심경』을 반복해서 읽었다는 점에서 나아가 심법에 대한 논의와 도서의 편찬과정을 중심으로 논의할 필요가 있다.

참고문헌

1. 기본자료

「오산당중건기」
「이산원규」
구양수, 『구양문충공집』
국역 『국조인물고』
권호문, 『송암집』
기대승, 『고봉집』
김성일, 『학봉집부록』
김중청, 『구전집』
사마광, 『성리군서구해』
소동파, 『동파전집』
유자휘, 『병산집』
이　익, 『성호전집』
이　정, 『구암집』
이　황, 『퇴계집』
이현일, 『갈암집』
장흥효, 『경당일기』
정　구, 『한강집』
정약용, 『다산시문집』
주　자, 「명당실기」
한　유, 『당송팔대가문초』
허　목, 『기언』

『고경중마방』
『고려사』
『고문진보』 전집
『근사록』
『논어』
『병와가곡집』
『조선왕조실록』
『주역』
『중용』

『해동속고경중마방』
『홍재전서』

2. 연구논저

강명관, 『조선시대 책과 지식의 역사-조선의 책과 지식은 조선사회와 어떻게 만나고 헤어졌
　　을까?』, 천년의 상상, 2014.
김　영, 「조선시대 성리학자의 독서론」, 『조선후기 한문학의 사회적 의미』, 집문당, 1993.
김종구, 「유산기에 나타난 유산과 독서의 상관성과 그 의미」, 『어문론총』 51, 한국문학언어학
　　회, 2009.
＿＿＿, 「伽倻山 遊山記에 나타난 作家意識과 遊山文化의 유형」, 『어문론총』 59, 한국문학언어
　　학회, 2013.
배현숙, 「退溪 藏書의 集散考-개인문고의 서원문고화의 일례로서-」, 『서지학연구』 10, 서지
　　학회, 1994.
신태수, 「退溪 病痛論에 비추어 본 讀書法의 意義」, 『퇴계학논집』 4, 영남퇴계학연구원, 2009.
＿＿＿, 「退溪 讀書法 속의 天과 人」, 『퇴계학논집』 9, 영남퇴계학연구원, 2011.
＿＿＿, 「退溪 活看讀書法의 根據와 志向」, 『퇴계학논집』 11, 영남퇴계학연구원, 2012.
＿＿＿, 「退溪讀書法에 나타난 仁說」, 『국학연구론총』 14, 택민국학연구원, 2014.
안현주, 「龜巖 李楨의 圖書刊行에 관한 硏究」, 『한국도서관 정보학회지』 42, 한국도서관정보학
　　회, 2011.
육영수, 『책과 독서의 문화사-활자 인간의 탄생과 근대의 재발견』, 책세상, 2010.
이종호, 「退溪學團의 讀書論」, 『退溪學』 5, 안동대학교, 1993.
장윤수, 「敬堂日記를 통해서 본 張興孝 學團의 地形圖와 性理學的 思惟」, 『哲學硏究』 107, 대한
　　철학회, 2008.
전관수, 『한시작가작품사전』, 국학자료원. 2007.
정석태, 「도산서원 광명실 및 상계 광명실 소장 자료 촬영 결과 해제」, 『퇴계학보』 114, 퇴계학
　　연구원, 2003.
정우락·백두현, 「문화어문학 : 어문학에 대한 문화론적 혁신」, 『어문론총』 60, 한국문학언어
　　학회, 2014.
정우락, 「山中圖書館 '武屹精舍 藏書閣'의 藏書 性格과 意味」, 『영남학』 20, 경북대학교 영남문
　　화연구원, 2011.
＿＿＿, 『한강 정구와 무흘구곡 이야기』, 경인문화사, 2014.
＿＿＿, 「도산서원에 대한 문화론적 독해」, 『영남학』 27, 영남문화연구원, 2015.
차장섭 외, 『조선후기 서원의 위상-도산서원을 중심으로』, 새물결, 2015.
청량산박물관 엮어 옮김, 『국역 오가산지』, 전병철, 「청량산 산지의 내용구성과 특징」, 청량산
　　박물관, 2012.
한현숙, 「퇴계 독서론의 근원 연구」, 『退溪學論叢』 15, 퇴계학부산연구원, 2009.

문학경관의 관점에서 바라본 연광정*

량 짜 오(梁釗) | 경북대학교 국어국문학과 박사수료

1. 머리말

본서는 현재 평양에 위치한 연광정에 주목하여, 연광정이 지닌 문학경관으로서의 위상과 그곳에서 생산된 문학작품의 양상을 조명하고자 한 것이다. 나아가 연광정이 지니고 있는 문화적 의미를 밝힘으로써 연광정을 중심으로 한 문화콘텐츠 개발의 가능성을 모색해 보고자 한다.

연광정의 터는 고구려 때 평양성을 건설하면서 처음 생겨났다. 1111년 (고려 예종 6) 현재의 자리에 다시 정자를 세우고 이름을 산수정이라고 했으며, 1528년 관찰사 허굉(許碆)이 이를 재건하면서 연광정이라는 이름으로 고쳐 부르게 되었다. 현재의 정자는 1670년에 다시 지은 것이다. 연광정은 긴 역사 속에서 중요한 역할을 하였는데, 주로 중국 사신을 영접하

---

* 이 글은 량짜오(2017), 「문학경관의 관점에서 바라본 연광정」(『인문사회』 21, 아시아문화학술원)이라는 논문을 일부분 수정한 것이다.

거나 조선 사신들이 사대(査對)하고 위로하는 공간으로 활용되었다. 연광정은 한국 역사뿐만 아니라 한중관계사에 있어서도 중요한 위치를 차지하고 있다. 특히 문화 방면에서 그러하다. 실제로 연광정은 가히 문화생성 공간이라 지칭할 수 있을 듯하다. 이곳에서 관원들이 공무를 수행하기도 했지만, 기악 감상이나 음영 등 풍류를 즐기기도 하였고, 연광정을 배경으로 하여 많은 서화작품이 창작되었기 때문이다. 따라서 연광정이 지니고 있는 역사문화적 가치가 매우 높다고 할 수 있다.

　문화지리학의 관점에서 인류는 주로 3가지 텍스트를 통하여 지식을 얻는다고 한다. 즉, 글쓰기 텍스트(writing text)·구술 텍스트(oral text)·경관 텍스트(landscape text)가 그것이다. 지금까지 우리는 문헌 연구와 구비문학 연구에 대한 연구 성과는 풍부하다 그러나 '경관'에 대한 연구는 상대적으로 미미한 편이다. 2차 세계대전이 끝나자 인류는 스스로를 반성하면서 '존재주의'를 제기하였다. 그 전의 사람들은 시간과 역사에 주목했으나, 2차 세계대전 이후 사람들은 '자신'과 '지금', 그리고 '여기'를 주목해야 한다고 호소하기 시작하였던 것이다. 그러다가 최근에 학제 간의 연구가 고양되면서, 문학사 연구에 있어 '시간사유에서 공간사유로의 전환'이 본격적으로 대두되기 시작하였다. 예컨대 문학사를 서술할 때, 시간관념만을 활용하면 공간이 문학에 미친 영향에 대해서는 소홀해질 수밖에 없다. 이 때문에 문학사의 서술은 시간관념과 공간관념을 동시에 필요로 하게 되었다. 따라서 이제는 공간 연구를 요청할 수밖에 없게 된 것이다.

　경관은 크게 자연경관과 인문경관으로 양분할 수 있는데, 여기에 인문 속성을 부여하면 문화경관이 될 수 있다. 그리고 문화경관 중에서도 문학경관이 지니는 의의가 가장 풍부하다고 할 수 있다. 왜냐하면 문학경관은 사람에 의하여 부단히 형상화될 수 있기 때문이다. 여기서 말하는 문학경관은 문학속성과 문학기능을 지니고 있는 자연경관 또는 인문경관이다.[1)]

문학경관은 일반 경관보다 더욱 다양한 문학색채를 띠고 있으며 문학적 의미를 지니고 있다. 본서는 주로 중국 문학지리학계에서 제기한 문학경관이라는 개념과 그와 관련된 연구방법을 통해 한국 고전문학 연구에 접근해 보고자 한다. 문학경관 연구의 최종 목적은 문학의 산업화이다. 따라서 본서는 한국 고전문학을 새로운 관점으로 본다는 점과, 한국 고전문학 자산을 활용할 방법을 모색한다는 점에서 의의가 있는 작업이 될 수 있다. 연광정은 문학경관이라고 할 수 있다. 연광정의 문화적 의미를 밝힘으로써 한국 고전문학 자원을 실용적으로 전환할 필요가 있다.[2] 특히 연광정이 현재 북한에 위치하고 있다는 점을 감안할 때, 연광정을 문화를 활용하여 남북소통의 길도 모색할 수 있다고 생각한다.

전술한 것처럼 연광정은 문화적 측면에서 의미 있는 공간임에도 불구하고 그에 관한 연구가 매우 적다. 예술 영역에서 특히 관서팔경(關西八景)이나 평양에 관한 회화를 논의할 때 연광정은 단편적으로 다루어졌을 뿐이다.[3] 그러나 연광정은 사행에 있어 중요한 코스였기 때문에, 수백 년 동안 사행자들은 연광정에 올라가 많은 문학작품을 남겼다. 이를 통해 연광정을 중심으로 특수한 문학경관이 형성되었을 것임을 짐작할 수 있다. 그러므로 우리는 연광정에서 생성된 문학작품들을 주목할 필요가 있다. 그러나 연광정에 대한 문학적 접근은 현재 거의 전무한 상황이다.

본서에서는 먼저 연광정을 문학경관으로 보고, 특히 연광정이 지닌 문

---

1) 曾大興(2017), 『文學地理學槪論』, 중국 : 商務印書館, 233쪽.

2) 한국문학의 문화론적 혁신에 대해서는 정우락·백두현의 논의를 참조하기 바란다(정우락·백두현(2014), 문화어문학 : 어문학에 대한 문화론적 혁신, 『어문론총』 제60집, 한국문학언어학회).

3) 대표적인 연구는 박정애(2008), 朝鮮 後期 關西名勝圖 연구, 『美術史學研究』 제258집, 한국미술사학회 ; 박정애(2012), 朝鮮後期 平壤名勝圖 연구, 『민족문화』 제39집, 한국고전번역원 등이다.

학경관으로서의 위상을 밝히고자 한다. 이를 바탕으로 연광정에서 생성된 문학작품들을 조명하고, 나아가 그것이 지니고 있는 문화적 의미를 밝힐 것이다. 왜냐하면 문학작품에 연광정에 관한 문화적 요소들이 담겨있기 때문이다. 마지막으로 연광정이라는 문학경관을 어떻게 문화콘텐츠로 개발할 것인지에 대해 모색해 보고자 한다.

2. 문학경관인 연광정의 위상

문학경관은 일반 공간이나 일반 경관과 다르다. 전술하였듯이 문학경관은 문학속성과 문학기능을 지녀야 하는데, 이것은 기타 경관과 변별되는 6가지 특징이 있다. 첫째, 저명한 작가가 이를 중심으로 문학작품을 창작해야 한다. 둘째, 명편이나 이야기를 남겨야 된다. 셋째, 일정한 관상성(觀賞性)과 함께 심미나 예술적 가치를 지녀야 된다. 넷째, 일정한 문화적 함의나 보편적 의의를 지녀야 된다. 다섯째, 고금 유람자 혹은 독자에게 광범위한 영향을 미쳐야 된다. 여섯째, 자연재해나 인위적인 파괴 후에 중건의 필요성이 갖추어져야 된다.[4] 따라서 문학경관은 경관으로서의 관상성과 예술 가치가 있어야 할 뿐만 아니라, 문학의 권위성과 문학 창작의 지속성, 그리고 문학적인 영향력도 함께 지녀야 한다. 그리고 문화적 의미로 확장할 수 있어야 한다.

연광정은 자연경관으로서 그 경치가 기타 명승지보다 뛰어나다. 관암 홍경모(冠巖 洪敬謨, 1774-1851)의 다음 발언에서 이를 확인할 수 있다.

---

4) 曾大興, 위의 책, 236-237쪽.

서경이라는 이름은 고려 때부터 시작되었는데 경물의 아름다움을 고금
에 독차지하였다. 경치의 아름다움은 연광정과 부벽루가 있기 때문이다.
시험 삼아 연광정과 부벽루에 올라가보면 그림의 경치가 아닌 것이 없다.
다른 사람이 보면 나도 그림 속에 있고 그림 속의 사람으로 그림 속의 경
치를 대하면 진짜 경치가 그림과 같고 그림도 진짜 경치와 같아 그림은
아니지만 그림에 비유하며 그림 속에서 그림을 보는 것이 거의 그림이 소
리 없는 시이고 시가 소리 있는 그림과 같기에 인하여 그 시문 몇 편에 서
경유성화첩이라고 명명하였다.[5]

고려 때부터 서경은 아름다운 경치 때문에 이름을 떨쳤다. 서경의 자연
경관은 전국에서 인정할 정도로 뛰어났는데, 그 이유는 연광정과 부벽루
의 아름다움 때문이었다. 연광정과 부벽루는 인문경관이므로 서경의 절경
은 자연경관과 인문경관의 복합체라는 것을 읽어낼 수 있다. 그러나 연광
정이라는 인문경관은 주변의 자연경관과 유기적으로 어울려 통일체로 형
성되기도 하였다. 이에 대해서는 홍경모가 「연광정기(練光亭記)」에서 "연광
정이 강산과 서로 만나 기성의 승경이 된 것이다."[6]라고 하였다. 홍경모
는 연광정 유람을 화중유(畫中遊)에 비유하였다. 그리고 그는 연광정의 경
치를 입체적으로 표현하기 위해 소리를 더하여, 연광정의 아름다움을 시
각·청각·감각으로 극대화하였다. 사실 연광정의 아름다움은 한반도뿐
만 아니라 중국에까지 그 명성을 떨쳤다.

왜군을 정벌하는 전쟁에 중국의 여러 장수들은 대부분 강남사람이었는

---

5)   洪敬謨, 『西京有聲畫帖』, "西京之號, 自麗而始, 以景物之勝擅于今古, 而勝之擅, 而其有練光
     浮碧也. 試登練光浮碧而觀之, 無非畫之景, 而自人視之, 我亦在於畫中也. 以畫中之人, 對畫中
     之景, 則眞境似畫, 畫亦似眞境, 非畫而喩畫, 以畫而觀畫, 殆如畫是無聲之詩, 而詩是有聲之畫
     也. 仍名其詩文幾篇曰西京有聲畫帖."
6)   洪敬謨, 『冠巖存稿』, 「練光亭記」, "練光亭之與江山相遇爲箕城之勝也."

데 모두 형승이 악양루보다 아래가 아니라고 하였다. 그렇다면 또한 천하의 형승이라고 할 수 있을 것이다. 태사(太史) 주지번(朱之蕃)이 '제일산(第一山)'이라는 세 글자를 썼는데 백하(白下) 윤순(尹淳)이 '강(江)'자를 '일(一)'자 아래에 보태어 써 넣어 들보 위에 새겨 걸어 놓았다.[7]

임진왜란 때 평양에서는 치열한 전쟁이 벌어졌다. 이때 명군(明軍)이 이곳에서 조선군과 연합하여 왜군을 퇴치하였다. 중국 장수들은 전쟁의 참상중임에도 불구하고 연광정의 아름다움을 발견하였다. 중국에서도 경관이 뛰어나기로 유명한 강남 출신의 장수들은 연광정이 악양루보다 아래가 아니라고 칭찬하였다. 이를 통하여 당시 연광정이 얼마나 아름다웠는지 짐작할 수 있을 것이다. 명나라 태사 주지번은 연광정에 올라 절경을 보면서 흉중의 감정을 글씨로 토로하였다. 이로부터 연광정은 '천하제일강산(天下第一江山)'이라는 이름을 얻어 중국의 사신들이 동경하는 곳이 되었다. 중종 32년(1537)에 천사(天使)가 조선에 왔는데 "기자묘와 단군묘에 이르러 읍례(揖禮)를 하고, 이어 연광정으로 갔는데 기뻐하고 감탄하며 천하에 없는 경치"[8]라고 하였다. 이에 천사가 '연광정'이라는 글씨를 써서 현판으로 만들어 연광정에 걸었다. 고종 13년(1876)에는 청나라의 칙사(勅使)가 조선에 와서 연광정을 한번 보고 싶다는 의사를 전달하였다. 이에 고종이 "이 정자는 이미 개수하였으니 관광하게 하고, 도백(道伯)을 시켜 잘 접대하게 하라."라고 하였다.[9] 칙사에게 연광정을 구경하게 하였더니 크게 기뻐하며 "중국에도 누대와 강산의 승경이 이와 같은 곳이 없다"[10]

---

7) 洪敬謨, 『冠巖存稿』, 「練光亭記」. "征倭之役, 天朝諸將多江南人, 皆以爲形勝不下岳陽樓, 然則亦可謂天下之勝也. 得朱太史之蕃書第一山三字, 白下尹公足書江字於一字下, 鑴揭于梁上."
8) 『朝鮮王朝實錄』中宗 32年 3月 4日, "至箕子廟, 檀君廟, 行揖禮, 因往練光亭, 喜嘆曰：'天下絶勝也.'"
9) 『承政院日記』高宗 13年 1月 25日, "上・副勅, 願見練光亭云, 此亭, 旣以修改矣, 使之觀光, 今道伯善爲接待也."

라고 감탄하였다고 한다. 이처럼 연광정은 가히 당시 천하 최고의 승경이
었다고 할 수 있다. 이는 연광정이 누대와 강산의 유기체였기 때문일 것
이다. 즉, 연광정의 아름다움은 자연경관과 인문경관의 융합으로 이루어
졌다는 뜻이다. 김창업(1658-1721)은 이를 더욱 구체화하였다.

> 저녁에 초연대(超然臺)를 가 보았다. 이곳은 어제 강가에서 바라본 곳이
> 었다. 부성(附城)이 높이 쌓여 있고 대 위에 정자(丁字) 모형으로 지은 누각
> 은 짜임이 정교하고 단청이 아름다웠다. 삼면으로 창함(牕檻)을 내었기 때
> 문에 구부려 침을 뱉으면 강물에 떨어지겠다. 시계(視界)가 더욱 광활하여
> 서 지나치게 우뚝 솟은 모습은 평온하고 조용한 연광정만 못하였다. 서윤
> (庶尹)이 먼저 와서 앉아 있었고 강서군수(江西郡守) 홍득범(洪得範)이 왔으
> 며, 조금 뒤에 백씨도 구감사(舊監司)를 만나보고 뒤따라왔다. 조금 앉아
> 있다가 곧 일어서서 연광정을 향해서 성을 따라 올라갔는데, 나는 걸어서
> 읍호루(挹灝樓)에 올랐다. 이 누각은 바로 대동문의 문루(門樓)로서 그 볼품
> 이 연광정 다음은 되었다. 조카 김제겸(金濟謙)과 아들 김언겸(金彦謙) 두
> 아이가 성 안팎을 구경하고 돌아와 드디어 함께 모였다. 연광정은 전부터
> 앉을 때마다 물과 난간이 같은 높이로 느껴졌는데, 강의 수면은 광활하고
> 정자의 높이는 알맞게 되었기 때문이다. 이제야 그 까닭을 알았다. 강에
> 임하여 세운 정자는 많이 있지만 모두 이러하지가 못하다.11)

김창업은 평양을 경유하면서 초연대(超然臺)·읍호루(挹灝樓)·연광정(練光
亭) 등을 두루 올라가 보았다. 초연대는 짜임이 정교하고 단청이 아름다우

---

10) 『承政院日記』高宗 13年 2月 27日, "樓臺江山之勝, 中國亦無此等處云矣."

11) 金昌業, 『燕行日記』第1卷, "夕往見超然臺. 臺卽昨日江上望見者也. 附城築高臺. 上置樓, 形
   如丁字. 結構精巧. 丹雘絢麗. 三面設牕檻. 皆可俯唾江水. 眼界尤闊遠. 而過於超爽. 終不如練
   光之平穩閑雅也. 庶尹先已來坐. 江西守洪得範亦來會. 俄而伯氏見舊監司而至. 坐少頃. 起向練
   光亭. 從城上行. 余步而從. 登挹灝樓. 卽大同門樓. 其勝亦練光之亞匹也. 濟, 彦兩兒見城內外
   諸勝而歸. 遂同會練光亭. 從前每坐此亭. 水與檻平. 蓋江面闊. 而亭之高低得中故也. 今來始覺
   其所以然. 他亭臨江者亦多. 而不能如此."

며 시계(視界)가 더욱 광활하지만, 지나치게 우뚝 솟은 모습 때문에 평온하고 조용한 연광정만 못하였다고 하였다. 김창업은 연광정에 올라가서 연광정의 지리환경을 관찰하였다. 이를 통해 그는 강가에 임하는 정자들 가운데 연광정이 가장 뛰어난 까닭을 알게 되었다. 연광정의 높이와 대동강의 수면이 알맞게 조성되어 있었기 때문이다. 초연대는 인문경관으로서 초연(超然)을 추구하기 위하여 주변의 자연경관을 억제하므로 인문과 자연이 분리되는 느낌을 준다. 그러나 연광정은 인문경관으로서 높이가 득중(得中)하므로 주변의 자연경관과 잘 어울려 사람에게 평온하고 우아한 느낌을 준다. 이처럼 김창업은 주로 시각과 감각에서 연광정의 합자연(合自然)을 밝힌 것이다.

여기에서는 조선 선비가 추구하고 있었던 '천인합일(天人合一)' 사상 또한 엿볼 수 있다. 다시 말해 좋은 인문경관은 반드시 자연경관과 하나의 유기체로 형성되어야 한다는 것이다. 그렇게 해야 인문경관에 들어가는 인간이 자연의 기운을 느끼고 일정한 경계에 이를 수 있다. 이것은 또한 인문경관의 기능이기도 하다. 이에 김창업은 황주(黃州)의 월파루(月波樓)에 올라가, 같은 원리를 이용하여 월파루와 연광정을 비교하였다. 그의 친구인 이징하(李徵夏)와 계상(季祥)은 일찍이 월파루를 연광정에 비교하였으나, 김창업은 그것이 우스운 일이라 하였다. 월파루는 긴 냇물과 넓은 들판들이 보이지 않는 곳이 없는 좋은 곳이지만, 합자연의 경지에는 이르지 못하였기 때문이다.[12] 연광정의 합자연에 대해서는 일찍이 허봉(1551-1588) 또한 다음과 같이 언급한 바 있다.

성안으로 들어가서 연광정에 올랐다. 연광정은 성두(城頭)를 누르고 있

---

12) 金昌業, 『燕行日記』第9卷, "先行登月波樓. 伯氏亦追來. 樓在東城上. 長川廣野. 不無眺望之勝. 李友徵夏季祥. 嘗比之於練光亭. 可笑."

고 그 밑바닥에는 바위가 거센 여울을 막고 있으니, 부인(府人)이 이를 덕
으로 삼고 이름 하기를 덕암(德巖)이라 하였다. 연광정은 예전에 재상 이계
맹(李繼孟)이 지었는데, 처음에는 띠[茅]로만 덮었을 뿐이더니 그 뒤에 홍
신(洪愼)과 홍연(洪淵) 부자가 서로 이어서 서윤(庶尹)이 되자, 거듭 꾸미고
다듬어서 우뚝이 하나의 훌륭한 정자가 되었다. 정자의 경승은 밤중이 가
장 좋은데, 시험 삼아 말한다면 다음과 같다. "정자의 삼면은 창창히 모두
물이고 파도 빛은 하늘과 더불어 하나가 되었으니, 멀리서 보면 비단 필이
광막한 들을 가로지른 것 같고, 굽어 살펴보면, 공명(空明)하고 허정(虛淨)
하여 보아도 보이지 않고, 처음과 끝을 알 길이 없다. 그 위에 있는 것은
아득히 허공에 우뚝 솟아 있어서 정자가 정자인지 물이 물인지를 알지 못
하여 말로는 형용할 수 없음이 있었다.[13]

　허봉은 연광정의 야경이 가장 좋다고 하였다. 물이 삼면에서 연광정을
둘러싸고 있어 파도 빛은 하늘과 하나가 되었다. 이것을 가까이에서 보면,
대동강과 연광정, 파도 빛과 하늘이 일체(一體)가 된 듯하다. 그리고 멀리서
보면, 대동강이 비단 필처럼 광망한 들을 가로지른 것 같아서 전후(前後)의
단예(端倪)를 알 길이 없다. 그리고 상하(上下)를 관찰하면, 허공과 연광정이
하나가 되어 물과 정자를 분간할 수 없다. 이처럼 연광정의 전후와 상하는
모두 자연과 일체가 되어 말로 형용할 수 없을 지경에 이르렀다. 연광정은
인문경관이지만 자연경관과 간극이 전혀 없어 인문경관과 자연경관의 통
일체라고 할 수도 있다. 이 때문에 수많은 문인묵객들이 연광정을 동경하
고, 연광정에 올라가 흉중의 감정을 음영으로 토로하였던 것이다.

---

13) 許筠, 『朝天記·上』, 甲戌年 5月 22日, "入城登練光亭. 亭壓城頭. 其底有巖. 能捍狂潦. 府人
　　德之. 遂名曰德巖, 亭舊爲李相繼孟所創, 始則茅茨而已, 其後洪愼. 洪淵父子相繼爲庶尹, 重加
　　賁飾, 屹然爲一傑, 觀亭之勝, 最在夜中, 試言之. 則亭三面蒼蒼然皆水, 波光與天爲一, 遠觀則
　　如匹練交橫於曠莫之野, 俯而察之則空明虛淨, 就視而不見, 莫知端倪. 在其上者, 窅然如淩虛獨
　　立. 不知亭爲亭而水爲水, 有不可以言語形容者也."

삼사(三使)가 사대(査對)를 끝내고 연광정에다 기악을 마련하였다. 물에 임한 난간은 활짝 트여 강산의 좋은 형상이 다 눈에 보였다. 현판에는 '제일강산(第一江山)' 네 글자가 있고, 또 주련(柱聯)에는 '긴 도성 한 면에 콸콸 흐르는 물이요[長城一面溶溶水], 큰 들판 동쪽 언저리에 점점이 솟아 있는 산이라[大野東頭點點山].'라고 했다. 이것은 사신 주지번(朱之蕃)의 글씨로, 전체의 형국을 모사해서 천고의 격언(格言)이 된 것이다. 기생 가운데 이주곡(離舟曲)과 선풍무(旋風舞)를 하는 자가 있는데 연도(沿道)의 여러 읍의 기생들 가운데서 으뜸간다는 것이다. 평양이라는 도성은 상가가 즐비하고 동리가 잇닿아 있어 서울과 맞설 정도이다. 다만 땅은 좁은데 사람이 많아 집들이 조여들어 있다. 저녁에 상영(上營) 이아(貳衙)의 선화당(宣化堂)에 들었는데 역시 굉장한 건물이었다.

樓臺勝狀冠西關	누대의 훌륭함이 서관에 으뜸가서,
飮客詞人日往還	주객과 시인이 매일같이 왕래한다.
散地江瀾鋪白練	땅에 흩어진 강 물결은 흰 깁을 펴놓은 것이요,
浮天山勢點靑鬢	하늘에 떠오른 산세는 쪽머리 이루었네.
王孫麟馬傳名迹	왕손의 인마로 명적이 전해지고,
妓女鸞笙倚笑顔	기녀의 생황 가락 웃는 얼굴에 곁들여 있다.
落日層欄虛極目	해가 진 층 난간엔 공활하게 트였구나,
萬家煙柳匝城闤	만가의 연유는 도성 담을 둘러쌌다.[14]

위 시는 계해사행(癸亥使行, 1803) 때 삼사(三使)가 사대(査對)를 끝내고 연광정에서 기악을 관상할 때, 강산의 좋은 형상이 눈에 모두 들어오는 것을 보고 읊은 것이다. 연광정은 관서 지역의 절승이므로 시인들이 매일같이 왕래했다. 연광정에서 보면 흘러가는 대동강과 하늘에 떠오른 산세, 그리고 평양성의 만가(萬家)가 한눈에 가득하다. 그리하여 시인들이 연광정

---

14) 『薊山紀程』, 純祖3年 11月 1日.

을 시로 형상화할 때는 공간의 전환을 이용하였는데, 주로 근경(近景)에서 원경(遠景)으로 묘사하였다. 그리고 연광정의 동쪽과 사방을 그려냈다. 이 시에 나온 인마(麟馬)는 동명왕이 키웠던 기린마(麒麟馬)이므로 기린굴(麒麟窟)이 있는 곳, 즉 영명사(永明寺)를 말한 것이다. 영명사는 부벽루의 서쪽에 위치하고 있으며 연광정의 동쪽에 있다. 평양은 기성(箕城)이라 하며, 역대 왕조의 도읍지이기 때문에 한국 역사상 존재감이 뚜렷한 고을이다.[15] 그러므로 시인들은 연광정에 올라가 자국에 대한 역사인식을 떠올릴 수밖에 없었다. 이 때문에 연광정에서 보이는 영명사는 물론이고 보이지 않는 기자궁(箕子宮)과 기자정(箕子井)까지 그들의 시에 형상화되었던 것이다.

연광정은 조선 선비들이 동경하고 유람하는 곳이기도 했지만, 왕실 역시 연광정에 대한 관심을 가지고 있었다. 이것은 16세기 중종 대 이래로 관서 지역에 대한 왕실의 관심이 꾸준하였기 때문이다.[16] 18세기에 정조(正祖, 1752-1800)는 세손 시절에 「제관서지도(題關西地圖)」 3수를 창작하기도 하였다. 이 3수의 시는 주로 연광정과 강선루(降仙樓), 그리고 백상루(百祥樓)라는 제목으로 창작하였던 작품이다. 그 중 <연광정>은 다음과 같다.

東明舊邑象箕躔	동명의 옛 도읍은 기자의 자취를 이었는데,
高閣臨江景最憐	높은 누각 강에 임한 경치가 가장 어여쁘네.
仙客朝天何處向	선객은 하늘에 조회하고 어느 곳으로 갔는고.
大同門外水連天	대동문 밖에는 물만 하늘에 연하였구나.[17]

---

15) 박정애(2012), 朝鮮後期 平壤名勝圖 연구, 『민족문화』 제39집, 한국고전번역원, 318쪽.
16) 박정애(2008), 朝鮮 後期 關西名勝圖 연구, 『美術史學硏究』 제258집, 한국미술사학회, 114쪽.
17) 正祖, 임정기 역(1998), 『국역 홍재전서』, 민족문화추진회, 15-16쪽.

정조는 관서지도를 보면서 연광정을 주목하였다. 연광정을 중축(中軸)으로 설정하여, 동편에 있는 기자묘와 기린굴부터 그리면서 시선을 서쪽으로 이동하여 대동문까지 그렸다. 정조의 시선 이동은 시간적 관점으로도 해석할 수 있다. 즉, "기자 조선－고구려 동명왕－조선"의 계통이 그것이다. 이것은 강한 역사인식을 바탕으로 한 조선 왕실의 정통의식이라 할 수 있다. 이러한 의식은 단순한 시간적인 관점보다, 연광정과 그 주변의 경관을 통하여 표현되었다.

연광정은 독특한 지리환경으로 인하여 수많은 문인묵객들이 올라가서 문학작품을 창작하였다. 연광정은 문학작품의 창작 동기가 되기도 하고, 문학작품이 연광정으로 인해 더욱 유명해지기도 하였다. 왜냐하면 많은 작가들이 선현(先賢)들의 족적을 찾아 그들을 추모하기 위하여 작품을 창작했기 때문인데, 연광정 역시 선현들의 족적이 남은 곳 중 하나였다. 그 중에 차운시는 그 좋은 예다.

麒麟仙子去不廻	기린 탄 시선 떠나가 돌아오지 않으니,
白雲千載餘空臺	빈 누대만 남고 천년 세월 흰 구름만 떠 있네.
第一江山小金陵	제일강산이오 소금릉이며,
繁華佳麗自古稱	번화하고 아름다운 곳이라 예부터 일컬어졌네.
錦繡峯綾羅島	금수봉에 능라도에,
皇華昔日映彩藻	옛날의 중국 사신이 좋은 글 지었구나.
碧紗籠紅錦幖	벽사롱과 홍금표에,
今古幾人留歌謠	고금의 몇 사람이 노래를 남겼는가.
長城一面溶溶水	장성 한 모퉁이 넘실대는 물결,
大野東頭點點山	대야 동쪽 머리 점점이 산이로다.
翰林佳句揭楣間	한림의 아름다운 시구는 문미 간에 걸려있는데,
淸江錦石傷心麗	맑은 강 고운 돌은 마음에 시리도록 곱구나.
嫩蘂濃花滿目斑	꽃술 짙은 농염한 꽃이 눈에 가득 아롱대니,

那知杜老詩中景	두보의 시 가운데 경치가 어찌 알았으랴.
却在今日眼前看	도리어 지금 눈앞에 펼쳐질 줄,
大兒鄭知常	큰 솜씨 정지상에,
小兒李益之	작은 솜씨 이달이니,
蓮葉歌南浦句	연엽가와 남포의 노래,
留作檀板竹枝詞	아직도 박달나무 현액 위에 죽지사로 남아 있어,
諸子紛紛總下風	시인들 모두가 차운하기 바쁘니,
我亦停盃夕陽中	나 또한 석양 속에 술잔을 멈추노라.[18]

　연광정은 가히 소금릉(小金陵)이라 불릴 정도로, 옛날부터 국내외의 문인들로부터 사랑을 받아왔다. 명나라 태사 주지번뿐만 아니라, 고려의 문인 김황원(金黃元, 1045-1117)과 정지상(鄭知常, ?-1135), 그리고 조선의 문인 이달(李達, 1539-1612) 등이 연광정과 그 주변의 풍경을 시로 읊었다. 이에 선현을 추모하기 위하여, 제자(諸子)들이 분분히 연광정에 와서 그들의 시를 차운하였다. 특히 정지상이 대동강 강가에 <송인(送人)>을 창작한 이래, 수많은 문인들이 연광정에 올라가 흘러가는 대동강을 보면서 이 시를 떠올리며 차운하였다. 정지상에 대한 차운시 창작은 조선 말기까지 지속되었다. 그 대표적인 인물은 한장석(韓章錫, 1832-1894)[19]과 조긍섭(曺兢燮, 1873-1933)[20] 등이다.

　전술하듯이 연광정은 그 독특한 지리환경으로 인하여 수많은 문인묵객의 관심을 끌었다. 연광정은 평양 절승을 관람하는 전망대요, 조선과 중국 간의 공무를 수행하는 곳이었다. 그리고 평양성은 임진왜란과 홍경래의

---

18) 洪敬謨, 『冠巖遊史』, 「登練光亭放歌」. 이 시의 번역은 이군선(2004)의 논문(관암 홍경모의 평양에 대한 인식－고증학적 학문태도와 관련하여－, 『退溪學과 韓國文化』 제35집, 경북대학교 퇴계연구소, 93-94쪽)을 참조하였다.

19) 韓章錫, 『眉山集』 第2卷, 「次鄭知常二絶句」, "人間何處別愁多, 浿上女兒金縷歌. 三十六番春似夢, 綠楊垂老水增波."

20) 曺兢燮, 『巖棲集』 第4卷, 「練光亭 用鄭司諫韻」, "城下長江水自多, 滿船簫皷發纖歌. 縱令江水成春酒, 難息胸中萬疊波."

난 등 전란을 겪은 지역이었다. 이러한 자연지리환경과 역사배경 하에 연광정을 중심으로 창작된 문학작품은 헤아릴 수 없을 정도로 많다. 조선시대 최고의 문장가인 이색, 허균, 기대승, 정약용, 박지원 역시 연광정을 중심으로 문학작품을 남겼다. 홍경모의 『서경유성화첩(西京有聲畫帖)』에는 총 84제 111수의 시가 수록되어 있다. 그 중 연광정에 관한 시는 6수로, 연광정은 그의 시첩에서 가장 많이 형상화된 곳이다. 뿐만 아니라 연광정은 문학비평의 경관 텍스트(landscape text)가 되었다.

> 금학사(金學士) 황원(黃元)이 부벽루에 올라가서, "긴 성 저 한 편에는 용용히 흐르는 강물이요[長城一面溶溶水], 넓은 벌 동쪽 머리엔 점점이 찍힌 뫼이로다[大野東頭點點山]"의 두 구를 읊고는 아무리 끙끙거려도 詩想이 메말라서 그 다음을 잇지 못한 채 통곡하고 누를 내려오고 말았다 한다. 그리하여 사람들이 논평하기를, "평양의 아름다운 경치가 이 두 글귀에 다 표현되었으므로 그 뒤 천 년이나 되는 오랜 시간을 지냈건만 다시 한 구라도 덧붙이는 이가 없다." 한다. 그러나 나는 늘 이것이 좋은 글귀가 아니라 생각된다. 왜냐하면 '용용(溶溶)'은 대강(大江)의 형세를 표현함에는 부족하고, '동두(東頭)'·'점점(點點)'의 산이란 그 거리가 40리에 불과한데 어찌 대야(大野)라 이를 수 있으리오. 이제 이 글귀를 연광정의 주련(柱聯)으로 붙였으나, 만일 중국의 사신이 이 정자에 올라가서 읽어 본다면 반드시 대야의 글자를 웃을 것이다. 그런데 이곳 영평성루(永平城樓)는 그야말로, "넓은 벌 동쪽 머리엔 점점이 찍힌 뫼이로다"라고 할 만하다.[21]

17세기에 들어오면서 실학이 대두하며 흥성하기 시작하였다. 그 중 대표적인 실학자는 박지원이다. 학풍의 변화로 인하여 조선 선비들의 세계인식도 함께 변화하게 되었다. 특히 그들의 세계인식이 소중화를 자부하

---

21) 朴趾源, 『熱河日記』 「關內程史」 7月 25日.

는 자세를 유지하면서도 북학으로 전환되는 것이 주목할 만하다. 즉, 줄곧 야만으로 인식해 왔던 청나라에 대한 선진문물과 이념 등을 수용하였다는 것이다. 이와 동시에 조선의 선비들은 자국을 비교론적 측면에서 재인식하였다. 위 인용문을 볼 수 있듯이, 실사구시(實事求是)를 추구하는 박지원은 김황원의 시구가 너무 허황되어 사실과 맞지 않다고 보고 있다. 이에 박지원이 「피서록보(避暑錄補)」에서 "이 나라가 극히 좁고도 작아서 족히 눈에 차지 못하다는 의미가 넘쳐흘렀다. 평양 연광정 주련에 쓰여 있는 '긴 성 한 편에는 넘실대는 그 물이요 넓은 들 동쪽 머리엔 점점이 산이로다.'라 하였으나, 이는 애초부터 아름다운 글귀가 아니었으니, 만일 중국 사람으로 하여금 이곳에 올라와 보게 했다면 어찌 웃음거리가 되지 않았으리오."22)라고 하였다. 이처럼 시대에 따라 사람의 인식이 변화하고 있기 때문에 문학에 대한 인식도 함께 변화하고 있다. 고려시대부터 극찬을 받아온 김황원의 주련은 실학자들에게는 비판의 대상이 되기도 하였다. 이러한 점을 감안해 볼 때 연광정은 또한 일종의 문학비평의 공간이자 학술논의의 공간이라 할 수 있다.

이상의 논의를 통하여 연광정은 문학경관이 지녀야 할 조건을 모두 갖추었을 뿐만 아니라, 기타 문학경관보다 훨씬 높은 위상을 지니고 있다.

3. 연광정에서 생성한 문학작품의 양상

문학경관으로서의 연광정은 문학의 생성공간이며, 또한 문학의 다산공간(多産空間)이다. 전술하듯이 연광정에서 문학창작이 가능했던 요인은 그

---

22) 朴趾源, 『熱河日記』「避暑錄補」.

의 독특한 지리환경이다. 즉, 자연경관의 우월성과 주변의 인문경관이 지니는 역사성, 그리고 자연경관과 인문경관의 통일성 등이 그것이다. 문학 창작에 있어서 가장 중요한 요소는 흥(興)이다. 흥은 작가에게 영향을 끼쳐, 작가로 하여금 지(志)를 스스로 발현하게 한다. 문학지리학에서 흥은 또한 공간감성이라 할 수 있다. 공간감성은 특정한 사물이나 역사적인 공간에서 느끼는 문학적 감성을 말하는 것이며, 이러한 공간감성을 통해 작가는 작품을 창작한다. 낙동강과 그 연안 지역의 공간감성은 대체로 낭만감성과 도학감성, 그리고 사회감성 등으로 분류할 수 있다.23) 여기서는 연광정이라는 문학경관은 낭만감성이 강하게 드러낸다. 전술하듯이 연광정의 경치는 천하에서 으뜸이기 때문에 촉경생정(觸景生情)이 자연히 발생하게 된다. 또한 누정은 사람들이 만나고 헤어지는 공간이므로 연광정 역시 문인에게 이별의 공간으로 인식되어 왔다. 그러나 평양 지역은 경상도와 달리 학문적 성격보다 정치적 성격이 강하다. 즉 낙동강 지역은 학문적 도통의식이 강한 반면, 평양 지역은 왕도계통을 중요시한다는 것이다. 따라서 조선 왕실이나 신하들은 연광정에 올라가 단군·기자·동명왕 등 인물을 떠올려 시로 형상화함으로써, 왕도계통을 확보하려 노력하였다. 이를 도물사인(賭物思人)으로 표현하기로 한다. 평양은 역대의 고도이지만 전란이 발발한 지역이기도 하다. 특히 임진왜란 때 연광정은 전쟁의 현장이 되었다. 그 뒤 전쟁을 경험한 자나 사신들이 연광정을 경유했고, 임란을 상기하면서 역사에 대한 비통과 분개를 표현하였다. 이에 본장은 연광정에서 생산한 문학작품을 촉경생정의 낭만 정취, 도물사인의 왕도 인식, 이사위감(以史爲鑑)의 전쟁 기억 등으로 나누어 분석하고자 한다.

---

23) 공간감성에 관하여 정우락(2014)의 논의(「낙동강과 그 연안지역의 공간 감성과 문학적 소통」, 『한국한문학연구』 제53집, 한국한문학연구회)를 참조하기 바란다.

1) 촉경생정(觸景生情)의 낭만 정취

조선시대에 연광정은 사대·유숙 등 공무를 수행하는 공간이자 풍류를 즐기는 공간이다. 중국의 사신이 오거나, 조선에서 사신을 보낼 때마다 연광정에서 연회를 베푸는 것은 상례였다. 이것이 사신을 위로하기 위한 행사이지만 조선의 선비에게 한수작(閑酬酌)이기도 하다. 이 때 연광저의 풍광과 기악 등은 작가에게 작동하여 낭만감성을 일으킬 수밖에 없었다. 전술한『계산기정』에 나온 내용이 그것이다. 그리고 연광정의 독특한 지리환경을 분석한 김창업은 그의「연행일기」에서 "난간에 의지하여 사방을 바라보니 저녁빛이 기이하고 절묘하였다. 그리하여 칠언 절구 두 수를 지으며, 이어 경진년에 지나면서 이 누각에 올랐던 일을 생각하였다"[24]라고 하였다. 이것이 바로 촉경생정의 낭만 정취다. 일찍이 이식(李植, 1584-1647)은 연광정에 올라가「연광정즉사 육절(練光亭卽事 六絶)」과「연광정완월 용선조용재공운(練光亭翫月 用先祖容齋公韻)」, 그리고「숙연광정 이수(宿練光亭 二首)」를 지었다. 그는 연광정의 경치를 보면서 승경에 대한 감탄과 객지에 대한 회수 등 낭만 정취를 발휘하고 있다.

그러나 연광정에는 즐거움만 있는 것이 아니다. 나루와 강이 있는 누정은 이별의 상징이기도 하기 때문이다. 특히 조선의 사신에게 평양은 타향이고, 평양을 지나면 압록강과 가까워진다. 그러므로 조선의 사신들은 연광정에 올라가 경치를 보면서 객수나 이별의 슬픔이 떠올렸다.

언덕에 이르자 견여(肩輿)를 타고 대동문으로 해서 들어가 평양부의 연광정에 유숙했는데, 용강(龍岡) 원 이제운(李齊運)이 본부통판(本府通判)과

---

24) 金昌業,『燕行日記』第9卷, 3月 23日, "倚欄四望, 暮色奇絶, 遂得七絶兩首, 仍思庚辰年過登此樓."

함께 지대(支待)하였다. 이윽고 순찰사 및 부사·서장관이 함께 와서 간략히 두어 잔 술을 마시고 파했다. 이때 겨우 촛불을 켰는데, 달빛은 강물 속에 너울거리고, 고기잡이불은 강가에 깜박거려 그 무한한 경치는 객지에 있는 시름을 위로해 주었다. 해서방물차원풍천(海西方物差員豐川) 원이 작별하고 물러갔다.[25]

  인평대군은 1640년에 볼모로 심양에 갔다가 이듬해 풀려 귀국하였고, 1650년 이후 4차례에 걸쳐 사은사(謝恩使)로 청나라에 다녀왔다. 그의 일생은 사행의 길로 보냈다고 해도 과언이 아니다. 따라서 인평대군에게 객수는 늘 수반되고 있었던 감정이다. 1656년 8월 10일 그는 연광정에서 유숙하였다. 이 때 그는 지대를 받았지만 술 몇 잔만 마시고 파하였다. 연광정은 인평대군에게 객지이자 이별의 의미가 담긴 장소이다. 연광정 밖의 경치는 그에게 다소 위로가 되었다. 태평성대보다 혼란한 시기에, 연광정은 사신의 슬픈 감정을 쉽게 작동시켰다. 명청교체기가 바로 그러한 시기였다. 숭명배청을 견지하는 조선 지식인들에게 명나라의 쇠망은 받아들일 수 없는 일이었다. 그 중 김상헌(金尙憲, 1570-1652)은 대표적인 인물이다. 1626년 8월에 김상헌은 성절겸사은진주사(聖節兼謝恩陳奏使)로 명나라에 파견되었다. 그는 연광정을 경유하면서 다음 시를 지었다.

垂老天涯別   나이 늙어 천애 멀리 이별을 하고,
朝京海上行   경사 가서 조회하러 바닷길 가네.
歸心迷故國   돌아갈 맘 고국 모습 아스라한데,
客路盡邊城   나그네 길 변방 끝에 도달했구나.

---

25) 麟坪大君, 『燕途紀行 上』, 8月 10日, "及岸以肩輿由大同門入, 館于平壤府之練光亭. 龍岡倅李齊運偕本府通判支待, 俄而巡察曁副价, 行臺俱來, 略行數杯而罷. 時纔上燭, 月色婆娑於江中, 漁火明滅於沙渚, 無限光景, 聊慰客裏愁懷. 海西方物差員豐川倅辭退."

厚誼綈袍贈	정 깊어서 제포 내게 선사하였고,
微情縞帶縈	은미한 정 호대 위에 어리었구나.
明年落花節	내년 되어 꽃이 지는 철이 되면은,
重約練光亭	연광정서 서로 만날 기약을 하네.26)

당시 김상헌은 56세의 나이로 바닷길을 통해 명나라에 가야 되는 상황이었다. 더구나 그의 주요한 임무는 당시 가도(椵島)에 주둔하면서 많은 문제를 일으키고 있던 명나라의 무장 모문룡(毛文龍)과 관련된 사정을 명나라 조정에 해명하는 것이었다. 험한 바닷길과 무거운 임무는 모두 예측할 수 없는 일이었다. 연광정에 이르면 거의 변방에 도달한 셈이므로, 연광정은 이별의 장소가 된다. 김상헌은 기성방백(箕城方伯)인 백사령형(白沙令兄)과 작별하고, 내년에 무사히 귀환하여 연광정에서 재회하기를 기약하였다. 슬픔 속에 김상헌의 절개와 지조가 내포되어 있다.

19세기에 들어오면서 연광정은 이별의 공간이지만, 그 성격은 17세기와 다르다. 여기서 고종 3년(1866)에 주청사행(奏請使行)의 정사 유후조(柳厚祚)를 따라 연경에 다녀온 유인목(柳寅睦)이 지은 <북행가>를 살펴보자.

디동문	얼픗지니	연광정	올나가니
졔일강산	사즈졔목	두려시	결엿고야
졔일층	올나가니	천하장관	여게로다
난함밋티	흐른물은	디동강슈	쎼쳐잇고
북으로	능나슈는	운무중의	희미ᄒ다
성곽은	장안이오	여염은	낙양일시
그나문	풍연ᄉ조는	소인의	낙ᄉ로다
악양으로	볼죽시면	소양동졍	이아니며

26) 金尙憲, 『朝天錄 詩』, 「寄別箕城方伯白沙令兄二首 其二」.

셔호로	볼죽시면	금능젼당	이아닌가
니십의	남유강화	사마쟈쟝	쓴일넌니
낫낫치	슈셥ᄒ여	금낭의	엿츳ᄒ니
건곤이	할양업셔	각필ᄒ여	던져두고
하쳐로	도라오니	본부니방	문안ᄒ니
그골풍속	고이ᄒ다	ᄉ모관ᄃᆡ	무산일고
쥬물샹과	조셕샹은	방쟝으로	고비ᄒ니
영본부	디동찰방	씌씌의	셰샹일신
허다흔	삼빅기싱	일쳬로	보와드니
영문기싱	국심이논	연광졍셔	잠관보고
졔먼져	차즈와셔	다졍ᄒ기	넘노논일
다시옴	싱각ᄒ니	봉산의의	인졍두고
예와셔	너롤두면	그아니	의심ᄒ랴
쳥츈의	미친나위	곳츨보고	지너논둣
녹슈의	져원낭이	물을보고	지너논둣
즁졍은	탐탐ᄒ나	강박ᄒ여	씌친양은
이너간쟝	쳘셕일다[27]		

유인목은 연광정에 올라가 풍경을 즐기면서, 연광정을 동정호(洞庭湖)·금릉(金陵)이라 하며 낭만 정취를 표현하고 있다. <북행가>에 드러난 서술상의 특징 중 하나는 작가와 기생인 화홍(花紅)·국심(菊心)의 만남과 이별에 대한 극적인 서술을 사용한다는 것이다.[28] 평양에서 유인목은 국심과 만났고, 그와 정이 든 국심은 울면서 유인목에게 안주(安州)까지 데려달라고 하였다. 그러나 작가는 간장(肝腸)은 철석(鐵石)이라고 하여 이를 거절하려고 하였다. 위 내용은 작가의 반응에 대하여 국심이 섭섭해 하는 심정

---

27) 홍재휴(1991), 『北行歌研究』, 曉星女子大學校 出版部, 84-88쪽.
28) 량짜오(2014), 「<北行歌>의 敍述方式과 作家意識 研究」, 경북대학교 석사논문, 27-33쪽.

을 표현하면서, 작가의 심정을 토로하는 것이다. 이때의 이별은 국가적·사회적 측면과 관련성이 낮으며, 개인적인 측면에서 일어난 감정이라고 할 수 있다. 이것은 또한 시대적 배경과 연관이 있다. 19세기에 이르면 평양은 그 역사적 의미보다 상업도시로서의 면모가 중점적으로 드러나면서, 기녀와의 애정 서사가 삽입되어 점차 유락화(遊樂化)·향락화(享樂化)되었다.[29] <북행가>의 경우에는 작가와 기생의 애정 이야기가 서술의 주축(主軸)이 되어 개인화(個人化)를 극대화시켰다. 작가는 연광정으로 찾아온 국심을 보면서, 국심의 애석함과 자신의 무정함 사이에 생긴 간극으로 인해 슬픔을 느낄 수밖에 없었다.

2) 도물사인(睹物思人)의 왕도 인식

주자학을 통치이념으로 삼는 조선에서 선비들은 성리학자라고 할 수 있다. 성리학자들은 천리를 존양하고자 곳곳에 성리학적 의미를 부여하기도 하고, 사물을 통하여 천리를 찾기도 하였다. 예컨대 주자의 방당(方塘)을 표방하여 구곡원림을 경영하거나, 도산서원과 남계서원 등 서원이나 서당에 방당을 파서 천광운영(天光雲影), 즉 천리를 존양하는 것이 그것이다. 그러나 연광정의 경우 이와는 다소 다르다. 평양은 정치적 이념을 더욱 중시한 지역이므로, 학문적·성리학적 이념보다 왕도와 결합되어 이상적인 정치 이념을 많이 표출하였다. 우선, 명나라 당고(唐皋)가 쓴 연광정에 관한 기(記)를 살펴보자.

대저, 천하의 물건 중에 도(道)에 비할만한 것으로 물만한 것이 없다. 물

---

29) 김윤희(2014), 「조선후기 가사에 형상화된 '평양(平壤)'의 지리·문학적 표상과 그 변모 양상」, 『東方學』 제30집, 한서대학교 동양고전연구소, 70쪽.

이야말로 진실로 도(道)의 상징이니 움직이는 것은 물의 성(性)이요, 허(虛)한 것은 물의 체(體)요, 연(練)한 것은 물의 형상(形像)이요, 빛나는 광(光)은 물의 용(用)이다. 용(用)은 체(體)에 뿌리박아 갈라질 수 없다. 물이 만일 항상 움직여 쉬지 않는 것이 아니라면 비단 같은 빛깔이 때로는 다하겠고, 물이 만일 허(虛)하여 받아들이는 것이 아니라면 광(光)의 용(用)이 별할 적이 있으리니 물이 귀한 것이 무엇이겠는가. 군자(君子)가 도(道)에 뜻을 둠에는 마땅히 물에서 구해야 할 것이니.[30]

당고는 연광정에서 흘러가는 대동강을 보면서 물을 도에 비유하였다. 여기서 그는 연광정의 "연(練)"과 "광(光)"을 가지고 물에 도학적 의미를 부여하였다. 물은 포용성과 겸손(謙遜)의 성격을 지니고 있다. 그래서 물은 형세에 따라 흐르기도 하고 채워지기도 한다. 당고가 연(練)한 것은 물의 형상(形像)이라고 하니, 여기서 물의 형상은 대동강을 가리키는 것이다. 광은 바로 대동강에 나온 빛이다. 그는 용(用)과 체(體)의 관계를 설명함으로써 군자가 도(道)를 구하는 것을 밝혔다. 결국 당고는 연광정에서 연광정이라는 이름과 대동강을 결합하여 인간의 도를 설명하는 데 목적을 두었다. 이러한 도는 바로 통치의 도다. 당고는 「연광정기」에서 본립도생(本立道生)과 자강불식(自强不息)이라는 차원에서 일종의 교화적인 내용을 담아내고 있다. 연광정이 위치하고 있는 덕암(德巖)을 생각하면 통치에 있어 덕치(德治)의 중요성을 읽어낼 수 있다.

인평대군은 연광정에서 영변(寧邊)의 지리형세와 비교함으로써 연광정의 기운을 밝혔다.

해질 무렵 난간에 의지하여 멀리 바라보며 심회를 달래는데, 철옹산성

---

30) 金琪彬(1987), 「地名으로 본 北韓鄕土史3 평양의 명승고적」, 『北韓』, 북한연구소, 154쪽.

(鐵甕山城)은 북에 치솟아 멀리 기각(掎角)이 되고, 살수(薩水)는 서로 흘러 조운(漕運)을 통하게 하고 있다. 분첩(粉堞)이 높다랗고 적루(敵樓)는 가로 세로로 있어 서북 지방의 요충을 담당하고 있으니, 진실로 관방의 관문이다. 이곳은 곧 정묘년(1627, 인조 5) 병란 때 절도사(節度使) 남이흥(南以興)이 절사(節死)한 곳으로서, 그 정충(貞忠)과 의열(毅烈)이 사람들로 하여금 당시를 상상하게 한다. 향악(香岳)은 멀리서 굽어보고, 큰 들은 끝이 없는데, 높다란 화각(畫閣)은 멀리 물 위에 임하고 있으니, 그 기상의 호걸스럽기가 연광정의 아늑한 것과는 크게 달라 마치 문(文)과 무(武)가 그 도(道)가 다른 것과 같다.31)

영변에 있는 철옹산성(鐵甕山城)은 방어의 요지다. 그 곳은 형세가 웅장하고, 전쟁이 일어날 때 충렬(忠烈)을 많이 배출하였다. 이러한 지리환경으로 인해 영변의 기상은 호걸스러워 무도(武道)라고 할 수 있다. 이와 반대로 연광정은 아늑하므로 문도(文道)가 가득한 곳이다. 전술하듯이 김창업이 연광정과 그 주변의 환경을 관찰하여, 연광정을 "평온한아(平穩閑雅)"라 일컬은 것도 이와 같은 맥락에서 이해할 수 있다. 이것은 두 곳의 지리환경으로 인해 형성된 것이면서, 특히 평양은 기자와 동명왕 등 성왕(聖王)이 왕도를 실현한 곳이라는 점과 관련이 있다. 차천로(車天輅, 1556-1615)의 시에서 이러한 점을 확인할 수 있다.

長江畫野分天塹	장강은 들판 그어 천연의 해자 되고,
古堞連雲似石頭	성가퀴는 구름 닿아 석두와 같았지.
結搆暫時亭擅勝	순식간에 정자 지어 명승으로 이름나니,
登臨暇日客消憂	한가한 날 올라가면 객지 시름 사라지지.
檀君堯竝何人記	요와 단군 동시 즉위 그 누가 기록했나.

---

31) 麟坪大君,『燕途紀行 上』, 8月 15日, "香岳遠拱, 大野無際, 畫閣巍巍, 迥臨無地, 氣象之豪雄, 與練光之蘊藉, 大相不同, 疑如文武之異道."

箕子周封此地留   주나라가 기자를 이곳에다 봉하였지.
莫道繁華今寂寞   번화가 오늘날 쓸쓸하다 말 말게나.
西州第一最風流   서주에 무엇보다 제일가는 풍류라네.[32]

　차천로의 경우, 연광정에 오르니 객지의 시름이 사라졌다고 하면서 역사 인식을 떠올렸다. 단군이 평양에 도읍하여 국호를 조선이라 하였고, 뒤에 아사달에 천도하여 1,500년간 나라를 다스렸다고 한 것이 그것이다. 『위서(魏書)』에는 단군이 중국 요임금과 같은 시대의 인물이라 기록되어 있다. 기자 또한 주나라의 정통을 이은 인물이기 때문에, 이 정통은 지금까지 계승되어 왔다. 따라서 차천로는 평양이 서주(西州)에서 가장 좋은 풍류의 장소라 하였다. 풍류는 일찍이 최치원에 의하여 이야기되었는데, 그것은 유불도 삼교를 포용한 것이다. 평양은 삼교를 회통하고 상생하며, 모든 것이 조화로운 지역이다. 따라서 평양은 정통을 잇는 고도이자 문명이 발달한 곳으로 인식된다. 여기서 요임금과 주나라는 성리학에 바탕을 둔 도통으로 이해할 수 있다. 주자학에서는 도통을 "요－순－우－탕－문왕과 무왕－공자－안자과 증자－자사－맹자－이정"으로 인식해 왔다. 주자학이 한국으로 넘어오면서, 조선의 선비들은 도통이 퇴계 등 대유에게 흘러간다고 인식하였다. 낙동강 연안에 있는 정자에 올라간 선비들은 흘러가고 있는 낙동강을 보면서 이러한 도통의식을 드러낸다. 그러나 연광정의 경우에는 이와 다르다. 경상도를 경유하는 낙동강과 그 연안은 주자학이 발달한 지역이므로, 도통을 통한 학문적 의식이 강하다. 평양은 학문보다 정치를 더욱 중시한 지역이다. 따라서 차천로가 말하는 풍류는 주로 평양 지역에서, 성왕의 도를 계승하여 교화가 잘 됨을 의미한다. 또한 차천로의 이러한 인식은 연광정의 자연환경이나 인문환경과 무관하지 않다.

---

32) 車天輅, 『五山集』 第3卷, 「敬次使相練光亭韻」.

3) 이사위감(以史爲鑑)의 전쟁 기억

평양은 역대의 고도로 선비에게 자부심을 심어 주기도 했지만, 민란이 빈번하게 발발했고 전쟁이 일어나기도 했다. 연광정에서 일어난 전쟁의 대표적인 사례는 임진왜란이다. 임진왜란 때 연광정은 군사용 전망대의 역할을 담당하였다.

　임세록(林世祿)이 류성룡과 연광정에 올랐다. 성룡이 남쪽 언덕을 가리키며 말하기를, "저것이 왜병(倭兵)입니다." 하니, 세록이 믿지 않으며 말하기를, "어찌 저렇게 숫자가 적단 말이오?" 하였다. 성룡이 말하기를, "왜병은 속임수가 교묘하니 대병(大兵)이 뒤에 있더라도 먼저 와서 탐지하는 자는 이 정도에 불과합니다. 만약 그들을 적다고 여겨 소홀히 하면 반드시 그들의 술책에 빠질 것입니다." 하니, 세록이 알았다고 하며 급하게 회자(回咨)를 요구하여 돌아갔다.[33]

류성룡과 임세록은 연광정에 올라가 왜군을 관찰하였다. 류성룡은 왜병의 속임수를 간파하여 회자(回咨)를 보냈다. 연광정은 덕암 위에 위치했기 때문에, 사방을 전망할 수 있었으며 전쟁 때 적군을 정찰할 수 있었다. 뿐만 아니라 연광정은 임란 때 전쟁의 현장이자 방어지로 활용되기도 하였다.

　윤두수 등이 장수를 보내어 밤에 왜군의 진영을 공격하게 하였으나 불리하여 퇴각하였다. 왜병이 마침내 대동강을 건넜다. 상은 이미 떠났지만 두수는 그대로 성을 지킬 계획을 하였다. 성중의 민병(民兵)이 도합 4천여 명이었는데 여러 첩(堞)에 나누어 지키도록 하였으나 지키지 못하는 첩이

---

[33] 『朝鮮王朝實錄』宣祖 25年 6月 1日, "林世祿與柳成龍, 登練光亭. 成龍指示南岸曰 : "彼倭兵也." 世祿不信曰 : "何其少也?" 成龍曰 : "倭巧詐, 雖大兵在後, 而先來探試者, 不過如此. 若見其少而忽之, 則必陷於其術矣. "世祿唯唯, 亟求回咨而去."

많았다. 류성룡은 그들이 틀림없이 패할 것을 알고 중국 군사를 불러들여 구원하겠다 하고 먼저 떠났다. 이날 적병이 모두 이르렀지만 강가에 배가 없어 건널 수가 없었다. 두수 등이 연광정 위에 있었는데 적이 조총으로 집중 사격을 하니 탄환이 정자 위에 비오듯 쏟아졌다. 아군 역시 배를 타고 중류(中流)에서 편전(片箭)을 쏘아 적을 맞히는 한편 화전(火箭)을 발사하니 적진이 조금 퇴각하였다.[34]

좌의정 윤두수(尹斗壽, 1533-1601)는 군사를 이끌고 연광정에서 왜군과 싸웠다. 왜병이 조총으로 집중 사격을 하니, 탄환이 정자 위에 비가 오듯이 쏟아졌다. 연광정은 임란 때 훼손되었다가, 대동문루(大同門樓)·진서각(鎭西閣) 등과 함께 화재를 입었다.[35] 임란을 경험한 윤두수에게 있어 전쟁은 참혹한 것이며 침략자의 무도함을 고발할 수밖에 없었다. 이에 전쟁이 끝난 이후, 윤두수는 다시 평양을 지나가면서 연광정의 폐허를 보고 전쟁의 참혹함과 흉중의 분개를 토로하였다.

萬戶傷心瓦礫餘　　만백성 상심 속에 기와조각만 남았으니,
練光浮碧亦成墟　　연광정 부벽루도 폐허가 되었구나.
衝冠怒髮緣何事　　무슨 일로 노기 띤 머리칼이 관을 찔렀나.
不斬樓蘭憤未攄　　누란을 베지 못해 분을 풀지 못해서네.[36]

임란 때 윤두수는 영의정 류성룡과 함께 전쟁에 나가고 1597년 정유재

34) 『朝鮮王朝實錄』宣祖 25年 6月 1日, " 尹斗壽等遣將, 夜擊倭營, 不利而退. 倭兵遂渡大同江. 上旣出, 而斗壽仍爲城守計. 城中民兵合四千餘人, 分守諸堞, 堞多空曠. 柳成龍知其必敗, 欲延接漢兵繼援, 辭以先出. 是日賊兵畢至江岸, 無船不得渡. 斗壽等在練光亭上, 賊發銃叢射, 丸集亭上如雨. 我軍亦乘舟中流, 發片箭中賊, 又發火箭射之, 賊陣少却."
35) 『朝鮮王朝實錄』宣祖 26年 1月 24日, "左議政尹斗壽馳啓曰：'臣留平壤, 招集人民 <中略> 永崇殿, 只有舊基, 大同門樓, 練光亭, 鎭西閣, 亦皆逢火."
36) 尹斗壽, 『梧陰遺稿』第2卷, 「亂後過平壤有感」.

란 때에는 류성룡과 함께 난국을 수습하였다. 이 때 그는 폐허가 된 연광정을 보면서 "노기 띤 머리칼이 관을 찔렀나 누란을 베지 못해 분을 풀지 못해서네"라고 하였다. '노발(怒髮)'과 '누란(樓蘭)'은 송나라 장수 악비(岳飛)의 「만강홍(滿江紅)」에도 나오는데, 치욕을 당한 분노와 그것을 설치(雪恥)하려는 결심을 나타내는 말이다. 악비는 그의 사(詞)에서 "관을 찌르는 성난 머리칼로 난간에 기대서다."라고 하였다. 악비의 목적은 정강(靖康)의 치욕을 수습하고 산하를 수복하는 것에 있었던 것이다. 이처럼 윤두수 역시 연광정을 보면서 치욕스러운 역사를 떠올렸던 것이다.

4. 연광정의 문화적 의미와 문화콘텐츠

전술하듯이 연광정은 문학경관으로서 높은 위상을 지니고 있다고 할 수 있다. 이것은 연광정이 처하고 있는 자연환경과 인문환경 때문이다. 이러한 문학경관에서 생성된 문학작품들은 주로 3가지로 나누어 볼 수 있는데, 그 중 낭만적 감성이 압도적이다. 연광정은 문학경관이면서 문화의 공간으로 확산되기도 한다. 연광정이 문화 공간으로 확산되는 양상은 다음과 같다.

첫째, 연광정은 시회(詩會)의 공간이다. 아양루(峨洋樓)를 중심으로 한 아양시회(峨洋詩會)가 정기적으로 거행되는 것과 달리, 연광정에서 정기적으로 열리는 시회는 없었다. 그러나 연광정에서 시흥(詩興)을 이기지 못하고, 작시를 통해 시흥을 표출하는 것은 연광정에 모인 문인들에게 상례(常例)였다. 그리고 이 때 임시적이거나 즉흥적인 시회가 열리기도 한다.

판서 이만수(李晩秀)·홍의호(洪義浩)·홍석주(洪奭周)들이 중국에 사신으

로 갈 때에, 함께 이 누각에 올라 그 다음 구를 채워 전편을 완성시켰는데,

<table>
<tr><td>萬戶樓垴天半起</td><td></td><td>만호 누대가 하늘 중천에 솟아,</td></tr>
<tr><td>四時歌吹月中還 (屐翁)</td><td></td><td>사시에 풍악 소리 달 속으로 돌아가네. (극옹)</td></tr>
<tr><td>雲煙不盡江湖上</td><td></td><td>구름 연기는 강호 위에 그치지 않고,</td></tr>
<tr><td>詩句長留宇宙間 (澹園)</td><td></td><td>시구는 오래도록 우주 사이에 남았도다. (담원)</td></tr>
<tr><td>黃鶴千年人已遠</td><td></td><td>황학 천년에 사람은 이미 멀어졌는데,</td></tr>
<tr><td>夕陽回棹白雲灣 (三怡)</td><td></td><td>석양에 배는 백운만으로 돌아오네. (삼이)"[37]</td></tr>
</table>

1803년 사은정사(謝恩正使) 이만수(李晩秀)와 부사(副使) 홍의호(洪義浩) 등이 연광정에 올라가 고려 시인 김황원이 쓴 연구를 이어 각각 시를 지었다. 당시에 창화(唱和)나 분운(分韻) 등과 같은 작시 활동은 없었지만, 선인의 연구를 이어 함께 창작했다는 점을 감안한다면 이는 가히 일종의 시회라 할 수 있다.

둘째, 연광정은 선인(先人)에 대한 추모의 공간이다.

임금이 경현당에 나아가니, 약방에서 청대(請對)하고 입시(入侍)하였다. 임금이 "인원 왕후가 옛날 등림하던 갑년(甲年)이 명년에 있는 것을 생각 하니 추모하는 심회가 일어난다[憶昔登臨甲年在明追慕興懷]."는 글을 친히 써서 연광정에 게시하라고 명하고, 이어서 하교하기를, "옛날 임오년(212) 에 자성(慈聖)께서 간택(揀擇)의 행차로 순안(順安)에서 상경(上京)하실 때에 연광정에 오르셨던 것이 이제 이미 주갑(周甲)이 되었고 60년 동안 국모로 임어(臨御)하면서 70년간의 수명을 누리신 기상(氣象)이 과연 여기에 있다." 라 하고, 이어서 소대(召對)를 명하였다.[38]

---

37) 朴思浩, 『燕薊紀程』, 純祖 28年 11月 5日.
38) 『朝鮮王朝實錄』英祖 37年 9月 4日, "上御景賢堂, 藥房請對入侍. 上親書'憶昔登臨甲年在明 追慕興懷', 命揭練光亭, 仍敎曰 : "在昔壬午, 慈聖以揀擇之行, 自順安上京時, 歷登練光亭, 今 已周甲, 五紀母臨, 七十享年氣象, 果在此矣." 仍命召對."

영조는 경현당(景賢堂)에서 자성(慈聖)이 연광정에 오른 지 이미 60년이 지나갔지만 그 기상이 여기에 있다고 하였다. 이렇게 볼 때, 연광정은 왕실의 기운이 있는 곳이며, 선왕을 추모하는 곳이기도 한 것이다. 이 역시 연광정의 자연환경과 왕도라는 인문환경과 관련이 있다. 선인에 대한 추모는 또한 문학창작을 통하여 드러나기도 한다. 다음의 자료를 보자.

> 초계문신(抄啓文臣)의 과시(課試)를 행하였다. 이시수(李時秀)와 이노춘(李魯春)을 비교하면서 하교하기를, '이시수는 월사(月沙) 이정구(李廷龜)의 후손이고, 이노춘(李魯春)은 택당(澤堂) 이식(李植)의 후손이다. 그런데 택당의 연광정시(練光亭詩)를 집어 내 출제(出題)하였을 적에는 이노춘이 으뜸을 차지하였고, 월사의 망해정시(望海亭詩)를 출제했을 적에는 이시수가 으뜸을 차지하였으니, 또한 우연한 일이 아니다.' 하니, 각신(閣臣) 심염조(沈念祖) 등이 말하기를, '조상의 시를 가지고 그 후손에게 시험 보인 것은 실로 성조(聖朝) 문한(文翰)의 아름다운 일이고 세신(世臣)의 광영(光榮)인 것입니다.'라 하였다.[39]

이식은 연광정에 올라가서 총 9수의 시를 지었다. 그의 후손 이노춘이 이식의 연광정시(練光亭詩)를 숙지하고 있었기 때문에 연광정시를 출제(出題)하였을 때 으뜸을 차지하였다는 것이다. 이것은 가문의 문한(文翰)을 계승하는 일이다. 따라서 심염조(沈念祖) 등은 이를 두고 "성조(聖朝) 문한(文翰)의 아름다운 일이고 세신(世臣)의 광영(光榮)인 것"이라 하였다. 여기서 연광정은 또한 일종의 선조를 추모하는 공간으로도 이해가 된다. 그리고 연광정에서 선인에 대한 추모는 선인의 시를 차운한 것에서 가장 잘 드러

---

39) 『朝鮮王朝實錄』正祖 6年 3月 25日, "壬戌/行抄啓文臣課試. 李時秀, 李魯春比較, 教曰："時秀, 月沙 李廷龜之後孫；魯春, 澤堂 李植之後孫. 拈澤堂 ≪練光亭詩≫爲題, 李魯春居首, 月沙 ≪望海亭詩≫爲題, 李時秀居首, 亦不偶爾. 閣臣沈念祖等曰："以其祖之詩, 試其孫, 斯實聖朝文翰之美事, 世臣之榮耀也.""

난다. 전술하듯이 정지상의 <송인>을 후대 사람들이 한말까지 차운한 것이 그것이다.

셋째, 연광정은 역사를 기억하는 공간이다. 연광정은 고조선의 도읍인 평양에 위치하고 있다. 이 때문에 연광정에서는 단군과 기자, 그리고 동명왕 등 성왕에 대한 역사 유적과 역사 기억을 쉽게 떠올릴 수 있다. 다음으로, 연광정은 임란 때 전쟁의 현장이었기 때문에 한일관계사의 살아있는 증거가 된다. 마지막으로 연광정은 한중관계사에서도 중요한 위치를 차지하고 있다. 양국의 사신이 오갈 때 연광정은 사대(查對)를 하는 곳이면서 영접 및 환송을 하는 곳이었기 때문이다.

넷째, 연광정은 회화와 무용 등을 산출한 예술 공간이다. 북송 때 형성된 팔경문학(八景文學)은 한반도로 넘어오는데, 특히 15세기 관서 지역에 활발하게 수용된다. 팔경문학의 발달로 인하여 팔경도(八景圖)가 함께 탄생하였고, 연광정이 관서팔경 중 일경이 되면서 그에 관한 회화 작품 역시 산출되기 시작하였다. 예컨대 이정(李楨, 1578-1607)이 창작한『관서명구첩(關西名區帖)』의 <연광정>과 17세기 말에 창작한『최락당팔경병풍도(最樂堂八景屛風圖)』등이 그것이다. 그리고 평양명승도 가운데서도 연광정이 차지하는 비중은 압도적이다.[40] 사실 연광정을 주제로 한 회화 창작은 지금까지도 이루어지고 있다. 북한의 화가 탁효연(1969-) 등이 연광정을 주제로 창작한 작품이 그것이다. 그리고 연광정에서 잔치를 베풀 때 무용은 뺄 수 없는 것이다. 평안감사 부임 시 환영잔치에서 학무, 연화대무, 사자무, 처용무 등 무용을 공연한 것이 그 예다.

이처럼 문학경관인 연광정은 풍부한 문화적 의미를 지니고 있다. 인문학이 위기에 처해있고, 실용적 학문을 추구하는 오늘날에 문화론적 관점

---

40) 박정애(2012),「朝鮮後期 平壤名勝圖 연구」,『민족문화』제39집, 한국고전번역원, 330쪽.

에서 고전문학의 자원을 바라보는 시각이 필요하다. 경관 텍스트로서의 연광정은 수많은 문학작품(writing text)을 산출했다. 그러므로 연광정에 대한 문화론적 접근과 문화콘텐츠 개발 역시 필요하다고 생각한다. 여기서 특히 남북분단이라는 현실에 대응하여 '연광정축제'를 구축하는 것을 제안해 본다. '연광정축제'를 구축하기 위해서는 한강이나 낙동강 강가에 연광정을 복원하고, 연행과 관련된 전시관도 함께 지어야 할 것이다. 전시관에 연광정에 관한 자료들을 전시하면 사람들에게 연광정을 중심으로 발생한 역사 및 문화를 보여줄 수 있다. 이 외에도 '연광정축제'에서 '연행사들의 이야기 들려주기', '연행사의 한시 낭송 대회', '연광정 백일장', '조선시대 풍악 감상', '대동강 뱃놀이' 등 다양한 행사를 개최할 수 있을 것이다.

이러한 행사의 의의는 다음과 같다. 먼저, 연광정의 역사를 통해 북한에 대한 인식을 확장·변화시킬 수 있다. 둘째, 연행 역사를 통해 한·중 공감대를 효과적으로 유지할 수 있다. 셋째, 청소년의 문예 창작 능력을 키울 수 있다. 넷째, 지역 경제 발제에 도움을 줄 수 있다. 마지막으로, 이러한 행사를 통해 외국인 관광객의 이목을 끌 수 있으며, 한국 전통 문화의 세계화를 촉진할 수 있다.

5. 맺음말

본 연구는 연광정이라는 공간에 주목하여 문학경관이라는 관점에서 그것을 바라보았다. 먼저, 연광정은 문학경관으로서의 조건을 모두 갖추었을 뿐만 아니라 기타 경관보다 높은 위상을 지니고 있다는 점을 밝혔다. 그리고 이는 바로 연광정이 처한 자연환경과 인문환경에 의해 결정된 것이라고 볼 수 있다. 다음으로, 문학경관인 연광정에서 생성된 문학작품들을 낭만감성과 도학감성, 그리고 사회감성으로 나누어 살펴보았다. 이러한 작업을 바탕으로 하여 연광정이 지니고 있는 문화적 의미를 밝힘으로써 연광정에 관한 문화콘텐츠 개발안을 제시해 보았다. 본 연구에서는 '경관 텍스트(landscape text)－글쓰기 텍스트(writing text)－문화론'이라는 연구방법으로 연광정에 접근하였다. 연광정에 대한 연구가 아직까지 미비한 상황 하에 이러한 연구방법의 실천은 일정한 의의를 갖는다고 생각한다.

다만 향후에 연광정에 관한 자료를 질서 있게 수집·정리하는 작업을 지속적으로 해야 되며, 특히 그와 관련된 문학작품을 시학(詩學)이나 비평의 관점에서 전문적으로 연구할 필요가 있다. 연광정은 지금 북한에 위치하고 있다. 하지만 연광정이 한국사를 비롯하여, 한국과 중국·일본과의 관계사에서 중요한 위치를 차지하고 있다는 점을 감안한다면, 연광정에 대한 연구는 문학 영역뿐만 아니라 역사학이나 정치학 등과 결합한 학제 간의 연구도 필요하다.

참고문헌

1. 기본자료

『朝鮮王朝實錄』
『承政院日記』
尹斗壽, 『梧陰遺稿』
_____, 『梧陰遺稿』
麟坪大君, 『燕途紀行 上』
車天輅, 『五山集』
洪敬謨, 『西京有聲畫帖』.
한국고전종합DB : http://db.itkc.or.kr

2. 연구논저

金琪彬, 「地名으로 본 北韓鄕土史3 평양의 명승고적」, 『北韓』, 북한연구소, 1987.
김윤희, 「조선후기 가사에 형상화된 '평양(平壤)'의 지리·문학적 표상과 그 변모 양상」, 『東方學』 30, 한서대학교 동양고전연구소, 2014.
량짜오, 「<北行歌>의 敍述方式과 作家意識 研究」, 경북대학교 석사논문, 2014.
이군선, 「관암 홍경모의 평양에 대한 인식－고증학적 학문태도와 관련하여－」, 『退溪學과 韓國文化』 35, 경북대학교 퇴계연구소, 2004.
박정애, 「朝鮮後期 平壤名勝圖 연구」, 『민족문화』 39, 한국고전번역원, 2012.
_____, 「朝鮮 後期 關西名勝圖 연구」, 『美術史學研究』 258, 한국미술사학회, 2008.
정우락, 「낙동강과 그 연안지역의 공간 감성과 문학적 소통」, 『한국한문학연구』 53, 한국한문학연구회, 2014.
정우락·백두현, 「문화어문학 : 어문학에 대한 문화론적 혁신」, 『어문론총』 60, 한국문학언어학회, 2014.
曾大興, 『文學地理學槪論』, 중국 : 商務印書館, 2017.
홍재휴, 『北行歌研究』, 曉星女子大學校 出版部, 1991.

허주 이종악의 한시에 나타난
가문의식과 사회문화적 의미

황 명 환 | 경북대학교 국어국문학과 박사과정

1. 머리말

'종가문화'는 한국을 대표하는 무형문화유산이라 할 수 있다. 그것이
의례, 건축, 음식 등의 측면에서 비교적 한국의 전통을 잘 유지하고 있기
때문이다. 이뿐만 아니라, 종가문화는 공동체의식 함양, 도덕교육 등을 통
해 오늘날 우리 사회가 직면하고 있는 다양한 문제점들을 해결할 수 있는
방안으로 제시되기도 한다. 결국 종가문화는 살아 있는 '오래된 미래'로
서 여전히 주목을 받고 있는 바이다.[1] 이러한 종가문화의 핵심적 요소는
바로 종가의 대를 이어가는 '종손(宗孫)'이라 할 수 있다. 특히 종손이 종

---

1) 이러한 측면에서 경상북도와 경북대학교 영남문화연구원은 『경북의 종가문화』 시리즈를
발간하고 있으며, 한국국학진흥원에서는 전국 단위로 범위를 확대하여 각 지역의 종가에
대해 기초적인 정리 작업을 완료하였다. 또한 이러한 기본 연구들을 바탕으로 종가문화를
인류무형문화유산으로 등재하고자 하는 방안에 대해서도 다양한 시도가 이루어진 바 있다.

가의 유무형적 자산을 지켜나가는 핵심적 존재라는 점을 환기할 때, 종손이 지니고 있는 '가문의식'이 종가문화에 있어 얼마나 중요한지를 미루어 짐작할 수 있을 것이다.[2]

본서는 이러한 점을 염두에 두고서 종손의 문학에 투영된 가문의식을 확인해 보고자 한다. 이때 논의의 범위는 시간적으로는 '18세기', 공간적으로는 '경북지역'으로 한정될 것이다. 17세기 후반부터 나타나기 시작한 종가문화가 18세기 경북지역에서 가장 견고하게 정착되었기 때문이다. 특히 경북지역은 전국에서 가장 많은 종가가 존재하는 곳이기 때문에, 이를 중심으로 한국의 종가문화 및 종손의 가문의식을 논하는 것은 유효한 결과를 가져오리라 생각된다.[3]

본서가 연구대상으로 삼은 텍스트는 안동 고성이씨(固城李氏) 대종택 임청각(臨淸閣)의 11대 종손(宗孫) 허주(虛舟) 이종악(李宗岳, 1726-1773)이 남긴 한시들이다. 지금까지 이종악에 대한 연구는 그리 활발히 이루어지지 않고 있으며, 2010년대에 이르러서야 몇 편의 연구 성과가 나오기 시작하였다. 그러나 그마저도 대부분 그가 남긴 그림에 관심이 집중되어 있는 것이 사실이다. 실제로 미술사(美術史)를 전공한 이랑은, 이종악이 그린 「허주부군산수유첩(虛舟府君山水遺帖)」을 세거도(世居圖)라 명명하고, 이를 동시대 인물인 이만부(李萬敷, 1664-1732)의 「누항도(陋巷圖)」와 비교한 바 있다.[4]

---

2) 정우락에 의하면, '가문의식'이란 '居家 혹은 宗中的 측면에서 奉先을 통해 가문의 敦睦을 도모하고, 사회적 측면에서 그 가문의 주요 선조가 이룩한 偉業을 계승하고 현창하고자 하는 의식'을 의미한다(정우락(2010), 「18세기 후반 영남문단의 일 경향 : 芝厓 鄭煒의 가문의식」,『남명학』제15집, 남명학연구원, 453쪽). 본서는 이러한 논의를 기반으로 하되, 여기에 가문을 지키고자 하는 외적인 노력까지 포함시키고자 했음을 미리 밝혀두는 바이다.

3) 경북(대구 포함)의 종가 수는 312개이다. 이는 전체 종가 수 923개 가운데 약 33.8%에 해당한다(정우락(2016), 「종가 문화의 세계유산적 전망」,『영남학』제30집, 경북대학교 영남문화연구원, 20-21쪽 참고).

4) 이랑(2012), 「18세기 영남문인 李萬敷와 李宗岳의 世居圖 연구」, 고려대 석사학위논문.

또한 조경학계(造景學界)에서도 이종악의 그림은 관심의 대상이 되었다. 그리하여 김정문·노재현은 이종악의 산수유첩(山水遺帖)에 표현된 장소·경물·식물요소를 중심으로, 과거와 현재의 경관 및 풍물에 대한 물리·생태적, 시각·미학적 변화에 주목하였다.5)

한편, 그림에 대한 관심은 문학작품을 다룬 논문에서도 마찬가지로 나타났다. 이에 대해서는 최은주의 연구 성과를 주목할 만하다.6) 그는 이종악의 한시를 통해 18세기 영남 선비의 여가생활과 가치지향을 논하였는데, 여기에서도 회화활동이 음악활동, 원예활동, 유람활동과 더불어 중심적 소재로 나타나 있다. 이처럼 이종악에 대한 선행연구들은 그의 풍류활동, 특히 그림에 집중되어 있다는 점에서 특징적인 면모를 보이고 있다. 그리고 바로 이 점이 이종악 연구의 성과이자 한계라 할 수 있다.

결국 기존연구들은 모두 시인묵객 내지는 지방선비라는 측면에 초점을 맞추어 이종악을 다루고 있는 것이다. 그러나 그가 남긴 시편들을 살펴보면, 그가 종손으로서 지니고 있었던 고민의 흔적들을 쉽게 찾아볼 수 있다. 그리고 이는 갑술환국(甲戌換局) 이후 18세기 영남지방의 종손들이 지니고 있는 보편적인 문제의식이기도 하였다. 이에 본서는 기존의 연구 성과들을 비판적으로 수용하면서 이를 더욱 확장하는 방향으로 논의를 진행시켜 나갈 것이다. 특히 이종악이 종손이었다는 사실에 착안하여, 그의 한시에 나타난 가문의식이 무엇인지를 확인하고, 이를 통해 그것이 지닌 사회문화적 의미를 도출해 내는 데까지 나아가고자 한다.

---

5) 김정문·노재현(2012), 「허주(虛舟) 산수유첩(山水遺帖)에 표현된 반변천(半邊川) 십이승경 (十二勝景)의 어제와 오늘」, 『한국전통조경학회지』 제30-1집.

6) 최은주(2014), 「허주(虛舟) 이종악(李宗岳)의 한시를 통해 본 18세기 영남 선비의 여가생활 과 가치지향」, 『어문론총』 제62집, 한국문학언어학회.

2. 허주 이종악의 삶에 나타난 종가문화

종가에서 종손으로서 수행해야 할 가장 큰 임무는 바로 봉제사(奉祭祀)와 접빈객(接賓客)이다. 이종악은 8세 때 부친을 여의었기 때문에, 홀어머니 밑에서 종손으로서 지녀야 할 고가(古家)의 법도와 의절을 익히게 된다. 그리하여 대산(大山) 이상정(李象靖, 1711-1781)이 「허주이군묘갈명(虛舟李君墓碣銘)」을 통해 언급하고 있듯이, '제사를 받들어 모심에 정성스럽고, 친족을 대함에는 독실한 인물'로 장성하였다. 이 때문에 일찍이 옥천(玉川) 조덕린(趙德鄰, 1658-1737)은 이종악에 대해 "이씨 문호를 크게 넓힐 자는 반드시 이 아이일 것이다."라는 평을 남기기도 하였다.

한편, 봉제사는 선조 추숭과 관련된 행위이고, 접빈객은 친족 및 친우들과의 돈목을 중시하는 행위이다. 전자를 수직적 행위, 후자를 수평적 행위라 할 수 있을 것이다. 이를 통해 이종악이 자신의 가문을 지키기 위해 수직적·수평적 양면에서 종손으로서의 의무를 다해야만 했음을 짐작할 수 있겠다. 이제 본격적으로 이종악의 한시에 나타난 가문의식을 알아보기에 앞서, 이종악의 삶에 나타난 종가문화의 일면을 확인해 볼 필요가 있을 듯하다.

먼저, 선조 추숭과 관련된 부분인데, 이는 제사와 가장 깊은 연관을 지니고 있다. 다음 인용문을 살펴보도록 하자.

> (가) 조상을 받드는 일에 있어서는 정성과 예법을 모두 다했으니 가을걷이를 한 뒤에는 반드시 정(精)한 과실과 곡식을 가려서 고방에 간수해 두었다가 제수(祭需)에 대비했다. 또한 두 책자를 만들어 한자와 한글로 기일(忌日)과 절사(節祀) 및 물품(物品)의 수효를 기록하여 안채와 사랑채에 두고서 기일보다 먼저 재계하고 청결하게 해 두었다가 때가 이르면 장만해 올릴 수 있도록 했다. <중략> 일찍이 말하

기를 "제사는 정성과 공경을 주로 해야 하니 이는 잘 차리고 못 차리림에 달려있지 않다. 우리 집안은 여러 대에 걸쳐 선조들이 일찍 세상을 떠났기 때문에 제례(祭禮)에 있어서 누락된 부분이 많다. 지금 『가례(家禮)』에 의거하여 짐작하되 구원(久遠)을 도모하고자 함은 어쩔 수 없는 데서 나온 것이지, 감히 헤아림이 있어서가 아니다."라고 하였다.[7]

(나) 부군께서는 매일 아침 일찍 일어나 세수하고 머리 빗고 난 뒤 사당에 배알하였고, 출입할 때나 일이 있을 때에도 또한 배례(拜禮)를 드렸다. 친진위(親盡位)의 묘사(墓祀) 및 가묘(家廟)의 제사는 한결같이 정해진 법식에 따라 풍성함과 검소함의 가장 적당함을 취했다.[8]

(가)는 임여재(臨汝齋) 류규(柳湀, 1730-1808)가 쓴 「허주처사이공묘지명(虛舟處士李公墓誌銘) 병서(幷序)」의 일부이다. 인용문에서도 알 수 있듯이, 이종악이 곡식을 수확한 뒤 가장 먼저 한 일은 바로 좋은 과실과 곡식을 제수로 비축해 두는 것이었다. 종가의 제례에서 음식이 차지하는 역할과 비중을 고려할 때, 이러한 행위는 바로 숭조의식의 표출에 다름 아니다. 그리고 이는 조상의 제례에 사용할 물품의 수효를 일일이 기록하여 만일의 사태에 대비하고 있는 모습에서도 여실히 드러난다.

한편, 이종악은 8세 때 부친을 여의었기 때문에, 아버지로부터 직접적인 종손교육을 받을 수 없는 처지에 놓여 있었다. 그렇기 때문에 집안에서 내려오는 제례 예절에 혹 누가 생길 것을 염려하여 『주자가례』에 의거해 제사를 지냈음을 확인할 수 있다. 이러한 부분은 (나)에서도 나타난다. 이종악은 매일 아침 일어나자마자 사당에 배알을 하였고, 집안의 여러 제

---

7) 류규, 「虛舟處士李公墓誌銘 幷序」, 『허주유고』.
8) 李宜秀, 「先府君行錄」, 『허주유고』.

례에 한결같이 정해진 법식을 따랐던 것이다. 여기에서 '정해진 법식'이라 한 것이 '『주자가례』에 의거한 법식'이었을 것임은 (가)의 내용을 통해 쉽게 짐작할 수 있겠다.

이밖에도 이종악은 선조로부터 이어온 종택(宗宅)인 임청각을 1767년(영조 43)에 중수(重修)하면서 숭조의식을 드러내기도 하였다. 이는 그가 「임청각중수기(臨淸閣重修記)」에서 "선조(先祖)께서 은거하여 노닐었던 터전을 영구히 보존하여 폐기되지 않도록 한다면 참으로 다행한 일이겠다."라고 언급한 것을 통해 확인할 수 있다.

다음은 이종악과 친족들의 관계에 대해 살펴보도록 하겠다. 이는 선조와의 관계가 수직적이었던 데 비해, 수평적인 면모를 지니고 있다.

> 부군께서 종족 사이의 일을 처리함에 있어서는 한결같이 정성스런 뜻을 근본으로 삼았으니, 일찍이 "종족 간의 일을 처리하는 도리는 오직 은애(恩愛)를 힘써 다함에 있다. <중략>"라고 하였다. 원근간의 종족을 대함에 있어서는 매양 이러한 관점에서 타이르듯 정성스럽게 말씀하셨다. 일찍이 고인(古人)의 '구세동거(九世同居)'의 뜻을 흠모하여 손수 동거도(同居圖)를 그려 자신의 뜻을 보였다. 문중 안에서 모든 길흉사(吉凶事)가 있을 때는 자신이 당한 것처럼 온 힘을 다해 주선해 주었다.[9]

인용문을 통해 알 수 있듯이, 이종악이 친족들을 대함에 있어 가장 강조했던 것은 바로 은애(恩愛)였다. 즉, 그에게 있어 친족은 손익을 계산해야 할 존재가 아니라, 사랑으로 보듬어야 할 존재였던 것이다. 이종악이 당나라 사람인 장공예(張公藝)가 9대와 함께 화목하게 지낸 것을 동경하며, 「구세동거도(九世同居圖)」를 그린 것도 이러한 연유에서였다. 이처럼 친족

---

9) 李宜秀, 「先府君行錄」, 『허주유고』.

을 대함에 극진한 태도를 보였기 때문에 원근의 일족들 가운데 임청각을
의지할 곳으로 여기지 않는 이가 없었다고 한다.

이밖에도 이종악은 족인(族人)의 집에 고아나 홀몸이 된 남녀아이들이
있으면 본가에 데려다 키움으로써 시집보내고 장가드는 시기를 놓치지
않도록 하였다. 그리고 그들을 위해 가산을 경영하여 지급해 주었다.10)
이처럼 이종악은 한 가문의 종손으로서의 역할에 충실한 인물이었다. 그
렇기에 문중의 여러 인사들 역시 자연스레 이종악을 집안의 큰 어른으로
받들어 주었다.11) 이를 통해 종손 이종악의 가문 내 위상을 확인할 수 있
겠다.

한편, 종손으로서의 이종악의 생활은 가문 내적인 영역에만 한정되어
있지 않았다. 여느 종손들과 마찬가지로 이종악 역시 지역 내의 문사들과
폭넓은 교유관계를 맺고 있었기 때문이다. 주로 학맥 등을 통해 맺어지는
이러한 교유는 자가문(自家門)의 대외적 위상을 높이는 계기가 되기 때문
에 주목할 만하다. 또한 학적 교유가 곧 혼반으로 이어졌던 당대의 시대
적 현실을 고려할 때, 이종악과 친우(親友)들의 관계를 살펴보는 작업은 일
정 부분 의미가 있다고 하겠다. 다음은 이종악과 친우들의 관계가 잘 드
러나 있는 부분이다.

---

10) 류규, 「虛舟處士李公墓誌銘 幷序」, 『국역 허주유고』, 187쪽, "族人의 집에 고아나 홀몸이
된 남녀 아이들이 있으면 본가에 데려다 키워서 시집보내고 장가드는 시기를 놓치지 않았
다. 또한 그들을 위해 가산을 경영하여 지급해 주었으며, 친구간에 어렵게 살거나 상을 당
한 이에게는 혹 손재주가 있는 종과 바느질하는 종을 거느리고 몸소 가서 도와주기도 했
다. 이런 일로 인해 원근간에 모두 공의 信義에 감복해 일체 다른 말이 없었다."

11) 류규, 「虛舟處士李公墓誌銘 幷序」, 『국역 허주유고』, 187쪽, "임청각에 어떤 일이 있었는
데, 노소간에 모두 모였다. 그곳에서 서로간의 논의가 분분하여 의견의 일치를 보지 못하
였다. 이에 공이 좌중으로 나가 분변하여 설명하니, 설명을 마치기도 전에 문중의 장로가
흔연히 "君의 말이 옳다. 어찌 다른 논의가 있겠는가."라 하고는 드디어 종일 여유롭게 놀
다가 파하였다."

(가) 병이 들어 여러 해 동안 자리에 누워 있으면서도, 친구들이 와서 안부를 물으면 한 사람 한 사람마다 영접하였다. 자질(子姪)들이 조용한 안채로 자리를 옮기려 하자 이를 허락하지 않았으니 강각(江閣)이 넓어서 접대하기에 용이했기 때문이었다.[12]

(나) 일시의 연배들 가운데 부군과 마음을 기울여 서로 만나는 분들은 모두 성실하고 미더우며 순박·견실한 사람들이었다. 그러나 혹 비좁은 격식에서 벗어나 호탕·활달하여 얽매이지 않는 분들 또한 좋아하셨다. 친우들을 만나 한바탕 담소하실 때는 내심을 열어 드러내기도 하였으며, 간혹 멋있는 농을 주고받으며 밤이 새도록 그치지 않은 적도 있다. 지인(知人)들에게서 받은 서찰들을 하나하나 수습(收拾)하여 풀로 붙여 이어서 두루마리를 만들어 서안(書案)에 보관해 두었으며, 방의 벽을 바르는 데에 사용하지 않았다.[13]

위 인용문들은 종가에서 중시하는 접빈객의 도리에 대해 논하고 있다. (가)에서 이종악은 병이 들어 자리에서 일어나기 힘든 상태에서도 친우들을 정성스럽게 맞이하는 모습을 보여준다. 이는 자신의 편안함보다 손님으로 온 친우들에 대한 대접을 더욱 중시하였기 때문이다. (나)에서는 이종악이 어떠한 부류의 친우들과 교유를 하였으며, 그가 친우들과 교유를 하는 태도가 어떠했는지에 대해 이야기하고 있다. 인용문에서도 알 수 있듯이, 이종악은 친우들과 풍류를 즐기며 허심탄회한 이야기를 즐겼다. 그런데 그가 풍류를 즐기던 장소는 주로 반구정, 임청각 등 집안과 관련된 곳이었다. 즉, 이종악은 주인으로서 친구들을 손님으로 맞이하였던 것이다. 이러한 태도 역시 종손으로서의 이종악이 어떠한 면모를 보였는지를 확인할 수 있는 부분이라 하겠다.

---

12) 류규, 「虛舟處士李公墓誌銘 幷序」, 『허주유고』.
13) 李宜秀, 「先府君行錄」, 『허주유고』.

한편, 종가는 지역사회의 구심점이 되기도 한다. 그리고 이는 선조, 친족, 친우의 범위를 훨씬 벗어나는 것이다. 경주 최부자댁의 이야기에서도 알 수 있듯이, 전통시대의 종가는 어려운 지역민들을 구휼하는 역할을 수행하였다. 서양의 '노블리스 오블리제'와 같은 사례를 우리나라에서는 종가문화에서 찾을 수 있는 것이다. 이종악 역시 이러한 면모를 보여주었는데, 이는 다음 인용문을 통해 확인할 수 있다.

> 추위에 떠는 이나 굶주린 사람, 병이 들어 약을 구하는 사람들이 이곳으로 와 부탁하지 않는 이가 없었는데, 공께서는 늘 있는 일로 여겼다.[14]

이종악이 임청각의 주인으로 있을 때 추위에 떨거나 굶주린 사람, 그리고 병든 사람들이 자주 드나들었다고 한다. 그런데 이종악은 이들을 내치지 않고 그들을 구휼하는 데 정성을 기울였던 것으로 보인다. 이는 그가 이러한 일을 늘 있는 일로 여겼을 뿐만 아니라, 곤경에 처한 사람 가운데 임청각에 도움을 청하러 오지 않는 이가 없었다는 언급을 통해 확인할 수 있다. 이처럼 이종악은 자신의 가문에만 관심을 기울인 것이 아니라, 지역사회에 대해서도 일정 부분 역할을 담당하였던 인물이었다. 그리고 역설적이게도 그러했기 때문에 이종악의 가문은 더욱 빛을 발할 수 있었던 것이다.

---

14) 류규, 「盧舟處士李公墓誌銘 幷序」, 『허주유고』.

3. 허주 이종악의 한시에 나타난 가문의식

1) 선조에 대한 존숭

앞서 언급하였듯이, 종가에서 가장 중요하게 생각하는 것은 바로 자신들의 조상이었다. 이는 종가가 장손(長孫)을 중심으로 이어진다는 특징을 지니고 있기 때문으로 보인다. 만약 종가에 대를 이을 자식이 존재하지 않을 때에는 양자를 들여서까지 대를 이었는데, 이는 오늘날까지도 지속되고 있는 문화현상이다. 따라서 종가와 종손에게 있어 선조들은 오늘날 자신을 있게 한 존재이자, 한 가문을 형성·유지하고 있다는 자긍심을 불러일으키는 존재였던 것이다. 자연스레 이종악의 한시에도 숭조의식이 강하게 드러난다. 이는 특히 이종악의 10대조인 이굉(李肱)이 건립한 반구정을 배경으로 한 작품에서 더욱 선명하게 드러난다.

蒼然喬木蔭江岸　짙푸른 교목이 강 언덕에 그늘을 드리운 곳,
吾祖休官三世墟　우리 선조 삼대토록 벼슬 버리고 사셨던 터전.
亭畔今看數丈石　정자 가에 보이는 몇 길 큰 바위,
諸孫繼構憾無餘　자손들 선조의 뜻 이어받아 유감없이 펼치리.[15]

이 시는 반구정 낙성연 자리에서 녹균헌(綠筠軒) 류진현(柳晉鉉, 1687-1767)의 시에 차운하여 지은 것이다. 1구에서는 반구정의 자연지리적 위치에 대해 논하였다. 반구정 주변에는 짙푸른 교목이 우거져 있어, 풍류를 즐기기에 알맞은 곳이었다. 실제로 이종악은 이곳을 배경으로 하여 친척 및 친우

---

15) 이종악, 「伴鷗亭落成宴席上 謹次綠筠丈韻」 제1수, 『허주유고』(번역은 서수용 국역(2008), 『국역 허주유고』, 임청각을 참고하되, 필요시 수정을 가하였음을 밝혀두는 바이다. 이하의 번역도 동일하다).

들과 함께 자주 뱃놀이를 즐기곤 하였다. 그런데 2구에서 이종악은 불현듯 자신의 선조를 떠올리고 있다. 실제로 반구정은 이종악의 선조인 이명(李洺), 이굉(李肱), 이용(李容)의 은거지로 인식되었으며, 영조 연간에는 이를 기념하여 '고성이씨삼세유허비(固城李氏三世遺墟碑)'가 세워지기도 했다.16)

이처럼 반구정은 이종악의 직계 선조들과 밀접한 연관이 있는 곳이었기에, 그는 이 시의 마지막 구에서 선조의 뜻을 이어받고자 하는 의지를 내비치기도 하였다. 여기에서 선조의 뜻은 바로 '은거'가 아닌가 한다. 실제로 이종악의 아들 이의수(李宜秀)는 부군의 행록을 작성하면서 "십오 세에 관례를 한 뒤 가통(家統)을 이어받았는데, 문호(門戶)가 넓고 커서 손님을 응대하는 일이 매우 번다하여 글공부에만 전념할 수 없게 되었다. 이로부터 다시는 과거 시험 준비를 하지 않고 오직 서사(書史)를 읽으면서 고실(故實)만을 따져 논할 뿐이었다."라고 이야기하였는데, 이를 통해 이종악이 은거처사로서의 삶을 살았음을 확인할 수 있다. 또한 「반구정야독좌(伴鷗亭夜獨坐)」라는 시에서도 "시 한 수에 다시 거문고 한 곡, 세간 사정 모두 물리쳐 보낸다."라고 읊었는데, 이 역시 은거와의 연관성을 보여준다고 하겠다.

다음은 반구정 연회석에서 지은 시인데, 여기에서도 선조에 대한 존숭을 확인할 수 있다.

洛水南頭古閣新　　낙동강 남쪽 머리 옛 정자 새로운데,
登臨正値綠楊辰　　올라 굽어보니 마침 버들 푸른 날.
笙歌咽座銀船溢　　생황 노래 흐느끼며 은선에 넘치나니,
昔日風烟今日人　　풍경은 의구한데 사람만 요즘 사람.17)

---

16) 김학수, 「허주유고 해제」, 『국역 허주유고』, 14쪽.
17) 이종악, 「伴鷗亭宴席」, 『허주유고』.

1구에서는 반구정의 위치에 대한 정보가 나타나 있다. 그런데 여기서 주목할 만한 것은 오래 전에 지어진 반구정을 굳이 '새롭다'고 표현한 데 있다. 이는 후손인 이종악이 반구정을 늘 새롭게 인식하고 있다는 것을 뜻하는데, 그 이유는 자신이 선조의 뜻을 이어받고자 했기 때문이다. 즉, 이종악에게 있어 반구정은 '선조가 남긴 옛 유적'이라는 의미만을 지닌 것이 아니라, 자신이 현재에도 지켜나가야 할 '선조의 의지'였던 것이다.[18] 2구와 3구에서는 연회석의 풍경이 드러나 있다. 버들이 푸른 날에 생황 소리가 배에 가득 차 있다고 한 것을 통해, 이 시가 뱃놀이를 하며 지어진 것임을 확인할 수 있다.

이처럼 즐겁기만 하던 상황이 마지막 구에서는 반전을 가져온다. 이는 1구의 내용과 밀접한 연관이 있는 것으로 보인다. 여기서 우리는 이종악이 연회의 즐거움에만 빠져 있지 않고, 선조의 숭고한 뜻을 생각하고 있음을 확인할 수 있다. 변하지 않는 자연과 달리 사람은 시간이 흐름에 따라 언젠가 죽음을 맞이하게 된다. 그런데 예전 선조들이 반구정에서 노닐었던 모습과 오늘날 자신이 반구정에서 연회를 즐기는 모습이, 변치 않는 풍경을 통해 서로 연결된다. 따라서 4구의 내용은 선조에 대한 그리움을 담고 있는 동시에 선조를 닮아가겠다는 의지의 표현인 것이다.

2) 친족에 대한 돈목

종손은 자신의 직계 가족만을 염두에 두는 존재가 아니다. 자신을 둘러 싼 문중의 방계 자손들까지 모두 보듬어야만 하는 존재가 바로 종손이기

---

18) 이러한 인식은 종택인 임청각을 중수한 뒤 남긴 「臨淸閣重修記」에도 반영되어 있다. 여기에서 허주는 "후대의 자손들도 흥하고 폐하는 것에 이수가 있음을 알아서 공경을 다해 지키고 가꾸어, 선조께서 은거하여 노닐었던 터전을 영구히 보존하여 폐기되지 않도록 한다면 참으로 다행한 일이겠다."라고 이야기하였다.

때문이다. 자연스럽게 이종악의 한시에는 친족에 대한 돈목이 강하게 드러나 있다. 그리고 이러한 인식은 친족 개개인과 주고받은 시, 가까운 친족의 죽음을 슬퍼한 시, 멀리 떠났던 친족이 다시 돌아왔음을 기뻐하며 지은 시 등에서 잘 나타난다. 먼저 이종악이 자신의 존고종숙(尊姑從叔)인 최상진(崔尙鎭)에게 보낸 시를 살펴보도록 하자.

> 江城春到苦相思　　강성에 봄이 오니 너무나 그리운데,
> 一夜梅花復滿枝　　매화는 하룻밤 사이 가지에 가득 피었네.
> 水遠山長人不見　　물은 멀고 산은 먼데 사람 보이지 않으니,
> 爲君彈送步虛詞　　그대 위해 보허사(步虛詞)를 탄주해 보내네.19)

　1구에서는 봄이 오자 최상진을 그리워하는 마음이 생겼음을 이야기하고 있다. 그리고 이러한 그리움은 매화가 하룻밤 사이에 가득 피자 더욱 절실해진다. 그런데 이러한 그리움과는 달리 실제의 만남은 성사되기 어렵다. 물과 산이 둘 사이를 가로막고 있기 때문이다. 실제로 이종악은 안동에, 그리고 최상진은 달성에 거주하고 있어서 둘의 왕래는 좀처럼 쉽지 않았던 것으로 보인다. 이에 이종악은 자신의 특기인 가야금을 이용해서 보허사(步虛詞)를 탄주해 보내고자 한다. 만날 수 없는 그리움을 소리로만이라도 달래고 싶었던 것이다.

　이처럼 이종악은 종종 보고 싶은 마음을 거문고 연주로 대신하고자 하였는데, 이는 「차이상보운(次李尙甫韻)」에서 "한 곡 다시 한 곡, 청산과 녹수를 교감하자."라고 이야기하고 있는 데서도 확인할 수 있는 바이다. 이처럼 그에게 있어 거문고 연주는 상대방과 자신을 연결시키는 매개체인데, 이는 주로 백아와 종자기 고사와 연결된다. 주지하다시피 백아는 거문

---

19) 이종악, 「寄呈達城崔戚叔 尙鎭」, 『허주유고』.

고를 잘 연주하고, 종자기는 거문고 연주를 잘 감상하는 사람이었다. 그래서 백아가 거문고를 연주할 때, 종자기는 백아가 어떠한 생각으로 그것을 연주하는지를 단박에 알아차렸다고 한다. 이를 통해 이종악이 자신의 시에서 거문고 연주를 백아와 종자기의 고사에 빗대어 표현한 이유가 무엇인지를 확인할 수 있다. 즉, 이종악의 시에 나타난 거문고는 단순히 풍류를 의미하는 경우에만 제한되어 있지 않고, 돈목 및 우애의 의미로까지 확장되는 것이다. 이는 다음의 시에서도 확인할 수 있다.

> 夜深無語對淸燈　깊은 밤 등잔 아래 말없이 앉았으니,
> 靑眼森森意不窮　보고픈 마음 삼삼하고 생각은 다함없네.
> 寄與峩洋琴一曲　아아양양 거문고 한 가락 부쳐 보내니,
> 盈盈水月曲欄升　넘실넘실 물속의 달이 굽은 난간에 오르네.[20]

이 시는 이종악이 등잔불 아래서 거문고를 타면서 답골파의 주손인 영은(嶺隱) 이홍직(李弘直, 1724-1768)에게 보낸 시이다. 이홍직은 이종악의 시제에 10번이나 등장하는 인물인데, 이는 현전하는 이종악의 시편이 195제에 불과하다는 점을 고려할 때 상당한 의미를 지닌다. 그만큼 이종악과 이홍직의 관계는 각별했던 것이다. 이종악은 깊은 밤 홀로 등잔불에 의지한 채 앉아 있으면서, 이홍직을 떠올렸다. 앞선 시에서도 확인하였듯이, 그는 보고 싶은 마음을 거문고 연주로 달래고 있다. '아양(峩洋)'은 '백아가 고산(高山)에 뜻을 두고 연주하자 종자기가 "아아(峩峩)하여 태산(泰山)과 같도다."라 하였고, 유수(流水)에 뜻을 두고 연주하자 "양양(洋洋)하여 강하(江河)와 같도다."라 평하였다'는 고사에서 따온 것이다. 결국 3구에는 이홍직이 자신의 보고 싶어하는 마음을 알아주길 바라는 뜻이 담겨 있다고 할

---

20) 이종악, 「燈下彈琴 寄呈嶺隱」, 『허주유고』.

수 있다.

이외에도 이종악은 이홍직의 시에 차운하여 쓴 시에서 "세 갈래 길에서 애 끊이게 이별하고, 십리 들판을 눈앞만 보고 걸었었네."[21]라고 하였다. 그리고 이 시의 후반부에서는 "이때 읊은 아재의 시, 내 심정 그대로 그렸구려."라고 하고 있다. 이를 통해 백아와 종자기의 관계를 꿈꾸었던 것이 실현되었음을 확인할 수 있다. 한편, 이종악은 이홍직이 죽자, "만사가 이제 한바탕 꿈이 되었으니, 아득한 마음 다시 누가 알아주랴."라고 하였으며,[22] 이 외에도 『허주유고』에는 죽은 이홍직을 떠올리며 지은 시가 8제 13수나 실려 있다.

다음은 멀리 떠나서 살았던 종숙이 살림을 거두고 돌아왔을 때의 기쁨을 표현한 시이다.

久爲祟鬼逐	오래도록 몹쓸 귀신에게 쫓기다가,
今日好還家	오늘에야 좋이 집으로 돌아오셨네.
始對心猶怖	처음 대했을 때는 아직 두려웠으나,
旋看面復和	다시 보매 얼굴에 화기가 돌아오더라.[23]

1구에서는 가야(佳野)에서 살던 종숙의 삶을 오랫동안 귀신에게 쫓겼다고 표현하였다. 그런데 이 시의 제2수에는 '시려(時沴)'라는 시어가 등장한다. 이는 유행병이라는 뜻인데, 이를 통해 종숙이 친족을 떠난 원인이 유행병 때문이었음을 짐작할 수 있다. 결국 1구의 귀신 역시 유행병의 의미를 지닌다고 할 수 있겠다. 따라서 이종악이 종숙이 집으로 돌아온 기쁨

---

21) 이종악, 「次嶺隱叔韻」 중 일부, "腸斷三街路 眼穿十里禾."
22) 이종악, 「哭嶺隱」 3수 중 제2수 일부, 『허주유고』, "萬事至今成一夢 悠悠此意更誰知."
23) 이종악, 「八月 從叔自佳野撤還 喜而吟贈」 2수 중 제1수, 『허주유고』.

에 대해 이야기한 것은 두 가지 의미를 지니는 것으로 보인다. 하나는 유행병이 끝났다는 것이고, 다른 하나는 그로 인해 그리워하던 친족을 다시금 볼 수 있게 되었다는 것이다.

그리고 3구에서 처음 보았을 때 두려웠다고 한 것은, 유행병이 지나간 직후였기 때문이라 할 수 있다. 그러나 4구에서도 이야기하였듯이, 친족의 품으로 돌아와 계속해서 얼굴을 맞대게 됨으로써 비로소 화기(和氣)가 회복된다고 하였다. 여기서도 이종악이 친족과의 관계에서 중시했던 것이 바로 화목이었음을 확인할 수 있다. 그리고 이는 그가 모든 문중 사람들과 친밀한 관계를 유지해야 했던 종손이었기 때문이다.

3) 친우에 대한 우애

종손은 문중을 대표하는 인물이자, 집안을 일으켜 나가야 하는 존재이다. 따라서 일반적으로 종손은 지역의 문사들과 긴밀한 교유관계를 유지하곤 하였다. 이종악 역시 안동지역을 중심으로 주로 영남 남인계 인물들과 교유를 맺었다. 특히 그는 학봉 김성일 → 경당 장흥효 → 갈암 이현일 → 밀암 이재 → 대산 이상정으로 이어지는 학통과 밀접한 관련을 지니고 있었다.[24] 이는 그가 남긴 「허주인장(虛舟印章)」과 문학작품들을 통해 확인할 수 있는 바이다. 특히 한시 가운데에는 류도원·류장원·류통원 형제들과 관련된 작품들이 많다. 이들은 대산 문하의 고제들이며, 그 가운데 류도원은 이종악과 사돈의 관계를 맺기도 하였다.

한편, 종손에게 있어 중요한 임무 중 하나가 바로 접빈객이었다. 따라서 종손은 가족, 친척의 범위를 넘어서 친우의 관계 역시 중시하였으며, 주인으로서 이들을 맞이하는 역할을 담당하곤 하였다. 이종악의 시에는 친우들

---

24) 김학수, 「허주유고 해제」, 『국역 허주유고』, 26쪽.

과 주고받은 시가 많다. 특히 오죽재(梧竹齋) 조의양(趙義陽, 1719-1807)의 시에 차운한 작품들이 남아 있는데, 원운인 조의양의 시에는 그가 임청각에 자주 드나들었다는 단서가 남아 있어 주목할 만하다.

> (가) 彈琴少知音   거문고 탄주해도 알아주는 이 드물어,
>   將欲束高閣   다락 높이 치워 버리려 하였네.
>   聞子說東溟   동해바다 드넓더란 그대 말 듣고서,
>   欣然更一曲   반겨 한 곡 다시 타노라.25)
>
> (나) 明月照來客   밝은 달빛이 오는 손님 비추니,
>   隔年相憶人   한 해 동안 그리던 사람이었네.
>   開顔延入室   반겨 맞아 방안으로 들어가,
>   吐語溫如春   다정한 이야기 따사롭기 봄날이라.
>   我分宜居墅   나의 분수 산골거처 마땅하지만,
>   君才惜絕倫   절륜한 그대 재능 참으로 아깝네.
>   何妨隨處樂   어디를 간들 즐기지 못하리오,
>   兩鬢各成銀   귀밑머리 희어 은빛이 되었구려.26)

(가)의 원운에서 조의양은 "동해물 장관을 보고, 임청각에 돌아와 누웠네."27)라고 하였다. 이를 통해 이종악의 친우들이 종택을 드나들었음을 확인할 수 있다. (가)에서 이종악은 거문고를 연주해도 알아주는 이가 드물어 거문고 연주를 그만두려 하였다. 그러나 임청각을 방문한 조의양이 거문고 한 곡 듣기를 청하자, 흔연히 연주를 하게 된다. 이는 두 가지 의미를 지닌다고 하겠다. 하나는 이종악에게 있어 조의양은 백아의 음악을

---

25) 이종악, 「次趙義卿宜陽韻」, 『허주유고』.
26) 이종악, 「次趙義卿韻」, 『허주유고』.
27) 조의양, 「原韻」 중 일부, "大觀東海水 歸臥臨淸閣."

알아준 종자기와 같은 벗이라는 의미이다. 다른 하나는 이종악이 접빈객을 위해 조의양의 청을 흔쾌히 받아들였다는 것이다.

(나)의 원운에서 조의양은 "임청각 오간지 십 년, 금서(琴書) 짝하여 앉은 벗."[28]이라 하였다. 이를 통해서도 임청각이 접빈객을 위한 장소로 활용되었음을 확인할 수 있다. 원운에서 조의양은 "인간사 출처 논하는 일 없이, 술 데워 은하수 기울이듯 한다."라며, 이종악의 삶을 칭송하였다. 이에 이종악은 자신의 분수에는 산골거처가 마땅하지만, 뛰어난 자질을 지닌 조의양이 영달하지 못했음을 안타까워하고 있다. 한편, (나)의 1구-4구에는 접빈객의 도리를 다하는 종손 이종악의 면모가 여실히 드러나 있다.

4) 지역에 대한 관심

훌륭한 집안에서 태어나 뛰어난 위업을 이루었다 할지라도, 지역사회에 대한 관심이 결여되어 있다면, 종손으로서의 면모를 제대로 드러냈다고 보기 어렵다. 그만큼 종가와 종손은 지역사회에 대해 일정 부분 책임과 의무를 다해야 하는 존재였던 것이다. 이종악 역시 이러한 면모를 지니고 있었으며, 이러한 인식을 시로 나타내기도 하였다. 다음 시를 살펴보도록 하자.

窓外蕭蕭暗有聲　　창밖 쓸쓸한데 몰래 들리는 소리,
沈沈夜氣近三更　　깊은 밤 기운 삼경이 가까우리.
明朝野色應堪賞　　내일 아침 들판 경치 참으로 볼 만할테니,
從此斯民庶樂生　　이로써 백성들에겐 뭇 즐거움 생길 것이라.[29]

---

28) 조의양, 「原韻」 일부, "十載登淸閣 琴書坐故人."
29) 이종악, 「久旱 夜聞雨聲 喜吟一絶」, 『허주유고』.

이 시는 오랜 가뭄 끝에 빗소리를 듣고 기뻐하며 지은 시이다. 1구와 2구에는 늦은 밤에 창밖으로부터 빗소리를 듣는 이종악의 모습이 나타난다. 이때 그는 다음날 아침 들판의 풍경을 상상하게 된다. 그가 들판의 풍경을 연상한 것은 바로 백성들에 대한 관심 때문이다. 오랜 가뭄으로 백성들의 삶은 피폐해질 대로 피폐해져 있었고, 이종악은 이러한 백성들의 삶을 걱정했던 것이다. 이외에도 이종악의 시에는 가뭄과 홍수 등 백성들의 삶과 직접적으로 연관된 자연재해를 읊고 있는 작품들이 다수 존재한다. 이종악 생존 당시 온갖 어려움을 겪던 이들이 임청각을 찾아왔던 사실을 비추어 볼 때, 이종악의 지역사회에 대한 관심은 상층민의 애민정신 이상의 것이 아니었을까 한다. 이러한 면모는 다음의 시에서도 잘 나타난다.

身上布衣破又單	몸에는 홑겹 베옷 그나마 찢어지고,
家家哀訴孰開顔	집집마다 애걸하나 맞아주는 이 없네.
書生手拙救無策	가난한 서생인 나 역시 구제책 없으니,
只願經冬風不寒	겨울나는 동안 추위나 면해야 할텐데.[30]

이 시는 거지 아이를 보고 지은 것이다. 4구를 통해 이 작품이 겨울에 지어진 것임을 확인할 수 있다. 홑겹의 찢어진 베옷을 입고 있는 거지 아이를 보며, 이종악은 애처로운 마음이 들었다. 그런데 집집마다 찾아가도 거지 아이에게 얼굴을 내비치는 이는 없었다. 마침내 3구에는 시적화자인 이종악 자신이 등장한다. 이때 이종악은 자신을 '가난한 서생(書生)'이라 표현하였는데, 그 이유는 거지 아이를 도울 묘안이 자신에게 없다고 생각했기 때문이다. 그리고 4구에서는 거지 아이가 겨울을 나는 동안 곤궁에 빠지지 않기를 기원하고 있다. 시의 내용만으로는 이종악이 거지 아이를

---

30) 이종악, 「乞兒」, 『허주유고』.

도와주었는지 정확히 파악하기 어렵다. 서생(書生), 무책(無策) 등의 시어를 봤을 때는 큰 도움을 주지 못했다고 보는 것이 더 타당할 듯하다. 그러나 직접적인 도움을 주지 못했다 할지라도, 이 시를 통해 이종악이 거지 아이에게까지 관심을 지니고 있었던 사실을 짐작할 수 있다. 그리고 이는 종가의 종손으로서 지니는 사회적 책무의 무게를 인식하고 있었기 때문으로 보인다.

4. 가문의식에 나타난 사회문화적 의미

지금까지 이종악의 한시에 나타난 가문의식을 확인해 보았다. 이 장에서는 이종악이 지은 한시에 나타난 가문의식이 어떠한 사회문화적 의미를 지니고 있는가 하는 부분을 살펴보도록 하겠다.

1) 종통의식의 후대적 계승

이종악의 가문의식은 선조들로부터 이어져온 가풍을 계승하려 했다는 데 초점이 맞춰져 있다. 실제로 이종악은 한시를 통해 자신의 삶이 선조들의 삶과 이어져 있음을 깊이 인식하고, 그들의 삶을 그대로 본받고자 하였다. 이러한 면모는 선조들과 관련된 유적지에서 창작된 시문들에 가장 극명하게 드러난다. 실제로 이종악은 귀래정과 반구정에서 배를 띄우고 유람을 즐기곤 했는데, 이 두 정자는 선조들이 안동에 정착할 무렵에 지어진 건물들이다. 주목할 만한 점은 이 두 건물이 고성이씨의 향촌 이거, 즉 은거 지향과 밀접한 연관을 지니고 있다는 점이다. 이는 귀래정과 임청각이 각각 도연명의 「귀거래사」에서 따온 명칭임을 고려할 때 더욱 분명해진다.

또한 『허주유고』에는 이종악이 마련한 「반구정거접절목(伴鷗亭居接節目)」이 실려 있는데, 이를 통해 반구정이 학문 도야의 공간으로 활용되었음을 확인할 수 있다. 특이한 점은 여기에서 "두 정자(반구정과 귀래정)가 서로 바라보며 우뚝 솟아 있는데 이곳에 학접(學接)을 만들면서 저 정자(귀래정) 사람들을 참여시키지 않는 것은 결코 우리 선조의 뜻을 받들어 체현하는 것이 아닐 것이다."라고 한 점이다. 여기에서도 이종악이 종손으로서 가풍을 이어받아 본손과 지손을 망라하고자 했음을 확인할 수 있다. 결국 선조들과 관련된 유적지는 종손 이종악에게 특별한 자긍심을 불러일으킨 곳이었고, 이것이 자연스레 그의 시문에 투영된 것이라 할 수 있다.

한편, 이종악의 가문의식은 후대로 면면히 계승되기도 하였다. 이러한 면모는 그의 6대손이자 임청각의 18대 주인인 석주(石洲) 이상룡(李相龍, 1858-1932)의 문학 작품에서 잘 드러난다. 그는 첫째 동생인 이용희(李龍羲)가 강가의 정자로부터 돌아와 지난 뱃놀이에 대해 이야기하는 것을 듣고선, "삼대를 이어온 누정에는 옛 자취가 많고, 한 집안의 화수회는 풍류가 흘러 넘쳤으리라."31)라고 이야기하였다. 여기서 삼대를 이어온 누정이란 바로 이명(李洺), 이굉(李肱), 이용(李容)이 은거한 공간인 반구정이다. 그리고 화수회는 일가친척들이 친목을 도모하기 위해 만든 모임을 의미한다. 이처럼 이종악의 후손인 이상룡 역시 이종악의 가문의식과 맥을 같이함을 확인할 수 있겠다.

또한 이상룡은 「가족단서(家族團序)」32)를 짓기도 하였는데, 이 글에는 그의 가족관이 잘 드러나 있다. 그는 여러 가족이 모여서 사회가 되고, 여러

---

31) 이상룡, 「病暑涔寂中 <中略> 因次其韻以戱之」 일부, 『석주유고』 권1, "三世亭臺多古蹟 一家花樹足風流."
32) 이상룡, 「家族團序」, 『석주유고』 권5.

사회가 모여서 국가가 됨을 지적한 뒤, 가족이 국가와 사회의 기본이 됨을 강조하였다. 또한 가족의 질서를 바로잡기 위해서는 은애(恩愛)가 가장 절실한 덕목이 된다고 이야기하면서, 이를 큰 나무의 뿌리에다가 비유하기도 했다. 이 글이 가족단이라는 단체의 조직(組織)을 이야기하기 위해 의도적으로 작성된 것이기는 하나, 우리는 여기서 한 종가의 종손인 이상룡이 가족을 어떻게 인식하고 있었는가 하는 부분을 확인할 수 있게 된다. 그리고 그것이 상당 부분 이종악의 그것과 친연성을 지니고 있음도 발견할 수 있다.

이뿐만 아니라, 이상룡은 집안의 제례와 관련된 글인 「봉선의식(奉先儀式)」[33]을 남기기도 했다. 이 글은 이상룡이 집안의 제례에서 미비하다고 생각하는 부분들을 정리한 뒤, 이를 보완하기 위해 작성한 것이다. 제례 때 소용되는 제수(祭需)로부터 제례를 지내는 시기 및 제례를 거행하는 바른 마음가짐에 이르기까지 제례와 관련된 사항들이 총망라되어 있다고 해도 과언이 아니다. 앞서 이야기하였듯이, 종가에서 봉제사가 지니는 의미가 막대하다는 사실을 고려할 때, 이상룡의 종통의식은 이종악의 가문의식에서 크게 영향을 받은 것으로 볼 수 있겠다.

2) 영남 남인의 정치적 입장 반영

이종악의 한시에 나타난 가문의식은 당대 영남 남인의 모습을 조망해 준다는 점에서 의미가 있다. 여느 영남 남인과 마찬가지로 이종악 역시 퇴계학통에 속한 인물이었다. 이는 이황이 오가산(吾家山)이라 명명했던 청량산을 유람하며 지은 시 「유청량산(遊淸凉山)」에서 "도노문사재(陶老文斯在)"라고 하거나, 이황·류성룡·김성일이 배향된 여강서원을 들른 뒤

---

33) 이상룡, 「奉先儀式」, 『석주유고』 권5.

"명시부정도(明時扶正道), 차일상오사(此日尙吾師)"라 한 데서 확인할 수 있는 바이다.

　그런데 이종악의 아들 이의수가 남긴 「선부군행록」을 통해 이종악이 과거를 보러 가지 않았음을 확인할 수 있다. 이는 당대의 여러 가지 현실적 문제가 장벽으로 존재했기 때문이다. 그러나 그 역시 과거 자체를 부정적으로 바라본 것은 아니었다. 그가 여러 종숙의 과거시험 길을 전송하며 남긴 시에서 "입신양명이 정히 오늘에 달려 있으니, 노랗게 진 괴화꽃 나귀 타고 밟아 달린다."[34]라고 이야기하고 있기 때문이다. 특히 여러 종숙들이 과거를 보러 가며 지닌 마음을 '만리심(萬里心)'이라고 표현한 부분을 주목할 필요가 있을 듯하다. 만 리의 마음이란 만 리를 경영할 마음으로도 해석할 수 있기 때문이다. 이처럼 이종악은 과거를 통한 입신양명을 긍정하였기 때문에, 그의 은거는 당대의 현실정치와 결부되어 있었다고 보아도 좋을 듯하다.

　주지하다시피 숙종조 때부터 남인과 서인의 대립은 극에 달했고, 이 과정에서 세 차례의 환국(換局)이 나타났다. 1689년 기사환국으로 정권을 잡은 남인은 자신들의 권력을 공고히 하기 위해 인현왕후 복위운동을 반대하게 되는데, 이 과정에서 숙종의 비위를 거스르고 만다. 그리하여 1694년에 있었던 갑술환국 이후, 남인은 정계에서 완전히 소외되었다. 실제로 남인은 조선이 일제에 병탄될 때까지 다시는 정권을 잡을 수 없게 되었으며, 이로부터 노론과 소론의 쟁론이 빈번하게 일어나게 되었다. 이러한 과정에서 영남 남인 집안의 종손이었던 이종악이 과거를 통한 입신양명을 포기하고 집안의 대소사를 처리하는 데 몰두하게 된 것은 일면 당연해 보인다. 그리고 이러한 사회적 상황으로 말미암아 이종악은 거문고 연주, 뱃

---

34) 이종악, 「送諸從叔赴試」, 『허주유고』.

놀이, 유람 등 다양한 풍류활동을 즐기게 되었던 것이다. 또한 이 과정에서 선대로부터 내려온 은거에로의 지향이 강화된 것으로 보인다.

한편, 이종악 이후 임청각의 주인이 된 이들 역시 눈에 띄는 관직생활은 하지 못했다. 그리고 이러한 인식은 이상룡에게로까지 이어졌다. 이상룡 역시 권충일과 종택인 임청각에서 노닐면서 "우연히 자진(子眞)을 좇아서 곡구에서 농사를 짓다가, 끝내는 기리계로 하여금 상안에 드러눕게 하였네."[35]라고 하였기 때문이다. 자진은 한나라 때 사람인 정박(鄭樸)을 가리키는데, 곡구에 은거하여 살았던 사람이다. 그리고 기리계는 진나라 말기에 상산에 은거했던 네 현인(賢人) 가운데 한 명이다. 이처럼 이상룡은 선대의 은거지향을 그대로 이어받고 있었던 것이다.

그런데 이상룡은 망국의 시기에 만주로 넘어가 임시정부의 국무령을 지내기도 하였다. 이러한 면모는 평소 은거지향적 태도를 보인 것과 상반되는 것처럼 보이기도 한다. 이와 관련하여 권상규가 지은 행장에서 "반성과 교정(矯正)의 공부가 오래 되었으되 기질의 치우침이 보이지 않게 되고, 조년(早年)과 만년의 출처가 달랐으나 상도(常道)와 권도(權道)의 합당함을 잃지 않은 이는 오직 선생뿐일 것이다."[36]라고 한 부분을 주목할 필요가 있다. 결국 그의 출사가 시대적 요청에 의한 것임을 확인할 수 있기 때문이다. 그런데 이러한 언급은 남인의 출사가 제한되지 않았다면, 허주가(虛舟家)의 사람들 역시 출사할 수 있었음을 역설적으로 반증하고 있는 것이다. 따라서 이종악의 작품에 나타난 가문의식은 당대 영남 남인들의 정치사회적 입장을 반영하고 있었다는 데 의미가 있다고 하겠다.

---

35) 이상룡, 「臨淸閣同權冲逸」, 『석주유고』 권1, "偶逐子眞耕谷口 終敎綺里臥商顏."
36) 권상규, 「행장」, 『석주유고』 권6.

3) '노블리스 오블리제'의 실천

이종악이 지역사회로까지 관심을 확대한 것은 '노블리스 오블리제'의 실천적 면모라 할 수 있다. 그러나 이것이 단순히 애민정신에 입각한 것만은 아니었던 듯하다. 이종악은 가을에 곡식을 걷은 후 바로 제사에 사용할 제수들을 따로 마련할 정도로 봉제사에 투철한 인물이었다. 즉, 농사의 풍흉(豊凶)은 그에게 있어 중요한 것이었다. 이에 이종악은 백성들의 삶과 밀접한 농사에 관심을 가지게 되었고, 이 역시 종손으로서의 책무, 곧 그의 가문의식과 맞닿아 있는 지점이라 할 수 있다.

그런데 그가 수행했던 지역사회의 구심점 역할은, 한일병탄 전후로 이상룡 등 그의 후손들이 구국운동에 뛰어드는 기저로 작용하기도 하였다. 한일병탄 당시 수많은 애국지사들이 활약하였는데, 이들은 의병활동을 벌이기도 하고, 스스로 목숨을 끊음으로써 일제에 항거하기도 하였으며, 은거하여 도학의 전수를 꾀하기도 했다. 이러한 여러 방향 가운데 허주가(虛 舟家)는 이상룡을 중심으로 만주행을 택하였다. 그리고 그곳에서 온갖 시련을 겪으면서 국가의 독립을 위해 노력하게 된다. 이는 종가의 범위를 넘어 사회와 국가에 대한 관심이 존재했기 때문에 가능한 일이었다. 그리고 당시 그러한 임무를 수행할 수 있는 현실적 여건이 가능했던 곳이 바로 종가였단 사실을 보여주는 것이라 하겠다.

물론 종가가 적장자를 중심으로 내려오는 집안이라는 점을 고려할 때, 종손을 비롯한 문중의 최대 관심사가 집안의 유지 및 숭조사업에 있음은 틀림이 없다. 그러나 종가가 자신들만의 울타리에 갇혀 있게 되면, 종가로서의 위상을 잃고 만다. 실제로 조선 후기 민란이 일어났을 때, 지역 사회에 많은 관심을 갖고 있던 종가들은 명맥을 유지할 수 있었으나, 그렇지 못한 종가들은 큰 타격을 입기도 했다. 이러한 점들을 고려할 때, 이종악이 지니고 있었던 종손으로서의 의식이 후대로까지 면면히 전해졌던 사실을 확인할 수 있을 듯하다.

5. 맺음말

본서는 종가문화가 지닌 위상을 고려하여 종손의 문학에 나타난 가문의식과 그것이 지닌 사회문화적 의미를 확인해 보고자 하였다. 종가문화가 확고히 정착한 시기와 공간을 고려하여 18세기 경북지역의 종가를 대상으로 하였는데, 특히 본서가 주목하고자 한 인물은 고성이씨 임청각의 종손 허주 이종악이었다. 그가 남긴 시문들에 가문의식과 관련된 내용들이 다수 포함되어 있었기 때문이다.

이종악은 종가에서 가장 중요하게 생각하는 봉제사, 접빈객에 투철한 인물이었다. 또한 자신의 직계 가족뿐만 아니라, 방계의 지손들까지 살뜰하게 보살핌으로써 종손으로서의 역할에 충실하였다. 이뿐만 아니라, 그 관심을 지역사회로까지 확대함으로써 종가가 지닌 사회적 책무까지 잊지 않았다.

그의 시문에도 이러한 면모는 그대로 투영되어 있다. 그는 선조들의 자취가 남아 있는 곳에서 선조들의 정신을 이어받고자 하는 의지를 나타내기도 했으며, 친척들과 주고받은 시문을 통해 돈친목족의 정신을 구현하였다. 또한 안동을 중심으로 한 퇴계학맥과 밀접한 연관을 맺으면서 주변의 문사들과 활발한 교유활동을 벌였다. 특히 이는 그가 남긴 화차운시를 통해 확인할 수 있다. 이밖에 그는 농사의 풍흉 등과 관련하여 백성들의 근심을 걱정하기도 하였는데, 이는 종가가 지닌 사회적 책무의 일면이었다.

이상의 내용을 통해 우리는 이종악이 선조로부터 내려온 가풍을 계승·

발전시키려 했다는 점, 그리고 그것이 문학 창작 공간과 밀접한 연관을 맺고 있다는 점을 확인할 수 있었다. 또한 그의 한시에 나타난 가문의식은 18세기 영남 남인들의 중앙정계 진출 제한과도 밀접한 관련이 있었다. 그런데 이 둘을 관통하는 핵심주제는 바로 '은거'이다. 실제로 선조들의 유적지 명칭은 모두 '은거'와 관련되어 있고, 선조들이 안동으로 정착하게 된 계기 역시 '은거'에 대한 지향 때문이었다. 여기에 이종악 당대의 사회적 상황 역시 그를 '은거'하게 만들었다. 그리고 이러한 상황들이 그를 종손으로서의 역할에 충실할 수 있도록 작용했다. 한편, 지역사회에 대한 관심 역시 봉제사와 관련하여 생각할 때, 단순한 애민정신의 발로와는 차이가 존재하리라 생각된다. 그리고 이러한 점들은 '노블리스 오블리제'의 실천으로 구현되기도 하였다.

참고문헌

김정문 · 노재현, 「허주(虛舟) 산수유첩(山水遺帖)에 표현된 반변천(半邊川) 십이승경(十二勝景)의 어제와 오늘」, 『한국전통조경학회지』 30-1, 2012.
이　랑, 「18세기 영남문인 李萬敷와 李宗岳의 世居圖 연구」, 고려대 석사학위논문, 2012.
이종서, 『군자불기의 임청각, 안동 고성이씨 종가』, 예문서원, 2016.
이종악 저 · 서수용 역, 『국역 허주유고』, 피엔피, 2008.
정우락, 「18세기 후반 영남문단의 일 경향 : 지애 정위의 가문의식」, 『남명학』 15, 남명학연구원, 2010.
＿＿＿＿, 「종가 문화의 세계유산적 전망」, 『영남학』 30, 경북대학교 영남문화연구원, 2016.
최은주, 「허주(虛舟) 이종악(李宗岳)의 한시를 통해 본 18세기 영남 선비의 여가생활과 가치지향」, 『어문론총』 62, 한국문학언어학회, 2014.

구술연행의 문화적 함의와 공동체성의 회복*
−경북 칠곡군의 사례를 중심으로

박 지 애 | 경북대학교 외래교수

1. 구비문학, 활용 가능성에 대한 탐색

이 글은 오늘날 구비문학, 특히 민요가 공동체성 회복에 어떻게 기여하고 있는지 그 가능성을 탐색함으로써 구비문학의 현대적 활용 방안을 모색하고자 하는 노력에서 출발하였다. 전통적인 마을 공동체와 집단적인 노동방식을 중심으로 마을문화가 활성화되면서 연행목적과 연행동기에 따라 소규모 연행 공동체가 구성되고 구비문학이 연행되던 과거에는 구비문학과 공동체성을 분리하여 논의할 수가 없었다. 그러나 전통적인 연행 맥락과 조건이 위축되고 사라진 현재, 구비문학은 공동체와 무관한 과거의 정태적 잔존문화로 인식되고 있는 실정이다. 특히 지역사회의 생산방식과 생활문화를 기반으로 전승되는 향토민요는 존재기반이 무너지면

---

* 이 글은 박지애(2017), 「구술연행의 문화적 함의와 공동체성의 회복」,(『한국민요학』 제50집, 한국민요학회) 논문을 저서의 목적에 맞게 깁고 다듬은 것이다.

더욱 급격하게 소멸한다.[1]

이 글은 과거와는 다른 연행맥락과 방식이긴 하지만 '오늘날' 새로운 방식으로 소통되는 구비문학의 연행 현장 사례에 주목하고자 한다. 그리고 이러한 연행 현장 또한 새로운 의미의 공동체문화 형성에 기여할 수 있음을 밝히고자 한다. 이러한 논의는 구비문학의 현재적 역할과 미래를 살피는 데 유의미한 작업이 될 수 있을 것이다.

이러한 목적을 달성하기 위해 이 글에서는 새로운 구비문학 연행 현장으로서 지역의 청소년들이 중심이 되어 구비문학을 조사하고 기록하는 경북 칠곡군의 사례에 주목하고자 한다.[2] 칠곡군에서는 2011년부터 '인문학도시조성사업'의 일환으로 지역에서 전승되는 구비문학과 지역민의 생애를 지속적으로 조사하여 출간하고 있다.[3] 특히 전통적인 마을 공동체를 경험하지 못한 까닭에 공동체성의 토대가 미약한 지역의 청소년들이 비교적 마을 공동체가 잘 보존된 지역을 대상으로 구비문학을 조사하고

---

1) 강등학(2012), 아리랑의 문화형질, 그리고 아리랑의 공적 관리와 사업의 문제, 『비교한국학』 제20권 2호, 국제비교한국학회, 20쪽.

2) 칠곡군은 경상북도를 세 개의 권역(북부 산간지역, 동부 해안지역, 중남부 평야지역)으로 구분하였을 때, 중남부 평야지역에 해당한다. 중남부 평야지역은 일찍부터 육로교통이 발달한 지역으로서, 넓은 농토를 기반으로 농업경제와 상업경제가 발달한 지역이다. 칠곡군은 특히 대구광역시에 인접한 지역으로서, 도시화와 근대화가 가장 급속하게 진행되면서 전통적인 마을 공동체가 가장 급격하게 파괴된 곳이기도 하다(영남문화연구원(2006), 『경상북도의 세시풍속과 민속문화』, 동방, 1-5쪽 참고).

3) '인문학도시조성사업'은 전체 11개의 하위 사업으로 구성된다. 11개의 하위 사업은 '학점은행제-칠곡평생학습대학', '칠곡 늘 배움학교(성인문해교육), '찾아가는 현장교육(70여개 마을회관에서 평생학습 강좌 운영)', '학습 동아리(주민들의 학습 동아리 신청과 지원 활동)', '북 콘서트(저명 작가들의 북 콘서트)', '인문학 공모사업(지역 사회단체의 인문학 관련 활동)', '인문학 마을 만들기(마을 공동체 활성화 지원 사업)', '인문학 아카데미(인문학자 강연 프로그램)', '전국 대학생 인문학 활동(구술사 채록, 마을 신문, 마을 시집, 마을 벽화 등)', '인문학 공정 여행(인문학 자원 관련 여행 코스 개발)', '칠곡평생학습 인문학 축제(인문학 관련 마을들의 축제)'이다(칠곡군 발행(2016), 「사람을 봅니다-평생학습특별시 인문학의 도시 칠곡」 홍보물 참고).

책으로 출간하였다. 청소년들은 이 과정에서 공동체성의 기반이 되는 공동성, 소속감, 연대의 감정을 체험하게 되었다. 이 글에서는 지역의 청소년들이 구술연행의 과정에 참여하고 이를 기록하면서 그들이 공동체성을 경험하게 되는 과정을 살피고자 한다.4) 이러한 작업은 전승의 문화적 기반이 쇠퇴해진 오늘날 구비문학의 가치와 활용방안을 모색하는 데 있어 밑거름이 될 수 있을 것이다.

구비문학은 주로 연령, 젠더, 지위, 계급 등을 공유한 공동체 내에서 연행되는 것이 일반적이다. 이러한 구연 현장에서 연행에 참여하고 있는 청중은 단순히 수동적 구경꾼이 아니다. 청중은 연행자와 집단적·사회적 기억을 공유한 공동체의 일원이며, 구연 현장의 성격과 방향 결정에 관여하기도 한다. 이들의 연행 방식은 수평적이며, 구연자와 가창자의 역할이 바뀌기도 한다. 그러나 앞서 살핀 칠곡군의 연행 현장은 지역의 청소년들이 청중으로 구연 현장에 참여하였다. 이는 전통적인 구연현장의 청중과는 구별된다. 그들은 연행자와 어떠한 집단적·사회적 기억도 공유하지 않은 존재이며, 수직적 연행의 대상이기도 하다. 이 글에서는 지역의 청소년들이 청중으로 참여하는 칠곡군의 구연 현장에서 연행자가 무엇을 어떻게 기억하고 연행하는지, 그리고 조사자로 참여한 청소년들은 무엇을 기록하고 어떻게 표현하는지 그 연행과 조사의 과정을 미시적으로 분석하고자 한다. 이를 통해 '오늘날'의 구술 연행 현장 또한 새로운 방식으로

---

4)　칠곡군에서 지역의 중·고등학생들을 대상으로 구술조사 교육이 진행될 수 있었던 데에는 칠곡군이 가진 경계지역으로서의 특징이 기여한 바가 크다. 즉 중·고등학생들을 포함한 젊은 층의 인구 비율이 상대적으로 높을 뿐만 아니라 다양하게 마련된 지역문화 교육 프로그램은 지역문화를 탐색할 수 있는 계기를 만들어주었다. 또한 비록 쇠퇴하긴 하였지만 마을 공동체가 유지되고 있고 노인 인구의 비율이 도시에 비해 상대적으로 높은 것은 지역의 전통문화가 비교적 온전하게 보존될 수 있는 토대로 작용하였다(박지애(2015), 「대도시 인근 농촌경계지역의 민요 소통과 전승-경북 칠곡군을 중심으로」, 『한국민요학』 제44집, 한국민요학회).

공동체 문화에 기여할 수 있음을 살펴보고자 한다.

이 글에서는 칠곡군에서 전승되는 구비문학 및 지역민의 구술생애담을 조사하여 간행한 네 권의 책5)과 칠곡군 및 인근 고령군 지역을 대상으로 조사한 자료를 바탕으로 논의를 진행하고자 한다.

이 글의 제2장에서는 칠곡군 사례를 바탕으로 새로운 연행동기와 목적으로 구성된 구연 현장의 특징과 의미를 살피고자 한다. 제3장에서는 새롭게 구성된 구연 현장에서 구연자와 청중 간의 의사소통 과정을 미시적으로 분석함으로써 이러한 연행 과정이 구연자의 공동체의식과 어떻게 연관될 수 있는지를 논의하고자 한다. 제4장에서는 청중으로 참여한 청소년들이 조사와 출간 과정을 거치며 구연 현장의 경험을 통해 공동체성을 형성하는 과정을 살피고 그 의미를 논의하고자 한다.

2. 구비문학 구연현장의 다변화

구비문학은 일상적인 경험과 사회적 기억을 공유한 공동체를 기반으로 연행된다. 주로 공동체 내에서도 젠더, 연령, 지위, 계층 등을 기준으로 연행의 목적에 따라 소규모의 연행집단이 구성된다. 동일한 자연적·사회문화적·환경적 토대 위에서 개인적·사회적 기억을 공유한 이들의 유대감과 결속력을 바탕으로 구술연행을 통해 정서적 동질화가 가능해진다.

그러나 일상적인 경험과 개인적·사회적 기억을 공유한 공동체가 위축되고 사라진 현재, 소규모의 연행 집단이 구성되고 이들을 대상으로 구비

---

5) 칠곡군 교육문화회관, 『기억으로 쓰는 칠곡 이야기』(2011) ; 『기억으로 쓰는 칠곡 이야기-그 두 번째 만남』(2012) ; 『아이들, 칠곡 출신 명사들에게 길을 묻다』(2012) ; 『칠곡의 아이들, 인문학 고수를 찾다』(2013) ; 『칠곡, 사람을 만나다』(2013).

문학이 연행되기는 쉽지 않다. 그러나 개인적·사회적 기억의 공유를 통한 정서적 동질화가 아니더라도 현재에도 구연 공동체의 경계를 확장함으로써 새로운 차원의 정서적 교감이 가능할 수 있다. 이 장에서는 칠곡군의 사례를 통해 구술연행 현장의 확장 가능성과 현대적 활용에 대해 논의하고자 한다.

칠곡군은 2011년에 지역발전위원회 창조지역사업 '인문학도시조성사업'에 공모하여 '인문학 도시'로 선정되었다.[6] 이후 지역민의 일상과 그들의 생애에 관심을 가지고 적극적으로 지역민의 생애담과 설화 및 민요를 조사·발굴하기 시작하였다. 특히 '인문학 마을 만들기' 사업의 일환으로 진행되고 있는 지역 중·고등학생들의 생애담, 구비문학 조사는 지역 공동체에서 배제되었던 노인층들의 일상에 관심을 가지는 계기가 되었다.

번호	과정	내용
1	기초교육 1	구술생애사란?
2	기초교육 2	사진찍는 법
3	기초교육 3	현장조사 조 나누기
4	제보자 찾기	언론, 지역민들의 추천 등을 통해 제보자 찾기
5	구술조사 1	질문지 만들기
6	구술조사 2	현장조사
7	구술조사 3	현장조사 정리

6) '인문학도시조성사업'은 전체 11개의 하위 사업으로 구성된다. 11개의 하위 사업은 '학점은행제-칠곡평생학습대학', '칠곡 늘 배움학교(성인문해교육)', '찾아가는 현장교육(70여 개 마을회관에서 평생학습 강좌 운영)', '학습 동아리(주민들의 학습 동아리 신청과 지원 활동)', '북 콘서트(저명 작가들의 북 콘서트)', '인문학 공모사업(지역 사회단체의 인문학 관련 활동)', '인문학 마을 만들기(마을 공동체 활성화 지원 사업)', '인문학 아카데미(인문학자 강연 프로그램)', '전국 대학생 인문학 활동(구술사 채록, 마을 신문, 마을 시집, 마을 벽화 등)', '인문학 공정 여행(인문학 자원 관련 여행 코스 개발)', '칠곡평생학습 인문학 축제(인문학 관련 마을들의 축제)'이다(칠곡군 발행(2016), 「사람을 봅니다-평생학습특별시 인문학의 도시 칠곡」 홍보물 참고).

번호	과정	내용
8	조사결과 정리 1	녹취록 정리
9	조사결과 정리 2	조사결과 발표
10	조사결과 정리 3	원고작업
11	조사결과 확인	구술자의 검독

위의 도표는 칠곡 지역 중·고등학생들을 대상으로 한 구술조사 교육의 과정과 내용을 정리한 것이다.[7] 칠곡 지역 중·고등학생들에 의해 진행된 구술조사 결과는 모두 4권의 책으로 간행되었다.[8]

중·고등학생이 중심이 되어 지역문화에 대해 관심을 가지고 조사가 진행되면서, 집성촌의 종손, 한국전쟁에 참전했던 지역민, 독일에서 온 수도원의 신부, 지역의 교육자, 칠곡 출신의 명사 등 다양한 사람들의 생애가 주목되었다. 이들 외에 시장에서 44년째 기름집을 운영하고 있는 노인, 시장에서 포목점을 운영하고 있는 노인, 시집와서 지금까지 칠곡에 살고 있는 노인 등 평범한 지역민의 삶에 주목하면서, 그들의 삶과 일상을 그들의 목소리를 살려 기록하기도 했다. 이러한 작업을 계기로 마을 공동체 내에서 일상적인 연행의 기회를 잃고 소수의 이야기꾼과 소리꾼들에 의해 잠재적으로 전승되던 설화와 민요가 적극적으로 발굴되고 기록되면서 가치 있는 것으로 자리매김하기도 하였다.[9]

지역의 청소년들을 대상으로 구비문학을 연행한 칠곡군의 사례를 통해 두 가지 측면에서 구술연행 현장의 새로운 면모를 읽어낼 수 있다.

---

7) 교육과정은 『칠곡의 아이들, 인문학 고수를 찾다』의 내용을 토대로 작성한 것이다(칠곡군 교육문화회관(2013), 『칠곡의 아이들, 인문학 고수를 찾다』, 11-29쪽 참고).

8) 칠곡군 교육문화회관, 『기억으로 쓰는 칠곡 이야기』(2011) ; 『기억으로 쓰는 칠곡 이야기— 그 두 번째 만남』(2012) ; 『아이들, 칠곡 출신 명사들에게 길을 묻다』(2012) ; 『칠곡의 아이들, 인문학 고수를 찾다』(2013) ; 『칠곡, 사람을 만나다』(2013).

9) 박지애, 앞의 글, 62쪽.

첫째, 구연 공동체의 경계가 확장되고, 새로운 구성원을 기반으로 연행 공동체가 새롭게 구성되었다. 구비문학은 일상적인 삶과 경험을 공유하면서 형성된 동질감을 바탕으로 연행된다. 젠더와 연령, 지위, 계층 등을 기준으로 연행 목적과 연행 동기에 따라 소규모의 연행집단이 구성되고, 그들은 공유된 이해를 바탕으로 표현하고 소통한다. 이 때 청중은 연행자와 집단적·사회적 기억을 공유한 공동체의 일원이며, 공유된 기억과 이해를 바탕으로 연행에 적극적으로 관여하게 된다. 즉 연행자의 레퍼토리 선정에 관여하거나, 연행 능력에 대해 평가하기도 한다. 연행자와 청중은 공유된 기억과 오랜 연행의 관습을 통해 동질적 유대감을 지속적으로 형성하게 된다.

그러나 칠곡군의 사례에서는 전통적인 방식의 연행방식과 맥락을 벗어나 새로운 형태의 연행집단이 형성되었다. 청중은 지역민 혹은 지역에서 거주하는 청소년들로 연행자와 어떠한 개인적·사회적 기억도 공유하지 않았을 뿐만 아니라, 연령, 지위, 계층 등 어떠한 기준에서도 이질성이 강하다.

> (제보자) <u>내가 올해 카메라를 얼매나 찍었는지 모른다.</u>
> (조사자) 할머니가 잘 하셔서 그러시죠.
> (제보자) 빌(별) 것도 아니고.
> (조사자) 할머니 말솜씨가 아주 좋으신가 봐요. 기억력도 좋으시고.
> (제보자) 나(나이)도 많다. 보통 안 많다 나(나이)도.
> (제보자) <u>내가 금년에 마이크 앞에 섰는 거는 와 이렇게 많이 섰노 카면</u>
> <u>학생들 인문학 왔을 때 내가 옛날 노래 한 곡 불러줬습니다.</u>
> <u>그 노래가 떠뿌렀어 고마.</u>
> (조사자) 무슨 노래 불러주셨는데요?
> (제보자) 아주 옛날 노래라 조선시대 노래라.

(조사자) 저희가 그런 노래 조사하는 거예요. 저희한테도 한 번 불러주
셔야 겠네요.
(제보자) 여도 또 불러줘야 되나. 아이고(웃음) 입수고 마이하네. (밑줄 :
인용자)10)

인용문은 청소년들을 대상으로 구술연행 경험이 있는 연행자와 나눈
대화의 일부분이다. 개인적·사회적 기억을 공유하지 않은 청소년들을 대
상으로 연행함으로써, 연행자는 동질적 공감을 얻기가 어렵다. 대신 연행
능력에 대해 청중으로부터 인정받음으로써 이야기꾼과 소리꾼으로서의
자신의 역량에 대한 자부심을 얻게 된다.

둘째, 칠곡군의 사례를 통해 오늘날의 수직적 연행의 확장 가능성을 확
인할 수 있다. '수직적 연행'은 공동체 내 연장자와 연소자 사이에 일대일
내지는 일대다의 구도로 이루어지는 연행을 가리킨다.11) 주로 수직적 연
행은 공동의 가치와 도덕, 규범을 연소자에게 교육하는 역할을 한다. 그러
나 오늘날 전통적인 형태의 마을 공동체가 쇠퇴하고 해체되면서 마을 내
에서 전통적인 방식의 수직 연행을 찾아보기 힘들다. 즉 청중으로 참여하
는 연소자뿐만 아니라 연행자인 연장자 또한 수직 연행을 경험하기 어렵
다. 오늘날의 청소년들은 구비문학을 통해 공동체의 규범과 가치, 도덕을
교육받고 체화할 수 있는 기회를 얻기 힘들다.

---

10) 박옥배(여, 1928년생, 경북 칠곡군 북삼읍 숭오2리, 조사일 : 2014.2.3.) 박옥배 제보자는
경북 김천시 아포면 대성동에서 태어났으며, 교육을 받은 적은 없다. 일본군에 끌려갈까
염려한 부모님께서 17살이 되기 전 이곳 칠곡군 북삼읍으로 시집을 보낸 후, 지금까지 이
곳에서 살고 있다. 기억력이 좋고 적극적인 성격으로 설화와 민요를 구연하였다. 제보자가
구연한 자료는 <한국구비문학대계 개정·증보 사업> 자료를 통해 확인할 수 있다(박지
애, 앞의 글, 59쪽 재인용).
11) 김영희(2013), 『구전이야기 연행과 공동체』, 민속원, 25쪽.

세종 때부터 일본인들이 우리나라에 와서 착취를 했습니다. 자기들은 잘 산다고 한국에 와서 여자들을 굉장히 농락하고 괴롭혔어요. 질서가 문란했습니다. 그러니까 조선 초기부터 이걸 통제를 해야 되겠다 그래 해가지고 통제를 하기 시작한 것이 왜관입니다. 이 '왜관'이라는 '왜'자가 일본 사람이라는 '왜'자고 '관'이라는 게 여관이라는 쉬어가는 곳입니다.

저 관호동 보가 있는 건너편에 약목면 관호리가 구 왜관이거든. 거기가 원래 왜관인데, 그때 정책적으로 정부에서 집을 지어서 뱃길을 이용하는 일본 사람들이 왔다가 쉬어가야 될 자리에다가 관에서 관리하는 집을 지어놨어. <후략>12)

인용문은 칠곡군 왜관읍의 지명 유래에 대해 청소년들이 조사하여 기록한 내용이다. 청중과의 동질적 공감 보다 집단 및 사회에 대한 교육적 의도가 강함을 확인할 수 있다.

이렇듯 마을 공동체 내에서 개인적·사회적 기억을 공유한 소규모의 연행 집단이 구성되고 이들을 중심으로 구비문학이 연행되었다면, 오늘날 전통적 방식의 구술연행은 더 이상 찾아보기 힘들다. 그러나 지역민을 대상으로 연행 집단의 경계를 확대하고 청중을 다변화한다면, 새로운 연행 동기와 목적으로 구비문학은 오늘날에도 여전히 활발하게 소통되고 전승될 수 있다.

3. '기억하기'를 통한 문화적 기억의 형성

공동체가 급격하게 쇠퇴하고 해체되는 오늘날, 개인적·사회적 기억을 공유한 소규모 연행 집단을 중심으로 구비문학이 소통되고 전승되기는

---

12) 칠곡군 교육문화회관(2013), 『칠곡의 아이들, 인문학 고수를 찾다』, 42쪽.

쉽지 않다. 제2장에서는 칠곡군의 사례를 통해 청중의 범위를 다변화하여 연행집단의 경계를 확대함으로써 새로운 연행목적과 방법으로 구비문학이 전승될 수 있는 가능성을 살펴보았다. 이를 바탕으로 제3장에서는 공동체의 경계가 확대된 구술연행 현장에서 연행자가 공동체성을 회복하는 과정에 주목하고자 한다.

기억은 사실의 수동적 축적이 아니라 능동적이고 적극적인 의미창출의 과정이다. 즉 기억은 단순히 뇌 속 기억 하드디스크에 기록되고, 기억하기 과정에서 회복되는 '하드-복제 메타포(hard-copy metaphors)'가 아니다.[13] '기억하기'는 단순히 두뇌 속의 경험을 끄집어내는 것이 아니라, 개인의 경험을 취사선택하고 재배열하고 가치를 부여함으로써 의미를 만들어가는 과정이다.

개인적·사회적 기억을 공유한 청중들과 구연 집단을 구성하고 연행할 때에는 개인의 경험을 토로하고 감정이입 과정을 거치며 동질적 유대감을 형성하게 된다. 그러나 개인적·사회적 기억을 공유하지 않은 청중들을 대상으로 연행이 진행될 때에는 이와 다르다.

> ① 불거치라 더븐날에 미거치라 지슨밭을
> 한벌매고 두벌매고 삼시벌 매고 해노이끼네
> 강남서 편지왔네 울어매죽었다고 편지왔네
> 금비네{비녀} 찌른머리
> 그래 뭐 거슥 머시고 머시고 머시고
> 한벌매고 두벌매고 그래강끼네
> 한모링이 돌아가니 까막까치가 진동하고
> 그래가 다으이끼네{도착하니}

---

13) 도날드 A. 리치, 손동유 외 역(2016), 『현대 구술사 연구의 현장』, 선인, 132쪽.

저거 어매 죽어서 행상나간다고

그제 이전에 시집살 때 어마이가 죽어도 몬가고 저 거슥한다

밭매다가 부고 만내가지고 그래가는데

한모랭이 돌아가니 까막까치가 진동하고 두모랭이 돌아가니 행상소
리 진동하고

<u>그래 하하하 예전에는 그랬다카이 친정어마이 부고 아프다고 부고
와도 시집산다꼬</u>

그 어마이 죽어도 몬갔다카이 그래서 영 죽고나이끼네 부고가 왔는
기야

그래 부고가 그 와가 그래

머리 풀어서 품에품고 저인자 신벗어서 손에 들고 그래 인자 맨발로
부고만날

<u>예전에는 부고만나면 신발 벗어신고 머리 풀고 머리 풀어 품에 품고
그랬다</u>

저저 그래가이 한모랭이 돌아가니 까막까치가 진동하고

두모랭이 돌아가니 행상소리가 진동한다 그래 그래가 얼매나 설겠
노 그래

(청중) 강 건미만 울고 인자 동네 앞에 가서 울고 내도록 곡 안하고
그라대

그래 부고 만났을 때 가진 사람은 휜등타고 안 갔나

휜등이라 카는거는 가매14)

② (청중 1) 아이고 옛날에는 어지간히 없이 살았다 부자가 별로 없었
　　　　다. 우리 클 때만 해도.

　　(연행자) 예전에는 독한 시어마시 밑에 살면 배를 골아가지고 신랑이
　　　　　　밥을 먹고 밥그릇에 물을 받아가주고 입에 넣다가 뱉어내면
　　　　　　그걸 가지고 정지에서 긁어먹고 그랬다. 시어마이가 상에

---

14) 유주일(여, 1920년생, 경북 고령군 개진면 구곡1리, 조사일 : 2012.2.22.), <한국구비문학
대계 개정 · 증보 사업> 자료 번호 05_02_FOS_20120222_KGH_YJI_0001.

　　　　　밥 남으면 정지에 가 먹는다고 모아가 농 위에 얹어뿌고.
　　(청중 2) 안됐지만 옛날에는 없어노이 할 수 없는기라
　　(연행자) 없어도 죽을 끼리가 갈라먹을지라도 그카면 안 돼지.
　　(청중 2) 안돼도 그카는거 우짜고 지금같으면 그카고 살 사람도 없다.[15]

　인용문 ①은 <친정부모 부음받는 소리>이며, ②는 ①의 연행 후 연행자와 청중 간의 대화이다. 연행자는 민요를 연행하면서 자신의 개인적 경험과 연결시키고, 이를 당시의 사회적 배경과 연결시키고 있다. 젠더와 지위, 계층, 연령 등의 조건 및 개인적·사회적 기억을 공유한 청중이라면 자신의 경험과 사회적 배경을 연결시키며 민요를 구연할 필요가 없다. 그러나 인용문은 조사자가 청중으로 참여하면서, 조사자를 대상으로 한 구연에서 나타난 부가적인 진술에 해당한다. 이렇듯 구연집단의 경계가 확대되면서 개인적·사회적 기억을 공유하지 않은 이질적 존재가 청중으로 참여할 때, 연행자는 끊임없이 사회적 맥락에서 의미를 만들어가는 과정을 반복한다.

　구술연행은 사적 공간에 머물렀던 개인의 기억을 스토리텔링의 과정을 거치며 끊임없이 사회적 배경과 연결하는 과정이라고 할 수 있다. 청소년들을 대상으로 한 구술연행에서는 개인의 기억과 사회적 배경을 연결시키는 과정이 더욱 빈번하게 발생하게 된다.

　　<전략> 왜관 지금 읍내가 그 옛날에 완전히 낙동강 흐르던 장소였어.
　　여기가 이 따 이름이 강변이라 강변, 경상도 사투리는 갱빈이라 했는데
　　강변입니다. 강가에 모래땅인데 뭐 물이 흘렀습니다. <중략> 큰 배 한
　　가운데 방을 하나 넣어놓고 앞뒤에 짐을 싣고 그 가운데 사람이 잡니다.

---

15) 박지애(2014), 「여성 소리꾼의 위상 변화와 민요의 전승」, 『민속연구』 제28집, 안동대학교 민속학연구소, 86쪽 재인용.

여섯 사람이 일을 하면 세 사람이 자고 세 사람을 일을 합니다. 돌아가면
서 쉬었다가, 한 사람은 거기서 강가로 배가 데이면 안 되니까 밀어 주고
<후략>16)

　　인용문은 칠곡군의 과거에 대해 청소년들이 조사한 내용의 일부분이다.
연행자의 개인적 기억과 과거의 풍경이 사회적 맥락 속에서 의미화 과정
을 거치며 지역의 역사로 재편되고 있다. 이러한 과정이 반복되면서 사적
영역에 머물렀던 개인의 기억은 사회적 맥락과 연결되면서 다중의 기억,
대중의 기억, 문화적 기억17)의 차원으로 전환된다. 문화적 기억은 단순한
다중 기억을 넘어, 공동체로 거듭날 수 있도록 집단의 정체성을 전달해주
는 기억이다.18)

　　이러한 연행 방식은 전통적인 공동체 사회의 수직적 연행 구도에 해당
한다. 과거 서당이나 사랑방 같은 곳에서 마을의 어른이 아이들을 모아
놓고 연행을 하는 경우가 바로 수직적 연행 구도이다.19) 수직적 연행 구
도에서는 주로 공동체의 규범과 가치, 도덕 등을 교육함으로써 청중이 공
동체적 가치와 질서를 내면화할 수 있도록 한다. 칠곡군의 구연 현장은
바로 수직적 연행 방식의 현재적 변용이라고 할 수 있다. 연장자가 연소
자를 대상으로 연행한다는 점에서는 전통적인 수직 연행의 방식과 동일
하지만, 마을 공동체의 범위를 벗어난 연소자를 대상으로 한다는 점에서

---

16) 장영복(남, 1939년생, 전 칠곡문화원 원장), 『칠곡의 아이들, 인문학 고수를 찾다』(2013),
　　40-41쪽.
17) '의사소통적 기억'이 언어적으로 전수되어 온 개인의 생애사와 관련된 기억이라면, '문화
　　적 기억'은 의사소통적 기억들이 기억공동체의 의미구조화를 통하여 생성된 기억이다(이
　　병준(2008), 「문화적 기억과 문화교육」, 『문화예술교육연구』 제3권 1호, 한국문화교육학
　　회, 56쪽).
18) 이병준, 같은 글, 57쪽.
19) 김영희, 앞의 책, 25쪽.

는 전통적인 방식과는 이질적이라고 할 수 있다.

'무엇을 어떻게 기억하는가'는 특정 청자와 의사소통하는 방식에서 잘 드러난다. 청소년들을 대상으로 연행할 때, 연행자들은 개인의 기억을 전달하는 데 주력하지 않는다. 개인의 기억과 사회적 맥락을 연결시켜 다중의 기억, 지역의 기억으로 재편하고, 공동체적 가치와 질서를 내포하는 문화적 기억으로 의미를 만들어낸다. 이러한 과정이 반복되면서 연행자들은 자신의 사적 기억이 공동체와 유관함을 지속적으로 인지하게 되며, 반복적 연행을 통해 연행자 또한 공동체의식을 회복하게 된다.

4. 이해-표현의 실현과 공동체문화의 회복 가능성

이 글에서는 칠곡군의 사례를 통해 청중의 범위를 다변화하여 연행집단의 경계를 확대함으로써 새로운 연행목적과 방법으로 구비문학이 전승될 수 있는 가능성을 살펴보았다. 이를 바탕으로 제3장에서는 공동체의 경계가 확대된 구술연행 현장에서 연행자의 사적인 기억이 공공의 기억으로 재편되면서 연행자가 공동체성을 회복하는 과정을 살펴보았다. 제4장에서는 새로운 연행집단에 청중으로 참여한 청소년들이 구비문학을 조사하고 책으로 간행하는 과정을 겪으며 그들의 공동체성이 형성되고 발달하는 과정을 논의하고자 한다.

공동체는 다른 사람과 함께 더불어 살아가는 삶의 특정한 형태를 의미하는 것으로, 이는 특정한 집단이나 장소를 가리키기도 하고, 그러한 삶을 구성하는 정서, 가치 의미를 나타내기도 한다.[20] 모든 공동체는 공동체를

---

20) 강가영·장유미(2013), 「청소년의 공동체의식에 관한 연구」, 『미래청소년학회지』 제10권 1호, 미래를 여는 청소년학회, 98쪽.

구성하는 개인들을 동질화시키고 통합하기 위해 다양한 가치와 규범을 마련하고, 개인으로 하여금 공동체의 일원으로서의 역할을 수행하게 함으로써 공동체의 질서를 유지한다. 개인은 공동체의 일원으로서의 '자발적'으로 공동체 시스템에 '종속'된다.[21]

그러나 지역 공동체 내에서 청소년의 공동체성의 토대는 아주 미약하다. 그들은 마을, 지역 단위의 공동체에 대한 문화적 일체감이나 소속감이 부족하며, 공동체 경계의 바깥을 지향하는 존재이다. 청소년들의 공동체성의 토대가 약한 것은 마을 혹은 지역 공동체에 대한 청소년들의 개인적 관심이 부족하기 때문만은 아니다. 그들은 마을 혹은 지역 단위 공동체가 급속하게 해체되는 과정에서 공동체를 경험할 수 있는 기회가 없어 공동체성의 기반이 되는 공동성, 소속감, 연대 등의 감정을 체험할 수가 없었다.

그러나 수직 연행의 대상으로 구술연행 현장에 청중으로 참여하면서 청소년들은 개인의 경험이 개인의 사적인 영역에 머무르는 것이 아니라 지역 사회와 연결될 수 있음을 확인하게 된다. 이러한 과정을 경험하면서 청소년들은 개인의 삶이 공동체와 무관하지 않음을 이해하게 된다. 청소년들이 구술현장의 청중으로 참여하면서 공동체의 가치관과 규범을 학습하고 이를 통해 지역 사회의 구성원으로 입문하는 것은 그것만으로도 유의미한 일이다. 그러나 칠곡군에서는 조사 결과를 바탕으로 출간 작업을 진행하고 있어, 구비문학의 현대적 활용 방안을 모색하는 데 도움을 줄 수 있다.

---

21) 김영희, 앞의 책, 12쪽.

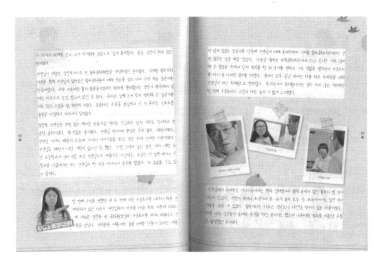

위의 사진은 청소년들의 구비문학 현장 조사 이후 간행된 책의 일부분
이다. 지역민을 찾아가 그들의 생애와 민요를 조사하는 데서 그치는 것이
아니라 청소년들이 이를 자료로 활용하여 책으로 간행하였다는 것은 청
소년들의 공동체성 형성과 관련하여 반드시 짚고 넘어가야 할 문제이다.

사람의 입으로 전해지는 이야기는 그만의 고유한 특성을 가지고 있다. 예로부터 문자로 기록되어 왔던 역사는 지식인들만의 한정된 역사라는 한계가 있는 반면, 입에서 입으로 전달되는 역사는 모든 이들의 숨김없는 역사다. 구술의 중요성을 깨닫게 된 나는 얼른 첫 번째 인터뷰 대상자인 장영복 선생님의 역사를 듣고 싶었다.[22]

선생님께서 들려주는 이야기들에는 책과 인터넷에서 접해 본 적이 없던 칠곡의 옛 이야기들이 많았다. 지명의 유래나 조선시대 전·후의 칠곡 모습 등 교과서에서도 없던 이야기들을 들을 수 있었다. 칠곡이라는 마을은 생각보다 다양한 역사가 있는 마을이었다.[23]

인용문은 구술연행 현장에 참여한 후, 청소년들이 느낌을 적은 것이다. 마을과 지역 단위의 공동체를 경험한 적이 없던 청소년들은 구술연행의 과정에 참여하면서, 지역 공동체에 대한 소속감을 경험하게 된다.

구술연행에 참여한 청소년들의 공동체성 형성 과정은 크게 두 단계로 나누어진다. 첫째, 청소년들이 지역민들의 생애와 민요에 대한 조사를 통해 지역 공동체를 '이해'하는 단계이다. '이해'의 단계는 지역민들의 삶에 대한 통찰의 과정이며, 공동체의 일원으로서의 경험의 확장이라고 할 수 있다. 하지만 이해는 정보 전달에 초점이 맞추어진 단계로서, 소극적인 수용의 과정이라고 할 수 있다.

둘째, '이해'의 과정을 경험한 청소년들은 직접 출판을 통해 자료를 정리하고 '표현'하는 단계를 경험하게 된다. '표현'은 '이해'의 다음 단계로서, 실천적 행위를 바탕으로 한다.[24] 청소년들이 중심이 되어 조사 내용

---

22) 김선민(여, 순심여고 2학년)(2013), 『칠곡의 아이들, 인문학 고수를 찾다』, 57쪽.
23) 김혜경(여, 순심여고 2학년)(2013), 『칠곡의 아이들, 인문학 고수를 찾다』, 59쪽.
24) '이해'와 '표현'의 의미에 대해서는 정대현의 논의를 참고한다(정대현(2001), 「『표현인문학』개요」, 『인문언어』제1집, 국제언어인문학회).

을 재구성하여 책으로 엮은 것은 조사를 통한 지역민의 삶에 대한 '이해'에서 나아가 그들의 삶을 재구한 '표현' 행위라고 할 수 있다. 그들은 표현 행위를 통해 소극적 문화 수용자가 아닌 지역 공동체의 문화 생성에 동참한 적극적 생산자가 되는 것이다. 청소년들은 적극적 글쓰기라는 표현 행위를 통해 공동체의 규범과 가치를 체득하게 되고 이를 통해 공동체의 일원이 된다. 즉 그들은 구비문학 연행에 청중으로 참여함으로써 공동체의 가치와 질서를 내면화하고 공동체 사회에 입문하게 되는 것이다.

5. 남은 문제와 제언

이 글은 오늘날 구비문학, 특히 민요가 공동체성 회복에 어떻게 기여하고 있는지를 탐색함으로써 구비문학의 현대적 활용 방안을 모색하고자 하는 노력에서 출발하였다. 이 글에서는 과거와는 다른 연행맥락과 방식이긴 하지만 새로운 방식으로 소통되는 구비문학의 연행 현장 사례를 바탕으로 구술연행을 통한 공동체문화 회복 가능성에 대해 논의하였다.

먼저 제2장에서는 칠곡군의 사례를 통해 청중의 범위를 다변화하여 연행집단의 경계를 확대함으로써 새로운 연행목적과 방법으로 구비문학이 전승될 수 있는 토대와 활용 가능성을 살펴보았다.

제3장에서는 구술연행의 과정이 연행자의 공동체성 회복에 기여하고 있음을 살펴보았다. 기억은 사실의 수동적 축적이 아니라 적극적으로 의미를 만들어내는 과정이다. 구술 연행은 개인적 공간에 머물렀던 개인의 경험과 기억을 스토리텔링을 통해 사회적 배경과 연결하는 과정이다. 개인의 경험이 사회와 연결되는 과정을 겪으며, 개인의 기억은 대중의 기억, 문화적 기억의 차원으로 바뀐다. 이러한 과정이 반복되면서 연행자들은

자신의 사적 기억이 공동체와 유관함을 지속적으로 인지하게 되며, 반복적 연행을 통해 연행자 또한 공동체의식을 회복하게 된다.

제4장에서는 청소년들이 구술연행의 과정에 적극적으로 참여함으로써 공동체성을 형성하게 되는 과정을 살펴보았다. 청소년들은 지역민들의 생애와 민요에 대한 조사를 통해 지역 공동체를 '이해'하게 되었다. '이해'의 단계는 지역민들의 삶에 대한 통찰의 과정이며, 공동체의 일원으로서의 경험의 확장이라고 할 수 있다. 하지만 이해는 정보 전달에 초점이 맞추어진 단계로서, 소극적인 수용의 과정이라고 할 수 있다. '표현'은 '이해'의 다음 단계로서, 실천적 행위를 바탕으로 한다. 청소년들이 중심이 되어 조사 내용을 재구성하여 책으로 엮은 것은 조사를 통한 지역민의 삶에 대한 '이해'에서 나아가 그들의 삶을 재구한 '표현' 행위라고 할 수 있다. 그들은 표현 행위를 통해 소극적 문화 수용자가 아닌 지역 공동체의 문화 생성에 동참한 적극적 생산자가 되는 것이다. 청소년들은 적극적 글쓰기라는 표현 행위를 통해 공동체의 규범과 가치를 체득하게 되고 이를 통해 공동체의 일원이 된다. 즉 그들은 구비문학 연행에 청중으로 참여함으로써 공동체 사회에 입문하게 되는 것이다.

이 글은 칠곡군의 사례를 바탕으로 새로운 구비문학 전승 현장과 공동체 문화의 관련성에 대해 논의하였다. 구비문학의 현대적 활용 방안을 모색하기 위한 서설로서 칠곡군의 사례가 보여준 다양한 가능성에 주목하였지만, 많은 한계를 노정하고 있는 것 또한 사실이다.

첫째, 칠곡군의 사례는 일회성이 강해 '일상적'이고 '지속적'인 구비문학의 전승과 향유 방식을 고민하기에는 한계가 있으므로 이에 대해 지속적으로 고민할 필요가 있다. 지금까지 지역 공동체에서 민요를 향유하고 활용한 방식은 '축제'나 '지역 유산과 연계한 스토리텔링', '지역 민요 보존회 설립 및 공연' 등으로 정리할 수 있다. 이러한 방식은 민요를 알리는 긍정적인 효과와 함께 박제화, 일방적 전달, 일회성 등의 한계 또한 갖고 있다. 칠곡군에서는 뛰어난 이야기꾼이나 소리꾼이 아닌 평범한 지역민들을 구술연행판 앞으로 모으고 이들의 기억 속에서만 잠재적으로 전승되고 있던 구비문학을 표면화시키고 재발견했다는 점에서 지역민에 의한 문화 생산의 가능성을 읽을 수 있었다. 일회적인 사업이 아니라 지역민들이 중심이 되어 일상적으로 구비문학을 지속적으로 향유할 수 있는 방안에 대해 논의되어야 할 것이다.

둘째, 청소년들이 참여한 칠곡군의 연행 현장이 구술성에 기반을 두지 못한 점 또한 한계로 지적될 수 있다. 지역의 청소년들이 구술연행 현장에 참여함으로써 그들이 공동체문화를 체험하고 공동체 사회에 입문하게 되는 것은 긍정적인 효과라고 볼 수 있다. 그러나 그들이 지역사회를 이해하고 표현한 방식은 기록을 통해서 이루어졌다. '구술성'을 기반으로 '표현'할 수 있는 방안에 대해 지속적으로 고민할 필요가 있다.

이 글은 현장 사례를 바탕으로 활용의 가능성을 모색하는 데 초점을 둔 글이다. 사례에서 나타난 한계와 보완 방법에 대해서는 앞으로의 과제로 남긴다.

참고문헌

1. 기본자료

칠곡군 교육문화회관, 『기억으로 쓰는 칠곡 이야기』, 2011.
칠곡군 교육문화회관, 『기억으로 쓰는 칠곡 이야기 – 그 두 번째 만남』, 2012.
칠곡군 교육문화회관, 『아이들, 칠곡 출신 명사들에게 길을 묻다』, 2012.
칠곡군 교육문화회관, 『칠곡의 아이들, 인문학 고수를 찾다』, 2013.
칠곡군 교육문화회관, 『칠곡, 사람을 만나다』, 2013.
칠곡군 교육문화회관 홈페이지(http://public.chilgok.go.kr)

2. 연구논저

강가영·장유미, 「청소년의 공동체의식에 관한 연구」, 『미래청소년학회지』 10권 1호, 미래를
　　여는 청소년학회, 2013.
강등학, 「아리랑의 문화형질, 그리고 아리랑의 공적 관리와 사업의 문제」, 『비교한국학』 20권
　　2호, 국제비교한국학회, 2012.
김영희, 『구전이야기 연행과 공동체』, 민속원, 2013.
박지애, 「여성 소리꾼의 위상 변화와 민요의 전승」, 『민속연구』 28, 안동대학교 민속학연구소,
　　2014.
　　　　, 「대도시 인근 농촌경계지역의 민요 소통과 전승 – 경북 칠곡군을 중심으로」, 『한국민
　　요학』 44, 한국민요학회, 2015.
서해숙, 「농촌마을의 민속변화와 문화적 대응」, 『남도민속연구』 21, 남도민속학회, 2010.
이병준, 「문화적 기억과 문화교육」, 『문화예술교육연구』 3권 1호, 한국문화교육학회, 2008.
영남문화연구원, 『경상북도의 세시풍속과 민속문화』, 동방, 2006.
임재해, 「구비문학에 의한 현실문화 만들기의 가능성과 필요성」, 『구비문학연구』 23, 한국구비
　　문학회, 2006.
정대현, 「『표현인문학』 개요」, 『인문언어』 1, 국제언어인문학회, 2001.
한양명, 「구비문학으로 '축제 만들기'의 현실과 나아갈 방향」, 『구비문학연구』 23, 한국구비문
　　학회, 2006.
도날드 A. 리치 편(손동유 외 역), 『현대 구술사 연구의 현장』, 선인, 2016.

영남지역 구술 연행의 문화론적 접근*

류 명 옥 | 경북대학교 외래교수

1. 머리말

　인간의 삶이 점점 도시화 되어 감에 따라 민요와 설화 같은 구비 문학은 옛날의 모습과는 다르게 변화되었다. 특히 민요는 옛날 노동할 때 부르던 소리들은 이제 더 이상 노동의 현장에서 들을 수 없고 마을을 방문하는 방문객에게 들려주는 공연물의 한 형태가 되어 그 명맥을 이어가고 있다.

　이렇듯 사라져가는 민요를 보존하고 전승하기 위해서 각 지역별로 다양한 노력을 하고 있다. 민요와 설화 등을 채록하는 작업들이 꾸준히 진행되고 있으며, 보존회를 조성하거나 마을의 민요를 무형문화재로 지정하여 관련 사업을 시행하는 등 다양한 노력들이 이루어지고 있다. 이러한 모습들은 사라져 가는 구비 문학의 가치를 인식하여 전승·보존하기 위

---

*　이 글은 류명옥(2015), 「인문학 마을 만들기 사업을 통한 민요 전승양상의 변화와 구연의 현재적 의미」(『민속연구』 제30집, 안동대학교 민속학연구소)를 수정·보완하였다.

한 관심에서부터 시작되었으며 동시에 구비문학 전승에 새로운 전승 방식이 필요하다는 것을 보여준다고 할 수 있을 것이다.

특히 산업화·도시화가 일찍 이루어진 지역일수록 민요와 설화와 같은 구비문학의 옛날 모습은 찾아보기 힘들다. 이제는 설화와 민요 등이 옛 모습대로 전승되고 있는가에 주목하기 보다는 인간의 생활양식이 변함에 따라 현대 사회에 구비문학은 어떻게 전승되고 있는지에 관심을 가져야 할 것이다.

현재의 구비문학 전승에 주목해야 하는 이유는 산업화·도시화가 일찍 이루어져서 민요나 설화 등이 더 이상 명맥을 유지하지 못하고 사라졌을 것이라고 생각하는 경상북도 칠곡군의 경우 여전히 구비문학이 전승되고 있기 때문이다. 대도시와 인접해 있는 경상북도 칠곡군은 산업화·도시화가 일찍 이루어진 지역으로 다른 지역에 비해 구비문학이 빨리 사라질 것이라 생각할 수 있으나, 구비 문학 채록 결과 사라지기보다는 새롭게 변화되어 전승되고 있음을 확인할 수 있었다. 구비문학 연구는 지금의 상황을 '변동'이라는 전제에서 출발해야 한다는 것에서 알 수 있듯이 새로운 문화요소의 출현으로 변화가 일어났음을 인식해야 하는 것이다.[1]

따라서 구비 문학의 전승이 이어지기 힘들 것이라고 여겨지는 지역에서 구비문학은 어떠한 모습으로 변화되어 전승되는지, 또 이러한 전승 방식의 변화가 지금 이 시대에 어떠한 의미를 지닐 수 있는지에 대해서 살펴보고자 한다. 그리고 영남지역의 구술연행에 대한 연구를 시작으로 이러한 작업을 통해서 구비문학에 대한 인식과 전승의 문제에 좀 더 구체적인 대안을 마련할 수 있을 것이며, 현재의 구비문학을 바라보는 다양한 시각을 제시하는데 도움이 될 것이다.

---

1) 김기현(2014), 「경북지역 구비문학의 문화기반-문화변혁에 따른 생성과 소멸-」, 『어문론총』 62호, 한국문학언어학회, 50쪽.

2. 구비문학 구술 연행과 지자체와의 연계

지역별로 각 지역의 민요와 설화들을 보존하고 전승하기 위해서 마을 체험 활동이나 축제 행사 등의 다양한 프로그램을 활용하여 많은 노력을 하고 있다. 특히 민요의 경우 전남 화순 도장마을의 경우 이 지역의 사라져 가는 민요를 전승하기 위한 방안으로 마을 전체를 밭노래 마을로 지정하여 운영2)하고 있으며, 민요보존회를 무형문화재로 지정하여 활성화시키는 경우3)도 있다. 이렇듯 구비문학 전승은 주로 보존회의 활동이나 마을 공동체의 노력으로 이루어지는 경우가 많다.

그러나 산업화・도시화가 일찍이 시작된 지역에서는 보존회의 결성이나 마을 구성원을 통한 마을 체험 활동 등을 실시하기에는 어려운 점이 많다. 이러한 지역의 사람들은 산업화로 인해 더 이상 농사를 지을 수 없게 되어 삶의 터전을 떠나 다른 곳으로 이주해야 한다. 이러한 예로 경상북도 칠곡군을 들 수 있다.

경상북도 칠곡군은 경상북도의 서남부에 위치하고 있다. 동쪽과 남쪽으로는 대구와 인접하고 있으며, 북쪽으로는 구미, 김천과 인접해 있는 지역이다. 대구, 구미 등의 대도시와 인접해 있는 칠곡군은 산업단지의 지속적인 성장으로 공업지역으로 자리매김하고 있으며, 경지는 전체 면적의 18% 밖에 되지 않는다. 또 1980년대 이후부터는 많은 사람들이 대구와 구미로 이동하여 현재 칠곡군에서는 인접 지역으로부터 인구를 유입하는 적극적인 전략 방안에 중점을 두고 있는 실정이다.4)

---

2) 신은주(2012), 「전남 화순 도장마을의 민요 전승과 밭노래마을 운영 실태」, 『한국민요학』 제36집, 한국민요학회.
3) 최자운(2012), 「무형문화재 지정 민요보존회 활동을 통한 마을 내 민요 전승 가능성」, 『한국민요학』 제35집, 한국민요학회.
4) 『칠곡군지』(1994), 칠곡군.

최근 경상북도 칠곡군을 구비 문학 대계 사업을 위해 민요 조사를 한 결과 활발하지는 않지만 아직까지 민요가 남아 전승되고 있음을 확인할 수 있었다. 일찍이 산업화와 도시화가 진행된 지역에서 아직까지 구비문학이 계속해서 전승될 수 있는 이유가 무엇인가. 보존회를 구성할 인원이 충분하지 않으며, 많은 사람들이 인근 지역으로 떠난 마을에 구비문학이 전승될 수 있는 이유가 무엇인지를 밝히는 것은 중요한 의미가 될 것이다.

앞서 칠곡군은 산업단지의 조성으로 인해 많은 인구들이 인근 지역으로 이동하는 현상이 심각한 문제였다. 마을에 터전을 이루며 살아가는 사람들도 마을 근처에 조성된 산업단지 속에서 생활하고 있다. 급속하게 발전하는 산업단지 속에서 아직도 농사를 지으면서 삶의 터전을 지켜나가는 사람들의 삶은 큰 격차를 체감하면서 살아갈 수밖에 없다. 그리고 이러한 삶의 격차는 그동안 지속되어 왔던 전통 문화들이 점점 설 자리를 잃어가게 만드는 문제를 만들었다. 따라서 이러한 문제를 해결하기 위해서 칠곡군에서 시작한 것이 바로 '인문학 마을 만들기' 사업이다.

인문학 마을 만들기 사업은 지역발전위원회와 농수산식품부가 시행한 공모사업에 칠곡군이 『인문학도시 조성사업』으로 선정되어 2014년부터 운영되고 있다. 이 사업은 창조적인 실용공동체 인문학 마을을 만들기 위해서 칠곡군의 10개 마을을, 2014년에는 17개의 마을을 선정하여 다양한 활동을 하고 있다. 마을 어른들에게 한글을 가르치거나, 젊은이들이 인문학 마을을 방문하여 마을 사람들과 친밀감을 형성하도록 하는 인문학과 관련된 일을 하고 있다.

	마을명	교육 및 체험 장소	학교명	인원
1	왜관읍 금남리	금남2리 마을회관	매봉서당	13명
2	왜관읍 매원리	매원2리 마을회관	매화배움학교	18명
3	북삼읍 어로리	어로1리 마을회관	보람학당	16명
4	기산면 영2리	영2리 마을회관	한솔배움터	18명
5	동명면 금암3리	금암리 마을회관	사랑의 학교	10명

위의 제시된 마을 목록은 칠곡군에서 지정한 인문학 마을 중에서 구비문학대계 조사를 위해 방문했던 마을이다. 인문학 마을로 선정된 곳에서는 마을회관이나 노인정에서 어른들이 한글과 풍물, 서예 등을 배우고 있었으며, 인문학 마을로 선정되면서 마을 사람들은 자주 모여서 친목도모를 쌓는 계기가 마련되고 있다.

이처럼 칠곡군 인문학 마을의 운영 목적은 마을의 활성화를 위해 만들어진 것이다. 그러나 이러한 사업이 마을 활성화라는 큰 목적 외에도 다양한 의미를 지니고 있다. 특히 주목할 만한 것은 인문학 마을 만들기 사업을 통해 그동안 주목받지 못했던 개인의 이야기 또는 생애담에 대해 관심을 가지게 되었다는 것이다. 인문학 마을 만들기 사업의 프로그램 중에서 '전국 대학생 인문학 활동'은 젊은 대학생들이 인문학 선정 마을을 방문하여 마을 어른들이 살아온 생애담을 직접 채록하여 책으로 만드는 작업을 하고 있다.

이 프로그램은 옛날 어른들이 어떻게 살아왔는지를 알아보기 위해 학생들이 미리 질문을 준비하여 마을을 방문한 후, 마을 어른들의 이야기를 녹음하고 전사하는 작업을 통해서 옛날 어른들이 살아온 삶의 이야기들을 자세하게 듣고 이해할 수 있게 된다. 그리고 이러한 프로그램을 진행하면서 어른들에게 들었던 이야기를 책으로 발간하여 『기억으로 쓰는 칠곡이야기』, 『칠곡의 아이들, 인문학 고수를 찾다』 등의 여러 단행본을 칠곡교육문화회관에서 발간하고 있다. 이러한 프로그램들은 민요뿐만 아니라 6·25 전쟁 체험담이나 재미있는 옛날이야기들을 채록하여 설화 자료로 충분히 활용할 수 있다.

이처럼 인문학 마을 만들기 프로그램을 통해서 사라져 가는 민요와 설화를 구연할 수 있는 구연의 현장이 마련되어 구비문학의 구술 연행이 자연스럽게 이루어지게 된다. 칠곡군 석적면 포남3리에 살고 있는 황귀남(87세) 제보자는 경북 울진이 고향이며 다섯 남매를 두었다. 12살에 학교에 입학했으나 대동아전쟁으로 학교에 다니지 못하고 처녀 시절에는 베 짜기를 주로 했다고 한다.5) 황귀남 제보자가 처녀 시절에 학교에 다니지 못하고 베 짜기를 했다는 생애담과 함께 베를 짜면서 부르는 베틀노래를 자연스럽게 채록할 수 있었다. 이 외에도 제보자는 자신이 살아온 삶에 대해 이야기하면서 다양한 민요를 불렀다.

인문학 마을 만들기 사업을 통해서 젊은 대학생들은 마을 어른들이 살아온 삶에 관심을 가지고 그들의 이야기를 직접 조사하여 채록하는 작업을 통해서 자연스럽게 민요와 설화 등의 구비문학을 접하게 된다. 그 과정에서 민요 구연자의 경우 민요를 노동하면서 부르는 것이 아니라 젊은 세대들에게 옛날 사람들이 살아온 삶에 대해 이야기를 전달하는 것으로 구비문학 연행에 참여하여 민요를 구연하게 되는 것이다.

그동안 주목받지 못했던 개인의 삶이 인문학 마을 만들기 사업을 통해서 중요하게 여겨지게 되면서 생애사와 전쟁 체험담 등의 다양한 이야기의 설화와 민요가 구술 연행의 현장에서 다시 구연되어 전승되고 있다. 더 이상 마을 사람들이 다함께 모여서 설화와 민요를 구연할 수 없어서 잊어져 가는 설화와 민요가 새로운 구술 연행의 현장에서 다시 구연되고

---

5) 대학생들이 조사하여 발간한 책에 제보자에 대한 자세한 기록과 제보자가 불렀던 민요들이 수록되어 있다(칠곡군(2011), 『기억으로 쓰는 칠곡 이야기』, 칠곡군교육문화회관).

있는 것이다.

특히 칠곡 지역 중·고등학생이 중심이 되어 지역문화에 관심을 가지고 조사 또는 채록하는 과정에서 집성촌의 종손에 대한 문화 이해와 한국전쟁에 참전했던 지역민, 독일에서 온 수도원의 신부님이 바라본 한국에 대한 이해 등 다양한 사람들의 생애담이 주목되었으며, 초기에는 지역의 저명인사들을 대상으로 삼았다면 이후에는 평범한 지역민들의 일상에 관심을 가져서 시장에서 포목점을 운영하는 노인, 시집와서 지금까지 칠곡에 살고 있는 노인들의 삶을 기록하고자 하였다.[6]

이처럼 젊은 세대들과 어른 세대들이 함께 공감대를 형성할 수 있는 구술 연행의 장이 마련되고, 이러한 과정에서 젊은 세대들은 어른 세대를 통해서 지역에 대한 관심과 지역민으로서 살아가는 사람들에 대한 이해를 통해서 지역에 대한 애정을 가질 수 있을 것이다. 그리고 어른 세대들은 젊은 세대들에게 문화를 전승하는 역할을 하면서 지역에 대한 관심을 더욱 돈독히 하며 지역민으로서 자긍심을 가지고 지역 문화 발전에 긍정적인 역할을 할 수 있다.

칠곡군 지천면 영오리의 경우 몇 년 전부터 천왕제를 지내고 있다. 예전에는 천왕제를 계속해 왔지만, 마을 사람들이 인근 지역으로 이주하여 점점 그 수가 줄어들자 천왕제를 지낼 사람이 없었다. 이렇게 천왕제가 더 이상 이어지지 못하고 중단되었다가 몇 년 전부터 마을 사람들이 사라져 가는 천왕제를 다시 전승 또는 보존하기 위해서 노력하고 있다. 특히 천왕제를 다시 보존하고 전승하는 데에는 인문학 마을 사업이 중요한 역할을 하였다. 칠곡군 지천면 영오리는 인문학 마을로 선정되자 마을만의 특징적인 것을 찾는 과정에서 천왕제가 마을을 대표할 수 있는 중요한 자

---

6) 박지애(2015), 「대도시 인근 농촌경계지역의 민요 소통과 전승」, 『한국민요학』 제44호, 한국민요학회, 58쪽.

산이라 생각한 것이다. 그리하여 오랫동안 전승해 왔던 천왕제의 의미를 젊은 사람들에게 알려 주기 위해 다시 천왕제를 지내게 되었다.

칠곡군 지천면 영오리의 천왕제는 정월 보름날 마을 행사를 치르기 위해서 보름 전에 모여서 짧은 시간 동안 연습을 하고, 천왕제를 지내기 위해서 다른 지역의 젊은 사람들이 참여하여 풍물을 연주하고 있는 실정이다. 마을 안에서 천왕제를 준비할 수 있는 인력이 부족하기 때문에 다른 인근 마을 사람들이 함께 참여하여 천왕제를 지내는 등 여러 어려움이 있지만 천왕제를 보존하고 그 의미를 전달하는 것을 가장 중요한 목표로 삼고 있다.

> 저희가 천왕제보존회를 만들어서 다시 전에 했던 그 천왕제를 살려가지고 다시 재정비해야 하는 그런 상황들이 됐고. 지금 완벽하게는 재현을 못하더라도 천왕제하고 지신밟기 가사는 동네 하던 옛날 그대로 갖췄다고 볼 수 있습니다. 그런데 사실 지금 많이 달라졌잖아요. 뭐 저부터도 사투리 잘 안 쓰는데. 옛날 쓰던 사투리는 많이 없습니다.[7]

지천면 영오리 마을에서는 천왕제를 계속해서 보존·전승하는 것을 중요하게 여기고 있어서 <지신밟기소리>와 <천왕제 대내림하는 소리>들은 마을에서 옛날부터 내려오는 사설을 보존하려고 노력하고 있다. 그러나 천왕제보존회 회장은 지속과 변모를 함께 생각하고 있다. 마을에서 예로부터 내려오던 사설의 본래 모습을 보존하는 것은 천왕제의 본질적인 의미를 계속 이어나가기 위한 노력의 일환으로 볼 수 있을 것이다. 그러나 예전모습을 그대로 재현하는 것에 그친다면 사람들의 삶과 문화가 변

---

7) 현재 칠곡군 영오리 천왕제보존회 회장을 맡고 있는 배영동(남, 55)은 이 마을에서 태어나서 살다가 대구로 학교를 다녔다. 몇 년 전에 고향에 들어와서 마을 천왕제를 보존하는데 힘쓰고 있다.

함에 따라 천황제 전승의 필요성이 사라지면 천황제는 또다시 위기를 맞고 계속해서 전승되지 못할 것이다.

천황제보존회 회장은 지금의 시대가 예전과 많이 달라졌음을 인식하고 천황제 역시 조금씩 시대에 맞게 변화되어야 한다고 생각한다. 특히 <지신밟기소리>와 <천왕제 대내림하는 소리>에서 지금의 실정과 다른 부분의 사설을 바꾸어 불러야 듣는 사람들이 이해할 수 있으며, 사라져 가는 천황제를 보존해 나가면서 이러한 사설들을 옛날 모습 그대로 재현하면서도 사투리를 지금의 실정에 맞게 조금씩 변화시켜 나가려고 한다.

칠곡군 지천면 영오리 지역의 천황제는 마을의 전통적인 민속문화가 시대적 변화를 맞이하면서 사라질 위기에 직면했으나, 인문학 마을 만들기 사업을 통해서 마을을 대표할 수 있는 특징적인 것을 찾는 과정에서 오랫동안 이어져 왔던 전통 문화인 천황제를 다시 전승할 수 있게 된 것이다. 인문학 마을 만들기 사업을 통해서 천황제를 전승하는 구연자와 천황제를 함께 듣는 청중이 생겨나는 구술 연행의 현장이 만들어지게 되었다. 그리고 이러한 구술 연행의 현장을 통해서 지속시켜야 하는 전통적인 것과 변화 또는 변모해야 하는 현재적인 것의 공존이 이루어지게 되는 것이다.

이처럼 인문학 마을 만들기 사업에서는 사라져 가는 설화와 민요가 나름의 방법으로 전승될 수 있도록 하는데 중요한 역할을 하는 것은 분명한 사실이다. 인문학 마을 만들기 사업을 통해서 설화와 민요를 구연하는 구연자와 그들의 이야기를 듣는 청자가 구성되면서 구술 연행의 현장이 자연스럽게 만들어지게 된다. 그리고 이러한 구술 연행의 현장에서는 그동안 주목받지 못했던 개인의 생애사가 관심의 대상이 되면서 한 개인의 삶이 가치 있다는 것을 깨닫게 되고, 잊혀져가는 설화와 민요가 구술 연행의 현장에서 다시 불리어지는 것이다. 또한 사라져 가는 마을의 전통을

살리기 위한 노력과 아울러 예전의 모습을 찾아볼 수 없는 노래 사설들을
다시 복원하고 새롭게 변화시킬 수 있도록 주민들의 의식을 깨우쳐 주는
데에도 중요한 역할을 하고 있다. 결국 인문학 마을 만들기 사업은 설화
와 민요 등이 구연 전승될 수 있는 구술 연행의 현장을 마련해 주는데 중
요한 역할을 하고 있다. 그리고 이러한 구술 연행의 현장에서 구연자로
인해 구연되는 설화와 민요가 청중들과의 공감을 통해서 또 다른 의미로
나타나고 있는 것이다.

3. 연행의 다변화와 지역문화공동체 형성

앞서 대도시와 인접해 있는 칠곡군의 마을 중에서 인문학 마을 만들기
사업이 이루어지고 있는 마을을 중심으로 살펴보았다. 인문학 마을 만들
기 사업을 통해서 개인의 생애담과 설화, 민요는 새롭게 주목받고 있다.
젊은 세대들이 옛날 어른들의 삶에 관심을 가지면서 어른들이 살아왔던
삶의 이야기를 직접 듣고 어른들의 삶을 이해해간다. 어른들이 살아온 생
애담을 통해서 접하게 되는 설화와 민요는 하루하루를 살아가는 일상생
활의 삶 속에서 만들어지고 불리어진다는 것을 구술 연행의 현장을 통해
서 자연스럽게 알게 된다.

따라서 인문학 마을 만들기 사업을 통해서 구비문학의 전승은 젊은 세
대와 옛날 어른 세대가 서로 소통하는 중간 역할을 할 수 있으며, 두 세
대가 서로 교감할 수 있는 긍정적인 의미로 작용하고 있다. 특히 민요의
경우 노동하면서 불리어졌던 노래가 이제는 개인의 생애담이나 체험담과
함께 구연되면서 연행의 모습이 변화되었다. 생애담과 민요를 함께 구연
하고 채록할 수 있다는 것은 민요의 소리꾼으로 그치는 것이 아니라 이야

기꾼의 역할까지 할 수 있게 된 것이다. 그동안 구비문학 자료를 조사하고 채록하면서 소리꾼 또는 이야기꾼이라는 특징에 맞추어 집중적으로 채록하였다. 그러나 인문학 마을 만들기 사업을 통해서 한 사람의 생애사에 관심을 가지면서 소리꾼이면서 이야기꾼으로서의 역할을 할 수 있는 구연자들이 점점 많아지고 있다는 것이 특징이라 할 수 있을 것이다.

칠곡군 기산면 노석1리의 경우 <성주풀이>를 부를 수 있는 사람은 전임 노인회장 한 사람 밖에 없다. 전임 노인회장은 옛날부터 마을에서 오랫동안 살면서 농사를 짓고 살았기 때문에 다양한 민요를 습득할 수 있었다. 그러나 또래의 다른 사람들은 외지에 나가서 학교를 다니고 직장생활을 하다가 다시 고향으로 돌아온 사람들이 많다. 그러다보니 전임 노인회장과 또래 집단의 남성들 사이에 격차가 생길 수밖에 없다. 그러나 사라져가는 <성주풀이>와 <지신밟기소리> 등을 보존해야겠다는 마을 사람들의 인식이 생기고 나서 전임 노인회장은 새롭게 주목받을 수 있었다.

칠곡군 기산면 노석1리는 칠곡군 구비문학대계 조사 작업을 하던 당시 아직 인문학 마을 만들기 사업에 선정된 마을이 아니었다. 그러나 인문학 사업을 시행하고 있는 다른 마을의 모습을 보면서 자신들의 마을에서 보존하고 지켜나가야 할 것이 <성주풀이>와 <지신밟기소리>라는 것을 깨닫고 보존해야겠다는 생각으로 마을 주민들이 적극적으로 움직이는 경우이다. 따라서 인문학 마을 만들기 사업은 선정된 마을뿐만 아니라 다른 마을에도 영향을 주고 있다.

예전에는 구비문학 전승은 마을 공동체의 노동력과 화합을 도모하기 위해 중요한 역할을 했다. 물론 지금도 마을 공동체를 위해 몇몇 설화와 민요, 민속 문화 등이 여전히 존재하고 있지만 그 역할은 변화되었다. 특히 칠곡군 지천면 영오리의 경우 <지신밟기소리>와 <천왕제 대내림할 때 하는 소리>들은 옛날에는 흔하게 들을 수 있는 소리였지만 지금은 보

존하고 지켜나가야 하는 소리로써 마을 사람들의 공통된 관심사로 자리
잡게 되어 마을 공동체를 하나로 묶어주는 역할을 하게 되는 것이다.

또한 마을 공동체 안으로의 소통만이 아니라 마을 안과 밖의 소통에도
구술 연행은 중요한 역할을 한다. 지신밟기와 천왕제를 지내왔던 마을의
경우 지금까지 <지신밟기소리>와 <천왕제 대내림할 때 하는 소리>는
전승이 잘 이루어지지 않고 있다. 이러한 가장 큰 이유는 여성들이 부르
는 민요에 비해 길이가 길고, 정월 보름에 행하는 의식적인 행위와 함께
이루어지기 때문에 이러한 의식을 맡아서 하는 남자 몇 명만이 할 수 있
기 때문이다. 그러나 칠곡군 지천면 영오리에는 인문학 마을 만들기 사업
을 통해서 구술 연행의 현장이 마련되면서 그 명맥을 유지하고 있는 것이
다. 그러나 구술 연행의 현장에는 칠곡군 지천면 영오리의 마을 사람들만
이 참여하는 것은 아니다.

> 천왕님 천왕님 내리소 천왕님 천왕님 내리소
> 가복년 정월일 영오 천왕님 좌정하소
> 영오리에 왕림하사 동민화합 주오시고
> 일목거래 좌정하사 거부장자 주옵소서
> 이목거래 좌정하사 무명장수 주옵소서
> 덕천골에도 왕림하사 부귀영화 주옵시고
> 지천면에도 왕림하사 천지풍화 막아주소
> 칠곡군에 왕림하사 관제굿을 막아주소
> 천왕님 천왕님 내리소 천왕님 천왕님 내리소[8]

칠곡군 지천면 영오리의 <천왕제 대내림할 때 하는 소리>는 천왕제를
지내는 마을의 경우 천왕제를 지낼 마을 사람들이 줄어들었다고 할지라

---

8) 칠곡군 지천면 영오리 <천왕제 대내림할 때 하는 소리> 조사 자료(2014.1.27.).

도 인문학 마을 만들기 사업을 통해서 인근 마을 사람들을 모아서 다시 풍물패를 만들어 정월 대보름에 천왕제를 지내고 있다. 칠곡군 지천면 영오리의 경우 천왕제를 다시 보존하고 전승하는 과정에서 예전의 모습과 많이 달라져 있다. 인근 마을 사람들과 함께 모여서 천왕제를 지내고 있는 모습과 예전에는 여성들이 천왕제에 참여하지 못했는데 여성들이 천왕제에 적극적으로 참여하고 있는 모습은 새롭게 변화된 부분이다. 예전에는 금기시 되었던 부분들이 현대 사회의 실정에 맞도록 새롭게 바뀌면서 전승되고 있는 것이다.

이처럼 마을 어른들이 나이가 많아 더 이상 풍물을 치고 천왕제를 지낼 수 있는 사람이 없는 현실에서 오랫동안 마을에서 해 왔던 천왕제를 계속 이어서 하는 일은 마을 공동체 또는 지역공동체에도 중요한 일이다. 인문학 마을 만들기 사업을 통한 이러한 과정에서 천왕제는 이제 우리 마을사람들끼리의 행사가 아니라 인근 마을 사람들과 함께 준비하고 즐기는 것으로 그 명맥을 이어가고 있는 것이다. 사라져 가는 마을의 민속 문화가 마을공동체 더 나아가 지역공동체 사람들이 보존과 전승의 가치를 알게 되면서, 산업화되고 도시화 되어 무용지물로 여겨졌던 전통이 다시 중요한 의미로 여기지고 있다. 인문학 마을 만들기 사업을 통해서 많은 관광객뿐만 아니라 외국인들도 찾아오고 있어서 소통의 범위가 넓어지고 있는 것이다.

보존회는 우리가 사실 우리가 가야할 길이고 어느 동네나 마찬가지죠. 젊은 사람이 없고 또 명맥이 끊어질 듯 끊어질 듯 가는데. 그래도 무언가 제대로 구심점이 없으면 안 되겠다 싶어서 지금부터 13-14년 전에 청년회가 주축이 되어 가지고 마을별로 여러 모임들을 통폐합 했습니다. 하나로 묶었습니다. 그렇게 연습하다가 4년 전부터 칠곡군의 도움을 받아가지고 제대로 풍물을 배우니까 옛날에 하던 풍물이 기억이 나요 <중략> 제대로 된 천왕제를 만들어 볼라고 그것도 마당 마당으로 만들어서 하려고 준비하고 있습니다.[9]

칠곡군 지천면 영오리에 전승되는 천왕제는 인근 마을 사람들이 함께 모여서 연습하는 것으로 보존·전승해 나가고 있다는 점에서 마을과 마을의 문화가 서로 교류할 수 있도록 하는데 중요한 역할을 한다. 마을의 젊은 사람들이 없어서 천왕제를 없애기 보다는 지금의 시대에 맞도록 변화시켜서 천왕제의 의미가 이어질 수 있도록 하는 것이 이 마을 사람들의 전승 의식인 것이다. 인근 마을 사람들과 함께 모여서 천왕제의 의식적인 행위와 노래를 지켜나가는 것으로 인근 마을들 간의 소통과 교감이 이루어지게 되었으며, 현재를 살고 있는 사람들이 이해할 수 있는 천왕제의 새로운 의미가 만들어지게 되었다. 결국 보존하고 전승하려는 노력으로 전승 방식이 시대에 맞도록 변화되었으며, 이러한 변화는 전통적으로 해왔던 구술 연행과는 달리 또 다른 의미로 끊임없이 재생산되고 있다.

<지신밟기소리>와 천왕제 관련 노래들은 전통 사회에서는 제의적·의례적인 성격이 강하게 작용했다면 지금은 마을의 안녕을 비는 의미와 함께 관광요소로 콘텐츠화 되고 있다. 본질의 의미를 지속시켜 나가면서도 관광 또는 상업의 목적을 가진 변화를 추구하는 복합적인 역할을 하고 있다고 볼 수 있을 것이다.

그리고 칠곡군 지천면 영오리에는 천왕제 외에도 여성 소리꾼이 민요 전승에 중요한 역할을 하고 있다. 여성 소리꾼들이 예전에 노동하면서 불렀던 모심는소리, 베틀노래 등의 다양한 소리들은 지금 관광객들이 청자

---

9) 칠곡군 지천면 영오리 천왕제보존회장의 조사 내용임. <칠곡군 지천면 영오리 필자 조사 자료(2014.1.27)>.

가 되는 새로운 구술 연행의 현장에서 불리어지고 있다. 여성 소리꾼이 부른 민요의 한 곡절을 따서 '이칸정지 띠디리고 삼칸정지 춤을 추네'라는 이름으로 축제를 열어 생활노동요를 관광객들과 함께 즐기면서 옛날 사람들이 살아왔던 삶의 모습을 보여주고 있다.

물론 노동을 하면서 불렀던 민요의 성격과 역할은 없어졌지만 인문학 마을 만들기 사업을 통해서 구술 연행의 현장이 노동의 현장에서 놀이의 현장으로 변화되면서 민요가 사라지고 없어지는 것이 아니라 새로운 모습으로 재생산되고 있다. 설화와 민요, 민속 문화의 구술 연행의 현장이 변화되고 그 역할과 기능도 다양하게 변화되었다. 개인의 생애사와 체험담과 같은 이야기들은 그동안 주목받지 못했던 개인의 삶이 지금은 젊은 세대들과 함께 소통할 수 있는 구술 연행의 현장에서 구연되면서 옛날 어른들을 이해하는데 중요한 역할을 하게 되었다. 노동의 현장에서 불리어지던 민요나 제의적인 성격을 지니고 있던 민속 문화 역시 구술 연행의 현장이 변화되면서 다양한 세대 층의 사람들과 여러 지역의 사람들, 또 세계 각국의 관광객들이 청자가 되어 함께 어우러지는 장으로 바뀌어 가고 있다.

이러한 소통을 위해서 중요한 것은 마을공동체 또는 지역공동체에서 설화와 민요, 민속 문화를 지속시키고 전승시키고자 하는 노력으로 이루어진다는 것이다. 산업화와 도시화로 인해 전통적인 생활양식과 현재의 생활양식의 격차가 컸던 경상북도 칠곡군에서 이러한 격차를 줄이기 위해 인문학 마을 만들기 사업을 추진하여 고향을 떠났던 지역민들과 고향을 지키고 살아온 지역민들이 함께 어우러질 수 있도록 하는 데에도 중요한 역할을 할 수 있다.

따라서 사라져가는 구비문학의 전승을 구술 연행의 현장의 다양한 변화로 인해서 전통적인 본질을 지속시켜 가면서도 새롭게 재창조될 수 있으며, 이러한 구술 연행의 다양한 변화는 인문학 마을 만들기와 같은 지자체 사업 등을 통해서 이루어질 수 있다. 이러한 노력은 단순히 설화나 민요, 민속 문화를 전승시키는 것만이 아니라 현재의 시대에 지역공동체를 형성하고 지속시켜 나가는 데에도 중요한 의미로 작용한다. 그리고 지역과 지역 사이의 큰 격차와 문화적 차이를 줄일 수 있는 역할을 할 수 있을 것이다.

4. 맺음말

지금까지 도시화와 산업화가 일찍 이루어진 경상북도 칠곡군에 전승되는 설화와 민요, 민속 문화에 대해서 살펴보았다. 칠곡군에서 시행하는 인문학 마을 만들기 사업이 구술 연행의 현장의 변화에 여러 역할을 하고 있다는 것도 확인할 수 있었다. 그리하여 구비문학은 사라지고 없어지는 것이 아니라 현재와 끊임없이 소통하고 있는 것이다. 젊은 세대가 옛날 어른들의 삶을 이해하고 그 삶 속에서 불리어졌던 민요에 대해 다시 주목하게 되는 세대 간의 소통에 중요한 역할을 하고 있다. 사라져가는 민속 문화를 지켜나가기 위해 마을 공동체가 함께 노력하는 모습에서 마을 내부의 끈끈한 결속력을 맺어주는 데에도 구술 연행의 현장은 중요한 역할을 하고 있다. 이러한 마을 내부의 끈끈한 결속력은 마을 밖의 사람들과도 소통하기 위한 모습으로 변화되어 가고 있는 것이다.

그러나 인문학 마을 만들기 사업을 통해서 그 의미가 부각되는 것은 중요한 일이라 할 수 있지만 한편으로는 옛날의 삶을 재현하고 체험하면서 관광객들에게 일회성적인 구경거리가 되어버릴 수 있다는 한계점을 지닐수 있다. 이러한 문제에 대해서는 앞으로 지속적인 작업을 통해 극복해야

할 것이다. 이러한 한계점이 있지만 경상북도 칠곡군을 통해서 구비문학
이 현대인들과 소통할 수 있는 길을 마련해 주고 있음을 확인할 수 있었
다는 점에서 중요한 의미가 될 수 있을 것이다.

참고문헌

1. 기본자료

『칠곡군지』, 칠곡군, 1994.

2. 연구논저

김기현, 「경북지역 구비문학의 문화기반ー문화변혁에 따른 생성과 소멸ー」, 『어문론총』 제62
    호, 한국문학언어학회, 2014.
박지애, 「대도시 인근 농촌경계지역의 민요 소통과 전승」, 『한국민요학』 제44호, 한국민요학
    회, 2015.
신은주, 「전남 화순 도장마을이 민요 전승과 밭노래마을 운영 실태」, 『한국민요학』 제36집, 한
    국민요학회, 2012.
최자운, 「무형문화재 지정 민요보존회 활동을 통한 마을 내 민요 전승 가능성」, 『한국민요학』
    제35집, 한국민요학회, 2012.

찾아보기

ㅈ

필자 소개(차례 순)

정우락

경북대학교 국어국문학과에 재직하고 있으며, 영남학파를 중심으로 한 한국문학사상에 대하여 연구하고 있다. 특히 우리 문학의 체계를 성리학적 세계관에 입각하여 밝히고자 하는 노력을 꾸준히 해왔다. 최근에는 문화공간으로서 영남이 갖는 의미에 주목하여 관련 글을 발표하기도 한다. 주요 저서로는 『남명문학의 철학적 접근』(박이정, 1998), 『삼국유사, 원시와 문명 사이』(역락, 2012), 『남명학의 생성공간』(역락, 2014), 『남명학과 현대 사회』(공저, 역락, 2015) 등이 있다.

최은주

경북대학교 대학원 국어국문학과 박사과정을 수료하고, 현재 경북대학교 영남문화연구원 연구원으로 있다. 문학이 생성된 공간과 그 공간에서 향유된 문화에 관심을 가지고 연구하고 있다. 주요 논저로는 「허주(虛舟) 이종악(李宗岳)의 한시를 통해 본 18세기 영남 선비의 여가생활과 가치지향」(2014), 「『풍산김씨세전서화첩(豊山金氏世傳書畵帖)』의 구성과 김중휴(金重休)의 편찬의식」(2016)이 있다.

조유영

경북대학교 국어국문학과 BK21플러스 사업단 박사 후 연구원으로 재직하고 있다. 우리의 고전시가 및 전통문화에 대해 지속적으로 관심을 가지고 연구하고 있다. 최근에는 문화론적 시각에서 우리의 고전시가를 살피는 데 집중하고 있다. 주요 논저로는 「조선조 구곡가의 시가사적 전개양상 연구」(경북대학교 박사학위 논문, 2016), 「조선 후기 향촌사족의 이상향 지향과 그 의미—〈황남별곡〉을 중심으로」(2016), 「〈하서도통가〉의 서술양상과 창작배경」(2015) 등이 있다.

손대현

「영사가사 연구」로 2015년 경북대학교 국어국문학과에서 박사를 취득하였다. 가사에 대한 관심이 많으며, 특정 주제나 소재의 한·중·일 시가의 변화상, 시가와 회화의 교섭에 대해서도 관심을 기울이고 있다. 주요 논저로 「〈陋巷詞〉의 용사(用事) 활용과 그 함의」(2014), 「왕소군 이야기의 근대적 전유와 욕망의 충돌」(2015), 「〈小學歌〉의 『小學』수용과 문학적 의미」(2017) 등이 있다.

최형우

경북대학교 사범대학 국어교육과 조교로 재직하고 있다. 한국의 불교시가 및 불교문화에 대해 지속적으로 연구를 진행해오고 있으며, 문화론적 시각에서 한국 불교문학이 가지는 의미를 주로 점검하고 있다. 주요 논저로는 「불교가사의 연행과 사설 구성 방식 연구」(경북대학교 박사학위 논문, 2016), 「〈서왕가〉 사설의 전승과 향유의식 연구」(2016), 「〈기우목동가〉, 〈진여자성가〉의 十牛圖 문화 수용과 문학적 변용 연구」(2017) 등이 있다.

서정현

경북대학교 국어국문학과 박사과정을 수료한 후 안동대학교 강사로 재직하고 있다. 우리의 고전소설 및 그와 관련한 전통문화에 대해 관심을 갖고 연구해 왔으며, 조선 후기 장편소설에 나타난 군담 전반을 대상으로 학위논문을 준비하는 중이다. 주요 논저로는 「다면적 주제의식과의 상관관계를 통해 본 〈호질(虎叱)〉의 작자 문제」(2014), 「〈창선감의록〉 군담(軍談)의 특징과 작자의식－조선 후기 사대부의 대외관(對外觀)과 관련하여」(2016) 등이 있다.

김분청

경북대학교 국어국문학과 박사과정 수료 후 외래교수로 재직하고 있다. 고려·조선시대 사대부들의 한시 및 불교시에 대해 관심을 가지고 연구하고 있다. 주요 논저로는 「변계량의 만시(輓詩)에 나타난 여성의 시적 형상화」(2015), 「李稷의 불교인식과 그 시적 형상화－『형재시집(亨齋詩集)』을 중심으로－」(2016)가 있다.

최은숙

경북대학교 국어국문학과에 재직하고 있으며, 영남지역 기행가사 및 여성의 놀이문화에 대한 연구를 지속하고 있다. 주요 논저로는 「〈화전가〉에 나타난 자연 인식 양상과 시적 활용 방식」(2013), 「〈갑오열친가〉와 〈답가〉의 작품특성 및 전승양상」(2016), 「친정방문 관련 여성가사에 나타난 유람의 양상과 의미」(2017), 『민요담론과 노래문화』(보고사, 2009), 『아리랑의 역사적 행로와 노래』(공저, AW, 2014) 등이 있다.

김종구

경북대학교 국어국문학 고전문학 박사수료 후 영남문화연구원 연구원으로 재직하고 있다. 조선시대 선비들의 산수유기와 선비문화에 관심을 가지고 연구하고 있다. 그 외 선비의 독서문화와 풍류에 관심을 가지고 있다. 「17세기 영남지역 산수유기에 나타난 공간의식 연구─청량산·지리산·가야산 산수유기를 중심으로─」라는 주제로 박사학위 논문을 준비 중이다.

량짜오(梁釗)

중국 보정시(保定市) 출신이며 현재 경북대학교 국어국문학과에서 한·중 사행문학을 공부하고 있다. 주요 논저로는 「설정 『조천일기』에 나타난 의식지향」(2015), 「연행록에 대한 한·중 협력 연구의 필요성과 방안 모색」(2017) 등이 있으며, 역서로는 『이상규시선(李尙圭詩選)』(2012), 『소정만담(素井漫談)』(2014), 『자연여윤리(自然與倫理)』(2015) 등이 있다.

황명환

경북대학교 국어국문학과 박사과정생이다. 경전이 문학에 미치는 영향에 관심을 갖고 있으며, 특히 조선 후기 한시의 『논어』 수용 양상에 대해 지속적으로 연구하고 있다. 최근에는 대구 경북지역의 문학에 나타난 문화론적 요소에 대해서도 공부하고 있다. 주요 논저로는 「근대전환기 한시의 『論語』 수용 양상과 그 의미─響山 李晩燾와 深齋 曺兢燮을 중심으로─」(경북대학교 석사학위 논문, 2015), 「종가문화의 인류무형문화유산 등재 방법 연구」(공저, 2016)가 있다.

박지애

경북대학교 대학원 국어국문학과에서 「20세기 전반기 잡가의 향유방식과 변모 연구」로 박사학위를 취득하였다. 전통시가의 지속과 변모 및 영남 민요의 지역성과 현재적 활용 방안에 관심을 가지고 이에 대한 연구를 지속하고 있다. 주요 논저로는 「대도시 인근 농촌경계지역의 민요 소통과 전승」(2015), 『이야기꾼과 이야기의 세계』(공저, 2013), 『민요와 소리꾼의 세계』(공저, 2014), 『근대 대중매체와 잡가』(2015) 등이 있다.

류명옥

경북대학교 국어국문학과에서 석사과정과 박사과정을 마치고 고전문학에 대한 공부를 계속해 나가고 있다. 특히 구비문학 중에서 설화에 대해 깊이 있게 연구하고 있으며, 전통문화와 지역문화에 관심을 가지고 있다. 현재 구비설화에 전승되는 설화를 중심으로 한국의 가족의식을 밝히는 데에 관심을 기울이고 있다.

한국 고전문학과 문화어문학

초판 인쇄 2018년 2월 21일
초판 발행 2018년 2월 28일

지은이 경북대학교 국어국문학과 BK21플러스 사업단
펴낸이 이대현
편 집 추다영
디자인 홍성권
펴낸곳 도서출판 역락
　　　　서울시 서초구 동광로 46길 6-6(반포4동 577-25) 문창빌딩 2층
　　　　전화 02-3409-2058(영업부), 2060(편집부)
　　　　팩시밀리 02-3409-2059
　　　　이메일 youkrack@hanmail.net
　　　　역락블로그 http://blog.naver.com/youkrack3888
　　　　등록 1999년 4월 19일 제303-2002-000014호

ISBN 979-11-6244-208-1 93810